Sandra Miltsch

# Das Geheimnis der Kleinlinge

Sandra Miltsch

# Das Geheimnis der Kleinlinge

C. V. Traumland-Verlag

Lektorat: Monika Rohde, Leipzig
Umschlaggestaltung: Heidrun Monkenbusch
Layout: Verlagsservice Monika Rohde, Leipzig
Druck: Druckservice Viener, Vimperk
ISBN 3-934555-20-9
ISBN 978-3-934555-20-4

Für meine Eltern
und Fabian

# Prolog

Die Nacht war kalt und stürmisch. Dichte Wolken jagten über den Himmel. Nur selten riss eine Lücke auf und kaltes Mondlicht fiel in den finsteren Wald.

Dort, im Unterholz, verbarg sich der Verräter. Er hockte unter einem Farnwedel und lauschte in die Dunkelheit.

Noch war nichts zu hören, bis auf das Rauschen der Bäume. Es machte ihn nervös. Ohne es zu merken, biss er sich auf die Unterlippe.

Plötzlich schrie ganz in der Nähe eine Eule und der Verräter zuckte zusammen. Verärgert über seine eigene Furcht ballte er die Hand zur Faust. Das lange Warten begann ihn mürbe zu machen, doch er musste sich zusammenreißen. Er durfte nicht versagen. Wenn er zuließ, dass die Angst ihn beherrschte würde er sein Ziel nie erreichen.

Der Gedanke an den Lohn seiner Tat gab ihm wieder Zuversicht. Es würde gelingen. Es musste gelingen.

In diesem Moment hörte er ein Rascheln ganz in der Nähe. Ein Schauder breitete sich von seinem Nacken über den ganzen Körper aus. Das mussten sie sein. Sie waren wirklich gekommen. Sein Mund war plötzlich trocken und alle zurechtgelegten Worte waren aus seinem Kopf verschwunden.

Der Verräter sah sich hektisch nach allen Seiten um. Überall nur Dunkelheit. Vielleicht hatte er sich geirrt. Das Rascheln hätte auch von einem Tier stammen können. Fast erleichtert, begann er sich an diesen Gedanken zu gewöhnen. Da legte sich eine schwere Hand auf seine Schulter. Krallen gruben sich in seine Haut, und der Verräter schaffte es nur mit Mühe, nicht zu schreien.

Ganz langsam drehte er sich um.

# Mommenheim

## 1

Es war düster in der Wohnhöhle. Die Laternen draußen auf dem Gang warfen nur schwaches, gelbes Licht durch die Fenster.

Im Zimmer brannten ein paar Kerzen in einem verrosteten Kerzenständer. Ihr Licht flackerte und zauberte tanzende Schatten auf das Gesicht des Kleinlingjungen. Er saß auf einem Sessel aus schwarzem Mäusefell und spielte mit hölzernen Figuren. Die Augen der einfachen Holzpuppen waren zwei aufgemalte schwarze Punkte, und ihren Mund bildete eine dünne rote Linie. Nasen hatten sie keine, auch Haare fehlten. Doch dem kleinen Jungen schien das egal zu sein. Er war völlig vertieft in sein Spiel, die Figuren nacheinander die Sessellehne hinunterrutschen zu lassen, dabei überschlugen sie sich und landeten vor den Füßen des Kindes. Wenn sie bei ihrem Fall eine besonders gute Drehung in der Luft oder gar einen Salto vollführten, lachte der Junge fröhlich auf. Seine Mutter, die geschäftig um ihn herumlief und mit einem grünen Staubtuch über die Möbel wedelte, lächelte dann jedes Mal liebevoll. Gerade als der kleine Junge den nur an seiner Größe erkennbaren Vater der Holzfigurenfamilie mit einem sanften Stupser von der Sessellehne stieß, ertönte hinter ihm ein lauter Knall, gefolgt von einem entsetzten Aufschrei. Erschrocken fuhr der Junge herum. Seine Mutter stand mit vor den Mund geschlagenen Händen in einem Haufen Scherben und im Regal fehlte der hübsche Vogel aus Ton, der dort schon stand, seit der Junge denken konnte. Der Tonvogel war blau gewesen und hatte in seinem gelben Schnabel einen winzigen, glitzernden Edelstein gehalten. Nun lag der Vogel in unzähligen Scherben auf den Bodenbrettern, und zum Schrecken des Jungen, begann seine Mutter furchtbar zu weinen. Sie sank auf einen Stuhl, stützte das Gesicht in ihre Hände und schluchzte laut.

Es war das erste Mal überhaupt, dass der kleine Junge seine Mutter weinen sah. Vor Schreck blieb er wie angewurzelt auf seinem Sessel sitzen und wusste nicht, was er tun sollte. Er hoffte, dass seine Mutter aufhören würde zu weinen, doch stattdessen schluchzte sie nur noch lauter. Hilflos sah er sie an und brachte keinen Ton heraus, so erschüttert war er. Doch etwas in ihm regte sich. Er spürte diese gewisse Wärme in sich aufsteigen, diese verbotene Wärme. So gut er konnte, kämpfte er sie nieder. Er durfte das nicht tun, das wusste er. Seine Mutter hatte es ihm viele Male verboten, und er hatte sicherlich mehr als genug Strafen dafür bekommen.

Der Junge wollte seine Mutter trösten, doch noch immer fand er keine Worte und konnte sich auch nicht vom Fleck bewegen. Er schämte sich ein bisschen, als wäre es seine Schuld, dass der Vogel zerbrochen war. Er begann sich sehr elend zu fühlen, obwohl er nicht genau wusste weshalb.

Als dieses Gefühl schließlich unerträglich wurde, vergaß er seine guten Vorsätze. Kurz entschlossen öffnete er sein Innerstes und ließ das Verbotene zu. Die Wärme strömte in ihn, wie sie es schon lange nicht mehr getan hatte. Das Blut pochte in seinen Schläfen und es war ihm, als könnte er es durch seine Adern rauschen hören. Ungeheure Kraft breitete sich in ihm aus und half ihm dabei, endlich von seinem Sessel aufzustehen. Er fixierte die Überreste des Tonvogels auf dem Boden und lenkte all seine Gedanken auf ihn, in seinem Kopf existierte nur noch der Vogel. Die Energie in seinem Geist bündelte sich. Er spürte, dass er bereit war, und dann ließ er die Kraft fließen. Hellblaues Licht strömte aus seinen, auf die Überreste des Vogels gerichteten, Händen. Es floss auf die Scherben zu und umgab sie völlig.

Seine Mutter hatte den Kopf gehoben und starrte auf das Schauspiel, das sich ihr bot. Ihr kleiner, vierjähriger Sohn stand mit ausgestreckten Armen da und hüllte jetzt den ganzen Raum in bläulich-weißes Licht. Er schien von innen her zu leuchten. Fast ehrfürchtig sah seine Mutter ihn an und sorgte sich einmal mehr wegen der enormen Kräfte, die in ihrem Kind schlummerten. Sie seufzte, ohne es zu merken.

Die Scherben des Vogels erhoben sich vor ihren Augen in die Luft und begannen sich Teilchen für Teilchen wieder zusammenzufügen. Der blaue Vogel schwebte an seinen alten Platz im Regal zurück, als wäre nichts geschehen. Zuletzt wurde der winzige Edelstein wieder in seinem leicht geöffneten Schnabel platziert.

Dann war der Zauber vorbei. Das Licht erlosch schlagartig und ihr Sohn sank erschöpft auf den Boden. In Erwartung eines Donnerwetters blickte er ängstlich zu ihr auf.

Sie wusste nicht, was sie sagen sollte, ob es richtig wäre, ihn zu küssen oder zu bestrafen. Sie lief zu dem Vogel, und als sie ihn wieder unversehrt in ihren Händen hielt, siegte die Freude über die Vernunft. Sie nahm ihren Sohn stürmisch in die Arme und wirbelte ihn durch die Luft, bis er kreischte vor Glück. Als sie ihn wieder abgesetzt hatte, wurde ihre Miene ernst. Sie kniete sich vor ihm hin und sagte eindringlich: »Du weißt, dass du das, was du eben getan hast, eigentlich niemals tun darfst, nicht wahr?«

Er nickte schwach, jetzt kam das Donnerwetter wohl doch noch, aber sie lächelte leicht und fuhr fort: »Aber da du es nur für mich getan hast und es gut meintest, werde ich dich nicht bestrafen. Du sollst aber wissen, warum dieser Vogel mir so wichtig ist und was es mir bedeutet, dass du ihn, na ja, repariert hast. Diesen Vogel hat mir dein Vater zu unserer Hochzeit geschenkt. Ich war damals so glücklich, wie bei deiner Geburt. Dieser Vogel ist eines der wenigen Erinnerungsstücke an deinen Vater.

Ich habe ihn sehr geliebt, deshalb könnte ich es nicht ertragen auch nur eines dieser wenigen Dinge, die mir von ihm geblieben sind, zu verlieren, am allerwenigsten natürlich dich. Das ist auch der Grund, warum du deine außergewöhnlichen Kräfte nie anwenden darfst. Wenn dich jemand dabei sieht, dann nehmen sie dich mir weg und stecken dich in die Schule für magisch Begabte. Hast du das verstanden?«

Der Junge hatte verstanden und nickte, doch es brannte ihm noch eine Frage auf den Lippen. Leise wisperte er: »Mama, wieso ist mein Vater denn nicht mehr bei uns?«

Ihr Gesicht verschloss sich augenblicklich, wie schon viele Male zuvor, wenn der Junge diese Frage gestellt hatte. Es wurde zu einer kummervollen Maske, hinter der er seine geliebte Mutter kaum noch wiedererkennen konnte. Wut und Trauer wechselten sich in ihrem Gesicht ab und der Junge begann sich wieder elend zu fühlen.

In diesem Moment erwachte Finn schweißgebadet in seinem Bett.

Das übliche schummerig-gelbliche Licht der Laternen auf dem Gang schien in sein Zimmer. Er streckte sich und blickte durchs Fenster nach draußen. Kein Kleinling war zu sehen, und in den Wohnhöhlen gegenüber war es dunkel. Es musste noch sehr früh sein.

Finn versuchte, sich an den Traum zu erinnern, von dem er aufgewacht war, doch das einzige Bild, das er noch im Kopf hatte, war das des blauen Tonvogels, der bei ihnen im Wohnzimmerregal stand. Allerdings hatte er in seinem Traum in unzähligen Scherben auf dem Boden gelegen. Wie das passiert war, fiel ihm nicht mehr ein. Der Traum entglitt ihm bereits, und auch das merkwürdige Gefühl, das er hinterlassen hatte, schwand. Finn war froh darüber, es war kein gutes Gefühl gewesen. Er beschloss, dass es besser war, nicht mehr darüber nachzugrübeln. Immerhin war heute sein sechzehnter Geburtstag. So einen Tag sollte man nicht mit Gedanken an schlechte Träume beginnen. Stattdessen kuschelte er sich wieder in seine Decke und ging auf die Reise in seinen Lieblingstagtraum: eine grüne Wiese im hellen Sonnenschein.

Finn kannte Sonnenlicht, auch wenn er es noch nie gesehen hatte, aus den Erzählungen der Jäger, die die Sicherheit der Höhlen verließen, um Nahrung für die Kolonie zu beschaffen. Wenn sie zurückkamen, erzählten sie davon, wie es in der Welt oben aussah. Finn hatte diese Geschichten als Kind wahrhaftig verschlungen. Er war so oft bei den Geschichtennachmittagen gewesen, die für die Kinder in einer der Gemeinschaftshöhlen organisiert wurden, dass er jede Erzählung mehrere Dutzend Mal gehört hatte. Eine Beschreibung des Lichts, wie es als hunderte von kleinen Punkten auf den Waldboden fiel, beflügelte seine Fantasie besonders; und er hatte sich mehr als einmal erträumt zu sehen, wie die Blätter im Herbst golden und rot von den Bäumen segelten. Er war fasziniert von den Geheimnissen und Eigenarten der Oberwelt. Regen und Schnee, Sturm und Sonnenschein, wie gern würde er diese Ereignisse mit eigenen Augen sehen. Er wünschte sich seit langem nichts sehnlicher, als einmal dieses Wunderland oberhalb seiner kleinen Höhlenwelt zu erkunden. Leider würde seine Mutter das niemals zulassen.

Als Kind hatte Finn einmal den Wunsch geäußert, wenn er groß sei, wolle er Jäger werden. Seine Mutter hatte daraufhin wochenlang abscheuliche Wutanfälle bekommen, sobald dieses Thema zur Sprache kam. Er hatte noch ein paar Mal versucht, mit ihr vernünftig darüber zu reden, doch Vernunft war nicht Lunas Stärke, ganz besonders dann nicht, wenn sie wütend war. Schließlich hatte Finn es aufgegeben und erklärt, er habe es sich anders überlegt, so wie er immer aufgab, wenn er und seine Mutter unterschiedlicher Meinung waren. Sie war es gewohnt ihren Kopf durchzusetzen, und sie schaffte es auch. Das wusste Finn so sicher, wie er wusste, dass er sie trotzdem liebte.

Fast wehmütig zog er seine Gedanken von den Wundern der Oberwelt zurück und beschloss aufzustehen. Erstens war er sowieso bereits zu wach, um wieder einzuschlafen und zweitens zu aufgeregt, um noch weiter vor sich hin zu träumen. Schließlich war heute sein Geburtstag.

Also schwang er seine grünhäutigen, haarigen Kleinlingsbeine aus dem Bett, streckte sich, wackelte mit den langen spitzen Ohren und schlüpfte in seine Holzpantoffeln. Schon an der Tür zog er sie wieder aus, weil er fürchtete, das Klackern auf den Bodenbrettern könnte seine Mutter wecken. Wenn sie so unsanft aus dem Schlaf gerissen wurde, hatte Luna danach oft den ganzen Tag schlechte Laune und das wollte Finn gerade an seinem Geburtstag lieber vermeiden.

Er schlich also über den kurzen Flur am Zimmer seiner Mutter und dem Wohnraum vorbei ins Bad. Es bestand wie bei den meisten Kleinlingen nur aus einem winzigen Raum, dessen eine Hälfte ein großer Bottich voll Wasser einnahm. Dieser wurde einmal in der Woche aus Eimern aufgefüllt, die Finn und seine Mutter von der Wasserausgabehöhle nach Hause schleppen mussten. Auf einem hohen Hocker stand eine Waschschüssel, die wiederum aus dem großen Holzbottich gefüllt wurde und unter dem Hocker gab es einen Eimer für sonstige Geschäfte. Waschschüssel und Eimer wurden nach Benutzung in einen der tiefen Schächte entleert, die es in regelmäßigen Abständen in den Wohnbereichen von Mommenheim gab. Diese Schächte waren von einer hohen, runden Mauer umgeben, damit Kleinlingkinder sie nicht erklimmen und hineinfallen konnten. Dressierte Regenwürmer und befreundete Maulwürfe kümmerten sich darum, dass die Schächte immer tief genug blieben. Einmal im Jahr gab es ihnen zu Ehren eine große Feier – das Schachtfest –, bei der alle Helfer von den Kleinlingen bewirtet und mit Musik, Tanz und Theaterstücken unterhalten wurden.

Finn hatte kalte Füße, weil er ohne Schuhe ins Bad gegangen war und in einer Erdbehausung ist es nun einmal immer etwas kalt und feucht. Er betrachtete gerade in dem dunklen Wasserbottich sein Spiegelbild und runzelte leicht die Stirn. Die aus seinem schwarzen Strubbelhaar herausragenden spitzen Ohren standen wie bei allen Kleinlingen vom Kopf ab wie zwei große Segel. Seine runde Knuppelnase war ebenfalls ziemlich normal, auch wenn seine Mutter immer behauptete, sie wäre besonders schön. Sein Mund war sanft geschwungen und ernst, doch das änderte sich, wenn er grinste, sein Lächeln reichte fast von einem Ohr zum anderen und gab ihm einen gewinnenden, verschmitzten Ausdruck. Alle Freundinnen seiner Mutter pflegten, seit er denken konnte, zu behaupten, dass bei diesem Lächeln die Kleinlingmädchen scharenweise in Ohnmacht fallen würden.

Finn interessierte sich nicht sehr für Mädchen, die meisten fand er zickig und außerdem kicherten sie unentwegt. Ihm war zum Glück auch noch nie eins vor die Füße gefallen, wenn er es angelächelt hatte. Finn streckte seinem Spiegelbild frech die Zunge raus, wobei sich seine für einen Kleinling höchst merkwürdigen Augen zu Schlitzen verengten. Normalerweise hatten Kleinlinge braune oder grüne Augen, passend zur Hautfarbe sozusagen. Finns Augen jedoch waren durch irgendeine Laune der Natur strahlend blau. Bei den Geschichtennachmittagen holten die Jäger immer Finn nach vorn, wenn sie das Blau des Himmels erklären wollten.

»Seht euch nur seine Augen an«, sagten sie dann. »So sieht der Himmel an Sommertagen aus.«

Finn war diese Prozedur unangenehm, da die Mehrzahl der Kleinlinge wenig Toleranz gegenüber Andersartigkeiten zeigten. Sie neigten eher dazu, alles was anders war, zu belächeln, zu verspotten oder zumindest mit Misstrauen zu behandeln. Daher hatte Finn in der Schule auch nie viele Freunde gehabt, eigentlich nur Lund und Neppi, die er schon im Krabbelalter kennen gelernt hatte, weil ihre Mütter befreundet waren. Für Lund und Neppi war seine Augenfarbe nichts Absonderliches, sie waren damit aufgewachsen. Es war kein Thema zwischen ihnen, worüber Finn sehr froh war.

Er patschte mit der Hand ins Wasser und das ungeliebte Bild verschwamm. Stattdessen tauchte er die Waschschüssel in den Bottich, füllte sie und begann mit der allmorgendlichen Reinigung. Als er fertig war, trocknete er sich mit einem Tuch aus hartem Blattfasergewebe ab und schüttete den Rest des Wassers in den Eimer.

Danach schlich Finn auf Zehenspitzen zurück in sein Zimmer, um sich anzuziehen. Neben seinem Holzbett mit der Eichhörnchenfellmatratze und der Decke, die seine Mutter aus Leder und Fell verschiedener Tierarten genäht hatte, stand eine kleine Kommode. Sie wackelte auf ihren etwas schiefen Beinen, wenn man dagegen stieß. Ihre Vorderseite war verziert mit eingeritzten Schnörkeln und bunten, schon etwas abgeblätterten Zeichnungen. Diese Kommode stand schon im Kinderzimmer seines Vaters, und dass sie so alt war, sah man ihr leider auch an.

So war es mit den meisten Sachen in seinem Zimmer, doch Finn würde es nie wagen, sich bei seiner Mutter darüber zu beschweren. Er wusste schließlich, dass sie sich etwas Besseres nicht leisten konnten.

Er wühlte zwischen seinen Kleidungsstücken in der Kommode herum, wobei er ständig mit einer Hand die Tür des antiken Möbels festhalten musste, damit sie sich nicht aus dem verrosteten Scharnier löste. Er wählte heute, an seinem Geburtstag, nicht eine der üblichen blassgrünen Latzhosen mit einem seiner vielfach gestopften Blattfaserhemden, sondern zog von ganz hinten sein weißes Spinnseidenhemd hervor. Es war weich und hatte kunstvoll geschnitzte Holzknöpfe. Dazu passte seine einzige blaue Hose, die an der Hüfte mit Knöpfen zu schließen war. Beides hatte er mit fünfzehn zu seiner Einweihung bekommen.

Bei der Einweihung wurden jedes Jahr alle Fünfzehnjährigen in das politische und gesellschaftliche Leben der Kleinlingkolonie eingeführt. Der große Rat hielt dazu feierliche Reden. Die jungen Kleinlinge wurden auf ihre neuen Rechte und Pflichten aufmerksam gemacht und am Ende durften sich alle in das große Buch eintragen. In diesem Buch standen die Namen aller Kleinlinge, die je in Mommenheim gelebt hatten.

Finn fand die ganze Feier damals langweilig und überflüssig. Gut waren nur das Essen und die neuen Kleidungsstücke gewesen, die seine Mutter eine Menge gekostet haben mussten. Deshalb war dieses Spinnseidenhemd, das nur ein Schneider in ganz Mommenheim anfertigen konnte, sein besonderer Stolz. Die blaue Hose passte noch so gerade, nur unten an den Beinen war sie schon etwas zu kurz. Nach einem prüfenden Blick in den Wandspiegel entschied Finn, dass er sie trotzdem noch tragen konnte und wandte sich dann seiner Frisur zu. Er kämmte seine widerspenstigen schwarzen Haare und versuchte, sie so glatt wie möglich zu bekommen, doch sie stellten sich immer wieder auf, als wären sie aus Draht. Nach einem schier aussichtslosen Kampf gegen sie – und mit dem Ergebnis nur mäßig zufrieden – gab er schließlich auf.

Stattdessen setzte er sich auf sein Bett, um zu lauschen, ob seine Mutter endlich aufgestanden war. Leider regte sich nichts, so angestrengt er auch horchte. Die Stille war nahezu vollkommen. Man hätte eine Ameise niesen hören können. Obwohl in Mommenheim über fünfhundert Kleinlinge lebten, hörte man selten Geräusche, die über Flüstern oder gedämpftes Reden hinausgingen. Das lag nicht etwa daran, dass die Mommenheimer stumm wären oder sehr leise und zurückhaltende Wesen, sondern hatte seinen Grund in den vielen Metern Erde, die sie von der Oberfläche und auch voneinander trennten. Hier unten wurde fast jedes Geräusch von den engen Gängen verschluckt. In den größeren Gemeinschaftshöhlen war das natürlich etwas anderes, da war es oft laut und ziemlich wuselig, aber der Großteil Mommenheims bestand nun mal aus engen Wohngebieten mit winzigen Gängen. Dort war es meist düster und geradezu unangenehm still.

Finn wurde jäh aus seinen Gedanken gerissen, durch das unverkennbare Quietschen von Lunas sich öffnender Tür. Er war schon ziemlich gespannt und neugierig, wie sie seinen Geburtstag in diesem Jahr gestalten würde, und konnte kaum noch stillsitzen. Aber er musste warten, bis sie ihn rief, Luna konnte es nicht ausstehen, wenn er die Überraschung mit einem neugierigen Blick durch den Türspalt verdarb. Bei den Kleinlingen war es üblich, dass kein Geburtstag einem vorherigen gleichen durfte. Geschenke wurden hin und wieder auch überreicht, aber sie waren eigentlich Nebensache. Am wichtigsten waren die Unternehmungen, Spiele und Rätsel, die man sich für das Geburtstagskind ausgedacht hatte. Oftmals lief dieses den ganzen Tag durch Mommenheim, um versteckte Sachen zu suchen, Hinweisen zu folgen und soviele Abenteuer wie möglich zu erleben. Der Geburtstag sollte ein besonders schöner und aufregender Tag sein.

Finn konnte es jetzt kaum noch abwarten und rutschte ungeduldig auf seinem Bett herum, während er Lunas Geräuschen im Bad lauschte. Es schien ihm eine halbe Ewigkeit, bis er sie auf ihren Holzschuhen in die Küche trappeln hörte. Dort hantierte sie wieder eine Weile herum, bis sie schließlich rief: »Finn, du kannst jetzt kommen. Ich weiß doch, dass du schon die ganze Zeit hinter der Tür lauerst, da hab ich extra langsam gemacht, um die Spannung zu erhöhen.«

Ihr klares, fröhliches Lachen drang durch die Wohnhöhle. Finn ließ sich das nicht zweimal sagen und rannte wie der Wind aus dem Zimmer, den Flur hinunter in die Küche. Dort stand seine Mutter schon mit einem strahlenden Lächeln und ausgebreiteten Armen, in die er stürmisch hineinlief, und gratulierte ihm überschwänglich zu seinem sechzehnten Geburtstag. Als sie ihn wieder losließ, konnte Finn sich in der festlich geschmückten Küche umsehen. Überall hingen kleine grüne Blätter, die hier unten natürlich selten und schwer zu bekommen waren, sowie geflochtene Girlanden aus schillernden Insektenhäuten. Auf dem Tisch stand das Frühstück. Dazwischen und an den Wänden krabbelten dressierte Hausglühwürmchen herum. Sie sahen aus wie Minielfen oder so, wie Finn sich die Sterne am Nachthimmel vorstellte. Er fand es wunderschön und war so überwältigt, dass er seine Mutter gleich noch einmal umarmte. Dieses Jahr hatte sie sich wirklich selbst übertroffen.

Als sie sich schließlich setzten, um zu frühstücken, wollte Finn wissen, wie er denn nun seinen Geburtstag verbringen würde. Doch Luna hüllte sich in lächelndes Schweigen, bis beide soviel Kornmüsli mit Blattlausmilch und Käferlarven verspeist hatten, dass ihre Bäuche ganz rund waren und sie nichts mehr essen konnten. Da erst holte sie ein hellbraunes Blatt aus ihrer Schürze hervor und begann laut zu lesen: »Zu deinem Geburtstag, mein lieber Finn, wünschen ich und alle deine Freunde dir sehr viel Glück und vor allem Spaß am heutigen Tag. Auf diesem Blatt hier steht die erste Aufgabe, die wir uns für dich ausgedacht haben, sie führt dich dann zu allen weiteren. Löse eine nach der anderen, und du wirst am Ende einen großen Schatz finden. Viel Erfolg und einen schönen Tag.«

Mit diesen Worten und einem Grinsen von einem spitzen Ohr zum anderen überreichte sie ihm feierlich das Blatt. Finn nahm es ebenfalls grinsend entgegen und konnte es kaum noch erwarten, endlich anzufangen. Aber zuerst musste er sich noch ein Essenspaket von Luna in seinen Mauslederrucksack packen lassen, das allerlei leckere Sachen enthielt, wie ihm der Geruch verriet. Dann zog er seine festen Lederschuhe und eine warme Felljacke an. Luna prophezeite ihm einen langen Marsch und es war eigentlich immer feucht und kalt im Reich der Kleinlinge. So gut ausgerüstet schob ihn seine Mutter mit einem Kuss auf die Wange und einem letzten Wuscheln durch die Haare vor die Tür.

## 2

Im gelblichen Licht der Laternen auf dem Gang schaute Finn sich zum ersten Mal sein Aufgabenblatt richtig an. Es begann mit dem Text, den seine Mutter ihm schon vorgelesen hatte. Darunter stand in krakeliger Schrift, die er sofort als die seines Freundes Neppi identifizierte: »Hallo Finni« – Finn hasste es, von ihm so genannt zu werden –, »wenn du jetzt, wie ich stark annehme, vor deiner eigenen Haustür stehst, dann halte dich zuerst links, bis du an die nächste Kreuzung kommst, dort nimmst du den rechten Gang und folgst ihm, bis du gegen die Wand läufst.«

Finn runzelte die Stirn, er fragte sich, ob das »gegen die Wand laufen« nur ein dummer Scherz von Neppi war, oder ob es damit irgendetwas auf sich hatte. Er beschloss, es herauszufinden, indem er losging.

Der Gang, in dem Finn wohnte, war ziemlich eng und nicht sehr lang. Deshalb musste er nur wenige Schritte über den schlammigen Boden stapfen, bis er zur besagten Kreuzung kam. Hier gab es drei mögliche Abzweigungen, eine führte geradeaus, eine nach links und eine nach rechts. Alle drei wurden durch das gleiche Laternenlicht erhellt. Der linke Gang führte ins Zentrum von Mommenheim, wo die große Versammlungshöhle lag und es die meisten öffentlichen Veranstaltungen und Läden gab. Geradeaus ging es in den besseren Wohnbereich der Kolonie, in dem sowohl Lund als auch Neppi wohnten. Der rechte Gang führte weiter durch Finns eigenen Wohnhöhlenabschnitt, mit den etwas kleineren und weniger komfortabel ausgestatteten Wohnhöhlen.

Finn folgte wie geheißen dem rechten Gang. Er war matschig und uneben, wie die meisten Wege in Mommenheim. Das lag an den vielen Regenwürmern, die hier ständig entlangkrochen und den Boden aufwühlten. Links und rechts befanden sich Türen und Fenster von Wohnhöhlen. Viele waren mittlerweile erleuchtet, und Finn hörte ab und zu gedämpftes Reden oder Lachen, wenn er sehr nah an einem Fenster vorbeiging. Er kannte die meisten Bewohner hier zumindest vom Sehen, doch heute Morgen war noch niemand außer ihm unterwegs.

Der Gang, dem er folgte, war etwas länger und es dauerte ein bisschen, bis Finn sein Ende vor sich sah. Es gab nur einen rechten und einen linken Weg. Ging man geradeaus, traf man auf die von Neppi erwähnte Wand. Finn trat neugierig darauf zu und untersuchte sie. Zuerst erschien sie ihm wie eine ganz gewöhnliche, erdige Höhlenwand. Er betastete sie, bis er völlig schmutzige Hände hatte und schon ein bisschen ungehalten wurde, weil er Neppis Anweisung einfach nicht verstand. Zuletzt schlug er wütend mit der Faust gegen die Wand und siehe da, ein Haufen Erde rieselte von der Decke und mit ihm segelte ein hübsches grünes Blatt zu Boden. Das hatte Neppi also ernst gemeint. Er hätte wirklich gegen die Wand laufen sollen.

Finn musste grinsen über diese für Neppi typische Idee und hob das grüne Blatt auf. Daran war noch ein Stück braunes Papier mit einer Holzklemme geheftet, auf dem in der gewohnt krakeligen Neppi-Schrift stand: »Nimm dieses Blatt mit und geh zu der Gemeinschaftshöhle, in der du als Kind am liebsten warst. Schenke es dort der ersten Person, die du triffst.«

Diese Aufgabe wiederum war nicht schwer. Natürlich war er als Kind immer am liebsten in der Geschichtenhöhle gewesen. Um diese Uhrzeit würde sich da mit ziemlicher Sicherheit aber niemand aufhalten. Also, wem sollte er das Blatt dann schenken?

»Na, sie werden sich schon etwas dabei gedacht haben«, murmelte Finn versonnen auf das Blatt starrend und marschierte los.

Er ging den Weg zurück, den er gekommen war, bis zu der Gabelung. Hier nahm er jetzt die Abzweigung, die ins Zentrum von Mommenheim führte. Er war noch nicht lange den Gang hinunterspaziert, als dieser sich verbreiterte und links und rechts keine Wohnhöhlen mehr zu sehen waren, sondern nur kahle Wände mit einer Laterne alle paar Schritte. Der Gang wurde immer breiter und auch höher und schließlich sah Finn vor sich das Zentrum, die größte Höhle in ganz Mommenheim. Der Gang, dem Finn gefolgt war, endete auf einem Vorsprung hoch über dem Boden der Höhle. Links wand sich eine Treppe immer an der Wand entlang nach unten, rechts von ihm wand sich eine weitere Treppe nach oben, fast bis zur Decke. Überall an den Wänden der Höhle endeten Gänge, so wie der aus dem Finn gekommen war – alle Wege in Mommenheim führten irgendwann hier ins Zentrum. Unten am Boden der Höhle befanden sich in den Wänden mehrere Türen, die alle zu Geschäften oder Gemeinschaftshöhlen führten. Die größte Tür (eigentlich schon mehr ein Tor) war mit reichlichen Verschnörkelungen und farbiger Bemalung verziert. Sie führte zur großen Versammlungshöhle, in der der Rat seine öffentlichen Sitzungen abhielt, um zu den Kleinlingen zu sprechen. Man brauchte für jeden Torflügel mindestens zwei starke Kleinlinge, um sie zu öffnen.

Die etwas kleinere, aber auch bunt bemalte Tür rechts daneben war Finns Ziel – die Tür zur Geschichtenhöhle. Doch bevor er dorthin aufbrach, genoss er noch für einen Moment die beeindruckende Aussicht und Weite, die sich ihm von seinem Plateau aus bot. Wie immer konnte er sich kaum vorstellen, dass der Himmel an der Oberwelt, von dem die Jäger mit soviel Ehrfurcht sprachen, noch viel höher und weiter entfernt sein sollte. Er seufzte tief, wahrscheinlich würde er diesen Himmel wohl nie zu Gesicht bekommen, und begann seinen Abstieg.

Der Weg erschien ihm endlos. Die Treppe wand sich immer rund um die ganze Höhle, damit auch alle aus der Wand kommenden Gänge Zugang zu ihr hatten und nicht ins Bodenlose führten. Finn war froh, als er endlich unten ankam. Noch immer zeigte sich kein einziger Kleinling im Zentrum und es war geradezu unheimlich still.

Ohne weitere Zeit zu verlieren, lief er über den runden Platz zur Geschichtenhöhle. Als er dann vor der Tür stand und die bunten Bilder bestaunte, die allesamt Szenen von der Oberfläche zeigten, durchströmte ihn das gleiche erwartungsvolle Glücksgefühl wie früher, wenn er ungeduldig auf den Einlass wartete. Am schönsten fand er das Bild oben rechts in der Ecke. Es zeigte eine strahlend weiße, kleine Fee mit durchsichtigen Flügeln, die unter einer blauen Glockenblume Schutz vor dem Regen suchte, der aus Wolken an der obersten Kante der Tür plätscherte. Sie starrte den Betrachter aus ihren großen Augen vorwurfsvoll an, als wollte sie sagen: »Unverschämtheit, dass ich ausgerechnet an dieser ungemütlichen Stelle stehen muss. Meine Flügel werden ja ganz nass.«

Ihre Augen waren so blau wie die von Finn, und vielleicht liebte er sie deshalb schon seit seiner Kindheit, weil sie außer ihm das einzige Wesen in Mommenheim mit blauen Augen war. Er betrachtete sie eine Weile lächelnd, bis ihm wieder sein Auftrag einfiel.

Ohne noch weitere Zeit zu verlieren, ergriff Finn den hölzernen Türknauf und drehte ihn, woraufhin die Tür mit leisem Knarren nach innen aufschwang. Drinnen hatte Finn eigentlich Dunkelheit und Leere erwartet und war sehr überrascht, als ihm sanftes gelbes Licht entgegenstrahlte.

Der Raum war recht groß mit einer hohen gewölbten Decke, die ebenfalls mit Bildern und Szenen von der Oberwelt bemalt war. An der Wand war eine kleine Holzbühne, auf der die Jäger normalerweise saßen und ihre Erzählungen vortrugen. Davor standen viele Reihen Holzbänke, die sonst bis zum letzten Platz mit Kleinlingkindern gefüllt waren, die mit offenen Augen und Mündern staunend, begeistert und völlig gefesselt den Geschichten lauschten. Heute saß nur eine Person in der ersten Reihe der Holzbänke und blickte regungslos auf die leere Bühne. Da der Kleinling ihm den Rücken zudrehte und auch bei seinem Eintreten keine Bewegung gezeigt hatte, konnte Finn nicht erkennen, um wen es sich handelte.

Doch da er der Einzige hier war, musste er derjenige sein, dem er das Blatt schenken sollte. Die völlige Bewegungslosigkeit des unbekannten Kleinlings irritierte Finn, und er begann etwas hektisch in seinem Rucksack nach dem Blatt zu wühlen. Als er es endlich gefunden hatte, stand er einen Augenblick lang da und wusste nicht so recht, was er jetzt damit machen sollte. Es erschien ihm irgendwie unhöflich, ja sogar dreist, diesen scheinbar in Gedanken versunkenen Fremden zu stören, aber schließlich überwand er sein Unbehagen und ging vorsichtig die Bankreihen entlang. Seine Schritte hallten einsam von den steinernen Wänden wieder. Noch immer zeigte der Fremde keine Reaktion, doch sein Profil wurde immer besser sichtbar. Als Finn schließlich direkt vor der ersten Bankreihe stand, hatte er den Kleinling längst erkannt. Es handelte sich um einen Jäger namens Rumbolt. Seinen Namen kannte mit Sicherheit jedes Kind in ganz Mommenheim, er war das, was man wohl eine lebende Legende nennt. Sein Leben lang war er der beste Jäger weit und breit gewesen, und selbst jetzt im Ruhestand genoss er noch immer die Bewunderung vieler Kleinlinge. Es gab dutzende Geschichten über Rumbolts Kämpfe mit wilden Raubtieren, aus denen er natürlich immer siegreich hervorgegangen war. Weitere erzählten davon, wie Rumbolt es mit einer List schaffte, ganz allein ein Rebhuhn für die Kolonie zu erlegen, oder wie Rumbolt die Kolonie vor einem Angriff der Kobolde bewahrt hatte.

Finn kannte alle diese Geschichten auswendig, und obwohl nie Sicherheit darüber herrschte, welche tatsächlich geschehen waren, und welche vielleicht die große Verehrung für Rumbolt und das viele Gerede über ihn hervorgebracht hatten, glaubte Finn sie in seinem Herzen trotzdem. Gerade für ihn, der nichts lieber täte, als ein Leben wie das von Rumbolt zu führen, war dieser Jäger eine verehrungswürdige Person. Umso schwerer fiel es Finn jetzt, sein Gegenüber, das noch immer keine Notiz von ihm zu nehmen schien, anzusprechen. Ihm war klar, dass er ziemlich lächerlich aussehen musste mit seinem grünen Blatt in der Hand und seinem ehrfürchtigen Gesichtsausdruck, mit dem er Rumbolt anstarrte. Er überlegte, das Gespräch vielleicht mit »Sir Rumbolt« zu beginnen, aber das erschien ihm zu unterwürfig, vielleicht besser »sehr verehrter Herr Rumbolt«, aber das erschien ihm zu lang und zu gestelzt, einfach nur »hallo« konnte man zu so einem berühmten Kleinling wohl auch nicht sagen.

Doch während Finn sich noch über eine passende Ansprache den Kopf zermarterte, murmelte Rumbolt plötzlich, ohne ihm sein Gesicht zuzuwenden oder sich sonst irgendwie zu bewegen: »Nun setz dich schon zu mir, Junge, ich beiße nicht.«

Finn fühlte sich irgendwie ertappt und schlich zögernd die Bank entlang auf Rumbolt zu. So nah war er ihm noch nie gewesen. Er ließ sich vorsichtig neben ihm nieder, nahm allen Mut zusammen und hielt ihm das Blatt hin: »Ddddas ist für Sie, Herr Rumbolt.«

Es kam mehr wie eine Frage aus seinem Mund als wie eine Aussage. Finn verfluchte sich für seine Stotterei und schämte sich bereits in Grund und Boden. Rumbolt wandte sich ihm jetzt zum ersten Mal zu. Sein Gesicht war alt und die faltige Haut hatte ihren grünen Schimmer fast völlig verloren. Doch als sich jetzt die vielen Runzeln zu einem breiten und unverhofften Lächeln verzogen und die vorher etwas herabhängenden Spitzohren sich wieder aufmerksam aufstellten, wirkte es wie das freundlichste Gesicht, in das Finn je geblickt hatte. Ein Großteil seiner Nervosität verschwand.

»So, so«, sagte Rumbolt und nahm das grüne Blatt in seine alten, knochigen Hände. Er besah es sich eine Weile stumm, betastete es, ließ es durch die Finger gleiten und roch schließlich sogar daran.

Er flüsterte mehr zu sich als an Finn gerichtet: »Immer wieder schön, so einen kleinen Schatz von da oben in den Händen zu halten. Noch wertvoller, seit ich selbst nicht mehr rausgehe. Danke, mein junger Finn.«

Finn war etwas verdattert, dass der große Rumbolt seinen Namen kannte, den Namen irgendeines Jungen aus den ärmeren Wohngebieten der Kolonie. Dann erinnerte er sich wieder an seine Geburtstagaufgabe, die ihm seit dem Zusammentreffen mit Rumbolt völlig entfallen war. Er hatte ihm das Blatt gegeben, ohne weiter darüber nachzudenken, doch jetzt fiel ihm erst auf, was es bedeutete, das Rumbolt um diese Zeit hier war. Der große Rumbolt hatte nur auf ihn gewartet, er gehörte mit zur Geburtstagsüberraschung. Wie hatten seine Freunde das nur geschafft? Es war mit Sicherheit keine Idee seiner Mutter gewesen. Sie würde diese Chance für Finn, sich noch mehr für den Beruf des Jägers zu begeistern, sicher sehr missbilligen. Finn fasste sich ein Herz und murmelte schüchtern: »Entschuldigung, Herr Rumbolt.«

»Einfach nur Rumbolt bitte, mein Junge.«

»Also, Entschuldigung Rumbolt, aber mir scheint, Sie haben mich hier erwartet. Gehören Sie zu meiner Geburtstagsaufgabe? Haben Sie vielleicht einen Hinweis für mich?«

Der alte Kleinling lächelte wieder freundlich und antwortete etwas schelmisch: »Das mag wohl sein, mein junger Freund. Also, pass gut auf.«

Er räusperte sich, stand auf und kletterte trotz seines Alters noch behände auf die Bühne. Jetzt, wo Finn ihn so nah und in voller Größe sah, fühlte er sich unheimlich winzig. Rumbolt war ziemlich groß für einen seines Volkes und zudem hatte sein gefahrenreiches und aktives Leben ihm einiges an Muskeln und Kraft gebracht. Die zeichneten sich bei jeder Bewegung unter seinem grünen Blattfaserhemd ab.

Er warf sich in die Pose eines Poeten, der ein Kampfgedicht vorträgt und donnerte mit seiner tiefen Stimme, die sofort den ganzen Raum bis zur gewölbten Decke füllte: »Sie leben gern im Dunkeln, dass Licht ist ihr Feind, sie haben viele Beine und gehen immer zu zweit, ihr Heim ist unter Steinen oder bei uns Kleinen. Finde sie nur, dann hast du die nächste Spur.«

Er machte eine theatralische Verbeugung und sprang wieder von der Bühne.

»Falls du dir so schnell nicht alles merken konntest und noch darüber nachdenken musst, hab ich das Ganze hier noch mal schriftlich. Kann man zwar kaum lesen dieses Gekrakel von deinem Freund, aber du wirst das sicherlich gewohnt sein.«

Finn nickte grinsend und antwortete dann, nicht ohne eine

Spur von Stolz: »Nein, lass nur, Rumbolt. Ich glaub, ich hab das Rätsel schon gelöst. Ich weiß, wo ich hin muss.«

»Hm, ein kluges Kerlchen, was? Sowas gefällt mir. Überhaupt gefällst du mir, mein Junge. Wie wär's, wenn du mich mal besuchen kommst? Ich hörte von deinen Freunden, dass du dich sehr für Kram und Geschichten von da oben«, er deutete mit dem Finger in Richtung Höhlendecke, »interessierst. Ich hab da so einiges bei mir zu Hause, was einen Besuch lohnt, denke ich. Also, wenn du Lust hast.«

»Klar, hab ich Lust«, fiel Finn ihm ins Wort. Er strahlte vor Freude über dieses unerwartete Angebot. »Danke Herr ..., ich meine Rumbolt, das ist einfach unglaublich.«

Der Alte lächelte fröhlich und legte Finn seine Hand auf die Schulter: »Betrachte es als Geburtstagsgeschenk von mir, und jetzt sieh zu, dass du deine Aufgabe zu Ende bringst. Viel Glück, mein Junge.«

Unter vielen Dankesreden und Verabschiedungen verließ Finn immer noch ganz taumelig vor Glück die Geschichtenhöhle, während Rumbolt wieder seinen Platz in der ersten Reihe einnahm. Er konnte es kaum fassen – der große Rumbolt hatte ihn, Finnholf, zu sich nach Hause eingeladen, um ihm seine Schätze aus der Oberwelt zu zeigen. Er hopste förmlich über den runden Platz vor Freude und es dauerte eine ganze Weile, bis er sich wieder soweit beruhigt hatte, dass er darüber nachdenken konnte, wohin er als nächstes gehen musste. Rumbolts Rätsel hatte er schnell gelöst. Es waren natürlich Höhlenasseln gemeint, die sich viele Kleinlinge als Haustiere hielten. Sie waren optimal für ein Leben hier unten geschaffen, weil sie die Dunkelheit liebten, und meistens hielt man sie auch wirklich zu zweit, da sie gesellige Tiere waren.

Wenn er nach einer größeren Ansammlung von ihnen suchen sollte, empfahl es sich wahrscheinlich, zu dem Haustierhändler zu gehen, der sämtliche Haustiere, die man hier unten halten konnte, an der Oberwelt einfangen und hertransportieren ließ. Soweit Finn wusste, hatte dieser Kleinling seinen Laden in einer der unteren Abzweigungen von der großen Zentrumshöhle. Finn hatte als Kind immer zu gern eine Höhlenassel oder eine kleine Erdkröte haben wollen, doch Luna duldete bis auf ein paar Glühwürmchen, die sich einfach halten ließen, keine Haustiere, und außerdem wäre deren Versorgung zu teuer geworden.

»Weißt du eigentlich, was so eine ausgewachsene Erdkröte frisst, selbst wenn du eine von den ganz kleinen Arten nimmst? Wovon sollen wir die ganzen Insekten bezahlen, Finn?«, hielt sie ihm dann lautstark vor.

Finn hatte also auch diesen Wunsch schließlich aufgeben müssen, wie so viele, die an Lunas Beharrlichkeit und Strenge gescheitert waren. Sie gehörte eindeutig nicht zu den Frauen, denen ein Kind mit ein bisschen Weinen und Betteln irgendetwas abschwatzen konnte.

Finn machte sich auf den Weg die Treppe hinauf, die er vorhin erst hinuntergeklettert war, nur in dieser Richtung war es wesentlich anstrengender. Zum Glück fand er den richtigen Gang schon beim ersten Versuch und musste nicht lange auf der Treppe hoch und runter herumirren. Es war der dritte Zugang zum Zentrum von unten. Er war recht eng und dunkel, und Finn fühlte sich nach der Weite, die ihn vorher umgeben hatte, hier doch recht eingesperrt. Er rannte den Gang fast hinunter, um es schnell hinter sich zu bringen. Vor sich sah er schon einige Lichter der hier angesiedelten Läden. Zuerst kam er an einem Lebensmittelgeschäft vorbei, in dessen Schaufenster frische grüne Raupen herumkrabbelten. Ein Aushang an der Tür wies darauf hin, dass Korn knapp sei und man größere Mengen zwei Wochen vorher bestellen müsse. Als nächstes kam ein Schuster, bei dem Finn immer seine Schuhe bekommen hatte, weil er sehr günstig war.

Dann stand er vor »Montys Haustierhöhle«, dem Traumladen seiner Kindheit. An der Tür hing ein Schild auf dem stand: »Junge Asseln und Leuchtkrabbler sind eingetroffen und günstig abzugeben.«

›Wie praktisch‹, dachte Finn. ›Genau was ich suche‹, und er trat ein. Beim Öffnen der Tür läutete schrill ein kleines Glöckchen. Drinnen war es schummerig und dunkler als auf dem Gang. Nur in der Ecke des kleinen Raumes brannten ein paar Kerzen vor einem Mann, der an einem Tisch saß und etwas schrieb. Er war klein, dick und mittleren Alters. Seine Ohren waren für einen Kleinling extrem spitz und standen vorwitzig nach vorne ab. Er hob den Kopf als das Glöckchen läutete, und blickte Finn mit gerissenem Verkäuferblick entgegen. Im nächsten Moment grinste er breit, wobei er viele schlechte Zähne entblößte.

»Einen schönen guten Tag, mein junger Herr. Was wünschen Sie? Wie kann ich Ihnen dienen?«, säuselte er kriecherisch, während er sich erhob und auf Finn zueilte. Finn hatte derweil den Rest des Raumes überblickt, der bis zur Decke vollgestellt war mit Holzkäfigen, in denen allerhand Getier herumkroch. Finn sah eine mittelgroße braune Kröte, die ihn aus ihren gelben Augen desinteressiert anblickte. Darüber war ein Käfig vollgestopft mit Nachtfaltern aller Sorten und Größen, die wild durcheinander flatterten. Rechts daneben befand sich ein Turm aus Käfigen, die allesamt kleine, graue und sehr flink umherkrabbelnde Höhlenasseln enthielten. Die ebenfalls angebotenen Leuchtkrabbler sah er in der Ecke links von sich. Sie schillerten im schwachen Licht der Kerzen abwechselnd grün, rot oder blau.

»Guten Tag«, sagte Finn zu dem Verkäufer, »ich interessiere mich für Asseln.«

Der Verkäufer rieb sich die Hände: »Ja, da habe ich im Moment ein paar ausgezeichnete Exemplare vorrätig. Sind sogar im Angebot, mein Junge.«

Finn achtete nicht auf das Gerede des Tierhändlers, sondern erklärte: »Mein Name ist Finn. Haben Sie vielleicht irgendwelche Informationen für mich, bezüglich meines Weges?«

Er sah, wie das schleimige Verkäuferlächeln verblasste und zu einer enttäuschten Grimasse wurde, weil der vermeintliche Kunde sich soeben als reiner Bittsteller entpuppt hatte. Mürrisch drehte der Tierhändler sich wieder um und schlurfte, ohne eine Antwort zu geben, zurück zu seinem Schreibtisch. Dort begann er in einer Schublade herumzukramen, bis er unter einigen Flüchen und Verwünschungen schließlich ein Blatt hervorzog, dass er Finn mit spitzen Fingern und ohne ein weiteres Wort in die Hand drückte. Danach verschwand er unter unverständlichem Gemurmel einfach hinter einem Vorhang, der scheinbar zu seiner Lagerhöhle führte. Finn blieb allein zurück und wollte einen Blick auf das Blatt werfen, aber es war einfach zu düster hier drin, um etwas genau erkennen zu können. Also verließ er das enge Geschäft mit einem letzten sehnsüchtigen Blick auf die braune Kröte.

Wieder auf dem Gang, atmete er erst mal tief durch. Ihm war gar nicht bewusst gewesen, wie stickig und voller Tiergerüche die Luft in »Montys Haustierhöhle« gewesen war. Jetzt war er froh, aus dieser Haustierfalle entkommen zu sein und richtete seine Aufmerksamkeit auf das erhaltene Blatt. Diesmal stand gar nichts darauf geschrieben, sondern es war eine kleine Zeichnung von einem mehr oder weniger gut zu erkennenden Kleinling, der ein großes Buch in den Händen hielt. Obwohl die Zeichnung ziemlich schlecht war, wusste Finn sofort, um was es sich handeln musste. Er vermutete, dass Lund das Bild gezeichnet hatte, damit es schwerer zu erraten war. Lund war im Zeichenunterricht immer der Schlechteste. Die Kritzelei zeigte die Statue des steinernen Kleinlings, der das große Buch seit jeher in den Händen hielt. Der stand in der Versammlungshöhle, also war das wohl sein nächstes Ziel. Allerdings wollte er erst mal etwas essen, vom vielen Hin- und Herlaufen war er langsam hungrig geworden. Finn wollte aber auf keinen Fall hier in diesen engen Gängen bleiben, also entschloss er sich, zurück ins Zentrum zu gehen und sich dort auf dem runden Platz irgendwo hinzusetzen.

Als Finn auf das Plateau vor dem Gang trat und die Treppe wieder hinunterstieg, sah er schon, dass ganz Mommenheim mittlerweile erwacht war. Überall auf den Treppen rund um das Zentrum liefen geschäftige Kleinlinge hoch und runter, auch auf dem runden Platz wuselten Dutzende herum. Sie schleppten Vorräte aus der Nahrungsausgabehöhle nach Hause, tratschten in kleinen Gruppen, trugen Wassereimer in großen Kiepen oder schlenderten einfach nur allein oder zu mehreren an den Läden vorbei. Ein nervöses Summen von vielen kleinen Stimmen erfüllte die ganze Höhle. Finn sah sich nach einem ruhigen Platz für seine Zwischenmahlzeit um und entschied sich für einen erdigen Vorsprung in einer etwas abgelegenen Ecke des Platzes. Von hier aus konnte er das geschäftige Treiben im Zentrum beobachten und hatte trotzdem ein bisschen seine Ruhe beim Essen.

Er wickelte ein Brot mit zerstampften Höhlenpilzen aus einem getrockneten Blatt und biss genüsslich hinein, dazu aß er ein paar weiße Käfermaden, die Luna ihm in einem kleinen Holztiegel eingepackt hatte. Kauend beobachtete er die Kleinlinge auf dem Platz. Gerade lief eine Horde älterer Damen lautstark schwatzend und kichernd von einem Geschäft zum anderen und kaufte jede Menge Plunder. Finn hatte den Eindruck, dass jede die anderen mit ihren Einkäufen übertreffen wollte. Mittlerweile waren alle so beladen, dass sie einen Wagen gebraucht hätten, um noch mehr Waren wegzuschleppen.

Finn schüttelte grinsend den Kopf und wickelte den Rest seines Brotes wieder ein. Er wollte sich beeilen und nicht zuviel Zeit mit dem Essen verschwenden, da er neugierig war, wie der Tag weitergehen würde. Deshalb packte er seine Sachen zurück in den Rucksack, sprang wieder vergnügt auf seine Füße und lief im Zickzack um die anderen Spaziergänger herum, auf das Tor zur Versammlungshöhle zu.

Das Tor an sich war viel zu groß und zu schwer, um es allein zu öffnen. Wenn er, so wie jetzt, genau davor stand, sah es wirklich gewaltig aus. Es war ungefähr fünfmal so hoch wie Finn und ein wahres Meisterwerk der Kleinlingschnitzkunst mit seinen hölzernen Blumen und Ranken, die sich über das gesamte Tor zogen. Im rechten Torflügel befand sich eine kleine Tür, die man bei inoffiziellen Gelegenheiten, wenn die Torflügel geschlossen waren, benutzen konnte. Finn ergriff den Türknauf und drehte ihn herum, doch nichts passierte. Die Tür war verschlossen. Das hatte er noch nie erlebt. Finn starrte etwas ratlos auf die Tür. Er musste da hinein, sonst war seine Geburtstagsaufgabe hier gescheitert. Er überlegte und probierte den Knauf noch einmal, er versuchte sogar die Torflügel aufzuziehen, was einige vorbeikommende Kleinlinge sehr zum Lachen anregte, doch nichts half.

Plötzlich kam ihm eine Idee. Wer hatte den Schlüssel für diese Tür? Sicherlich eines der Ratsmitglieder. Der Rat hatte seinen Sitz ganz oben am Ende der Treppe hinter der letzten Tür, praktisch an der Decke der Zentrumshöhle. Finn stöhnte, das war ein fürchterlich anstrengender und langer Weg die Treppe hinauf. Doch wie es schien, war es der einzige, also machte er sich lieber sofort an die Lösung seines Problems.

Stufe für Stufe immer im Kreis um die Höhle folgte er den Windungen der Treppe. Ungefähr auf der Hälfte musste er sich kurz auf einem Plateau hinsetzen und ausruhen, bevor er weitergehen konnte. Seine Beine schmerzten und trotz der niedrigen Temperaturen in Mommenheim lief ihm der Schweiß von der Stirn. Er fragte sich, wie die alten Herrschaften des Rates jeden Tag diesen Weg meisterten. Sie mussten einen Trick haben.

Als er endlich die letzte Treppenwindung hinter sich hatte und vor der kleinen Holztür ganz oben an der Höhlendecke stand, war seine Wasserflasche fast leer, und Finn lehnte sich einen Augenblick gegen die Wand, um zu verschnaufen. Von hier oben hatte er das Zentrum noch nie betrachtet und es war wirklich erstaunlich, wie weit der Boden entfernt war. Er spürte ein leichtes Schwindelgefühl, wenn er sich über den Rand beugte, um direkt nach unten zu sehen, aber auch eine Art freudiger Erregung, angesichts dieses gewaltigen Ausblickes. Die unten herumwuselnden Kleinlinge waren nur noch bedeutungslose Punkte, und Finn hatte das Gefühl, hier oben das erste Mal richtig frei zu sein. Sein Atem ging jetzt wieder ruhiger. Er hatte sich von dem steilen Aufstieg, den er für diese Aussicht jederzeit wieder machen würde, erholt und fühlte sich in der Lage, dem Rat gegenüber zu treten, um sein Anliegen vorzutragen. Dazu hatte er schließlich seit seiner Einweihung das Recht. Allerdings war Finn beim Anblick der völlig schnörkellosen, fast streng wirkenden Holztür doch ziemlich mulmig. Vielleicht würden die Ältesten ihn gar nicht anhören, sondern gleich wieder fortschicken. Noch viel mehr Sorgen als die Ältesten machten Finn die Magischen, die den anderen Teil des Rates bildeten. Er hatte noch keinen von ihnen je aus der Nähe gesehen, da sie eigene Bereiche in Mommenheim bewohnten, die für Normale nicht zugänglich waren. Finn waren sie schon immer unheimlich, und das, obwohl sie bei den meisten Mommenheimern sehr geachtet waren. Luna hatte ihn vor dem Umgang mit Magischen gewarnt. Sie hasste Magisches, aber Finn kannte den Grund dafür nicht. Er hatte sie einige Male danach gefragt, aber nie eine Antwort erhalten.

Im Moment hatte er jedenfalls keine Zeit, darüber nachzudenken. Er stand vor der Tür zur Ratshöhle, nahm seinen Mut zusammen und klopfte zaghaft an. Er wartete, doch hinter der Tür schien sich nichts zu regen, also klopfte er erneut, diesmal etwas nachdrücklicher. Drinnen hörte er ein lautes Räuspern, dann rief eine gebieterische Stimme: »Bitte einzutreten!«

Finn erschauderte, fast hatte er gehofft, es würde niemand antworten und er könnte wieder gehen, doch nun gab es kein Zurück mehr. Er griff nach dem Türknauf, der bei dieser Tür nicht aus Holz, sondern aus poliertem Stein war und drehte ihn bis die Tür aufsprang.

Finn steckte zögernd den Kopf durch den Türspalt und schaute in einen relativ kleinen Raum mit normaler gerader Decke und ohne irgendwelchen Schmuck oder Malereien an den Wänden. Stattdessen standen dort unzählige Bücherregale, die sich durchbogen unter der Last der vielen Bücher, mit denen sie vollgestopft waren. Finn hatte noch nie so viele Bücher gesehen. Normale Kleinlinghaushalte besaßen so etwas Kostbares nicht. Bis jetzt hatte Finn nicht einmal gewusst, dass eine solche Menge an Büchern in Mommenheim überhaupt existierte.

In der Mitte des Raumes stand ein langer, stabiler und sehr massiv wirkender Tisch. Er bot genug Platz für alle Mitglieder des Rates, aber im Moment waren zweifellos nicht alle anwesend. Finn sah am Kopf der Tafel den Ältesten der Ältesten, Heronimus, sitzen. Sein langer weißer Bart lag auf dem Tisch und er blickte ihm freundlich entgegen. Rechts von ihm saß der Zweitälteste – Rachus.

Man konnte die Ältesten an ihren weißen Bärten und an ihren langen schwarzen Roben erkennen, die sie immer trugen.

Rachus blickte Finn keinesfalls freundlich an, sondern eher ungnädig und missmutig. Über seinen Augenbrauen zog sich die graue faltige Haut zu einem strengen Ausdruck zusammen. Finn, der ihn das erste Mal aus der Nähe sah, fand Rachus auf den ersten Blick unsympathisch und ebenso schien es dem Alten mit Finn zu gehen.

Links von Heronimus saß eine wunderschöne Kleinlingfrau. Ihr Alter war für Finn schwer zu schätzen, sie schien nicht alt und auch nicht jung zu sein. Sie gehörte schon relativ lange dem großen Rat an, und ihr Name war, soviel er gehört hatte, Luselda. Sie hatte langes rotes Haar, das einen hinreißenden Kontrast zu ihrer mehr grünen als braunen Haut ergab, und ein offenes Gesicht, das Finn entgegenlächelte. Trotz der Tatsache, dass sie eine Magische war, machte sie Finn keine Angst. Sie erschien ihm freundlich und irgendwie wundervoll.

Das konnte man von dem Kleinling, der neben ihr saß, kaum behaupten. Auch er war magisch, sonst würde er in seinem Alter nicht in diesem Rat sitzen. Finn schätzte ihn noch relativ jung, zwischen 30 und 40 Kleinlingjahren vielleicht. Er hatte pechschwarze Wuschelhaare und einen sehr durchtrainierten Körper. In seinem Gesicht erkannte Finn keine Spur von Freundlichkeit. Stattdessen musterte ihn der Magische so überlegen und selbstgefällig, dass Finn das Gefühl hatte, unter seinem Blick auf Ameisengröße zu schrumpfen.

Sonst schien niemand vom Rat da zu sein. Es fehlten vier Mitglieder, zwei Alte und zwei Magische. Was Finn anging, so reichten ihm diese hier schon voll und ganz. Sie alle starrten ihn an und warteten scheinbar darauf, dass er eintreten würde, also schob Finn den Rest seines Körpers durch die Tür und schloss sie vorsichtig hinter sich. Dann trat er zögerlich an das Ende des Tisches. Die Ratsmitglieder starrten ihn immer noch an. Finns Hände suchten fahrig nach einer Beschäftigung, fanden aber keine und machten deshalb allerlei komische Verdrehungen.

Schließlich räusperte sich Heronimus am Kopf der Tafel wieder geräuschvoll und richtete sein Wort endlich an Finn:

»Schönen guten Tag, mein Junge. Was verschafft uns die Ehre deines unerwarteten Besuches?«

Finn hatte Angst, er würde kein Wort herausbekommen, wenn er den Mund aufmachte. Doch obwohl seine Stimme piepsig und gar nicht wie seine eigene klang, schaffte er es zu stammeln: »Ddder Schlüssel. Ich meine, ich brauche ..., ich hätte gerne den Schlüssel.«

Der Magische mit dem arroganten Blick begann gehässig zu lachen und äffte Finn nach: »Wwwelchen SchSchSchlüssel dddenn?«

Er handelte sich damit sowohl einen warnenden Blick von Heronimus ein als auch ein Stirnrunzeln von Luselda. Der zweite Alte jedoch grinste schadenfroh. Finn wollte sich jetzt nicht unterkriegen lassen. Obwohl er sich ziemlich dumm vorkam, versuchte er, den selbstgefälligen und immer noch über seinen eigenen Witz lachenden Magier zu ignorieren und sich nur auf Heronimus zu konzentrieren, der hier schließlich das Sagen hatte.

»Ich hätte gerne den Schlüssel für die kleine Tür zur Versammlungshöhle. Sie ist abgeschlossen und ich dachte, Sie haben vielleicht den Schlüssel.«

Finn war froh, dass es diesmal ohne Stottern herausgekommen war. Heronimus legte seine Stirn in Falten und wand sich an den Alten neben ihm: »Rachus, wieso ist diese Tür zu? Sie soll doch eigentlich immer offen sein, damit jeder Mommenheimer freien Zutritt hat. Das ist ein kleinlingsches Recht aller Eingeweihten. Die Ordner unterstehen dir und es ist eine ihrer Pflichten, diese Tür jeden Tag zu öffnen. Stelle fest, wer sie unberechtigt abgeschlossen hat und sorge in Zukunft besser für deine Bereiche.«

Rachus nickte eifrig, jedoch mit einem Gesichtsausdruck, der eine gewisse Empörung nicht ganz verstecken konnte. Als er seinen Blick auf Finn richtete, zeigte er unverhohlene Wut. Finn erschauderte angesichts dieses boshaften alten Kleinlings und war froh, als Heronimus ihn davon ablenkte und freundlich zu ihm sagte: »Die Tür wird jeden Moment geöffnet sein, wir nehmen sofort mit den zuständigen Ordnern

Kontakt auf. Danke für deine Umsicht, uns zu benachrichtigen, mein Junge.«

Finn war zwar neugierig, mit wem sie von hier oben aus so schnell Kontakt aufnehmen wollten, doch die Audienz war eindeutig beendet und außerdem gehörte es sich wohl nicht, zu fragen. So verabschiedete er sich mit einer kleinen Verbeugung und einem Lächeln, das von Heronimus und der rothaarigen Magierin erwidert, von den beiden anderen jedoch ignoriert wurde.

## 3

Nachdem Finn die Tür hinter sich geschlossen hatte, begann drinnen ein lautstarker Streit. Die rothaarige Magierin Luselda redete auf ihren hochnäsigen magischen Sitznachbarn Amos ein, weil er sich Finn gegenüber so unhöflich verhalten hatte. Dabei blitzten ihre Augen und aus ihren feuerroten Haaren schienen vor Wut kleine Fünkchen zu sprühen. Amos, der sonst so Selbstgefällige, schrumpfte unter ihrem Angriff sichtbar zusammen. Quengelig wie ein trotziges Kind maulte er vor sich hin, dass es sich schließlich nur um einen Normalen gehandelt habe und dazu noch um einen ziemlich dämlichen.

Er imitierte wieder Finns Stottern, was Luselda erst recht in Wut versetzte. Sie erhob sich plötzlich von ihrem Stuhl, um dem ohnehin schon lange verhassten Amos eine Lektion zu erteilen. Sie hatte telepathische Kräfte und konnte mit Leichtigkeit Macht über einen fremden Geist erlangen. Amos duckte sich ängstlich in Erwartung ihres Angriffs, doch Heronimus fuhr Luselda dazwischen, indem er sie sanft am ausgestreckten Arm packte und zurück auf ihren Stuhl zog.

»Nur die Ruhe, meine Liebe«, murmelte er beschwichtigend, »wir haben Wichtigeres zu tun, als uns gegenseitig zu bekämpfen.«

Amos, der sich vor Angst schon fast unter dem Tisch verkrochen hatte, kam jetzt wieder hervor und setzte sofort ein großspuriges Grinsen auf, als wäre nichts geschehen. Er wusste genau, dass Luselda wesentlich mächtiger war als er, und er hasste sie dafür schon seit ihrer gemeinsamen Zeit in der Schule für Magische. Dieses Mal jedoch hatte er Glück gehabt und war ihrem Zauber entgangen.

Heronimus ergriff jetzt wieder das Wort und wandte sich zuerst an Luselda: »Würdest du bitte so freundlich sein, und einen der Ordner dazu bringen die Tür zur Versammlungshöhle aufzusperren? Ohne dass er das merkt selbstverständlich. Das ist jetzt erst mal das Wichtigste.«

Sie nickte nur, stand von ihrem Stuhl auf und zog sich in eine Ecke des Raumes zurück, um sich besser konzentrieren zu können. Sie trug ein grünes Kleid, das exakt mit der Farbe ihrer Augen und ihrer Haut harmonierte. Es hatte sehr lange und weite Ärmel, die sie jetzt mit erhobenen Armen vor ihr Gesicht hielt. Man hörte sie hinter dem grünen Schleier murmeln mit einer Stimme, die viel dunkler war als normalerweise.

Amos hasste es, wenn sie das tat, denn in ihrer Kindheit hatte sie ihn oft damit geärgert. Er war dann beispielsweise minutenlang herumgehüpft oder hatte singen müssen oder was sie sich auch immer ausdachte, bis einer der Lehrer sie zurechtwies. Er wurde jäh aus diesen unangenehmen Kindheitserinnerungen gerissen als Heronimus ihn ansprach: »Amos, AMOS!«

»Ja. Ja, bin ja da. Was ist denn?«

»Ich sagte gerade, dass ich von dir erwarte, dass du dich deinem Alter entsprechend benimmst und uns nie wieder so blamierst wie eben. Was soll dieser Junge denn von uns denken? Das der große Rat aus gemeinen und kindischen Kleinlingen besteht? Wirklich, ich bin sehr enttäuscht von deinem Benehmen. Du solltest nie vergessen, dass wir für diese Kleinlinge da sein müssen. Ohne sie gäbe es uns gar nicht, denn wer braucht einen großen Rat ohne Volk? Denk darüber nach!«

Amos ließ sich schmollend tiefer in seinen Stuhl sinken, verschränkte die Arme vor der Brust und machte ein zutiefst beleidigtes Gesicht. Man hatte wirklich nicht den Eindruck, als würde er auch nur eine Sekunde lang über Heronimus Worte nachdenken. Viel mehr gefiel er sich in der Rolle des unverstandenen und ungerechtfertigt gedemütigten Helden. Heronimus wandte sich, über soviel Ignoranz seufzend, an Rachus: »Dich möchte ich bitten, sofort mit den Ordnern zu sprechen und herauszufinden, wer es sich angemaßt hat, diese Tür abzuschließen und vor allem aus welchem Grund. Mir fällt einfach keiner ein und ich habe ein ungutes Gefühl bei dieser Sache.«

Rachus nickte wieder eifrig und verschlagen, rührte sich jedoch nicht vom Fleck.

»SOFORT bitte, Rachus«, setzte Heronimus entnervt hinzu, und Rachus verschwand knurrend und vor sich hin murmelnd durch eine Geheimtür. Diese war hinter einem der Bücherregale versteckt und ersparte dem Rat das Treppenlaufen. Dahinter befand sich eine Plattform, die an ihren vier Ecken mit Seilen gehalten wurde. Diese Seile führten alle zu zwei Rollen an der Decke und liefen dann nach unten, wo sie an einem schweren Stein festgebunden waren. Mit dieser Seilwindenkonstruktion konnten die Ratsmitglieder einfach auf der Plattform stehen und sich je nach Belieben an den Seilen rauf oder runter ziehen. Unten kamen sie in einem weiteren Geheimraum an, von dem eine unsichtbare Tür zu einem der normalen Gänge in Mommenheim führte.

Heronimus lehnte sich mit in tiefe Falten gelegter Stirn in seinem Sessel zurück und dachte eine Weile schweigend nach. Luselda hatte ihren Auftrag mittlerweile erledigt und einem ahnungslosen Ordner, der gerade die Eingangstür von Mommenheim bewachte, die fixe Idee in den Kopf gesetzt, er müsste seinen Posten jetzt verlassen und besser mal kontrollieren, ob die kleine Tür im Tor zur Versammlungshöhle auch ordnungsgemäß offen war. Dank Luseldas Geschick wunderte er sich keineswegs über diese eigentlich höchst merkwürdige Eingebung.

Luselda hatte wieder neben Heronimus Platz genommen und beobachtete ihn still, während er so dasaß und scheinbar tief in sich selbst versunken war. Sie machte sich etwas Sorgen um ihn, denn selbst für einen Kleinling war er wirklich schon sehr alt, und die vielen Probleme, die sein hohes Amt mitbrachte, trugen nicht gerade zu seiner Gesundheit bei. Auch ihn würde der Tod über kurz oder lang ereilen und dann kamen schwere Zeiten auf sie zu, weil der Zweitälteste, der dann den Vorsitz im Rat erhalten würde, kein anderer war als dieser boshafte Widerling Rachus. Luselda grauste es bei dem Gedanken, sich von diesem griesgrämigen Alten Befehle erteilen lassen zu müssen. Sie warf einen Blick nach rechts auf Amos, der, gelangweilt von der eingekehrten Ruhe, mit seinen Ohren spielte. Er zog sie an den Spitzen runter bis vor sein Gesicht und ließ dann los, so dass sie wieder nach hinten flogen und gegen seinen Kopf klatschten.

›Diesem armseligen Wurm würde es vermutlich gerade recht kommen, wenn Rachus hier irgendwann das Sagen hätte‹, dachte Luselda, ›dann könnte er sich endlich so schlecht benehmen, wie es ihm passt.‹

Auch ihre Stirn legte sich in nachdenkliche Falten.

## 4

Finn war sehr froh, als er wieder draußen vor der Tür der Ratshöhle stand. Er atmete tief durch und lehnte sich mit dem Rücken gegen die Wand. Er war erleichtert, dass er den Mut aufgebracht hatte, vor dem großen Rat zu sprechen. Immerhin hatte der Älteste der Ältesten sogar seine Umsicht, sie zu benachrichtigen gelobt. Trotzdem wollte er jetzt schnellstens hier weg. Er hörte hinter der Tür laute Stimmen und wollte nicht des Lauschens verdächtigt werden. Also machte er sich auf den langen Weg die ganzen Treppenwindungen wieder nach unten. Diesmal war es glücklicherweise viel weniger anstrengend. Viele andere Kleinlinge kamen ihm entgegen, überholten ihn oder wurden von ihm überholt, was jedes Mal ein kleines Gedränge auf der engen Treppe verursachte. Je später es wurde, umso geschäftiger, voller und wuseliger war es in Mommenheim, selbst die letzten Langschläfer waren jetzt aus den Betten gekrochen und gingen ihren Tagesgeschäften nach. Als Finn endlich unten ankam, fand er sich in noch größerem Gedränge wieder, der runde Platz war mittlerweile völlig überfüllt. Er kam nur langsam voran, lief im Zickzack durch die Menge und behielt immer das große Tor im Auge. Er musste sich von einer alten Dame als ungehobelter Flegel beschimpfen lassen, weil er sie nicht rechtzeitig gesehen hatte und deshalb fast mit ihr zusammengestoßen wäre. Dann stolperte er über einen kleinen Wasserkarren, den ein Mann neben ihm zog und wurde fast taub von dem lauten Geschnatter, Gekeife, Geschrei und Geplapper um ihn herum.

Er war heilfroh, diesem Chaos entkommen zu sein, als er endlich das große Tor vor sich sah und auf die kleine Tür zusteuerte. Er packte erneut den Türknauf und einen schrecklichen Augenblick lang fürchtete er, sie würde noch immer verschlossen sein. Dann wäre alles umsonst gewesen, und er müsste sich den ganzen Weg wieder zurückkämpfen. Doch schon nach einem leichten Drehen nach links sprang die Tür auf, und Finn trat in die große Versammlungshöhle.

Als er die Tür hinter sich schloss und damit den ohrenbetäubenden Lärm aus dem Zentrum aussperrte, war er einen Moment lang nur froh über die Ruhe und Leere hier drin und lehnte sich mit dem Rücken erschöpft gegen die Tür. Die Versammlungshöhle war einfach nur als wunderschön zu beschreiben. Sie war riesig und hatte eine sehr hohe kuppelförmige Decke, die komplett bemalt war. Es hatten ganze Bildergeschichten darauf Platz und man sah nicht selten, dass bei den wenigen Versammlungen hier drinnen wenigstens die Hälfte der anwesenden Kleinlinge die ganze Zeit mit den Augen an der Decke hing, anstatt an den Lippen des jeweiligen Redners. Auch Finn war bei den wenigen Gelegenheiten, zu denen er die Versammlungshöhle besucht hatte, fasziniert von den Malereien gewesen, zumal es sich auch hier größtenteils um Motive aus der Oberwelt handelte. Man sah Kleinlinge, die Beeren sammelten, es gab Feen und Trolle und sogar einen Riesen, der eine ganze Ecke für sich einnahm. Außerdem noch viele Landschaftszeichnungen und direkt über dem Rednerpodium breitete sich über die ganze hintere Wand ein rotgelber Sonnenuntergang aus. Vor dem Rednerpodest standen hunderte von Stühlen, die erst kurz vor dem Tor endeten, an dem Finn noch immer lehnte. Auf dem Podest thronten genau acht Sessel, auf denen der große Rat sonst Platz nahm. Links vom Podest stand die beeindruckende Statue des Kleinlings, der das große Buch in seinen vorgestreckten Armen hielt. Er war aus einem großen Stein gehauen, und die Legenden erzählten, dass zwei Steinmetze ihr ganzes Leben damit verbracht hatten, dieses perfekte Abbild eines Kleinlings zu schaffen. Natürlich war der Steinkleinling nicht wirklich ein Kleinling, sondern eher ein Großling, er war genauso hoch wie das Tor der Versammlungshöhle. Irgendwo bei diesem Koloss musste der nächste Hinweis liegen.

Finn ging die Bankreihen entlang auf die Statue zu. Je näher er ihr kam, umso gewaltiger wirkte sie und er fühlte sich geradezu winzig, als er schließlich davor stand. Obwohl der Steinkleinling ein freundliches Gesicht hatte, wirkte er irgendwie monströs und unheimlich auf Finn. Er umkreiste ihn und berührte den kalten Stein auf der Suche nach irgendetwas, das wie ein Hinweis aussah, doch er fand nichts. Schließlich nahm er sich einen der Stühle und stieg darauf, um weiter oben an der Statue nachzusehen, doch auch hier war nichts zu entdecken. So blieb wohl nur, weiter hinaufzuklettern. Finn konnte sich vom Stuhl aus an den Falten der Steinhose des Großlings hochziehen.

Er befürchtete, dass das nicht erlaubt war, aber stieg dennoch weiter. Nach einer anstrengenden Kletterpartie erreichte er den Hosenbund, wo er kurz verschnaufte und sich dann darauf stellte und nach einem der ausgestreckten Arme griff. Er konnte ihn gerade so erreichen, baumelte einen Moment in der Luft und zog sich dann daran hinauf. Schließlich saß er breitbeinig auf dem Arm des Riesen und konnte in das große Buch schauen, das aufgeblättert zwischen den beiden Händen hing. Von einem Hinweis auf seine weiteren Aufgaben sah er aber nichts. Vielleicht war er ganz umsonst hier hinaufgestiegen und der Hinweis war doch irgendwo am Boden.

Mehr um überhaupt etwas von der Kletterei gehabt zu haben als aus Interesse, blätterte Finn die alten Seiten des großen Buches um, auf der Suche nach seinem eigenen Namen, den er erst vor einem Jahr hier eingetragen hatte. Als er bei F ankam, sah er auf der Seite plötzlich einen kleinen Zettel kleben. Er nahm ihn heraus und las: *»Lauf schnell nach Haus, mein Kind, wo dein Schatz sich befind.«*

Finn schüttelte halb belustigt, halb empört den Kopf. Nachdem sie ihn den halben Tag lang herumgeschickt hatten, war sein Ziel die ganze Zeit bei ihm zu Hause gewesen, das war typisch für Luna. Er konnte direkt ihr amüsiertes Lachen hören. Finn kletterte wieder vom großen Kleinling hinunter, verbeugte sich aus Spaß vor ihm und rannte dann zurück zum Tor. Auf dem Weg dahin hörte er auf einmal ein lautes Knarren hinter sich. Erschrocken drehte er sich zur Tribüne um, doch da war niemand. Finn suchte mit zusammengekniffenen Augen den ganzen hinteren Bereich der Halle ab. Gerade als er sich entschloss, dass er es sich nur eingebildet hatte und weitergehen wollte, meinte er, ein Wispern wie von fernen Stimmen und ein leises Scharren zu hören. Es kam aus der Richtung des Podestes, doch Finn war nach wie vor allein. Langsam wurde ihm mulmig. Die Versammlungshöhle war so riesig und so leer. Wer wusste schon, was sich in den Schatten hinter den Stühlen und Bänken verbarg?

Finn wurde wütend auf sich selbst, immerhin war heute sein sechzehnter Geburtstag, und er stand hier und zitterte vor Angst wegen ein paar Geräuschen im Holz. Er entschied, dass seine Fantasie für einen Kleinling seines Alters noch zu groß war und stapfte trotzig auf den Ausgang zu. Er hörte nichts mehr und drehte sich auch nicht noch einmal um. Als er die kleine Tür öffnete, schlug ihm von draußen schon der Lärm der geschäftigen Kleinlinge im Zentrum entgegen und vertrieb das letzte Gefühl von Furcht. Beflügelt von der Aussicht auf seinen Schatz, kämpfte er sich erneut durch die Menge auf dem großen Platz. Er lief die Treppe hinauf bis zu einem Gang, der direkt in seinen Wohnbereich führte und folgte diesem mit schnellen Schritten bis vor seine Haustür, ohne noch einmal an die seltsamen Geräusche in der Versammlungshöhle zu denken.

Bei ihm zu Hause war alles dunkel. Es schien niemand da zu sein. Vorsichtig öffnete Finn die Tür und trat ein. Gerade als er nach der Laterne im Flur greifen wollte, um sie anzuzünden, raste ein Schwarm Glühwürmchen auf ihn zu und umkreiste ihn. Gleichzeitig flammten in allen Räumen Laternen auf und mit lautem Hurrageschrei und Lachen begrüßten ihn etliche Kleinlinge, die sich in der bescheidenen Wohnhöhle drängten. Jeder Raum in der Höhle war jetzt so hübsch dekoriert wie am Morgen schon die Küche. Dort stand der ganze Tisch voller Speisen und Leckereien. Bevor Finn sich versah, hatten seine Freunde Neppi und der dicke Lund ihn auf die Schultern genommen und trugen ihn unter Jubelrufen einmal durch die ganze Höhle. Viele Gratulanten wollten Finn die Hände schütteln oder ihn auf die Wange küssen. Einige überreichten kleine Geschenke. Von seiner Tante Idda bekam er einen warmen selbstgestrickten Pullover, und die Freundinnen seiner Mutter hatten ihm neue Schuhe machen lassen. Danach wurde gegessen, gefeiert und getanzt. Finn war selig.

In einem ruhigen Moment schaffte er es, Neppi zur Seite zu nehmen und zu fragen, wie sie das mit Rumbolt angestellt hatten. Neppi grinste und antwortete nicht ohne Stolz: »War klasse, ne? Eigentlich hatten wir ja selbst nicht gedacht, dass der mitmacht. Wenn man es genau nimmt, haben wir den auch nur aus Spaß gefragt, weil wir gewettet hatten. Lund meinte, ich trau mich nicht, ihn zu fragen und ich hab gesagt, ich würde mich schon trauen, nur würde er bestimmt nein sagen. Also sind wir zu seinem Haus gegangen, in dieser schicken Gegend, wo die Türen alle Marmorgriffe haben und sogar die Höhlen von außen bemalt sind. Da haben wir gewartet, bis er mal raus kam, weil wir uns nicht trauten zu klopfen. Am ersten Tag ist gar nichts passiert, und da mussten wir am nächsten Tag wieder hingehen. Wir wollten schon aufgeben, als wieder stundenlang nichts passierte, doch dann kam er plötzlich aus seiner Höhle, und wir sind aus unserem

Versteck gesprungen, und ich hab ihn, ohne lange zu überlegen gefragt, ob er Lust hätte, eine Geburtstagsüberraschung zu sein. Zuerst hat er mich nur böse angeguckt und ist an mir vorbeigegangen, ohne ein Wort zu sagen. Mann, der kann einem richtig Angst machen! Aber dann habe ich ihm noch nachgerufen, dass mein Freund Finn ihn so toll fände und dass er auch mal Jäger werden möchte. Da hat er sich plötzlich umgedreht und gefragt, ob ich über Finnholf reden würde, den Sohn von Luna. Weiter hat er nichts gesagt, aber ich hab natürlich geantwortet, dass du genau dieser bist und auf einmal war er sehr freundlich. Er wollte alles über dich wissen und auch bei deinem Geburtstag helfen. Viel von dem Essen hier hat er gespendet, als wir ihn aber zur Party eingeladen haben, wollte er nicht kommen. Ist etwas mysteriös dieser Kerl, wenn du mich fragst, Finn. Deine Mutter war jedenfalls überhaupt nicht begeistert davon, dass wir ihn organisiert haben.«

Neppi machte ein etwas betretenes Gesicht. Finn musste grinsen, das konnte er sich sehr gut vorstellen. Wahrscheinlich hatte sie den beiden die Leviten gelesen, dass ihnen Hören und Sehen vergangen war. Luna bahnte sich in eben diesem Moment einen Weg zu ihm durch das Gedränge, und Neppi verdrückte sich lieber rasch. Als sie Finn endlich erreicht hatte, umarmte sie ihn stürmisch und fragte ihn, wie ihm seine Überraschung gefallen würde.

»Super, echt, Mama«, antwortete Finn, »nur was ist eigentlich mit dem Schatz?«

Sie setzte für einen Moment ein gespielt böses Gesicht auf und versetzte ihm einen Klaps auf den Hinterkopf, dass seine Ohren nach vorne schlackerten.

»Was ist wohl der größte Schatz, den es für einen Kleinling gibt, du Dummerchen?«

Finn sah sie ratlos an.

»Seine Freunde und seine Familie natürlich«, lachte Luna und wuschelte ihm durch die Haare, bis auch Finn lachen musste. Dann feierten sie weiter mit den anderen bis tief in die Nacht.

Als Finn sehr viel später endlich im Bett lag, war er müde und durch und durch zufrieden, es war für ihn ein herrlicher Tag gewesen und ein erfolgreicher noch dazu. Immerhin hatte er Rumbolt kennen gelernt und war von ihm eingeladen worden. Allerdings bereitete ihm gerade dieser Punkt ziemliche Sorgen. Er wollte natürlich nichts lieber als Rumbolt besuchen, wusste aber auch, dass Luna das nie im Leben erlauben würde. Sie würde toben, wüsste sie nur, dass er es ihm angeboten hatte. Bevor er völlig in den Schlaf hinüberglitt, versprach sich Finn, dass er diesmal nicht so leicht klein beigeben würde. Am besten war es vielleicht, wenn sie erst mal gar nichts davon erfuhr. Das war ja nicht direkt eine Lüge, sondern eher ein Weglassen von Tatsachen, die sie sowieso nur aufregen würden. Mit sich und dieser Überlegung zufrieden schlief Finn ein.

## 5

Die erste Gelegenheit, Rumbolts Angebot anzunehmen und ihn zu besuchen, bot sich Finn schon zwei Tage nach seinem Geburtstag, als seine Mutter eine Freundin besuchen ging. Finn hatte sowieso gelangweilt zu Hause gesessen, weil sowohl Neppi als auch Lund die ganze Woche damit verbringen mussten, unter dem strengen Auge ihres Lehrers Ippelbie die Kleinlingschule zu renovieren. Neppi hatte sich diese Strafe wegen diverser Frechheiten im Unterricht eingehandelt. Lehrer Ippelbie, der oft das Opfer böswilliger Streiche wurde, bekam schließlich einen Wutanfall. Er behauptete, Neppi würde eigentlich von Kobolden abstammen und seine Eltern, die anständige Kleinlinge seien, müssten ihn irgendwo gefunden haben. Danach hagelte es Strafen, die sich schließlich zu einer Woche Nachsitzen und die Schulhöhle renovieren summierten. Neppi hatte sich über diese Ungerechtigkeit einen ganzen Tag lang beklagt, und Finn und Lund hatten ihn nach Strich und Faden damit aufgezogen. Allerdings nur so lange, bis Lund, der bei weitem der Schlechteste in der ganzen Klasse war, von Lehrer Ippelbie zur gleichen Strafe verdonnert wurde, um seiner »widerwärtigen Faulheit« entgegenzuwirken. Nachdem nun seine beiden Freunde verständlicherweise ziemlich niedergeschlagen waren, litt Finn lieber mit ihnen, als sie auch noch auszulachen. Schließlich war er ja tatsächlich mitbestraft. Was sollte er allein machen, wenn seine beiden besten Freunde eine Woche lang jeden Nachmittag in der Schule verbringen mussten? Finn befürchtete, dass es wohl eine sehr langweilige Woche werden würde, aber da hatte er sich getäuscht.

Mit der Langeweile war es vorbei, als Finn den Entschluss fasste, in Lunas Abwesenheit Rumbolts Einladung anzunehmen und ihn zu besuchen.

Im Wohngebiet der Jäger war Finn noch nicht oft gewesen. Es wurde nicht gern gesehen, wenn sich normale Kleinlinge dort herumtrieben. Man wurde sogar ab und an von patrouillierenden Ordnern verscheucht, um die Ruhe der hochverehrten Bewohner zu gewährleisten. Diesmal jedoch hatte Finn schließlich eine offizielle Einladung. Er wartete geradezu darauf, von einem Ordner gefragt zu werden, was er hier suche, dann hätte er ihm erzählen können, dass er vom großen Rumbolt persönlich erwartet wurde. Leider war heute weit und breit kein Ordner zu entdecken.

Finn hatte Rumbolts Höhle schon ein paar mal von weitem gesehen, wohl jedes Kind pilgerte ab und zu dort hin, in der Hoffnung, einen Blick auf den großen Rumbolt zu erhaschen. Jetzt aber, als er direkt davor stand und im Begriff war, an der schweren Steintür zu klopfen, kam die Höhle ihm viel gewaltiger vor als sonst. Zudem war er schon wieder so aufgeregt, dass seine Hände den Anschein machten, als würden sie es vor Unsicherheit nicht schaffen den schweren Metalltürklopfer zu betätigen. Dieser war geformt wie ein Blatt und glänzte silbern. Seine Farbe passte perfekt zu der wunderschönen Zeichnung, die die Außenwand der Höhle zierte. Das Bild zeigte Rumbolt, wie er gerade eine Maus erlegte. Ihr Fell war genauso silbern wie der Türklopfer.

Finn schrumpfte fast in sich zusammen vor Ehrfurcht. Er

streckte die zittrige Hand nach dem Türklopfer aus und ließ das Blatt einmal ganz leicht herunterfallen, so dass ein leises »Doing« ertönte.

Er wartete einen Moment, ohne dass sich etwas regte. Nach einer kleinen Weile drückte er sein Ohr gegen die Tür und lauschte, doch es war nichts zu hören. Rumbolt schien nicht zu Hause zu sein. Finn seufzte einerseits vor Erleichterung, andererseits vor Enttäuschung und machte kehrt, um wieder nach Hause zu gehen. Doch schon nach wenigen Schritten hörte er ein Knarren und dann eine gebieterische Stimme, die ihm nachrief: »Hallo Finn, dachte ich's mir doch, dass du das bist. Also hör mal, einen kleinen Moment musst du schon abwarten, wenn du bei mir klopfst, ich bin ja nicht mehr der Jüngste.«

Finn drehte sich um und sah Rumbolt übers ganze Gesicht lächelnd im Türrahmen seines Hauses stehen. Schüchtern erwiderte Finn das Lächeln und stellte fest, dass seine Nervosität weniger geworden war. Er ging zurück zur Tür und schüttelte Rumbolt zur Begrüßung die Hand, wobei er sich unentwegt entschuldigte, so ungeduldig gewesen zu sein. Rumbolt lachte nur dröhnend, freute sich sichtlich über Finns Besuch und geleitete ihn in seine Höhle.

Drinnen kam man zuerst in einen geräumigen Flur, wo Rumbolt Finn seinen Fellmantel abnahm und ihn an einen Wandhaken hängte. Von dem Flur zweigten Gänge und Türen ab. Die meisten waren geschlossen. Es war hier viel heller als überall sonst in Mommenheim. Rumbolt hatte so viele Laternen an den Wänden, dass sie in den ärmeren Vierteln zur Beleuchtung eines ganzen Ganges samt Wohnhöhlen gereicht hätten. Als Rumbolt Finns erstaunten Blick bemerkte, erläuterte er: »Ich hab es gern hell. Weißt du, wenn man so oft wie ich an der Oberfläche war, dann erscheint einem die Welt hier unten viel zu dunkel. Wenn ich nicht genügend Licht um mich herum habe, schlägt das auf mein Gemüt.«

Er seufzte leicht und bedeutete Finn mit einer einladenden Handbewegung, ihm zu folgen. Sie gingen um einige Ecken und kurze Gänge hinunter. Gerade als Finn das Gefühl bekam, diese Wohnhöhle sei so groß wie in den ärmeren Vierteln ein ganzer Wohnbereich, erreichten sie eine verschnörkelte Holztür. Rumbolt öffnete sie mit einer kleinen Verbeugung in Finns Richtung und einem schelmischen Augenzwinkern. Dahinter befand sich ein großer und völlig runder Raum mit hoher Decke. Er war sehr hell erleuchtet durch unzählige Laternen und Kerzen, die an den Wänden hingen. Der Boden war bedeckt mit den verschiedensten Tierfellen, und es war warm, weich und angenehm darüber zu laufen. An der gegenüberliegenden Wand standen zwei große Sessel und dazwischen ein kleiner, runder Tisch mit geschnitzten Blumenranken an den Beinen. Da, wo zwischen zwei Laternen oder Kerzen an den Wänden noch Platz war, bogen sich Regale unter der Last unzähliger Bücher. Es waren nicht ganz so viele wie im Ratszimmer, aber schon eine beträchtliche Sammlung. Ansonsten türmten sich dazwischen allerlei Sorten von kleinen und großen Schachteln, Kästchen, Ton- und Holzkrügen und eine Menge Absonderlichkeiten, die Finn auf den ersten Blick gar nicht alle erfassen konnte. Ihm gingen förmlich die Augen über von all dem, was er sah.

Rumbolt betrachtete ihn, ohne dass er es merkte, während er dastand und staunte. Ein warmes, liebevolles Lächeln trat dabei auf das Gesicht des Jägers.

»Finn, bitte, setz dich doch«, sagte er freundlich und geleitete den neugierig umherblickenden Finn zu den Sesseln. Dort nahmen beide einander gegenüber Platz. Auf dem runden Tisch standen glasierte und in Scheiben geschnittene Maden, Apfelstücke und anderes Obst, das Finn vorher noch nie gesehen, geschweige denn gegessen hatte. Solche Nahrungsmittel waren purer Luxus in Mommenheim und nichts, was seine Mutter und er sich leisten konnten. Dann gab es noch Kekse aus Korn und Gräsersamen sowie einen Krug mit Wasser und einen mit Blattlausmilch. Rumbolt schenkte ihnen beiden ein und bot Finn von den Leckereien an. Dann saßen sie eine Weile schweigend und kauend da, bis Rumbolt das Eis brach und fragte: »So Finn, ich habe gehört, dass du dich sehr für die Oberwelt interessierst. Darf ich fragen, woher ein junger Kleinling wie du dieses Interesse hat? Ich meine, die meisten Kleinlingkinder lieben natürlich die spannenden Geschichten von dort oben. Trotzdem wollen nicht viele danach den Beruf des Jägers ergreifen. Wie du sicher weißt, ist das ein ziemlich gefährliches Leben. Also, warum zieht es dich dort hinauf?«

Finn dachte einen Moment lang nach, so direkt hatte er sich diese Frage noch nicht gestellt. Es war mehr ein Gefühl, das ihm sagte, dass er die Oberwelt sehen musste. Es stand kein genauer Plan dahinter. Finn antwortete zögernd: »Ich weiß es nicht genau. Ich glaube, es ist die Weite, die ich sehen will. Manchmal kommt mir Mommenheim zu klein und zu eng vor. Vielleicht sind es auch die Bilder, die es hier überall gibt. Ich möchte einen Sonnenuntergang mit eigenen Augen sehen, nicht bloß ein Bild davon, obwohl die Bilder sehr schön sind. Ich glaube, in Wirklichkeit muss die Oberwelt noch viel schöner sein.«

Rumbolt nickte stumm, dann fragte er: »Aber hast du keine Angst? Ich meine bei deiner Vorgeschichte.«

»Welche Vorgeschichte? Warum sollte ich Angst haben?« Finn sah ihn verwirrt an.

Rumbolt schien jetzt ebenso verwirrt: »Sie hat dir wirklich nie etwas gesagt? Kein einziges Wort? Weißt du etwas über deinen Vater, Finn?«

Finn machte noch größere Augen. Woher kannte dieser Mann seinen Vater und wie kam er jetzt darauf?

»Eigentlich gar nichts«, sagte Finn langsam, »meine Mutter redet nicht über ihn.«

Rumbolt machte jetzt einen wirklich überraschten Eindruck. Er schien sehr intensiv nachzudenken, und für einen Moment sah Finn nicht mehr das freundlich alte Gesicht. Es bekam einen Ausdruck von Härte, der es fast grimmig wirken ließ. Plötzlich konnte Finn sehen, wie viel Kraft noch in diesem alten Mann steckte, die man gar nicht mehr vermuten würde. Finn dachte, dass selbst ein überheblicher Kerl wie dieser Magier im Rat jetzt vor Rumbolt weglaufen würde. Dann war der Moment vorbei und der seltsame Ausdruck verschwand. Rumbolts Augen blickten ihn wieder freundlich an, obwohl sie jetzt etwas sorgenvoll wirkten.

»Gut, lassen wir das. Es ist ihre Entscheidung«, murmelte er. »Vergiss unser Gespräch von eben, Finn. Es hat nie stattgefunden.«

Finn war damit durchaus nicht einverstanden und wollte im ersten Moment protestieren. Immerhin wusste dieser Mann scheinbar etwas über seinen Vater, und von Luna würde er nie etwas erfahren. Das hier war also vielleicht seine einzige Chance, diesem wohlgehüteten Familiengeheimnis auf die Spur zu kommen. Allerdings hatte Finn in den sechzehn Jahren mit seiner Mutter ein Gespür dafür entwickelt, wann der richtige Zeitpunkt war, um heikle Fragen zu stellen. Jetzt war eindeutig ein schlechter Zeitpunkt, um dieses Thema weiter zu besprechen. Also nickte Finn, als würde er zustimmen, diese Sache zu vergessen, und nahm sich vor, auf Umwegen irgendwann noch einmal darauf zurückzukommen.

Der dunkle Schatten auf Rumbolts Gesicht und die Sorgenfalten begannen schon wieder zu verblassen, und er schien seine gute Laune wiederzugewinnen.

»Also, Finn, du bist doch eigentlich hergekommen, um dir meine Schätze anzusehen und ich habe nichts anderes zu tun, als dich auszufragen, entschuldige bitte. Dafür habe ich aber auch schon eine Idee, was dir bestimmt sehr gefallen würde.«

Er sprang mit einer fast jugendlichen Gewandtheit aus seinem Sessel auf und begann, in den umstehenden Regalen zu wühlen. Kisten wurden geöffnet, beiseite geworfen oder neben den kleinen runden Tisch gestellt, Krüge und Bücher herbeigeschleppt, bis vor Finn ein beachtlicher Turm aus all diesen Dingen entstanden war.

Dann setzte Rumbolt sich etwas erschöpft wieder in seinen Sessel, lehnte sich zurück und bedeutete Finn, die erste Kiste zu öffnen. Finn nahm einen flachen, blauen Karton von dem Stapel und löste die Blattfasern, mit denen er zugebunden war. Als er den Deckel anhob, befand sich darin ein ebenfalls blaues, großes Buch. Finn konnte es gerade so auf den Schoß nehmen und begann, darin zu blättern. Er war sehr überrascht von der Schönheit dessen, was er da sah. Das Buch enthielt Blütenblätter, die Rumbolt an der Oberwelt gesammelt und danach gepresst und getrocknet hatte. Man sah hier unten nur selten Blüten, da die meisten nicht essbar waren, brachten die Jäger sie auch nicht mit. Sie sammelten höchstens den Nektar ab, aber die bunten Blüten nur ihrer Schönheit wegen mitzubringen, hatten sie keine Zeit. Die Farben der Blütenblätter waren zwar durch das Trocknen verblasst, aber Finn konnte erahnen, wie strahlend und kräftig sie einmal gewesen sein mussten. Er berührte vorsichtig ihre trockene und bröselige Oberfläche und wusste, dass er alles darum geben würde, so eine Blume einmal lebendig auf einer Wiese zu sehen.

In der nächsten Kiste befanden sich Zeichnungen von Tieren, die Rumbolt angefertigt hatte. Die meisten hatte Finn noch nie gesehen, und Rumbolt musste ihm erklären, um was es sich handelte. Sie waren wirklich gut gezeichnet und Finn bewunderte Rumbolts Talent. Er konnte sich, während er die Zeichnungen betrachtete, ganz genau vorstellen, wie zum Beispiel eines der Eichhörnchen aussehen würde, wenn es einen Baumstamm hinaufflitzte oder eine Nuss knackte.

Finn wühlte sich durch den Schachtelberg und traf auf immer neue Wunder und Schönheiten, die ihn in eine geradezu andächtige Stimmung versetzten. In einer kleinen Schachtel fand Finn getrocknete Blütenblätter, die einen herrlichen Duft verströmten. Er hatte noch nie etwas so Wundervolles gerochen und musste sich zwingen, seine Nase wieder aus der Kiste zu nehmen, als Rumbolt ihn bat, den Deckel nicht zu lange offen zu lassen, weil sonst das Aroma verloren ginge.

»Was war das für eine Blume?«, fragte Finn immer noch ganz betäubt von dem Duft.

»Das waren Rosenblätter«, erklärte Rumbolt lächelnd. »Sie kommen von einer großen roten und wunderschönen Blume mit grünen Blättern, aber an ihrem Stiehl hat sie mörderische Stacheln. Es ist nicht ganz ungefährlich, sie zu erklimmen.«

Finn konnte sich kaum vorstellen, dass etwas, was so gut

duftete Stacheln haben konnte, aber er vermutete, dass es in der Oberwelt vieles geben musste, was man sich kaum vorstellen konnte.

Den ganzen Nachmittag stöberte Finn in Rumbolts Sammlungen und merkte gar nicht, wie die Zeit verging. Er betrachtete mit Entzücken die Landschaftszeichnungen seines neuen Freundes, die waren sehr detailgenau und meisterhaft gezeichnet. Er sah zum ersten Mal, wie viele verschiedene Baumblätter es gab, weil Rumbolt auch damit ein ganzes Album voll gestopft hatte, und er hörte sich völlig hingerissen und beeindruckt eine Geschichte von Rumbolts Erlebnissen nach der anderen an.

Doch schließlich sagte Rumbolt, dass es mittlerweile schon ziemlich spät geworden sei, und dass es wohl Zeit für Finn wäre, nach Hause zu gehen. Tatsächlich bemerkte Finn erst jetzt, dass es inzwischen Abend sein musste und das könnte zu ernsthaften Problemen mit Luna führen. Er musste schnellstens nach Hause, verabschiedete sich daher rasch von Rumbolt und wollte sich gerade auf den Weg machen, als dieser ihn noch einmal zurückrief: »Finn, warte mal. Ich sehe schon, du hast es eilig, aber ich will dir noch etwas geben.«

Er kramte schon wieder in einem seiner überfüllten Regale und brachte schließlich ein Buch zum Vorschein. Es war klein und ziemlich dick mit einem braunen Ledereinband. Rumbolt reichte es Finn.

»Wenn du gerne liest, könnte ich dir dieses Buch eine Weile ausleihen, darin stehen Geschichten von der Oberwelt. Angeblich hat ein mutiger Kleinling sie mal von einer Gruppe vorbeireisender Riesen aufgeschnappt, die er nachts belauschte, und hat sie dann aufgeschrieben. Aber ich weiß nicht wirklich, ob das stimmt. Jedenfalls ist das Buch gut zu lesen für jemanden, den so was interessiert. Also, willst du es?«

Finn strahlte bis über beide Ohren und nahm das Buch andächtig und vorsichtig, als wäre es aus Glas, entgegen. Er hatte noch nie ein eigenes Buch besessen und schon gar keins, in dem solche Geschichten standen.

»Ich werde sehr gut darauf aufpassen, Rumbolt. Ich danke

dir vielmals dafür und für alles andere, was ich mir heute ansehen durfte, auch.«

»Ach«, winkte Rumbolt ab, »das war doch nichts Besonderes. Du kannst jederzeit wiederkommen, wenn es dir soviel Freude gemacht hat. Ich freue mich auch, mal Gesellschaft zu haben, mitunter ist es doch recht einsam so allein in dieser Höhle. Ich wünsche dir viel Spaß mit dem Buch und jetzt schnell ab nach Hause mit dir, sonst bekomme ich noch Ärger mit deiner Mutter.«

Als Finn wieder draußen auf dem Gang stand, dachte er, dass Rumbolt gar nicht wusste, wie Recht er mit seinem letzten Satz gehabt hatte. Wüsste Luna, wo er heute Nachmittag gewesen war, würde sie vermutlich alles daran setzen, dass das nicht noch einmal vorkam. Finn würde sicherlich wochenlang Höhlenarrest bekommen und Rumbolt ziemlich viel Ärger mit Luna. Um dem zu entgehen, sollte er sich lieber schnellstens eine gute und vor allem plausible Ausrede dafür einfallen lassen, wo er sich herumgetrieben hatte und das auch noch allein. Luna wusste, dass Neppi und Lund in dieser Woche verhindert waren. Er grübelte den ganzen Weg nach Hause über dieses Problem und kam zu dem Schluss, dass sie ihm wahrscheinlich ohnehin nichts glauben würde. Außerdem war er viel zu glücklich und zu aufgekratzt, um sich ernsthafte Sorgen zu machen. Vielleicht war es am besten, gar nichts zu sagen und sich geheimnisvoll zu geben.

Wie erwartet hatte Luna schon in der Nähe der Haustür auf ihn gelauert, und er hatte kaum den Kopf hereingesteckt, als sie auch schon auf ihn losging. Es hagelte einen Schwall von Fragen und Beschwerden darüber, wo er so lange gewesen sei, mit wem er sich bitte schön herumgetrieben habe, ob er nicht wisse, dass es schon enorm spät sei und dass sie sich Sorgen gemacht hätte. Finn hängte derweil äußerlich seelenruhig seine Jacke auf und zog sich seine Schuhe aus, was Luna noch mehr in Fahrt brachte. Er wartete geduldig, bis sie an einem Punkt angelangt war, wo ihr nichts mehr einfiel, dessen sie ihn noch beschuldigen konnte, dann sagte er leise und völlig ohne Nachdruck: »Mama, ich war unterwegs. Es ist ein bisschen spät geworden, das tut mir Leid. Ich habe die Zeit vergessen.«

Luna schnappte nach Luft, dann polterte sie: »Und mit wem war der junge Herr um diese Zeit noch unterwegs bitte schön? Versuch nicht, mir zu erzählen, es wären Lund oder Neppi gewesen. Die habe ich nämlich gesehen, als ich bei Neppis Mutter war. Neppi war so müde von der Renoviererei, dass er gleich ins Bett gegangen ist, und bei Lund wird es nicht anders gewesen sein. Also, wo warst du?«

Finn überlegte fieberhaft, was er ihr jetzt auftischen sollte, damit sie ihn endlich in Ruhe ließ. Er entschloss sich, so nah wie möglich an der Wahrheit zu bleiben, damit es glaubhafter wurde und gleichzeitig zum Gegenangriff überzugehen, um sie vom Thema abzulenken.

»Wieso glaubst du eigentlich, ich könnte nur mit Lund und Neppi befreundet sein? Denkst du, ich bin so ein Versager, dass sonst niemand mit mir was zu tun haben will? Ich kann sehr wohl auch Freunde haben, die du noch nicht kennst.«

Für einen Moment war Luna bestürzt und aus dem Konzept gebracht. Finn sah mit Genugtuung, dass sein Plan funktionierte. Sie entgegnete schon eine Spur freundlicher: »Natürlich kannst du befreundet sein, mit wem du willst, Finn. Es wundert mich nur, weil du noch nie etwas von einer neuen Freundschaft erzählt hast, und trotzdem ist das kein Grund so spät zu kommen. Wer ist denn nun dieser neue Freund?«

Diese direkte Frage brachte Finn wieder in arge Bedrängnis, er durfte nichts sagen, was in irgendeiner Form auf Rumbolt hindeutete, also entschloss er sich zu einem kühnen Manöver.

»Wer sagt dir, dass es sich um einen Freund handeln muss?«

Jetzt verriet Lunas Blick leichtes Entsetzen. Sie sah aus, als hätte er ihr soeben eröffnet, nächste Woche heiraten zu wollen.

»Finn«, stammelte sie, »du hast eine Freundin? Eine richtige Freundin?« Finn musste angesichts ihrer Entgeisterung grinsen.

»Ganz ruhig, Mama, es ist nicht so, wie du denkst. Wir sind nur Freunde und nichts anderes.«

Luna schien sichtlich aufzuatmen und bot ihm dann sogar an, ihm noch schnell etwas zu Essen zu machen, bevor er ins Bett ging. An weiteren Details über die angebliche neue Freundin schien sie kein Interesse zu haben. Finn behauptete sehr müde zu sein und gleich schlafen zu wollen. In Wirklichkeit war sein Bauch voll mit glasierten Maden und solch exquisiten Sachen wie frischen Apfelstücken. Doch das konnte er Luna ja schlecht sagen.

Als er endlich allein in seinem Zimmer war, konnte er gar nicht fassen, dass er das Verhör tatsächlich so gut überstanden hatte. Normalerweise brach er unter den bohrenden Fragen seiner Mutter schon nach kurzer Zeit zusammen und gab alles zu. Diesmal jedoch hatte er fantastisch durchgehalten und sie sogar besänftigen können. Er war sehr zufrieden mit sich und ging ins Bett. Allerdings nicht um zu schlafen, sondern nur, um den Anschein zu erwecken. Kaum hörte er, dass Lunas Schlafzimmertür sich schloss, holte er das kleine braune Buch hervor, das er bis dahin unter seinem Hemd versteckt hatte. Er zündete eine Kerze an und begann zu lesen.

Die erste Geschichte in dem Buch handelte von einem Prinzen, der einen alten, bösen Drachen töten musste, um eine Prinzessin zu befreien, die der Drache in einem Turm gefangen hielt. Von dem Drachen gab es eine Zeichnung, und sie zeigte wirklich das scheußlichste Wesen, das Finn je unter die Augen gekommen war. Es hatte spitze Zähne, einen langen Hals, gefährliche Klauen und spuckte Feuer auf den Prinzen, der auf einem großen vierbeinigen Tier ritt. Finn las gespannt die ganze Geschichte und hörte erst auf, als die Kerze fast niedergebrannt war.

Am nächsten Morgen war er natürlich müde, aber schon ganz ungeduldig und neugierig auf die nächste Geschichte. Er schwänzte die Schule und setzte sich stattdessen auf dem runden Platz unter eine der Treppen und las dort völlig weltvergessen den ganzen Tag lang. Finn hatte Neppi aufgetragen, Lehrer Ippelbie zu erzählen, er läge krank im Bett. Er vermutete, dass der Lehrer das auch glauben würde, da Finn nicht sehr oft fehlte.

Der Lärm im Zentrum störte ihn nicht, und er bemerkte kaum, wie die Zeit verging. So kam es, dass er das Buch schon am nächsten Tag ausgelesen hatte und es Rumbolt zurückbrachte. Der freute sich, dass es ihm gefallen hatte und lieh ihm gleich zwei neue aus. Eins über die Geschichte von Mommenheim und eins, das er selbst geschrieben hatte, über die Kunst des Jagens. Finn verschlang beide förmlich und stieß in dem Geschichtsbuch auf Neuigkeiten über sein eigenes Volk, die er so nicht in der Schule gelernt hatte. Er fragte Rumbolt bei seinem nächsten Besuch danach.

»Weißt du, Rumbolt, was ich mich frage?«

»Nein, was denn, Finn?«

»In dem Buch über die Geschichte Mommenheims steht, dass wir nicht immer hier gelebt haben. Es heißt ganz am Anfang, wir hätten Mommenheim erbaut, um ein ruhiges und geschütztes Leben führen zu können. Nachdem es fertig war, haben wir es nie mehr verlassen, höchstens ein paar wenige von uns, um zu jagen. Aber wo kamen wir her? Wo haben wir gelebt, bevor wir Mommenheim erbaut haben. Ich weiß, dass das viele hundert Jahre her ist, aber es muss doch auch Bücher darüber geben.«

Rumbolt lächelte amüsiert: »Finn, du bist ein wirklich kluges Kerlchen. Du stellst die richtigen Fragen, das ist sehr gut und sehr wichtig. Es müsste mehr Leute wie dich in Mommenheim geben, dann würden wir weit kommen. Leider stellst du diese gute und berechtigte Frage dem Falschen, ich weiß die Antwort nicht. Du hast Recht, es gibt Bücher, die von unserer Geschichte vor Mommenheim erzählen. Auch ich habe schon danach geforscht, aber diese Bücher sind nur dem großen Rat zugänglich und da auch nur den Ältesten, nicht den Magischen. Du siehst, du bist hier einem wohlgehüteten Geheimnis auf der Spur.«

Wieder lächelte er, und Finn beschloss in diesem Moment, dass er dieses Geheimnis schon noch lüften würde.

# 6

Mit Rumbolts Hilfe entwickelte sich Finn zu einem regelrechten Bücherwurm. Er las alles, was er bekommen konnte, jedoch nur im Geheimen und an Orten, wo er nicht Gefahr lief, von Luna dabei gesehen zu werden. Hätte sie ihn mit einem Buch erwischt, wäre sie sofort misstrauisch geworden, und Finn wollte ihr noch immer nicht gestehen, dass er seine Freizeit oft bei Rumbolt verbrachte.

Neppi und Lund, die mittlerweile ihre Strafe abgesessen oder vielmehr abgearbeitet hatten, machten sich die ganze Zeit über Finns angebliche neue Freundin lustig. Natürlich hatte Luna diese Neuigkeit sofort ihren beiden Freundinnen berichtet und diese hatten ihre Söhne in ernsten Gesprächen darauf hingewiesen, dass sie sich ja hüten sollten, auch mit so etwas anzufangen.

Zwar wussten Lund und Neppi genau, dass es keine Freundin gab, sondern eher einen sehr alten Freund, aber trotzdem war diese fiktive Kleinlingdame immer für einen Scherz gut. Außerdem beschwerten sich beide, dass sie Finn kaum noch zu Gesicht bekamen, weil er sich entweder irgendwo verkroch und las oder bei Rumbolt herumtrieb. Neppi behauptete gern, dass Finn und der Jäger sich nur trafen, um wie er es nannte, »nicht existente Geheimnisse und Verschwörungen aufzudecken«.

Neppi hielt nicht viel von Büchern und glaubte auch nicht daran, dass es vor Mommenheim noch etwas anderes gegeben haben musste. Selbst wenn es so wäre, interessierte er sich nicht dafür, immerhin war das alles Jahrtausende her. Lund sah sich gar nicht erst in der Lage, darüber nachzudenken. Ihm reichte schon das, was er in der Schule über Kleinlinggeschichte lernen musste, um völlig zu verzweifeln.

Finn sah das ganz anders. Ihm erschien es wie eine spannende Suche nach der Lösung eines Rätsels. Er konnte sich stundenlang durch Bücher wühlen und jede noch so kleine Andeutung über den Ursprung Mommenheims und seiner Bewohner versetzte ihn in freudige Erregung. Einen wirklichen Anhaltspunkt fand er aber nicht, und dann wurde sein Interesse plötzlich von etwas anderem abgelenkt. Etwa drei Wochen nach Finns Geburtstag geschah etwas so Unfassbares, dass es das Leben der Mommenheimer für immer verändern sollte.

Alles begann damit, dass der Zweitälteste, Rachus, die Kleinlinge zu einer Versammlung zusammenrief. Das war höchst ungewöhnlich. Erstens gab es solche Versammlungen sehr selten und zweitens wurden sie normalerweise nur in Krisenzeiten abgehalten. Zum Beispiel im Winter, wenn die Vorräte knapp wurden und man über Einschränkungen diskutieren musste, oder wenn zu viele Kobolde in der Nähe des Einganges gesichtet worden waren. Dann mussten alle für ein paar Tage sehr leise sein, damit die Kobolde, die sehr gut hören konnten, ihr Versteck nicht aufspürten. Doch nichts dergleichen war in den letzten Tagen bekanntgeworden und so fragten sich alle, was der Grund für diese Versammlung sein könnte.

Für Finn, Lund und Neppi war es die erste richtige Versammlung, an der sie teilnehmen durften. Die Väter von Neppi und Lund spekulierten mit den drei Jungs eifrig über den Grund der Zusammenkunft. Die drei Mütter schienen vertieft in ein Gespräch über das Einlegen von Maden in Essig.

Alle wurden unterbrochen, als der große Rat durch eine Tür an der hinteren Wand der Bühne eintrat und auf seinen acht erhöhten Sesseln Platz nahm. Das Gemurmel der Menge verstummte sofort, und auch die letzten noch Herumstehenden setzten sich auf ihre Stühle. Finn hatte noch nie eine solche Menge stiller Kleinlinge erlebt. Normalerweise schwatzten sie in jeder Lebenslage, doch der Respekt vor dem großen Rat war so enorm, dass alle ganz still waren.

Schließlich boten sie auch ein wirklich beeindruckendes Bild. Die Ältesten saßen auf den vier linken Stühlen in ihren langen, schwarzen Gewändern. Ganz links saß der Älteste der Ältesten, Heronimus, daneben kam der Zweitälteste, Rachus.

Finn beobachtete ihn eine Weile und fand, dass er ziemlich aufgeregt wirkte. Er rutschte auf seinem Stuhl herum und schickte ständig böse und misstrauische Blicke in alle Richtungen. Finn konnte diesen Kerl einfach nicht ausstehen und fand es eigentlich ziemlich ungerecht, dass so einer im großen Rat sitzen konnte, bloß weil er alt war. Es müsste auch Bedingung sein, dass man nett war. So wie Heronimus zum Beispiel oder der Alte, der auf der anderen Seite neben Rachus saß. Der Drittälteste, Bartelbie, war ein kleines, freundlich wirkendes Männchen, dessen kurze Beine in der Luft baumelten, weil der Sessel so hoch war. Dafür reichte sein weißer Bart aber bis zum Boden. Finn fragte sich, wie Bartelbie mit diesem Bart herumlief, wenn er länger war als der ganze kleine Mann, da musste er doch ständig drauftreten.

Der letzte Alte, der fast in der Mitte saß, hieß Amandos. Er hatte einen grauen Bart, der nur bis zu seinem Bauch ging, und das Einzige, was an ihm auffiel, war, dass er gelbe Schuhe unter seiner schwarzen Kutte trug. Neben ihm saßen die vier Magischen. Sie trugen heute alle grün, was besonders der rothaarigen Magierin, die direkt neben dem letzten Alten saß, wundervoll stand. Finn fand sie heute fast noch schöner als bei ihrer ersten Begegnung. Er lächelte Luselda schüchtern zu. Sie drehte sofort den Kopf in seine Richtung, als hätte sie es gespürt und lächelte freundlich zurück. Finn wurde ganz warm, und er sah schnell weg. Neben ihr saß ein etwas älterer Kleinlingmann mit schwarzem Haar, der die Arme vor der Brust verschränkt hatte und etwas gelangweilt umherblickte. Ab und zu flüsterte er Luselda etwas zu und beide kicherten. Das Mädchen, das rechts von ihm saß, schien weniger Spaß zu haben. Sie hatte blondes und für ein Kleinlingmädchen unheimlich kurzes Haar. Sie schien ungefähr in Finns Alter zu sein und war sicher sehr schön, wenn sie lächelte. Momentan verzog sie aber das Gesicht zu einer so ärgerlichen Grimasse, dass sie regelrecht beängstigend aussah. Sie warf den beiden kichernden Magiern neben sich immer wieder erboste und zutiefst beleidigte Blicke zu. Dass sie sich mit ihrem Sitznachbarn auf der rechten Seite nicht unterhielt, konnte Finn gut verstehen, bei dem handelte es sich nämlich um den gehässigen Amos, mit dem Finn schon unangenehme Bekanntschaft gemacht hatte. Auch heute zeigte sein Gesicht wieder jenen arroganten Ausdruck, der zu sagen schien: »Was gebe ich mich eigentlich mit euch armseligen Nichtmagischen ab? Im Vergleich zu mir seid ihr bloß Würmer.«

Finn fand es direkt komisch, wie dieser Widerling seine Nase in die Höhe reckte und sich so eindeutig für etwas Besseres hielt. Er machte Lund und Neppi darauf aufmerksam und alle drei kicherten, womit sie sich gefährlich mahnende Blicke ihrer Mütter zuzogen. Schließlich stand Heronimus auf und trat an das Rednerpult vorne am Bühnenrand. Er räusperte sich und begann dann mit seiner Eröffnungsrede.

»Meine sehr verehrten Kleinlinge, ich freue mich, dass ihr so zahlreich unserer Einladung gefolgt seid, und ich möchte euch zu der heutigen Versammlung begrüßen und willkommen heißen. Mein Freund Rachus war der Meinung, es sei nötig, mal wieder eine Versammlung einzuberufen, um unseren Kontakt zu euch zu verbessern, eure Wünsche und Kritik kennen zu lernen und außerdem über das bevorstehende Herbstfest zu sprechen. Momentan haben wir zwar noch Sommer, aber ihr wisst ja, wie schnell es geht und schon ist Herbst. Dann müssen wir Vorräte einlagern und haben keine Zeit mehr, das Fest zu planen, deshalb wollen wir damit in diesem Jahr schon jetzt beginnen. Ich möchte dazu meinen Freund Rachus nach vorne bitten, um alles Weitere zu sagen. Bitte, Rachus!«

Er machte eine einladende Geste in Richtung des Rednerpultes und ging unter tobendem Applaus zurück auf seinen Platz. Neben ihm erhob sich jetzt Rachus und schritt würdevoll nach vorne. Er begrüßte erneut alle zu dieser Versammlung, dankte Heronimus für die nette Vorrede und begann dann mit einem sehr langen und detaillierten Vortrag über das Herbstfest im letzten Jahr und was man diesmal besser machen sollte. Er verlas eine Liste von zu beschaffenden Vorräten und Dekorationsmitteln, bis im Zuhörerraum ungefähr die Hälfte der Kleinlinge fast eingeschlafen war. Die andere

Hälfte starrte nur noch an die buntbemalte Decke und sah sich die hübschen Bildergeschichten an. Auch Finn und Neppi waren in die Betrachtung der Decke vertieft. Lund schnarchte leise neben ihnen. So kam es, dass kaum jemand sah, was in den nächsten Sekunden geschah. Es gab ein ohrenbetäubendes Krachen, das auch die tief schlafenden aufweckte, und als alle entgeistert zur Bühne starrten, war dort nichts mehr zu sehen außer Rachus. Der ganze restliche Rat war verschwunden. Rachus begann, nach den Ordnern zu brüllen, die sofort von den Seitenwänden, wo sie bis jetzt gedöst hatten, angerannt kamen. Auch im Zuschauerraum brach jetzt der Tumult aus. Die eine Hälfte rannte so schnell es ging Richtung Ausgang, um sich vor einem scheinbar drohenden Einsturz der Höhle in Sicherheit zu bringen. Die andere Hälfte stürmte auf die Bühne, um zu sehen, was geschehen war. Finn, Lund und Neppi gehörten zu den Letzteren. Sie ignorierten die Rufe ihrer Mütter und bahnten sich einen Weg durch die Menge in Richtung Bühne. Sie schlüpften zwischen Beinen durch, boxten sich ihren Weg frei und erklommen schließlich die Holzkonstruktion des Podests.

Oben angekommen sahen sie einen Ring aus Kleinlingen, der um etwas herumstand. Finn legte sich auf den Boden, steckte den Kopf zwischen den Beinen zweier Männer hindurch und blickte in ein tiefes schwarzes Loch. Mitten in der Bühne war ein riesiger Krater, in den sämtliche Ratsmitglieder samt Stühlen gefallen sein mussten. Nur, wo kam so ein Loch auf einmal her? Die umstehenden Kleinlinge riefen immer wieder die Namen der Ratsmitglieder, doch aus der gähnenden Schwärze kam keine Antwort. Gerade erschienen Ordner mit Seilen, an denen sich einige Mutige hinunterlassen wollten, als Finn plötzlich eine Bewegung in der Dunkelheit ausmachte. Er schrie auf und deutete in das Loch. Alle wurden jetzt aufmerksam und starrten hinunter, um zu erkennen, was da nach oben kletterte.

Kurze Zeit später hörten sie ein Keuchen und eine schwache Stimme, die rief: »Ich bin es, Amos, helft mir, ich bin verletzt. Hilfe!«

Sofort wurde ein Seil hinuntergelassen, an dem er sich festhalten konnte, dann zogen ihn drei starke Kleinlinge nach oben. Als er mit letzter Kraft über den Rand des Loches kletterte, sah Finn, in was für einem entsetzlichen Zustand Amos war, und erschauderte. Seine rechte Schulter war zerfetzt, die große Wunde hatte schon die Hälfte seines Hemdes mit Blut getränkt. Er war völlig verdreckt von der nassen, erdigen Wand, an der er hochgeklettert war und hatte einen irren Ausdruck auf seinem Gesicht. Er schrie ständig und brabbelte zwischendurch unzusammenhängendes Zeug.

»Hat mich gebissen ..., AAAAHHH ..., KLAUEN ..., Zähne, spitze Zähne ..., wollte mich mitnehmen, aber hab mich befreit, es waren viele ... dunkle Wesen mit roten Augen ..., ALLE SIND WEG ... HERONIMUS WEG ... LUSELDA WEG, ALLE WEG!«

Die Ordner hoben ihn behutsam auf und schleppten ihn durch die Tür hinter der Bühne, bevor man ihm Fragen stellen konnte. Als einige Männer dagegen protestieren wollten, zischte Rachus: »Seht ihr nicht, dass er verletzt ist und Ruhe braucht?«, dann verschwand er ohne ein weiteres Wort ebenfalls durch die Tür.

Die Kleinlinge untersuchten das Loch noch einmal genau und riefen immer wieder die Namen der Ratsmitglieder, erhielten aber keine Antwort. Zwei besonders Mutige kletterten sogar hinab und beleuchteten mit Laternen die Höhle unter dem Loch. Sie meldeten, die Stühle des Rates gefunden zu haben und einen Tunnel, der an die Oberfläche führe, aber von den Ratsmitgliedern gab es keine Spur.

Schließlich begannen sie, niedergeschlagen das Loch abzudecken, damit niemand mehr hineinfallen konnte und die Versammlungshöhle aufzuräumen, die nach dieser Panik ziemlich verwüstet war. Alle spekulierten, was passiert sein könnte, überall gab es Gerüchte über Koboldangriffe, Verrat und sogar den bevorstehenden völligen Zusammenbruch Mommenheims.

Die Kleinlinge warteten gespannt auf eine Erklärung der zwei letzten noch übrig gebliebenen Ratsmitglieder, Rachus und Amos. Diese jedoch ließen sich Zeit. Erst am Abend rief

Rachus die Mommenheimer zu einer erneuten Versammlung zusammen. Die Versammlungshöhle war diesmal schon nach kurzer Zeit gerammelt voll. Finn, seine Mutter und die Familien von Neppi und Lund fanden nur noch ganz hinten in einer der letzten Reihen Platz. Die drei Mütter tuschelten unentwegt und warfen der Bühne verängstigte Blicke zu. Die Väter von Neppi und Lund gaben sich empört und kämpferisch. Sie ließen sich von den drei Jungs immer wieder erzählen, was Amos nach seiner Rettung aus dem Loch gebrabbelt hatte, aber keiner konnte sich daraus erklären, was nun tatsächlich passiert war.

Finn suchte schon die ganze Zeit mit den Augen die Reihen ab und hoffte, irgendwo das vertraute, alte Gesicht Rumbolts zu entdecken. Er musste unbedingt mit ihm sprechen, wenn einer mehr wusste über diesen Vorfall, dann mit Sicherheit Rumbolt. Natürlich konnte er kaum im Beisein seiner Mutter zu ihm gehen. Er würde sich also erst in den nächsten Tagen mit ihm treffen können, aber ein verschwörerischer Blick aus seinen lächelnden Augen hätte Finn im Moment schon gereicht, um ihm ein bisschen Sicherheit zu geben in all diesem Chaos. Leider war Rumbolt nirgends zu sehen, und während er noch suchend den Hals in alle Richtungen reckte, wurde es plötzlich mucksmäuschenstill im Saal.

Rachus war durch die Hintertür auf die Bühne getreten, im Schlepptau hatte er einen ziemlich lädiert und verängstigt wirkenden Amos, der seinen verbundenen Arm in einer Schlinge trug und panische Blicke um sich warf. Besonders misstrauisch beäugte er den Boden unter seinen Füßen. Rachus geleitete ihn zu einem Stuhl, der direkt neben dem Rednerpult auf dem noch verbliebenen Teil der Bühne stand. Dann trat er vor, um zu den Kleinlingen zu sprechen. An diesem Abend betrachtete niemand die Decke oder schnarchte gar vor sich hin. Selbst der dicke Lund saß leicht vorgebeugt auf seinem Stuhl und fixierte mit solcher Konzentration den Alten auf der Bühne, dass sein Unterkiefer vergessen herunterhing und ein dünner Speichelfaden daran baumelte. Finn und Neppi waren zu sehr konzentriert auf das Geschehen, um sich darüber lustig zu machen. Rachus genoss es sichtlich, dass er ihre ungeteilte Aufmerksamkeit hatte und begann seine Rede auch gleich mit einer besonders dramatischen Geste, in dem er beide Arme ausbreitete und in den Raum schmetterte: »Bürger Mommenheims, dies ist eine schwere Stunde für unsere Stadt!«

Er senkte die Arme wieder und machte eine längere Pause, die die Spannung in den Gesichtern der Zuhörer und in der Luft fast spürbar werden ließ, dann fuhr er ebenso theatralisch fort: »Ich, als der letzte Älteste eures Rates, habe nun die schwere Aufgabe, euch mitzuteilen, welches Schicksal unsere geliebten Freunde ereilt hat, die heute hier vor unseren Augen verschwanden. Mitbürger und Mitbürgerinnen, sie wurden entführt!«

Es gab ein allgemeines Gemurmel im Saal, hier und da entsetzte Ausrufe und Wehklagen. Rachus stützte für einen Moment sein Gesicht in seine Hände als würde er weinen, dann hob er seinen Kopf wieder und schrie mit erhobenem Zeigefinger in die erneut eingekehrte Stille hinein: »Doch das ist noch nicht alles. Wir müssen jetzt sehr stark sein. Ich habe vor einer Stunde von den widerlichen Kreaturen, die fast den gesamten Rat in ihre Gewalt gebracht haben, bereits schriftlich die Forderungen erhalten, die sie stellen, um unsere Freunde wieder in die Freiheit zu entlassen und ihnen kein Haar zu krümmen.«

Das Gemurmel schwoll wieder an, die Gesichter zeigten Empörung, Angst, Wut und Verwirrung. Luna hatte Finns Hand genommen und drückte sie so fest, dass er sich Sorgen machte, sie könnte sie ihm zerquetschen. Die beiden Väter seiner Freunde diskutierten wütend und mussten von ihren Frauen im Zaum gehalten werden, damit sie nicht lauthals herumschrien. Überall schien ein Tumult kurz vor dem Ausbruch zu sein. Finn sah sich noch immer nach Rumbolt um, hatte aber die Hoffnung schon fast aufgegeben, ihn noch zu finden. Vielleicht war er ja gar nicht gekommen. Rachus vorne auf der Bühne verschaffte sich jetzt wieder Gehör, indem er mit beiden Armen in der Luft herumfuchtelte. Als er so die Aufmerksamkeit wieder auf sich gezogen hatte, fuhr er fort:

»Die furchtbaren Wesen, über die unser wie durch ein Wunder geretteter Freund Amos uns gleich noch berichten wird, haben vor unsere Eingangstür eine Nachricht gelegt, in der sie ihre Forderungen erklären. Sie kennen also unser Versteck.«

Wieder gab es wütendes Gemurmel im Saal. Besonders kämpferische Kleinlingmänner standen auf und forderten lautstark, diesen Eindringlingen den Krieg zu erklären, andere stimmten in die Forderungen mit ein. Auch die Väter von Neppi und Lund waren mittlerweile aufgesprungen und brüllten etwas von Verrat, bis ihre Frauen sie energisch zurück auf ihre Plätze zogen. Finn beobachtete Amos, der auf der Bühne hockte wie ein Häuflein Elend, und obwohl er Finn verständlicherweise nicht gerade sympathisch war, tat er ihm im Moment doch ziemlich leid. Amos schien nicht gerade begeistert von Rachus Idee, er solle hier vor allen Mommenheimern die furchtbaren Erlebnisse, die er mit diesen Kreaturen gehabt hatte, gleich noch einmal detailliert zum Besten geben.

Der Älteste hatte sich mittlerweile wieder Gehör verschafft und teilte nun mit einer Grabesstimme die Forderungen der Entführer mit: »Also hört mich an, Mommenheimer. Die Bedingungen der Feinde sind kurz, aber grausam. Sie fordern in diesem Herbst und in allen zukünftigen, die noch kommen werden, eine Lieferung mit der Hälfte unserer Vorräte, die wir für den Winter anlegen.«

Nachdem Rachus diesen Satz beendet hatte, brach tatsächlich ein Tumult los, es gab empörte Aufschreie, wütendes Gebrüll, und überall sprangen Kleinlinge von ihren Bänken auf, als gelte es den unverschämten Feind sofort hier und jetzt zu bekämpfen. Ordner mussten die Kleinlinge zurückdrängen, die in ihrer hilflosen Wut die Bühne stürmen wollten.

Rachus schrie über den Aufstand hinweg: »Bürger, ich verstehe eure Verärgerung, aber ich fürchte, wir haben keine andere Wahl. Diese Wesen sind uns überlegen. Ich bitte euch, hört euch an, was Amos zu sagen hat.«

Er drehte sich um, packte den armen Amos an seinem gesunden Arm und zerrte ihn fast vor das Rednerpult. Amos hatte sichtlich etwas dagegen und versuchte, sich wieder in den

Hintergrund zu drücken, aber sobald die Menge ihn vorne an der Bühne stehen sah, wurde es augenblicklich ruhiger. Alle wollten wissen, was er erlebt hatte und mit was für Kreaturen man hier im Streit lag. So blieb dem sonst so selbstsicheren Amos nichts anderes übrig, als so viel Fassung wie möglich zu bewahren. Er machte wieder einen zögerlichen Schritt nach vorn und räusperte sich erst mal in die Stille hinein.

Finn konnte kaum glauben, dass das derselbe arrogante Magier sein sollte, der sich bei seinem Besuch im Rat so über ihn lustig gemacht hatte. Die Person, die er da vorne auf der Bühne stehen sah, wirkte nicht wie jemand, der seine Mitkleinlinge wie Asseln behandelte, sondern eher wie jemand, der sich wünschte, selbst eine Assel zu sein. Amos begann jetzt ganz leise und zögerlich: »Also, ihr wisst ja alle ungefähr, was heute Morgen passiert ist, denke ich. Auf einmal hat der Boden nachgegeben, und ich hab die anderen nur schreien hören. Dann ging es auch schon abwärts, ein ganzes Stück und alles war stockfinster. Wir sind auf den Boden geknallt und noch einen kleinen Abhang runtergekullert, es war sehr weiche Erde zum Glück, aber was dann geschah ...«

Er brach kurz ab und schien sich zu sammeln, um die geeigneten Worte zu finden. Im Saal war es jetzt wieder mucksmäuschenstill. Hunderte von großen erwartungsvollen Kleinlingaugen starrten auf den armen Amos, der etwas verlegen herumdruckste, dann aber leise weitersprach: »Ich hab Heronimus gehört, der klagte, dass ein Stuhl auf sein Bein gefallen wäre. Er schien Schmerzen zu haben. Ich wollte zu ihm kriechen in die Richtung, aus der seine Stimme kam. Auf einmal hab ich Luselda gehört, sie hat ganz panisch geklungen und geflüstert, sie würde etwas spüren, hier wäre jemand außer uns, aber keine Kleinlinge, sie könnte ihre Gedanken nicht hören. Dann hat sie plötzlich geschrien, und auf einmal waren überall rote leuchtende Augen in der Dunkelheit zu sehen und riesige Hände mit spitzen Krallen griffen von überall nach uns. Alle brüllten durcheinander, wir konnten ja nichts sehen, nur spüren und hören. Ich bin so schnell ich konnte in Richtung des Schachtes gekrochen, in den wir hineingefallen waren. Die Anhöhe hatte ich fast geschafft, aber da hat mich eine dieser Pranken am Bein gepackt und zurückgezogen. Die hatten so unheimlich viel Kraft. Ich hab um mich getreten mit dem anderen Bein, und scheinbar hatte ich Glück und irgendwas getroffen. Ich nehme an, es war der Kopf des Wesens, es gab ein unheimliches Heulen von sich und hat mein Bein losgelassen. Danach bin ich so schnell nach oben gekrochen, wie ich nur konnte. Ich hab es bis unter das Loch geschafft, dann war wieder eins dieser Biester hinter mir, diesmal konnte ich es ein bisschen sehen, da von oben das Licht aus der Versammlungshöhle in den Schacht fiel.«

Er schluckte und schien für einen Moment unfähig weiterzusprechen. Rachus, der mit vor der Brust verschränkten Armen hinter ihm auf dem Stuhl saß, schnaufte ungeduldig.

Amos nahm einen neuen Anlauf und fuhr stockend fort: »Was ich da gesehen hab, hätte ich lieber nicht gesehen, das könnt ihr mir glauben. Das Wesen stand mir gegenüber und fletschte seine Zähne, sie haben verdammt viele, spitze Zähne«, seine Hand glitt unbewusst über die verbundene Wunde an seiner Schulter. »Ihr ganzes Gesicht, scheint nur aus diesem riesigen Maul mit all den Zähnen zu bestehen und diesen fürchterlichen kleinen, leuchtenden roten Augen. Ihre Köpfe sind rund, aber oben ganz seltsam abgeplattet und sie haben keine Haare, keine sichtbaren Ohren bloß winzige Nasen, die fast nur ein Loch in der Mitte ihres Gesichtes sind. Am schlimmsten sind diese Hände. Es sind richtige Grabhände. Ihr müsst euch vorstellen, sie sind so groß wie wir, haben aber Hände wie zwei Teller, von denen Unsereins sein Mittagessen isst, mit dicken schwarzen Krallen dran statt Fingern. Sie sind recht schlank, aber unheimlich stark. Es scheint, als bestünden sie nur aus Muskeln.«

Er räusperte sich wieder. In den Gesichtern seiner Zuhörer war mehr und mehr die Neugier der Angst gewichen. Die meisten blickten jetzt eher sorgenvoll als kämpferisch. Amos sammelte sich ein letztes Mal und flüsterte dann fast: »Nachdem wir uns eine Weile angestarrt hatten, ist dieses Wesen auf einmal auf mich zu gesprungen und hat sich mit seinen Zähnen in meine Schulter verbissen. Ich glaube, es wollte eigentlich meinen Hals erwischen und mich somit töten. Doch obwohl es schnell war, konnte ich mich gerade noch so weit zur Seite drehen, dass es nur die Schulter erwischt hat. Der Schmerz war unerträglich, es hat ganze Fleischbrocken aus meinem Arm herausgerissen. Ich war wie von Sinnen und hab nur noch um mich geschlagen. Ich hatte wieder Glück, denn ich konnte das Wesen abschütteln, und bin dann trotz blutiger Schulter sofort an der Wand hinter mir hochgeklettert auf das Licht zu. Ich hatte solche Angst, dass es mir folgt und ich diese kräftigen Klauen gleich wieder an meinem Fußgelenk spüre, die mich zurück in die Dunkelheit ziehen wollen. Doch ich hab nur ein wütendes Zischen hinter mir gehört und sonst nichts, auch keine Schreie von den anderen mehr.«

Damit schloss Amos seinen Vortrag sichtlich ergriffen und durfte sich zitternd auf den Stuhl setzen. Rachus preschte jetzt wieder nach vorne, um die eingetretene Stille zu nutzen: »Bürger, ihr habt es gehört, diesen Wesen sind wir unterlegen, und natürlich ist es unsere Pflicht, unsere Ratsmitglieder aus ihrer schrecklichen Gefangenschaft zu befreien. Der einzige, wenn auch schwere Weg, erscheint mir, ihre Forderungen zu erfüllen.«

Er machte eine kleine Pause, auf Widerstand gefasst, doch diesmal regte sich nichts. Der Schock über die Ernsthaftigkeit der Bedrohung saß noch zu tief und selbst der Kampfeslustigste hatte bei Amos' Schilderungen die Lust auf einen Krieg mit solchen Kreaturen verloren. Mit Grabesmiene fuhr Rachus fort: »Es wird nicht leicht in diesem Winter, wenn wir soviel Nahrungsvorräte abgeben müssen, aber ich denke, wir können es schaffen, wenn wir nur noch fleißiger sammeln und uns noch mehr einschränken. Wer dafür ist, unsere Freunde aus den Klauen dieser Teufel zu retten, der hebe bitte jetzt die Hand.«

Überall schossen die Hände in die Luft.

»Gibt es jemanden, der unsere Freunde lieber ihrem Schicksal überlässt?«

Keine einzige Hand ging nach oben.

»Also, Antrag einstimmig angenommen«, verkündete Rachus lauthals.

Finn hatte das Gefühl, das alles sei ein riesiger Fehler. Er hatte die Hand nicht gehoben, weil ihm beide Möglichkeiten nicht richtig erschienen, aber Neppi und Lund neben ihm hatten völlig begeistert gleich beide Hände in die Luft gereckt. Finn wusste nicht, was er denken sollte. Er musste wirklich dringend mit Rumbolt sprechen. Es gab soviel, was ihm im Kopf herumging. Derweil führte Rachus auf der Bühne aus, dass er nun als letztes Mitglied des Rates, zumindest bis zu Amos' Genesung, allein die schwere Aufgabe haben werde, sie alle durch diese bösen Zeiten zu führen. Er hätte ja gern Unterstützung dabei, aber leider sei es nach den Kleinlinggesetzen nicht möglich die Nächstältesten in den Rat aufrücken zu lassen, weil die alten Ratsmitglieder nicht verstorben waren, und davon wolle man ja wohl nicht ausgehen. Auch hier erntete er wieder rege Zustimmung.

Danach war die Versammlung zu Ende, und die meisten Kleinlinge machten sich auf den Weg nach Hause in ihre Höhlen. Trotz der flammenden Ermutigungsreden von Rachus waren viele sehr niedergeschlagen. Unsicherheit und Angst standen in ihren Gesichtern.

Nach einer kurzen Unterhaltung mit Neppi, Lund und ihren Familien über das soeben Erfahrene gingen auch Luna und Finn nach Hause. Sie liefen schweigend nebeneinander her und hingen beide ihren Gedanken nach, von denen der jeweils andere nichts wissen sollte. Finn dachte ununterbrochen darüber nach, was Rumbolt wohl zu dieser ganzen Misere sagen würde. Sein Urteil war ihm durch ihre vielen Gespräche in letzter Zeit sehr wichtig geworden. Lunas Gedanken kreisten um ihren Ehemann, und sie wünschte sich sehr, er könnte jetzt bei ihnen sein, wo alles so unsicher und gefährlich zu werden schien. Wie sollte sie allein ihren Sohn gegen all das beschützen? Doch solche schwachen Momente waren selten bei Luna und sie hatte sich schon wieder in der Gewalt und ihren trotzigen Dickkopf zurechtgerückt, als sie schließlich vor der Eingangstür zu ihrer Höhle standen.

# 7

Am nächsten Tag war Finn schon sehr früh auf den Beinen. Er hatte schlecht geschlafen, sich hin und her gewälzt und die meiste Zeit wach gelegen und vor sich hin gegrübelt. Er brannte darauf, so schnell wie möglich zu Rumbolt zu kommen, und überlegte schon während er sich anzog und ein schnelles Frühstück einnahm, wie er es anstellen konnte, ohne bei Luna Verdacht zu erregen. Sie schlief zwar noch, aber wenn sie aufwachte und feststellte, dass er sich so früh aus dem Haus geschlichen hatte, würde sie das sehr merkwürdig finden. Finn lief nervös und nachdenklich in seinem Zimmer auf und ab. Sein Gesicht hatte sich in grüblerische Falten gelegt und die blitzblauen Augen schauten finster ins Leere. Er merkte mittlerweile, dass es doch keine so gute Idee gewesen war, seine Freundschaft zu Rumbolt vor seiner Mutter zu verheimlichen. Er war einfach kein besonders guter Lügner, und es ging ihm immer mehr auf die Nerven, ständig nach Ausreden und Vorwänden suchen zu müssen, um das Haus zu verlassen. Das Problem war Lunas Schläue, und dass sie keineswegs eine Mutter war, der man leicht etwas vormachen konnte. Finn befürchtete, dass sie schon bald hinter sein Geheimnis kommen würde, und dann konnte er was erleben. Dann hatte er nicht nur einen Freund, der ihr nicht passte, sondern sie auch noch belogen und das konnte Luna überhaupt nicht vertragen.

Endlich beendete Finn sein Auf- und Ablaufen im Zimmer und setzte sich aufs Bett. Tatsache war, er wollte jetzt zu Rumbolt, und er hielt es bestimmt nicht aus, noch stundenlang zu warten, bis Luna aufgestanden war und für irgendwelche Besorgungen die Höhle verlassen hatte. Also würde er riskieren müssen, dass sie misstrauisch wurde, und verschwinden, solange sie noch schlief. Sie würde ihn dann zwar später in die Mangel nehmen und ausfragen, was er so früh gemacht hätte, aber darüber konnte er sich dann Gedanken machen, wenn es soweit war. Und wenn sie es herausfand, dann hatte wenigstens die Lügerei ein Ende. Außerdem war Finn sowieso der Meinung, dass er langsam alt genug sei, sich seine Freunde selbst auszusuchen, ohne dabei auf seine Mutter Rücksicht nehmen zu müssen.

Nachdem er sich auf diese Weise überzeugt hatte, schlich er leise aus seinem Zimmer, ging auf Zehenspitzen über den Flur und an Lunas Schlafzimmertür vorbei. Um nicht im letzten Moment alles zu verderben, indem er sie aufweckte, traute er sich kaum zu atmen. Finn griff sich seinen Mantel vom Haken, seine Schuhe und verschwand durch die Höhleneingangstür. Erst draußen wagte er, beides anzuziehen und raste dann so schnell er konnte durch das so früh noch leere Mommenheim in Richtung Jägerwohnbereich.

Unterwegs fiel Finn ein, dass es ja gut sein könnte, dass Rumbolt noch schlief. In seinem Eifer hatte er gar nicht daran gedacht, dass es wohl ziemlich unhöflich war, zu so früher Stunde bei jemandem zu klopfen. Er dachte kurz darüber nach, ob er wieder zurückgehen sollte. Falls Luna noch nicht wach war, konnte ihm das eine Menge Ärger ersparen, doch seine Neugier siegte, und er beschloss, dass er ja vor Rumbolts Tür warten konnte, bis sich drinnen was bewegte. Auf jeden Fall wollte er erst mal zu ihm, dann würde er weitersehen.

Als Finn bei Rumbolt ankam, war er völlig aus der Puste, weil er so schnell gerannt war. Er musste einen Moment stehen bleiben und nach Luft ringen. Da nahm er ein seltsames Rumoren, Poltern und Rumpeln wahr. Er sah sich um und lauschte angestrengt. Die merkwürdigen Geräusche schienen aus Rumbolts Höhle zu kommen. Verwundert ging Finn an die Tür und klopfte. Drinnen wurde es schlagartig still. Eine Weile hörte Finn gar nichts, dann hastige Schritte. Die Tür wurde einen winzigen Spalt geöffnet und ein Auge fixierte ihn aus der Dunkelheit. Dann schnellte ein Arm heraus, packte den entsetzten Finn und zog ihn mit einem Ruck durch die Tür in die Höhle. Finn entwich ein spitzer Schrei, als die Hand ihn am Arm packte und von den Füßen riss. Er taumelte ins Dunkel der Höhle und schlug verwirrt und ängstlich um sich, doch dann hörte er eine vertraute Stimme: »Finn, beruhige dich, ich bin es doch nur, Rumbolt. Du bist ja wirklich sehr schreckhaft, Kleiner.«

Finn drehte sich um und konnte in der Finsternis, die heute nur von ein paar wenigen Kerzen erhellt wurde, Rumbolt ausmachen, der an der Tür lehnte und über das ganze Gesicht breit grinste. Finn schnappte halb vor Empörung halb vor Erleichterung nach Luft: »Mann, hast du mich erschreckt. Das war echt gemein. Warum sitzt du hier im Dunkeln herum? Und was waren das für Geräusche, die ich von draußen gehört habe?«

Von Rumbolts Gesicht verschwand das Grinsen und es nahm einen ernsten, fast erschrockenen Zug an.

»Hmm, du hast also Geräusche gehört. Mist, dann muss ich unbedingt leiser sein. Ich dachte, durch die dicken Höhlenwände würde der Schall nicht so nach draußen dringen.«

Er stieß sich mit einem tiefen Seufzer von der Tür ab und ging an Finn vorbei zu einem Zimmer am Ende des linken Ganges. Finn folgte ihm zögernd, diesen Teil der Höhle hatte Rumbolt ihm noch nie gezeigt. Die Türen hier waren bisher immer verschlossen gewesen. Jetzt stand die letzte offen und Kerzenschein drang auf den Flur. Finn folgte Rumbolt. Es war nur ein kleiner Raum, dafür aber vollgepackt mit Dingen, die sich Finn in seinen kühnsten Träumen nicht hätte vorstellen können. Überall an den Wänden hingen an Holznägeln aufgereiht Waffen der unterschiedlichsten Arten. Es gab Messer und Speere, Keulen, die mit Holz- oder Metallstacheln besetzt waren, angespitzte Holzpflöcke, große und kleine Bögen mit verschiedenen Pfeilen, Steinschleudern und allerlei Zeug, von dem Finn sich nicht einmal denken konnte, wie man es wohl gebrauchte. Er starrte mit offenem Mund alles an und es verursachte ihm tiefes Unbehagen. Einen Jäger zu bewundern, war eine Sache, aber die Instrumente seiner wohl zumeist blutigen Arbeit zum Greifen nah vor sich zu sehen, war etwas ganz anderes. Das merkte Finn jetzt, und er kam sich ein bisschen naiv vor, seine bisherige Vorstellung vom Beruf des Jägers war eine ganz andere gewesen. Zumindest kamen darin keine angespitzten Holzpflöcke oder Stachelkeulen vor.

Rumbolt, der unterdessen in einem Haufen von vollgestopften Taschen und Säcken, die in der Mitte des Raumes auf dem Boden lagen, herumgekramt hatte, richtete sich jetzt auf und sagte leise: »Na Finn, wie gefallen dir meine Freunde?«

Finn war entrüstet: »Wie kannst du diese Mordinstrumente als Freunde bezeichnen?«, fragte er in angewidertem Ton, »also das finde ich etwas unpassend.«

Rumbolt blieb gelassen. »Weißt du, Finn, da oben geht es für einen Jäger meistens um sein Leben und das bedeutet entweder das Tier, mit dem du kämpfst oder du. Dann sind diese Mordinstrumente, wie du sie nennst, die einzigen Freunde, die dir zur Seite stehen.«

Er nahm eines der Messer von der Wand, schlug es in ein Tuch ein und verstaute es in einer der Taschen. Finn blickte zwar immer noch etwas finster drein und runzelte beim Anblick der Waffen die Stirn, aber er musste zugeben, dass Rumbolt vermutlich Recht hatte und es auf jeden Fall auch besser beurteilen konnte. Trotzdem wünschte er sich irgendwie, Rumbolt hätte ihm dieses Zimmer nie gezeigt, er spürte, dass er damit einen ganzen Haufen romantischer und vielleicht auch kindischer Vorstellungen vom Leben verloren hatte. Nachdem er diese Waffen gesehen hatte, konnte er nie mehr davon träumen, als Jäger durch die Oberwelt zu streifen. Er würde sich unweigerlich mit einer Stachelkeule unter dem Arm sehen und das war keine sehr reizvolle Vorstellung.

Finn zwang sich, seinen Blick von den Wänden zu nehmen und seine Aufmerksamkeit wieder auf Rumbolt zu richten. Der war noch immer mit den Taschen am Boden beschäftigt. Gerade verschwand ein dickes Bündel Pfeile in einem bereits zum Platzen gefüllten Sack.

»Was geht hier eigentlich vor, Rumbolt?«, fragte Finn mit gerunzelter Stirn. »Du verdunkelst deine Wohnung, es kommen komische Geräusche aus deiner Höhle, aber du willst von draußen auf keinen Fall gehört werden, und du packst riesige Taschen voll mit Waffen. Was soll das alles?«

Rumbolt richtete sich wieder auf. Er überlegte, ob er sich rausreden oder Finn die Wahrheit sagen sollte. Schließlich seufzte er, setzte sich auf den Boden und bedeutete Finn, es ihm gleich zu tun. Als sie sich dann gegenübersaßen, begann er mit leiser und besonnener Stimme zu sprechen, als würde er über jedes Wort genau nachdenken: »Finn, sieh mal, du warst doch auch auf der Versammlung. Ich hab dich dort gesehen, und wie alle Kleinlinge bist du bestimmt geschockt über das, was passiert ist …«

Finn unterbrach ihn: »Um mit dir darüber zu sprechen, bin ich heute schon so früh hergekommen. Ich dachte, du weißt vielleicht mehr und außerdem kommt mir so einiges komisch vor an dieser Sache.« Rumbolt machte ein interessiertes Gesicht: »Soso, mein Junge, dir kam also einiges komisch vor? Ich kann dir sagen, da bist du nicht der Einzige. Es ist sogar nicht nur komisch, sondern geradezu höchst merkwürdig. Woher kannten diese Wesen unser Versteck? Nur ein Kleinling kann es ihnen verraten haben und das heißt, der Verräter ist noch immer unter uns.«

Finn nickte besorgt: »Müsste man dann nicht etwas tun, um ihn zu entlarven?«

»Natürlich, doch bisher wurde nichts unternommen. Rachus meint, es sei wichtiger, die Forderungen der Entführer so schnell wie möglich zu erfüllen. Um andere Dinge könnte man sich später kümmern. Mit den Ansichten und Plänen dieses alten Grießgrams konnte ich mich sowieso noch nie anfreunden und jetzt ist er auch noch Herrscher über Mommenheim.

Ich bin persönlich zu Rachus gegangen und habe vorgeschlagen, einen Suchtrupp zu bilden, der die Spur der Vermissten und ihrer Entführer verfolgen soll, um vielleicht die Möglichkeit einer Befreiung zu bieten. Rachus war strikt dagegen, er hat mir vorgeworfen, ich würde das Leben der Geiseln aufs Spiel setzen, und mir verboten, mich in Zukunft noch einmal einzumischen. Dann wollte ich zumindest den Brief sehen, in dem die Entführer ihre Forderungen erklären, aber er hat sich geweigert, ihn mir zu zeigen. Er sagte, das ginge nur Ratsmitglieder etwas an und ich sei keines; und dann hat er mich in einem Wutanfall rausgeschmissen. Nun, ich habe daraufhin mit einigen befreundeten Jägern gesprochen und wir sind zu dem Entschluss gekommen, dass wir hier im Moment nichts ausrichten können. Rachus ist zu mächtig und außerdem hat er den Großteil der Bürger hinter sich, weil er ein geschickter Redner ist. Aber wir können auf eigene Faust versuchen, Heronimus und den Rest des Rates zu befreien. Das mag ein schweres und gefährliches Unterfangen werden, aber zumindest gibt es eine kleine Chance, sie lebend wiederzufinden.«

Finn sah Rumbolt mit großen Augen an: »Also deshalb packst du deine Sachen in aller Heimlichkeit und nimmst all die Waffen mit. Wann wollt ihr losziehen?«

»Wir treffen uns heute Mittag am Tor, das an die Oberfläche führt. Die Ordner, die dort Wache halten sollten, haben wir ..., na ja, sagen wir mal, überredet uns zu helfen. Die werden heute Mittag nicht da sein, und wenn wir erst mal draußen sind, hält uns keiner mehr auf.«

Finn wurde ganz hibbelig. Das war seine große Chance, und er platzte sofort heraus: »Rumbolt, bitte nimm mich mit. Ich möchte mitgehen.«

Aber Rumbolt runzelte die Stirn: »Finn, das wird kein Spaziergang. Wir gehen nicht dort rauf, um uns zu amüsieren. Du hast doch gehört was, Amos über diese Kreaturen erzählt hat, und du hast auch gesehen, wie sie ihn zugerichtet haben. Das wird kein Spiel für Kinder, sondern blutiger Ernst.«

»Das weiß ich doch, Rumbolt. Ich bin kein Kind mehr und ich werde dir auch ganz bestimmt keine Last sein. Bitte lass mich mitgehen«, flehte Finn. Rumbolt schüttelte nur unwillig den Kopf. Doch Finn bettelte und bettelte, bis Rumbolt in einem schärferen Tonfall sagte: »Finn, du kannst nicht mitkommen, sieh das bitte ein, es ist zu gefährlich«, und dann eine Spur sanfter, »ich muss jetzt noch einiges zusammenpacken und brauche dafür Ruhe. Geh nach Hause, Finn.«

Als Finn die Endgültigkeit dieser Antwort bewusst wurde, traten ihm Tränen der Hilflosigkeit und der Wut in die Augen. Um nicht vor Rumbolt zu weinen, rannte er ohne ein weiteres Wort aus der Wohnhöhle. Die Tränen liefen seine Wangen hinunter und in seinem Kopf hämmerte es immer wieder: ›Er muss mich mitnehmen, er muss mich einfach mitnehmen. Das ist meine einzige Chance hier herauszukommen.‹

Er rannte und rannte durch die Gänge, bis er nicht mehr konnte, dann ließ er sich völlig erschöpft an einer Wand hinuntersinken und setzte sich auf den kalten Erdboden. Ihm drehte sich alles, und die Welt vor seinen Augen schien zu verschwimmen. Er rang keuchend nach Luft und hatte das Gefühl, nie wieder eins seiner Beine bewegen zu können, so erledigt war er von der ganzen Aufregung und dem Spurt. Außerdem war sein Hals ganz zugeschwollen vom vielen Weinen. Er schämte sich, weil er sich wie ein trotziges kleines Kind benommen hatte, und das auch noch ausgerechnet vor Rumbolt.

Es dauerte eine ganze Weile, bis Finn sich wieder einigermaßen erholt hatte und auch wieder klarer denken konnte. Er setzte sich etwas auf, zog seine Beine an, schlang die Arme darum und legte den Kopf auf die Knie. So verharrte er lange und grübelte. Es war ganz klar, dass Rumbolt ihn nicht freiwillig mitnehmen würde, und mit etwas Abstand betrachtet sah Finn ein, dass alles andere auch unverantwortlich von ihm wäre. Schließlich war es kaum zu erwarten, dass Luna ihm erlauben würde, mitzugehen. Allein die Frage danach würde vermutlich mehrere Wochen Ärger mit ihr bedeuten. Trotzdem war Finn nicht bereit aufzugeben und das hieß, dass er sich über beide hinwegsetzen musste. Seine Stirn legte sich in ernste Denkerfalten und er kaute, in tiefe Grübeleien versunken, auf seinem Fingernagel herum. Doch plötzlich hellte sich seine Miene auf, jetzt hatte er einen Plan, wie er es anstellen konnte, sowohl seine Mutter als auch Rumbolt auszutricksen.

Er sprang auf die Füße, und lief so schnell er konnte nach Hause. Dort angekommen schlich er an die Tür und lauschte. Drinnen war kein Geräusch zu hören, und er hoffte, dass Luna entweder noch schlief oder nicht mehr zu Hause war. Langsam und vorsichtig trat er ein und schlich, ohne Licht zu machen, von Raum zu Raum, aber seine Mutter war nicht zu entdecken. Schnell schlüpfte er in sein Zimmer und begann in Windeseile Sachen in seinen Rucksack zu werfen, von denen er meinte, sie auf so einer Expedition gebrauchen zu können. Kleidung, ein Blattfaserseil, seine Feldflasche und jede Menge Essen aus dem Vorratsschrank in der Küche flogen in seinen Rucksack. Außerdem ein kleines, aber scharfes Küchenmesser, das er zumindest vorsorglich dabei haben wollte in Anbetracht der Massen an Verteidigungsmittel, die Rumbolt mit sich schleppen würde. Dann eine große Decke und ein paar andere nützliche oder weniger nützliche Kleinigkeiten. Als letztes setzte er sich noch einen braunen Hut mit breiter Krempe auf, der einmal seinem Vater gehört hatte. Finn fand diesen Hut sehr passend für eine Reise an die Oberwelt, weil die Jäger oftmals solche Hüte als Sonnenschutz trugen. Danach wollte er sich so schnell wie möglich aus dem Staub machen, doch an der Eingangstür hielt er noch einmal inne und sah zurück auf sein Zuhause, das er jetzt wohl lange Zeit nicht mehr betreten würde. Er schämte sich etwas bei dem Gedanken an die Verzweiflung seiner Mutter, wenn sie heute im Laufe des Tages oder spätestens abends feststellen würde, dass er nicht mehr da war. Er ging noch einmal zurück in die Küche und schrieb einen Zettel:

*»Liebe Mama, wenn du diesen Zettel liest, bin ich schon nicht mehr in Mommenheim. Ich nehme an einer geheimen Rettungsaktion für die vermissten Ratsmitglieder teil. Ich weiß, dass du mir nie erlaubt hättest mitzugehen, deshalb bin ich heimlich gegangen und habe mich nicht verabschiedet. Ich fürchte, dass du jetzt sehr sauer auf mich bist und dir Sorgen machst. Es tut mir so Leid, dir Kummer zu bereiten, aber ich will nun mal schon immer die Welt dort oben sehen, und das könnte meine einzige Chance sein, dieses Abenteuer zu erleben. Bitte versuche, mich zu verstehen, auch wenn dir das sicher schwer fällt. Ich komme bestimmt heil zurück. Mach dir keine Sorgen, Rumbolt wird dabei sein. Ich hab dich lieb, bis bald, dein Finn.«*

Er legte den Zettel auf den Küchentisch, wo sie ihn hoffentlich finden würde und verließ mit großen Schritten die Wohnhöhle, ohne sich noch einmal umzusehen.

Draußen atmete er tief durch und dachte kurz nach. Es war noch genug Zeit bis zum Mittag und so könnte er sich eigentlich von Neppi und Lund verabschieden. Sie wären sicher beleidigt, wenn er sich, ohne ein Wort zu sagen aus dem Staub machen würde. Also schulterte er seinen Rucksack und machte sich gleich auf den Weg zu ihnen. Unterwegs pfiff er fröhlich ein Liedchen; jetzt wo er sein Zuhause verlassen hatte und der Oberwelt schon einen großen Schritt näher gerückt war, fühlte er sich befreit und voll freudiger Erwartungen. Jeder, der Finn begegnete, warf ihm nachdenkliche und zuweilen neugierige Blicke zu. Manche drehten sich sogar um, wenn er an ihnen vorbeiging und sahen ihm nach, bis er um die nächste Kurve verschwunden war.

Es dauerte eine Weile bis Finn darauf kam, dass er ziemlich seltsam aussehen musste, so bepackt wie er war. Vor allem weil Mommenheim schließlich nicht so groß war, dass man, um es zu durchqueren, Vorräte für mehrere Tage brauchte. Die große Decke, die zur Hälfte aus seinem Rucksack herausragte, und vor allem der hier unten sehr unübliche Hut waren auch nicht gerade unverdächtig. Er dachte daran, wie heimlich Rumbolt heute Morgen getan hatte und schämte sich etwas, weil er das Geheimnis ja geradezu hinausschrie in seinem Aufzug. Von da an pfiff er nicht mehr, sondern ging geduckt an der Wand entlang, mied größere Aufläufe von Kleinlingen und schlich auf dem schnellsten Weg zu Neppis Höhle.

Dort klingelte er nicht, sondern klopfte nur zaghaft an Neppis Zimmerfenster und wartete in einer dunklen Nische daneben. Drinnen hörte er eilige Schritte, dann wurde das Fenster aufgerissen und Neppi spähte heraus. Sein Gesicht wurde zusehends ungehalten, als er draußen niemanden sah. Er grummelte leise vor sich hin: »Dumme Kleinlinggören, solche Streiche sind normalerweise meine Sache, außerdem überhaupt nicht witzig, elende Nervensägen.«

Gerade als er das Fenster wieder schließen wollte, rief ihn

Finn leise aus der dunklen Nische. Sofort schoss Neppis Kopf samt Oberkörper wieder aus dem Fenster und seine Augen fixierten misstrauisch die Ecke, aus der Finn ihn gerufen hatte. Als er dort im Dunkeln seinen Freund erkannte, hellte sich seine Miene sofort auf und wandelte sich in ein breites, warmes Grinsen.

»Hey Finni, was machst du da? Warum klingelst du nicht einfach?«, brüllte er über den ganzen Gang.

Finn legte eilig den Finger an die Lippen und bedeutete Neppi, leiser zu sein, dann trat er zu ihm ans Fenster. Als Neppi seinen Aufzug sah, brach er beinahe zusammen vor Lachen. Er lag über dem Fensterbrett und bekam fast keine Luft mehr, weil ihn eine Lachsalve nach der anderen schüttelte. Finn blickte sich nervös nach allen Seiten um und wartete ungeduldig, dass Neppi sich endlich wieder beruhigte. Er konnte sich nicht vorstellen, dass sein vor Lachen brüllender und kreischender Freund noch lange unentdeckt bleiben konnte, vor allem weil er auch noch halb aus dem Fenster hing.

Endlich schien Neppi halb erstickt und zudem zu schwach zu sein, um noch weiteren Lärm zu verursachen. Er schnappte nur noch kläglich nach Luft und gab dazwischen einige glucksende Laute von sich. Schließlich zog er sich mit letzter Kraft am Fensterbrett hoch und brach beim Anblick seines Freundes erneut in Kichern aus. Diesmal war der Anfall jedoch deutlich schwächer. Endlich brachte er unter großen Anstrengungen zwischen zwei gackernden Lauten hervor: »Finni, was soll das? Hat Luna dich rausgeschmissen und willst du jetzt bei mir einziehen? Was hat eigentlich dieser alberne Hut zu bedeuten?«

Finn seufzte nur und wartete mit seiner Antwort, bis Neppi langsam aber sicher wieder ernst geworden war, dann erklärte er: »Ich bin eigentlich nur hier, um mich zu verabschieden. Ich nehme sozusagen an einer geheimen Mission teil. Ich gehe mit Rumbolt an die Oberfläche, und ich weiß nicht, wann und ob ich überhaupt wieder komme, deshalb wollte ich ...«

»Nun aber mal langsam, Finn«, unterbrach ihn Neppi besorgt. »Was soll das heißen, du gehst an die Oberfläche? Was sagt bitte Luna dazu, und ist dir vielleicht mal aufgefallen, dass das ziemlich gefährlich ist? Du könntest von Greifvögeln gefressen werden. Kobolde könnten dich schnappen und dir deine Arme und Beine ausreißen, nur so zum Spaß. Du kannst dich auch verlaufen, auf Füchse oder andere Kleinlingfresser treffen, und dir könnte ganz schön langweilig werden ohne Lund und mich.«

»Neppi, egal was du sagst, ich gehe! Du weißt, wie sehr ich immer an die Oberfläche wollte. Da oben gibt es nicht nur Schlechtes, ich glaube, es ist dort wunderschön und ...«

Wieder unterbrach ihn Neppi: »Das meinst du wirklich ernst, was? Ja, ja, wer nicht hören kann, muss fühlen, sage ich da nur. Spätestens wenn der erste Wolf vor dir steht, wirst du dich heulend hinter mir verstecken. Jetzt warte mal kurz da draußen.«

Mit diesen Worten verschwand Neppi in seinem Zimmer und machte das Fenster vor Finns Nase zu. Letzterer guckte etwas verdattert und murmelte vor sich hin: »Was heißt hier, hinter dir verstecken, Neppi? Das soll ja wohl nicht heißen, dass ...«

Kurze Zeit später flog die Tür auf und Neppi, in einem dunklen Pelzmantel, der ihm bis zu den Füßen reichte, stand vor ihm. Auf dem Rücken trug er ein Monstrum von Rucksack, und er stützte sich auf ein krummes Holzstück, das er wohl als Wanderstock gebrauchen wollte. Finn verschlug es die Sprache. Wenn er allein schon auffällig gewesen war, was würde passieren, wenn man sie zusammen sah?

Neppi schien das nicht zu kümmern. Er stolzierte freudig lächelnd zu Finn hinüber und fragte lässig auf seinen Stock gelehnt: »Wann soll es losgehen?«

»Heute Mittag«, entgegnete Finn tonlos und immer noch nicht sicher, ob er nun ein neues Problem hatte, oder ob er sich freuen sollte, dass Neppi ihn so spontan begleiten wollte.

»Oh, dann müssen wir uns beeilen«, sagte Neppi gespielt nervös. »Wir müssen schließlich noch Lund abholen, und das wird keine leichte Aufgabe, fürchte ich. Unser kleines Dickerchen wird sein luxuriöses Dasein hier unten nur ungern für ein entbehrungsreiches und gefährliches Abenteuer dort oben aufgeben. Aber ohne Lund gehen wir nicht, also muss er mit, Basta!«

Neppi schien mit diesem Basta alles gesagt zu haben, und stolzierte mit großen Schritten voraus. Finn folgte ihm, zweifelnd den Kopf schüttelnd, und noch immer in einem Zustand der Unentschlossenheit, was seine Gefühle über Neppis Begleitung anging. Bei Lund allerdings war er sich sicher, das konnte nichts werden. Er glaubte nicht, dass ein einfaches Basta von Neppi reichen würde, um Lund zu überreden. Vielleicht wäre das auch besser, Finn mochte Lund zwar gern, aber er bezweifelte stark, dass dieser auch nur einen Tag an der Oberwelt überleben würde.

Schon sein gesunder Kleinlingverstand musste ihm sagen, dass er nicht an die Oberfläche wollte und zwar um nichts in der Welt, dachte Finn, und damit hatte er nicht ganz Unrecht. Lund wollte nicht mitgehen, nicht nur um nichts in der Welt, sondern um nichts im ganzen Universum.

Als sie bei ihm ankamen, stellte Neppi schnell fest, dass Lunds Eltern nicht zu Hause waren, weil sonst mindestens einer von beiden durch das Küchenfenster hätte zu sehen sein müssen. In diesem Raum hielten sie sich die meiste Zeit auf. Er klopfte daher ganz ungeniert an die Tür. Finn blickte den Gang rauf und runter, doch zum Glück war niemand zu sehen.

Als sich die Tür öffnete, starrten ihnen zuerst zwei kleine Äuglein aus einem dicken Gesicht entgegen, dann brach das Gesicht in prustendes Lachen aus. Lund sackte neben der Tür zusammen und wälzte sich den Bauch haltend auf dem Boden. Eine Weile standen sowohl Finn als auch Neppi etwas ratlos vor ihm und warteten auf ein Abklingen des Lachanfalls, doch es wurde nur noch heftiger.

»HaHaHaHeHe, wie seht ihr denn aus?«, presste Lund zwischen zwei Lachern hervor. Schließlich riss Neppi der Geduldsfaden, was Finn in Anbetracht seines eigenen Lachanfalls vorhin ziemlich unfair fand. Er packte Lund und schleifte das kichernde Bündel über den Boden ins Haus. Finn machte hinter ihnen die Tür zu, froh darüber, für kurze Zeit aus den Gängen und dem Blickfeld der Mommenheimer verschwinden zu können. Neppi war inzwischen in Lunds Zimmer gestürmt, durchwühlte dessen Schränke und warf alles, was ihm für so eine Expedition brauchbar erschien auf das Bett. Lund war mittlerweile zur Besinnung gekommen und rannte hinter Neppi her, um zu sehen, was dieser da trieb. Finn blieb im Flur stehen und war gespannt, was jetzt passieren würde.

Eine Weile hörte er nichts, dann eine fragende Lundstimme. Als Antwort kam eine längere Erklärung der Neppistimme, worauf ein Aufschrei folgte, der nur von Lund stammen konnte. Er hörte ein Rumoren aus dem Zimmer, dann schimpfte die Neppistimme ziemlich laut, Lund solle seine Sachen gefälligst in einen Rucksack packen, anstatt sie wieder in den Schrank zu schmeißen. Darauf hörte Finn ein panisches Kreischen und schließlich ein verzweifeltes Heulen, in dem er die Worte: »Ich geh nicht mit«, zu erkennen glaubte.

Als er sich gerade entschlossen hatte, dem Treiben ein Ende zu bereiten und Neppi zur Vernunft zu bringen, wurde es ganz still im Zimmer, und er hörte nur noch Neppi eindringlich flüstern. Einige Minuten später kam zuerst ein sehr zufrieden aussehender Neppi und hinter ihm ein völlig am Boden zerstörter Lund mit einem großen Rucksack auf dem Rücken aus dem Zimmer. Finn runzelte die Stirn: »Neppi, Lund muss nicht mitkommen, wenn er nicht will. Niemand muss das, auch du nicht. Das ist ganz allein meine Sache, und ich möchte euch da nicht mit reinziehen. Es könnte wirklich gefährlich sein. Außerdem, was werden eure Eltern sagen, wenn ihr nicht mehr da seid?«

»Was wird wohl deine Mutter sagen?«, fragte Neppi schnippisch.

»Lund macht es nichts aus mitzukommen, oder Lund? Außerdem tut ihm so ein kleines Abenteuer mal ganz gut. Davon kannst du noch deinen Kindern erzählen, ist das nichts?«

Lund nickte nur, blickte aber weiterhin griesgrämig drein und schoss immer wieder böse Blicke auf Neppi.

Finn wurde das Ganze zuviel und außerdem war es mittlerweile spät geworden. Sie mussten sich jetzt dringend auf den Weg in Richtung Ausgang machen, sonst würden sie den richtigen Zeitpunkt verpassen. Also sagte er: »Ich muss jetzt los. Wer mitkommen will kann, wer nicht will, muss auch nicht.«

Damit drehte er sich um und öffnete die Tür. Hinter sich hörte er noch einen kurzen Streit über einen passenden Mantel für Lund, dann schlossen sich ihm seine beiden Freunde an. Eigentlich war er ganz froh, dass sie da waren, allein hätte er jetzt vielleicht schon ein bisschen Angst gehabt vor all dem Unbekannten, das ihm bevorstand. Sie beeilten sich, auf dem schnellsten Weg Richtung Ausgang zu kommen, und so wenig Mommenheimern wie möglich zu begegnen. Das seltsame Trio erweckte aber trotzdem überall Aufsehen, und es wurde ein ziemlicher Spießrutenlauf, auf dem sie ständig angesprochen, angegafft und zum Thema einigen Getuschels wurden.

Als Finn, Neppi und Lund endlich in die weniger vollen äußeren Bereiche Mommenheims kamen, waren alle drei froh. In Sichtweite der Holztür, die nach draußen führte, blieben sie stehen, und Finn zog die beiden in eine dunkle Ecke der Höhle. Er holte aus seinem Rucksack die schwarze Decke und breitete sie über sich und seine Freunde. Neppi quakte sofort laut drauflos, was das bitte solle, doch Finn hielt ihm den Mund zu und erklärte leise, dass sie nicht ganz so willkommen waren auf dieser Expedition, weshalb es nötig sein würde, sich nach draußen zu schleichen, ohne bemerkt zu werden. Neppi runzelte die Stirn und murmelte: »Mein lieber Finni, heute überraschst du mich wirklich. Ich wusste bis jetzt gar nicht, wie durchtrieben du sein kannst. Deine Mutter und Rumbolt hinters Licht führen und das an einem Tag. Das hätte ich dir gar nicht zugetraut. Wirklich, ich bin stolz auf dich.«

Dann grinste er wieder auf seine typische Neppiart vor sich hin. Lund schien weniger stolz auf Finn zu sein und auch weniger glücklich darüber, dass er sich jetzt auch noch hinausschleichen musste, aber er blickte nur böse vor sich hin. Alle drei waren jetzt für eine ganze Weile still und harrten der Dinge, die da kamen. Die Anspannung war deutlich zu bemerken und hing fast greifbar in der Luft. Finn machte sich Sorgen, ob ihre Deckentarnung gut genug sein würde, um ein geübtes Jägerauge wie das Rumbolts zu täuschen, aber es blieb nur zu hoffen und abzuwarten.

Endlich nach fast einer halben Ewigkeit hörten sie Stimmen aus einem der Gänge, die in die Höhle mündeten. Sie warfen vorsichtig einen Blick unter der Decke hervor und sahen zwei dicke vermummte Gestalten, die sich im Dunkeln herumdrückten. Kurze Zeit später schallte ein Pfiff aus einem der anderen Gänge und die beiden Unbekannten antworteten mit dem gleichen Pfiff. Daraufhin kam eine ganze Gruppe von bestimmt sechs oder sieben vermummten Kleinlingen in die Mitte der Höhle und die zwei anderen schlossen sich ihnen an. Es wurde nicht gesprochen, nur gestikuliert, dann folgten wieder Pfiffe und Antworten darauf und eine weitere Gruppe erschien. Sie trugen zwischen sich ein zappelndes, grunzendes Bündel, das sie in der Mitte der Höhle ablegten. Es wurde sofort von den anderen umringt, so dass die drei nicht erkennen konnten, um was es sich handelte. Jetzt strömten immer mehr dunkle, verhüllte Gestalten in die Höhle. Finn schätzte ihre Zahl mittlerweile auf ungefähr zwanzig. Sie versammelten sich in der Mitte und blickten in alle Richtungen die Gänge hinab. Schließlich hob einer von ihnen die Hand und wies Richtung Tür – das Zeichen zum Aufbruch. Finn dachte, dass diese Person der Chef sein musste, und deshalb konnte es sich dabei eigentlich nur um Rumbolt handeln. Er erspähte die Gestalt, die die Hand gehoben hatte, doch er konnte unter der dunklen Vermummung nichts erkennen. Dann hatte die Gestalt schon mit einem Ruck die schwere Tür geöffnet und war lautlos hindurchgeglitten. Die anderen folgten in einem schweigsamen Zug und hinter ihnen fiel die Tür wieder zu.

Neppi wollte sofort aufspringen, doch Finn packte ihn am Arm und hielt ihn noch eine Weile zurück. Er wollte nicht noch in der letzten Minute geschnappt werden. Leise packte er die Decke wieder in seinen Rucksack und bedeutete dann Neppi und Lund, ihm zur Tür zu folgen. Neppi zappelte vor Aufregung, Lund schaute ängstlich umher. Aber Finn glaubte jetzt auch in seinen Augen einen Funken Spannung zu sehen. Finn und Neppi mussten sich zu zweit an die schwere Tür hängen, um sie überhaupt öffnen zu können. Sie schlüpften alle drei schnell hindurch, konnten aber nicht verhindern, dass die Tür polternd ins Schloss fiel. Einen Moment lang standen sie ganz still und wagten nicht zu atmen. Finn war sich fast sicher, dass sie nun entdeckt waren, doch es rührte sich nichts. Langsam entspannten sie sich wieder. Vielleicht waren die anderen schon weit genug entfernt. Die drei atmeten auf und schlichen vorsichtig den Gang hinauf. Er stieg steil an, und sie kamen mit ihrem vielen Gepäck schon bald ins Schwitzen und Keuchen. Vor allem Lund wurde von Schritt zu Schritt missmutiger und begann nach einiger Zeit zu lamentieren, dass seine Beine weh täten, dass er keine Luft mehr kriege und dass er sterben müsse, würden sie ihn zwingen noch weiter zu gehen.

Finn ignorierte seine Klagen. Er hatte mehr damit zu tun, auf Geräusche der Gruppe vor ihnen zu lauschen, und außerdem war er mittlerweile so hibbelig vor Aufregung, dass nicht mal Lunds penetrantes Gejammer ihn von seinem Ziel ablenken konnte. Neppi hingegen wurde mit der Zeit recht gereizt und schnauzte Lund schließlich an, er solle gefälligst die Klappe halten, von seinem Jammern würde es auch nicht besser.

In diesem Moment bog Finn, der vorausging, um eine Ecke und sah plötzlich vor sich eine Holztür, durch deren Risse und Spalten ein helleres Licht fiel, als er je zuvor gesehen hatte. Er blieb abrupt stehen, Neppi und Lund, die noch immer in ihren Streit vertieft waren, liefen in ihn hinein und alle drei wurden von dem Zusammenprall umgeworfen. Finn war der Erste, der sich wieder aufrappelte. Ohne noch auf die anderen zu achten, lief er auf die Tür zu. Er hatte das Gefühl, innerlich zu explodieren vor Freude. Finn packte den Türknauf, drehte ihn und warf sich dann mit aller Kraft gegen die schwere Holztür. Unter seinem entschlossenen Ansturm gab sie ächzend nach und schwang auf.

Finn, der noch am Türknauf hing, stolperte hinterher und stand plötzlich in einer Welt aus gleißend hellem Licht. Es tat in seinen Augen weh, und er musste sie schnell mit den Händen bedecken. Eine Zeit lang sah er gar nichts mehr, schwarze Flecken tanzten vor seinen Augen. Es schmerzte, und er fürchtete schon, erblindet zu sein, da begann er langsam wieder seine Hände zu sehen. Erst nur verschwommen und mit schwarzen Pünktchen übersät, dann wurde es deutlicher, und er war überrascht, wie anders die Farbe seiner Haut hier oben wirkte. Das Braungrün seiner Hände erschien ihm viel intensiver. Vorsichtig spreizte er die Finger und sah hindurch. Es dauerte eine Weile, aber seine Augen gewöhnten sich allmählich an die Helligkeit.

Finn sah vor sich etwas Riesiges, Braunes und Zerklüftetes. Er blickte daran hinauf und es schien ihm, dass dieses Etwas gar kein Ende nehmen würde. Einen Moment lang dachte er an den Riesen an der Decke der Versammlungshöhle, bis er begriff, worum es sich handelte. Er hatte genug Zeichnungen bei Rumbolt und in Mommenheim gesehen, um jetzt zu erkennen, dass er vor einem immens großen Baum stand, der mit seiner grünen Krone den ganzen Himmel einzunehmen schien. Finn hatte trotz der Bilder nicht geahnt, wie groß Bäume tatsächlich waren. Ihm stockte förmlich der Atem vor dieser Gewaltigkeit, und er hatte das Gefühl, sein Herz schlüge so schnell, dass es gleich vor Glück und Überwältigung springen müsste.

Da hörte er hinter sich die Schreie seiner Freunde. Er nahm an, dass ihnen auch das Licht zu schaffen machte und drehte sich um, um sie zu beruhigen. Doch plötzlich packte ihn etwas von hinten am Hals, und er wurde blitzschnell in dunklen Stoff gewickelt, verschnürt und wie ein Packet geschultert. Finn schrie und zappelte und hörte irgendwo hinter sich die erstickten Rufe von Neppi und Lund. Er wehrte sich nach Kräften, aber es war sinnlos und irgendwann konnte er nicht mehr. Also gab er seinen Widerstand auf und ließ sich schlapp über die Schulter des Entführers hängen. Es konnte doch nicht sein, dass seine ersten Sekunden in Freiheit so schnell wieder vorbei sein sollten. Er hoffte nur, dass sie nicht von denselben abscheulichen Kreaturen gefangen worden waren, die schon den großen Rat verschleppt hatten. Dann saßen sie ziemlich in der Klemme. Vor seinem geistigen Auge sah er wieder Amos, wie er blutend und halb wahnsinnig vor Angst aus dem Loch im Boden der Versammlungshöhle kroch und erschauderte. Finn fragte sich, wo nur Rumbolt und seine Männer waren. Die hätten ihre Schreie doch hören müssen. Da hielt sein Träger plötzlich an, hob ihn von seinen Schultern und stellte ihn unsanft wieder auf die eigenen Füße.

Finn war ganz still und sagte nichts. Er wollte erst wissen, mit wem er es zu tun hatte, aber neben sich hörte er eine Stimme keifen, zetern und Verwünschungen brüllen, die nur Neppi gehören konnte. Auf der anderen Seite vernahm Finn ein leises Wimmern, das vermutlich von Lund stammte. Besonders letzterer tat ihm leid, weil Lund eigentlich gar nicht hätte hier sein sollen. Finn war wütend auf sich, dass er den verrückten Neppi nicht davon abgehalten hatte, Lund mitzuschleppen. Da standen sie nun und waren von ihrem sicheren Zuhause direkt in die Arme von Entführern gelaufen.

Finn spürte, dass sich jemand an dem Stoff zu schaffen machte, in dem er eingewickelt war. Einerseits war er froh, weil ihm langsam darunter furchtbar heiß wurde, andererseits fürchtete er sich aber auch davor, in das Gesicht seiner Entführer zu blicken und dort überall nur spitze Zähne zu sehen.

Das Tuch wurde ruckartig weggerissen, und Finn war sofort wieder geblendet von der Sonne. Er machte schnell die Augen zu und wartete, bis die schwarzen Flecken ihren Tanz beendet hatten. Diesmal ging es schneller als das erste Mal, und er konnte bald seine Augen wieder öffnen. Er befand sich auf einer kleinen runden Lichtung, die von weichem Moos bewachsen war. Rundherum standen lange grüne Halme und Pflanzen, die alle etwa dreimal so groß waren wie Finn. Links und rechts von sich sah er Neppi und Lund, denen man auch die Tücher abgenommen hatte. Sie rieben sich ihre geblendeten Augen. Vor ihnen in einem Halbkreis stand eine Gruppe schwarz vermummter Gestalten, die bei ihrem Anblick jetzt langsam ihre Masken und Umhänge abwarfen. Finn, der sich schon auf grässliche Monster eingestellt hatte, war überrascht, vor sich nur andere Kleinlinge zu sehen. Dann dämmerte es ihm, Rumbolts Gruppe hatte sie gefangen, er war erleichtert. Neben sich hörte er sowohl Neppi als auch Lund merklich aufatmen. Leider sahen die Männer, die ihm zudem allesamt höchstens vom Sehen bekannt vorkamen, nicht gerade freundlich aus. Eigentlich guckten sie sogar ziemlich grimmig aus der Wäsche, fand Finn. Er sah sich unsicher nach Rumbolt um und machte dabei einen Schritt nach vorn, woraufhin die Kleinlingmänner geschlossen ihre Waffen zückten und auf ihn richteten. Finn war entsetzt, hob beschwichtigend die Hände, ging zwei Schritte zurück und sagte dann mit etwas wackeliger Stimme: »Ich weiß nicht, was ihr denkt, wer wir sind, aber ich kann euch versichern, wir sind bestimmt keine Bedrohung, also könnt ihr die Piekser da auch runter nehmen. Wo ist euer Anführer? Ich will mit ihm sprechen. Er ist mein Freund.«

Bei Finns letzten Worten brachen die Männer in ein gehässiges Lachen aus. Einer bequemte sich schließlich und wandte sich an Finn. »Junge, du weißt doch gar nicht, wer uns anführt und wenn du es wüsstest, müsste ich dich auf der Stelle an eine Horde Kobolde verfüttern. Drei Spione wie euch kann ich mit einem solchen Wissen schließlich nicht laufen lassen.«

Finn war entrüstet über diese Unterstellung. Lund neben ihm begann sein Wimmern zu einem handfesten Heulen zu steigern. Neppi fuhr auf und schrie den dicken Kleinling, der sie gerade als Spione bezeichnet hatte, wütend an: »Wir und Spione? Dir ist wohl heute Nacht eine Wurzel ins Gehirn gewachsen. Wir sind hier auf einer geheimen Mission, um den großen Rat zu befreien, du Dickwanst. Es wäre besser für dich, wenn du uns in Ruhe lässt. Mein Freund Finn hier ist der beste Freund von Rumbolt, und mit dem willst du dich jawohl nicht anlegen, oder?«

Der dicke Kleinling schien anzuschwellen, als wollte er platzen, zudem wurde er puterrot im Gesicht und starrte mit hasserfülltem Blick auf Neppi. Finn erwartete, dass er sich jeden Moment auf ihn stürzen und seinen Freund zu Kleinlingmatsch verarbeiten würde. In seiner Verzweiflung begann er,

Rumbolts Namen zu schreien, so laut er nur konnte. Der dicke Kleinling setzte gerade wie ein wilder Kobold zum Angriff an, als eine Hand sich auf seine Schulter legte und ihn mit sanfter Gewalt zurückhielt. Rumbolt war aufgetaucht, gerade noch rechtzeitig. Unter seinem Blick beruhigte sich der wilde Dickwanst zusehends und bekam wieder eine gesündere Gesichtsfarbe.

Finn atmete erleichtert auf und rannte dann einem spontanen Impuls folgend auf Rumbolt zu. Sofort schloss sich der Kreis der Kleinlingmänner wieder und die Waffen richteten sich auf Finn. Der blieb wie angewurzelt stehen und blickte nur noch fragend zu Rumbolt auf. Dieser bedeutete seinen Männern mit einem Handzeichen, dass alles in Ordnung war und sie ließen daraufhin die Speere und Keulen sinken, blieben jedoch wachsam. Rumbolt richtete seinen Blick auf Finn und sah ihn so böse an, dass Finn das Gefühl hatte, auf Ameisengröße zusammenzuschrumpfen. Dann donnerte Rumbolt, dass es nur so dröhnte: »Was habe ich dir über deine Teilnahme an dieser Mission gesagt, Finnholf?«

Finn war zu beschämt und verängstigt, um zu antworten. Er sah nur stumm zu Boden.

Rumbolt polterte weiter: »Ich sagte, dass du unter keinen Umständen mitkommen kannst, und ich bin sicher, du hast mich gut verstanden, nur daran gehalten hast du dich nicht. Zudem hast du noch deine zwei Freunde mitgebracht und damit die Mission und sie gefährdet, ganz zu schweigen von dir selbst. Wirklich, ich bin sehr enttäuscht von dir. Was werde ich von deiner Mutter zu hören kriegen? Außerdem fangt ihr jetzt schon an, uns aufzuhalten. Wir könnten bereits weit weg sein, wenn wir nicht eure Geräusche hinter uns gehört hätten und euch als mögliche Spione von Rachus hätten gefangen nehmen müssen. Und jetzt muss ich euch auch noch den ganzen Weg lang mitschleppen.

Zurückgehen könnt ihr nicht, ihr habt schon so genug Aufsehen erregt. Ich will nicht, dass Rachus zu früh von unserem Plan erfährt, wenn ich Recht habe, wäre er nicht sehr glücklich darüber. Ich wette, er wird uns sofort seine Wachen nachschicken, wenn er unser Fehlen bemerkt. Je weiter wir dann schon weg sind umso besser. Da ich euch auch nicht allein hierlassen kann, weil ihr sonst in kürzester Zeit Koboldspielzeug wärt, bleibt mir nichts anderes übrig, als euch mitzunehmen.«

Rumbolt seufzte tief, ebenso Lund, Finn hingegen geriet bei Rumbolts letzten Äußerungen sichtlich aus dem Häuschen vor Freude. Seine Augen blitzten, er sprang auf und lief Rumbolt in die Arme, der ihn bereitwillig auffing und schon wieder schmunzeln konnte. Auch die anderen Männer schienen mittlerweile der Ansicht, dass von den drei Jungen keine Gefahr drohte und ließen ihre Waffen diesmal unten.

## Auf der Suche

### 1

Nach diesem Tumult um das Auftauchen der drei wendeten sich die Männer wieder ihrer Arbeit zu. Rumbolt führte Finn und seine Freunde in das behelfsmäßige Versteck, das sie unter einem Farn umwucherten Gebüsch angelegt hatten. Die meisten seiner Männer hatten ihre Rucksäcke und Sachen dort gelassen und waren unterwegs, um verschiedene Aufträge Rumbolts auszuführen. Einige sammelten Vorräte, aber der Großteil war auf der Suche nach Spuren des Rates und seiner Entführer, wie Rumbolt ihnen erklärte: »Wir vermuten, dass sie unter der Erde leben, das lässt sich aus ihren schaufelartigen Händen schließen und der Tatsache, dass sie sich zu uns durchgebuddelt haben, aber wir wissen natürlich nicht, wo sich ihr Bau befindet. Das heißt, wir müssen darauf hoffen, dass der Abtransport ihrer Geiseln recht mühevoll ist, und sie viele Spuren hinterlassen. Zum Glück hat es gestern und heute nicht geregnet, das bedeutet, wir haben gute Chancen, noch etwas zu finden.«

Sowohl Finn als auch Neppi fühlten sich bei Rumbolts Worten schon mittendrin in einem Abenteuer und waren begeistert. Außerdem konnte vor allem Finn sich kaum sattsehen an all den fremden Dingen um ihn herum. Er bückte sich ständig, hob Moos oder Blätter auf, betastete und untersuchte alles was er nur finden konnte und löcherte Rumbolt mit Fragen, die dieser schmunzelnd beantwortete. Nur Lund schien keine Abenteuer zu mögen, er sah keineswegs begeistert aus. Vielmehr verzog er die ganze Zeit das Gesicht und kniff die Augen zusammen, weil er fand, das abscheuliche Licht blende ihn. Es war ihm zu hell, zu warm und zu laut hier draußen. Die zwitschernden Vögel, von denen Finn die ganze Zeit schwärmte, fand Lund unerträglich, und außerdem hielt er sie für sehr gefährlich, wenn man ihnen zu nahe kam. So stapfte er missmutig hinter den anderen her.

Gerade als Finn Rumbolt darüber ausfragte, wann sie wohl das erste größere Tier zu Gesicht bekämen, vielleicht so etwas wie einen Fuchs oder Bären, hörten sie aus einem aus Stöcken und Blättern gebauten Unterstand ein ersticktes Grunzen und Knurren. Finn und Neppi fuhren herum und blickten mit erschrockenen Gesichtern erst in die Richtung, aus der das Geräusch kam und dann zu Rumbolt. Lund hatte sich sofort hinter ihm verkrochen und lugte nur noch zwischen seinen Beinen hindurch. Als Rumbolt ihre Gesichter sah, brach er in ein derbes Lachen aus. Er klopfte sich auf die Schenkel und drehte sich im Kreis, während die drei ihn nur verständnislos anblickten und sich etwas dumm vorkamen. Schließlich beruhigte er sich wieder und sagte immer noch breit grinsend: »Also, das war eindeutig kein Bär, falls ihr das gedacht habt. Auch kein Fuchs übrigens, die sind im Allgemeinen groß genug, dass ihr sie sofort sehen würdet. Das da drüben ist jemand, den ihr kennt und den wir bei der ganzen Aufregung um euch drei kleine Spione völlig vergessen haben. Kommt mal mit.«

Er winkte ihnen, ihm zu folgen und ging mit großen Schritten auf den Unterstand zu. Finn und Neppi folgten ihm etwas langsamer, aber vertrauensvoll, Lund in größerem Abstand und eher zögerlich. Irgendwie erwartete er immer noch, dass ein kleinlingfressendes Monster daraus hervorspringen würde.

Unter dem Blätterdach des Unterstandes waren allerhand Rucksäcke, Decken und Nahrungsmittel verstaut worden. Mitten in diesem Haufen lag das schwarze Bündel, das die Männer schon in Mommenheim bei sich hatten. Es bewegte sich sehr auffällig und gab die grunzenden Töne von sich. Finn dämmerte, dass diese Technik bei Rumbolts Gruppe sehr beliebt war. Er und seine Freunde waren schließlich vorhin genauso verschnürt worden. Er fragte sich bloß, wen sie diesmal gefangen hatten.

Das Geheimnis wurde schnell gelüftet. Rumbolt kniete sich hin und begann den schwarzen Stoff zu lösen. Er rollte das Bündel über den Boden und eine Stoffschicht nach der anderen verschwand, bis am Ende ein gefesselter und geknebelter Kleinling herausrollte und schnaufend liegen blieb. Der Magier Amos starrte sie mit vorwurfsvollem Blick zwischen seinen völlig verstrubbelten Haaren hindurch an. Finn war sehr überrascht, ihn hier zu sehen und machte sofort den Mund auf, um Rumbolt zu fragen, weshalb er ihn entführt hatte. Doch Rumbolt legte den Finger an die Lippen und Finn war still. Dann begann Rumbolt dem zappelnden Amos den Knebel abzunehmen. Kaum war das geschehen, schnappte dieser nach Luft und begann gleich zu zetern: »Was fällt dir überhaupt ein, Rumbolt? Das ist Entführung, dafür verbannt Rachus dich aus Mommenheim. Du hast ein Ratsmitglied entführt. Wird das hier langsam zur Gewohnheit, oder was? Und außerdem wart ihr höchst grob zu mir. So etwas muss ein Magier wie ich sich nicht gefallen lassen. Nimm mir sofort die Fesseln ab und bring mich gefälligst wieder nach Hause, sonst wirst du es bereuen, hast du gehört?«

Den letzten Satz brüllte er so laut, dass er danach erschöpft zusammensackte. Er sah wirklich mitgenommen aus und Finn empfand wieder Mitleid für ihn. Rumbolt grinste nur und antwortete gelassen: »Es tut mir Leid, Amos, ich weiß, wie hart dich das trifft, aber du wirst noch eine Weile unser Gast sein, wir brauchen dich auf unserer Mission. Glaub mir, du wärst normalerweise auch nicht gerade meine erste Wahl gewesen, aber du bist nun mal der letzte fertig ausgebildete Magische, den wir haben. Auch wenn deine Fähigkeiten nicht allzu gut entwickelt sind, im Vergleich zu denen der drei anderen. Außerdem hast du die Wesen, die wir suchen, als Einziger schon gesehen, und das ist ein Vorteil, den wir natürlich nutzen müssen. Überleg doch mal, du wirst ein Held werden, wenn du mit uns den Rat befreist. Ist das nichts?«

Amos, der im Verlauf von Rumbolts Rede immer blasser geworden war, schrie jetzt wie am Spieß und zerrte an seinen Fesseln: »Nein! Ihr kriegt mich nicht nochmal in die Nähe dieser Ungeheuer! Ich will kein Held sein; ich will nach Hause! Hilfe! Hilfe!«

Er bäumte sich auf, aber Rumbolt band ihn mit dem Rücken an einem dicken Ast fest und ging dann wortlos davon, während Amos immer noch brüllte und tobte. Neppi lachte Amos aus und streckte ihm die Zunge raus, selbst Lund musste jetzt ein bisschen grinsen und beeilte sich, um mit Rumbolt Schritt zu halten.

Diesmal war es Finn, der etwas griesgrämig hinterher trottete. Er fand es nicht gut, wie Rumbolt mit Amos umging, mochte er auch noch so unsympathisch sein. Trotzdem hatte Rumbolt nicht das Recht, ihn zu entführen und solcher Angst auszusetzen. Lange konnte Finn sich darüber allerdings keine Gedanken machen, da gerade ein noch recht junger Mann in das Versteck stürzte. Er sah sich suchend um und sprang dann auf Rumbolt zu.

Etwas keuchend, weil er so gerannt war, stammelte er: »Rumbolt, wwwir haben Spuren entdeckt und wwwissen jetzt, welchen Weg sie von dem Loch aus gegegangen sind. Es sind ziemlich breite Schleifspuren, deshalb ververmuten wir, dddass sie die älteren Ratsmitglieder auf Tragen gegebunden und gezogen haben, um schneller voranzukommen.«

Rumbolt legte nachdenklich den Kopf schief und murmelte abwesend: »Danke, Savall! Das heißt, wir müssen uns noch mehr beeilen, um ihre Spur nicht zu verlieren.« Und dann in energischem Ton: »Ich komme sofort. Sag den anderen, sie sollen ihre Sachen holen und das Lager abbrechen. Wir treffen uns am Loch und marschieren noch heute los.«

Savall flitzte sofort wieder davon, um die Anweisung zu verbreiten. Rumbolt zeigte Finn, Neppi und Lund, wo man ihre Sachen verstaut hatte, sammelte in Windeseile und mit sichtlicher Erregung seine eigenen zusammen und nahm sie dann mit zum Treffpunkt: dem Loch, das die Feinde gegraben hatten, um den Rat zu entführen. Auf dem Weg dorthin ging er so schnell, dass seine drei jungen Begleiter kaum Schritt halten konnten. Es wagte aber keiner von ihnen, nicht einmal Finn, ihn zu bitten langsamer zu gehen, weil Rumbolt augenscheinlich in einer Stimmung war, in der er Trödeleien nicht vertragen konnte. Außerdem wollten sie nicht schon wieder eine Last sein, und so gingen sie schließlich dazu über, hinter ihm her zu traben.

Finn sah trotz der Strapazen die Welt um sich herum. Als sie aus dem Dickicht des Busches herauskamen, stach ihm zuerst wieder das helle Licht in die Augen, obwohl das meiste durch die dichten, grünen Blätter der Baumkronen abgehalten wurde. Finn hörte Lund neben sich maulen, dem die hellere Umgebung eindeutig am meisten zu schaffen machte, aber er achtete nicht darauf. Lund würde sich schon daran gewöhnen und außerdem war das blendende Licht ein geringer Preis für die Schönheit, die man dadurch sehen konnte, fand Finn. Hinter dem Busch liefen sie über moosbewachsenen, weichen Untergrund, auf dem überall helle Lichtpunkte tanzten. Sie kamen von den Sonnenstrahlen, die durch winzige Lücken im Blätterdach fielen. Finn konnte seine Augen kaum von diesem Schauspiel abwenden und wünschte sich einen Moment lang, seine Mutter wäre hier, um es auch zu sehen. Er fragte sich, ob sie schon entdeckt hatte, dass er weg war, und wurde plötzlich sehr traurig bei dem Gedanken. Er atmete tief durch und riss sich zusammen, immerhin hatte er entschieden wegzulaufen und jetzt wollte er es auch durchziehen.

Rumbolt führte sie in ein Farnfeld und bahnte sich zielstrebig einen Weg durch die eng stehenden, grünen Wedel. Finn fand das unglaublich, er sah, seit sie diese Farnlandschaft betreten hatten, nichts als Hellgrün um sich herum, und er wusste schon nach wenigen Schritten nicht mehr, wo sie hereingekommen waren und schon gar nicht, wie sie wieder herauskommen sollten. Die Farne standen dicht und ihre Wedel bildeten ein Dach, durch das man meistens nicht mal mehr die Baumkronen sehen konnte.

Finn hatte das Gefühl, in einem Labyrinth aus grünen Wedeln zu stecken, und er lief so nah wie möglich hinter Rumbolt her, um ihn bloß nicht zu verlieren. Dafür klatschten ihm ständig kleinere Wedel ins Gesicht, die Rumbolt, der durch das Farnmeer stampfte, vor ihm aus dem Weg bog und dann wieder losließ. Finn schwitzte. Hinter sich hörte er Lund keuchen; Neppi, der am Schluss lief, gab keinen Ton von sich. Ab und zu drehte Finn sich um, um sicher zu gehen, dass er noch da war, dann grinste Neppi und Finn grinste zurück.

Wenigstens sie beide hatten ihren Spaß, und Finn war froh, dass Neppi hier war. Sorgen machte er sich nur um Lund, dessen Keuchen sich immer ungesunder anhörte. Er war sicher, dass Lund noch nie einen so weiten Weg am Stück gegangen und vor allem nicht gerannt war. Finn fürchtete daher, dass Lund bald einfach zusammenklappen würde, wenn sie nicht in sehr kurzer Zeit dieses verdammte Loch erreichten. Da lichtete sich vor Finn der Farnwald. Er beeilte sich, hinter Rumbolt zu bleiben, der schon draußen war und plötzlich aus seinem Blickfeld verschwand.

Finn rannte auf die letzte Reihe Farne zu und konnte dahinter schon das hellere Licht sehen, doch als er zwischen den zwei letzten Wedeln hindurchlief, traten seine Füße ins Leere und er stolperte einen steilen steinigen Abhang hinunter. Er schaffte es gerade so das Gleichgewicht zu halten und kam am Grund einer kleinen erdigen Mulde zum Stehen, in deren Mitte sich der Eingang zu einem Tunnel befand.

Lund, der nicht so viel Glück hatte wie Finn, stolperte aus der letzten Farnreihe heraus, strauchelte und kullerte, noch bevor Finn irgendeine Warnung rufen konnte, wie ein Stein den Abhang hinunter. Vom Tunneleingang, wo die anderen Kleinlinge schon versammelt waren, ertönte schadenfrohes Gelächter.

Wenigstens Neppi, der gleich hinter Lund kam, streckte erst den Kopf durch die Farnwedel, sah was passiert war, und ging dann grinsend und extra langsam den Geröllhügel hinunter. Lund lag noch immer keuchend und schnaufend auf dem Boden und schien auch wild entschlossen, dort liegen zu bleiben. Als Finn versuchte, ihm wieder auf die Beine zu helfen, machte er sich trotzig besonders schwer, verdrehte die Augen und ließ sich hängen wie ein nasser Mehlsack. Schließlich gab Finn es auf, ließ ihn liegen und gesellte sich mit Neppi zu den anderen Kleinlingen, die um den Tunnel herumstanden, da Rumbolt jetzt eine Ansprache hielt. Er stand auf einem großen Stein, der direkt neben dem Loch lag und wartete ungeduldig. Als endlich auch Finn und Neppi da waren, warf er noch einen missbilligenden Blick auf Lund, räusperte sich und begann mit tragender Stimme: »Liebe Freunde, dies hier ist das Loch, durch das diese Kreaturen eingedrungen sind und unser friedliches Leben gestört haben. Heute stehen wir hier und sind im Begriff, sie zu verfolgen und obwohl wir keine Armee sind, so sind wir doch wild entschlossen, die Unserigen aus ihren Klauen zu befreien. Habe ich Recht, Freunde?«

Die Kleinlingmänner johlten und brüllten kämpferische Parolen. Auch Finn und Neppi hüpften auf und ab und jubelten Rumbolt zu, mehr von der Stimmung mitgerissen als wirklich kampfbereit.

Rumbolt nickte zufrieden, dann erklärte er: »Sie sind in Richtung Dunkelwald geflohen. Wir vermuten, sie ziehen die Alten auf Tragen mit sich, dadurch sind sie schneller, als wir zuerst gedacht hatten. Das heißt, auch wir müssen schneller sein, wenn wir ihre Spur nicht verlieren wollen. Vergesst nicht, ein Regen und wir sehen nichts mehr von ihnen. Ich schlage daher vor, wir brechen sofort auf. Savall, du gehst mit deinem Suchtrupp schon voraus und erkundest das Gebiet. Wir anderen folgen euch mit den Sachen, den Kindern und unserem lieben Freund Amos, den übrigens bitte noch keiner losbindet, solange wir in für ihn erreichbarer Nähe Mommenheims sind. Er ist immerhin ein Magier, wenn auch ein schlechter. Er kann mit seinen Kräften Wesen und Gegenstände umwerfen, als wären sie nur Blätter, aber er braucht zur Konzentration seiner Kraft auf ein bestimmtes Ziel seine Hände. Solange die gefesselt sind, ist er harmlos. Wenn wir weit genug von Mommenheim entfernt sind, wird er schon mit uns zusammenarbeiten, allein findet er den Rückweg nie. Bis dahin sollte er trotz Fesseln gut bewacht werden, er ist zwar nicht besonders listig, aber sicher zu allem entschlossen, um uns zu entwischen. Glomm, ich übertrage diese Aufgabe dir und deinen Männern.«

Der dicke Kleinling, mit dem sich Neppi schon zu Anfang Ärger eingehandelt hatte, trat vor und verbeugte sich kurz in Richtung Rumbolt. Dann winkte er ein paar Männer zu sich und schritt ihnen voraus an den hinteren Rand der Mulde, wo sie ihre Sachen und, wie Finn jetzt erst sah, auch den armen Amos abgelegt hatten, als wäre er ein Gepäckstück. Er war noch immer gefesselt und nach Rumbolts Anweisungen zu urteilen, würde er es auch noch eine ganze Weile bleiben. Finn runzelte missbilligend die Stirn, beschloss aber, dass er jetzt nichts weiter für ihn tun konnte. Er musste in einer ruhigen Minute mit Rumbolt sprechen. Im Moment hatten die Männer es zu eilig, um sich für Amos' Rechte zu interessieren.

Finn und Neppi bekamen von Rumbolt die Anweisungen, sich in der Mitte des Trupps zu halten, nicht stehen zu bleiben, nicht aus der Reihe zu tanzen und bei Gefahr sofort in einem geeigneten Versteck zu verschwinden. Außerdem erhielten sie die undankbare Aufgabe, sich um Lund zu kümmern und dafür zu sorgen, dass er nicht zurückblieb, nicht schlapp machte und vor allem erst mal wieder vom Boden aufstand, wo er noch immer regungslos lag.

Diese Aufgabe stellte sich als sehr schwierig heraus, Lund war mittlerweile eingeschlafen und gedachte nicht, sein Nickerchen zu unterbrechen. Er lag auf dem Rücken wie ein toter Käfer und schnarchte, dass es von den Wänden der Mulde widerhallte. Finn und Neppi rüttelten ihn, versuchten ihn auf die Beine zu ziehen, zwickten ihn, und Neppi drehte ihm sogar in letzter Verzweiflung die Nase um, aber es half nichts. Lund quengelte zwar hier und da und schlug um sich, aber er war nicht wach zu kriegen. Schließlich stand der ganze Trupp zum Abmarsch bereit, nur Finn, Neppi und natürlich Lund fehlten noch. Die Männer lachten schallend über den schnarchenden Lund und die nutzlosen Weckversuche seiner Freunde, bis es Rumbolt zu dumm wurde. Er kam wütend vom vorderen Ende des bereits aufgereihten Marschtrupps wieder nach unten in die Mulde gestapft, zog kurzerhand aus seinem Rucksack eine Feldflasche und übergoss den armen Lund von oben bis unten mit kaltem Wasser. Zudem brüllte er in einer Lautstärke, die sogar Tote aufgeweckt hätte: »LUND, DU FAULTIER, BEWEG DEINEN HINTERN ODER ICH VERSPRECHE DIR, DASS ICH DICH GANZ ALLEIN HIER ZURÜCKLASSEN WERDE. DANN KÖNNEN DICH DIE KOBOLDE FRESSEN.«

Das wirkte, Lund rappelte sich nass, benommen und schlaftrunken auf. Er hatte vor Schreck ganz große Augen bekommen und zuckte zusammen unter dem lauten Wortschwall, der sich über ihm ergoss. Er bemühte sich schnellstmöglichst wieder auf die Füße zu kommen. Zunächst schwankte er etwas, dann aber stand er kerzengerade und salutierte in seiner Verwirrung sogar vor Rumbolt. Finn und Neppi grinsten, Rumbolt schien ebenfalls sichtlich zufrieden und rief: »Reiht euch im Trupp ein, Jungs«, dann ging er wieder nach vorn.

Finn fasste Lund bei der Hand und zog ihn mit sich aus der Mulde heraus und an einen Platz ungefähr in der Mitte des Marschtrupps. Kaum hatten sie sich aufgestellt, ertönte von vorn schon Rumbolts laute, gebieterische Stimme: »UND LOS!« Sofort setzte sich der Trupp in Bewegung und marschierte mit schnellen Schritten am Farnfeld vorbei und immer geradeaus zwischen den Bäumen hindurch.

## 2

Sie liefen Stunde um Stunde. Immer wieder kamen von vorn Meldungen über neue Spuren, kurzzeitig war die Spur verloren, dann wieder gefunden worden und ständig änderte sich die Marschrichtung. Zudem war es heiß, und die Rucksäcke und Taschen schienen immer schwerer zu werden. Die Marschordnung war längst aufgegeben, keiner lief mehr in geraden Reihen, vielmehr trotteten sie einzeln oder in Grüppchen ihres Weges. Auch das Tempo hatte sich verringert, sehr zur Freude von Finn, Neppi und vor allem Lund. Letzterer schleppte sich seit einiger Zeit nur noch mühselig dahin. Ständig musste er stehen bleiben, und sie waren wegen ihm schon ans Ende des Trupps gerutscht, obwohl Rumbolt ihnen doch ausdrücklich gesagt hatte, sie sollten sich in der Mitte halten. Das war bei Lunds Tempo aber mittlerweile unmöglich. Finn und Neppi mussten aufpassen, dass sie den Anschluss nicht ganz verloren, und trieben Lund ständig an, weiter und vor allem schneller zu gehen, doch es half fast nichts.

Sie liefen über braunen, mit Blättern und Tannennadeln bedeckten Waldboden. Die Umgebung veränderte sich immer wieder. Mal gab es mehr Laubbäume mit dicken Stämmen und riesigen hellgrünen Kronen, die im Wind rauschten und raschelten. Dann kamen sie plötzlich in ein Gebiet, in dem dunkle Tannen eng zusammenstanden und das Licht fast völlig verschluckten. Manchmal erschien vor ihnen auch eine große Stelle ganz ohne Bäume. An so einer Lichtung angekommen, hob Rumbolt die Hand und brachte so den ganzen Zug zum Stehen. Er wandte sich um, sah sich seinen müden und ziemlich abgekämpft wirkenden Trupp an, und sagte dann schmunzelnd: »Ich denke, wir machen für heute Schluss und rasten hier bis morgen früh. Die Sonne steht schon tief und in der Nacht weiter zu marschieren, ist zu gefährlich. Da sind zuviele Tiere unterwegs, die nichts gegen einen Kleinlingtrupp zum Abendessen hätten. Ich schlage also vor, wir errichten unser Lager am Rand dieser Wiese unter dem umgestürzten Baum dort vorn. Das scheint mir ein gutes Versteck zu sein. Hat jemand Einwände?«

Man hörte nichts außer Füßescharren.

»Gut, dann also an die Arbeit, meine Freunde. Wir wollen doch in einem warmen Lager sitzen, wenn es dunkel wird und die Eulen und Fledermäuse ihre Runden drehen.« Mit diesen Worten schritt Rumbolt forsch und trotz seines Alters und nach diesem Marsch ohne Anzeichen von Erschöpfung voraus auf den umgestürzten Baum zu, gefolgt von seinen müden Gefolgsleuten. Auch Finn war schrecklich müde. Es ging ihm zwar nicht so schlecht wie Lund, der mittlerweile von Neppi gestützt werden musste, damit er sich nicht wie am Anfang des Marsches einfach auf den Boden legte und nicht wieder aufstand. Aber auch Finn wünschte sich nur noch einen gemütlichen Platz zum Ausruhen. Wenn man in einem Höhlensystem wie Mommenheim lebte, war man es einfach nicht gewohnt, so lange Strecken zu Fuß zu gehen.

Finn erkannte erst jetzt, in was für einer winzigen Welt er bis heute gelebt hatte, und wie groß dagegen die wirkliche Welt war. Trotz seiner Müdigkeit war er unendlich froh, hier draußen zu sein. Er hatte das Gefühl, an diesem einen Tag in der Oberwelt mehr erlebt und gesehen zu haben, als in seinem ganzen bisherigen Leben zuvor. Er blickte hinüber zu Neppi, der sich damit abmühte, Lund vorwärts zu treiben und dabei wunderlicher Weise kaum müde aussah.

»He Neppi«, rief Finn zu ihm hinüber, »was hältst du bis jetzt von unserem Abenteuer? Irgendwie siehst du überhaupt nicht so aus, als wärst du den ganzen Tag lang marschiert wie wir anderen. Wie machst du das? Also ich will nur noch schlafen, wenn ich ehrlich bin.« Neppi zog mit einem Ruck an Lunds Arm, um ihn davon abzuhalten in den Knien einzuknicken und zusammenzusacken, dann wandte er sich grinsend an Finn und meinte betont lässig: »Jahrelanges Training, Finni. Wenn man den Leuten ständig üble Streiche spielt, muss man zumindest schnell genug sein, um vor ihnen fliehen zu können, falls sie es herausbekommen. Ich persönlich finde diesen kleinen Ausflug hier echt klasse. Etwas Besseres hätte uns gar nicht passieren können.«

Er hob lächelnd den Kopf und atmete tief ein, dann fragte er versonnen: »Riechst du diesen sagenhaften Duft, Finni? Er hängt in der Luft, seit wir zu dieser Lichtung gekommen sind? Was ist das bloß?«

Finn schnupperte und stellte fest, dass es tatsächlich absolut wundervoll roch. Vor lauter Müdigkeit hatte er das gar nicht mehr bemerkt. Er schnüffelte andächtig, sah sich um und erinnerte sich dann, woher er diesen Duft kannte. Er zeigte auf den Rand der Wiese, wo zwischen den langen Grashalmen riesige, bunte Blüten auf langen grünen Stängeln wippten.

»Es sind die Blumen, die so duften, Neppi. Siehst du die bunten Dinger da, so was haben wir in Mommenheim natürlich nicht.«

Neppi blickte beeindruckt auf die im Wind mit ihren Köpfen nickenden Blumen und sagte: »So ein Ding müssen wir mitnehmen, Finni. Unsere Mütter werden uns alles verzeihen und uns mit offenen Armen empfangen, wenn wir zurückkommen und so etwas mitbringen.« Finn musste lachen, er konnte sich nicht vorstellen, dass Luna durch irgendein Mitbringsel der Welt von ihrem sicherlich fürchterlichen Zorn auf ihn abgelenkt werden konnte. Aber ein Versuch konnte ja vermutlich nicht schaden.

Sie waren jetzt bei dem umgestürzten Baum angekommen. Er war mit hellgrünem Moos bewachsen und schon ziemlich verrottet. Unter seinem Stamm gab es eine kleine Mulde im Boden, wo sich ein Hohlraum bildete, in dem ein Kleinling bequem stehen konnte. Rumbolt und seine Männer schafften bereits die Sachen hinein und bauten aus Decken und Tüchern einen Sicht- und Windschutz vor den Eingang. Neppi schleppte Lund unter den Stamm bis in eine Ecke weiter hinten, breitete schnell seine Decke aus und ließ ihn dann darauf zusammensinken. Lund ließ bereitwillig alles mit sich geschehen, und kaum lag er auf der Decke, da schnarchte er auch schon. Neppi und Finn legten ihre Sachen neben ihn und gingen dann wieder zum Eingang, um Rumbolt zu fragen, ob sie irgendwie beim Aufbau des Lagers behilflich sein konnten. Finn war zwar eher nach Schlafen als nach Arbeiten zumute, aber er fand, dass es sich wohl gehörte, zumindest ihre Hilfe anzubieten. Rumbolt schien leider durchaus sehr angetan von ihrer Hilfsbereitschaft und schickte sie zusammen mit dem jungen Spurensucher Savall los, um in der Umgebung Holz für ein Lagerfeuer einzusammeln. Allerdings schärfte er Savall vorher ein, sich mit ihnen nicht zu weit vom Lager zu entfernen und vor allem zurück zu sein, bevor es dämmerte.

Savall versprach alles und zog dann mit einem fröhlichen Neppi und einem müden Finn los, in den Wald neben dem umgestürzten Baum. Finns Füße taten mittlerweile vom vielen Laufen so weh, dass er sie nur noch sehr vorsichtig aufsetzte und bei jedem Schritt einige Stellen spürte, an denen er mit Sicherheit schon Blasen hatte. Zu seinem Glück brauchten sie nicht weit zu gehen, Holzstückchen und kleine Stöcke fanden sie fast überall. So hatten sie schon nach kurzer Zeit alle drei die Arme voll beladen. Neppi war guter Dinge und redete die ganze Zeit auf den seinerseits eher wortkargen Savall ein. Er schwatzte ohne Unterlass vor sich hin und bekam auch nicht mit, dass Savall ständig die Ohren spitzte, um in den Wald zu horchen, unter Neppis Geschnatter aber jedes Mal nichts hören konnte und verdrießlich weiterging. Finn seinerseits war zu müde, um Neppi auf seine Unhöflichkeit hinzuweisen. Er dachte sich, dass Savall ihn schon selbst zum Schweigen bringen musste und trottete nur erschöpft hinter den beiden her. Da er seine Augen auf der Suche nach abgebrochenem Holz über den Boden schweifen ließ, bemerkte Finn nicht, dass er beobachtet wurde.

Neppi und Savall waren mittlerweile schon ein ganzes Stück entfernt, weil Savall immer schneller ging, in der unerfüllten Hoffnung, Neppi abhängen zu können. Finn bückte sich gerade, um ein weiteres Stück Holz aufzuheben. Das war kein leichtes Unterfangen mehr, da seine Arme schon mit Holz beladen waren. Er kniete sich also hin und versuchte mühsam mit den Fingerspitzen den Stock zu den anderen auf seinen Haufen zu rollen. Dabei war er so konzentriert, um nicht alles fallen zu lassen, dass er den Schatten nicht bemerkte, der über ihn fiel und langsam immer größer wurde. Auf einmal hörte er hinter sich ein Zischen, das so durchdringend und boshaft klang, dass Finn vor Schreck einen großen Sprung nach vorn machte. Er drehte sich noch im Flug nach dem um, was das Zischen von sich gegeben hatte und verstreute dabei all sein Holz um sich herum. Finn landete unsanft auf dem Hintern und blickte in die riesigen gelben Augen eines braunpelzigen Tieres. Es war flach, aber dafür sehr lang. Wenn man seinen dünnen, braunen Schwanz mitzählte sogar immens lang. Es hatte ein spitzes Gesicht, mit kleinen Ohren, dafür aber umso größeren Augen, die ihn noch immer fixierten. Es stieß erneut das Zischen aus, wobei es seine rosa Zunge hervorstreckte und seine Lippen zurückzog, so dass Finn einen guten Ausblick auf die weißen und überaus spitzen Zähne im Maul des Wesens hatte.

Bei diesem Anblick wich die Lähmung des Schocks, und er begann, wie am Spieß zu schreien. Das Tier schien zuerst verwirrt auf Grund der schrillen Laute und wich ein Stück zurück, doch dann bleckte es abermals die Zähne und begann bösartig zu knurren. Finn kroch panisch auf Händen und

Füßen rückwärts, das Tier schlich geduckt und sprungbereit auf ihn zu. Finns Hand schloss sich um einen der am Boden liegenden Stöcke. Er ergriff ihn und zielte mit ihm wie mit einem Speer auf das Tier. Er wusste, dass dieser kleine Stock eine lächerliche Waffe gegen ein so großes Wesen war, aber er war entschlossen, sich nicht so einfach ohne Gegenwehr fressen zu lassen. Sein Gegenüber setzte jetzt zum Sprung an. Finn hielt verzweifelt seinen Stock mit beiden Händen hoch, bereit zuzustoßen so fest er konnte, sollte das Tier sich auf ihn stürzen.

Da hörte er wilde Angriffsschreie und aus allen Richtungen rannten schwer bewaffnete Kleinlinge auf Finn und das Wesen zu. Sein Schrei hatte die anderen alarmiert, die sofort ihre Waffen schnappten und unter Rumbolts Führung einen Sturmangriff auf das Tier begannen. Dadurch wurde es von Finn abgelenkt und richtete seine Aufmerksamkeit auf die Neuankömmlinge. Es fauchte wild und bissig, als es von den ersten Steinen und Pfeilen getroffen wurde. Sein Knurren wurde noch tiefer und gefährlicher, je mehr Kleinlinge aus dem Dickicht stürmten, und es schnappte nach ihnen, dass seine Zähne nur so aufeinander knallten. Zum Glück war kein Kleinling in Reichweite, und es erwischte nur Luft. Dafür regneten immer mehr Steine und andere Wurfgeschosse auf es ein und trafen es an den empfindlichen Ohren und Augen, dass es vor Schmerz quiekte und einige Sprünge rückwärts machte. Es setzte noch einmal mit wütendem Zähnefletschen zum Angriff auf die Widersacher an, doch es wurde nur von einem weiteren Hagel harter Geschosse getroffen. Schließlich hatte es genug und mit einem letzten wütenden Zischen drehte es sich um und lief flink und behände einen Baum hinauf bis in die Krone, wo es nicht mehr zu sehen war.

Finn seufzte erleichtert. Er wollte aufstehen, aber seine Knie waren so weich, dass sie nachgaben, und er wieder auf den Boden sank. In seinem Kopf kreiselte und wabberte alles, und es wurde dunkel vor seinen Augen. Da hörte er plötzlich Neppis Stimme neben sich, die seinen Namen rief, ausnahmsweise mal in einem ungewohnt besorgten Tonfall. Als nächstes packten ihn große, starke Hände und hoben ihn vom Boden auf. Irgendwo zwischen der Schwärze und klareren Momenten bekam Finn mit, dass er von Rumbolt ins Lager zurückgetragen wurde. Er ließ sich entspannt und müde in dessen Armen hängen und wollte an nichts mehr denken. Sein Kopf erholte sich langsam wieder, aber Finn fühlte sich nur noch todmüde und ausgelaugt. Rumbolt trug ihn in den Unterschlupf und die anderen Kleinlingmänner machten schnell ein Feuer aus Holz, das sie auf dem Weg zurück zum Baumstamm aufgesammelt hatten. Darauf kochten sie nun endlich etwas zu Essen für den ganzen Trupp.

Als Finn kurze Zeit später auf einer Decke am Feuer saß und warme Beerensuppe aß, ging es ihm schon wieder besser, auch wenn der Schreck noch tief saß. Er fragte Rumbolt, der neben ihm saß und sehr nachdenklich wirkte: »Was war das eigentlich für ein Vieh, das mich da angegriffen hat? Ich habe es überhaupt nicht gehört oder gesehen, erst als es zu spät war.«

»Ja, ja«, brummte Rumbolt, »sicher hast du nichts gemerkt. Das war ein Tier, das wir Wiesel nennen. Die sind Meister im Anschleichen. Sie sind nicht besonders groß, im Gegensatz zu einem Fuchs oder einem Uhu, aber sie sind ebenso gefährlich, weil sie lautlos und überaus bissig sind. Du hast Glück gehabt. Als ich gesehen habe, dass dich ein Baumwiesel angreift, dachte ich, dass du das nicht überleben wirst.«

Er versank wieder in brütendes Schweigen. Das war umso absonderlicher, weil um sie herum die anderen Kleinlingmänner eher in Feierstimmung waren. Sie aßen und tranken und unterhielten sich lautstark über ihren grandiosen Kampf gegen das Wiesel, und wie sie es besiegt hatten. Auch Neppi war mittendrin und berichtete nun schon zum dritten Mal, wie er plötzlich Finn hinter sich hatte schreien hören, und wie er und Savall angesichts der Bedrohung laut um Hilfe gerufen hätten, um die anderen zu alarmieren. Selbst Lund, der von all diesen Aufregungen ja gar nichts mitbekommen hatte, war vom guten Geruch des Essens aufgewacht. Er saß nun mit am Feuer und schlang Unmengen an Brot und Beerensuppe in sich hinein, während er den wilden Kampfgeschichten der anderen lauschte. Ab und zu rümpfte er mal die Nase oder brummte zwischen zwei Mampf- und Schmatzgeräuschen etwas wie: »Viel zu gefährlich hier oben. Kleinlinge gehören unter die Erde. Ihr werdet schon sehen, wohin dieses Unternehmen uns noch führt, in den Bauch irgendeines Monsters.«

Der Einzige, der völlig schweigsam war und auch fast nichts aß, war Rumbolt. Finn beobachtete ihn eine Weile und machte sich Sorgen, um seinen Freund, dessen ohnehin altes Gesicht jetzt noch älter wirkte. Nach einer Weile entschloss sich Finn, ihn anzusprechen: »Was hast du, Rumbolt? Worüber machst du dir Gedanken? Mir ist doch nichts passiert, du solltest fröhlich sein wie die anderen, stattdessen sitzt du hier und machst ein Gesicht, als wäre ich gefressen worden.«

Rumbolt sah ihn jetzt direkt an, und Finn erschrak vor dem traurigen Ausdruck in seinen Augen, den er vorher noch nie bemerkt hatte.

»Weißt du Finn«, begann er, »ich bin natürlich sehr froh, dass das verdammte Wiesel dich nicht erwischt hat, aber allein die Tatsache, dass es sehr leicht hätte passieren können, gibt mir zu denken. Ihr drei Jungs solltet nicht hier draußen sein und vor allem du nicht, Finn. Wie sollte ich es deiner armen Mutter erklären, wenn jetzt du auch noch hier draußen stirbst?«

Finn war verwirrt: »Wieso auch ich noch? Bis jetzt ist doch keiner gestorben, und es wird auch keinem von uns etwas passieren. Ich werde ab jetzt besser aufpassen.«

Rumbolt sah ihn noch immer mit diesem traurigen Ausdruck an: »Wenn man dich so reden hört, Finn, denkt man manchmal, man hat deinen Vater vor sich. Immer zuversichtlich, mitfühlend und furchtlos. Und nicht zu bremsen, wenn es um ein Abenteuer geht, so war er auch und zudem siehst du ihm noch unglaublich ähnlich. Dein Gesicht, dein Lächeln, deine Statur, nur deine Augen hast du weder von ihm noch von deiner Mutter, die sind einzigartig.«

»Woher weißt du soviel über meinen Vater, Rumbolt? Ich habe bisher nie etwas über ihn erfahren. Es ist, als würde niemand ihn kennen. Keiner spricht von ihm, am allerwenigsten meine Mutter.«

»Ja, deine Mutter, das ist ja auch kein Wunder. Sie ist der Grund, warum niemand über ihn spricht, sie wollte es nie. Am Anfang war es zu schmerzhaft für sie, auch nur seinen Namen zu hören, als du dann auf die Welt kamst, hat sie dich nach ihm benannt, aus Liebe zu deinem Vater. Und aus Liebe zu dir hat sie allen, die ihn kannten verboten, dir jemals von ihm zu erzählen. Ich vermute, sie hatte Angst, du könntest sonst so werden wollen wie er. Dass sie selbst dir bis heute kein Sterbenswörtchen erzählt hat, wusste ich nicht. Sonst hätte ich vielleicht mal mit ihr darüber gesprochen und versucht, sie zu überzeugen, dass ein Kind das Recht hat, zu erfahren, wer sein Vater war.«

Er wirkte verärgert, aber dann schmunzelte er in sich hinein: »Wie man sieht, bist du trotzdem so geworden wie er, du bist hier draußen, und das ohne zu wissen, wer dein Vater war. Blut ist halt stärker als Erziehung.«

Finn wurde jetzt ganz aufgeregt, seine Müdigkeit war wie weggeblasen. Er hatte bereits geahnt, dass Rumbolt etwas über seinen Vater wusste. Jetzt war der richtige Augenblick, um ihn dazu zu bringen, es zu erzählen: »Was ist mit meinem Vater passiert, Rumbolt? Ich will es wissen. Bitte sag es mir, ich schätze, du bist der Einzige, von dem ich je etwas erfahren könnte.«

Rumbolt dachte kurz nach, dann hob er den Kopf und sagte entschlossen: »Ja, da hast du wohl Recht. Ich war sowieso immer dagegen, es vor dir zu verheimlichen, deswegen mag deine Mutter mich auch nicht besonders. Aber dein Vater war einer meiner besten Freunde, und ich bin es Leid sein Andenken zu verheimlichen, anstatt es zu ehren. Außerdem habe ich ja auch schon angefangen zu erzählen, da kann ich es auch zuende bringen. Also, dein Vater Finnholf war ein herzensguter Kleinling. Ein Freund, auf den man sich immer verlassen konnte, und er liebte deine Mutter über alles auf der Welt. Du hättest sie damals zusammen sehen sollen. Deine Mutter war noch ganz anders, als sie es heute ist, nicht so hart und streng.

Sie war ein junges, glückliches Ding und so wunderschön an dem Tag, als sie deinen Vater geheiratet hat. Ihr Leben hätte vollkommen werden können, als sie auch noch schwanger mit dir wurde. Dein Vater freute sich wie ein Verrückter auf dich. Er redete von nichts anderem mehr als von seinem Kind, doch dann …«, Rumbolt seufzte tief, »dann kam der Tag, der alles änderte und jede Hoffnung zerstörte. Dein Vater war ein Magischer, Finn, und dazu noch ein ziemlich begabter. Er konnte Stürme heraufbeschwören, mit denen er sogar Füchse verjagte, deshalb war es seine Aufgabe, die Jäger bei ihrer Arbeit hier draußen zu begleiten und zu beschützen. An diesem verflixten Tag sollte er eigentlich meine Jagdgruppe begleiten, aber ich war krank und konnte das Bett nicht verlassen, also ging er allein mit den anderen Jägern.«

Rumbolt schluckte, er wirkte auf Finn jetzt wie ein gebrochener Mann. Er musste sich sichtlich sammeln, um weiterzusprechen.

»Ich wünschte wirklich, Finn, ich hätte sie damals begleiten können, vielleicht hätte es irgendetwas geändert. Als es oben Nacht wurde und sie noch immer nicht zurück waren, wurden Suchtrupps losgeschickt, doch es gab keine Spur von ihnen und im Dunkeln war auch kaum etwas zu finden. Die Suche wurde eingestellt und auf den nächsten Morgen verschoben. Deine Mutter war halb wahnsinnig vor Sorge. Sie verbrachte die halbe Nacht bei mir, weinte und lief im Kreis wie ein eingesperrtes Tier. Ich konnte sie nur mit knapper Not und mit Hinweis auf dich, ihr ungeborenes Kind, davon abhalten, sich nach draußen zu stürzen und selbst nach ihm zu suchen. Am Tag darauf fand einer der Suchtrupps eine Stelle, an der die Erde aufgewühlt war. Kleiderfetzen lagen herum und der Boden wie auch die Pflanzen waren mit Blut bespritzt, aber es gab keine Spur von den Kleinlingen, weder Überlebende noch Leichen. Als man deiner Mutter die Nachricht überbrachte, dass ihr Mann vermutlich tot sei, ist sie durchgedreht. Sie wollte sich umbringen, sich und ihr Kind, drei kräftige Männer mussten sie festhalten. Sie verbrachte danach viele Wochen in Obhut ihrer Freundinnen, bis du geboren wurdest. Du hast ihr zumindest soviel Lebenswillen gegeben, dass sie wieder klar denken konnte und sich ein neues Leben mit dir aufbauen wollte. Das Rätsel um das Verschwinden deines Vaters und der Jäger wurde nie geklärt, ich frage mich bis heute, was damals geschehen ist. Jedenfalls hält deine Mutter aus diesem Grund nicht viel von der Oberwelt und wollte immer um jeden Preis verhindern, dass du jemals hier heraufkommst. Sie hat eine unglaubliche Angst, dich auch noch zu verlieren, Finn. Ich kann das verstehen und deshalb mache ich mir Vorwürfe, dass ich dich mitgenommen habe, vor allem angesichts der Geschichte mit dem Wiesel. Aber ich denke auch, deinem Vater hätte es gefallen, zu sehen, wie du die Welt erkundest. Er liebte die Oberwelt, musst du wissen, er war damals ebenso fasziniert, wie du es heute bist.« Rumbolt seufzte wieder tief und machte ein wehmütiges Gesicht in Gedanken an den alten Freund.

Finn war äußerlich ruhig, aber in ihm tobte ein Sturm. Er sagte zunächst gar nichts, er hatte genug damit zu tun, dass Gehörte zu verarbeiten. Sein Vater war ein Magischer gewesen, das hätte er nie vermutet. Vielleicht war er tot, aber sicher war das nicht und vor allem war er Rumbolts Freund gewesen, genau wie Finn jetzt. Angeblich sahen sie beide sich auch ähnlich. Finn versuchte, sich sein eigenes Gesicht um einige Jahre gealtert vorzustellen, aber es funktionierte nicht. Plötzlich kam ihm seine Mutter wieder ins Bewusstsein und gleichzeitig wuchsen die Schuldgefühle, die er ohnehin schon hatte, ins Unermessliche. Sie musste völlig verzweifelt sein, nachdem sie festgestellt hatte, wo er war, wenn man bedachte, was sie damals durchgemacht hatte. Es tat ihm Leid, und er schämte sich, ihr solchen Kummer zu bereiten, aber er hatte es ja nicht wissen können. Dafür hatte sie immer gesorgt. Finn fühlte sich verwirrt und sehnte sich danach, in Ruhe alles zu überdenken.

Trotzdem hatte er jetzt natürlich unzählige Fragen auf einmal. Er begann auch sofort damit, eine nach der anderen zu stellen, aber Rumbolt winkte grinsend ab. Die Traurigkeit war schon wieder aus seinem Gesicht verschwunden, als wäre sie nie da gewesen und der Alte murmelte lächelnd: »Ja, ja, Finn, ich weiß, du willst jetzt noch so viel wissen, aber es ist schon spät und ich habe für heute genug erzählt. Deine Fragen werden sich mit der Zeit schon beantworten und nun sieh zu, dass du ins Bett kommst, es war ein langer und anstrengender Tag. Morgen wollen wir früh weiter. Denk nicht zuviel über alles nach, es ist längst vorbei und nicht mehr zu ändern.«

»Nein, nein«, versprach Finn halbherzig, obwohl sich in ihm die Gedanken nur so überschlugen, weil jeder als erstes gedacht werden wollte. So kam es ihm jedenfalls vor. Finn stand auf und sagte: »Gute Nacht« zu Rumbolt und den anderen Männern, die noch am Feuer saßen und ging dann in die hintere Ecke der Höhle, wo Lund und Neppi längst einträchtig nebeneinander lagen und vor sich hin schnarchten. Er breitete ebenfalls seine Decke aus und benutzte seinen Rucksack als Kopfkissen. Kaum lag er und wollte sich Rumbolts Geschichte noch einmal durch den Kopf gehen lassen, da fielen ihm auch schon die Augen zu, und er war eingeschlafen.

## 3

Die Ruhe währte nicht lange. Sobald der erste Sonnenstrahl durch die Ritzen der Tücher vor dem Eingang viel, hörte man Rumbolts laute Stimme durchs Lager schallen. Er sang ziemlich schief und sehr eigenwillig das bekannte Kleinlingkinderlied vom morgenmuffeligen Regenwurm. Finn schreckte hoch, noch völlig benommen und bildete sich zuerst ein, sie würden angegriffen, bis er merkte, dass das schauerliche Jammern von Rumbolt kam. Der turnte durchs Lager, zog hier und da Kleinlingmännern die Decken weg, riss überall die Vorhänge vor dem Höhleneingang ab und sang dabei unaufhörlich und nervenzerrend. Finn sank mit einem Seufzen wieder zurück auf sein Nachtlager. Er war noch so müde, dass seine Augen unbedingt wieder zufallen wollten und zudem erinnerte er sich noch sehr lebhaft an seinen Traum. Darin saß er oben auf dem umgestürzten Baum und hatte einen wundervollen weiten Blick über die ganze bunte Blumenwiese. Das allein war schon aufregend genug, aber außerdem sah er noch eine Kleinlingfrau in einem grünen Kleid und mit einem grünen Schleier, der ihr Gesicht verhüllte, über die Wiese tanzen. Natürlich hätte er sie unter den vielen langen Halmen und Blumen bei ihrer geringen Größe normalerweise gar nicht sehen können, aber das Komische war, dass die Frau auf den Blumen tanzte. Sie schwebte dabei von Blüte zu Blüte und ab und zu winkte sie ihm einladend, ihr zu folgen. Als sie schließlich einmal quer über die Wiese getanzt war und den Wald auf der anderen Seite fast erreicht hatte, fasste Finn sich ein Herz und wollte ihr hinterherschweben. Er hatte so ein Gefühl, dass es funktionieren würde, doch in diesem Moment riss ihn Rumbolts schriller Morgengesang aus seinem Traum. Finn rieb sich die Augen, der Traum verblasste langsam in seiner Erinnerung. Die Frau in dem grünen Kleid kam ihm bekannt vor, aber er wusste im Moment nicht woher und je schemenhafter der Traum wurde, umso schwerer wurde es, sich zu erinnern.

Da platschte ein Schwall kalten Wassers aus einer Feldflasche in Finns Gesicht. Rumbolt war inzwischen auf seiner Weckrunde bei ihm angekommen und ging jetzt weiter zu Neppi und Lund, die das gleiche nasse Schicksal erwartete. Beide hatten unglaublicherweise Rumbolts Gesang verschlafen und schreckten jetzt völlig verstört auf, als ihnen das eiskalte Wasser übers Gesicht lief. Neppi war sofort hellwach und ging zum Gegenangriff über, indem er seine Feldflasche, seinen Rucksack, seinen Wanderstock und alles, was gerade greifbar war nach Rumbolt warf. Dieser duckte sich lachend und verschwand aus ihrer Ecke, um die nächsten Langschläfer zu piesacken.

Lund hatte nur verträumt sein Gesicht abgetrocknet und sich dann wieder seelenruhig zurück in die Decke gekuschelt. Da hatte er allerdings die Rechnung ohne Neppi gemacht, dieser war jetzt wach und fand, dass auch Lund aufstehen sollte. Er sprang auf den Deckenberg, unter dem sich Lund vor dem Tageslicht verkrochen hatte und begann ihn zu schütteln und zu kitzeln. Nach kürzester Zeit war ein wildes Gerangel zwischen den beiden im Gange. Als Finn versuchte sie auseinanderzuzerren stürzten sich beide, auf einmal wieder sehr einig, mit einem Schrei auf ihn und es entbrannte eine Schlacht mit Rucksäcken, Decken und Kleidung. Sie balgten sich wie Kleinkinder, bis Rumbolt schroff aus einer Ecke nach ihnen rief: »Genug rumgealbert, Jungs. Wir haben nicht den ganzen Tag Zeit, also seht zu, dass ihr eure Sachen packt und marschbereit seit. Gefrühstückt wird im Gehen.«

Als der dicke Kleinlingmann Glomm und ein paar seiner Freunde daraufhin schadenfroh lachten, rief Rumbolt gleich gereizt: »Das gilt auch für euch und überhaupt, was gibt es da zu kichern?«

Seine Stimme hatte einen so drohenden Unterton angenommen, dass keiner der Männer es wagte, noch etwas dazu zu sagen, sondern alle übereifrig wieder an ihre Arbeit gingen. Finn, Neppi und Lund lagen japsend und keuchend, aber sehr fröhlich auf ihren Decken und hatten alle viere von sich gestreckt. So ein kleines Gerangel konnte wirklich wunderbar befreiend wirken, fand Finn. Er drehte sein Gesicht zu Neppi, der rechts von ihm lag, und fragte grinsend: »Na, bereit für das heutige Abenteuer?«

»Aber immer doch«, antwortete Neppi lässig. »Wie steht's mit dir, Lund?«

Lund brummte nur etwas Unverständliches. Finn setzte sich auf: »Im Ernst, Lund, warum bist du bloß mitgekommen, wenn du so wenig von der ganzen Sache hältst? Wie hat Neppi das angestellt?«

Neppi grinste nur schelmisch und sah demonstrativ pfeifend nach draußen. Lund sah Finn finster an: »Dieser Kerl hat gedroht, meiner Mutter etwas zu erzählen. Hm ..., also wir waren doch mal in diesem Laden in der Nähe vom Zentrum in Mommenheim.«

»Welcher Laden, Lund? Wovon redest du?«

Lund war es sichtlich unangenehm, darüber zu sprechen. Finn grübelte, was er meinen könnte, aber es musste wohl schon länger her sein, ihm fiel nichts ein. Und Lund fuhr widerwillig fort: »Also, dieser Laden, weißt du noch, der war vollgestopft mit leckeren Sachen. Die hatten da diese Ameisenhonigdrops und bunte Fruchtzuckerstangen und gesüßte Insekten in Honig und ...«

»Ja, Lund, ich erinnere mich jetzt wieder«, fiel Finn ihm ins Wort, jeder wusste, dass Lund sich endlos lang in genauen Beschreibungen von ihm schmackhaft erscheinendem Essen ergehen konnte. Das wollte Finn verhindern, schließlich drängte die Zeit. Die meisten Männer hatten die Höhle schon verlassen und sie hatten noch nicht mal gepackt. Er bedeutete Lund schnell weiterzusprechen.

»Na ja, jedenfalls«, fuhr dieser fort, »hatte ich nicht genügend Geld dabei für die Sachen, die ich mir ausgesucht hatte und ich überlegte gerade, auf was ich verzichten sollte, konnte mich aber nicht entscheiden, weil ich alles so lecker fand. Ich hab dann Neppi gefragt, was er nehmen würde, und er hat gesagt, er würde alles nehmen. Ich hab ihm erklärt, dass es zu teuer sei, da hat er nur gelacht, in eine Kiste mit weichen Blütenpollenbonbons gegriffen und sich eine ganze Hand voll davon in die Hosentasche gesteckt.«

Lund bekam heute noch ganz große Augen vor Aufregung, und Finn konnte sich mittlerweile vorstellen, wie das abgelaufen war. Neppi, der breit grinste, hatte wirklich Glück gehabt, dass Finn ihn damals nicht dabei erwischt hatte, wie er Lund zum Klauen verführte. Er sah Neppi missbilligend an, und sagte dann zu Lund, der noch immer stotternd versuchte, die für ihn extrem gewissensbelastende Geschichte zu Ende zu erzählen: »Lass mal, Lund, ich versteh schon. Und ich finde es ziemlich mies von Neppi, dich damit zu erpressen.«

Den letzten Satz sagte er demonstrativ in Neppis Richtung, worauf dieser ihn nur gespielt unschuldig anblinzelte.

»Nichtsdestotrotz, du bist jetzt mit uns hier, und obwohl es dir nicht gefällt, müssen wir das Beste daraus machen. Vielleicht gewöhnst du dich ja auch mit der Zeit daran. Auf jeden Fall müssen wir jetzt schnell zusammenpacken, die anderen sind schon fast alle fertig.«

Damit sprang er auf und begann alles, was sie um ihr Nachtlager verstreut hatten, einzusammeln und in seinen Rucksack zu werfen, auch Neppi erhob sich, nur etwas langsamer und gelassen. Lund murmelte wie so oft griesgrämig vor sich hin, beeilte sich dann aber auch, seine Sachen zu packen vermutlich weil er fürchtete, sonst wieder Ärger mit Rumbolt zu bekommen wie am ersten Tag.

Sie kamen gerade unter dem Baumstamm hervorgestolpert, als Savall vor dem bereits versammelten restlichen Trupp eine kurze Ansprache hielt, in der er erklärte, wohin sie die Spuren heute führen würden. Es verursachte ihm sichtlich großes Unbehagen, vor so vielen Kleinlingen zu sprechen, und er stotterte und stammelte so sehr, dass die anderen Männer grinsten und kicherten, was Savall rot und noch unsicherer werden ließ. Irgendwann wurde es Rumbolt zu dumm, und er ergriff in scharfem Ton wieder das Wort: »Also, wie wir alle gerade mehr oder weniger von Savall gehört haben, führen die Spuren der Entführer quer über diese Wiese und vermutlich auf der anderen Seite wieder in den Wald. Ich fürchte, dass wir keinen Unterschlupf mehr finden, solange wir über die Wiese gehen, deshalb müssen wir sie unbedingt überquert haben, bevor es dunkel wird. Das bedeutete, noch schnelleres Tempo als gestern, die Wiese ist groß.«

Die Männer, einschließlich Finn und Lund, stöhnten bei der Aussicht auf einen noch schlimmeren Marsch als am Vortag. Neppi nahm das Ganze gelassen, schulterte grinsend seinen Rucksack und meinte: »Na, dann wollen wir mal.«

Unter Rumbolts Führung setzte sich der Trupp in Bewegung. Sie marschierten in die Wiese hinein und waren bald umschlossen von dem wundervollen Duft der Blumen. Die hingen in allen Farben über ihnen, wiegten sich im leichten Wind, und wenn man an ihren grünen Stängeln rüttelte, fiel ein Regen aus schmackhaftem Blütenstaub herab. Lund stellte sehr schnell fest, dass man nur den Mund aufmachen und nach oben gucken musste und schon rieselte eine leckere Mahlzeit hinein. Da er jetzt an jeder Blüte, die mit der Öffnung nach unten hing, stehen blieb, um sie zu schütteln, war es noch schwerer, ihn voranzutreiben, aber immerhin war er das erste Mal auf ihrer Reise gut gelaunt und von etwas begeistert.

Manche Blüten hingen so tief, dass man danach greifen konnte. Neppi hatte eine hellblaue Blüte abgerissen und sich als Hut auf den Kopf gesetzt. Finn betastete bei jeder Gelegenheit die samtig weichen und zarten Blütenblätter. Wenn er nach oben schaute, war alles grün von den langen Grashalmen und Blättern der Blumen und bunt von ihren Blüten. Er konnte sich nicht satt daran sehen. Auch einige der Kleinlingmänner blickten sich oft um und blieben stehen, um etwas aufzuheben oder anzuschauen.

Rumbolt, der bemerkte, dass das Tempo eher langsamer wurde als schneller, trieb sie zur Eile an, aber es half nicht viel. Der Einzige, der sich nicht an der Blumenwiese erfreute, war Amos. Er war noch immer an den Händen gefesselt, aber wenigstens wurde er mittlerweile nicht mehr wie ein Packet verschnürt getragen, sondern durfte selbst laufen, was er aber nur widerwillig tat. Der dicke Kleinling Glomm, der die leidige Aufgabe hatte, ihn zu bewachen, musste ihn regelrecht an seinen gefesselten Händen hinter sich herziehen. Ihm stand bereits jetzt der Schweiß auf der Stirn. Amos machte sich so schwer wie möglich und ging keinen Schritt freiwillig, obwohl Finn vermutete, dass jedes Zerren und Ziehen Amos höllische Schmerzen in seiner verletzten Schulter bereiten musste. Er schaute die ganze Zeit mit einem verbissenen und trotzigen Gesichtsausdruck zu Boden und würdigte die herrlichen Blumen keines Blickes. Finn fand das schade, für ihn war diese Wiese so ziemlich das Tollste, was er je erlebt hatte und wieder dachte er: »Wenn Luna jetzt nur hier wäre, um das zu sehen.«

Dabei fiel ihm sein Vater ein. Er hatte Neppi und Lund in der ganzen Aufregung und Eile heute Morgen noch gar nicht erzählt, was er am Abend zuvor herausgefunden hatte. Er drehte sich zu Neppi um, der eigentlich die ganze Zeit über hinter ihm gelaufen war, aber zu Finns Erstaunen war da kein Neppi mehr. Er sah sich suchend um und fragte schließlich

Lund, ob er Neppi gesehen hätte, aber Lund verneinte nur desinteressiert und machte sich schon wieder mit glücklichem Gesicht an einer Blüte zu schaffen. Ansonsten war niemand mehr hinter ihnen. Sie waren schon wieder ans Ende des Zuges gerutscht. Finn ging von hinten nach vorn durch den ganzen Marschtrupp und fragte jeden der Kleinlingmänner nach Neppi, aber es gab keine Spur von ihm. Als er schließlich völlig aufgeregt vorne bei Rumbolt ankam und von Neppis Verschwinden berichtete, ließ dieser den Zug sofort anhalten. Sie riefen alle zusammen seinen Namen, doch es kam keine Antwort. Finn machte sich große Sorgen und musste an das Wiesel von gestern denken. Hier draußen gab es so viel, von dem sie nichts wussten und das ihnen gefährlich werden konnte.

Rumbolt gab lautstark Anweisungen: »Alle in Dreiergruppen ausschwärmen und suchen, wenn ihn einer findet, laut pfeifen. Finn und Lund, ihr kommt mit mir. Auf geht's.«

Die Kleinlinge bildeten blitzschnell Gruppen und verschwanden zwischen den Blumen und Grashalmen. Von überall hörte man Rufe nach dem Vermissten, aber es gab kein Lebenszeichen von Neppi. Rumbolt ging mit Finn und Lund den Weg zurück, den sie gekommen waren, schließlich war nicht klar, wann er genau verschwunden war. Finn wünschte, er hätte besser aufgepasst, aber er konnte sich beim besten Willen nicht erinnern, wie lang es schon her war, dass er Neppi gesehen hatte und nicht nur davon ausgegangen war, dass er hinter ihm lief. In ihm stieg Panik auf und ließ ihn erzittern. Auch Rumbolt schien in höchster Sorge. Er lief mit verbissenem Gesicht vor ihnen her und bahnte sich einen Weg durch die Grashalme, ohne dabei auch nur einmal langsamer zu werden. Normalerweise hätte das bei Lund höchste Entrüstung hervorgerufen, aber selbst er schien Angst um Neppi zu haben. Er maulte nicht, sondern versuchte sein Bestes, um mit Rumbolt und Finn Schritt zu halten. Es kam Finn so vor, als liefen sie schon eine Ewigkeit den Weg zurück und müssten die Blumenwiese bald hinter sich haben, aber das konnte auch daran liegen, dass er das Gefühl hatte, jede Minute, die verging, könnte bedeuten, dass es zu spät war, um Neppi noch heil zu finden.

Auf einmal blieb Rumbolt ruckartig und wie angewurzelt stehen. Finn konnte gerade noch bremsen, aber Lund krachte einen Augenblick später mit voller Wucht in seinen Rücken, so dass er fast umfiel. Rumbolt stand da wie ein Baum und verzog keine Miene, er lauschte angestrengt in die Wiese hinein. »Hört ihr das, Jungs?«

Finn konzentrierte sich, aber er hörte nichts außer dem Rauschen des Grases und der Blätter im Wind.

»Was denn, Rumbolt? Was hörst du?«, fragte er aufgeregt.

Rumbolt deutete links von ihnen in die Wiese und flüsterte: »Es kommt von dort. Es hört sich an wie ganz leises Kichern.«

»Ja«, rief Lund, »jetzt hör ich's auch, aber Neppi ist es sicher nicht, der da so kichert.«

Finn hörte noch immer nichts, aber er hatte auch keine Zeit mehr zu lauschen, da Rumbolt sich jetzt entschlossen einen Weg durch die Wiese in die Richtung des vermeintlichen Kicherns bahnte. Finn und Lund mussten sich beeilen, hinterher zu kommen. Schon nach wenigen Augenblicken konnte Finn es auch hören, deutliches Lachen und Kichern. Es wurde ihm etwas unbehaglich zumute. Je näher sie kamen, desto lauter und mehrstimmiger klangen die Geräusche. Es musste sich um ziemlich viele Wesen handeln, auf die sie zusteuerten und sie waren immerhin nur zu dritt. Das helle Lachen war jetzt überall um sie herum, sie mussten fast da sein.

Finn hoffte sehr, dass diese Lachwesen auch wirklich lustig waren und nicht gefährlich, falls sie Neppi hatten. Sollten sie ihm auch nur ein Haar gekrümmt haben, würde ihnen das Lachen rasch vergehen, das schwor sich Finn. In diesem Moment bog Rumbolt vor ihm ein letztes Büschel Grashalme um, und sie standen auf einer kleinen grasfreien Fläche, auf der in einigem Abstand besonders hohe Blumen mit den größten Blüten, die Finn bisher gesehen hatte, wuchsen. Unter den Blumen bot sich ihnen ein merkwürdiges Schauspiel. Neppi lehnte mit verklärtem Blick am Stängel einer riesenhaften

Blume mit knallroter Blüte. Überall um ihn herum tummelten sich seltsame Wesen, wie Finn sie noch nie gesehen hatte. Sie waren etwa so groß wie Neppi, aber alle recht pummelig. Das wurde noch dadurch hervorgehoben, dass sie bauschige, glockenförmige Röcke und Kleider aus Blüten trugen. Soweit Finn sehen konnte, gab es keine männlichen Wesen, es handelte sich bei allen sehr eindeutig um Mädchen. Dicke, kleine Mädchen mit langen Haaren in allen erdenklichen Farben, runden, roten Pausbacken und Blütenhütchen auf dem Kopf. Sie kicherten und säuselten unentwegt, dass Finn der Kopf zu schwirren begann. Sie saßen neben Neppi, auf den Blumenblättern über ihm, hinter ihm, vor seinen Füßen oder hüpften lachend und tanzend um ihn herum. Sie verzottelten seine Haare, spielten mit den Sachen aus seinem Rucksack und kitzelten ihn an den Füßen, bis er schrie vor Lachen.

Dabei verströmten sie einen süßen Duft in der ganzen Umgebung, der Finn noch viel wundervoller vorkam als der Duft der Blumen. Ihm wurde ein bisschen schwindlig, und er verspürte den Drang, sich zu Neppi zu setzen und diese hübschen Wesen eine Weile anzusehen. Er fühlte sich ganz leicht und der Platz unter der großen roten Blume erschien ihm wie der schönste Platz auf der ganzen Welt. Die Mädchen winkten ihm lächelnd zu. Er begann zu grinsen und machte einen taumeligen Schritt nach vorn. Neben ihm hatte Lund scheinbar gerade dieselbe Idee, und sie schwankten gegeneinander, was beiden unheimlich witzig vorkam. Sie stimmten in das Gelächter der Wesen mit ein.

Da wurden beide von zwei starken Händen gepackt und zurückgerissen. Finn taumelte und sah plötzlich wie hinter einem Schleier Rumbolts Gesicht vor sich auftauchen. Im nächsten Augenblick klatschte es zweimal schmerzhaft in seinem Gesicht, und die Welt wurde urplötzlich wieder klar und normal. Finn war etwas benommen und rieb sich die schmerzenden Wangen, Lund stand neben ihm und tat dasselbe. »Na, Jungs, wieder in der richtigen Welt«, fragte Rumbolt spöttisch, »da hätten euch die Blumenfräulein ja beinahe auch noch in ihre Fänge gekriegt. Niemals tief einatmen, wenn sie diesen Duft versprühen. Damit machen sie euch völlig willenlos, und bringen euch dazu, bei ihnen zu bleiben, so lange es ihnen gefällt. Und es kann ihnen ziemlich lange gefallen. Sie sind gelangweilte kleine Personen, die schon so manchen Kleinling fast um den Verstand gebracht haben mit ihren Spielen. Solltet ihr merken, dass euch wieder schwindelig wird, sofort mit beiden Händen ins Gesicht schlagen, das ist das Einzige, was einen in diesem Fall wieder auf den Boden der Tatsachen bringt. So, jetzt müssen wir Neppi endlich aus ihren dicken, kleinen Klauen befreien, sie haben sich lang genug mit ihm amüsiert.«

Mit diesen Worten schritt er drohend auf die große rote Blume zu. Als die Blumenfräulein ihn kommen sahen, hörten sie entsetzt auf zu kichern, kamen stattdessen angerannt und wedelten mit ihren Haaren und Röcken ganze Duftwolken auf ihn. Finn hielt schnell die Luft an und beeilte sich, Rumbolt zu folgen, dabei kamen ihm die merkwürdigen Wesen so nah, dass er sie hätte anfassen können. Allerdings hatte er dazu keine Lust. Als die Blumenfräulein bemerkten, dass ihr Zauber bei ihnen nicht wirkte, verzogen sie ihre dicken, kleinen Gesichtchen zu wütenden Fratzen. Anstatt zu kichern, jammerten und fauchten sie, dass Finn Angst bekam, sie könnten sich auf sie stürzen. Aber die Blumenfräulein schienen was das anging harmlos. Sie flohen vor ihnen auf die rote Blume und versuchten zuerst sogar, auch Neppi den Stängel hinaufzuzerren. Er bemühte sich auch, unter Kichern zu tun, was sie wollten, doch er war viel zu benommen, um sich auch nur am ersten Blatt festzuklammern. Schließlich ließen sie von ihm ab und verkrochen sich überall in die Kelche der Blüten. Von dort schauten sie mit giftigen Blicken und unter wütendem Tuscheln hinunter. Als Rumbolt, Finn und Lund bei Neppi ankamen, lag der grinsend am Boden und schien sie noch nicht einmal zu erkennen.

Finn fragte: »Darf ich, Rumbolt?«

Rumbolt nickte lächelnd, und Finn gab Neppi links und rechts eine Ohrfeige, dass es nur so klatschte. Man konnte sofort sehen wie Neppis Augen wieder klar wurden. Sein Gesichtsausdruck wechselte von völliger Verwirrung zu Überraschung und schließlich zu Empörung: »He, Finni, was fällt dir ein, mich zu schlagen?«

Er setzte sich wütend auf, sah sich um und fragte irritiert: »Wo bin ich hier überhaupt?«

»Das erklären wir dir auf dem Rückweg, jetzt lasst uns erst mal hier verschwinden. Ich kann diese kleinen Fräulein nicht besonders gut leiden«, murmelte Rumbolt. Er stand auf und ging langsam zurück in die Richtung, aus der sie gekommen waren, dabei pfiff er so laut, dass es über die ganze Wiese hallte, um den anderen Gruppen das Zeichen zu geben, dass er Neppi gefunden hatte. Dieser rappelte sich jetzt langsam auf und erinnerte sich wieder an das was geschehen war.

»Eine bodenlose Frechheit«, schimpfte er, »diese kleinen Monster haben mich doch tatsächlich entführt. Euch werd ich's noch zeigen.« Neppi reckte drohend die Faust nach oben zu den noch immer beleidigt und böse dreinblickenden Fräulein in ihren Blumenkelchen. Finn und Lund hatten unterdessen Neppis Sachen wieder eingesammelt und in seinem Rucksack verstaut. Rumbolt drängte zur Eile, schließlich mussten sie sich jetzt noch alle wiederfinden und dann den Marsch endlich fortsetzen.

Aber Neppi weigerte sich, so einfach zu gehen. »So leicht kommen die mir nicht davon«, rief er wütend und schickte sich an, auf die rote Blume zu klettern, was die Blumenfräulein in helle Aufregung versetzte.

Finn hielt ihn zurück: »Neppi, so geht das nicht, willst du etwa auf alle diese Blumen hier klettern? Und vor allem, was machst du, wenn du oben bist? Ich kann dir sagen, was passiert. Sie nebeln dich wieder ein, und weil keiner von uns da ist, um dir eine runterzuhauen, kannst du dann grinsend und kichernd mit ihnen da oben bleiben.« Neppi guckte zwar enttäuscht, musste aber zugeben, dass Finn Recht hatte.

Da sagte Lund nachdenklich: »Neppi, ich habe eine Idee. Lass sie uns doch einfach runterschütteln, dann musst du nicht raufklettern.« Finn dachte kurz darüber nach, fand die Idee ausgesprochen gut und war überrascht, dass Lund darauf gekommen war. Normalerweise war denken nicht gerade seine Lieblingsbeschäftigung. Auch Neppi war hellauf begeistert und lief sofort zum Stängel der roten Blume. Leider war diese so groß und ihr Stängel so dick und hart, dass sie von einem einzelnen Kleinling nicht geschüttelt werden konnte.

Aber als dann auch Finn, Lund und sogar Rumbolt mithalfen, zogen und zerrten und sich dagegen warfen, geriet die Blume langsam ins schwingen. Als die Blumenfräulein begriffen, was die Kleinlinge vorhatten, begannen sie zu kreischen und zu zetern, dass man fast taub wurde. Doch es half ihnen nichts. Die große Blume geriet immer mehr in Bewegung und sauste bald wie ein Katapult von einer Seite zur anderen. Das war zuviel für die Blumenfräulein. Sie klammerten sich verzweifelt mit ihren dicken Ärmchen an den Blütenblättern fest, doch eins nach dem anderen riss unter ihrem Gewicht ab und die Blumenfräulein plumpsten unter Schreien und Wehklagen nacheinander auf den Boden, wie dicke, reife Äpfel. Die Kleinlinge rannten von Blume zu Blume und schüttelten alle Fräulein hinunter, die entsetzt und heulend auf dem Boden sitzen blieben und ihre Peiniger vorwurfsvoll und mit wutverzerrten Gesichtchen anblickten. Ihre Blumenkleider waren schmutzig und zerrissen, ihre Blumenhütchen hatten sie verloren und ihre schönen Haare waren völlig verzottelt. Zudem waren ihre Köpfe puterrot vor Wut.

Finn fand, dass sie wirklich jämmerlich aussahen, wie sie da so auf ihren Hintern saßen, ihre dicken Beine von sich streckten und in einem fort heulten. Sie erschienen ihm bestraft genug, doch Neppi fand das noch nicht. Er begann wie ein Irrer zu schreien und auf die Fräulein zuzurennen, als wollte er sich auf sie stürzen. Diese gerieten in helle Panik, rappelten sich auf so schnell sie konnten und begannen kreischend, vor ihm davon zu rennen. Ihres ganzen Zaubers und sogar ihrer Blumenverstecke beraubt, fühlten sie sich offenbar sehr schutzlos und in Gefahr. Eine nach der anderen schlug sich in ihrer Verzweiflung irgendwo ins hohe Gras und verschwand. Als sie endlich alle geflohen waren, beendete Neppi sein Theater und kam, ziemlich aus der Puste, aber glücklich grinsend wieder zu ihnen: »Ich sage euch, Freunde«, japste er, »diesen Denkzettel vergessen die ihr Leben lang nicht.«

»Wie schön«, sagte Rumbolt schmunzelnd, »dann können wir jetzt ja endlich weitergehen.«

So trabten sie im Eilschritt den ganzen Weg wieder zurück, bis sie auf den Rest des Trupps trafen, der sich bereits wieder zusammengefunden hatte. Neppi wurde mit lautem Hallo und großer Freude von den Männern begrüßt. Alle schienen froh, dass ihm nichts passiert war und zum ersten Mal hatten die drei Kleinlingjungen wirklich das Gefühl, dazu zu gehören und nicht nur leidiger Ballast zu sein.

Neppi gefiel die Aufmerksamkeit, und er erzählte die Geschichte von den Blumenfräulein und seiner Rache an ihnen jedem Kleinling, der sich nicht schnell genug verstecken konnte, in allen Details und gern auch mehrmals hintereinander. Damit war er eine ganze Weile beschäftigt. Finn und Lund liefen solange vorn neben Rumbolt, beide konnten die Geschichte bereits nicht mehr hören. Zumal Neppi sie ausschmückte und zu seinen Gunsten veränderte, so dass Finn sich manchmal kaum zurückhalten konnte, seinem Freund nicht über den Mund zu fahren und alles richtig zu stellen. Mittlerweile behauptete er sogar, die Idee die Blumenfräulein von ihren Blumen zu schütteln wäre seine eigene gewesen, was Lund verständlicherweise sehr ärgerte. Als er sich darüber bei Rumbolt beklagte, schmunzelte dieser nur, legte Lund die Hand auf die Schulter und sagte fast väterlich: »Ärgere dich nicht, Lund, ich und Finn, wir wissen doch, wer diese großartige Idee hatte, und was viel wichtiger ist, Neppi weiß es auch, und er versucht trotzdem, sie als seine eigene zu verkaufen. Daran kannst du sehen, wie großartig er sie findet und über kurz oder lang lernt man immer die Blender von den wahren Könnern zu unterscheiden. Deine Stunde kommt noch, mein lieber Lund, keine Sorge.«

Nach diesen Worten schien Lund gleich drei Zentimeter größer zu sein als sonst. Er grinste breit und selig und vergaß sogar völlig über den langen und beschwerlichen Marsch zu jammern. Eine ganze Weile lang war er so glücklich, dass Finn es kaum glauben konnte. Er hatte schon befürchtet, Lund während der ganzen Dauer ihrer Reise nicht mehr froh zu sehen. Doch jetzt erschien es ihm, als könnte Neppi doch Recht behalten und dieses Abenteuer war sogar gut für Lund.

Finn musste grinsen, als er sich vorstellte, was Lunds Mutter, eine herzensgute, dicke Kleinlingdame, die ihren Lieblingssohn normalerweise behütete wie ihren Augapfel, sagen würde, wenn sie ihn jetzt sehen könnte. Lund mit einem Rucksack auf dem Rücken marschierend mit Jägern in der Oberwelt. Er vermutete, sie würde in Ohnmacht fallen bei diesem Anblick und drei Tage lang nicht mehr aufwachen. Wieder musste er grinsen, aber nicht lange. Gleich darauf fiel ihm ein, dass seine eigene Mutter auch nicht gerade erfreut wäre, ihn hier zu sehen und sein Grinsen gefror. Luna würde sicherlich nicht in Ohnmacht fallen, oh nein, vermutlich würde sie so toben, dass in wenigen Augenblicken der ganze Wald leergefegt wäre. Alles was laufen konnte, würde die Flucht ergreifen. Nein, daran wollte er jetzt lieber nicht denken, der Tag war viel zu schön, um sich Sorgen zu machen.

Rumbolt und Lund plauderten mittlerweile über Rumbolts legendären Kampf mit einem Kobold. Angeblich hatte Rumbolt ihn damals ganz allein in die Flucht geschlagen, was Lund und Finn tief beeindruckte. Rumbolt aber winkte nur desinteressiert ab und meinte: »Geschichten, Jungs, alles nur Geschichten. Keinen Deut besser als die, die euer Freund Neppi so erzählt. Wenn eine Nachricht ein paar Mal durch ganz Mommenheim weitergetuschelt wurde und sie besonders außergewöhnlich ist, wird daraus irgendwann so eine Art Märchen. Jeder erzählt es jedem und jeder kennt irgendwann mindestens zwei, aber zumeist noch mehr verschiedene Versionen. Bloß, dass keine davon mehr der Wahrheit entspricht. Wie viele kennt ihr von dieser Geschichte?«

Finn dachte kurz nach, dann sagte er: »Also, einmal sollst du den Kobold mit deinem Messer in den Fuß gestochen haben, und er ist kreischend und humpelnd davongerannt. Dann hab ich noch gehört, du hättest ihm mit deiner Schleuder einen Stein direkt ins Auge geschossen, und der Kobold taumelte daraufhin halbblind umher und rannte gegen einen Baumstamm, was ihm den Rest gab. Er fiel um und du konntest fliehen.«

»Vergiss nicht die Geschichte«, warf Lund ein, »wo Rumbolt den Kobold so schrecklich angebrüllt hat, dass er vor Angst davongelaufen ist.«

Rumbolt entfuhr ein albernes Kichern, und er sagte halb lachend, halb ungläubig den Kopf schüttelnd: »Das ist meine Lieblingsversion. Ich frage mich, welcher Dummkopf sich die ausgedacht hat. Ein Kleinling, der einen Kobold in die Flucht brüllt, na das möchte ich sehen.« Wieder lachte er. »Möchtet ihr beiden vielleicht mal die wahre Geschichte hören?«

»Ja!«, riefen Finn und Lund wie aus einem Mund und wurden ganz aufgeregt. Rumbolt schmunzelte über ihren Eifer und meinte: »Aber Vorsicht, die Wirklichkeit könnte ziemlich mickrig aussehen im Gegensatz zu dem, was ihr aus diesen Erzählungen kennt. Also, zuerst einmal hab ich den Kobold nicht aufgesucht, um ihn zu bekämpfen, ich bin ja schließlich nicht lebensmüde. Das Biest hat mich erwischt in einem unachtsamen Augenblick. Es war Winter und in Mommenheim herrschte Nahrungsnotstand. Die Vorräte gingen zur Neige und der Frühling ließ sich einfach nicht blicken. Ich war mit meiner Jägergruppe draußen und suchte nach Essbarem, das der Schnee nicht völlig zugedeckt hatte. Dabei habe ich mich wohl etwas zu weit von der Gruppe entfernt.

Ich war so beschäftigt mit herumlaufen und suchen, dass ich das Wichtigste nicht bemerkt habe. Nämlich den hungrigen Kobold, der sich hinter einem Baum versteckt an mich heran gepirscht hatte. Plötzlich packte mich eine große Klaue mit langen schwarzen Krallen und riss mich hoch. Sekunden später sah ich schon in ein böses, in Aussicht der Mahlzeit frohlockendes Koboldgesicht und hing über einem sich öffnenden Maul mit spitzen, gelben Zähnen. Ich strampelte und wehrte mich in Todesangst und glücklicherweise hielt der Kobold mich so nah an sein hässliches Gesicht, dass ich seine Nase zu fassen kriegte. Ich packte sie und in meiner Not biss ich hinein, so kräftig ich konnte. An den Nasen sind Kobolde sehr empfindlich, dort ist ihre Haut ganz weich, und es begann sofort zu bluten, als ich meine Zähne hineingrub. Der Kobold geriet außer sich vor Schmerz. Er sprang herum und schüttelte seinen Kopf, um mich loszuwerden. Ich konnte mich nicht mehr halten und flog in hohem Bogen in eine Schneewehe, nur deshalb passierte mir nichts. Der Kobold steckte seine schmerzende Nase in den Schnee, um sie zu kühlen, sofort färbte sich der Schnee rot. Deshalb haben später alle an einen heftigen Kampf geglaubt, die Spuren waren unübersehbar. Der Kobold ist danach zum Glück verschwunden. Ich hatte eine Heidenangst, dass er nach mir sucht, um sich zu rächen. Ich lag ganz still und hab nicht mal geatmet, aber er kam nicht. Vermutlich ist ihm der Appetit auf Kleinling vergangen. So, das war schon die ganze Geschichte. Nicht sehr spektakulär, was?«

Er sah Lund und Finn zweifelnd an. Finn grinste nur: »Also, ich finde es eigentlich gar nicht schlecht, ist auch wesentlich glaubwürdiger als die Geschichte mit dem Anbrüllen. Wenn wir wieder nach Hause kommen, werde ich die Wahrheit in ganz Mommenheim verbreiten, mal sehen, wie lange es dauert, bis sie daraus dann wieder einen Haufen Schwindeleien gemacht haben.«

Lund murmelte nur: »Vorausgesetzt, wir kommen überhaupt je wieder nach Hause.« Seine Stimmung schien sich wieder zu verdüstern, und Finn sagte rasch, um ihn abzulenken: »Klar kommen wir nach Hause, Lund, aber jetzt schau mal da drüben, diese riesige blaue Blüte. Ich wette, da ist massenhaft süßer Blütenstaub drin. Solltest du dir mal ansehen.«

Lund war sofort interessiert und vergaß seine Missmutigkeit: »Meinst du wirklich, Finn? Ich glaube, dann guck ich mal, ob ich sie schütteln kann. Bis gleich.«

Mit diesen Worten lief er in einem für Lund recht bemerkenswerten Tempo hinüber zu der Blume und ließ schon wenige Augenblicke später mit seligem Blick den Blütenstaub in seinen Mund regnen. Finn und Rumbolt lächelten bei seinem Anblick.

»Sag mal, Finn«, begann Rumbolt, »hast du Lund und Neppi eigentlich schon erzählt, was ich dir gestern über deinen Vater verraten hab?«

Finn schüttelte nachdenklich den Kopf und meinte: »Nein, ich wollte immer, aber dann ist jedes Mal etwas dazwischen gekommen und mittlerweile erscheint es mir so, als wäre das auch nur für mich bestimmt, verstehst du? Es erscheint mir so kostbar, und ich habe Angst, es könnte weniger wert werden, wenn ich es herumerzähle. Ich glaube, ich behalte es erstmal für mich. Weißt du, es würde mich verletzen, wenn sie es nicht so würdigen könnten, wie ich es kann. Ich meine, du kennst ja Neppi, vielleicht wäre er total begeistert, dass mein Vater ein Magischer war und so, aber vielleicht würde er auch nur einen seiner Witze reißen und das möchte ich nicht.«

Rumbolt dachte kurz nach, dann nickte er nur und brummte etwas Zustimmendes. Beide hingen jetzt ihren Gedanken nach und gingen schweigend nebeneinander her. Im ganzen Trupp war es ziemlich leise geworden. Die Sonne stand mittlerweile ganz oben am Himmel und brannte so heiß, dass jeder Schritt und jedes Gespräch anstrengend waren, selbst im Schatten der vielen Blumen. Nur von ganz hinten konnte man deutlich noch immer Neppis krakeelende Stimme hören, die scheinbar nie müde wurde zu reden. Lund hatte gegessen und ging jetzt hinter Rumbolt und Finn, aber auch er schwieg und war wieder in sein missmutiges Grübeln versunken. So liefen sie eine ganze Weile, ohne dass irgendetwas Interessantes passierte.

Finn genoss die Ruhe, Abenteuer hatte er in letzter Zeit genug gehabt. Seine Gedanken kreisten um Luna und seinen Vater. Er konnte sich seine Mutter beim besten Willen nicht als junges verliebtes Ding vorstellen. So lange er denken konnte, hatte es nie einen Mann in ihrem Haus oder in Lunas Leben gegeben. Sie waren immer nur zu zweit gewesen, und Finn fand das auch nicht so schlecht.

Er hatte nur rundum gesehen, dass alle Kinder nicht nur eine Mutter, sondern auch einen Vater hatten; und er hatte sich immer gefragt, wo seiner war, aber bis gestern hatte er darauf nie eine Antwort erhalten. Jetzt wusste er, warum sein Vater nicht da war, aber trotzdem wusste er noch immer nicht, wer sein Vater war. Ein Magier, ein verdammt netter Kerl, große Liebe seiner Mutter, das war alles schön und gut, aber Finn hätte nur zu gern gewusst, wie er aussah, wie er lachte, ob er witzig war oder eher ruhig und gelassen; und was er so erlebt hatte, vielleicht, als er so alt war wie Finn. Leider würde er das wohl nie erfahren, das konnte ihm nur sein Vater erzählen und der war tot. Nein, tot erschien Finn nicht das richtige Wort zu sein, er war eben verschollen, wenn auch schon seit sechzehn Jahren, aber das war trotzdem immer noch nicht gleichbedeutend mit tot.

Er fragte sich, ob sein Vater für Luna tot oder verschollen war oder vielleicht nie existiert hatte. Er versuchte, sich seine Mutter, die für ihn immer die Stärke und Vernunft in Person gewesen war, traurig, verzweifelt und ohne Lebensmut vorzustellen, aber er konnte es nicht. Stattdessen kam ihm der blaue Tonvogel in den Sinn, der in ihrer Wohnhöhle in einem Regal stand. Den hatte sein Vater seiner Mutter vor langer Zeit geschenkt, aber Finn erinnerte sich nicht, woher er das wusste. Vermutlich von seiner Mutter, aber eigentlich erzählte sie so etwas sonst nicht. Finn verstand auch nicht, warum er gerade jetzt an ihn denken musste, aber in ihm kribbelte es ganz seltsam, und er fühlte sich merkwürdig warm und aufgeregt. Sein Atem ging rascher, Wärme durchflutete seine Brust und seine Arme bis in die Fingerspitzen, er musste stehen bleiben. Es machte ihm Angst, und er versuchte, ruhig zu atmen und die Gedanken an seine Mutter und vor allem an den Vogel zu verdrängen. Ganz langsam beruhigte sich der Aufruhr in seinem Körper wieder, die Hitze verschwand so plötzlich wie sie gekommen war. Finn fühlte sich wieder normal. Er merkte erst jetzt, dass auch Rumbolt stehen geblieben war und ihn halb besorgt, halb nachdenklich ansah. »Alles in Ordnung mit dir, Finn?«, fragte er in merkwürdig wachsamem Tonfall.

»Ja, sicher, mir war nur kurz schwindelig, ich bin die viele Sonne wohl nicht gewöhnt, aber es ist schon wieder vorbei.«

Rumbolt runzelte nur die Stirn und sah ihn noch einige

Augenblicke mit einem so durchdringenden Blick an, dass Finn das Gefühl hatte, er könnte direkt in ihn hineinsehen. Dann dreht er sich wortlos um und ging weiter. Finn folgte ihm mit etwas Abstand nachdenklich und verwirrt.

So setzten sie schweigend ihren Marsch fort. Mittlerweile war es Nachmittag, und die Sonne war von ihrer Position direkt über ihnen auf eine eher seitliche gewandert. Alle waren jetzt müde, selbst Neppi hatte es aufgegeben, überall herumzurennen und zu schwatzen, er ging neben Finn und Lund hinter Rumbolt her und schwieg gnädigerweise. Plötzlich kam von vorn ein Pfiff, und Rumbolt stoppte mit einer Handbewegung den ganzen Trupp. Im Gras vor ihnen raschelte es, und Savall kam zwischen den Halmen hervor, wie so oft völlig atemlos vom Rennen. Rumbolt hatte ihn schon vor einiger Zeit vorausgeschickt, um die Gegend vor ihnen zu erkunden, damit nicht der ganze Trupp in eine Falle lief. Savall war eindeutig sehr aufgeregt, aber noch zu erschöpft, um zu reden. Alle scharrten sich neugierig um ihn, was den schüchternen Savall erst recht keinen Ton herausbringen ließ. Er schnappte nach Luft, wollte etwas sagen, verhaspelte sich schon beim ersten Wort, wurde rot und konnte nicht weitersprechen.

Rumbolt befahl den Männern ein paar Schritte zurückzutreten und sagte dann beruhigend und väterlich zu Savall: »Alles in Ordnung, mein Lieber, nun spann uns nicht so lange auf die Folter, sondern sag, was sich vor uns befindet. So schlimm wirds schon nicht sein.«

Savall riss die Augen auf. Finn fand, er sah aus, als würde er jeden Moment vor Aufregung in Ohnmacht fallen, dann keuchte er: »Ddddoch, RumRumbolt, sehr schlimm, sch schllllimmer als schlimm. KKKobolde. Eine ganze Schar. Sie lagern am Waldrand direkt vor uuunns. Ich wwwäre fast in sie hihinein gelaufen, als ich aus der Wiese trat, hhhatte Glück, dass sie gerade damit beschäftigt waren, sich um eine Eidddechse zu streiten, die sie gegegefangen hatten. So konnte ich mich blitzschnell wwwieder im hohen Gras verstecken und beobachten, wie viele es sind, und ooob sie dort länger lagern oder nur kkkurz einen IIIImbiss einnehmen.« Savall verzog angewidert das Gesicht. »Lllleider muss ich sagen, dass es den AAAAnschein macht, als hätten sie vvvor länger zu bleiben, einige schschschliefen bereits unter den Bäumen; und sie haben sogar WWWachen aufgestellt, die überall in der Gegend patrouillieren. Da können wir unmöglich rrraus gehen. Es ist ein WWWWunder, dass ich mich überhaupt unbemerkt zurückschleichen kkkonnte.«

Eindeutig froh, die wichtige Nachricht überbracht zu haben, ließ sich Savall auf den Boden sinken, um sich einen Moment auszuruhen. Rumbolt legte die Stirn in Falten. Im Trupp brach Unruhe aus. Die Männer wurden sichtlich nervös bei dieser schlimmen Lage. Überall wurde getuschelt und gemunkelt und viele machten ängstliche und besorgte Gesichter.

Lund geriet angesichts der Stimmung sofort in Panik. Obwohl er noch nie in seinem Leben einem Kobold begegnet war, schien allein die Aussicht darauf, ihn vor Angst geradezu zu lähmen. Er ließ sich auf den Boden plumpsen, als könnten seine Beine ihn plötzlich nicht mehr tragen, zog die Knie an, umschlang sie mit seinen Armen und steckte seinen Kopf dazwischen, so dass er aussah wie eine kleine Kugel. Neppi, der wie immer keine Anzeichen von Nervosität zeigte, beugte sich zu ihm runter und flüsterte boshaft: »Lund, meinst du, wenn du den Kobold nicht siehst, dann sieht er dich auch nicht? So wie du da am Boden hockst, wird er dich für ein leckeres Fleischbällchen halten und dich gleich mit einem Happs verputzen.«

Finn trat Neppi wütend in den Hintern, so dass dieser vornüber fiel und neben Lund auf dem Boden landete, was Letzterem ein kleines glucksendes Lachen zwischen seinen Knien hervorlockte.

»Neppi«, sagte Finn drohend und mit einem ungewöhnlichen Blitzen in den blauen Augen, »du wirst damit aufhören, Lund deine scheußlichen Geschichten zu erzählen und ihn absichtlich zu ängstigen, sonst kriegst du mächtig Ärger mit mir, hast du das verstanden?«

Neppi war verblüfft, er kannte es nicht, von Finn so angefahren zu werden. Überhaupt kannte er Finn nicht so bestimmt und selbstbewusst. Er rappelte sich mühsam auf und sagte noch immer verwirrt und etwas kleinlaut: »Ist ja gut, Finni, sei nicht sauer, war doch nur ein Spaß.«

Da schien Rumbolt sein Grübeln beendet zu haben und verschaffte sich mit einem leisen Pfiff Gehör: »Liebe Freunde«, begann er mit besorgter Miene, »wir stehen vor einem ernsthaften Problem. Gehen wir weiter auf dem Weg gerade über die Wiese, wie uns die Spuren führen, laufen wir direkt in eine Horde Kobolde. Gehen wir einen Umweg, um an ihnen vorbeizukommen, schaffen wir es nicht vor der Dunkelheit von der Wiese runter in den schützenden Wald. Obendrein verlieren wir vielleicht die Spur. Bleiben wir hier und warten, dass die Kobolde verschwinden, müssen wir ebenfalls die Nacht auf dieser Wiese verbringen, wo wir gut sichtbar sind für Fledermäuse, Eulen, Dachse und was sonst noch so herumschleicht- und schwirrt. Wie ihr seht, sind das alles wenig verlockende Lösungen. Fällt irgendjemand noch eine vierte, bessere Möglichkeit ein, als die drei, die ich sehe und die alle sehr gefährlich sind?«

Betretenes Schweigen in der Gruppe, niemand meldete sich zu Wort. Die meisten hatten die Köpfe gesenkt, als gäbe es auf dem staubigen Boden hochinteressante Dinge zu beobachten. Rumbolt blickte von einem zum anderen mit einem fast um eine gute Idee flehenden Gesichtsausdruck, aber er sah nur Ratlosigkeit und Furcht in den wenigen Augenpaaren, die seinen Blick erwiderten. Schließlich seufzte er tief und sagte: »Wie ich sehe, fällt keinem von euch etwas ein. Ganz im Gegenteil sogar, ihr wirkt wie ein Haufen ängstlicher Ameisen, nicht wie ein Kleinlingjagdtrupp, der schon ganz andere Gefahren gemeistert hat.«

Plötzlich stampfte er mit dem Fuß auf und rief aufgebracht: »Wollt ihr etwa gleich bei der ersten Schwierigkeit aufgeben? Seid ihr mutige Kleinlingmänner oder Blumenfräulein? Ich kann nicht glauben, dass ihr alle vor Angst wie gelähmt seit, anstatt nach einer Lösung für unser Problem zu suchen. Wo ist euer Kampfgeist? Ich sehe nur Jammern und Mutlosigkeit, anstatt Taten. So kommen wir nicht weiter.«

Schon nach ein paar Sätzen zeigten seine Worte Wirkung. Viele der Männer nahmen wieder Haltung an, hoben die Köpfe und in ihren Gesichtern wich die Angst einer gewissen Entschlossenheit. Rumbolt hatte sie mitgerissen. Finn bewunderte ihn, wie so oft. Eine flammende Rede von ihm und der ganze Trupp stand kerzengerade. Dabei lag es gar nicht mal so sehr daran, was er sagte, sondern eher wie er es sagte. Rumbolt strahlte, bei allem, was er machte, eine Sicherheit und Furchtlosigkeit aus, die so stark war, dass sie sich unweigerlich auf den ganzen Trupp übertrug. Auch Finn fühlte sich jetzt richtig ermutigt und hatte das Gefühl, dass im Grunde nichts passieren konnte, solange nur Rumbolt bei ihnen war. Dieser trommelte jetzt den ganzen Trupp enger zusammen, um das Für und Wider ihrer nächsten Schritte zu besprechen.

Er malte mit einem kleinen Stock drei große Kreise auf den Boden. Über den ersten schrieb er: ›Kobolde umgehen‹, über den zweiten ›Abwarten‹ und über den dritten ›durchs Koboldlager schleichen‹, dann sagte er: »Jeder dem ein Vor- oder Nachteil für den ersten Kreis einfällt, der teilt ihn uns jetzt bitte mit.«

Erst herrschte einen Augenblick lang völlige Stille, dann begannen plötzlich alle durcheinander zu reden, weil jeder seinen Einfall zuerst loswerden wollte. Rumbolt musste mühsam für Ruhe sorgen und erklären, dass man sich zu melden habe, wenn man etwas sagen wolle, wie in der Kleinlingschule. Daraufhin wurden überall Arme emporgereckt. Rumbolt nahm sie nacheinander dran und notierte jeden wichtigen Vor- und Nachteil, wobei oftmals auch wieder lange diskutiert wurde, da nicht immer Einigkeit darüber herrschte, ob etwas nun ein Vor- oder Nachteil war. Finn und Lund beteiligten sich nicht an der Diskussion, sie hatten sich nebeneinander an zwei Blumenstängel gelehnt und verfolgten das Ganze aus sicherer Entfernung. Lund, weil er von keiner der drei Möglichkeiten sehr viel hielt, und Finn, weil er zu müde und zu erschöpft war, um jetzt auch noch an einem Kriegsrat teilzunehmen. Nur Neppi hüpfte wie immer munter zwischen den Männern herum und tat zu allem seine Meinung kund.

Nach einer halben Ewigkeit wilder Diskussionen und Beschwichtigungen durch Rumbolt, waren alle drei Kreise voll geschrieben mit Dingen, die für und gegen die jeweilige Möglichkeit sprachen. Es wurde sehr still unter den Kleinlingmännern. Neugierig rappelten Finn und Lund sich auf und drängten sich in den Kreis der Männer, um zu sehen, zu welchem Ergebnis sie gekommen waren. Finn brauchte nur einmal hinsehen und verstand, warum es so still geworden war. Bei Möglichkeit eins und zwei gab es eine ganze Liste von Nachteilen. Da stand zum Beispiel: ›Man könnte die Spur verlieren‹, und ›Der Umweg könnte zuviel Zeit kosten‹ oder ›Wir müssen vielleicht tagelang warten, bis die Kobolde verschwinden‹, ganz zu schweigen von den Gefahren durch Nachtjäger wie Fledermäuse, Eulen, Dachse und viele andere mehr. Bei der dritten Möglichkeit gab es nur einen Nachteil, da stand: ›Wir könnten bemerkt und gefressen werden.‹

Keine besonders schöne Aussicht zugegebenermaßen, was auch die Schweigsamkeit der Männer erklärte, aber man musste bedenken, dass die Chance größer war, in der Nacht von einer Eule gefressen zu werden als von einem Kobold. Meistens schliefen Kobolde nachts. Finn wurde es zwar ziemlich mulmig bei der Vorstellung, durch ein Koboldlager zu schleichen, aber er sah durchaus ein, dass die zwei anderen Möglichkeiten, auch wenn sie auf den ersten Blick angenehmer erschienen, vermutlich mehr Gefahren boten, die sie jetzt noch gar nicht absehen konnten. Bei Kobolden wusste man immerhin, woran man war.

Ganz im Gegensatz zu Finn konnte Lund das Ganze nicht so rational betrachten; und als er begriff, für welchen Weg man sich vermutlich entscheiden würde, drehte er völlig durch. Er rannte zu Rumbolt, packte ihn an seinem Hemd und versuchte ihn zu schütteln, während er unentwegt brüllte: »Da können wir nicht langgehen, das sind Kobolde! Die fressen uns mit Haut und Haaren. Ihr müsst verrückt sein, wenn ihr denkt, dass ich da mitmache!«

Rumbolt stand da wie ein Baum und rührte sich kein bisschen unter Lunds Angriff. Er sah ihn nur an und sagte gar nichts. In diesem Moment fing auch Amos, der die ganze Zeit über stumm neben seinem Bewacher Glomm gestanden hatte, an zu wimmern und sich zu beschweren. Im Nu war das Wehgeschrei über den getroffenen Entschluss zweistimmig und noch unerträglicher. Schließlich platzte Rumbolt der Kragen. Er holte aus und gab Lund eine schallende Ohrfeige, dass dieser sein Hemd losließ und auf den Hintern plumpste, wo er mit erschrockenem Blick sitzen blieb. Amos bekam, nur einen Augenblick später, einen schmerzhaften Stoß von Glomms Ellenbogen in die Seite, was ihn nach Luft ringen ließ und sein Geschrei beendete.

»Na bitte«, knurrte Rumbolt genervt, »nachdem das geklärt wäre, würde ich jetzt gern einen Schlachtplan ausarbeiten. Es wird bald dunkel und bis dahin sollten wir wissen, wie wir unbemerkt durch diese Koboldhorde kommen. Also, jeder, der etwas Sinnvolles beizutragen hat«, dabei warf er einen missbilligenden Blick auf Lund und Amos, »der kommt jetzt bitte mit.«

Damit drehte er sich um und verzog sich auf eine kleine grasfreie Fläche gleich neben den auf den Boden gezeichneten Kreisen. Dort setzte er sich. Die meisten Männer folgten ihm sofort, so dass sie schließlich alle in einem großen Kreis saßen. Dann begann eine erneute Diskussion. Finn half dem immer noch völlig verdatterten Lund wieder auf die Beine und zog ihn dann mit sich in die Nähe der Männer, damit sie hören konnten, was besprochen wurde. Finn verlor kein Wort über Lunds kleinen Ausbruch. Er hatte das Gefühl, es war ihm schon peinlich genug und auch Neppi, der sich zu ihnen setzte, hielt sich merkwürdigerweise in dieser Hinsicht zurück. Vermutlich erinnerte er sich noch gut daran, wie wütend Finn geworden war, als er Lund das letzte Mal geärgert hatte.

So saßen sie schweigend und verfolgten die Diskussionen der Männer. Es ging hin und her. Pläne wurden entwickelt und wieder verworfen. Es gab Uneinigkeiten und Streitereien, aber zumindest über eins war man sich einig: Niemand hatte vor in der Nacht, während die Kobolde schliefen mit dem ganzen Trupp das Lager zu durchqueren. Das war einfach zu gefährlich, Kobolde hatten ziemlich gute Ohren. Ein einziges Geräusch und der ganze Trupp wäre enttarnt und plötzlich umzingelt. Also brauchte man eine List, um an ihnen vorbei zu kommen. Die Frage war, was konnte ein Kleinling, was ein Kobold nicht konnte: zum Beispiel schwimmen. Kobolde hassten Wasser, deshalb stanken sie auch so. Kleinlinge hingegen hatten nichts gegen Wasser und lernten schon als Kinder in den wohnhöhleneigenen Waschzubern schwimmen. Natürlich kamen die meisten nie in einen wirklichen See, aber sie konnten sich im Notfall zumindest über Wasser halten. Leider brachte ihnen dieses Können im Moment keinen Vorteil, es war ja kein See in der Nähe. Also grübelten die Männer weiter. Nach einiger Zeit meldete sich der dicke Glomm zu Wort und gab zu bedenken, dass Kobolde nicht besonders schnell laufen können, weil sie so krumme, kurze Beine haben. Rotbart fiel ihm daraufhin, kaum dass er diese Überlegung beendet hatte, ins Wort und meinte kopfschüttelnd: »Das nützt uns aber nichts, weil die Viecher fünfmal so groß sind wie wir. Du musst bedenken, dass wir fünf Schritte machen und sie nur einen für den gleichen Weg.«

Die anderen Männer stimmten ihm murmelnd zu und versanken dann wieder in tiefes Grübeln.

Schließlich hatte Rumbolt genug und unterbrach das Schweigen: »So kommen wir nicht weiter. Bis jetzt ist uns nichts Brauchbares eingefallen. Savall, du warst schon dort, beschreib uns noch einmal ganz genau, wie es da aussieht. Jeden Grashalm von mir aus. Vielleicht bringt uns das auf eine Idee.«

Savall, der sofort wieder dieses leicht zerknirschte und verschämte Aussehen bekam, wie immer wenn er vor vielen Leuten sprechen musste, begann stotternd zu erzählen: »Also ich ppppirschte mich vvvorsichtig durch die letzte Grashalmreihe und stand ppplötzlich vor dem hässlichen, narbigen Bein eines Kobolds. Zzzum Glück stand er mit dem Rücken zu mir und stritt sich mmmmit zzzzwei Kumkumkumpanen um eine Eidechse, deshalb konnte ich mich schnell wieder verstecken.«

»Ja, Savall«, sagte Rumbolt ungeduldig, »das wissen wir

doch schon alles. Ich will hören, wie es dort aussieht. Womit wir rechnen können.«

»Aaaach ssso«, brummte Savall. »Sie rasten ddddirekt am Waldrand. Dort sind keine Blumen mehr, nur hohes Gras und selbst das hört einige Meter vor ihrem Lagerplatz auf. Da kann man sich nicht ververstecken. Da wo sie rasten, ist nur trockenes Laub auf dem Boden, das würde knistern, wenn man dddrauftttritt. Schlau von denen direkt unter den ersten Bäumen ihr Lager aufzuschlagen. Es sind gggroße Bäume. Ihre Äste ragen bis über die Wiese. Ich denke, ...« Doch weiter kam er nicht.

Ein lautes: »HA!« unterbrach ihn. Lund war zu aller Überraschung aufgesprungen und sah aus, als hätte er den leckersten Nachtisch der Welt gefunden.

»Was ist los, Lund?«, fragte Rumbolt, nicht ganz sicher, ob Lund vorhatte, wieder durchzudrehen.

»Ich weiß es!«, rief Lund glücklich. »Ich weiß, was Kobolde nicht können, aber Kleinlinge schon. Sie können nicht klettern. Sie sind zu schwer und zu ungelenkig, und außerdem fürchten sie die Höhe. Das haben wir in der Schule gelernt. Dort sind Bäume und ihre Äste ragen über die Wiese, wenn wir da rankämen ...«

Rumbolt hatte während Lunds Ausführungen immer größere Augen bekommen. Jetzt sprang er jubelnd auf, packte Lund, wirbelte ihn im Kreis und rief: »Du bist ein Genie, Lund. In dir steckt doch mehr, als man vermutet. Das ist die Idee, die Lösung unseres Problems, und ich weiß auch schon, wie wir es anstellen.«

Er setzte Lund, der über das ganze Gesicht strahlte wie der glücklichste Kleinling der Welt, schwungvoll wieder auf dem Boden ab. Dann begann er sofort herumzulaufen, alle aufzuscheuchen und dutzende von Anweisungen zu rufen. Im Nu war der ganze Trupp startklar, und eine extra damit beauftragte Gruppe von Männern begann bereits im Gehen damit, die Seile, die sie dabeihatten, aneinander zu knoten. Rumbolt führte sie an und gab ein so schnelles Tempo vor, dass sie fast rennen mussten. Jetzt, wo er wieder ein konkretes Ziel vor

Augen hatte, war er nicht mehr aufzuhalten. Lund war das im Moment egal, er fühlte sich als Held des Tages und schwebte wie auf Wolken. Die ganze Zeit grinste er von einem Ohr zum anderen.

Finn gönnte es ihm von Herzen. Das war genau die Bestätigung, die Lund so nötig brauchte, und die ihn vielleicht in Zukunft so selbstbewusst machen würde, dass er sich von Typen wie Neppi nicht mehr so leicht ärgern ließ. Finn stellte ohnehin fest, dass Neppi ungewöhnlich schweigsam war. Normalerweise kommentierte er alles. Er konnte gar nicht anders, als zu allem seine Meinung sagen, aber zu Lunds guter Idee hatte er kein Sterbenswörtchen verloren. Er trottete schweigsam neben ihnen her. Finn überlegte, ob er ihn fragen sollte, was los sei, aber dann dachte er sich, dass Neppi es wahrscheinlich nicht sagen würde, und wenn doch, hätte es vermutlich mit Lund zu tun und könnte dessen momentane Freude zerstören. Das wollte Finn auf keinen Fall. Dies war jetzt Lunds Augenblick und Neppi, was auch immer er dagegen hatte, musste bis später warten.

Savall, der gerade von einem Erkundungsgang zurückkehrte, meldete, dass sie jetzt nah bei dem Ast seien, der am weitesten in die Wiese hineinragte. Finn war froh darüber, da es mittlerweile schon dämmerig war, und er vermutete, dass die Nachttiere nicht mehr lange auf sich warten ließen. Er wollte nicht gerne an einem Seil über der Wiese baumeln, wenn eine Schar Fledermäuse vorbeiflog. Rumbolt schien ähnliche Gedanken zu haben, er erhöhte das Tempo, so dass sie jetzt fast über die Wiese rannten. Savall führte sie zielsicher in Richtung des Astes, den er ausgesucht hatte. Finn fand es merkwürdig, wie mutig Savall auf der einen Seite war und wie ängstlich wiederum auf der anderen. Er lief allein im Halbdunkel durch diese Wiese voraus, um ihnen den Weg zu erkunden. Er observierte sogar ein Koboldlager, aber dann bekam er es hinterher nicht fertig, davon zu berichten, ohne rot zu werden, fast im Boden zu versinken und vor sich hin zu stottern. Das war für Finn völlig unverständlich und er dachte: ›Wenn Savall nur ein bisschen besser reden könnte, dann wäre er ideal als Jagdgruppenführer. Dann würde ihn auch keiner mehr auslachen. Er ist genauso furchtlos wie Rumbolt und mindestens genauso gut im Spurenlesen. Nur leider kann er niemanden davon überzeugen.‹

In diesem Moment zischte Rumbolt leise: »Halt, wir sind da«, und alle blieben stehen.

Mit seinem Zeigefinger über den Lippen bedeutete Rumbolt ihnen, dass sie leise sein sollten, weil das Koboldlager ganz in der Nähe sein musste. Finn sah nach oben. Im letzten schwachen Tageslicht erblickte er einen einzelnen Ast, der sich schwarz vor dem helleren Himmel abhob. Ihm wurde schon schwindelig vom Hinschauen, aber Rumbolt und seine Männer ließen sich nicht aus der Ruhe bringen. Das Seil war inzwischen fertig und schien auch lang genug zu sein. Vorne befestigte Rumbolt eins ihrer Wurfgeschosse. Eine Art Metallstern mit vielen Spitzen. Er schickte seine zwei besten Werfer damit los, sich in die richtige Position für einen so hohen Wurf zu stellen. Dann duckten sich alle auf den Boden und schützten ihre Köpfe mit den Armen, für den Fall, dass die Werfer doch nicht so gut waren und das Ziel verfehlten.

Schon kurze Zeit später sauste etwas mit leisem Pfeifen durch die Luft. Finn sah nach oben und konnte gerade noch erkennen, wie der Stern knapp unter dem Ast vorbeisauste und irgendwo in der Wiese mit einem leisen Plong zu Boden fiel. Rumbolt gab einen Laut der Enttäuschung von sich. Dann hörten sie es rascheln. Die Werfer zogen den Stern durch die Wiese zu sich zurück, um einen zweiten Versuch zu wagen. Wieder ein kurzes Abwarten, dann ein Zischen und wieder ein leises Plong in einiger Entfernung. Diesmal hatte Finn nicht schnell genug den Kopf gehoben, um zu sehen, wie der Stern den Ast verfehlte. Unverdrossen schritten die Werfer zum dritten Anlauf, und es dauerte nicht lange, bis wieder etwas durch die Luft sauste.

Finn hatte diesmal die ganze Zeit nach oben geguckt, um den Stern zu sehen und verpasste daher nicht den Augenblick ihres Erfolges. Das Geschoss flog diesmal höher und kam knapp über den Ast. Finn jubelte innerlich. Mitten im Flug wurde der Stern abrupt gestoppt, da die beiden Werfer ja noch das Seil festhielten. Dadurch wurde er zurückgerissen und kreiste in immer schneller werdenden Drehungen rund um den Ast, bis er das Stück Seil, an dem er hing, völlig aufgewickelt hatte. Dann bohrten sich die Spitzen des Sterns mit der Wucht seines Schwunges in den Ast und verankerten das Seil. Die Kleinlinge führten stumme Freudentänze auf und ließen die Werfer geräuschlos hochleben. Rumbolt zog ein paarmal mit kritischem Blick so stark er konnte an dem Seil, doch es hielt.

Damit hatten sie die erste Schwierigkeit gemeistert. Nun kam die zweite, nämlich leise mit all ihren Rucksäcken und Gepäckstücken einzeln an dem Seil nach oben zu klettern. Rumbolt bestimmte einen der Männer mit Namen Hinfried, einen drahtig und stark aussehenden Burschen mit braunem Zottelhaar, als erster hinaufzuklettern. Hinfried war in Finns Augen das Idealbild eines Jägers. Er wirkte so wild und ungestüm, dass vermutlich jedes Tier sich gleich ergab, wenn es ihn nur sah. Im Grunde hatte er etwas von einem Tier. Außerdem war Hinfried eindeutig völlig furchtlos. Während Finn nur vom Hochsehen schon innerlich vor Panik zu flattern begann, wie ein aufgescheuchter Vogel, salutierte Hinfried nur einmal lässig in Richtung Rumbolt, packte dann das Seil mit beiden Händen und zog sich entschlossen daran hinauf. Je höher er kam, umso beträchtlicher schwang das Seil im leichten Wind. Von unten starrten ihm dutzende Augenpaare teilweise ängstlich, teilweise gespannt hinterher. Alle hielten den Atem an, es war mucksmäuschen still.

Hinfried hatte etwa die Hälfte des Seiles geschafft, als eine starke Windböe ihn erfasste und mitsamt dem Tau hin und her wehte. Unten schlugen die Kleinlinge entsetzt die Hände vor den Mund. Sie erwarteten jeden Moment, dass er fallen würde. Doch Hinfried klammerte sich eisern fest und wartete ab, bis das Seil wieder zur Ruhe gekommen war. Die Männer hielten es jetzt von unten so gut sie konnten, damit der Wind es nicht mehr so leicht bewegte. Trotzdem wackelte es noch bedenklich, und Finn grauste es bei dem Gedanken, dass er in wenigen Augenblicken selbst daran hinaufsteigen würde. Hinfried war jetzt fast oben angelangt. Noch ein paar Mal griff er kräftig zu und zog sich schließlich am Ast hoch. Dort angekommen setzte er sich breitbeinig hin und winkte herunter, um zu signalisieren, dass der Nächste kommen sollte. Rumbolt schickte die Kleinlingmänner nacheinander am Seil hinauf. Manche schafften es sehr schnell, andere, die weniger gut trainiert waren, mussten sich mühsam und im Schneckentempo hinaufquälen.

Neppi, den Rumbolt als einen der Ersten hinaufschickte, wirkte direkt glücklich und voller Vorfreude. Er schulterte seinen Rucksack, grinste Finn und Lund breit an und begann hinaufzuklettern. Er legte ein beeindruckendes Tempo vor, so, als wollte er allen beweisen, wie leicht ihm das fiel. Auf der Hälfte begann er sogar, sich absichtlich mit dem Seil zu drehen, und sie hörten ihn leise jauchzen. Rumbolt fluchte über diesen »unvernünftigen Kerl«, aber er konnte auch ein leichtes Schmunzeln nicht verbergen.

Schließlich war Finn an der Reihe. Rumbolt zeigte nur kurz auf ihn und dann auf das Seil. Finn schluckte schwer. Er hatte plötzlich das Gefühl, sein Hals wäre ganz dick und er könnte nicht atmen. Langsam ging er auf das Seil zu. Er überlegte kurz, ob er sich weigern sollte da hinaufzusteigen, aber was würde das schon für einen Sinn machen? Er konnte schließlich nicht allein hier bleiben, und außerdem wollte er sich nicht vor dem ganzen Trupp als Feigling hinstellen.

Finn griff nach dem Seil. Es fühlte sich grob und kratzig an. Er bezweifelte, dass seine Hände noch unverletzt sein würden, wenn er oben ankam. Vorausgesetzt, er kam überhaupt an und stürzte nicht auf der Hälfte ab. Finn nahm all seinen Mut zusammen und begann, sich hochzuziehen. Er verlor den Boden unter seinen Füßen und hing nur noch an seinen Armen und diesem Seil, das ihm in die Handflächen schnitt. Er versuchte, so kraftvoll zu ziehen, wie er konnte, um es schnell hinter sich zu bringen. Schon verließ er die Ebene der Grashalme und war jetzt fast so hoch wie die größten Blumen. Leider konnte er nicht mehr viel von der Wiese sehen, da es mittlerweile schon ziemlich dunkel war. Deshalb mussten sie sich auch so beeilen, es wurde immer gefährlicher, sich ohne Schutz und außerdem noch weithin sichtbar, hier draußen aufzuhalten.

Finn trat der Schweiß auf die Stirn. Er hatte erwartet, dass es anstrengend sein würde, aber es war noch viel schlimmer als das. Er hing etwa auf der Hälfte und hatte das Gefühl, seine Arme würden gleich abfallen. Sie zitterten bereits so sehr vor Anstrengung, dass er fürchtete, das Seil würde ihm entgleiten. Von oben hörte er jetzt leise Zurufe der Männer und natürlich Neppis, der versuchte, ihn anzufeuern. Finn nahm seinen ganzen Willen zusammen und kletterte weiter. Stück für Stück kam der Ast näher. Finn sah hinauf und konnte schon Neppis Gesicht und seinen ausgestreckten Arm erkennen. Er zwang sich verbissen, nicht loszulassen. Sein Rucksack zog ihn hinunter und seine Arme waren mittlerweile schwer wie Blei, aber er wusste auch, dass er tot sein würde, wenn er jetzt aufgab, einen Sturz aus dieser Höhe würde er wohl kaum überleben. Also kletterte er weiter, fest entschlossen nicht aufzugeben und auf einmal griffen viele Hände nach ihm und zogen ihn hinauf. Er hatte es geschafft.

Keuchend lag Finn auf dem Ast, ihm wurde fast schwarz vor Augen, jetzt wo der Druck nachließ. Neppi war über ihm und flüsterte: »He Finni, alles in Ordnung? Mann, ich hatte vielleicht Angst um dich. Für einen Moment dachte ich echt, du lässt los.«

Zu Finns Überraschung umarmte Neppi ihn erleichtert. Gleich darauf schien er sich für diesen spontanen Gefühlsausbruch zu schämen, ließ ihn wieder los und wechselte schnell das Thema: »Weißt du, Finn, was mir noch größere Sorgen macht? Lund! Der kommt doch nie hier herauf. Wenn du es schon fast nicht geschafft hast, wie soll er es dann schaffen? Aber es gibt keine Alternativen. Er kann ja nicht unten bleiben.«

Finn setzte sich auf. Er war so sehr mit sich und dem Seil beschäftigt gewesen, dass er gar nicht an Lund gedacht hatte. Der war noch immer unten mit Rumbolt, während ein Kleinling nach dem anderen hinaufkletterte. Finn machte sich große Sorgen. Er war sich nicht sicher, ob Rumbolt erkennen würde, dass Lund es nicht schaffen konnte. Wenn er ihn zwang hinaufzuklettern, würde das ein böses Ende nehmen. Finn fühlte sich hilflos, weil er keine Möglichkeit hatte, mit den unten Verbliebenen Kontakt aufzunehmen. Er konnte sie von so weit oben und bei der Dunkelheit im Gras noch nicht einmal sehen. Schließlich saß der ganze Trupp aufgereiht auf dem Ast. Sogar Amos war widerstrebend hinaufgestiegen, allerdings mit Glomm in seinem Rücken, der ihn die ganze Zeit vorwärts trieb.

Da er mit festgebundenen Händen nicht hätte klettern können, hatte Rumbolt entschieden, dass sie nun weit genug von Mommenheim entfernt waren, um ihm die Fesseln abzunehmen. Mit einem Fluchtversuch war vermutlich nicht mehr zu rechnen. Außerdem vermutete sowieso jeder, dass jemand wie Amos allein in der Wildnis nicht weit kommen würde. Scheinbar war er auch dieser Meinung. Er verhielt sich, nachdem er befreit war, zwar missmutig aber ruhig und machte keinen Gebrauch von seinen Zauberkräften, obwohl der Aufstieg für seine verletzte Schulter sichtlich eine Qual war.

Nur Rumbolt und Lund waren jetzt noch auf der Wiese. Neppi und Finn spähten aufgeregt nach unten in die Dunkelheit, aber es war nichts zu erkennen. Plötzlich erzitterte das Seil, jemand schien hinaufzuklettern. Sie warteten ungeduldig. Nach kurzer Zeit konnte man eine schemenhafte Gestalt aus dem Gras auftauchen sehen. Finn strengte seine Augen an und erkannte Rumbolt. Neppi neben ihm sagte besorgt: »Mist, da ist Rumbolt, aber wo ist Lund? Hat er ihn etwa zurückgelassen? Stell dir vor, Lund hat wieder Panik gekriegt, so wie heute Nachmittag. Meinst du, Rumbolt würde ihn dann da unten lassen? Vielleicht hat er sich geweigert zu klettern, das wäre jedenfalls gesunder Überlebensinstinkt.«

»Nein«, antwortet Finn sofort, »das würde Rumbolt nicht tun. Rumbolt lässt keinen aus seinem Trupp zurück und sicher am allerwenigsten einen von uns. Der muss irgendeinen Plan haben.«

Einen kurzen Augenblick später erkannten sie den Plan, aus dem Gras tauchte noch eine Gestalt auf. Lund krabbelte schnaufend und prustend hinter Rumbolt her, und sie konnten auch sehen wieso. Beide waren durch ein Seil verbunden, das sie um ihre Hüften geknotet hatten. Vermutlich hoffte Rumbolt, dass Lund es schaffen würde, rechnete aber zumindest damit, dass er abstürzte und wollte ihn mit dem Seil sichern. Allerdings fand Finn es fraglich, ob dann nicht vielleicht beide hinabgerissen würden. Seine Sorge teilten augenscheinlich die meisten der Männer. Als sie begriffen, was Rumbolt vorhatte, gerieten sie in helle Aufregung. Der mutige Hinfried war sofort zur Stelle. Er ließ sich am Ast runter und packte das Seil mit beiden Händen. Die anderen Kleinlinge hielten ihn an den Füßen fest und bildeten eine Kette, dann zogen sie mit vereinten Kräften das Seil Stück für Stück hoch, um den Weg zu verkürzen, und es den beiden Kletterern leichter zu machen.

»Ob Rumbolt eine Vorstellung davon hat, wie schwer Lund ist?«, fragte Neppi zweifelnd. »Wenn der fällt, dann fallen sie beide, das sag ich dir, Finn.«

»Warte ab, Neppi. Rumbolt ist stärker, als du denkst, und die beiden werden sich schon was dabei gedacht haben«, entgegnete Finn.

Er sah noch immer wie gebannt nach unten und verfolgte, wie seine beiden Freunde Stück für Stück näher rückten. Die Kleinlingmänner gaben jetzt alles und zogen und zerrten das Seil hinauf, so schnell sie nur konnten, aber es schien nicht zu reichen. Ein Blick in Lunds rotes und abgekämpftes Gesicht zeigte Finn, dass es gleich vorbei war, und er loslassen würde. Finn und Neppi hielten den Atem an. Lund verdrehte förmlich die Augen vor Anstrengung, aber er klammerte sich noch immer tapfer fest. Rumbolt drehte sich jetzt zu ihm um und sagte etwas zu Lund, was sie nicht verstehen konnten. Daraufhin schüttelte Lund nur den Kopf, Rumbolt entgegnete wieder etwas, diesmal nickte Lund und hörte auf zu klettern. Rumbolt drehte sich wieder nach vorne und kletterte was das Zeug hielt, bis das Seil zwischen ihnen gespannt war. Jetzt verstand Finn. Sie mussten eine Abmachung haben, dass Lund, wenn er nicht mehr konnte, auf keinen Fall einfach losließ, sondern abwartete bis das Seil zwischen ihnen gespannt war, auf diese Weise konnte verhindert werden, dass Lund mit seinem ganzen Gewicht und ziemlich viel Schwung Rumbolt mitriss. Die beiden blieben still am Seil hängen und ließen sich von den Männern hinaufziehen. Lund hielt sich noch immer tapfer, aber kurz bevor sie in Reichweite des Astes waren, verließen ihn die Kräfte endgültig. Er ließ los und baumelt am Seil, das ihn mit Rumbolt verband. Dieser musste sich nun aus Leibeskräften festklammern, um sein eigenes und Lunds Gewicht zu halten und das nur mit seinen beiden Armen. Seine Männer holten alles aus sich heraus und mit jedem Zug kamen die beiden ein großes Stück höher. Neppi und Finn sprangen auf und ab vor Aufregung.

Schließlich war Rumbolt hoch genug, so dass Hinfried, der noch immer kopfüber am Ast hinunterhing, ihn greifen konnte. Er packte Rumbolt fest an den Armen und zog ihn soweit hinauf, dass die anderen ihn zu fassen bekamen, dann hielt er schnell das Seil fest, an dem Lund noch immer baumelte, und während einige Männer den völlig erschöpften Rumbolt auf den Ast legten, zogen die restlichen mit vereinten Kräften Lund herauf. Alle waren ziemlich erledigt, als die beiden endlich oben waren, aber es blieb keine Zeit, sich auszuruhen, so hoch und weithin sichtbar über der Wiese waren die Kleinlinge noch immer in Gefahr. Kurzerhand wurde Lund geschultert, weil er außerstande war, sich noch selbst zu bewegen und der ganze Trupp lief über den Ast in Richtung Stamm. Viele kleine, schwarze Gestalten vor einem mittlerweile großen weißen Vollmond.

Je weiter sie kamen, umso lauter waren die eindeutigen Schnarchgeräusche zu hören, und als sie die Mitte des Baumes erreichten, konnten sie auch die dazugehörigen Gestalten erkennen. Finn schauderte. Es war das erste Mal, dass er Kobolde sah, und sie waren noch hässlicher und gruseliger, als er sie sich je hätte vorstellen können. Finn sah drei von ihnen durch die Blätter der Baumkrone hindurch auf dem Boden liegen, aber dem Schnarchen nach zu urteilen, mussten rund um den Baumstamm noch mehr schlafen.

Die drei, die er sah, lagen auf einem Haufen und waren völlig ineinander verknotet, so als hätten sie miteinander gekämpft und wären dabei eingeschlafen. Vermutlich war das nichts Ungewöhnliches für Kobolde, schließlich galten sie allgemein als sehr streitlustig. Einer der drei hatte den Mund sperrangelweit offen und nach oben gereckt, so dass Finn direkt in sein spitzzähniges Maul blickte. In so etwas wollte er wirklich niemals landen. Allein wenn er die schwarzen, langen Krallen und diese giftgrüne narbige Haut sah, wurde ihm übel. Kleinlinge waren auch grün, aber sie waren braungrün, eine sanfte Farbe wie bemooste Bäume. Diese Kobolde wirkten überhaupt nicht sanft, sogar wenn sie schliefen, waren ihre Gesichter zu boshaften Grimassen verzerrt, und einer der drei schlug ständig um sich, als wäre er im Traum schon wieder in einen Kampf verstrickt. Selbst Neppi, der neben Finn durch die Blätter nach unten lugte, schluckte merklich beim Anblick der scheußlichen Wesen. Glücklicherweise blieb ihnen keine Zeit mehr, zu gucken und sich zu gruseln, die Männer drängten zur Eile. Sie unterhielten sich auf dem Baum nur noch in Zeichensprache. Obwohl sie so hoch oben vor den Kobolden halbwegs in Sicherheit waren, wollten sie sie doch nicht aufwecken und auf ihre Fährte locken. Schließlich mussten sie ja irgendwann wieder runter von den Bäumen.

Sie balancierten im Gänsemarsch über die Äste, bis sie einen gefunden hatten, der hinüber auf den Nachbarbaum führte. Er wurde zwar am Ende relativ dünn, aber für die Kleinlinge war es noch möglich auf ihm zu laufen. Einer nach dem andern hangelte sich hinüber auf den Ast des anderen Baumes. Von dort marschierten sie weiter bis zum Stamm.

Langsam aber sicher entkamen sie der Reichweite der Kobolde, und Finn traute sich wieder, tiefer zu atmen. Lund, der noch immer von einem Kleinlingmann auf den Schultern getragen wurde, schlief erschöpft, und Finn war froh, dass er die Kobolde nicht gesehen hatte. Er war sicher, dass das Lund in eine ernste Krise gestürzt hätte. So schlief er friedlich und erholte sich von den Strapazen des heutigen Abends. Rumbolt dagegen war seine Erschöpfung kaum anzusehen. Er hielt unermüdlich Ausschau nach einem geeigneten Rastplatz für die Nacht, der sich natürlich angesichts der Gefahr, die nur einige Meter hinter ihnen lag, auf einem Baum befinden musste. Bäume wiederum waren Schlafplätze von Eulen, also musste man auch hier sehr vorsichtig sein.

Nach längerem rauf und runter klettern, fanden sie tatsächlich in ziemlicher Höhe eine alte und augenscheinlich verlassene Baumhöhle. Für eine Eule wäre sie zu klein, und Rumbolt vermutete, dass sie einmal einem Specht oder Eichhörnchen gehört hatte. Auf jeden Fall war sie ein ideal geschützter Lagerplatz. Rumbolt und drei seiner Männer inspizierten das Innere der Höhle, um auszuschließen, dass es überraschende Bewohner gab, aber das Baumloch war leer, und so konnte der ganze Trupp einziehen. Vor den Eingang wurden wieder Decken gehängt und schon nach kurzer Zeit war alles verstaut. Die meisten Männer legten sich nach diesem harten Tag gleich auf ihr Lager und schliefen ein. Lund würde sich wohl ganz schön wundern, wenn er morgen die Augen aufmachte und sah, wo er sich befand. Selbst Neppi war müde und legte sich gleich schlafen, nachdem er Finn gute Nacht gesagt hatte. Dieser hatte die Höhle bis jetzt noch nicht betreten. Er saß draußen auf einem Ast und blickte zu den Sternen hinauf. Bei all den Strapazen hatte er noch keine Gelegenheit gehabt, sie richtig zu betrachten und in der letzten Nacht war der Himmel vom Blätterdach der Bäume verdeckt gewesen. Hier aber, hoch oben, schien es nichts zu geben, außer Finn und diesem unglaublich weiten Sternenhimmel.

Er hatte keine Lust, in die Höhle zu gehen, da drinnen erschien es ihm dunkel und eng. Hier draußen fühlte er sich so frei und lebendig, wie das in Mommenheim nur selten der Fall gewesen war. Finn konnte sich kaum sattsehen an den Sternen und dem riesigen, gelben Mond, der hoch über ihm stand. Der Nachthimmel war das Schönste, was er in seinem bisherigen Leben gesehen hatte. Am Tag war der blaue, riesige

Himmel schon faszinierend, aber das war gar nichts gegen den Himmel in der Nacht. Er erschien Finn weiter und größer als alles bisher Gekannte. Eine große, schwarze Kuppel, an der überall glänzende Sternenlichter aufgehängt waren. Er wünschte sich, einen dieser Sterne berühren zu können. Am liebsten würde er fliegen wie eine Eule, um über diesen weiten Nachthimmel zu segeln. Er würde einen der Sterne vom Himmel pflücken und seiner Mutter mitbringen. Das wäre ein noch schöneres Geschenk, als eine der bunten Blumen von der Wiese, und außerdem fand Finn, dass seine Mutter dieses Wunder auch sehen sollte. Sie hatte Mommenheim nie verlassen und vermutlich würde sie es auch nie tun. Dafür würde Finn ihr eben ein Stück von der wundervollen Welt hier draußen mitbringen. Finn seufzte, leider war er kein Vogel. Da hörte er hinter sich eine Stimme: »Na Finn, gar nicht müde nach diesem langen Tag?«

Rumbolt war hinter ihn getreten, ohne dass er es bemerkt hatte. Finn antwortete versonnen, ohne den Blick vom Himmel zu nehmen: »Doch, ich bin schon müde, aber ich glaube, ich könnte trotzdem die ganze Nacht über hier sitzen und nach oben sehen. Es ist so wunderschön, so unglaublich groß und so verzaubernd. Ich liebe das Glitzern der Sterne und das Leuchten des Mondes auf diesem schwarzen Himmel. Ich weiß auch nicht, wieso es mich so gefangen hält, aber ich bedaure jeden, der das nie gesehen hat. Ich bedaure jeden Mommenheimer, jeden einzelnen von ihnen, der diese Höhlenwelt nie verlassen wird. Dort unten gibt es keine Sterne, nur Bilder von Sternen, Bilder von Blumen, Bilder von Bäumen, selbst Bilder von Kobolden, aber ich sage dir, jeder Kobold ist mir mittlerweile lieber als diese Bilderwelt. Sie können nicht malen, wie diese Sterne glitzern und wie gut die Luft hier draußen riecht und auch nicht dieses Gefühl unendlicher Freiheit, das ich empfinde. Wirklich, ich bedaure sie.« Er seufzte tief und reckte den Hals, um gerade nach oben zum runden Mond zu blicken.

Rumbolt hinter ihm sah ebenfalls zum Himmel und sagte leise: »Mir geht es ähnlich wie dir, Finn, aber die Mommenheimer fühlen sich sicher in ihrer Höhlenwelt. Weißt du, ein Bild von einer Blume ist zwar nicht echt, aber trotzdem schön anzusehen und ein Bild von einem Kobold ist zwar schauerlich, aber es kann dich nicht töten. Das ist für sie eindeutig ein Beweis, dass es besser ist, dort unten zu bleiben.«

Finn schüttelte nur nachdenklich den Kopf, dann betrachteten sie noch eine Weile schweigend den Sternenhimmel, bis Rumbolt sagte: »So Finn, jetzt ist es genug. Es ist spät und du musst schlafen. Morgen geht es früh weiter. Keine Sorge, es gibt jede Nacht wieder einen Sternenhimmel. Für heute ist Schlafenszeit.«

Etwas widerstrebend erhob sich Finn und folgte Rumbolt in das Baumloch. Er warf einen letzten wehmütigen Blick zum Himmel, bevor er eintrat und die Decke vor den Eingang zog. Drinnen war es dunkel und ziemlich stickig. Finn seufzte tief, sagte Rumbolt gute Nacht und legte sich zu Lund und Neppi, die schon fest schliefen. Er hatte vor lauter Faszination nicht gemerkt, wie müde er war. Kaum hatte sein Kopf das Blätterkissen berührt, da schlief er auch schon.

## 4

Weit entfernt, hinter den Kobolden, hinter der Wiese, tief im Wald unter der Erde saß Luna in ihrer Wohnhöhle am Küchentisch. Sie hatte den Kopf in die Hände gestützt und ihr langes schwarzes Haar verhüllte ihr Gesicht. Zwischen ihren beiden aufgestützten Armen auf dem Tisch lag ein vom vielen Lesen und Berühren völlig verknitterter Zettel. Seine Schrift wies an einigen Stellen Verwischungen auf, Spuren unzähliger Tränen, die auf ihn getropft waren. Luna löste ihren Blick von der letzten Nachricht ihres Sohnes und hob den Kopf. Ihr Gesicht war grau, es schien in den letzten zwei Tagen um Jahre gealtert zu sein. Ihr Blick war starr, ihre Miene ausdruckslos, aber in ihr war alles in Aufruhr und kam nicht zur Ruhe. Sie hatte vom Verschwinden der Jäger gehört, noch bevor sie wusste, dass Finn bei ihnen war, aber sie hatte sofort eine böse

Vorahnung gehabt. Sie war im Zentrum gewesen mit ihrer Freundin Mari, der Mutter von Neppi. Die beiden waren einkaufen, als plötzlich der Alarm losging. Dutzende von Ordnern stürmten, laut auf Asselrücken trommelnd, von allen Seiten ins Zentrum. Überall in Mommenheim hörte man sie. Sie riefen die Bewohner zusammen und fast alle kamen neugierig gelaufen. Als das Zentrum schließlich fast überquoll vor Kleinlingen trat Rachus aus dem Tor der Versammlungshöhle, das extra für ihn von fünf Ordnern mühsam geöffnet wurde, als könnte er nicht einfach die kleine Tür benutzen. Luna fand es übertrieben und witzelte mit Mari darüber. Rachus trug einen langen roten Mantel aus Eichhörnchenfell und einen geschwungenen Holzstab, mit dem er auf den Boden klopfte, um für Ruhe unter den aufgeregt schnatternden Kleinlingen zu sorgen. Er räusperte sich und begann mit sorgenvoller Miene seine Ansprache: »Verehrte Mitmommenheimer, ich habe euch eine schreckliche Mitteilung zu machen.«

Er ließ eine lange Pause, bis die Spannung in der großen Höhle ihren Höhepunkt erreicht hatte, dann schmetterte er aus voller Brust: »Wir sind verraten worden.«

Es ging ein Raunen durch die Menge und Rachus fuhr fort: »Von unseren eigenen Leuten.«

Diesmal brach geradezu ein Tumult aus. Der Gemüsehändler, bei dem Luna eben noch eine Brombeere hatte kaufen wollen, sprang auf seinen Gemüsetisch und brüllte: »Wer sind die Mistkerle?«

Viele schlossen sich ihm an. Rachus musste erneut für Ruhe sorgen, dann begann er, mit Grabesstimme zu erzählen: »Es sind viele unserer Jäger, Spurenleser und tapfersten Männer. Die, auf die wir uns immer verlassen haben. Sie haben sich in aller Heimlichkeit aus Mommenheim hinausgeschlichen. Ich vermute, um sich den Feinden anzuschließen. Sie haben einen Ordner eingesperrt, damit er die Tür nicht bewachen konnte, und sie haben zudem noch unseren letzten ausgebildeten Magischen, Amos, entführt. Vielleicht um ihn den Ungeheuern, die ihn das letzte Mal nicht erwischt haben, zum Geschenk zu machen. Und nun das Schlimmste, meine Freunde, ihr Anführer ist einer, zu dem wir alle aufgesehen haben, den wir als Held verehrt haben. Es ist der große Rumbolt. Er, dem wir alles gegeben haben, unsere Freundschaft und unser Vertrauen, hat uns schmählich verraten.«

Mit einer Miene der Enttäuschung ließ Rachus betrübt den Kopf sinken. Er konnte sowieso nichts mehr sagen, der Tumult, den seine letzten Worte auslösten, war unbeschreiblich. Überall schimpften und brüllten wütende Kleinlinge. Es kam sogar zu Prügeleien.

Luna bekam von all dem nichts mehr mit. Sie hatte gleich nach dem Ende von Rachus' Rede ihre Freundin stehen lassen und war wie der Teufel durch die leergefegten Gänge nach Hause gerannt. Sie ahnte nichts Gutes. Sie kannte die Begeisterung ihres Sohnes für die Oberwelt, aber rational glaubte sie zu diesem Zeitpunkt natürlich nicht, dass er es wagen würde abzuhauen. Sie hatte einfach nur ein sehr mulmiges Gefühl und wollte so schnell wie möglich nach Hause zu Finn.

Als sie dort ankam, hielt sie vor der Tür kurz inne und lauschte, ob von drinnen ein Geräusch zu hören war, doch alles war still. Sie ging hinein und rief schon auf der Türschwelle nach ihrem Sohn, aber bekam keine Antwort. Mit schnellen Schritten lief sie den Flur hinunter in sein Zimmer und riss die Tür auf, doch drinnen war kein Finn. Nur ziemlich viele Sachen lagen verstreut auf dem Bett und dem Fußboden herum. Luna fühlte, wie eine uralte Angst in ihr hoch kroch. Sie hatte kalten Schweiß auf der Stirn, und in ihrem Magen war ein flaues Gefühl. Sie atmete tief und bewusst ruhig und schallt sich innerlich ein närrisches Weib. Vermutlich war Finn mit seinen Freunden unterwegs. Wieso sollte der Junge auch tagsüber hier zu Hause herumsitzen? Das tat er auch sonst nicht. Unordnung in seinem Zimmer war auch nichts Neues. Er würde heute Abend pünktlich wieder da sein, wie fast immer und alles andere waren dumme Fantasien.

So, innerlich wieder aufgerichtet, verließ Luna Finns Zimmer und ging in die Küche, um sich etwas zu essen zu machen. Sie hoffte, das würde gegen das flaue Gefühl im Magen helfen. Doch als sie die Küche betrat, fiel ihr Blick sofort auf etwas

Ungewöhnliches. Ein Zettel auf dem Tisch, den sie nicht geschrieben hatte. Sie ging darauf zu und erkannte schon von weitem Finns Handschrift. Mit zitternden Fingern nahm sie das Papier in die Hand und las. Einen Augenblick später sackte sie in sich zusammen, als trügen ihre Beine sie nicht mehr. Sie landete auf dem kalten Küchenfußboden und blieb dort regungslos sitzen. Nur die Tränen liefen ihr unaufhörlich in leisen Bächen die Wangen hinunter.

Sie saß dort, bis es spät abends an der Tür klopfte. Zuerst wollte sie nicht hingehen. Sie wusste, dass es nicht Finn sein konnte und jemand anderes wollte sie nicht sehen. Trotzdem gewann schließlich ein letztes Fünkchen Hoffnung, es könnte doch ihr Sohn sein, die Oberhand und ließ sie aufstehen und zur Tür gehen. Sie öffnete, aber vor der Tür stand natürlich nicht Finn. Es war Lunds Mutter, die Lund suchte. Als sie Lunas Zustand sah, geriet sie völlig aus dem Häuschen. Sie nahm sie bei der Hand und zog sie in die Wohnhöhle, um zu erfahren, was geschehen war. Nach einiger Zeit tauchte schließlich auch Mari auf, die schon bei Lunds Eltern nach Neppi gesucht hatte und jetzt vermutete, er wäre noch bei Finn.

So stellten die Frauen schnell fest, dass ihre Söhne tatsächlich zusammen waren, allerdings ziemlich weit entfernt. Alle drei waren schockiert. Lunds Mutter weinte und wehklagte die ganze Zeit um ihr armes Baby. Ihre größte Sorge schien zu sein, er könnte verhungern, einen Sonnenstich kriegen oder sich überanstrengen. Luna war wie weggetreten, in ihrem Kopf kreisten alle Gedanken nur um ihren Mann und was ihm passiert war. Sie hörte schon die Nachricht, dass ihr Sohn jetzt auch noch verschwunden war. Neppis Mutter, die sich trotz aller Sorge um ihren Sohn, einen klaren Kopf bewahrt hatte, entschied, dass Luna jetzt auf keinen Fall allein bleiben konnte. Sie erinnerte sich nur zu gut an Lunas Zusammenbruch, nachdem ihr Mann verschwunden war. Sie nahm sie kurzerhand mit zu sich nach Hause.

Dort verbrachte Luna die Nacht und auch noch den nächsten Tag. Erst als sie sich soweit wieder gefasst hatte, dass

Neppis Mutter der Meinung war, sie würde wohl nichts Dummes mehr anstellen, ließ sie Luna nach Hause gehen.

Da saß Luna jetzt an ihrem Küchentisch und brütete über Finns letzter Nachricht. Ihr Sohn galt mittlerweile, wie auch alle anderen, die verschwunden waren, als Verbrecher. Rachus hatte überall Steckbriefe der vermeintlichen Verräter aufhängen lassen und ihre gemalten Gesichter starrten den Mommenheimern von jeder Wand entgegen. Das allerdings berührte Luna nicht so sehr, sie wusste, dass Finn kein Verräter war und auch keiner der anderen. Warum sie verschwunden waren stand schließlich in seinem Abschiedsbrief und außerdem wusste Luna, dass sowohl Finn als auch seine Freunde und Rumbolt nur Gutes im Sinn hatten. Das Problem war, vor lauter guter und hilfreicher Vorsätze schienen sie die Gefahr zu unterschätzen, in die sie sich begaben. Luna hatte erlebt, wie schnell ein ganzer Trupp guter und erfahrener Männer auf einen Schlag einfach verschwinden konnte. Wie groß waren dann die Chancen von drei unbedarften Jungen, die noch nie Mommenheim verlassen hatten. Sicher würden die Männer, mit denen sie reisten, auf sie aufpassen, aber Luna zweifelte, ob das reichte.

Sie machte sich so große Sorgen, dass sie das Gefühl hatte, verrückt zu werden und hinzu kam noch, dass sie sich auch Vorwürfe machte. Wenn Finn da draußen etwas zustieß, würde es auch ihre Schuld sein, schließlich könnte er sich verteidigen, wenn er über seine Fähigkeiten Bescheid wüsste. Sie dachte zum ersten Mal seit Jahren wieder an seine ungewöhnlichen Kräfte. Schon als er klein war, hätte er einem Fuchs mit Leichtigkeit das Fell verbrennen können, und sie schätzte, dass seine Kräfte seitdem noch um ein Vielfaches angewachsen waren. Nur leider waren diese Kräfte vollkommen untrainiert und verschüttet. Sie war sich sicher, dass Finn sich überhaupt nicht daran erinnerte, was er als Kind gekonnt hatte, und das war in dieser Situation ziemlich fatal.

Der mächtigste Magische, den es je in Mommenheim gegeben hatte, lief in der Oberwelt herum, ohne auch nur irgendetwas davon zu ahnen, was in ihm steckte – und das war ihre

Schuld. Ihr Sohn war in höchster Gefahr dort oben und konnte sich nicht wehren. Wieder begann sie zu weinen. Sie hatte seine Fähigkeit immer als Fluch betrachtet, der dazu führen konnte, dass man ihn ihr wegnahm, ausbildete und dann in der Oberwelt herumschickte wie seinen Vater. Das hatte sie um jeden Preis verhindern wollen und war dabei auch erfolgreich gewesen. Doch leider hatte Finn ihr getrotzt und war nun dort oben, bloß ohne den Schutz seiner Kräfte. Luna fluchte innerlich auf ihren dickköpfigen Sohn, der nicht tun konnte, was man ihm sagte, und gefälligst da blieb, wo er sicher war, aber eigentlich verfluchte sie eher sich selbst.

Sie saß noch eine ganze Weile so am Küchentisch, und quälte sich mit allerhand Vorstellungen, was Finn alles passieren könnte, bis sie schließlich so erschöpft war, dass sie gar nicht mehr denken konnte und niedergeschlagen zu Bett ging. Ihr letztes bisschen Verstand sagte ihr unentwegt, dass es nichts nützte, sich verrückt zu machen, dass sie nur abwarten konnte und hoffen, dass Finn gesund zurückkehrte. Sie versuchte sich damit, so gut es ging, zu beruhigen, aber so ganz konnte sich sich nicht überzeugen. Mit Tränen in den Augen schlief sie ein.

## 5

Die Frau in dem grünen Kleid tanzte auf der Nase des schlafenden Koboldes. Sie lachte und winkte Finn zu, der oben im Baum saß und ungläubig zu ihr hinunter blickte. Er wollte ihr erst zurufen, sie solle da verschwinden, der Kobold könnte aufwachen, doch dann fiel ihm ein, dass sein Geschrei sie ja erst recht in Gefahr brächte. Sie tanzte direkt über dem weit geöffneten Maul des Ungeheuers, und bei jedem seiner Atemzüge wehten ihr Rock und ihr Schleier hoch. Finn hatte wieder dieses Gefühl, dass er sie kannte. Er sah genauer hin. Auch das Kleid kam ihm so bekannt vor, und plötzlich dämmerte es ihm. Er konnte gar nicht verstehen, wieso er es nicht gleich gesehen hatte. Es war die schöne Magierin, und sie trug genau dasselbe Kleid wie an dem Tag, als sie entführt wurde. Sie musste sich befreit haben, wie konnte sie sonst hier im Wald herumtanzen. Auf der Wiese hatte er sie ja auch schon gesehen. Gerade als er sie erkannt hatte, ließ sie ihren grünen Schleier fallen, und er segelte im leichten Sommerwind davon, in den Wald hinein. Er wollte sie gerne rufen, aber das ging nicht wegen der Kobolde, dabei hatte er die ganze Zeit ihren Namen im Kopf und auf der Zunge, Luselda. Ein schöner Name fand Finn. Er fragte sich nur, wie sie so plötzlich hierher gekommen war.

Doch er hatte keine Zeit mehr, darüber nachzudenken, Luselda hatte jetzt ihren Tanz beendet und segelte leicht wie eine Feder von der Nase des Kobolds hinunter. Sie schwebte knapp über dem Boden, aber nicht in Finns Richtung in den Wald hinein, sondern an der Wiese entlang. Finn wollte ihr folgen. Er rannte über die Äste der Bäume hinter ihr her und versuchte, sie durch das Blattwerk im Auge zu behalten. Ihre leuchtend roten Haare waren dabei sehr hilfreich. Er schaffte es ein ganzes Stück, mit ihr Schritt zu halten. Rechts von ihm war die Wiese und links von ihm der Wald, doch irgendwann fand er keinen Ast mehr, der auf den nächsten Baum hinüberführte. Er rannte aufgeregt hin und her und suchte verzweifelt nach einem Übergang, aber er fand keinen. Er rief ihren Namen, immer wieder. Er rief, sie solle auf ihn warten, doch sie schwebte immer weiter und war schließlich hinter den nächsten Bäumen verschwunden.

Finn überlegte gerade, an welcher Stelle er am besten von dem Baum herunterklettern konnte, um ihr nachzurennen, da traf ihn plötzlich wie ein Schlag ein Bild in seinem Kopf. Er sah plötzlich blau, nur blau. Er sah waberndes blaues Wasser, er spürte Nässe und hörte eine Stimme in seinem Kopf zischen: »Wasser! Wasser! Der See, Finn. Um den See.«

Finn bekam Angst, er begann zu schreien und sich zu schütteln. Er konnte nichts sehen, überall war nur dieses Wasser. Es war nass und kalt. Er wand sich wie ein Aal und schlug um sich. Hände griffen aus dem Wasser nach ihm, sie wollten ihn hineinziehen. Er wehrte sich aus Leibeskräften, und plötzlich sah er Neppi über sich, der immer wieder eindringlich sagte: »Finn, wach auf, du hast einen Alptraum. Wach auf, Finn.«

Finn kam allmählich zur Besinnung und rappelte sich auf. Die Sonne schien durch die Lücken in den Decken. Er sah an sich hinunter und strich über seine nasse Kleidung. Er schien schweißgebadet zu sein, aber Neppi sagte gleich: »Äh, das mit dem Wasser war ich, Finn. Ich wollte dich wecken, konnte ja nicht ahnen, dass du gleich so durchdrehst. Was hast du bloß geträumt?«

»Luselda«, murmelte Finn abwesend, »wo ist sie bloß?«

»Hä?«, fragte Neppi verständnislos. »Wo ist wer?«

Finn sammelte sich: »Ähm, nichts. Ich weiß nicht mehr, was ich geträumt habe. Geht's es wieder weiter? Sogar Lund ist ja schon wach.«

»Ja, Finn, du solltest dich jetzt auch beeilen. Wir haben dich auf Anweisung von Rumbolt so lange schlafen lassen. Er meinte, du könntest das gebrauchen, aber jetzt sind so langsam alle startklar und es wird Zeit für dich.«

Finn rappelte sich seufzend auf. Er war noch ganz durcheinander von seinem Traum, und das er sich nicht daran erinnern konnte, war eine Lüge. Er hatte nur keine Lust, Neppi davon zu erzählen. Es war jetzt schon das zweite Mal, dass er von Luselda geträumt hatte, dabei kannte er sie ja kaum. Das war langsam wirklich merkwürdig. Und dann tanzte sie auch noch auf der Nase von so einem widerlichen Kobold.

»Der See, Finn«, zischte es wieder in seinem Kopf. Er erinnerte sich noch deutlich an die Stimme und erschauderte leicht. Schnell begann er seine Sachen zu packen, um sich davon abzulenken. Er wollte den Traum vergessen, es war ihm irgendwie unheimlich.

Als er schließlich aus der Baumhöhle ins helle Sonnenlicht trat, fühlte er sich besser und der Traum hatte seine Schrecken größtenteils verloren. Finn alberte wieder mit Neppi und Lund herum, während sich alle zu Rumbolts Tagesbesprechung versammelten. Rumbolt sah ausnahmsweise noch recht verschlafen aus. Die Anstrengungen des vorherigen Tages hatten ihren Tribut gefordert, und Finn fühlte sich zum ersten Mal daran erinnert, dass Rumbolt schon recht alt war für einen Truppführer. Eigentlich wohl auch zu alt für eine so anstrengende Mission, aber als er plötzlich anfing zu lächeln und dann seine Rede in gewohntem Tonfall begann, war dieser kurze Eindruck sofort wieder wie weggeblasen.

»Liebe Freunde, ich muss sagen, ich bin sehr zufrieden mit dem gestrigen Tag. Ihr alle habt euer Bestes gegeben, und wir haben gesehen, dass wir gemeinsam jedes noch so bedrohliche Hindernis meistern können. Wirklich, ich bin stolz Anführer eines so willensstarken und unbezwingbaren Trupps zu sein.«

Er deutete eine leichte Verbeugung vor seinen Männer an und alle jubelten ihm leise zu.

»Heute«, fuhr er fort, als sich der Jubel etwas gelegt hatte, »ist es unsere erste Aufgabe, von den Bäumen hinunterzukommen und die Spuren der Entführer wiederzufinden, damit wir wissen, wie wir weitergehen müssen. Um die Kobolde brauchen wir uns keine Sorgen mehr zu machen, jedenfalls im Moment nicht. Sie sind schon im Morgengrauen über die Wiese weitergezogen. Savall hat sie dabei beobachtet. Er ist am frühsten von uns allen aufgestanden.«

Die Männer spendeten wohlwollend Applaus, und Savall wurde mal wieder rot wie eine Himbeere.

»Ich schlage also vor, wir beginnen damit, uns abzuseilen. Alle mir nach, ich habe schon einen geeigneten Platz dafür gefunden.«

Mit diesen Worten ging er zügig voraus. Sie kletterten an den Ästen immer weiter abwärts, bis sie bei den untersten angekommen waren. Dort gab Rumbolt Hinfried den Befehl, am Baumstamm hinunterzusteigen. Man sicherte ihn mit einem Seil, und Hinfried krabbelte völlig furchtlos wie ein Käfer am Stamm hinunter, indem er sich überall an der Rinde festkrallte. Bei ihm sah es spielend einfach aus, aber Finn war sofort klar, dass das nicht alle von ihnen schaffen würden. Und er am allerwenigsten, vielleicht abgesehen von Lund. Aber Rumbolt hatte auch andere Pläne. Sobald Hinfried unten ankam, lief er mit dem Seil, an dem er festgebunden war, zu einem Baumstumpf ganz in der Nähe und befestigte es dort. Er winkte, um zu zeigen, dass alles bereit war und stellte sich neben dem Seil in Position.

Rumbolts Männer schienen schon zu wissen, was jetzt passieren würde, jeder von ihnen hatte mittlerweile irgendeinen Gegenstand aus seinem Rucksack gekramt. Finn sah Stachelkeulen, Seile und dicke Holzstücke, und er begriff langsam was sie vorhatten. Ein Kleinlingmann nach dem anderen trat an das Seil, das Rumbolt an einem nach oben abstehenden, stabilen Zweig festgemacht hatte und hängte sich mit dem jeweiligen Gegenstand daran. Dann rutschten sie nacheinander an dem schrägen Seil hinunter und Hinfried fing sie unten auf, damit sie nicht mit zuviel Schwung gegen den Baumstumpf krachten. Finn wurde schon wieder ganz mulmig, aber es erschien ihm wenigstens noch angenehmer als die Kletterpartie vom vorigen Abend. Als er an der Reihe war, nahm er das Seil aus seinem Rucksack, trat vor und legte es über das gespannte Rutschseil. Seine Knie zitterten etwas, als er mit beiden Händen zupackte und in den Abgrund blickte. Sein Magen krampfte sich zusammen als wolle er sagen: ›Nicht mit mir, Finn‹, doch dann kniff Finn die Augen zusammen, zählte im Kopf bis drei und stieß sich mit beiden Beinen ab. Seine Füße verloren den Halt, und er hing nur noch an seinen Armen und dem Seil.

Finn sauste in die Tiefe. Der Fahrtwind fegte ihm um die Ohren und sie schlackerten und klatschten ihm an den Kopf. Sein Magen schien nach oben zu wandern in seine Kehle, und er wurde immer schneller. Gerade als er befürchtete, er würde mit voller Wucht auf dem Boden aufschlagen, packten ihn Hinfrieds starke Hände und beide taumelten über den Boden, bis Finn wieder stand. Erst jetzt wagte er, seine Augen zu öffnen. Das Erste, was er sah, war Hinfrieds vor Anstrengung gerötetes, aber breit grinsendes Gesicht. Finn lächelte etwas verkrampft zurück und drehte sich dann in die Richtung, aus der er gekommen war. Von hier unten sah es gar nicht so hoch aus, wie von dort oben, fand Finn. Er lächelte jetzt schon überzeugter und winkte den Zurückgebliebenen zu. Die meisten winkten zurück, nur Lund nicht, der jetzt an der Reihe war und scheinbar völlig paralysiert vor dem Abgrund stand. Er hatte sich schon mit einem gekrümmten Ast an das Seil gehängt, und Rumbolt sicherte ihn gerade noch mit einem weiteren Seil, das er ihm um die Hüften band und dann mit einer großen Schlaufe an dem Rutschseil befestigte. Doch Lund schien nicht gewillt, zu springen. Finn schirmte seine Augen mit der Hand gegen die Sonne ab und blickte zu ihnen hinauf. Er konnte sehen, wie Rumbolt auf Lund einredete, doch dieser schüttelte nur verstockt den Kopf, verzog das Gesicht und trat sogar noch einen Schritt vom Absprungplatz zurück. Schließlich wurde es Rumbolt zu dumm. Er sagte etwas zu Lund, worauf dieser ihn völlig entgeistert anblickte und gab ihm dann mit beiden Händen einen gewaltigen Stoß in den Rücken, so dass Lund vorwärts taumelte, sich nicht mehr halten konnte und laut schreiend vom Ast stürzte. Den Zweig, an dem er rutschen wollte, hielt er zwar weiterhin tapfer fest, doch die Wucht des Falles und Lunds Gewicht waren zuviel für das Holz, und es brach mit einem lauten Krachen in der Mitte durch.

Jetzt schrien auch alle anderen vor Schreck, aber Rumbolts Notseil hielt Lund schon nach wenigen Augenblicken auf, und er rutschte, am Bauch festgebunden, mit dem Gesicht voran auf die Erde zu. Das musste sehr unangenehm sein, Lund brüllte die ganze Zeit wie am Spieß. Selbst der sonst so ruhige Hinfried geriet kurz in Panik, da es aus dieser Position schwer war, Lund zu fangen, bevor er mit dem Gesicht auf dem Boden aufklatschte.

Hinfried rief Finn zur Hilfe. Zusammen erwarteten sie Lund schon weit vor dem Baumstumpf. Sie packten ihn, sobald sie ihn erreichen konnten, an seiner Hose und versuchten, ihn zum Stehen zu bringen. Sie stemmten sich gegen ihn und wurden ein ganzes Stück mitgeschleift, doch dann schafften sie es, ihn soweit zu verlangsamen, dass Lund seine Hände ausstrecken und sich abstützen konnte. Sobald das geschehen war, schnitt Hinfried mit seinem Messer das Notseil durch und Lund plumpste auf die Erde, wo er wie tot liegen blieb.

Finn bückte sich zu ihm hinunter und drehte ihn auf den Rücken. Lund hatte die Augen geschlossen und tat so, als wäre er ohnmächtig, weil er in Ruhe gelassen werden wollte. Da er aber genau dort lag, wo gleich die nächsten Kleinlinge ankommen sollten, musste er aus dem Weg, und Finn begann ihn zu kitzeln, bis Lund sich nicht mehr zusammenreißen konnte und kichernd vor ihm davonkroch. Auf diese Weise trieb er ihn bis hinter den Baumstumpf, wo er vor vom Himmel fallenden Kleinlingen sicher war. Dort durfte Lund dann erst einmal liegen bleiben und sich von seinem Schreck erholen.

Finn vernahm ein lautes und vergnügtes Johlen und wusste, dass soeben auch Neppi gelandet war, natürlich hatte der den Flug mal wieder genossen.

Als schließlich alle Kleinlinge auf dem Erdboden angekommen waren, gab Rumbolt, der als Letzter kam, Hinfried den Befehl, das Seil wieder zu beschaffen, es war zu nützlich, um es hier hängen zu lassen. Finn traute seinen Augen nicht, als er sah, dass Hinfried jetzt völlig ohne Sicherungsseil den Baumstamm wieder hinaufkletterte, um oben das Seil los zu binden. Scheinbar waren die anderen daran gewöhnt, da sich niemand weiter darum kümmerte. Nur Finn, Lund und Neppi verfolgten staunend, wie Hinfried wie ein Insekt am Stamm wieder hinunterkrabbelte, nachdem er das Seil gelöst hatte.

Währenddessen gab Rumbolt die ersten Instruktionen. Das Wichtigste war im Moment, die Spur der Entführer wiederzufinden. Außerdem mussten sie neuen Proviant sammeln, weil ihrer langsam zur Neige ging. Den drei jungen Kleinlingen stellte Rumbolt frei, an welcher Aufgabe sie sich beteiligen wollten. Lund entschied sich natürlich gleich für die Gruppe, die Proviant sammeln sollte. Doch Neppi und Finn bezweifelten, dass er dort eine große Hilfe war, normalerweise war nicht Essen sammeln, sondern eher Essen dezimieren sein Spezialgebiet. Finn und Neppi wollten beide lieber Spuren suchen und begleiteten Savall. Dieser sollte das Gebiet unter den Bäumen absuchen, auf denen sie die Nacht verbracht hatten. Savall war bei dieser Aufgabe sichtlich in seinem Element. Er lief überall umher, untersuchte Steine, kleinste Vertiefungen im Boden, zertretene Blätter, abgeknickte Äste und schnüffelte herum, wo er nur konnte. Ab und zu murmelte er etwas, überlegte, hob etwas auf, drehte und wendete es in der Hand, um es schließlich doch wieder fallen zu lassen und weiterzugehen. Dabei lief er die ganze Zeit über gebückt, um dem Boden möglichst nah zu sein.

Finn und Neppi versuchten zuerst, es nachzuahmen, aber schon nach kürzester Zeit tat ihnen der Rücken weh, und sie wollten lieber weniger wie echte Spurensucher aussehen und dafür aufrecht gehen. Hinzukam, dass sie nicht so genau wussten, wonach sie suchen sollten, und nicht einmal Neppi wagte im Moment, Savall danach zu fragen, weil dieser augenscheinlich hochkonzentriert und beschäftigt war. So tollten sie mehr oder weniger leise herum und versuchten scherzhaft, irgendwelchen Steinen und Blättern Bedeutungen zuzuordnen. Neppi beugte sich mit wissenschaftlichem Blick über ein Büschel Moos, kniff ein Auge zu und murmelte dann mit einer Stimme, als hielte er sich die Nase zu: »Spurensucher Finn, sehen Sie, was ich sehe?«

Finn antwortete schon halb kichernd mit derselben quäkenden Stimme: »Nein, Spurensucher Neppi, was sehen Ihre geübten Augen?«

»Ich sehe, ich sehe, über dieses Moos muss eine Schnecke gekrochen sein. Ich erkenne Spuren ihres Schleimes. Sie wissen hoffentlich, was das bedeutet, Spurensucher Finn?«

Finn kringelte sich schon vor Lachen und konnte nicht antworten, deshalb gab Neppi sich selbst die Antwort, wobei er forsch den Zeigefinger nach oben reckte: »Das bedeutet, dass über dieses Moos eine Schnecke gekrochen ist.«

Er seufzte bedeutungsschwer. So hielten sie sich eine Weile bei Laune, doch als sich nach Stunden noch immer nichts ergeben hatte, begannen sie sich zu langweilen, setzten sich auf einen bemoosten Stein und sahen Savall beim Suchen zu. Auch dieser schien mittlerweile nicht mehr bester Stimmung zu sein. Er lief immer aufgescheuchter herum und vergrößerte den Radius, in dem er suchte, doch er schien nichts zu finden. Eine ganze Zeit später kam er schließlich erschöpft und niedergeschlagen zu Finn und Neppi und sagte nur knapp, dass sie jetzt zurück zu Rumbolt gehen würden. Die beiden wechselten kurze Blicke, in denen sie sich darüber einig waren, Savall jetzt lieber nicht zu fragen warum und folgten ihm wortlos.

Am Treffpunkt neben dem Baumstumpf waren schon alle anderen versammelt, und sie sahen entmutigender Weise genauso niedergeschlagen aus wie Savall. In einem kurzen Gespräch mit Lund, der schon länger wieder da war als sie, bekamen Finn und Neppi heraus, dass zwar die Proviantgruppen ausreichend Nahrung für die nächsten Tage gefunden hatten, dass aber keiner der Spurensucher auch nur ein Haar der Entführer entdeckt hatte. Mit anderen Worten, sie hatten die Spur verloren. Rumbolt hatte sich mit ein paar seiner Männer ein bisschen abseits gestellt und diskutierte heftig. Der arme Savall, der daneben stand, schien dabei immer kleiner und kleiner zu werden. Finn hatte das Gefühl, er gäbe sich persönlich die Schuld dafür, nichts gefunden zu haben. Ganz am Rande und im Moment auch allein, weil seine Bewacher in die Diskussion mit Rumbolt verstrickt waren, saß Amos und blickte finster vor sich hin. Doch hinter seinem bösen Blick meinte Finn diebische Freude zu erkennen und es wunderte ihn nicht besonders. Was könnte wohl Amos besseres passieren, als wenn sie die Spur verloren? Schließlich wollte er um nichts in der Welt noch einmal diesen fremden Kreaturen begegnen.

Finn überlegte sich, dass jetzt vielleicht ein guter Zeitpunkt war, um mal mit Amos zu sprechen. Immerhin tat er ihm schon lange Leid, weil Rumbolt ihn gezwungen hatte, sich auf dieses gefährliche Unternehmen zu begeben, und er außerdem die ganze Zeit wie ein Gefangener behandelt wurde. Eventuell konnten ein paar freundliche Worte ihn dazu bringen, dass er weniger unfreiwillig an dieser Reise teilnahm. Schaden konnte es gewiss nicht. Im Gegenteil, ein ihnen wohl gesonnener Magischer konnte eine große Hilfe sein.

Finn kehrte Lund und Neppi, die in ein Gespräch über die Kobolde vom gestrigen Abend vertieft waren, den Rücken zu und schlenderte scheinbar ziellos zwischen den abwartenden Kleinlingen hindurch. Er wollte nicht gleich so offensichtlich auf Amos zustürmen, damit dieser nicht merkte, dass er ihre Unterhaltung geplant hatte, das kam ihm irgendwie lächerlich vor. Also versuchte er, wie zufällig in Amos Richtung zu wandern, blickte möglichst interessiert in die Baumkronen und fragte so beiläufig wie möglich, als er neben Amos angekommen war: »Hallo, darf ich mich kurz zu dir setzen?«

Im selben Moment fand Finn die Frage einfach nur noch furchtbar peinlich. Er war sich sicher, dass Amos gleich gemerkt hatte, dass er nicht zufällig hier war und hätte am liebsten wieder kehrt gemacht, doch dafür war es jetzt zu spät. Amos schien sich ohnehin nicht viel dabei zu denken. Er brummte nur etwas Unverständliches, von dem Finn vermutete, dass es: »Von mir aus« heißen sollte und beachtete ihn ansonsten nicht weiter. Finn, der jetzt noch mehr bereute, dass er unbedingt eine Unterhaltung mit Amos hatte anfangen müssen, setzte sich notgedrungen, man konnte ja schlecht nach einem Platz fragen und dann einfach wieder gehen. Selbstverständlich dachte Amos gar nicht daran, mit Finn ein Gespräch zu beginnen. Finn grübelte zwar fieberhaft nach einem guten Anfang für eine Unterhaltung, aber alles, was er sich vorher überlegt hatte, fiel ihm jetzt nicht mehr ein und so kam es zu einem betretenen Schweigen, das Finn immer peinlicher wurde.

Schließlich begann er, obwohl er wusste, dass das ein absolut überflüssiges Thema war, über das gute Wetter der letzten Tage zu reden, nur um überhaupt etwas zu sagen. Leider reagierte Amos darauf überhaupt nicht. Er saß einfach da und starrte vor sich hin, als höre er Finn gar nicht. Irgendwann hatte Finn genug, und er beschloss, ihm eine direkte Frage zu stellen, nur um herauszufinden, ob er überhaupt willens war zu sprechen. Er dachte kurz nach, dann fragte er freundlich: »Amos, ich weiß, du bist sozusagen nicht freiwillig auf dieser Reise, aber ist die Oberwelt nicht wunderschön? Ich meine, du guckst immer so mürrisch und griesgrämig, dabei gibt es hier so unglaubliche Dinge zu sehen.«

Amos antwortete nicht. Finn wollte schon aufgeben, da überlegte er sich, dass es vielleicht helfen könnte ihm zu zeigen, dass er ihn verstand, also sagte er in möglichst freundlichem Ton: »Ich hab auch ein bisschen Angst vor diesen Monstern, nach denen wir suchen, aber noch sind wir ja nicht da und ...«

Da unterbrach ihn Amos wütend. Er hatte den Kopf gedreht und sah Finn jetzt zum ersten Mal direkt an. Sein Gesicht hatte wieder diesen übermäßig arroganten Ausdruck, und er schimpfte beleidigt: »Woher nimmt so ein Wurm von einem Kleinling wie du eigentlich das Recht, mich anzusprechen, mich, einen Magischen, und noch dazu die Behauptung aufzustellen, ich hätte Angst vor irgendetwas. Angst, haha, das ich nicht lache. Ich habe vor gar nichts Angst, ich bin nur nicht so dumm wie ihr und laufe fröhlich dem Feind direkt in die Klauen.«

Finn war jetzt ebenfalls aufgebracht. Schließlich hatte er nur freundlich sein wollen und zum Dank bezeichnete dieser Magier ihn als Wurm: »Weißt du, Amos, leider macht es gar nicht den Eindruck, als wärst du so unglaublich mutig. Ich erinnere mich noch gut, wie du vor Angst geschrien hast, als Rumbolt dir mitgeteilt hat, wohin wir gehen.«

Amos Gesicht lief jetzt knallrot an. Der ganze aufgestaute Zorn der letzten Tage, schien sich zu entladen, und er brüllte: »Ich werde dich lehren, mich einen Feigling zu nennen, du armselige Assel.«

Er sprang auf, riss die Arme hoch und zwischen seinen Händen schien sich ein weißliches Licht zu bündeln. Ein Kreis aus Helligkeit waberte um seine Handflächen und sein Gesichtsausdruck war vor Anstrengung verzerrt. Trotzdem brachte er ein gemeines Grinsen zustande. Finn war längst vor ihm zurückgewichen und kroch rückwärts in Richtung der anderen Kleinlinge. Er konnte sich nicht umdrehen, irgendwie war sein Blick wie festgenagelt an dem gleißenden Licht. Er spürte in sich wieder eine Wärme aufsteigen, in ihm tobte ein Kampf, und er wusste nicht warum. Das Licht, das ihm eigentlich Angst machte, zog ihn auch an. Sein Kopf begann zu schmerzen, und er spürte den Wunsch sich in das Licht zu stürzen. In diesem Moment hatte Amos seine höchste Konzentration erreicht und schickte sich an, den Lichtball unter einem gehässigen und fast kreischenden Lachen auf den am Boden krabbelnden Finn zu schleudern. Doch gerade als er ausholte, sauste hinter ihm etwas durch die Luft und traf seinen Kopf. Amos Blick wurde sofort glasig, und das Licht zwischen seinen Händen erlosch, als wäre es nie da gewesen. Seine Knie knickten ein, und er sackte in sich zusammen wie eine Marionette, deren Fäden man durchtrennt hat.

Hinter ihm konnte man jetzt Rumbolt sehen, der seine große Holzkeule in der Hand hielt, mit der er Amos gerade im wahrsten Sinne des Wortes das Licht ausgepustet hatte. Spontan begannen die Kleinlinge, die vorher wie gebannt dagestanden hatten, zu jubeln und ihrem Chef zu applaudieren. Finn rappelte sich auf, und obwohl er noch etwas durcheinander war, konnte er schon wieder lachen und sich über seine Rettung freuen. Amos, der bewusstlos war, wurde jetzt wieder gefesselt und außerdem entschied Rumbolt, dass seine Bewacher ihn nicht mehr aus den Augen lassen durften.

Zu Finn sagte er, als der Trubel sich etwas gelegt hatte: »Junge, ich weiß, du meinst es gut, aber es gibt Kleinlinge, denen kann man nicht trauen. Und es gibt welche, die sind einfach nicht nett. In ihnen steckt nicht einmal ein Funken Freundlichkeit, und so traurig es ist, auf Amos trifft beides zu. Also, lass es dir von mir gesagt sein, du wirst ihn nicht dazu bringen, ein anständiger Kleinling zu sein, das ist nicht sein Charakter. Am besten hältst du dich von ihm fern, dann kann so etwas wie eben nicht noch einmal passieren.«

Finn nickte zwar, aber in seinem Herzen lehnte er die Vorstellung, es könnte Kleinlinge geben, die nur böse und schlecht sind, ab. Er wollte so etwas Trauriges nicht glauben und er tat es auch nicht.

Währenddessen ging die Diskussion um die verlorene Spur weiter, und Finn bekam einiges mit, weil er noch immer bei Rumbolt stand, der jetzt wieder von seinen Männern umringt war und mit ihnen versuchte herauszufinden, was sie übersehen hatten. Finn musste schon die ganze Zeit an seinen Traum denken, in dem Luselda ihm vorangetanzt war und zwar an der Wiese entlang. Das war eine Richtung, in der sie nicht nach Spuren gesucht hatten, weil sie so unwahrscheinlich war, aber vielleicht hatten die Entführer ja gerade das bezweckt. Finn überlegte, wie er sich zu Wort melden und diese Möglichkeit vorstellen sollte, ohne sich lächerlich zu machen. Er konnte wohl kaum sagen, dass er diese Idee aus einem Traum hatte, in dem eine Magische aus dem großen Rat auf der Nase eines Koboldes tanzte. Die Männer würden ihn auslachen und keiner würde ihm glauben. Also entschloss er sich, so zu tun, als wäre es seine Idee.

Finn räusperte sich und hob den Arm mitten in das Geschrei und Gestikulieren der Männer hinein. Als Rumbolt ihn bemerkte, sorgte er barsch für Ruhe und machte vor Finn eine einladende Geste. Finn war mulmig zumute bei dem, was er zu sagen hatte, doch dann fasste er sich ein Herz und erklärte laut und deutlich: »Ich habe mir überlegt, es könnte sein, dass wir die Spur der Entführer hier gar nicht finden können, weil sie vielleicht gar nicht diesen Weg genommen haben.« Finn blickte in die Runde und erntete nur verständnislose Blicke.

»Aber Junge, das ist der gerade Weg, nachdem sie die Wiese überquert haben«, meldete sich ein älterer Kleinling mit Bart zu Wort, »wohin sollten sie sonst gegangen sein?«

Finn antwortete eifrig: »Vielleicht haben sie ja die Wiese überquert und sind dann zur Seite abgebogen und an ihr entlanggegangen. Dann wären sie jetzt irgendwo rechts von uns und nicht vor uns.«

Rumbolt runzelte die Stirn: »Aber Finn, warum sollten sie das tun? Das wäre ein riesiger Umweg. Wenn sie in diese Richtung wollten, dann hätten sie doch gleich quer durch die Wiese gehen können, nicht erst geradeaus. Das hätte ihnen enorm viel Zeit gespart, immerhin sind sie auf der Flucht. Sie ahnen sicher, dass wir ihnen folgen, also warum sollten sie freiwillig einen solchen Umweg machen?«

Finn entgegnete nachdenklich: »Überlegt doch mal, wie

viel Zeit uns diese Suche nach ihrer Spur jetzt gekostet hat. Das bringt ihnen bestimmt mehr Vorsprung, als wenn sie quer durch die Wiese gelaufen wären und wir immer hinterher. Auf diese Weise haben sie uns doch sehr geschickt verwirrt und zum Anhalten gezwungen.«

In den Augen der Männer sah er, dass sie ihm noch immer nicht glaubten, keiner von ihnen schien den Feinden eine solche Gerissenheit zuzutrauen. Finn entschloss sich jetzt, alles auf eine Karte zu setzten und von seinem Traum zu erzählen, auch auf die Gefahr hin, noch mehr Unglauben zu ernten. Er begann alles zu berichten, was er noch wusste und tatsächlich reagierten die meisten mit spöttischen Blicken, Kichern und Witzen. Nur Rumbolts Miene wurde immer neugieriger, je mehr Finn erzählte, und schließlich brachte er seinen Trupp energisch zum Schweigen. Er wandte sich an Finn und fragte freundlich: »Sag mal, Finn, hast du so etwas vielleicht schon einmal geträumt? Hattest du schon mal einen Traum, in dem dir Luselda erschienen ist?«

Finn nickte: »Ja, hatte ich. In der Nacht bevor wir die Wiese überquert haben, da hab ich von ihr geträumt. Sie schwebte genau den Weg entlang, den wir dann später gegangen sind.«

»Ha«, rief Rumbolt freudig aus. »Luselda, dieses begabte Fräulein. Ich kenne sie schon, seit sie in der Schule für Magische war, und ich weiß, dass sie große Kräfte hat, aber dass sie jetzt so groß sind, hätte ich nie vermutet.«

Er schien entzückt und begann dann seinen verständnislosen Männer zu erklären: »Luselda ist Telepathin, sie kann in die Köpfe anderer Kleinlinge eindringen, sie beeinflussen oder ihnen etwas mitteilen. Normalerweise geht das aber nur auf Entfernungen, die die Größe Mommenheims nicht überschreiten, es sei denn, der Kleinling, dem sie etwas mitteilen will, ist auch magisch. Dann geht es über viel weitere Strecken, je nachdem wie begabt ihr Gegenüber ist. Hm, ziemlich seltsam, dass sie ausgerechnet Finn erreicht, schließlich ist er überhaupt nicht magisch. Ich hätte eher erwartet, dass sie sich an Amos wenden würde. Na ja, ich bin froh, dass sie es überhaupt versucht hat, schließlich konnte sie nicht wissen, dass wir ihr folgen, aber dann ausgerechnet Finn. Merkwürdig, merkwürdig.«

Rumbolt versank in tiefes Grübeln und sah dabei unentwegt Finn an, als könnte er in dessen Gesicht den Grund dafür ablesen, warum Luselda ausgerechnet in seinen Träumen auftauchte. Doch als er zu keinem Ergebnis kam, schüttelte er energisch den Kopf und meinte: »Das ist eigentlich auch egal, in jedem Fall haben wir in Finn jetzt einen Kompass, der uns führen wird. Und unter diesen Umständen muss er wohl auch Recht, haben was unser momentanes Problem angeht. Also Männer, Sachen einsammeln und dann marschieren wir zurück zur Wiese.« Mit diesen Worten hatte er auch schon seinen Rucksack geschultert und war losgegangen. Der restliche Trupp musste sich beeilen, ihm zu folgen.

Fast den ganzen Weg zurück zur Wiese fragte Rumbolt Finn über jedes Detail seiner Träume aus, und Finn stand ihm geduldig Rede und Antwort. Er erzählte auch von dem See, den die Stimme in seinem Traum erwähnt hatte, ließ aber aus, dass ihm sogar jetzt noch ein kalter Schauer über den Rücken lief, wenn er daran dachte. Als sie den Rand der Wiese erreicht hatten, schwärmten Savall und seine Leute aus und fanden tatsächlich Spuren, die an der Wiese entlang führten. Jetzt glaubten auch die letzten Skeptiker im Trupp an Finns Traum, und die Stimmung wurde sofort besser, endlich hatte ihr Marsch wieder eine Richtung. Das Tempo war so schnell wie noch nie, weil sie einiges aufzuholen hatten, aber das störte im Moment keinen. Alle waren froh, dass es endlich weiter ging. Alle außer Amos, der mittlerweile unsanft aufgeweckt worden war und jetzt noch verschnürter als zuvor auf ihrer Reise hinter seinen Bewachern hertrottete. Er machte ein Gesicht, das klar zum Ausdruck brachte, dass er sich ungerecht behandelt fühlte. Er rümpfte seine Nase, ließ seine Ohren hängen und blickte genervt nach oben in die Baumkronen. Es schien ihn besonders zu ärgern, dass niemand davon Notiz nahm und sich die gute Laune verderben ließ.

Rumbolt konnte gar nicht aufhören, zu pfeifen und zu singen vor Freude über Finns Träume. Sie waren nicht nur sehr praktisch als Wegweiser, sondern auch ein Beweis dafür, dass zumindest Luselda noch am Leben und so gut bei Kräften war, dass sie ihre Macht nutzen konnte. Rumbolt vermutete, dass sie Finn nicht direkt, sondern nur im Traum erreichen konnte, weil sie zu weit entfernt war. Er erklärte, es sei einfacher in die Träume eines Kleinlings einzudringen als in seinen wachen Geist, weil letzterer sich immer ein bisschen gegen fremde Gedanken wehre. Finn stellte es sich ziemlich schrecklich vor, wenn jemand die totale Kontrolle über seine Gedanken erlangen könnte. Er war froh, dass Luselda sich nur in seinen Träumen herumtrieb.

## 6

Die Kleinlinge marschierten bis zur Dämmerung und schlugen dann ihr Lager in einem dornigen Gestrüpp auf. Über der Wiese leuchtete noch für kurze Zeit der Mond, dann verschwand er hinter einer Wolkenwand, die dunkel und bedrohlich über dem Wald herangezogen war. Finn, der sich extra einen Schlafplatz gesucht hatte, von dem aus er zwischen den Zweigen und Blättern hindurch ein Stück Himmel sehen konnte, bedauerte das für einen Moment sehr, doch schon kurz darauf war er in einen sanften und tiefen Schlaf hinübergeglitten. Er schlief traumlos und erwachte am nächsten Morgen ausnahmsweise einmal nicht, weil er unsanft geweckt worden war, sondern von ganz allein. Er schlug die Augen auf und blinzelte überrascht. Zuerst vermutete er, dass er noch träume, doch als er sich aufsetzte und seine Augen rieb, war er sich sicher wach zu sein. Das Problem war nur, alles war grau und verschwommen. Er hielt sich seine Hand direkt vor die Augen und konnte sie gut sehen, doch je weiter er sie von seinem Gesicht entfernte, desto verwaschener und undeutlicher wurden ihre Konturen.
Finn bekam Angst. Er befürchtete, über Nacht erblindet zu sein und begann, nach Neppi und Lund zu rufen. Erst leise, dann immer lauter. Sie hatten zwar neben ihm geschlafen,

aber er konnte sie nicht sehen, alles um ihn herum war nur grau. Finn begann nach links und rechts zu tasten und erwischte ein Bein. Er hangelte sich daran entlang, bis er Neppis schlafendes Gesicht, in den grauen, wabernden Schlieren zu erkennen glaubte. Er begann ihn zu rütteln, bis Neppi widerstrebend die Augen öffnete und ihn verwirrt anblinzelte.

»Neppi, ich glaube mit meinen Augen ist etwas nicht in Ordnung. Ich kann nicht richtig sehen. Alles, was weiter weg ist, verschwimmt und wird grau.«

Neppi rieb sich übers Gesicht und starrte verkniffen in die Umgebung, dann antwortete er verschlafen: »Es liegt nicht an deinen Augen, es sei denn meine haben über Nacht das gleiche Schicksal erlitten. Ich sehe auch kaum etwas. Wo sind bloß die anderen?«

Er rappelte sich mühsam auf, blickte sich um und begann dann mit ausgestreckten Armen vorwärts zu tappen. Finn rief ihm nach, er solle hier bleiben, es wäre zu gefährlich, doch Neppi ging weiter und verschwand langsam aus Finns Blickfeld. Schließlich war er nicht mehr zu sehen, und Finn hörte nur noch ab und zu einen Zweig unter seinen Füßen brechen oder ein Husten. Eine Weile hörte er gar nichts mehr, dann ein Fluchen und anschließend ein ohrenbetäubendes Scheppern. Sofort war das ganze Lager auf den Beinen. Überall hörte Finn Stimmen, und ab und zu sah er am Rande seines begrenzten Blickfeldes Schatten entlanghuschen. Immer wieder hörte man es Krachen und anschließende Flüche, bis schließlich von irgendwoher Rumbolts Stimme laut und gebieterisch das Chaos übertönte: »Alle sofort still sein und stehen bleiben. Was seid ihr für ein Kleinlingtrupp, der sich so schnell durcheinander bringen lässt? Das ist schließlich nicht der erste Nebel, in den wir geraten. Also benehmt euch gefälligst und lauft hier nicht herum wie aufgescheuchte Weiber. Ich will hinterher kein Krankenlager einrichten müssen, nur weil ihr euch alle gegenseitig umgerannt habt.«

›Aha‹, dachte Finn, ›Nebel ist das also.‹

Er hatte schon von Nebel gehört, in der Geschichtenhöhle von Mommenheim, bisher hatte er sich jedoch nicht vorstellen können, wie das tatsächlich war, in einer Nebelwand festzusitzen. Jetzt ahnte er es.

Rumbolt befahl in schroffem Ton, jeder sollte langsam und mit ausgestreckten Armen zurück zu seinem Schlafplatz gehen und seine Sachen packen. Die Männer folgten seinem Befehl, und es gab wieder ein kleines Durcheinander, bis endlich alle wieder zurück zu ihren Plätzen gefunden hatten. Schließlich tauchte auch Neppi vor Finn wieder aus der grauen Wand auf. Er hatte eine blutende Wunde am Kopf und seine rechte Hand einige Kratzer. Als Finn besorgt danach fragte, winkte er nur grinsend ab und murmelte etwas von einem dummen Waffenstapel, der im Weg gewesen wäre. Lund hatte mal wieder nichts mitbekommen und bekam einen riesigen Schreck, als Finn ihn weckte. Zuerst weigerte er sich, bei diesem Wetter zu marschieren, doch als Finn sagte, dass müsse Lund dann nur noch mit Rumbolt besprechen, wurde er kleinlaut und begann seine Sachen zu packen.

Als alle fertig waren, ging Rumbolt mit dem langen Seil, das sie auch schon zum Klettern benutzt hatten, im Lager herum und jeder musste sich daran festhalten, bis sie eine lange Kette bildeten.

»Auf diese Weise geht uns niemand verloren«, sagte Rumbolt zufrieden. »Es ist aber vor allen Dingen wichtig, dass ihr auf meine Kommandos hört, sonst werdet ihr ineinander laufen, wenn jemand stehen bleibt. Es darf keiner das Seil loslassen ohne triftigen Grund. Verstanden?«, brüllte er.

»Verstanden!«, brüllten die Kleinlinge einstimmig zurück. Dann gab Rumbolt den Befehl zum Aufbruch und alle marschierten im Gänsemarsch hinter ihm her. Rumbolt ging vom Busch aus immer geradeaus, bis er die ersten Grashalme der Wiese sah. Hier bog er ab und sie marschierten immer an der Wiese entlang wie auch schon am Vortag. Spuren zu suchen, war bei diesem Wetter unmöglich, und so mussten sie sich darauf verlassen, dass der Weg am Wiesenrand noch richtig war. Rumbolt fragte Finn zwar nach neuen Träumen, aber Finn hatte in dieser Nacht nicht geträumt, und Rumbolt schien darüber recht enttäuscht. So liefen und liefen sie und die ewig graue Umgebung schlug mit der Zeit aufs Gemüt. Es war langweilig immer nur grau zu sehen. Vor allem Finn vermisste die Landschaft. Selbst die Gespräche wurden seltener, bis schließlich alle mehr oder weniger stumm vor sich hin trotteten. Es schien, als würde der dichte Nebel die Freude und die Lebendigkeit aus allem heraussaugen. Sämtliche Geräusche wurden irgendwie verschluckt oder zumindest gedämpft.

Das erinnerte Finn stark an Mommenheims dicke Erdwände, und er verstand, warum er das nie hatte leiden können. Ansonsten war alles still um sie herum, kein Vogel sang, keine Grillen zirpten, und nur ab und zu hörte man ein Rascheln aus dem Wald oder aus der Wiese. Dieses Rascheln hatte etwas Bedrohliches an sich, man konnte ja nicht sehen, woher es kam und wer es erzeugte. Lund zuckte jedes Mal zusammen, wenn es wieder irgendwo knisterte, so dass das ganze Seil unter seinen Händen vibrierte. Finn war sich sicher, dass es auch in den letzten Tagen ständig um sie herum geraschelt hatte, aber jetzt erst wurde es ihm so deutlich bewusst und störte ihn. Durch den Nebel bekam alles ein anderes Gesicht. Die Welt, die gestern noch so schön, sonnig und friedlich ausgesehen hatte, war plötzlich düster, kalt und bedrohlich. Wenn Finn in die grauen Schwaden sah, glaubte er, ständig Schatten zu erkennen, die dort, geradeso außerhalb seiner Sichtweite, entlangschlichen und obwohl alles still war, meinte er ab und zu ein Säuseln und Seufzen zu hören, als würde der Nebel ein trauriges, düsteres Lied singen. Selbst Neppi schien es nicht ganz wohl zu sein, er unterließ seine üblichen Witze und Sprüche und starrte ebenso wie Finn immer wieder mit zusammengekniffenen Augen in den Nebel.

So marschierten sie Stunde um Stunde, doch die Welt um sie wurde nicht klarer. Gegen Mittag gab Rumbolt das Kommando stehen zu bleiben und einen Kreis zu bilden. Sie hielten ein schweigsames und eher trostloses Mittagessen ab, und Finn bemerkte, dass selbst Rumbolt, der ganz in seiner Nähe saß, sich oft umblickte und genauso misstrauisch in die verschleierte Umgebung blinzelte wie alle anderen. Ab und zu räusperte er sich. Dieses Geräusch durchschnitt die Stille wie ein scharfes Messer einen weichen Kuchen, und er murmelte: »Seltsam, seltsam, einen so dichten und hartnäckigen Nebel hab ich noch nie erlebt. Normalerweise lösen sie sich spätestens gegen Mittag wieder auf. Wirklich seltsam.«

Dazu legte er seinen Zeigefinger ans Kinn und grübelte. Finn fand es sehr beängstigend, dass sogar Rumbolt keine Erklärung hatte und ehrlich besorgt erschien, dadurch kam ihm der Nebel noch widernatürlicher und gefährlicher vor. Lund, der neben ihm saß, war mittlerweile so nervös, dass er nicht nur bei jedem winzigen Lufthauch oder Knistern zusammenzuckte, sondern sich auch jedes Mal mit beiden Händen panisch in Finns Arm verkrallte und erst nach einigen beruhigenden Worten langsam wieder losließ. Sein Brot mit Wurzel- und Beerenmus ließ er dabei jedes Mal fallen, und es sah schon ziemlich zermatscht und staubig aus. Allein dieser für Lund völlig untypische Umgang mit Essen war ein deutliches Zeichen dafür, wie viel Angst ihm der Nebel einjagte.

Finn versuchte, sich von dieser Panik nicht anstecken zu lassen und ruhig zu bleiben, schließlich war ihnen bis jetzt nichts passiert. Leider funktionierte das nur teilweise, weil seine Angst nicht so sehr auf tatsächlichen Ereignissen beruhte, sondern eher darauf, was in solchem Nebel passieren könnte. Darüber dachte er schon den ganzen Tag nach, und ihm fielen eine Menge schlimmer Dinge ein. Angefangen von ›sich verirren‹ bis hin zu ›von Unsichtbaren aus dem Nebel angegriffen werden‹ hatte er alles Erdenkliche bereits im Geist durchlebt und unter diesen Umständen fiel es verdammt schwer, ruhig zu bleiben. Dem Rest des Trupps schien es ähnlich zu gehen, alle wirkten nervös und angespannt, also verzichteten sie auf eine längere Rast und zogen gleich nach dem Essen weiter. Den meisten war es lieber, sich zu bewegen als einfach nur dazusitzen. »Hier können wir nur warten, bis die hungrigen Kobolde über uns stolpern«, formulierte krächzend einer der älteren Männer, was alle dachten. Also liefen sie mürrisch weiter und versuchten, sich in den grauen Schwaden zurechtzufinden und den Weg nicht zu verlieren. Natürlich mussten sie mittlerweile alle zugeben, dass sie schon lange nicht mehr wissen konnten, ob sie überhaupt noch auf dem richtigen Weg waren. Die Spuren hätten überall abbiegen können, ohne dass es ihnen aufgefallen wäre, trotzdem waren alle entschlossen, weiterzugehen und auf ihr Glück zu hoffen.

Nachdem sie so eine ganze Zeit gelaufen waren, gab es plötzlich eine Veränderung in der drückenden Stille des Nebels. Rumbolt an der Spitze des Zuges gab das Kommando zum Anhalten und alle standen und lauschten. Irgendwo vor ihnen waren Gemurmel und dumpfe, rhythmische Schläge zu hören. Das Murmeln schwoll mal an und dann wieder ab. Es klang wie dunkler fremdartiger Gesang oder ein vielstimmiges Gebet. Worte waren nicht zu erkennen, nur sich melodisch wiederholende, brummende, summende Laute. Finn fand es klang beruhigend und beängstigend zugleich. Rumbolt vorne gab einen leisen Befehl zum Anschleichen. Daraufhin gingen alle Kleinlingmänner zu Boden und robbten, ohne das Seil loszulassen, hinter Rumbolt her. Finn, Neppi und Lund blieb nichts anderes übrig, als es ihnen gleich zu tun, und sie merkten sehr rasch, wie anstrengend es war, sich auf diese Weise fortzubewegen. Finns Arme schmerzten bald, und Lund keuchte nach kurzer Zeit wie eine uralte Kleinlingdame beim Treppensteigen. Das hörten jedoch nur Finn und Neppi, die direkt vor und hinter ihm krochen, mittlerweile war das Stampfen und Summen so laut geworden, dass man sich kaum noch verständigen konnte.

Plötzlich wurde von vorn nach hinten das Kommando zum Stehenbleiben und Vorrücken durchgegeben. So schlichen sie jetzt seitlich nach vorn, um auf eine Höhe mit Rumbolt zu kommen und zu sehen, was sich dort abspielte. Rumbolt hockte im Schneidersitz auf dem Boden und machte ein entnervtes Gesicht, als sein Trupp sich um ihn versammelte. Das Brummen und Stampfen war hier direkt ohrenbetäubend. Einige der Männer seufzten und setzten sich dazu, als wollten sie heute nicht mehr weitergehen. Finn starrte in den Nebel vor ihnen und sah dort Gestalten in einer langen Reihe entlangwandern. Sie waren aus der Sicht eines Kleinlings riesig und vor allen Dingen massig. Jedes der Geschöpfe war mindestens so hoch wie die größeren Blumen und stapfte auf dicken, runden Stampfbeinen daher, was auch die regelmäßigen, donnerschlagartigen Geräusche erklärte. Die Körper hatten alle einen immensen Bauch, der bei manchen der Wesen regelrecht herunterhing. Sie hatten lange, dicke Arme mit großen Händen, die sie beim Gehen vor und zurück baumeln ließen. Ihre Köpfe waren groß, passend zum Rest ihres Körpers und je näher Finn heranging, desto besser konnte er ihre Gesichter im Nebel erkennen. Da sie sich sehr langsam vorwärts bewegten, hatte er viel Zeit, jedes einzelne, das an ihm vorbeizog, genau zu betrachten. Sie hatten große runde Münder, die sich pausenlos bewegten und dabei die brummenden Singlaute ausstießen. Ihre Nasen waren knubbelig und standen weit hervor, und sie hatten riesige, dunkle Augen, die wie Finn fand, wirklich das einzig Schöne an ihnen waren. Die Kleidung war bei allen gleich: braune Hosen, grüne Hemden und rote Mützen. Schuhe trugen sie keine, aber das fand Finn bei der Größe ihrer Füße auch nicht verwunderlich. Wozu brauchte man noch Schuhe, wenn man alles platt treten konnte.

Er überlegte kurz, dass es vielleicht leichtsinnig war, sich so schnell in ihre Nähe zu wagen, aber seine Neugier hatte gesiegt, und außerdem hatten weder Rumbolt noch einer der anderen ihn zurückgerufen oder auch nur den Eindruck gemacht, diese Wesen wären gefährlich. Ohnehin nahmen sie keinerlei Notiz von ihm. Sie trampelten gemächlich im Gänsemarsch ihres Weges, summten vor sich hin und blickten kaum nach links oder rechts und schon gar nicht nach unten, wo Finn stand. Er bedauerte das nach einer Weile, die Wesen einfach nur anzustarren wurde langweilig, und er wünschte sich, mehr über sie zu erfahren. Er blickte sich zu Rumbolt und den anderen um, die er gerade noch als sitzende, schemenhafte Gestalten hinter sich erkennen konnte. Anscheinend sahen sie ihn auch, eine Gestalt in der Mitte winkte. Finn winkte zurück und drehte sich dann wieder zu der vorbeiziehenden Kolonne der merkwürdigen Wesen um. Kurzentschlossen stellte er sich auf die Zehenspitzen und brüllte aus Leibeskräften, um den Brummgesang zu übertönen: »He, ihr da oben! Wer seid ihr? Hallo, ich bin Finn. Schaut doch mal runter!«

Doch die Wesen stapften weiter brummend ihres Weges, ohne auf ihn zu achten. Nur ein einziges, das gerade genau auf Finns Höhe war, blickte für einen winzigen Augenblick nach unten auf den Kleinlingjungen und schenkte ihm ein warmes herzliches Zwinkern seiner großen, schwarzen Augen und ein freundliches Lächeln. Dann sah es wieder stur geradeaus wie seine Kumpane und schritt gemächlich seines Weges. Alles weitere Rufen, Pfeifen und Schreien von Finn war vergeblich. Schließlich trottete er erschöpft und etwas enttäuscht zu den anderen zurück. Er setzte sich neben Rumbolt und fragte ihn nach den Wesen. Rumbolt musste ihm die Antwort fast ins Ohr brüllen.

»Diese Wesen nennen wir Trödelwichte«, rief er. »Wir kennen sie schon lange. Ab und zu ziehen sie auch durch den Wald über Mommenheim. Sie sind völlig ungefährlich, trotz ihrer Größe, aber es kostet jedes Mal immens viel Zeit, wenn eine Horde von ihnen unseren Weg kreuzt. Wie du siehst, sind sie unbeschreiblich langsam, und es sind sehr viele. Ich schätze, es wird später Nachmittag, bis sie alle hier durchgezogen sind.«

»Hast du schon mal mit ihnen gesprochen?«, brüllte Finn zurück.

»Nein«, antwortete Rumbolt. »Wie du gesehen hast, nehmen sie keinerlei Notiz von uns. Ich glaube, sie machen sich nichts aus den anderen Waldbewohnern. Außerdem hab ich sie auch noch nie miteinander sprechen hören. Vielleicht ist ihre Sprache dieses Summen, das sie ausstoßen. Auch das höre ich heute zum ersten Mal. Normalerweise ziehen sie schweigend umher.«

»Einer hat mich angesehen, mir zugezwinkert und gelächelt«, entgegnet Finn. Rumbolt sah ihn überrascht an, zögerte einen Moment und meinte dann: »Das hat, soweit ich weiß, noch kein Kleinling geschafft. In ihren Lagerstätten soll es schon gelungen sein, mit ihnen zumindest schriftlich und per

Zeichensprache zu kommunizieren, aber nicht während sie marschieren. Normalerweise sehen sie nicht nach unten, wenn sie unterwegs sind. Das ist eine ganz besondere Ehre. Du kannst stolz auf dich sein.«

Finn wandte sich wieder den vorbeimarschierenden Trödelwichten zu und überlegte, warum sie ausgerechnet ihm einen Funken ihrer so seltenen Beachtung geschenkt hatten. Jetzt war er nicht mehr enttäuscht, sondern eher dankbar für die winzige Geste, die bei diesen großen Wesen aber so enorm viel bedeutete.

Es dauerte tatsächlich bis zum späten Nachmittag, ehe der letzte Trödelwicht vorbeigetrampelt war. Finn sah ihm noch eine Weile nach, bis Rumbolt zum Aufbruch drängte. Immerhin hatte das Warten ein Gutes gehabt, der Nebel hatte sich währenddessen aufgelöst. Mittlerweile konnte man wieder alles sehen, und am Horizont blitzte sogar manchmal die Sonne aus der grauen Wolkendecke. Sie hatten aber keine Zeit, die wiedergewonnene Aussicht zu genießen, sondern mussten sich beeilen, um bis zum Abend noch möglichst viel der verlorenen Zeit aufzuholen. Savall hatte nach einer eingehenden Untersuchung verlauten lassen, dass sie den Spuren nach zu urteilen, noch immer auf der richtigen Fährte waren, und so zogen sie frohgemut und so schnell es ging weiter. Bis zur Abenddämmerung schafften sie noch ein gutes Stück Weg und erreichten im Halbdunkel den See, von dem in Finns Traum die Rede gewesen war. Die Spuren führten von der Wiese weg in den Wald hinein und gleich hinter den ersten Bäumen standen sie vor einem großen, dunklen Gewässer.

Das Wasser war fast schwarz, weil es mittlerweile dunkel geworden war, überall hörte man es plätschern und ab und zu einen quakenden Laut. Der See war teilweise von hohem Schilf umwachsen und an einigen Stellen offen zugänglich, so dass die Kleinlinge herangehen und ihre Wasserflaschen füllen konnten. Finn war es dabei etwas mulmig zumute, er musste immer wieder an die grässliche Stimme aus seinem Traum denken und an das Gefühl von vielen Händen ins Wasser gezogen zu werden. Ihn schauderte und er beeilte sich, aus der

Nähe des Sees zu verschwinden. Stattdessen half er lieber, das Lager in einem hohlen, modrigen Baumstumpf zu errichten. Nicht gerade der gemütlichste Ort, aber da es schon fast Nacht war, blieb ihnen keine andere Wahl. Die Wände waren feucht und teilweise von wabbeligen, grauen Baumpilzen bewachsen. Das Holz war unglaublich morsch und bröckelte ab, wenn man sich dagegen lehnte. Finn, Neppi und Lund suchten sich einen möglichst trockenen und geschützten Platz und wickelten sich fest in ihre Decken ein. Es war viel kälter als in den letzten Nächten, der Herbst gab schon einmal ein kleines Gastspiel.

In dieser Nacht schlief Finn besonders schlecht. Erst wollten seine Augen überhaupt nicht zufallen, und er lauschte im Dunkel auf die Geräusche des Sees, die ihm sehr fremd und unheimlich waren. Als ihn dann doch der Schlaf übermannte, fiel er in unruhige Träume, aus denen er immer wieder aufschreckte. Als er endlich fest eingeschlafen war, graute bereits der Morgen, und es dauerte nicht lange und er wurde unsanft von Rumbolt wachgerüttelt.

Finn fühlte sich, als hätte er gar nicht geschlafen und meinte, nicht aufstehen zu können. Er schloss noch einmal die Augen und versuchte, sich zu erinnern, was er geträumt hatte, jedoch war es soviel und so durcheinander gewesen, dass ihm nur Bruchstücke einfielen. Er hatte ein Bild vor Augen, in dem Luselda in ihrem grünen Kleid neben dem See stand. Sie sah ihn an und ihr Gesicht war traurig. Aus ihren Augen rannen in winzigen Bächlein Tränen ihre weißen Wangen hinunter und tropften auf ihre Brust. Sie wies mit ausgestrecktem Zeigefinger ins Schilf, und ihr Blick war eine stumme Anklage. Das Nächste, woran Finn sich erinnerte, war eine umgestürzte Tanne, an der noch sämtliche Nadeln hingen. Sie war wohl erst vor kurzem umgefallen. Zwischen ihren Zweigen lag ein Vogelnest mit zerbrochenen, leeren Eierschalen. Alle sonstigen Bilder, an die er sich noch erinnerte, zeigten den See aus verschiedenen Blickwinkeln. Finn vermutete, dass er so viel von ihm geträumt hatte, weil er ihm so unheimlich war. Leider wusste er nicht mehr, was in seinen Träumen genau passiert war, er hatte nur vage Ahnungen, die immer, wenn sein Verstand sie greifen wollte, wieder verschwanden.

Als er später Rumbolt von seinen Traumbildern berichtete, konnte dieser auch nicht sehr viel damit anfangen, aber er war froh, dass Luselda überhaupt erschienen war. Immerhin war sie am Leben, auch wenn sowohl Finn als auch Rumbolt sich Sorgen machten, weil sie in seinem Traum geweint hatte. Das konnte nichts Gutes bedeuten. Da es ihnen im Moment aber unmöglich schien, das herauszufinden, kümmerten sie sich erst einmal darum, das Lager wieder aufzulösen und die Sachen zu packen. Rumbolt wollte möglichst früh weiter, weil sie gestern soviel Zeit durch den Nebel und die Trödelwichte verloren hatten. Außerdem wurde das Wetter immer schlechter. Auch heute hingen wieder düstere Wolken am Himmel. Rumbolt befürchtete, dass es sehr bald regnen würde, und dann war die Spur der Entführer endgültig verloren. Savall hatte sich schon wieder umgesehen und berichtete, die Entführer müssten den See mindestens zur Hälfte umrundet haben, überall dort am Ufer fänden sich die Schleifspuren der Tragen. Obendrein waren da, wo der Boden feuchter war, richtige Fußabdrücke zu erkennen. Er machte eine kleine Andeutung darüber, was die Fremden ihren Spuren nach zu urteilen für abscheuliche Füße haben mussten. Dann verschwand er wieder, um sein Gepäck zu holen, Rumbolt gab bereits das Zeichen zum Aufbruch, und der Trupp formierte sich noch etwas verschlafen hinter ihm.

In schnellem Tempo marschierten sie los, und Finn war überrascht, wie wenig ihm das mittlerweile ausmachte. Sein Körper schien sich langsam an die Strapazen zu gewöhnen. Auch Lund, der neben ihm ging, jammerte nicht mehr, sondern hielt sich inzwischen ziemlich gut. Neppi, der mit der Anstrengung sowieso nie Probleme gehabt hatte, pfiff fröhlich ein Lied. Der Anblick des Sees bei Tage war bei weitem nicht so unangenehm wie gestern Abend. Finn verlor ein bisschen von seinem Misstrauen gegenüber dem Gewässer und fand es sogar ganz schön. Das Schilf wiegte sich langsam und bedächtig im leichten Wind und auf der Wasseroberfläche trieben große weißrosa Blüten mit breiten grünen Blättern. Finn fand sie noch schöner als alle Blumen, die er auf der Wiese gesehen hatte und wunderte sich, wie es nur möglich sein konnte, dass sie auf dem Wasser schwammen. In Augenblicken wie diesen erschien ihm die Oberwelt wie ein Zauberland. Es gab so vieles, was er nie für möglich gehalten hätte, als er noch in Mommenheim lebte.

Er betrachtete versonnen die spiegelglatte Wasseroberfläche, als sie sich plötzlich in ihrer Mitte kräuselte und ein kleiner grüner Kopf mit zwei schwarzen Augen erschien, die in seine Richtung schielten. Finn deutete auf die Stelle, doch ehe er auch nur ein Wort sagen konnte, war das Wesen mit einem leichten Plätschern wieder untergetaucht. Nur ein paar Wellen, die sich in Kreisen von der Stelle, wo es erschienen war, über den See ausbreiteten, erinnerten noch an seine Anwesenheit. Jetzt wo es verschwunden war, fand Finn seine Sprache wieder und rief nach vorn zu Rumbolt: »He, bleibt mal stehen. Ich hab da was entdeckt im See. Da war ein Wesen, ich glaub es beobachtet uns. Es ist da in der Mitte aufgetaucht. Ich konnte nur seinen halben Kopf sehen, weiter ist es nicht herausgekommen, aber es war grün und hatte schwarze Augen.«

Die Männer begannen zu kichern. Rumbolt, der sich zu ihm umgedreht hatte, grinste ebenfalls: »Das war sicher ein Frosch, Finn«, sagte er schmunzelnd, »die beobachten niemanden. Das sind kleine, grüne Tiere, die in Gewässern wie diesem hier leben. Sie machen übrigens auch diese Quakgeräusche, die wir in der Nacht gehört haben. Keine Angst, es droht von ihnen keine Gefahr.«

Er zwinkerte Finn noch einmal verschmitzt zu, dann drehte er sich wieder nach vorn, und sie setzten ihren Marsch fort. Finn fühlte sich etwas veralbert. Selbst Lund und Neppi machten sich jetzt über ihn lustig, indem sie pausenlos quakten. Obwohl niemand seine Beobachtung ernstnahm, ließ Finn die Wasseroberfläche des Sees nicht mehr aus den Augen. Er wartete darauf, dass sie sich wieder kräuseln würde und das fremde Wesen erneut auftauchte, doch der See blieb glatt wie ein Spiegel. Trotzdem hatte Finn die ganze Zeit das Gefühl, dass sie beobachtet würden, und ab und an hörte er es im Schilf rascheln und platschen. Er schalt sich mittlerweile selbst einen Dummkopf, weil alle anderen sich davon nicht stören ließen, doch seine Wachsamkeit blieb.

Der See war größer, als es auf den ersten Blick den Anschein hatte. Die Kleinlinge wanderten schon den ganzen Vormittag, und hatten gerade mal ein Viertel des Gewässers umrundet. Zwischendurch mussten sie immer wieder kleinere Umwege machen, weil der Weg direkt am Ufer entlang zu zugewuchert und schlammig war. Einmal sank einer der Spurensucher bis zur Hüfte in ein Schlammloch, und die anderen mussten ihn mit vereinten Kräften wieder herausziehen. Zudem wurde das Wetter immer ungemütlicher. Ein starker Wind war urplötzlich losgebrochen und über den Wipfeln der hohen Tannen, die den See einrahmten, zogen dicke schwarze Wolken sehr schnell heran und verhießen nichts Gutes. Rumbolt schaute immer wieder besorgt zum Himmel und trieb seinen Trupp zur Eile. Trotzdem schafften sie es nicht mehr, den Weg um den See hinter sich zu bringen und wieder in den dichten Wald zu gelangen, bevor das Unwetter sie erreichte.

Es grollte schon seit einiger Zeit in den Wolken über ihnen und plötzlich brach das Gewitter ohne weitere Vorwarnungen los. Blitze zuckten über den mittlerweile fast schwarzen Himmel und der folgende Donner krachte so laut, dass einige Kleinlinge sich vor Angst auf den Boden warfen. Zudem regnete es so, als kippe irgendjemand von oben volle Waschzuber über ihnen aus. Nach kurzer Zeit waren ihre Kleider völlig durchnässt, und sie froren erbärmlich. Rumbolt fluchte ungehalten, aber trieb sie an, nicht langsamer zu werden, weil der ohnehin schon schlammige Boden durch den Regen immer mehr aufweichte, und bald würden die Kleinlinge mehr einsinken als darauf gehen. Rumbolt steuerte auf eine Baumgruppe zu, die auf einem etwas erhöhten Stück direkt am Seeufer wuchs. Der Sturm war mittlerweile so stark, dass sie sich beim Gehen nach vorn lehnen mussten, um nicht umgeweht zu werden.

Lund schrie und jammerte bei jedem Blitz, bei den anschließenden Donnerschlägen warf er sich auf den schlammigen Boden und hielt schützend die Hände über seinen Kopf. Schließlich packte Neppi ihn am Arm und zog ihn mit sich, weil Lund überhaupt nicht mehr vorwärts kam. Finns Schuhe blieben bei jedem Schritt mehr im Schlamm stecken, und es war mühsam sie wieder herauszuziehen. Er wurde immer langsamer. Zudem sah er fast nichts, weil die riesigen Regentropfen ihm ständig auf den Kopf klatschten und seine Augen voller Wasser waren. Er rannte nur noch den vor ihm auf und ab hüpfenden verschwommenen Gestalten der anderen nach, bis sie endlich die Baumgruppe erreichten, unter deren Blätterdach sie zumindest etwas vor dem Unwetter geschützt waren. Zwar tropfte es überall, aber das war kein Vergleich zu den Wassermassen vorher. Finn atmete erleichtert auf, auch alle anderen wirkten abgekämpft und einfach nur froh, aus diesem Chaos entkommen zu sein. So standen sie unter den Bäumen, im Windschatten ihrer Stämme und blickten hinaus auf den See, der von Sturm und Regen in ein tosendes, brodelndes Gewässer verwandelt worden war. Das Schilf bog sich fast bis zum Boden und Wellen schlugen überall dort an Land, wo die Kleinlinge vor kurzem noch trockenen Fußes entlanggewandert waren. Finn schüttelte sich, der Anblick des Sees erschien ihm furchterregend. Außerdem war ihm kalt. Er wandte sich ab und setzte sich zu Lund und Neppi, die an einem der Baumstämme lehnten und zusahen, wie einige der Männer an einer trockenen Stelle versuchten ein Feuer zu entfachen. Lund zitterte so sehr, dass er kaum sprechen konnte.

Es war das erste Mal, dass Finn von dem Leben an der Oberfläche eher weniger begeistert war. Zwar hatte er Regen unbedingt kennen lernen wollen, jedoch hätte es auch ein bisschen weniger getan. Dass gleich eine regelrechte Flut über sie hereinbrach, hatte er sich nicht gewünscht. Endlich schafften es die Männer, das Feuer zu entfachen, es qualmte zwar entsetzlich, weil das Holz recht feucht war, aber es brannte. Schnell versammelten sich alle darum, um sich zu wärmen und die nassen Sachen zu trocknen. Die Stimmung war ziemlich gedrückt, weil alle wussten, dass nach diesem Regenguss, so gut wie keine Spuren der Entführer mehr zu sehen sein dürften. Rumbolt fluchte unentwegt und starrte erbost nach draußen, als könnte er das widrige Wetter mit seinen giftigen Blicken vertreiben. Doch der Regen blieb erst mal, wo er war, und dachte scheinbar auch nicht daran, an Kraft zu verlieren. Am warmen Feuer und mit dem klopfenden Geräusch der Tropfen um sie herum, war es eigentlich ziemlich gemütlich unter den Bäumen und ein Kleinling nach dem anderen wurde schläfrig. Die Anstrengungen der letzten Tage sorgten für den Rest und schließlich war, bis auf ein paar Wachposten, der ganze Trupp in tiefem Schlaf versunken.

Finn schlief nicht wirklich, er dämmerte nur so vor sich hin und genoss die Ruhe, als er plötzlich ein leises Zischeln hörte. Zuerst war er sicher, dass es nur ein Holzscheit gewesen war, doch dann wiederholte sich das Zischen, und es kam nicht aus der Richtung des Feuers. Finn öffnete vorsichtig die Augen und spähte im Lager umher, aber er sah nichts als friedlich schlafende Kleinlinge. Vorsichtig wandte er den Kopf in alle Richtungen, doch da war nichts Verdächtiges, bis er sich halb zum Baum umdrehte, unter dem sie lagerten. Hinter dem Stamm lugte etwas hervor. Finn erkannte einen grünen Kopf und große schwarze Augen, die ihn vorsichtig anblinzelten, dann huschte das Wesen plötzlich den Stamm hinauf und verkroch sich irgendwo oben in den Zweigen, wo Finn es nicht mehr sehen konnte. Finn wurde ganz aufgeregt, natürlich hatte er das Wesen gleich erkannt, es war dasselbe, das er schon am Morgen aus dem See hatte auftauchen sehen. Er glaubte jetzt erst recht nicht, dass es nur ein Frosch war, wie Rumbolt behauptete, es hatte sie beobachtet, und außerdem kletterte es ziemlich geschickt. Finn war sich nicht ganz sicher, aber er glaubte, dass Tiere, die im Wasser lebten wie Frösche so etwas nicht konnten.

Vorsichtig stand er auf und ging um den Baumstamm herum, den Blick nach oben gerichtet. Er hörte es rascheln und sah Blätter und Äste wackeln, doch von dem Wesen sah er nichts. Es war anscheinend sehr scheu, und deshalb erschien es Finn auch nicht gefährlich. Er begann leise zu singen, um es zu beruhigen und vielleicht anzulocken, er war sehr neugierig, wie es wohl aussah. Das Wackeln in den Zweigen ließ nach, das Wesen schien still zu sitzen und ihm zuzuhören. Langsam umrundete Finn den Baumstamm und sang dabei unentwegt die leise beruhigende Melodie eines Schlafliedes, das ihm Luna als Kind oft vorgesungen hatte. Dabei versuchte er, ein freundliches und aufmunterndes Gesicht zu machen, falls es ihn von seinem Versteck auf dem Baum aus sehen konnte. Ganz langsam schoben sich die Zweige beiseite und die großen schwarzen Augen sahen ihn furchtsam durch die entstandene Lücke an. Finn lächelte freundlich nach oben und machte eine einladende Geste, um dem Wesen zu zeigen, dass es ruhig runterkommen sollte, aber es zögerte noch und warf einen furchtsamen Blick in Richtung des schlafenden Trupps. Finn versuchte soviel Ruhe und Freundlichkeit in seine Stimme zu legen, wie es nur ging, und sagte leise, um die anderen nicht zu wecken: »Hallo, ich heiße Finn. Du brauchst keine Angst zu haben, ich tu dir nichts. Komm ruhig runter.«

Das Wesen schien noch mit sich zu kämpfen, doch plötzlich tat es ein paar schnelle Sätze, lief kopfüber am Baumstamm hinunter und landete mit einem Sprung direkt vor Finn. Dieser war von seiner Schnelligkeit so überrascht, dass er erst mal ein paar Schritte zurückwich. Auch das Wesen nahm eine Haltung ein, die eindeutig zeigte, dass es jederzeit bereit war, sich mit einem erneuten Sprung zurück auf den Baum zu retten. So standen sie eine Weile und sahen sich an.

Das Wesen war ungefähr doppelt so groß wie der Kleinling, wirkte aber durch seine schmale Figur und sein scheues Aussehen irgendwie zierlich. Finn hatte noch nie etwas gesehen, was diesem Wesen auch nur ähnelte. Es war, soweit er wusste, in keinem von Rumbolts Büchern aufgezeichnet oder auch nur erwähnt. Es lief eindeutig auf allen vieren, jedoch saß es im Moment auf seinen Hinterbeinen und hatte die Vorderbeine nach oben gereckt, um bereit zu sein, wieder auf den Baum zu springen.

Finn vermutete, dass es auch auf zwei Beinen laufen konnte, wenn auch sicher etwas wackelig und nicht sehr weit. An den Hinterbeinen konnte Finn so etwas wie Schwimmhäute erkennen. Die vier Zehen waren alle mit einer grünen Haut aneinander gewachsen und vorn hatte jeder Zeh einen dicken runden Auswuchs. Die Hände an den Vordergliedmaßen dagegen hatten fünf Finger, die nicht miteinander verwachsen waren, aber sehr kräftig wirkten. Jeder endete in einer spitzen verhornten Kralle, die zum Klettern sehr gut geeignet schien. An seinem Hinterteil hatte es einen langen, dünnen Schwanz, der jetzt aufrecht nach oben wies und unentwegt hin und her wedelte.

Das Wesen schien Finn wie eine Kreuzung aus einem schwimmenden und einem kletternden Lebewesen. Seine Haut war dunkelgrün und schimmerte an einigen Stellen auch leicht bläulich. Sie wirkte nass und glitschig wie die Algen am Seeufer und Haare sah Finn nirgends. Auch nicht auf dem, für den ansonsten eher schmächtigen Körperbau des Wesens, erstaunlich großen, runden Kopf. Es hatte kleine fast nicht vorhandene Ohren, die eng an den Seiten seines Kopfes anlagen. In seinem Gesicht fielen vor allem die pechschwarzen Augen auf, die so groß waren, dass sie mindestens die Hälfte seines gesamten Gesichts ausmachten. Wenn es blinzelte, schlossen sich übergroße, faltige, grüne Häutchen wie Torflügel über diese Augen. Die Nase dagegen war winzig, rundlich und zeigte leicht nach oben, so dass man die Nasenlöcher des Wesens sehen konnte. Der Mund war breit und schien einmal quer über sein ganzes Gesicht zu reichen. Finn lächelte das Wesen freundlich an und als es tatsächlich zurücklächelte, zeigten sich unter den ebenmäßigen Lippen kleine spitze Zähne, deren Anblick Finn etwas Unbehagen bereitete. Er sagte schnell: »Ich bin Finn. Ein Kleinling«, und er zeigte mit dem Finger auf sich. Dann deutete er mit dem Finger auf das Wesen und fragte: »Wer bist du?«

Das Wesen grinste wieder und diesmal schien es Finn, als würde es sich freuen. Die Zähne machten ihm keine Sorgen mehr. Es verließ seine fluchtbereite Haltung und krabbelte auf allen Vieren enorm flink auf Finn zu. Es kam ganz nah an ihn heran und beschnüffelte vorsichtig mit seiner runden Nase den Kleinling von oben bis unten. Finn musste lachen, weil es so kitzelte, woraufhin das Wesen wieder zufrieden grinste. Dann setzte es sich vor ihn hin, deutete mit einem seiner Finger auf sich und blubberte mit einer Stimme, die klang, als hätte es den Mund voller Wasser: »Schlomm.«

Zuerst war Finn verwirrt, doch dann nickte er verstehend und sagte: »Du heißt Schlomm, ja?«

Das Wesen grinste wieder glücklich und hüpfte dann um Finn herum, während es lauthals seinen Namen sang: »Schlomm, Schlomm, Schlomm, Schlomm.«

Das hätte es besser bleiben lassen, bei diesem Lärm war im Nu das ganze Lager wach. Die Kleinlinge, die nicht begriffen, was vor sich ging und Schlomm für eine Gefahr hielten, packten blitzschnell ihre Waffen, um Finn vor ihm zu beschützen und stürmten mit lautem Gebrüll auf den vermeintlichen Feind. Schlomms riesige, schwarze Augen wurden noch größer angesichts der drohenden Gefahr. Mit einem entsetzten, panischen Kreischen sprang er wieder an den Baumstamm, verkrallte sich in der Rinde und rannte in Windeseile bis in die Baumkrone, wo er nicht mehr zu sehen war. Nur ein Zittern der Blätter verriet seine Anwesenheit. Die ankommenden Kleinlinge bestürmten Finn mit Fragen zu der Bestie, die sie glaubten, vertrieben zu haben.

Finn schaffte es nur mit Mühe, sich Gehör zu verschaffen und zu erklären, dass es sich um einen Irrtum handele. Zuerst waren die meisten misstrauisch, aber Rumbolt vertraute Finn und seiner Einschätzung des Wesens und wertete es als Beweis seiner Ungefährlichkeit, dass es geflohen war, anstatt anzugreifen. Er erlaubte Finn, es wieder anzulocken, und zog sich mit seinen Männern so weit es ging zurück, damit es nicht noch mehr verängstigt wurde. Diesmal jedoch ließ Schlomm sich nicht so leicht überreden. Er war verschreckt, und Finn sah, dass dort, wo er saß, die Blätter noch immer zitterten. Schließlich begann er wieder leise zu singen, und ab und an nach Schlomm zu rufen, trotzdem geschah nichts. Finn aber war hartnäckig und bald blinzelten die schwarzen Augen vorsichtig und misstrauisch aus dem Blätterdach hervor.

Einige Zeit später kroch das Wesen langsam den Stamm hinunter und setzte sich vorsichtig und ängstlich schnüffelnd vor Finn auf die Erde. Finn freute sich sehr, ging langsam auf Schlomm zu und streichelte beruhigend über die Haut an seinen Armen. Er war sehr überrascht, dass sie gar nicht glitschig war, sondern eher trocken und sehr glatt. Schlomm schien es zu gefallen, und er begann, schnurrende Laute auszustoßen. Langsam näherten sich jetzt auch die anderen Kleinlinge, zuerst wollte Schlomm wieder flüchten, als er sie sah, doch Finn konnte ihn beruhigen, und so umringten sie bald alle das seltsame Wesen. Schlomm taute zusehends auf, begann wieder herumzuhüpfen und seinen Namen zu singen. Finn hatte schon bemerkt, dass es mit Schlomms Sprachfähigkeiten nicht weit her sein konnte, aber er versuchte trotzdem, etwas aus ihm herauszubekommen.

»Schlomm!«, rief er, um die Aufmerksamkeit des aufgedrehten Wesens zu gewinnen. Schlomm reagierte sofort, war mit einem Sprung bei Finn und sah ihn interessiert aus seinen großen Augen an.

»Schlomm«, begann Finn, »was bist du? Wie nennt man Wesen wie dich?«

Schlomm schien zu überlegen. Es schien, als sei die Frage eine sehr schwere, dann antwortete er auf seine gurgelnde Weise: »Schlomm ist Mink. Aber allein.« Dabei schüttelte er traurig den Kopf.

»Du meinst, du bist der einzige Mink hier?«, fragte Finn nach.

»Keine anderen«, wiederholte Schlomm und sah sich dabei um, als könnten hinter den Bäumen oder aus dem See vielleicht noch andere Wesen wie er auftauchen.

»Du lebst also ganz allein in dem See?«, fragte Finn weiter. Schlomms Miene verdüsterte sich, und er wirkte ängstlich. Sein Schwanz schlug wieder nervös hin und her und seine Augen suchten furchtsam die Oberfläche des Sees ab. Finn folgte seinen Blicken, konnte jedoch nichts entdecken. Das

Unwetter hatte sich mittlerweile verzogen, es nieselte nur noch und auch der Wind war abgeflaut. Der See lag wieder ruhig da und machte einen harmlosen Eindruck. Finn wiederholte seine Frage: »Lebst du ganz allein in dem See?«

Schlomm schüttelte den Kopf, beugte sich ganz nah zu Finn und flüsterte verschwörerisch: »Schlomm nicht allein. Schlomm dient großer Königin.« Schnell sah er wieder zum See.

»Was für eine Königin, Schlomm?«, fragte Finn.

Man sah deutlich, dass Schlomm mit sich rang, ob er es ihm erzählen sollte, dann hüpfte er plötzlich zum Seeufer und verschwand im Schilf. Die Kleinlinge sahen ihm verwundert nach, kurze Zeit später erschien er wieder. Auf seinem Kopf thronte ein Berg aus grünem Schlick und langen grünen Algen, die seitlich herunterhingen. Zudem schritt er jetzt auf seinen Hinterbeinen daher und wackelte beim Gehen übertrieben mit dem Hinterteil. So kam er zurück zu ihnen unter die Bäume gewatschelt und nörgelte mit einer hohen, kratzigen Stimme: »Schlomm, komm her! Schlomm, du bist ein Nichtsnutz! Schlomm, bring mein Essen! Schlomm, mach schneller oder ich verwandle dich in einen Fisch. Schlomm tu dies, Schlomm tu das.«

Die Kleinlinge bogen sich vor Lachen über diese Darstellung der Königin des Sees. Schlomm lächelte unsicher und setzte sich wieder auf seine vier Beine. Allein mit dem Grünzeug auf seinem Kopf sah er sehr lustig aus. Als Finn sich wieder beruhigt hatte, ging er zu Schlomm und tätschelte wieder seinen Arm, dann sagte er: »Du Armer, sie scheint wirklich böse zu sein.«

Schlomm nickte eifrig, dann grinste er plötzlich hämisch und flüsterte: »Aber im Moment, sie kann Schlomm nichts Böses. Sie schläft. Liebe, gute Frau, Haare rot wie Abendsonne, macht, dass sie schläft.«

Erst verstand Finn nicht, was Schlomm meinte, aber dann dämmerte es ihm. Luselda war hier gewesen, und sie musste die Königin des Sees mit irgendeinem Zauber in Schlaf versetzt haben. Er wurde ganz aufgeregt. Auch die anderen

Kleinlinge, die Schlomms Antwort gehört hatten, begannen untereinander zu tuscheln und schließlich Schlomm mit Fragen zu bestürmen. Für den scheuen Mink war das zuviel, er wich zurück und war schon auf halbem Weg den Baum hinauf, als Rumbolt energisch für Ruhe unter den Kleinlingen sorgte, und Finn ein Zeichen gab, sich um Schlomm zu kümmern. Finn schaffte es auch, Schlomm zu beruhigen und ihn wieder vom Baum zu holen. Dann begann er, ihn vorsichtig zu fragen, was sie alle interessierte: »Schlomm, die nette rothaarige Frau, wann war sie hier?«

Schlomm schien zu grübeln, dann antwortete er: »Königin schläft seit vorgestern.«

Das bedeutete also, die Entführer und ihre Geiseln waren vor zwei Tagen hier durchmarschiert. Finn sah an den Gesichtern Rumbolts und seiner Männer, dass das keine gute Nachricht war. Sie hatten den Abstand wohl geringer eingeschätzt. Er wandte sich wieder an Schlomm und fragte: »Hast du gesehen, wie viele Wesen bei ihr waren, die nicht wie wir aussehen?«

Bei diesen Worten deutete er auf sich und den Rest des Trupps. Schlomm schüttelte sich und seine Miene zeigte tiefe Abscheu.

»Hässliche Wesen«, brummelte er, »Schlomm sieht viele hässliche Wesen, mit großen ...« Ihm schien das Wort nicht einzufallen und so deutete er auf seine eigenen Finger.

»Krallen«, half ihm Finn.

Schlomm nickte eifrig: »Krallen, Krallen, große, spitze Krallen.«

»Aber wie viele waren es, Schlomm?«, versuchte Finn es noch einmal.

»Oh, viele«, antwortete Schlomm hilfsbereit. Finn merkte, dass diese Art der Fragestellung nichts brachte, da Schlomm augenscheinlich nicht zählen konnte. Er versuchte es also mit einer anderen Frage: »Warum hat die rothaarige Frau die Königin schlafend gezaubert?«

Schlomm verzog wieder das Gesicht und duckte sich, als erwarte er Schläge. Nach einem misstrauischen Blick auf die

Wasseroberfläche murmelte er: »Schlomm sieht Eindringlinge, meldet Königin. Königin wütend, schlechter Tag.« Er stockte und begann wieder nervös mit dem Schwanz zu schlagen.

»Und was geschah weiter?«, ermunterte ihn Finn.

»Königin kommt hinauf aus ihrem Schloss im See. Fordert Opfer von Eindringlingen. Fremde Wesen böse, genauso böse wie Königin. Sie geben Gefangenen. Armer, alter Mann.«

Schlomm sah so traurig aus, als habe er soeben einen nahen Verwandten verloren. Durch die Reihen der Kleinlinge ging ein Raunen. Finn sah in bestürzte Mienen und beeilte sich, weiter zu fragen. »Was ist mit dem alten Mann passiert?«

Schlomm seufzte schwer: »Königin nimmt sein Leben. Ganz schnell. Leute schreien. Königin benutzt gern Lebensenergie für ihre Zauber. Aber alter Mann schon schwach, reicht ihr nicht. Sie will mehr und da rote Frau murmelt. Murmelt ganz dunkel und Schlomm wird schwindlig. Plötzlich Königin schläft ein und versinkt zurück ins Wasser.«

Schlomm schien vom vielen Stillsitzen und reden erschöpft und schloss für einen Moment seine großen Augen. Finn verstand jetzt seinen Traum aus der letzten Nacht. Luselda weinte um den Tod eines der älteren Ratsmitglieder und wies anklagend auf den See, weil darin die Schuldige schlief. Er wandte sich noch ein letztes Mal an Schlomm, um zu fragen, ob er wusste, wohin sie weiter gezogen waren, aber Schlomm wusste es nicht und war auch zu hibbelig, um weiter ausgefragt zu werden.

Die Kleinlinge packten ihre Sachen, das Unwetter hatte sich mittlerweile verzogen. Jetzt wo sie wussten, dass die Fremden schon zwei Tage Vorsprung hatten, war doppelte Eile geboten. Alle waren still und trauerten in Gedanken, um das verstorbene Ratsmitglied. Niemand sprach es aus, aber alle fragten sich, wer es gewesen war. Als sie ihren Weg am Ufer fortsetzten, blieb Schlomm die ganze Zeit an ihrer Seite und hüpfte fröhlich im flachen Wasser herum. Finn mochte seine Herzlichkeit und ehrliche Freude und musste lächeln, wenn er ihn ansah. Selbst Lund schien in Schlomm ein Wesen gefunden zu haben, das er nett fand, obwohl es an der Oberwelt lebte.

Auf einmal kam von vorn ein Pfiff und alle blieben stehen. Rumbolt rief nach Finn und dieser beeilte sich, nach vorne zu kommen. Schlomm sprang neugierig aus dem Wasser und folgte ihm tropfend. Als Finn Rumbolt erreichte, deutete dieser in den Wald und fragte: »Ist das die aus deinem Traum?«

Finn folgte seinem Blick und sah zwischen den Bäumen eine umgestürzte Tanne liegen. Sie war riesig und hatte noch alle Nadeln, genau wie in seinem Traum, aber Finn wusste, wie er es ganz sicher herausfinden konnte. Er rannte hin, lugte zwischen den Ästen hindurch und versuchte, sich zu erinnern, an welcher Stelle es gewesen war. Da sah er es plötzlich, zwischen den Zweigen lag ein Vogelnest mit zerbrochenen, leeren Eierschalen darin. Finn hüpfte jubelnd auf und ab und schrie den anderen zu: »Das ist sie, das ist die Tanne aus meinem Traum. Hier müssen wir weitergehen.«

Jetzt lief auch der Rest des Trupps in den Wald hinein, um sich das Ganze anzusehen. Die Spurensucher arbeiteten schon wieder fleißig, jedoch war es fast unmöglich, nach dem Regen noch eine Spur zu finden. Nur Schlomm kam langsam hinter ihnen her und sah traurig aus. In seinen großen, dunklen Augen sammelten sich Tränen, und sie schienen jeden Moment überzulaufen.

»Ihr weggehen?«, fragte er schniefend. Als Finn in seine großen, lieben und jetzt so verzweifelten Augen blickte, konnte er nicht anders und sagte, ohne zu fragen, was die anderen davon hielten: »Ja, wir müssen weiter, Schlomm, aber wenn du willst, kannst du mit uns kommen.«

Die Augen des Minks weiteten sich vor Überraschung und Freude. Die Tränen versiegten und das Wesen schenkte Finn sein strahlendstes Lächeln: »Schlomm darf mit?«

Finn nickte zustimmend. Daraufhin begann der Mink einen Freudentanz, der alle zum Lachen brachte und sang aus voller Kehle: »Schlomm darf mit! Schlomm darf mit! Schlomm darf mit!«, aber plötzlich brach er ab und sein Blick wurde wieder unsicher und traurig.

»Was ist?«, fragte Finn besorgt.

»Königin«, seufzte Schlomm, »sie wird ihn niemals gehen

lassen. Schlomm ihr Diener für immer. Kann nicht mit freundlichen Kleinlingen gehen.«

Er warf sich auf die Erde und begann herzzerreißend zu schluchzen. Finn beeilte sich, seinen Kopf zu streicheln, dann flüsterte er ihm ins Ohr: »Aber Schlomm, die Königin schläft doch. Es wird sicher noch lange dauern, bis sie aufwacht, und bis dahin sind wir so weit weg, dass sie uns nicht mehr finden kann. Sie wird dich nicht mehr bestrafen.«

Als Schlomm das begriff, hob er den Kopf und seine Augen, die eben noch voller dicker Tränen gewesen waren, strahlten wieder voller Freude. »Schlomm geht mit!«, sagte er selbstbewusst und rappelte sich auf. So bekamen die Kleinlinge ein neues Mitglied für ihre Gruppe.

## 7

Schlomms Begleitung erwies sich bald als sehr nützlich. Sie hatten zwar durch Finns Traum die richtige Abzweigung vom See in den Wald gefunden, aber danach war es für die Spurensucher fast unmöglich, nach dem starken Regen noch Spuren zu finden. Schlomm erschnüffelte jedoch mit seiner überaus feinen Nase den Geruch der Entführer und ihrer Geiseln, obwohl sie schon vor zwei Tagen hier vorbeigezogen waren und zeigte ihnen den Weg.

Als es dunkelte, suchten sie Schutz in einer nicht mehr bewohnten Erdhöhle. Ihr Eingang war zwar schlammig, aber je tiefer die Kleinlinge in die Höhle vordrangen, desto trockener wurde es und so fanden sie einen recht angenehmen Platz zum Schlafen. Schlomm legte sich lieber in den Matsch, weil seiner Haut die Feuchtigkeit gut tat. Er wälzte sich munter darin und war bald braun statt grün. Einige Kleinlinge rümpften angewidert die Nase, aber Schlomm grinste nur glücklich und schlief bald vom vielen Laufen erschöpft, aber selig lächelnd, in der Matschpfütze ein. Der Rest des Trupps lagerte im trockeneren Teil der Höhle ohne Feuer, weil mit der Rauchentwicklung in so einem winzigen Erdloch nicht zu spaßen war.

Außerdem hatten sie sowieso kaum noch trockenes Holz in ihren Rucksäcken und mussten damit sparsam umgehen.

Zum Glück war es in der Erdhöhle auch ohne Feuer angenehm warm, so dass sie zumindest nicht froren. Da die Höhle relativ rund war und die meisten Kleinlinge gern mit dem Rücken zur Wand schliefen, weil das einen Angriff von hinten ausschloss, bildeten sie mit ihren Schlafplätzen einen großen Kreis. Auch Finn, Lund und Neppi suchten sich eine trockene Stelle an der erdigen Höhlenwand und machten es sich rasch in ihren Decken gemütlich. Als schließlich alle einen Platz gefunden hatten, wurden die letzten Vorräte gegessen und sich munter unterhalten. Die meisten waren noch nicht so recht müde, da der heutige Tag durch die lange Regenpause wesentlich weniger anstrengend gewesen war als die vorherigen. Rumbolt räusperte sich und sagte, als das Gemurmel verstummte: »Es ist noch etwas Zeit, bis wir schlafen müssen. Was haltet ihr davon, wenn jemand eine Geschichte erzählt? Dazu hatten wir bisher auf dieser Reise noch keine Gelegenheit, und Lagerfeuergeschichten, wenn auch in diesem Fall ohne Lagerfeuer, sind doch das Schönste an so einem Ausflug.«

Er grinste in Anbetracht der Tatsache, dass dieses Unternehmen kaum als Ausflug bezeichnet werden konnte, wenn man den Grund und die Gefährlichkeit ihrer Reise bedachte. Im Moment jedoch, schien niemand Lust auf trübe Gedanken zu haben und so wurde sein Vorschlag begeistert angenommen. Finn war überrascht, wie viele der Männer sich wie Kinder über die Aussicht auf eine Geschichte freuten. Er hatte natürlich auch dafür gestimmt, aber nicht erwartet, dass die Begeisterung so groß sein würde.

Rumbolt verschaffte sich erneut Gehör und fragte in die Runde: »Gut, da wir uns einig sind, was die Geschichte angeht, brauchen wir jetzt nur noch jemanden, der sie erzählt. Gibt es Freiwillige?«

Er schaute sich interessiert im Kreis um. Auch Finn blickte umher, aber er sah keine Hand nach oben schnellen. Niemand traute sich. Plötzlich hörte er neben sich Lund und

Neppi miteinander flüstern und drehte sich zu ihnen um. Beide grinsten ihn schelmisch an, und Finn konnte sich sofort denken, was sie ausgeheckt hatten. Genüsslich hob Neppi seinen Arm, und bevor Finn ihn daran hindern konnte, hatte Rumbolt ihm zugenickt, nun rief Neppi laut und deutlich: »Ich melde mich nicht für mich, sondern für unseren lieben Freund Finn, der natürlich zu schüchtern und zu bescheiden ist, um sich hervorzutun. Ich kann euch aber sagen, er ist als Erzähler einer Geschichte sicherlich geeignet. Er hat so viele Bücher gelesen wie kein anderer hier, außer Rumbolt vielleicht, und da werden ja wohl einige Geschichten drin gewesen sein, oder Finni?«

Er grinste diabolisch zu Finn hinüber, der erkennen musste, dass er verloren hatte und ein säuerliches: »Ja, sicher« hervorwürgte. Finn sprach nicht gern vor so vielen Leuten, es kostete ihn jedes Mal Überwindung, und außerdem hatte er keine Lust, die Geschichte selbst zu erzählen. Lieber würde er etwas hören, was er noch nicht kannte. Aber da ihn jetzt alle auffordernd und erwartungsvoll anblickten, blieb ihm keine Wahl mehr. Er musste sich schnell etwas einfallen lassen, was er erzählen konnte. Neppi und Lund kicherten. Wenn es darum ging, Finn zu ärgern, waren sie ausnahmsweise mal einer Meinung. Finn stieß Neppi böse seinen Ellenbogen in die Rippen und zischte: »Seit still! Dank euch, muss ich mir jetzt was einfallen lassen.«

Unerwartet kam ihm Rumbolt zur Hilfe, dem das scherzhafte Geplänkel zwischen den dreien nicht entgangen war und meinte amüsiert lächelnd zu Finn: »Schön, mein Junge, dass du dich entschieden hast, uns mit einer kleinen Erzählung zu unterhalten. Wenn du noch nicht ganz sicher bist, was du erzählen sollst, hätte ich den Vorschlag, etwas aus dem Buch über die Geschichten der Riesen zu nehmen, das ich dir mal ausgeliehen habe. Damit ist die Chance am größten, dass die Anwesenden die Geschichte noch nicht kennen.«

An dem Gemurmel, das auf diesen Vorschlag hin entstand, erkannte Finn, dass Rumbolt Recht hatte. Die meisten hatten noch nie Geschichten gehört, die nicht aus Mommenheim kamen und nicht von Kleinlingen handelten. Wie sollten sie auch? Schließlich waren Bücher, in denen so etwas stehen konnte, absolute Mangelware, und von den Riesen bekam man in der Gegend von Mommenheim normalerweise nie auch nur ein Haar zu Gesicht.

Die Männer begannen Finn jetzt mit auffordernden Rufen anzufeuern.

»Er-zäh-len! Er-zäh-len! Er-zäh-len«, hallte es durch die Erdhöhle, so dass Schlomm sich in seinem Schlammloch herumwälzte und sich im Schlaf Matsch in die kleinen Ohren stopfte, um seine Ruhe zu haben. Finn überlegte fieberhaft, welche Geschichte der Riesen ihm am besten gefallen hatte und an welche er sich vor allem noch so gut erinnerte, dass er sie halbwegs schlüssig und fehlerfrei erzählen konnte. Als der Lärm der Männer immer mehr zunahm, entschied er sich spontan für die Geschichte von dem mutigen Schneider, weil er fand, dass darin gewisse Parallelen zu ihrer Situation zu finden waren. Immerhin war dieser Schneider auch auf Wanderschaft und erlebte viele Abenteuer und Gefahren, die er nur mit List und Verstand überstehen konnte.

Finn sorgte für Ruhe in der Höhle, indem er mit den Armen in der Luft herumfuchtelte. Sofort waren alle still und starrten ihn wie gebannt an. Finn räusperte sich mehrmals nervös und versuchte dann, so gelassen wie möglich zu sprechen: »Also, die Geschichte, die ich euch erzählen möchte, spielt in einer kleinen Stadt der Riesen. Die liegt wie alles bei den Riesen an der Oberfläche und ist eben eine kleine Ansammlung von Behausungen, in denen sie leben. In einer dieser Behausungen lebte ein Schneider, der nähte Kleider, genau wie es der Schneider in Mommenheim tut, bloß viel größer natürlich.«

»Aha!« und »Soso«, murmelten einige der Zuhörer, wohl um zum Ausdruck zu bringen, dass sie sich unter einem Schneider etwas vorstellen konnten. Finn, der langsam sicherer wurde, fuhr fort: »Eines Tages nähte der Schneider also mal wieder ein Gewand und dabei bekam er Hunger. Er schnitt sich eine Scheibe Brot ab und bestrich sie dick mit

Marmelade. Danach ging er kurz wieder an seine Arbeit, um noch kurz etwas zu erledigen. Als er zurückkam sah er mit Schrecken, dass sich sieben dicke hässliche Fliegen auf seinem Brot niedergelassen hatten. Fliegen sind wohl so kleine schwarze Fluginsekten, die oft bei den Riesen leben. Jedenfalls wurde der Schneider so wütend, dass er mit der Hand auf sein Brot schlug und dabei alle sieben auf einmal tötete. Um diesen Sieg über die Fliegen zu feiern, nähte er sich einen Gürtel, auf den er die Worte ›Sieben auf einen Streich‹ einstickte und dann ...«

Finn erzählte und erzählte und tauchte mit jedem Wort mehr in die Geschichte ein. Als der Schneider auf die Trolle traf und sie mit einer List besiegte, konnten einige der Männer vor Spannung kaum stillsitzen. Bei seinen Kämpfen mit dem Einhorn und dem wilden Eber sprangen manche auf und feuerten den Schneider an, als fände das ganze Abenteuer genau in ihrer Mitte in der kleinen Erdhöhle statt. Finn erzählte so bildlich und fantasievoll, dass seine Zuhörer regelrecht in der Geschichte versanken.

Als der Schneider am Ende die Prinzessin zur Frau bekam, jubelten alle, als wären sie bei ihrem besten Freund zur Hochzeit eingeladen. Sie applaudierten Finn, völlig hingerissen von seiner tollen Geschichte. Neppi und Lund waren fasziniert und räumten sogar ein, dass Lesen vielleicht doch nicht so schlecht war. Rumbolt zwinkerte Finn vom anderen Ende der Höhle verschwörerisch zu, lächelte stolz und deutete eine Verbeugung vor ihm an. Finn wurde hellrosa im Gesicht, so peinlich war ihm die ganze Aufmerksamkeit und Begeisterung der anderen, doch er freute sich sehr und war zudem völlig überrascht, wie gut er erzählen konnte. Er hätte nie vermutet, dass er sie so überzeugen würde.

Vom vielen Reden war er allerdings reichlich müde geworden, wie er jetzt merkte, wo die Anspannung nachließ. Er kuschelte sich in seine Decke und schlief schon ein, während an allen Ecken der Höhle noch munter über die Geschichte des Schneiders und das Leben der Riesen im Allgemeinen diskutiert wurde.

Nur langsam kehrte Ruhe unter den Kleinlingen ein und als endlich alle schliefen, stand der Mond schon hoch am Himmel. Sein kaltes Licht spiegelte sich in Schlomms großen, schwarzen Augen, als Schlomm leise auf allen vieren aus der Schlammpfütze kroch. Er hob seine kleine Nase und schnüffelte aufmerksam in die kühle Waldluft. Vorsichtig sah er sich um, dann verschwand er blitzschnell im Unterholz und war bald nicht mehr als ein leises Rascheln in der Ferne.

Unterdessen glitt Finn durch seltsame Träume. Er war wieder in Mommenheim, und es schien die Zeit des Schachtfestes zu sein, alle Kleinlinge waren zusammen im Zentrum und feierten ausgelassen. Finn sah auch einige Maulwürfe unter ihnen. Sie saßen an langen Tafeln und speisten mit den Kleinlingen. Viele Leute tanzten zu wunderschöner Musik miteinander und überall tobten Kleinlingkinder herum. Finn hielt Ausschau nach seiner Mutter, er konnte sie in der Menge jedoch nirgends entdecken. Stattdessen sah er eine Gruppe Trödelwichte, die quer durch die feiernden Kleinlinge liefen. Finn überlegte gerade, wie die bei ihrer Größe bloß durch die engen Tunnel hier hinunter gekommen waren, als er plötzlich Schreie hinter sich hörte. Er drehte sich überrascht um, und sah Luna auf sich zulaufen. Sie schien furchtbar aufgebracht und schrie unentwegt: »Was hast du mir angetan, du undankbarer Sohn? Ich bin vor Sorge um dich fast gestorben. Du Nichtsnutz, du Sturkopf. Was hab ich dir über die Oberwelt gesagt? Wie dein Vater, wie dein Vater ...«

Sie schrie immer weiter und kam dabei bedrohlich näher. Finn entschied sich, die Flucht zu ergreifen und rannte in die Menge der Feiernden hinein, verfolgt von Lunas lautstarken Beschimpfungen. Die Musik klang auf einmal anders, gefährlicher. Die Kleinlinge um ihn herum, die eben noch ausgelassen gefeiert hatten, drehten sich mit wütenden Gesichtern nach ihm um, zeigten auf ihn und murmelten: »Das ist er, der schlechte Sohn, der seiner Mutter so viel Kummer macht.«

Finn flüchtete jetzt auch vor ihnen und suchte nach einem Ausgang aus dem Zentrum, doch obwohl hier sonst hunderte von Wegen mündeten, fand er jetzt keinen einzigen. In seiner Panik lief er die runde Treppe hinauf, immer weiter und weiter, bis er plötzlich wieder vor der Holztür des großen Rates stand. Unter sich konnte er die Mommenheimer sehen, die zu ihm hinaufblickten und drohend die Fäuste in seine Richtung schüttelten. Kurzentschlossen ging Finn zu der Tür, riss sie auf und lief hinein. Erst als er sie wieder hinter sich zugeworfen hatte und mit geschlossenen Augen dagegen lehnte, fühlte er sich sicher.

»Hallo, Finn«, sagte eine ihm vertraute Stimme. Finn öffnete verdutzt die Augen und sah Luselda an dem langen Tisch sitzen, genau an demselben Platz, an dem sie bei ihrer letzten Begegnung in diesem Raum gesessen hatte. Sie lächelte ihm zu und eine ihrer roten Haarsträhnen rutschte ihr sanft ins Gesicht. Sie strich sie mit der einen Hand zurück und winkte ihn mit der anderen zu sich. Er stieß sich von der Tür ab, durchquerte den Raum und setzte sich auf den angebotenen Platz neben ihr, auf dem normalerweise Amos saß. Ihm war etwas mulmig zumute, so nah war er ihr noch nie gewesen. Sie sah ihn direkt an und Finn konnte erkennen, dass ihre Augen nicht ganz grün waren, sondern braune Sprenkel aufwiesen, was er besonders schön fand. Sie begann zu lächeln, und Finn hatte das Gefühl, dass sie ihn dabei ertappt hatte, wie er ihre Augen bewunderte. Siedendheiß fiel ihm wieder ein, dass sie Telepathin war, und er richtete seinen Blick sofort verschämt auf den Tisch. Doch Luselda legte ihm freundlich die Hand auf die Schulter und drehte ihn zu sich herum, dann sagte sie: »Wie schön Finn, dass du gekommen bist. So können wir uns endlich richtig unterhalten.«

Finn sah sie verdutzt an und murmelte verlegen: »Also ehrlich gesagt, ich bin nicht mit Absicht hier. Ich weiß auch nicht so genau, wie ich hierher komme, ich bin vor den Leuten da unten geflohen und ...«

Sie unterbrach ihn lachend und meinte: »Du träumst, Finn. Wie jedes Mal, wenn wir uns sehen, erinnerst du dich nicht? Aber diesmal ist es anders, weil deine magische Kraft steigt. Sie vergrößert sich die ganze Zeit, je länger du an der Oberfläche bist. Ich weiß auch nicht wieso, aber ich kann dich jetzt viel leichter erreichen als noch vor einigen Tagen.«

Finn runzelte ungläubig die Stirn: »Tut mir Leid, aber ich fürchte, da irrst du dich. Ich bin kein Magischer, also kann sich bei mir auch keine magische Kraft entwickeln. Wie sollte das auch gehen? Vielleicht wirst du ja nur einfach immer besser. Ich weiß sowieso nicht, wieso du ausgerechnet mich erreichen kannst. Wir haben Amos dabei und der ist wirklich ein Magischer, das müsste für dich doch einfacher sein oder?«

Sie winkte mit verächtlichem Blick ab: »Also, was Amos an Magie in sich hat, das füllt kaum einen Fingerhut. Den zu erreichen über so eine Distanz, wäre so gut wie unmöglich. Was es mit dir auf sich hat, das weiß ich auch nicht. Ich kann nur sagen, dass ich deine innere Magie deutlich spüre, seit ihr uns an die Oberwelt gefolgt seid. Äh, ich nehme doch an, dass ihr mehrere seid, oder folgst du uns etwa allein?«

Finn schüttelte den Kopf und sagte: »Mit Rumbolts Trupp.«

Luselda atmete auf und wirkte erleichtert nach der Erwähnung von Rumbolts Namen. Auch sie schien ihm tiefes Vertrauen entgegenzubringen.

»Jedenfalls«, fuhr sie fort, »spüre ich in dir gewaltige magische Kräfte, auch wenn du sie nicht spürst, und das schenkt uns den glücklichen Umstand, dass ich mit dir in deinen Träumen reden kann. Es gibt auch ziemlich viel zu erzählen und leider fast nur Schlechtes. Also hör gut zu. Diese Wesen, unsere Entführer, haben Bartelbie, den Drittältesten, getötet, indem sie ihn einem Seemonster geopfert haben, bevor ich etwas tun konnte. Danach hab ich das Biest zwar in Tiefschlaf versetzt, aber für Bartelbie war es leider zu spät.«

Ihre schönen Augen wirkten jetzt unsagbar traurig. »Jedenfalls hat es gezeigt, dass unsere Entführer zu allem fähig sind und sich um eine Geisel mehr oder weniger nicht scheren. Wir verstehen ihre Sprache nicht, und deshalb kann ich auch nicht in ihre Gedanken hineinsehen oder Macht über sie gewinnen. Sie sind gänzlich anders als die meisten Völker in diesen

Wäldern. Ich habe aber das Gefühl, dass es jetzt nicht mehr weit sein kann bis zu ihrer Behausung, sie lassen sich mehr Zeit. Deshalb kann ich auch so lange in deinem Traum erscheinen. Das ist die erste längere Rast, die wir machen, in der sich auch die meisten von ihnen ausruhen und uns nicht ständig beobachten. Sie haben eine unheimliche Ausdauer, was das angeht. Viele von ihnen haben tagelang nicht geschlafen und trotzdem lassen sie keinerlei Erschöpfung erkennen. Ich schätze, ohne uns wären sie schon längst angekommen.

Ich habe ehrlich gesagt keine Ahnung, wie Rumbolt es schaffen will, uns aus deren Klauen zu befreien, aber er ist so ziemlich der Einzige, in den ich noch Hoffnung setze und die anderen auch. Heronimus geht es ziemlich schlecht. Er ist zu alt und zu schwach für so ein Unternehmen. Sie ziehen die Ältesten zwar auf Tragen, aber dennoch ist es eine enorme Strapaze für sie. Wir Magischen können nichts für sie tun, sie scheinen genau zu wissen, wo unsere Begabungen liegen. Androme, das junge Mädchen, das du vielleicht bei der Versammlung gesehen hast, kann mit einem Blick aus ihren Augen Wunden heilen oder entstehen lassen. Sie haben ihr eine Haube aufgesetzt, die die ganze Zeit ihre Augen verschließt, damit sie vor ihr sicher sind. Marab, der andere Magische, kann eigentlich aus seinen Händen Blitze verschießen, die zwar keinen großen Schaden anrichten, aber sein Gegenüber sehr stark blenden. Leider braucht er dazu seine Handflächen und die haben sie ihm aufeinander gebunden und seine Hände noch dazu in einen schwarzen Sack gesteckt, so dass er ihnen nicht gefährlich werden kann. Nur mich haben sie in Ruhe gelassen, vermutlich weil sie wissen, dass ich ihnen nichts anhaben kann. Sie scheinen sich vor dieser Entführung sehr gut über uns informiert zu haben, ich frage mich nur wie.«

Finn hatte ihr gespannt zugehört, und er machte sich jetzt Sorgen darüber, wie sie die Ratsmitglieder bloß retten sollten, wenn diese Wesen schon fast ihre Heimat erreicht hatten, scheinbar jede Schwäche der Kleinlinge kannten und außerdem noch unglaublich stark und ausdauernd waren. Er schob diese Gedanken aber schnell wieder aus seinem Kopf, weil er nicht wollte, dass Luselda sie bemerkte und damit wusste, dass sie auch keinen wirklichen Plan zu ihrer Rettung hatten. Stattdessen fragte er zielstrebig: »Gut, wir sind unterwegs, um euch zu helfen. Sag mir nur, wo ihr langgegangen seid. Wir haben zwar jetzt einen sehr schnüffelbegabten Mitreisenden, aber sicher ist sicher. Gab es irgendwelche markanten Punkte, an denen ihr vorbeigekommen seid, an denen wir uns orientieren können?«

Luselda überlegte kurz, dann antwortete sie: »Also ich weiß nicht genau, wo ihr jetzt seid, aber nachdem wir vom See an dieser großen Tanne wieder in den Wald abgebogen sind, sind wir fast nur noch geradeaus gegangen. Irgendwann kommt dann eine Lichtung, auf der viele graue Felsen und Steine liegen. Dort wächst nichts, nur eine Menge Geröll liegt herum. Sehr anstrengendes Stück Weg, das kann ich dir sagen, selbst Heronimus und der Viertälteste, Amandos, mussten zu Fuß gehen, weil die Entführer die Tragen nicht über die Steine ziehen konnten. Die Alten haben es kaum geschafft, ich hatte schon Angst, dass wir auch sie verlieren.«

In ihren Augen schillerten jetzt Tränen und Finn beeilte sich, sie aus ihren schmerzlichen Erinnerungen herauszureißen, bevor sie zu weinen anfing.

»Klingt als hätten wir noch eine Menge Anstrengungen vor uns. Wie geht es dann weiter?«

Sie riss sich sichtlich zusammen und setzte sich gerade hin. Die Tränen waren so schnell verschwunden, wie sie gekommen waren, stattdessen setzte sie jetzt eine trotzige Miene auf. »Wir sind quer über die Lichtung gelaufen, dahinter geht es geradeaus weiter durch ein Waldstück mit vielen kleinen Nadelbäumen, die, je weiter man kommt, immer größer und dichter werden. Mittlerweile sind wir in einem Gebiet, in dem die Bäume so eng stehen und so groß sind, dass man vom Himmel eigentlich nie etwas sieht. Man läuft die ganze Zeit im Dämmerlicht herum. An manchen Stellen kommt es einem so dunkel vor, als wäre es Nacht. Unseren Entführern scheint das sehr zu gefallen. Sie sind geradezu in euphorischer Stimmung, seit wir diesen Teil des Waldes betreten haben. Ich persönlich ... Oh nein, verdammt ..., ich muss gehen, Finn. Sie ...«

Sie verzog das Gesicht vor Schmerzen und ihr Bild wurde blasser. Finn erschrak und versuchte sie festzuhalten, doch er griff durch sie hindurch. Sie war plötzlich nicht mehr als eine Nebelgestalt, die sich rasch auflöste. Auf einmal war überall Nebel, Finn taste blind um sich und rief verzweifelt nach Luselda, aber er bekam keine Antwort. Seine Füße traten ins Leere, mit einem gellenden Schrei fiel er und lag plötzlich völlig verheddert in seiner Decke auf dem Boden der Erdhöhle. Neppi war über ihm und fragte besorgt: »Finni, was war los? Warum hast du so geschrien? Schon wieder ein Traum?«

Finn war noch völlig benommen von der Intensität seines Erlebnisses und konnte zuerst nicht antworten. Er setzte sich schlaftrunken auf, lehnte sich gegen die kalte Höhlenwand und rieb sich die Augen. Mittlerweile umringten ihn die Männer des Trupps und beobachteten ihn besorgt und neugierig. Rumbolt drängelte sich ganz nach vorn und kniete sich vor Finn auf den Boden, um ihm direkt ins Gesicht zu sehen. Nachdem er ihn einen Moment lang prüfend gemustert hatte und zu der Ansicht gelangt war, dass mit Finn soweit alles in Ordnung war, begann er ihn mit Fragen über seine Träume zu überschütten.

Finn, der sich inzwischen etwas erholt hatte, antwortete ihm so gut er es noch konnte, teilweise verblasste der Traum schon wieder in seinem Gedächtnis. Doch was er erzählte, reichte auch so schon, um Rumbolts Miene gehörig zu verfinstern, und den meisten Männern tiefe Sorgenfalten auf die Stirn zu treiben.

Als Finn geendet hatte, stand Rumbolt langsam und wortlos auf und begann in der Höhle auf und ab zu marschieren, hin und wieder murmelte er etwas, das aber keiner verstehen konnte. Nachdem sie ihm alle eine Weile dabei zugesehen hatten, zerstreuten sich die Männer langsam wieder zu ihren Schlafplätzen und begannen zusammenzupacken. Sie hegten wohl die Befürchtung, Rumbolt könnte plötzlich eine zündende Idee bekommen und dann wie immer sofort losstürmen, ohne auf irgendjemanden zu warten. Auch Finn, Neppi und Lund brachen ihr Lager ab und stopften ihr Gepäck in ihre Rucksäcke. Dabei unterhielten sie sich weiter über Finns Träume. Während Lund mit angestrengter Miene versuchte, seine Decke so klein zusammenzurollen, dass sie in seinen Rucksack passte, fragte er Finn: »Und sie wusste wirklich nicht, warum sie dich erreichen kann? Ich meine, dass ist doch komisch. Du bist eigentlich nicht magisch, und wenn du es wärst, dann müsste das doch früher schon mal jemand gemerkt haben, oder? Erst recht, wenn du so begabt bist, wie sie behauptet.«

Finn, der gerade seinen Rucksack zuschnürte und dabei ein Stück trockenes Brot aß, weil er vermutete, dass keine Zeit für ein richtiges Frühstück bleiben würde, zuckte die Schultern und meinte: »Sie ist sich auch nicht sicher, warum das so ist, deshalb schätze ich mal, sie muss sich irgendwie irren. Vielleicht denkt sie nur, sie spürt meine Kraft, aber in Wirklichkeit ist es ihre eigene, die so groß geworden ist, oder was weiß ich. Ich hoffe nur, ihre Kraft reicht aus, um sich gegen diese Monster zu wehren. Es macht mir irgendwie Sorgen, dass sie so plötzlich verschwunden ist. Vermutlich hat man sie dabei ertappt, wie sie zu mir Kontakt aufnahm. Das könnte Folgen für sie haben, an die ich gar nicht denken will.«

Er seufzte tief und packte weiter. Auch die anderen schwiegen einen betretenen Moment lang, dann jedoch brachte Finn ein kleines Lächeln zustande und meinte: »Also, wenn ich so eine große magische Begabung hätte, wie sie behauptet, dann müsste ich doch auch irgendwas Tolles können, oder? Lichtblitze schießen oder Gedankenlesen oder meinetwegen wenigstens in der Schule meine Noten besser zaubern.«

Neppi grinste: »Das jedenfalls wäre nicht schlecht. Meine könnten das auch vertragen. Oh, großer Finn«, er warf sich auf den Boden und tat, als würde er Finn anbeten, »bitte, bitte, wenn wir wieder zu Hause sind, mach, dass Lehrer Ippelbie sich nicht mehr erinnert, wie oft er wegen mir schon fast einen Nervenzusammenbruch hatte.«

Lund lachte und fügte hinzu: »Oh ja, magischer Finn, und

bitte zaubere auch, dass er vergisst, wie oft ich schon in seinem Unterricht eingeschlafen bin.«

Beide kringelten sich jetzt vor Lachen und auch Finn, der eigentlich ernst bleiben wollte, damit sie ihn nicht ab jetzt ständig damit aufzogen, fiel in ihr Gelächter ein. Doch plötzlich wurden sie jäh unterbrochen. Savall, der am Eingang der Höhle stand, rief laut zu ihnen hinein: »Schlomm ist weg!«

Finn hörte augenblicklich auf zu lachen, und auch Neppi und Lund beruhigten sich keuchend wieder. Rumbolt, in der Mitte der Höhle, unterbrach sein Auf- und Abgehen und wandte sich dem Eingang und Savall zu.»Was soll das heißen, Schlomm ist weg?«, fragte er barsch.

»Na ja«, druckste Savall, als wäre es seine Schuld, »ich wollte mich schon mal draußen umsehen, bevor wir weitergehen und da hab ich bemerkt, dass er nicht mehr in der Schlammpfütze am Eingang liegt. Ich habe dann draußen nach ihm gesucht und gerufen, aber er ist und bleibt verschwunden.«

Rumbolt, dem das scheinbar eine schlechte Nachricht zu viel für den Morgen war, preschte plötzlich an Savall vorbei aus der Höhle, wohl um sich selbst davon zu überzeugen. Finn rannte ihm sofort hinterher, dicht gefolgt von Neppi und Lund. Er machte sich Sorgen um Schlomm, immerhin war er es gewesen, der ihn überredet hatte, mit ihnen zu kommen. Draußen trafen sie auf Rumbolt, der wütend vor dem Loch auf und ab marschierte und nach dem Mink brüllte. Die anderen fielen in sein Rufen ein, aber sie erhielten keine Antwort. Nach einer Weile gaben sie auf. Rumbolts Miene war jetzt grimmig, und er schien mittlerweile am Rande eines Wutanfalls. Finn verstand nicht ganz warum. Er sorgte sich um Schlomm, aber darüber konnte man doch nicht so wütend werden. Vorsichtig ging er zu Rumbolt und murmelte: »Also ich mache mir große Sorgen um Schlomm. Was wird ihm nur passiert sein? Er wollte doch mit uns gehen. Wieso sollte er plötzlich wieder verschwinden?«

Rumbolt blickte ihn an, als sei Finn das Naivste. was er je erlebt hätte, dann entgegnete er entnervt: »Vielleicht war das von vornherein so geplant. Was ist, wenn dein Freund Schlomm ein Spion unserer Feinde ist? Sie kamen vor uns an diesen See, woher willst du wissen, dass sie dem lieben Schlomm nicht eine nette Belohnung geboten haben, wenn er sich uns anschließt und ausspioniert, was wir vorhaben?«

Finn war entsetzt. Auf so einen Gedanken wäre er niemals gekommen. »Nein«, sagte er entschieden, »Schlomm ist kein Verräter. Das passt nicht zu ihm, er wollte wirklich mit uns gehen. Seine Königin hat ihn schlecht behandelt, und er war froh, uns zu treffen und deshalb ...«

»Und woher willst du das wissen?«, fragte Rumbolt ungeduldig. »Das war wahrscheinlich alles gelogen. Wieso sollte er sich sonst bei Nacht und Nebel davonstehlen?«

Finn fiel so schnell nichts ein, was er darauf sagen konnte, und Rumbolt schien das Ganze jetzt auch satt zu haben. Entnervt zuckte er mit den Schultern und brüllte: »Ganz egal, was es mit Schlomm auf sich hatte. Wir können das jetzt sowieso nicht mehr ändern. Wir finden den Weg hoffentlich auch ohne seine Spürnase. Finns Träume müssten fürs Erste reichen. Ich hoffe, es sind alle marschbereit, wir ziehen sofort weiter. Ich fürchte zwar, dass wir die Entführer nicht mehr einholen, bevor sie ihre Heimat erreichen, aber dann müssen wir unsere Freunde eben dort herausbekommen. Wir finden eine Lösung, wenn wir da sind.«

Er schien grimmiger und entschlossener denn je, und niemand wagte es, seinen Worten zu widersprechen, auch wenn die meisten besorgte Gesichter machten. Sie tuschelten leise miteinander und fragten sich, wie sie es anstellen sollten, ihre Freunde direkt aus der Behausung ihrer Feinde zu befreien, denen sie zahlenmäßig völlig unterlegen sein würden.

So zogen sie wieder weiter. Rumbolt marschierte grummelnd vorweg und zwischen ihm und den nächsten Kleinlingen war eine klaffende Lücke. Niemand wollte ihm in dieser Stimmung zu nahe kommen.

Finn, Lund und Neppi gingen ganz am Ende des Trupps, um sich ungestört zu unterhalten. Finns Gesicht lag in tiefen Sorgenfalten, jedoch eher weil er überlegte, was mit Schlomm geschehen sein konnte, als aus Angst vor den bevorstehenden Herausforderungen. Er glaubte einfach nicht, dass er sie verraten würde, das war eine geradezu lächerliche Idee, und Rumbolt musste wirklich sehr angespannt sein, wenn er so etwas vermutete. Neppi fand diese Vorstellung auch mehr als unwahrscheinlich und hatte seine eigene Art, das zu zeigen. Er ließ sich auf alle viere nieder, machte möglichst große und unschuldige Augen und sagte dann auf diese leicht gurgelnde Art, die Schlomm an sich hatte, wenn er sprach: »Schlomm, Schlomm, ich Schlomm. Schlomm spioniert Kleinlinge. Kleinlinge gehen auf Weg, gehen gerade, gehen rechts, gehen mal links. Schlafen hier, schlafen da ...«

Er lachte und stellte sich wieder auf die Füße: »Was sollten diese dämlichen Entführer mit so etwas anfangen? Was könnte Schlomm ihnen wohl Wichtiges erzählen? Er könnte ihnen nicht mal verraten, wie viele wir sind, weil er ja nicht zählen kann.«

Finn nickte, trotz seiner Sorge um Schlomm musste er über Neppis treffendes Schauspiel grinsen: »Ich weiß auch nicht, wie Rumbolt auf die Idee kommt Schlomm wäre ein Spion. Ich glaube, die Sorge um die Geiseln und die Schwierigkeiten unserer Reise machen ihn langsam nervös, und er sieht hinter jedem Baum den Feind lauern. Ich frag mich nur, wo Schlomm wirklich ist. Ich hätte ihn am liebsten gesucht, aber das hätte Rumbolt nie gestattet. Ich hoffe, ihm ist nichts passiert.«

Finn seufzte schwer. Lund schien in Gedanken versunken und meldete sich jetzt leise zu Wort: »Vielleicht ist ihm ja gar nichts passiert. Stell dir vor, er ist nur mal kurz spazieren gegangen oder was essen oder so. Was isst Schlomm eigentlich? Habt ihr ihn bisher irgendetwas essen sehen?«

Finn sah Lund verärgert an und runzelte die Stirn: »Denk doch nicht immer ans essen, Lund. Ich finde das im Moment nicht so wichtig, muss ich sagen. Aber angenommen es ist, wie du sagst, und er war nur mal kurz unterwegs, dann kommt er zurück und wir sind weg. Er wird denken, wir hätten ihn absichtlich zurückgelassen, weil wir nicht auf ihn gewartet haben.«

Neppi mischte sich ein, klopfte Finn auf die Schulter und erwiderte: »Ach, Mama Finn, nun mach dir nicht so große Sorgen. Schlomm hat eine gute Nase, besser als wir alle zusammen. Wenn er wieder zum Lager kommt, wird er feststellen, dass wir schon losgegangen sind und unserer Spur folgen. Warte erst mal ab, vielleicht kommt er ja noch.«

Finn war nicht richtig überzeugt, aber er sagte erst mal nichts mehr dazu, und sie redeten über andere Dinge. Vielleicht hatten Lund und Neppi ja Recht, und Schlomm würde sie wiederfinden.

Die Landschaft veränderte sich kaum. Sie wanderten immer geradeaus durch relativ lichte Bewaldung und über noch vom gestrigen Regen voll Wasser gesogenes Moos, in dem man bei jedem Schritt tief einsackte. Es war etwas mühsam, und bald hatten alle nasse Füße. Der Himmel hing noch immer voller Wolken, aber die Luft war warm und feucht. Insekten, die sich während des Regens irgendwo verkrochen hatten, summten und krabbelten wieder überall um sie herum, und in den Baumwipfeln sangen Vögel. Trotz all der Sorgen fühlte Finn sich unerwartet gut. Der Wald schien seine eigene Art zu haben, ihn zu beruhigen. Die frische Luft, die durch das Unwetter irgendwie gereinigt erschien, strömte durch seinen Körper und hinterließ ein Gefühl der inneren Ausgeglichenheit. Finn fühlte heute stärker als sonst diese Freiheit, die seinen Geist erfüllte, seit er an der Oberwelt war. Er hatte das Gefühl, als könnte er seine Gedanken über seinen Kopf hinaus nach allem ausstrecken, was er sah. Die Zauber, die auf diesen Wäldern lagen, waren sicher uralt, und Finn verstand sie nicht, aber er spürte sie mit jeder Faser seines Körpers an diesem frühen Morgen.

Nach einer geraumen Weile hörten sie hinter sich ein Rascheln, der ganze Trupp blieb wie angewurzelt stehen und lauschte. Da war es wieder, ein Keuchen und Schnaufen, blitzschnell hatten die Kleinlinge zu den Waffen gegriffen und waren rechts und links hinter den Bäumen verschwunden. Ein paar starke Arme packten Finn, Neppi und Lund, die immer noch wie festgewachsen dastanden und schleiften sie in das nächste Gebüsch. Das Keuchen war jetzt schon viel lauter. Was auch immer auf sie zukam, war sehr schnell. Die Männer, die Finn von seinem Versteck aus sehen konnte, hatten die Waffen erhoben und waren angespannt bis in die letzte Faser ihres Körpers. Das schnaufende Geräusch war jetzt ganz in der Nähe, und plötzlich sah Finn eine dunkle Gestalt zwischen den Bäumen entlanghuschen. Die Männer mussten es auch gesehen haben, eine Bewegung ging durch den ganze Trupp, als sie sich gegen den Feind formierten. Finn starrte angestrengt zwischen die Bäume, sah wieder etwas vorbeiflitzen und erhaschte dabei einen kurzen Blick auf ein verängstigtes, großes, schwarzes Auge.

Gerade als Rumbolt das Zeichen zum Angriff gab, begriff Finn und rannte ebenfalls los wie von hundert Kobolden gejagt. Er kam gleichzeitig mit den brüllenden Männern hinter den Bäumen hervor, steigerte sein Tempo und sah plötzlich den armen Schlomm, der vor Angst und Schreck über den unerwarteten Angriff starr vor einem Baumstumpf stand und zitterte. Finn rannte noch schneller und erreichte Schlomm als erster. Als dieser ihn sah, versuchte er, sich hinter ihm zu verstecken, während die anderen Kleinlinge auf sie zustürmten. Finn stellte sich entschlossen vor Schlomm und brüllte: »Nicht, ihr macht ihm Angst. Es ist nur Schlomm, kein Feind. Bleibt zurück!«

Allmählich erkannten auch die Männer, wen sie da vor sich hatten und verlangsamten ihren Ansturm. Trotzdem sahen sie noch immer so gefährlich aus mit ihren Waffen und grimmigen Gesichtern, dass Schlomm sich angstvoll hinter den Baumstumpf zurückzog und dort niederkauerte. Rumbolt kam mit zorngerötetem Gesicht auf Finn zu und knurrte: »Was fällt dir ein, Finn, einfach loszulaufen und dich mitten ins Kampfgeschehen zu werfen? Dir hätte sonst was passieren können, wenn es nicht Schlomm gewesen wäre, sondern irgendetwas anderes.«

»Ich wusste, dass es Schlomm war«, entgegnete Finn ruhig. »Ich wollte nicht, dass ihr ihn wieder so verängstigt, aber dafür ist es wohl zu spät.«

Und er warf einen mitleidigen Blick auf Schlomm, der ganz vorsichtig mit einem seiner großen Augen hinter dem Baumstumpf hervorlugte. Rumbolt schien das nur noch mehr in Rage zu versetzen, und er brüllte: »Von deinem Freund Schlomm möchte ich erst einmal wissen, wo er sich herumgetrieben hat und warum er erst jetzt hier erscheint. Ich hoffe, du hast eine gute Erklärung, Mink.«

Schlomm jedoch zog sich ängstlich hinter den Baumstumpf zurück und gab keinen Laut von sich. Jetzt wurde Finn langsam wütend. Er sprach zwar noch in angemessenem Tonfall mit Rumbolt, wie es der Respekt verlangte, aber seine blauen Augen schienen eisige Blitze zu verschießen und seine Stirn legte sich in so grimmige Falten, dass Neppi und Lund, die mittlerweile auch den Schauplatz des Geschehens erreicht hatten, erschreckt einatmeten, so hatten sie Finn noch nie gesehen. Die Worte kamen aus seinem Mund wie ein leichtes Knurren: »Du machst Schlomm Angst. Er hat dir nichts getan, und er wird nicht herauskommen, solange du ihn anbrüllst. Ich schlage also vor, dass ihr alle zurücktretet und mich mit ihm reden lasst.«

Er sagte diese Worte ganz ruhig, aber jeder konnte ihm ansehen, dass er sich sehr beherrschen musste, um nicht genauso loszubrüllen wie Rumbolt. Dieser, offenbar völlig überrascht, dass jemand seine Befehle in Frage stellte, brauchte einen Moment, bis er eine Antwort fand. Auch Rumbolt senkte jetzt bedrohlich die Stimme: »Finnholf, es geht hier um deine und unser aller Sicherheit, und ich denke, es steht dir nicht zu, zu beurteilen, ob Schlomm eine Gefahr darstellt oder nicht. Geh beiseite und lass mich mit ihm reden. Ich werde ihn nicht anbrüllen, in Ordnung?«

»Nein«, entgegnete Finn knapp, er hatte nicht vor, Schlomm von Rumbolt verhören zu lassen. Er wusste, dass der arme, scheue Mink vor Angst fast sterben würde, wenn sie ihm in ihrer Bewaffnung und ihrem Misstrauen noch näher kamen. Er war sicher, dass Schlomm kein Verräter war, und er würde ihn verteidigen. In diesem Moment zeigte sich die ganze störrische Dickköpfigkeit, die sonst seiner Mutter eigen war und die bei Finn nur sehr selten zutage trat. Der ganze Trupp hinter ihnen hielt den Atem an, noch nie hatte es einer der Männer gewagt, Rumbolt so direkt zu widersprechen. Der Einzige, der ein zufriedenes Gesicht machte, war der noch immer gefesselte Amos, der offenbar auf eine Prügelei hoffte und sich diebisch darüber freute.

Einen Moment lang sah es auch so aus, als würde seine Hoffnung erfüllt werden. Rumbolt und Finn standen sich starrköpfig gegenüber, taxierten sich mit vor Wut blitzenden Augen und schienen nur einen Schritt weit davon entfernt, aufeinander loszugehen. Aber da senkte Rumbolt plötzlich den Blick, und als er wieder aufsah, war auf seinem Gesicht kein Zorn mehr, er wirkte beherrscht und sogar zu einem winzigen Teil freundlich. Er sagte ruhig: »Nun gut, Finn, ich sehe, du kämpfst für einen Freund, wenn es nötig ist. Ich achte das, und obwohl es mir in diesem Fall nicht gefällt, werde ich mich auf dein Urteil verlassen, was Schlomm angeht. Also frage ihn, was er die Nacht über getrieben hat, und warum er erst jetzt zurückkommt. Wir werden uns zurückziehen.«

Damit drehte er sich um, machte ein knappes Zeichen zu seinen Männern und stapfte davon. Sie folgten ihm, immer noch staunend über das, was sie gerade erlebt hatten. Der große Rumbolt hatte sich der Starrköpfigkeit dieses Kleinlingjungen gebeugt.

Finn war völlig überrascht, er hatte sich schon darauf eingestellt, dass er vermutlich eine Tracht Prügel bekommen würde. Ihm wurde wieder mal bewusst, warum Rumbolt Führer dieses Trupps war. Man musste schon einiges an Größe besitzen, um in so einem Moment noch klar denken und sogar nachgeben zu können. Er gestand sich ein, dass er es auf eine ernsthafte Auseinandersetzung hätte ankommen lassen. Finn hätte auf keinen Fall nachgegeben. Jetzt allerdings war er sehr froh, dass Rumbolt klüger gewesen war. Er wandte sich zu dem Baumstumpf, hinter dem Schlomm noch immer kauerte und rief leise seinen Namen, aber bekam keine Antwort. Also begann Finn wieder das Lied zu singen, das den Mink schon das letzte Mal aus seinem Versteck gelockt hatte und ging langsam und vorsichtig um den Baumstumpf herum. Als er auf der anderen Seite auf Schlomm traf, bot dieser ein solches Bild des Elends, dass Finn das Herz vor Mitleid ganz schwer wurde. Schlomm hatte sich auf dem Boden zusammengekauert, die dürren Arme über den Kopf gehoben und das Gesicht darunter versteckt. Er zitterte vor Angst und versuchte, sich so klein zu machen, wie es nur ging. Im Grunde schien er verschwinden zu wollen.

Finn setzte sich neben ihn und streichelte behutsam die glatte dunkelgrüne Haut an seinem Kopf, während er leise weitersang. Es dauerte eine Weile, aber irgendwann beruhigte sich der Mink. Zuerst lag er still und zitterte nicht mehr, dann nahm er die Arme von seinem Kopf und blinzelte Finn aus traurigen Augen an. Schließlich setzte er sich auf und schien etwas sagen zu wollen. Finn hörte auf zu singen und sah ihn, wie er hoffte, ermunternd an. Schlomm überlegte einen Augenblick und dann gab er leise gurgelnde Töne von sich, die schließlich zu Worten wurden: »Ihr geht ohne Schlomm? Schlomm darf nicht mit?«

Finn hatte bereits geahnt, dass Schlomm diese Schlussfolgerung aus ihrem plötzlichen Verschwinden ziehen würde, trotzdem war es schlimm, das aus dem Mund des Minks zu hören, und ihn dabei so verzweifelt zu sehen. Finn beeilte sich etwas zu antworten, das Schlomm ihren überstürzten Aufbruch erklären würde.

»Nein, Schlomm, natürlich wollen wir dich weiterhin dabeihaben. Ich bin so froh, dass du uns mit deiner guten Nase gefunden hast. Wir konnten nur nicht mehr warten, wir sind nicht so schnell wie du und müssen deswegen möglichst früh losgehen, um so weit zu kommen, wie es nur geht. Du weißt doch, wir suchen die nette, rote Frau und unsere Freunde.«

Schlomm schien zu begreifen. »Nette, rote Frau«, wiederholte er und dabei bekam sein Gesicht einen glücklicheren Ausdruck. Finn war froh und wagte sich jetzt langsam zu den Fragen, die Schlomms Verschwinden betrafen: »Schlomm, wo warst du heute Nacht? Wir sind nur ohne dich gegangen, weil du heute Morgen nicht da warst. Wo warst du?«

Schlomm zwinkerte ein paar Mal mit seinen schwarzen Augen und schien zu überlegen, was er antworten sollte. Die Frage bereitete ihm sichtliches Unbehagen. Schließlich murmelte er: »Schlomm Essen holen.«

Finn legte den Kopf schief und sah ihn fragend an. Schlomm sah sich dadurch genötigt, seine Antwort noch mehr auszuführen und murmelte widerstrebend: »Schlomm hungrig, geht essen. Immer in der Nacht. Morgens er wieder da.«

Finn verstand. Das erklärte natürlich sein Verschwinden, und er glaubte ihm. Allerdings war er sich nicht so sicher, ob Rumbolt eine so einfache Geschichte überzeugen würde.

»Was isst du, Schlomm?«, fragte er weiter, um wenigstens irgendetwas Konkretes herauszubekommen. Schlomm schien seine Frage entweder nicht zu verstehen oder nicht beantworten zu wollen, er druckste herum und murmelte nur: »Schlomm isst dies, isst das.«

Mehr war aus ihm nicht herauszubekommen. Also beschloss Finn, ihn zu den anderen zu bringen und darauf zu hoffen, dass diesen sein »dies« und »das« reichen würde.

Nur war es gar nicht so leicht, den immer noch misstrauischen Schlomm zu überreden, zu den anderen Kleinlingen zu gehen, die ihn eben noch mit lautem Geschrei und erhobenen Waffen gejagt hatten. Finn brauchte all seine Geduld, bis er es endlich geschafft hatte, und der Mink brav hinter ihm her auf die Baumgruppe zutrabte, unter der der Trupp sich niedergelassen hatte und ein spätes Frühstück einnahm. Sie sahen ihnen erwartungsvoll entgegen und tuschelten untereinander, aber als Finn und Schlomm bei ihnen ankamen, war es still. Der Mink blickte angstvoll mit seinen großen Augen von einem zum anderen. Finn schaute ruhig auf die Gruppe und hatte die Arme trotzig überkreuzt. Er ließ sich nicht anmerken, wie sehr er fürchtete, der Trupp könnte noch immer auf dieser merkwürdigen Idee bestehen, Schlomm sei ein Spion. Rumbolt saß zwischen seinen Männern und blickte Finn interessiert an, sagte jedoch nichts. Anscheinend warteten sie darauf, dass Finn eine Erklärung abgab. Also holte er einmal tief Luft: »Ich denke, ihr könnt beruhigt sein, Schlomm hat nichts getan, das uns schaden könnte. Er hat lediglich etwas zu essen gesucht und ist zu spät zurückgekehrt. Er besorgt sich sein Futter in der Nacht, deshalb ist er gegangen, als wir schliefen.

Ich bin mir sicher, er wird in Zukunft besser aufpassen und vor dem Morgengrauen zurück sein, damit wir nicht wieder ohne ihn losgehen. Nicht wahr, Schlomm?«

Schlomm nickte eifrig und grinste verlegen. Finn sah in die Runde und versuchte, aus den Gesichtern zu ergründen, ob man ihm glaubte oder nicht. Neppi und Lund lächelten ihn an und machten Zeichen, die wohl bedeuten sollten, dass sie auf seiner Seite waren. Finn grinste freudig zurück. Da ergriff Rumbolt das Wort, etwas leiser als es sonst seine Art war und meinte: »Nun gut, das mag die Wahrheit sein, vielleicht ist sie es auch nicht. Beides kann ich momentan nicht mit Sicherheit sagen. Aber ich denke, dass Schlomm eine Chance verdient hat, nachdem du so vehement für ihn eingetreten bist. Jedoch kann ich das nicht allein entscheiden, sollte es sich als Fehler herausstellen, betrifft es die Sicherheit des ganzen Trupps. Es wird also eine Abstimmung geben.«

Finn hielt den Atem an. Er war sich nicht sicher, ob genügend der Männer Schlomm für harmlos hielten und ihn weiterhin akzeptierten. Rumbolt stand auf, sah in die Runde und rief: »Wer Schlomm weiterhin dabei haben möchte, hebe bitte die Hand.«

Zuerst passierte nichts, nur Neppi und Lund rissen begeistert ihre Arme empor. Finn schluckte schwer, wie sollte er das Schlomm beibringen, wenn er nicht mehr mitkommen durfte? Da erhoben sich zögerlich an einigen Stellen Arme und plötzlich wurden es immer mehr. Rumbolt zählte und es war eindeutig die Mehrheit. Finn jubelte und umarmte Schlomm stürmisch, der zwar nicht ganz verstanden hatte, was gerade vor sich ging, aber sich einfach freute, weil Finn sich freute. Auch Neppi und Lund fielen in den Jubel ein, und die meisten der Männer grinsten in dem Gefühl, sich richtig entschieden zu haben. Selbst Rumbolt, der die Möglichkeit einer von Schlomm ausgehenden Gefahr ja erst in den Raum gestellt hatte, lächelte und schien sogar den Streit mit Finn vergessen zu haben.

Trotzdem dachte Finn noch daran. Während der Trupp sich wieder marschbereit machte, ging er zu ihm und sprach ihn etwas verlegen an: »Du, Rumbolt, ... also das vorhin, als wir uns so gestritten haben, das tut mir wirklich leid. Weißt du, ich wollte dich nicht infrage stellen, normalerweise würde ich auch nicht so einfach deine Befehle ignorieren, es ist nur ...«

Rumbolt legte beschwichtigend seinen Arm auf Finns Schulter und unterbrach ihn sanft: »Es ist schon gut, Junge. Ich hätte dich nicht so anschreien sollen. Ich hatte bloß schreckliche Angst um dich, als du da plötzlich wie der Wind aus dem Dickicht gefegt bist, direkt in unseren Angriff hinein. Ich konnte ja nicht wissen, dass es nur Schlomm ist und nicht etwa ein Fuchs oder gar ein Kobold, der uns verfolgt. Ich war wütend über deine Leichtsinnigkeit, aber ich habe Achtung davor, wenn jemand den Mut hat, einen Freund zu verteidigen, koste es, was es wolle. Da beleidigt es mich auch nicht, dass du dich gegen mich gestellt hast. Einem Freund gegenüber seine Meinung mit solcher Sicherheit zu vertreten, ist viel schwieriger als vor dem schlimmsten Feind. Ich bin eigentlich stolz auf dich, Finn, und ich bin sicher, dein Vater wäre es auch gewesen.«

Finn errötete leicht über dieses unerwartete Lob. Er grinste Rumbolt verlegen an und beeilte sich dann, zu Neppi und Lund zu kommen, die ihn schon erwarteten.

»He Finni«, schrie Neppi ganz außer sich, »das war klasse. Ich hätte nie von dir erwartet, dass du so wütend werden kannst. Mann, du hattest überhaupt keine Angst. Ich war sicher, noch ein Wort von dir, und Rumbolt würde Matsch aus dir machen.«

Er schüttelte immer noch ungläubig den Kopf. Lund hatte ein ganz rotes Gesicht vor Aufregung und schnaufte: »Nein, aber das hat er nicht. Er hat nachgegeben. Du hast gewonnen, Finn, gegen Rumbolt. Das ist einfach unglaublich, und Schlomm darf weiter mit uns kommen, so ein Glück.«

Sie schienen ihn fast für einen Helden zu halten, aber Finn winkte ab und erklärte, dass er sich bereits bei Rumbolt entschuldigt hätte. Das bremste ihre Bewunderung etwas.

Finn war das egal. Er war einfach zu glücklich über Rumbolts letzte Worte. Dass sein Vater stolz auf ihn gewesen wäre, erfüllte ihn mit einer Freude und einem Selbstbewusstsein, das er nur selten gespürt hatte, bedeutete es doch, dass er den richtigen Weg ging. Auch wenn seine Mutter alles, was er hier draußen tat, verurteilen würde, zumindest wäre sein Vater stolz auf ihn gewesen. Von diesem Gefühl getragen marschierte er den Rest des Tages relativ schweigsam dahin, während seine Freunde immer wieder seine Auseinandersetzung mit Rumbolt von vorne bis hinten durchsprachen, analysierten und überlegten, wie es noch hätte ausgehen können. Alle Möglichkeiten, die sie sich vorstellen konnten, führten unweigerlich dazu, dass Finn von Rumbolt zu Kleinlingmatsch zerhauen wurde. Normalerweise hätte Finn das vielleicht nicht so lustig gefunden, aber in seinem momentanen Glückszustand war ihm alles gleichgültig. Er lachte mit Lund und Neppi und freute sich über Schlomm, der glücklich neben ihnen hertrabte, herumschnüffelte und sich hier und da im nassen Moos wälzte. Dank seiner Anwesenheit wussten sie jetzt auch wieder genau, dass sie auf dem richtigen Weg waren, Schlomm folgte weiter mit seiner Schnüffelnase der Spur der Entführer. Rumbolt unterhielt sich fröhlich mit ein paar Männern an der Spitze des Trupps. Für den Moment schienen ihre Sorgen und die Probleme, die auf sie warteten, vergessen, aber sie sollten schon bald wieder daran erinnert werden.

## 8

Das Wetter, das am Morgen noch Hoffnung auf Besserung oder zumindest auf wolkenverhangene Trockenheit gemacht hatte, zeigte sich nun wieder von seiner schlechtesten Seite. Ein feiner Nieselregen setzte gegen Nachmittag ein, und schien sich für längere Zeit einrichten zu wollen.

Die Kleinlinge, die kaum trocken waren vom gestrigen Unwetter, stapften mit angewiderten Gesichtern durch den vor Nässe triefenden Wald. Der Einzige, der sich freute, war Schlomm, er war nun einmal zur Hälfte ein Wasserwesen. Vielleicht freute sich auch Amos. Allerdings nicht weil er Regen so sehr liebte, sondern eher weil er seine Mitreisenden so sehr hasste, dass er ihnen jeden Schaden von Herzen gönnte, selbst wenn er dabei ebenfalls betroffen war.

Neppi hielt sich als mehr oder weniger brauchbaren Schutz gegen den Regen ein Blatt am Stängel über seinen Kopf. Der Erfolg war mäßig, da zusätzlich zu dem Nieselregen ein leichter Wind ging. Bei jeder Böe wurde das Blatt hoch geweht und das Wasser, das sich auf seiner Oberseite angesammelt hatte, klatschte Neppi in den Nacken und dem hinter ihm gehenden Lund ins Gesicht. Das trug nicht unbedingt dazu bei, dass der wasserscheue Lund bessere Laune bekam. Nach der dritten Windböe war es mit seiner Geduld vorbei, und er gab Neppi einen so wütenden Stoß in den Rücken, dass dieser direkt ins klatschnasse Moos plumpste. Was an Neppi bis jetzt noch trocken gewesen war, sog sich nun voll Wasser und mit einem dementsprechenden Wutschrei stürzte sich Neppi auf Lund. Es endete damit, dass sie sich zornig aufeinander einschlagend über den Waldboden wälzten, und bevor Finn und drei der Männer sie trennen konnten, waren beide nicht nur durchnässt, sondern auch von oben bis unten mit Schlamm und Moos bedeckt. Finn sah angewidert von einem zum anderen und schnaubte entnervt: »Haben wir nicht schon genug Probleme? Müsst ihr euch auch noch ständig in die Haare kriegen? Vertragt euch gefälligst. Das Wetter ist mies, mir ist kalt, und ich möchte an einem warmen Feuer sitzen, bevor es dunkel wird, also haltet uns nicht mit euren Kindereien auf!«

Sowohl Lund als auch Neppi starrten betreten zu Boden, beide waren es nicht gewohnt, dass Finn so aus der Haut fuhr. Je länger sie an der Oberwelt waren, desto mehr schien Finn an Selbstvertrauen und Kraft zu gewinnen. Das wurde für seine Freunde, die ihn ganz anders kannten, immer deutlicher. So sagten sie nichts, sondern gaben sich wortlos die Hand, zum Zeichen, dass sie sich vertragen würden und beeilten sich dann, hinter Finn herzukommen, der schon entschlossen weitergestapft war.

So verging der Nachmittag und bald begann es zu dämmern, während es noch immer leise und unaufhörlich aus den grauen Wolken nieselte. Die Kleinlinge waren inzwischen in einen sehr kargen Teil des Waldes gekommen. Die Bäume standen weit auseinander, und es gab viele Lichtungen, wo nur Gras wuchs oder das Land sogar völlig kahl war. Dies war ein wahrhaft schlechter Ort für ein gutes Versteck und Nachtlager. Man hatte in diesem Gelände das Gefühl, von überall her beobachtet zu werden.

Kurz bevor die Dunkelheit ganz hereinbrach, entdeckte Hinfried zwei Bäume, die sehr eng standen und so gewachsen waren, dass sie einander umschlangen. Zwischen ihnen war ein dunkler Hohlraum, der ein geeignetes Versteck bieten konnte. Vorsichtig ging Rumbolt mit Hinfried und einem anderen Mann, der einen roten Bart trug und von allen deshalb nur Rotbart gerufen wurde, zu den zwei Bäumen hinüber. Sie inspizierten zuerst den Bereich vor der dunklen kleinen Höhle auf der Suche nach Spuren eventueller Bewohner. Als sie nichts fanden, betraten sie vorsichtig einer nach dem anderen die Baumhöhle und verschmolzen mit der Dunkelheit. Der ganze Trupp, der in sicherer Entfernung wartete, stand mucksmäuschenstill und hielt den Atem an.

Finn dachte, dass er niemals den Mut aufbringen könnte, einfach so in eine unbekannte Dunkelheit zu gehen, ohne zu wissen, was sich darin verbergen könnte. Ihm lief ein Schauder über den Rücken bei dem Gedanken an eiskalte lange Klauen, die sich in der Finsternis um seine Knöchel schlossen. Gerade als er meinte, sie wären jetzt schon zu lange da drin, und es müsste zweifellos etwas Schreckliches passiert sein, tauchte Rumbolt unter den beiden Bäumen wieder auf und winkte ihnen. Finn hörte die Männer überall um sich herum erleichtert aufatmen und auch ihm entfuhr ein Stoßseufzer. Ohne es zu merken, hatte er vor Spannung den Atem angehalten.

Er marschierte hinter den anderen her zu der kleinen

Baumhöhle und stellte fest, dass es darin gar nicht so dunkel war, wie es auf die Entfernung ausgesehen hatte. Dadurch, dass sie von zwei Seiten zugänglich war, fiel genug Licht hinein, um erkennen zu können, wo man sich befand. Die Wurzeln der Bäume hatten sich hier ebenfalls umschlungen und bildeten teilweise dicke Erhebungen am Boden, über die man recht mühsam klettern musste. Aber zwischen diesen Wurzeln fanden sich schöne wind- und wettergeschützte Schlafplätze, die die Kleinlinge jetzt einen nach dem anderen in Besitz nahmen. Ein paar Männer zündeten ein Feuer aus trockenen Holzstücken an, die in ihrem Unterschlupf herumlagen und bald breitete sich eine wohlige Wärme aus, die alle zufrieden seufzen ließ. Heute verlangte niemand nach einer Geschichte, vielmehr saßen oder lagen sie rund ums Feuer, starrten gedankenverloren in die Flammen und spürten die bleierne Müdigkeit nach diesem anstrengenden Tag.

Schon nach kürzester Zeit hörte man von Lund ein tiefes Schnarchen. Er hatte sich zwar sehr gebessert, was seine Faulheit und Verfressenheit anging, jedoch schien der Marsch für ihn noch immer am schwersten zu sein. Finn und Neppi grinsten sich über den schlafenden Lund hinweg an. Der Feuerschein tanzte rot und gelb auf ihren Gesichtern und warf sich ständig verändernde Schatten umher. Neppi flüsterte: »Siehst du, es war doch gut ihn mitzunehmen, auch wenn er sich erst so angestellt hat. Sieh ihn dir an, ich wette, seine eigene Mutter würde ihn kaum erkennen, wenn sie ihn jetzt träfe.«

Finn nickte: »Du hast Recht. Lund ist schlanker geworden, sein Gesicht ist kantiger und rosiger, nicht mehr so rund, weich und blass wie sonst. Ich hab auch das Gefühl, er jammert nicht mehr so viel wie früher. Er ist selbstbewusster.«

»Wie ich dir gesagt hab, Finni. So ein richtiges Abenteuer war genau das, was Lund brauchte. Pass nur auf, wenn wir wieder nach Mommenheim kommen, wird Lund genauso unerschrocken sein wie Hinfried.«

»Wenn wir wieder nach Mommenheim kommen ... ja, wenn ...«, Finn seufzte.

»He, jetzt jammert Lund nicht mehr, dafür fängst du an, oder was soll das heißen? Keine Panik, wir kommen schon wieder nach Hause. Bis jetzt ist doch alles halbwegs glatt gelaufen.«

Finn lächelte tapfer: »Du hast ja Recht. Es wird schon alles gut werden und immerhin ist das hier genau das, was ich immer wollte, also kann ich mich wohl jetzt nicht beklagen.« Er senkte den Blick: »Weißt du, ich denke nur manchmal, was Luna jetzt wohl ohne mich macht. Ob sie sehr sauer ist?«

»Ha, sie wird vermutlich toben vor Wut, so wie ich deine Mutter kenne. Nein, im Ernst Finn, ich denke Luna wird einfach nur hoffen, dass du heil nach Hause kommst. Vielleicht erwürgt sie dich, wenn du wieder zu Hause bist, für die ganzen Sorgen, die sie deinetwegen gehabt hat, aber im Moment hofft sie sicher nur, dass es dir gut geht.«

»Vermisst du deine Eltern nicht?«

»Ach ... Na ja, schon ein bisschen, aber nicht weitersagen.«

Mit diesen Worten kuschelte sich Neppi tiefer in seine Decke und schloss die Augen. Finn überlegte, ob er wohl an zu Hause dachte. Ihm fehlte Mommenheim eigentlich gar nicht. Er fand noch immer, dass die Enge und Dunkelheit nicht mit der Weite des Himmels und der Luft an der Oberwelt konkurrieren konnte. Nur vermisste er seine Mutter schlimmer, als er es je für möglich gehalten hätte. Tagsüber konnte er es wegschieben, weil er dann abgelenkt war, aber abends ertappte er sich immer öfter dabei, dass er sich fragte, was sie jetzt wohl machte. Ob sie schon zu Bett gegangen war, oder ob sie vielleicht zu Abend aß. Vielleicht hatte sie auch gar keinen Appetit so allein ohne ihn. Diese Gedanken drehten sich in Finns Kopf in endlosen Kreisen und ließen ihn nicht los. Neppi gab jetzt ebensolche Schnarchlaute von sich wie Lund und ihre Regelmäßigkeit beruhigte Finn. Auch er schloss die Augen und dachte noch einen Moment an die Sterne, die er seiner Mutter so gern zeigen würde, bis er in einen sanften traumlosen Schlaf fiel.

Ein gellender Schrei gefolgt von irrem Kreischen und

Grunzen durchschnitt die friedliche Stille der Nacht. Finn sprang noch völlig benommen vom Boden auf und sah sich erschrocken um. Es gab niemanden mehr im Lager, der noch schlief, selbst Lund war von dem Lärm erwacht und blinzelte Finn aus kleinen Äuglein irritiert an. Die Männer hatten schon an den zwei Eingängen ihrer Höhle Stellung bezogen und starrten mit gezückten Waffen misstrauisch in die dunkle Nacht hinaus. Schlomm, der es vorgezogen hatte draußen zu schlafen und noch nicht aufgebrochen war, um sich etwas Essbares zu besorgen, kam in Windeseile und mit Panik in seinen schwarzen Augen in die Höhle geprescht und versteckte sich furchtsam in der hintersten Ecke. Alle lauschten und hielten den Atem an. Plötzlich ertönte wieder ein heller, verzweifelter Schrei gefolgt von bösem Lachen und Lauten in einer Sprache, die Finn nicht verstand. Selbst die mutigsten Männer zuckten zusammen.

»Kobolde«, knurrte Rumbolt angewidert. »Savall, traust du dir zu, dich da draußen umzusehen? Das ist kein Befehl, ich kann dir nicht befehlen, dich so einem Risiko auszusetzen. Es wäre aber wichtig, dass wir erfahren, was da los ist, und ob wir alle in Gefahr sind. Also, was sagst du?«

Savall salutierte wortlos und verschwand, ohne zu zögern, in der Dunkelheit.

Wieder hörten sie dieses furchtbare boshafte Kichern und Grunzen, und Finn kam in den Sinn, wie er das erste Mal Kobolde gesehen hatten. Bei dem Gedanken an die spitzen Zähne und die hässlichen Mäuler dieser Ungetüme lief ihm ein kalter Schauer über den Rücken. Die Art, wie sie lachten und sprachen, passte wirklich perfekt zu ihrem schrecklichen Äußeren.

Sie warteten angespannt. Niemand sagte ein Wort. Ein paar Männer löschten die letzte Glut, die von ihrem Feuer noch übrig war, um kein Aufsehen zu erregen. Ihren Stimmen nach zu urteilen, mussten die Kobolde ganz in der Nähe sein.

Nach einer schier endlos langen Zeit löste sich ein Schatten aus der Schwärze, und Savall glitt lautlos in die Höhle zurück. Sein Gesicht war schreckensbleich und sein Mund zu einem dünnen Strich verzogen, als müsse er sich beherrschen, nicht loszuschreien. Zum ersten Mal sah Finn in Savalls Augen so etwas wie brodelnden Zorn. Rumbolt packte seinen Kundschafter bei den Schultern und fragte, was er gesehen hatte. Die anderen bildeten einen engen Kreis um Savall und Rumbolt, da man sich nur flüsternd unterhalten konnte und jeder neugierig war, womit sie es zu tun hatten. Finn fiel auf, dass es das erste Mal war, dass Savall, obwohl er vor allen sprach, nicht stotterte und auch keinen nervösen Eindruck machte. Die Wut schien jedes andere Gefühl zu überdecken.

Als er sprach, kamen die Worte gepresst und wie ein Zischen heraus: »Ja, es sind Kobolde. Eine ganze Horde. Acht, um genau zu sein. Sie amüsieren sich prächtig auf einer Lichtung hier ganz in der Nähe. Diese elenden Biester haben eine kleine Elfe gefangen und spielen mit ihr. Sie werfen sie herum wie einen Stein, ziehen an ihren Haaren und erfreuen sich an ihrem Schreien, wenn sie sie über ihre stinkenden Mäuler halten. Ich denke, sie werden sie noch nicht fressen. Oh nein, dafür haben sie noch viel zu viel Spaß mit ihr. Außerdem müssen sie sich erst noch darum prügeln, wer von ihnen diesen winzigen Bissen bekommt. Diese Monster sind eine Plage und man kann nichts gegen sie tun, ich hasse das.«

Savall ballte wütend und hilflos die Faust. Viele der anderen empfanden nach dieser Nachricht ähnlich und ein bitterer Zug legte sich auf ihre Gesichter. Rumbolt fluchte und begann, besorgt auf und ab zu gehen. »Acht, verdammt, acht sind zuviel. Bei einem oder zweien, da hätte wir versuchen können, sie zu retten. Zwei hätten wir vielleicht mit ein bisschen Entschlossenheit verjagen können, aber acht ..., nein, acht sind zuviele. Wir hätten keine Chance. Es bleibt uns nur, schnell weiterz ziehen und zu hoffen, dass sie noch lange beschäftigt sind und unsere Spur nicht aufnehmen.«

Die Männer schwiegen und machten unglückliche Gesichter.

Finn rang mit sich. Er wollte sich nicht schon wieder mit Rumbolt anlegen, und er hatte auch keinerlei Idee, wie ihr kleiner Trupp es mit acht von diesen Monstern aufnehmen sollte. Trotzdem erschien es ihm unmöglich, nichts zu tun. Er dachte an das Bild der kleinen Elfe auf der Tür der Geschichtenhöhle. Er fragte sich, ob Elfen tatsächlich so aussahen wie dort gezeichnet, und wenn ja, wie man dann nicht alles tun konnte, um ein so liebreizendes Geschöpf zu retten. Da erklang wieder ein spitzer Schrei. Alle schauderten, nur Finn hatte das Gefühl, dieser Schrei bohre sich direkt in sein Herz und breche es entzwei. Dieses Gefühl gab den Ausschlag. Er straffte die Schultern und sagte so entschlossen, wie es flüsternd nur möglich war: »Wir können nicht einfach abhauen und sie ihrem Schicksal überlassen. Es ist unsere Pflicht, ihr zu helfen, koste es, was es wolle. Ich denke, ihr seid ein Kleinlingtrupp und keine Bande von Feiglingen, die wegrennen, wenn jemand ihre Hilfe braucht. Denkt nach, es muss eine Möglichkeit geben, wie wir mit ihnen fertig werden können.«

Die Männer sahen ihn mitleidig an. Die meisten dachten so wie er, aber trotzdem waren sie sicher, dass es nichts gab, was sie tun konnten. Finn sah sich verzweifelt nach Hilfe um, er erblickte jedoch überall nur traurige, wütende oder resignierte Gesichter. Auch Rumbolt schüttelte nur unglücklich den Kopf und meinte: »Ich verstehe dich, Finn, und du hast Recht, aber es sind einfach zuviele. Bevor wir auch nur in die Nähe dieses armen Elfenmädchens kämen, wären wir alle Koboldfutter. Die würden sich freuen, wenn sie heute noch etwas mehr bekämen, als nur eine magere, kleine Elfe, um die sie sich zu acht prügeln müssen.«

»Das ist es«, flüsterte plötzlich eine Stimme hinter Finn. Er drehte sich um und sah Lund, der diesen typischen triumphierenden Gesichtsausdruck trug, wie immer, wenn ihm etwas Hervorragendes eingefallen war. Inzwischen hatten sie schon zu oft von Lunds Scharfsinn profitiert, um an ihm zu zweifeln, und so wurde er sofort von allen umringt und mit leisen Fragen bestürmt. Finn drängte: »Was denn, Lund? Nun sag schon. Diese Elfe hat nicht mehr viel Zeit, fürchte ich. Wenn du weißt, wie wir sie retten können, dann sag es schnell.«

Lund, der sichtlich die Aufmerksamkeit genoss, schnappte

vor Aufregung nach Luft: »Erinnert ihr euch nicht mehr an die Geschichte von dem Schneider, die Finn erzählt hat? Er musste gegen zwei Trolle kämpfen, die er natürlich niemals hätte besiegen können, es sei denn mit einer List. Er hat die beiden geschickt gegeneinander aufgehetzt, so dass sie sich am Ende gegenseitig umgebracht haben. Genauso müssten wir es bei diesen Kobolden machen.«

Die Umstehenden schienen noch nicht zu begreifen, Rumbolt lächelte und flüsterte: »Ja, Lund, im Märchen, da geht das vielleicht, aber wie sollen wir das bei diesen Kobolden schaffen, ohne dass sie uns bemerken?«

Unerwartet meldete sich da Savall zu Wort, er hatte die Stirn in Falten gezogen und wirkte sehr nachdenklich: »Lund hat gar nicht mal so Unrecht. In Geschichten steckt immer auch ein bisschen Wahrheit, und es ist sogar noch viel einfacher als bei dem Schneider, weil wir die Kobolde gar nicht aufeinander hetzen müssen. Die werden sich ganz nach Koboldart völlig von selbst in die Haare kriegen, wenn es darum geht, wer die Elfe fressen darf. Wenn sich dann alle acht miteinander prügeln, könnte es sein, dass wir einen geeigneten Moment erwischen, in dem sie so abgelenkt sind, dass wir uns das Mädchen schnappen können und verschwinden, bevor einer von denen irgendetwas merkt.«

Aus dem Schweigen, das auf seinen Vorschlag folgte, war zu erkennen, dass er zumindest würdig war, überdacht zu werden. Schließlich meldete sich Rumbolt wieder zu Wort. Finn hielt den Atem an, was Rumbolt jetzt sagen würde, entschied über das Leben der Elfe und vermutlich auch über sein eigenes. Er war längst entschlossen, zu versuchen sie zu retten, auch ohne die Hilfe des Trupps. Rumbolt machte es kurz und knapp: »Ich finde den Vorschlag von Lund und Savall akzeptabel. Wir gehen hin und warten ab, ob sich eine Gelegenheit bietet, sie zu befreien. Sollte das nicht passieren, können wir immer noch verschwinden, aber dann haben wir wenigstens versucht, sie zu retten. Was sagt ihr dazu?«

Überall wurde zustimmend genickt, damit war es entschieden. Finn atmete erleichtert auf.

Leise wie Schatten huschten sie kurze Zeit später aus der relativen Sicherheit ihrer Höhle in die Dunkelheit hinaus. Savall führte sie mit einer Selbstverständlichkeit, als wäre er diesen Weg schon unzählige Male zuvor gegangen. Kurz vor dem Ziel legten sich alle auf den Bauch und robbten leise bis an den Rand eines Gestrüpps, von dem aus man die Lichtung überblicken konnte. Im kalten Schein des abnehmenden Mondes bot sich ihnen ein grausames Schauspiel. Die Kobolde waren genauso hässlich wie die letzten, die er gesehen hatte. Sie tollten herum, verwickelten sich hier und da gegenseitig in Schlägereien und warfen sich dabei eine kleine helle Gestalt wie einen Ball zu. Die Elfe trug ein weißes Kleid, das schon ziemlich mitgenommen aussah von den Grobheiten der Kobolde. Aber auch das schmutzigste und zerrissenste Kleid konnte ihre reine Schönheit nicht verdecken. Sie schien von innen her zu leuchten. Ein weißes Licht in der Dunkelheit, das Finn aus ihm unerklärlichen Gründen anzog. Er hatte angesichts dieses Elfenmädchens dasselbe Sehnsuchtsgefühl, wie wenn er nachts die Sterne betrachtete, nur war es viel stärker.

Als Finn sah, wie die Kobolde mit ihr umsprangen, zerriss es ihm schier das Herz und gleichzeitig wandelte sich sein Schmerz in die größte Wut, die er je gespürt hatte. Die guten Gefühle verschwanden alle und wurden überdeckt von einem Zorn, der aus den Tiefen seines Herzens genährt wurde und schier unerschöpflich schien. Vielleicht hatte so ein hässliches Geschöpf auch seinen Vater auf dem Gewissen. Wenn ein Kobold seine spitzzähnigen Kiefer um ihn geschlossen hatte, war es kein Wunder, dass nichts von ihm und seinem Trupp übriggeblieben war. Aber diese Elfe würden sie nicht bekommen, und wenn es das Letzte war, was er tat. Finn spürte eine mächtige Hitze in sich aufsteigen. Er bekam das Gefühl, die Kontrolle über etwas zu verlieren, und versuchte mühsam, sich zu beherrschen. Er begann innerlich zu zittern und Schweiß trat auf seine Stirn.

Die Kobolde auf der Lichtung schienen mittlerweile genug von der Elfe zu haben, und einer schickte sich an, sie in sein großes, weit geöffnetes Maul fallen zu lassen. Ihr Schreien ging Finn durch Mark und Bein und ließ ihn aufspringen. Er bemerkte kaum, wie Hände nach ihm griffen und ihn zurückzogen, so sehr war er darauf fixiert, zu ihr zu rennen. Gerade sprang ein zweiter Kobold hinzu, schlug den ersten nieder und fing die stürzende Elfe gekonnt aus der Luft auf. Gerade als er dazu ansetzen wollte, sie zu verschlingen, stürzten die anderen Kobolde auf ihn, und im Nu waren sie alle nur noch ein grunzendes, um sich schlagendes Knäuel am Boden. Die Elfe fiel vergessen neben ihnen in den Staub, wo sie reglos liegen blieb. Finn gelang es wieder ein bisschen, die Beherrschung zu gewinnen, als er sah, dass Rumbolt und Hinfried wie zwei Geister auf die Lichtung huschten. Sie erreichten das weiße Häufchen und knieten neben der Elfe nieder. Nach kurzem Hin und Her packte Hinfried den leblosen Körper des Mädchens und legte ihn sich behutsam über die Schulter, dann traten sie in Windeseile den Rückweg an.

Sie waren schon fast am rettenden Gestrüpp angekommen, als plötzlich ein großer Koboldfuß ihnen den Weg versperrte. Die Monster hatten sie bemerkt, und während die anderen zum Schein weiterkämpften, hatte sich dieser eine hinterlistig angeschlichen. Seine riesige Klaue schnellte jetzt herunter und packte Hinfried und die Elfe. Mit der anderen Hand wollte der Kobold nach Rumbolt greifen, nur war dieser schneller und rammte ihm mit einem Wutschrei sein Messer in den Fuß. Der Kobold heulte vor Schmerz auf und zeigte dabei die ganze Pracht seines monströsen Gebisses. Mittlerweile waren auch die anderen Ungetüme herangeschlichen und umzingelten den Busch, in dem die Kleinlinge sich versteckt hielten. Mit ihren guten Nasen schnüffelten sie in erregter Vorfreude auf das Festmahl. Sie kamen immer näher, und im Busch griffen die Kleinlingmänner grimmig zu ihren Waffen. Lund jammerte und heulte. Neppi schien es die Sprache verschlagen zu haben.

In dem ganzen Durcheinander achtete niemand mehr auf Finn, und so sahen sie nicht, wie er vor Wut ganz rot im Gesicht wurde und ein fast wahnsinniges Funkeln in seine Augen trat. Irgendetwas lange Angestautes in ihm, schien sich einen Weg nach draußen bahnen zu wollen, und er konnte es kaum noch aufhalten, so sehr er auch dagegen ankämpfte. Der blaue Tonvogel erschien in seinem Geist. Er sah ihn auf dem Boden zerschellen und sich wieder zusammenfügen und wieder zerschellen und sich wieder zusammenfügen. Dazu hörte er die ganze Zeit die Stimme seiner Mutter: »Das darfst du niemals tun, Finn. Niemals tun. Niemals!« Dann ging alles sehr schnell.

Die Kobolde griffen an, die Männer begannen zu schreien, und in Finn brachen alle Dämme. Auf einmal war der ganze Busch von einem blauen Leuchten erfüllt, ein Kobold nach dem anderen wurde von einem gleißenden Lichtstrahl getroffen und flog meterweit durch die Luft. Finn trat mit wutverzerrtem Gesicht aus dem Gebüsch. Die Arme hoch über den Kopf erhoben feuerte er blaue Blitze auf die geschockten Kobolde ab. Das Ungetüm, das die Elfe und Hinfried festhielt, nahm er sofort ins Visier, und es war sein Glück, dass es die Gefangenen gleich fallen ließ und davon rannte. Auch die anderen Kobolde preschten jetzt in wilder Flucht davon, nachdem sie gesehen hatten, was mit einigen von ihnen geschehen war. Sie sprangen, rannten und hüpften über die Lichtung und heulten jedes Mal laut auf, wenn wieder einer der blauen Strahlen sie traf und zu Boden warf oder in die Luft wirbelte. Finn schoss ihnen blaue Blitze nach, bis sie im Wald verschwunden waren, doch auch danach hörte er nicht auf. Aus seinen Händen quoll unentwegt weiter das gefährliche Licht. Es schleuderte die Steine, die auf der Lichtung lagen, durch die Luft und sprengte einige der kleineren auseinander. Finn fing an zu schreien. Er spürte, wie sich gewaltige Energien entluden, und er hatte keine Macht mehr über sie. Er konnte es nicht stoppen. Seine Hände begannen höllisch zu schmerzen, und er sah kaum noch etwas. Das gleißend blaue Licht blendete ihn. Er schrie um Hilfe. Rumbolt reagierte schnell, und ohne zu zögern. Er packte Amos, schnitt ihm kurzerhand die Fessel durch und schrie ihn an: »Er kann es nicht beenden. Du musst ihm helfen. Jetzt kannst du mal zeigen, dass du in eurer Schule auch was Nützliches gelernt hast.«

»Und wenn ich mich weigere?«, erwiderte Amos kühl und wollte Rumbolt den Rücken zudrehen, aber dieser packte ihn schmerzhaft am Arm und brüllte: »Los jetzt, du Assel, der arme Junge verglüht gleich. Beweg dich oder ich mach dir Beine.«

Das schien deutlich genug für Amos, er setzte sich, wenn auch murrend, in Bewegung. Vorsichtig pirschte er sich von hinten an Finn heran, immer darauf bedacht, nicht in sein Sichtfeld zu kommen und damit in Reichweite der mittlerweile dunkelblauen Strahlen. Diese schossen aus dem noch immer schreienden Finn völlig unkontrolliert heraus und setzen jetzt sogar Büsche in Brand.

»Amateur«, brummte Amos aufgebracht und robbte das letzte Stück vorsichtig auf Finns Rücken zu. Als er ihn erreichte, sprang er auf und packte blitzschnell seinen Kopf links und rechts an den Schläfen. Er riss Finn nach hinten, wobei er seltsame dunkle Worte murmelte. Für einen Moment waren beide in einer Kugel aus blauem Licht verschwunden, dann erlosch es plötzlich und alles war wieder dunkel.

Die Männer rieben sich verwirrt die Augen, eben noch gleißend hell geblendet, sahen sie jetzt in der Dunkelheit kaum etwas. Rumbolt war der Erste, der zu Finn und Amos hinüberlief. Amos saß auf dem Boden und hatte Finns Kopf in seinem Schoß, noch immer murmelte er leise Beschwörungsformeln. Finn hatte die Augen geschlossen und wirkte blasser als der Mond. Besorgt kniete Rumbolt sich neben ihnen hin: »Was ist mit ihm, Amos? Ich verstehe nichts von Magie. Was hat er gerade getan, und wie geht es ihm jetzt? Nun sag schon oder muss ich dich erst verprügeln?«

»Ja, das ist wieder typisch«, Amos rümpfte die Nase. »Da rackert man sich ab und zum Dank wird einem noch gedroht.«

»Amos«, knurrte Rumbolt böse.

»Ist ja schon gut. Das, was wir gerade gesehen haben, ist sozusagen ein magischer Tobsuchtsanfall gewesen. Allerdings in einer Dimension und Stärke, die kaum zu fassen ist. Ich meine, er hat acht Kobolde vertrieben und hätte noch genug

Energie für zwanzig weitere gehabt. Ich würde mal bildhaft sagen, damit es auch die weniger geistig Begabten unter euch verstehen: Wir haben hier ein Kind mit einer unglaublich starken Waffe in der Hand, die es nicht richtig bedienen kann. Der gute Finn ist der wohl stärkste Magische, den ich je gesehen habe, aber er kann seine Kräfte in keinster Weise kontrollieren oder gezielt einsetzen. Aus Panik und Wut heraus, haben sich diese Kräfte entladen, aber er hatte keine Ahnung, wie man sie wieder unter seine Gewalt bringt. Jetzt schläft er erst mal. Ich habe einen Schlafbann auf ihn gelegt. Eine der leichtesten Übungen, die man in der Schule für Magische lernt, aber sehr wirkungsvoll. Zudem dürfte er sowieso völlig erschöpft sein, soviel Energie wie er gerade verbraucht hat.«

Rumbolt blickte mitleidig auf Finn hinunter und murmelte: »Na, jedenfalls wissen wir jetzt, wieso Luselda und er so eine gute Verbindung hatten. Bei den Kräften ist das kein Wunder. Ich frage mich, ob er sie schon immer hatte, und wieso das keiner je bemerkt hat. Ich meine, er war doch mit Sicherheit auch früher schon mal so richtig wütend. Wenn das in Mommenheim passiert wäre. Nicht auszudenken. Er hätte alles in Schutt und Asche gelegt. Habt ihr gesehen, wie er diese Steine gesprengt hat? Nicht zu glauben.«

Amos runzelte die Stirn: »So unglaublich ist das gar nicht. Hier draußen an der Oberwelt werden die magischen Kräfte im Allgemeinen stärker. Das merke ich auch. Mommenheim schirmt die Magie irgendwie ab, das ist auch der Grund, weshalb die Magischen oft an die Oberfläche gehen sollen. Ich nehme an, bei ihm war immer schon viel Potential vorhanden, aber er war gewohnt, damit zu leben und es irgendwie zu unterdrücken. Hier oben sind seine Kräfte jetzt so sehr gewachsen, dass er die Kontrolle verloren hat. Wie auch immer, er braucht jetzt Ruhe, und sollten wir nicht mal langsam hier verschwinden?«

Das von Amos zu hören, riss Rumbolt aus seinen Gedanken, und er befahl sofort den Abzug. Finn und die noch immer ohnmächtige Elfe wurden getragen. Rumbolt entschied, dass man sich an einem sicheren Ort um sie kümmern würde.

Schlomm, der sich vor den Kobolden irgendwo verkrochen hatte, kam jetzt wieder hervor und zeigte ihnen schnüffelnd den Weg.

## 9

Als Finn erwachte, war es Tag, und er lag fest in eine Decke gewickelt auf weichem Moos. Durch die Zwischenräume der Baumkronen konnte er den Himmel sehen, der heute eine Spur von dunstigem Blau zeigte. Als er sich langsam bewegte, hatte er das Gefühl sein ganzer Körper wäre völlig steif. Er setzte sich vorsichtig auf und sah die anderen, die ein Stück entfernt unter einem Baum saßen.

Finn betrachtete sie eine Weile schweigend und versuchte, die Ereignisse der letzten Nacht zu verstehen, nur ging in seinem Kopf alles durcheinander. Er fühlte sich müde, obwohl er gerade erst aufgewacht war und irgendwie innerlich ausgebrannt. Neppi war der Erste, der den Kopf hob und in seine Richtung sah. Seine Augen leuchteten auf. Er sprang hoch und rannte laut schreiend auf Finn zu.

»He Leute, Finn ist wach. Finni, man, wie geht's dir? Bin ich froh, dich wieder unter den Lebenden zu sehen.« Er fiel Finn stürmisch um den Hals.

»Dieser Blödmann Amos hat einen Schlafbann oder irgend so etwas auf dich gelegt. Wir hatten schon Angst, du würdest jetzt vielleicht für immer schlafen. Diesem Fiesling trau ich alles zu. Rumbolt hat gesagt, solltest du nicht wieder aufwachen, verfüttert er Amos an die nächsten Kobolde, die ihm begegnen.Wie geht's dir?«

Er ließ Finn endlich wieder los und dieser musste erst einmal tief durchatmen, weil Neppi ihn so fest gedrückt hatte

»Es geht mir gut, ich bin nur noch ein bisschen durcheinander. Was da letzte Nacht geschehen ist ...«

»Das war klasse, Finn, wie du diese Kobolde verjagt hast. Du hast sie regelrecht in die Luft gesprengt. Die sind gerannt, als wären tausend Monster hinter ihnen her. Damit haben die nicht gerechnet, haha.«

»Ich aber auch nicht, Neppi. Ich hatte ehrlich gesagt keine Ahnung, was ich da tue, und ich konnte es nicht mehr stoppen, nachdem ich einmal angefangen hatte. Es war schrecklich. Ich bin froh, dass Amos diesen Bann auf mich gelegt hat. Ich glaube, sonst wäre ich irgendwann einfach explodiert. Ich muss mich bei ihm bedanken, er hat mich gerettet, schätze ich.«

Neppi runzelte unwillig die Stirn, als sei er da anderer Ansicht, sagte aber nichts.

»Wie geht es der Elfe?«, fragte Finn plötzlich aufgeregt.

Neppi grinste schief und antwortete in zickigem Tonfall: »Der Dame geht es gut, abgesehen davon, dass sie in die Klauen von Kobolden gefallen ist und aus diesen von etwa ebenso wilden und primitiven Kreaturen befreit wurde. Sie hält unsere Gesellschaft nicht für eine große Verbesserung zu der der Kobolde. Ich würde ihr bisheriges Verhalten als sehr unhöflich beschreiben, wenn ich es nett ausdrücken wollte. Da ich es nicht nett ausdrücken will, kann ich sagen, diese Elfe ist einfach ein boshaftes Biest.«

Finn musste über Neppis Empörung grinsen. Er konnte sich nicht vorstellen, dass dieses hinreißende Geschöpf auch nur einen Hauch von Boshaftigkeit besaß. Vermutlich hatte Neppi sie in seiner oft schnippischen Art gekränkt und deshalb war sie ungehalten.

In diesem Moment kamen Rumbolt, Lund und ein paar der Männer zu Finns Lager herüber, um zu sehen, wie es ihm ging. Rumbolt lächelte und als Finn zurücklächelte, war er sichtlich erleichtert, dass wieder alles seine Ordnung hatte.

Er schien eine Menge Fragen an Finn zu haben, aber Finn ließ ihn gar nicht erst zu Wort kommen, sondern stand auf und fragte: »Wo ist das Elfenmädchen? Neppi sagte, es geht ihr soweit gut, aber sie ist etwas schlechter Laune.«

Einige der Männer begannen zu kichern, Rumbolt runzelte die Stirn: »Na, also schlechter Laune ist gut. Ich fürchte, das ist etwas zu harmlos ausgedrückt. Das Fräulein Elfe befindet sich auf der Rückseite des Baumes. Sie zieht es vor, unsere Gesellschaft zu meiden, wie sie sagt. Ich würde dir raten, mit ihrer Gesellschaft das Gleiche zu tun.«

Aber seine letzten Worte verhallten ungehört. Finn hatte sich schon auf den Weg gemacht. Er konnte es kaum erwarten, einer echten Elfe leibhaftig und von Angesicht zu Angesicht gegenüber zu stehen. Die anderen blieben kopfschüttelnd zurück.

Als Finn den Baum erreichte, hörte er leises Schluchzen. Entsetzt rannte er auf die andere Seite, wo sich ihm ein trauriger Anblick bot. Die kleine Elfe trug noch immer das schmutzige weiße Kleid, aber jemand musste ihr eine Decke gegeben haben. Diese hatte sie sich um die Schultern gelegt und verbarg ihr Gesicht darin, während sie herzzerreißend weinte. Finn ging vorsichtig auf sie zu, um sie nicht zu erschrecken. Seine Augen wurden unwillkürlich von ihrem langen weißlich silbernen Haar angezogen, das ihr offen über die Schultern hing. Es glänzte und schimmerte trotz aller Schrecken der letzten Nacht, als wäre es stundenlang gebürstet worden. Elfenhaar schien unverwüstlich zu sein. Mühsam löste Finn seinen Blick davon und räusperte sich, um auf sich aufmerksam zu machen. Der Kopf der Elfe schnellte hoch und zwei mandelförmige, große blitzblaue Augen starrten ihn böse an. Ihr schöner blassrosa Mund verzog sich zu einer Grimasse des Zornes, und sie schimpfte los: »Könnt ihr mich nicht in Frieden lassen, ihr elenden Barbaren? Habt ihr nichts Besseres zu tun, als euch ständig an mich heranzuschleichen?«

Sie rümpfte empört ihre süße kleine Nase und zog die Mundwickel nach unten. Die Tränen, die eben noch aus ihren schönen Augen gequollen waren, wischte sie mit einer unwirschen Bewegung ihrer zarten, weißhäutigen Hand weg. Finn war wie gebannt vom Anblick ihres fein geschnittenen Gesichts, und obwohl er etwas erschrocken war über ihre grundlose Wut, konnte er den Blick kaum von ihr wenden. Egal wie böse sie auch ihr Gesicht verzog, sie war trotzdem das Schönste, was er je gesehen hatte. Wenn sie redete, war es wie ein Singen in seinen Ohren, selbst wenn sie Beleidigungen brüllte. Ihre elegant anliegenden spitzen Ohren ragten links und rechts aus ihrem silbernen Haar hervor und schienen mehr ein Kopfschmuck, als einfach nur Ohren zu sein. An ihrem Rücken sah Finn einen durchsichtigen, matt schillernden Flügel sitzen, aber er sah nur einen. Elfen hatten doch sicher zwei, wie auf den Bildern. Diese Irritation brachte Finn wieder in die Wirklichkeit zurück.

»Oh je«, sagte er erschrocken, »haben diese verdammten Kobolde dir etwa einen Flügel ausgerissen? Hast du Schmerzen, kann ich dir helfen ...«

Die Augen der Elfe verengten sich zu Schlitzen und bevor Finn sich versah, war sie aufgesprungen und ging laut und wütend schreiend auf ihn los. In ihrem sonst blassen Gesicht erschienen hektische rote Flecken. »Was bildest du dir ein, du armseliger Wilder? Was weißt du schon von Elfenflügeln? Ich will keine Hilfe von dir. Ich brauche keine Hilfe von Leuten wie euch. Verschwinde! Lass mich in Ruhe.«

Zu voller Größe aufgerichtet, ging die Elfe Finn ungefähr bis zur Nasenspitze, aber in ihrem Zorn wirkte sie auf ihn größer. Zudem war er verwirrt, weil er nicht begriff, was er falsch gemacht hatte und so trat er erst einmal den Rückzug an. Als Finn hinter dem Baumstamm hervorgerannt kam, empfingen ihn die anderen grinsend.

»Na, weißt du jetzt, was ich meine?«, stieß Neppi kichernd hervor.

»Die ist so giftig wie ein Fliegenpilz«, grölte einer der Männer.

Finn achtete nicht auf sie, sondern ging direkt zu Rumbolt, der an einen Stein gelehnt dasaß und ihn ansah. »Rumbolt, was hat sie nur? Ich verstehe das nicht.«

Der alte Mann schmunzelte: »Das versteht keiner von uns so recht, Finn. Vielleicht ist sie einfach nur furchtbar arrogant, das sind viele vom Elfenvolk, oder sie hat einen Kummer, den sie nicht verraten will, oder sie mag uns einfach nicht. Ich denke, es wird sehr schwer, das herauszufinden, da sie so ungemein störrisch ist. Das Wichtigste ist sowieso, dass wir sie gerettet haben. Sie bleibt erst einmal bei uns, ob es ihr passt oder nicht. Eine Elfe wie die, so widerspenstig, dumm und mit nur einem Flügel würde nicht weit kommen. Ich hoffe, wir treffen unterwegs auf Angehörige ihres Volkes, bei denen wir sie lassen können.

Für den Moment habe ich ihr klargemacht, dass wir uns auf der Suche nach entführten Mitgliedern unseres Volkes befinden und uns nicht darum kümmern können, sie nach Hause zu bringen, zumal sie nicht mal verrät, wo ihr zu Hause sich befindet. Außerdem hab ich ihr geraten, dass sie lieber nicht weglaufen soll, da sie allein verloren wäre und ich ihr Schlomm hinterherschicken würde, um sie wieder einzufangen. Davon war sie nicht begeistert und den Mink kann sie, aus welchen Gründen auch immer, sowieso überhaupt nicht leiden. Schlomm macht schon einen riesigen Bogen um sie, weil sie immer anfängt zu schreien, wenn er ihr zu nahe kommt. Eine verrückte Person.«

Finn war sehr nachdenklich geworden: »Wie kann jemand, der so schön ist wie sie, gleichzeitig so furchtbar bösartig sein?«

»Ach, Junge, da fragst du den Falschen. Solche Themen sind nicht meine Sache. Ich denke, sie ist nicht wirklich bösartig, nur irgendwie widerspenstig. Vielleicht gibt es einen Grund dafür. Nach dem, was heute Nacht passiert ist, glaub ich, es kann sowieso alles geben auf der Welt. Hast du wirklich nicht gewusst, dass du diese Kräfte besitzt?«

Finn zuckte mit den Schultern: »Ich bin mir nicht sicher. Ich habe seit einigen Tagen ständig so halbe Erinnerungen in meinem Kopf, an meine Kindheit und an meine Mutter. Ich glaube, es hat etwas damit zu tun.«

»Deine Mutter hat mit ziemlicher Gewissheit etwas damit zu tun. Ich würde eine Menge darauf verwetten, dass sie von deinen Kräften gewusst hat. So etwas kann einer Mutter nicht entgehen. Als Kleinkind hast du deine Magie bestimmt noch nicht kontrollieren können. Ich frage mich nur, warum sie es dir nicht gesagt hat und wie es dazu gekommen ist, dass du deine Begabung irgendwie vergessen und nie verwendet hast.«

Darauf hatte Finn auch keine Antwort. In ihm war momentan alles leer und irgendwie ausgelaugt. Rumbolt räusperte sich. »Finn, ich weiß nicht, was du davon hältst, immerhin hat dieser Idiot schon einmal versucht, dir einen Zauber auf den Hals zu jagen, aber ich denke trotzdem, dass es wichtig ist, damit so etwas wie heute Nacht nicht noch einmal passiert.«

Finn sah ihn fragend an.

»Also, ich habe entschieden, dass es gut wäre, wenn du mit Amos üben würdest, wie du deine Kräfte beherrschen kannst. Du warst nie in der Schule für magisch Begabte, dein Glück würde ich sagen. Ist ein Ort, wo man fast nur Leute trifft, die sich für etwas Besseres halten, aber immerhin lernen sie da ein paar ganz nützliche Sachen, die auch für dich wichtig wären. Amos ist mit Sicherheit nicht gerade der Richtige für diesen Job, aber er ist leider der Einzige, den wir haben. Also was sagst du?«

Finn sah zu Boden: »Am liebsten wäre ich diese Magie wieder los. Es war schrecklich, als diese Kräfte durch mich hindurch flossen, und ich nichts dagegen tun konnte, aber es kann leider jederzeit wieder passieren, fürchte ich. Dann möchte ich nicht so hilflos sein wie dieses Mal. Also, ich würde schon mit Amos üben wollen, aber ich denke, er sieht das anders.«

Rumbolt lächelte boshaft: »Oh, Amos und ich haben schon darüber gesprochen, und ich konnte ihn überzeugen. Er brennt geradezu darauf, dich zu unterrichten.«

Finn glaubte das zwar nicht so ganz, aber er wollte es zumindest auf einen Versuch ankommen lassen.

Die Sache gestaltete sich noch schwieriger, als Finn sich vorgestellt hatte. Er konnte nicht mehr neben Lund und Neppi marschieren wie sonst, sondern musste bei Amos bleiben. Der war eine weit weniger angenehme Gesellschaft als seine Freunde. Vor allem weil Amos wütend war. Er hielt es für unter seiner Würde, Finn etwas beizubringen. Obendrein waren die Übungen schwieriger, als Finn geglaubt hatte. Er schaffte nicht einen einzigen Zauber.

Als sie am nächsten Tag die große Lichtung mit dem Geröllfeld erreichten, von der Luselda in Finns Traum gesprochen hatte, war Finn gerade so weit, dass er ein schwaches Leuchten zustande brachte, das aber gleich wieder verschwand und nichts bewirkte. Amos seufzte genervt: »Soviel magische Energie, aber kein Talent sie zu benutzen. Ein toller Zauberer bist du. Deine Magie erscheint nur, wenn sie will, nicht wenn du es willst.«

Finn sah Amos böse an, nach fast zwei Tagen Genörgel riss ihm allmählich der Geduldsfaden. »Ich kann nichts dafür. Ich habe mir nicht ausgesucht, diese verdammten Kräfte zu haben. Wenn ich könnte, würde ich sie mit Freuden loswerden. Ich würde sie dir schenken. Leider geht das nicht, also zeig mir gefälligst, was ich tun kann, damit ich sie beherrsche.« Unter Finns Fingern begann es zu knistern und kleine blaue Blitze schossen hervor. Entsetzt stellte er fest, dass seine Wut schon wieder kurz davor war, der Magie freien Lauf zu lassen.

Auch Amos bemerkte es und grinste verschlagen, dann meinte er resigniert: »Also noch mal von vorn. Vielleicht können wir die Tatsache nutzen, dass du gerade kurz vor einem Wutanfall stehst. Zuerst den Geist beruhigen, langsam atmen und dann deine Gedanken auf das Ziel richten. Das Ziel muss das Einzige in deinem Geist sein. Die Magie ist quasi wie deine Hand. Eine geistige Hand, die du danach ausstreckst. Hebe die Arme und versuche, die Magie dort zu konzentrieren. Wenn du bereit bist, dann schickst du sie los, wie einen Pfeil von einem gespannten Bogen.«

Finn konzentrierte sich so gut er konnte. Er spürte die Wärme aufsteigen und versuchte, sie in seine Arme zu lenken, doch plötzlich war sie so stark, dass er Angst bekam, den nächsten Baum in Brand zu setzen. Finn versuchte so schnell er konnte, an etwas anderes zu denken. Seine Wut wich der Panik und so brachte er nur einen winzigen kaum sichtbaren Funken zustande, der einmal kurz in der Luft zitterte und dann wieder verschwand. Finn keuchte vor Anstrengung, aber Amos murmelte unzufrieden vor sich hin.

Da erklang von hinten ein helles Lachen. Beide drehten sich um. Die Elfe stand hinter ihnen und kicherte hämisch: »Das war aber ein niedlicher, kleiner Zauber.«

Sie äffte Amos Tonfall nach: »Geist beruhigen, langsam atmen, deine Gedanken auf ein Ziel richten. Ha, also ich habe noch nie gesehen, wie jemand so seine Magie beschworen hat. Das eignet sich höchstens für eine tiefe Meditation. Kein Wunder, dass du nur so ein armseliges Leuchten zustande bringst, das man kaum sehen kann.« Immer noch lachend ging sie an ihnen vorbei und würdigte sie keines Blickes. Amos und Finn sahen beide aus, als hätte man sie geohrfeigt. Sie guckten sich etwas bedeppert an und zuckten die Schultern, dann versuchten sie mit dem Üben fortzufahren, als wäre nichts gewesen, aber beide waren nicht mehr so recht bei der Sache und so klappte gar nichts mehr.

Nach einer kurzen Rast am Rande des Geröllfeldes begann die Gruppe mit dem beschwerlichen Überqueren, es war weit anstrengender, als sie vermutet hatten. Finn konnte wenigstens wieder neben Neppi und Lund laufen, weil auf dieser Strecke keine Kraft für Zauberübungen blieb. Sie brauchten alle ihre volle Konzentration und ihre ganze Kraft, um den beschwerlichen Weg zu meistern. Viele Steine waren so groß, dass sie nacheinander hinüberklettern mussten. Manchmal versperrten ihnen riesige Brocken den Weg, da blieb ihnen nichts anderes übrig, als sie weiträumig zu umgehen. Schon nach kurzer Zeit stand allen der Schweiß auf der Stirn und sie keuchten vor Anstrengung. Die Einzigen, denen der Marsch über das Geröllfeld nichts ausmachte, waren Schlomm und die Elfe. Schlomm war so groß, dass er über die meisten Steine einfach hinweg sprang. Da die Kleinlinge viel schwerer und langsamer vorankamen als er, lag er die meiste Zeit auf den größeren Steinen und wartete auf sie. Was die Elfe anging, so hatte Rumbolt ihr diesen schweren Marsch nicht zumuten wollen und deshalb Hinfried gebeten, sie auf seinen Schultern zu tragen. Zuerst hatte sie sich gesträubt und gefaucht wie ein Raubtier, aber als sie den Weg sah, hatte sie es sich ziemlich schnell anders überlegt und war freiwillig auf Hinfrieds Rücken geklettert. Dort saß sie nun wie eine Prinzessin und beobachtete von oben, wie der Rest des Trupps sich abrackerte. Ab und zu grinste sie hämisch.

Neppi war darüber zutiefst empört: »Seht sie euch an, wie sie da hockt und grinst, während der arme Hinfried sich mit ihr abschleppt. Sie kann froh sein, dass sie kaum schwerer ist als ein Windhauch. Sonst könnte er sie nicht den ganzen Weg tragen, und die Prinzessin von und zu müsste auf ihren dünnen Elfenbeinchen laufen. Was glaubt ihr, wie schnell sie da ihre Arroganz ablegen würde.«

Neppi blinzelte wütend in ihre Richtung, aber sie würdigte ihn keines Blickes. Lund kicherte und meinte: »Stellt euch mal vor, wie die in ihrem Kleidchen und auch noch barfuß hier über diese Felsbrocken klettert. Ich wette, die käme nicht mal über einen rüber.«

Er schüttelte den Kopf, Finn dachte nur, dass Lund noch vor einiger Zeit so dick und faul war, dass er mit Sicherheit auch kaum über dieses Geröllfeld gekommen wäre. Ohne auf das Genörgel seiner Freunde einzugehen, fragte er: »Wie heißt sie eigentlich? Habt ihr sie das mal gefragt, als ich geschlafen habe?«

Er betrachtete, wie die mittlerweile hinter den Wolken hervorgekommene Sonne sich im silbernen Haar der Elfe verfing und es zum Leuchten brachte.

Neppi folgte seinem Blick und schnaubte verächtlich. »Finn, starr sie nicht so an. Du machst dich zum Narren. Dieses Biest hat es wirklich nicht verdient, dass du sie so ansiehst.«

»Nun sag schon, Neppi, wie heißt sie?«

»Woher soll ich das wissen? Natürlich haben wir sie gefragt, aber das Einzige, was sie geantwortet hat war, dass wir dummen Wichte nicht in der Lage wären, ihren Elfennamen richtig auszusprechen. Außerdem geht es uns nichts an, und wir sind alle nur Würmer in ihren Augen. Eben das, was sie in ihrer Liebenswürdigkeit den ganzen Tag von sich gibt.«

Er starrte wütend zu Boden. Finn seufzte. Er konnte langsam verstehen, wieso sie bei allen so unbeliebt war, aber er war noch nicht bereit, sie als hoffnungslosen Fall abzutun. Zumindest wollte er noch einmal versuchen, mit ihr zu reden sobald sich die Gelegenheit ergab.

Der Tag verstrich und das Ende des Steinfeldes war noch in weiter Ferne. Rumbolt blickte immer wieder nervös zur Sonne, die bereits nahe am Horizont stand und trieb alle zur Eile an. Sie stolperten und kletterten so gut sie konnten weiter über die Felsbrocken, aber viel schneller ging es einfach nicht mehr. Dafür waren alle zu müde. Finns Beine waren mittlerweile so schwer, dass er sich zu jedem Schritt zwingen musste. Selbst Neppi, der normalerweise nicht sehr schnell aufgab, war still geworden und konzentrierte sich mit angespanntem Gesicht und zusammengebissenen Zähnen nur noch auf den Weg vor ihnen. Ein Seitenblick zu Lund zeigte Finn, dass er inzwischen besorgniserregend rot angelaufen war und mehr taumelte als ging.

Langsam und unaufhörlich sank die Sonne. Sie berührte jetzt bereits den Horizont und das Geröllfeld tauchte mehr und mehr in den Schatten. Finn sah geradeaus und konnte den schützenden Wald erkennen, aber der Weg dorthin war noch immer weit. Er bezweifelte, dass sie es bis zur Dunkelheit schaffen würden. Sie hatten die Länge des Steinfeldes und seine Strapazen unterschätzt. Er wollte lieber nicht daran denken, wie gefährlich es war, in der Nacht so offensichtlich und weithin sichtbar für Raubtiere mit Nachtaugen herumzuirren.

Rumbolt vor ihm sah sich hektisch um. Vermutlich suchte er nach einem Versteck, aber soweit Finn sah, gab es nichts als große und kleine Felsen und nirgends eine Höhle oder auch nur einen kleinen Unterschlupf. Die Sonne sank immer tiefer und tauchte den Himmel in ein feuriges Rot. Die wenigen Wolken färbten sich rosa – eine wundervolle Farbmischung am Himmel. Finn starrte wie gebannt darauf und achtete dabei nicht mehr so sehr auf seine schmerzenden Beine. Das Versinken der Sonne würde er nicht sehen können, da die umliegenden Bäume den Blick versperrten. Doch er freute sich einfach an dem faszinierenden Farbspiel über ihnen, obwohl er wusste, dass es für sie alle gefährlich wurde. Schon jetzt stolperten sie im Halbdunkel herum und der schützende Wald kam und kam nicht näher. Irgendwo in den Bäumen vor ihnen hörten sie das bedrohliche Rufen einer Eule. Rumbolt zischte ihnen zu, sie sollten rennen, was das Zeug hielt, und spurtete vorweg. Seinem Beispiel folgend setzten die meisten Männer zu einem schnellen Traben an. Finn packte Lund am Oberarm und zwang ihn, mitzulaufen, auch wenn er seine eigenen Beine kaum noch zu dieser Leistung überreden konnte. Sie kamen ein gutes Stück vorwärts, doch dann stolperte Lund und fiel hin wie ein nasser Mehlsack. Finn zerrte an seinem Arm, doch er brauchte nur einen Blick in Lunds Gesicht zu werfen, um zu sehen, dass es keinen Sinn mehr hatte. Lund war halb weggetreten vor Anstrengung. Verzweifelt sah Finn sich nach Hilfe um, aber die anderen rannten weiter, und niemand schien ihr Fehlen zu bemerken.

Fast niemand. Auf einmal spürte Finn, wie ihn etwas am Kragen packte und hochhob. Entsetzt blickte er sich um und sah in die großen Augen von Schlomm.

»Schlomm tragen«, sagte dieser hilfsbereit und hob mit der anderen Hand Lund vom Boden auf. Dann begann er auf seinen zwei Hinterbeinen ziemlich merkwürdig vorwärts zu staksen. Schlomm konnte auf zwei Beinen laufen, aber man merkte deutlich, dass es nicht seine normale Art der Fortbewegung war. Ab und zu schwankte er bedenklich, und Finn fürchtete schon, sie würden alle drei umfallen, doch Schlomm schaffte es jedes Mal. Vor sich sah Finn den Rest des Kleinlingtrupps rennen. Sie waren jetzt nah am Waldrand und von der Sonne sah man nur noch ein letztes Glühen hinter den Bäumen. Das Geröllfeld lag im Dunkeln, und Finn glaubte, von überall aus den Bäumen Geräusche zu hören. Wieder das Rufen einer Eule und ein Rascheln in den Blättern. Schlomm tat sein Bestes, hinter den anderen herzukommen, aber auf zwei Beinen war er nicht besonders schnell. Zum Glück waren sie in seinen Händen nicht in Gefahr. Schlomm war zu groß als Beute für eine Eule. Finn machte sich mehr Sorgen um die Männer, die vor ihnen rannten. Er konnte im Schein des aufziehenden Mondes erkennen, wie die ersten von ihnen den Waldrand erreichten und dort in der Dunkelheit der Bäume verschwanden.

Schlomm holte etwas auf und auch sie waren jetzt fast am Waldrand angelangt, da schoss etwas vom Himmel herunter auf die letzten Männer, die noch über das Geröllfeld rannten. Finn schrie auf. Die Männer duckten sich und der Angriff ging ins Leere. Doch der dunkle Vogel am Himmel, schien sich sofort bereit zu machen für einen erneuten Versuch. Die Männer liefen um ihr Leben, aber der flatternde Feind über ihnen schoss erneut hinab. Da stieß Schlomm ein furchteinflößendes Fauchen aus und reckte sein sonst so freundliches Gesicht zu einer wilden Fratze verzerrt gen Himmel. Der angreifende Vogel hielt mitten im Anflug auf seine Beute inne. Schlomm stieß erneut diesen schauerlichen Ton aus und fletschte seine spitzen kleinen Zähne, so dass es Finn ziemlich mulmig wurde. Dem Vogel schien es ebenfalls zu gefährlich zu werden, er drehte plötzlich ab und flog über die Bäume davon.

Vor ihnen erreichten die letzten Männer sicher den Waldrand und wenige Augenblicke später stolperte auch Schlomm auf seinen wackeligen zwei Beinen in den Schutz der Bäume. Sie hörten Rumbolt aus einem dichten Dorngestrüpp rufen und Schlomm krabbelte, immer noch mit Finn und Lund in den Händen, vorsichtig hinein, allerdings nicht ohne sich ein paarmal zu stechen. In der Mitte gab es einen Hohlraum mit weniger Ästen, wo der Trupp lagerte. Die meisten saßen oder lagen auf der Erde und versuchten mühsam, wieder zu Atem zu kommen. Schlomm ließ die beiden los, und Finn schleppte den noch immer bewusstlosen Lund zwischen die Männer und lehnte ihn an einen Ast. Dann wandte er sich an Schlomm: »Ich möchte mich bei dir bedanken, Schlomm. Ohne dich hätte dieser Vogel mich und Lund vermutlich verspeist, außerdem hätte ich Lund kein Stück mehr weiter bewegen können. Das war wirklich Rettung aus höchster Not.«

Schlomm strahlte Finn an und wirkte ganz verlegen bei so viel Lob. Jetzt räusperte sich auch Rumbolt: »Schlomm, auch wir möchten dir danken. Du hast meine Männer vor dem sicheren Tod gerettet, als du diese Eule vertrieben hast. Wir stehen tief in deiner Schuld, und ich möchte mich dafür entschuldigen, dass ich dir einmal nicht getraut habe.«

Schlomm strahlte jetzt auch ihn an und in seinen großen schwarzen Augen lag nichts als ehrliche Freude.

Da erklang ein helles Lachen hinter Finn. Er drehte sich um und sah die Elfe auf einem Ast hocken, die das Geschehen mit spöttischem Blick verfolgt hatte. Jetzt schüttelte sie den Kopf: »Es wundert mich wirklich, wie ihr nur so dumm und blind sein könnt und trotzdem überlebt. Selbstverständlich hat diese Eule Reißaus genommen. Das ist nichts Ungewöhnliches, wenn man einem leibhaftigen Mink gegenübersteht. Ihr seid die einzigen Wesen, die ich je gesehen habe, die nicht weglaufen. Ihr seid sogar so dumm, ihn mitzunehmen, ihn einen Freund zu nennen, und ihr schlaft völlig ruhig neben ihm, als wäre er ein Spatz oder etwas ähnlich Harmloses. Dieses Vieh könnte euch alle in einer einzigen Nacht verspeisen, wenn es plötzlich Hunger kriegt. Keiner von euch würde entkommen.«

Bei ihren Worten war Schlomm blass geworden, große Tränen kullerten aus seinen Augen. Der Anblick traf Finn direkt ins Herz, so dass jedes Gefühl für die Elfe verschwand und nur noch Wut übrig blieb. Er schrie sie an: »Was fällt dir eigentlich ein? Sieh ihn dir an. Sieh genau hin, was du getan hast. Sieh in diese traurigen Augen und freu dich an deiner Gemeinheit. Du bist so hübsch, so liebreizend, aber das alles nützt dir nichts, solange du jeden in deiner Umgebung auf diese Weise verletzt. Niemand mag dich hier. Entweder ist dir das egal oder sogar noch schlimmer, du merkst es gar nicht in deiner Arroganz.«

Die Elfe starrte ihn aus ihren blauen Augen erschrocken an. Es war das erste Mal, dass man überhaupt eine Gefühlsregung bei ihr sah, außer Wut. Für einen Moment schien es, als würde sie die Fassung verlieren und in Tränen ausbrechen, doch dann atmete sie tief durch, verschränkte die zarten Arme vor der Brust und setzte eine trotzige Miene auf. Finn kümmerte das nicht mehr, er hatte ihr den Rücken zugedreht und streichelte leise summend Schlomms Kopf. Der Mink lag auf dem Bauch und schluchzte. Leise flüsterte er: »Jetzt ihr nicht mehr mögen Schlomm? Ihr lassen Schlomm allein?«

Finn schüttelte energisch den Kopf: »Nein, Schlomm, wir lassen dich nicht allein. Wir mögen dich trotzdem. Mich interessiert nicht, was diese Elfe behauptet. Ich sehe nur, was in deinen Augen steht, und sie sagen mir, dass du gut bist, Schlomm. Ich vertraue dir.«

Er wandte sich an Rumbolt: »Was ist mit euch?«

Rumbolt runzelte die Stirn. »Ich will erst wissen, was es damit auf sich hat. Also Elfe, wo du es schon nicht für dich behalten konntest, dann sage uns jetzt die ganze Wahrheit. Was weißt du über den Mink?«

»Rumbolt, nein, das kannst du nicht«, schrie Finn, doch Rumbolt brachte ihn mit einer energischen Handbewegung zum Schweigen und forderte die Elfe erneut auf. Diesmal hatte man das Gefühl, dass es ihr weit weniger gefiel, ihr Wissen hinauszuposaunen. Sie wirkte trotz ihrer hochnäsigen Haltung etwas kleinlaut und vermied es bewusst, in Finns Richtung oder zu Schlomm zu blicken.

»Minks sind sehr gefährliche Jäger. Eulen und Füchse sind nichts gegen sie. Ganz im Gegenteil, es wurde schon gesehen, wie so ein Mink einen ausgewachsenen Fuchs getötet hat. Ihre Zähne sind so spitz und scharf, dass sie damit sogar Knochen durchbeißen können. Das Schlimme an ihnen ist, dass sie sowohl schwimmen als auch auf Bäume klettern und wahnsinnig schnell rennen können. Man ist also fast nirgends vor ihnen sicher. Zum Glück gibt es nicht allzu viele von ihnen, was wohl auch erklärt, warum ihr sie nicht kennt. Trotzdem sind mehr Angehörige meines Volkes von Minks gefressen worden als von Wölfen, Füchsen und Eulen zusammen. Gegen die können wir uns wenigstens mit Zaubern wehren, aber bei Minks wirkt fast nichts, weil sie zu schnell sind, und man sie meist erst sieht, wenn es zu spät ist. Sie stehen vor dir, und im nächsten Moment stoßen sie dir von hinten ihre Klauen in den Rücken. Das ist alles, was ich darüber sagen kann. Ich wundere mich, dass ihr alle noch am Leben seid, solange wie ihr dieses Geschöpf schon mit euch herumschleppt. Jeder würde euch für verrückt halten.«

Sie endete und setzte wieder ihre abweisende Miene auf. Finn warf einen verzweifelten Blick zu Schlomm, der nur noch schluchzen konnte und verschämt seine Arme über den Kopf schlang, um sein Gesicht zu verbergen. Dann sah Finn Rumbolt an, um aus dessen Zügen zu erkennen, was er dachte, aber dort war nichts abzulesen.

Lange sprach niemand ein Wort, dann ging Rumbolt plötzlich zu Schlomm, legte ihm die Hände auf den Kopf und streichelte ihn sanft, wie Finn es immer tat, um ihn zu trösten. Mit ruhiger Stimme sagte er: »Schlomm, du brauchst nicht zu weinen. Man kann nichts dafür, als was man geboren wurde. Du bist ein Mink, und du solltest das als etwas Gutes akzeptieren und dich nicht dafür schämen.

Wärst du keiner, dann wären vielleicht mehrere meiner Männer heute durch diese Eule gestorben. Du hast sie gerettet und das beweist, dass du zwar ein Mink bist, aber trotzdem ein gutes Herz hast. Ich bin nicht bereit, jemanden zu verurteilen nur für das, was er ist. Es zählt, was du tust. Ich vertraue dir, Schlomm.«

Mit diesen Worten ging er wieder zurück auf seinen Platz. Schlomm hatte langsam den Kopf gehoben und blickte ungläubig aus seinen noch immer feuchten Augen von Finn zu Rumbolt und wieder zurück, als könne er nicht glauben, was er da gerade gehört hatte. Vor lauter Verwunderung vergaß er sogar zu schluchzen. Jetzt kam Bewegung in die Reihen der Männer. Hinfried trat vor und sagte laut und deutlich: »Ich vertraue dir, Schlomm.«

Hinter ihm trat Savall vor und wiederholte: »Ich vvvvertraue dir, Schlomm.«

Neppi rief aus voller Kehle: »He Schlomm, ich vertraue dir.«

Und Lund, der inzwischen wieder aufgewacht war, keuchte: »Danke Schlomm, dass du mich gerettet hast. Ich vertraue dir.«

Nach und nach traten alle vor und bekundeten Schlomm ihr volles Vertrauen. Schlomm schien es kaum glauben zu können, und die Freude fand zurück in seine Augen. Finn war völlig überrascht von dieser unerwarteten Solidarität. Nach den Worten der Elfe hatte er mit Panik gerechnet, nicht mit soviel Zuneigung, aber das zeigte wohl nur, wie Rumbolts Truppe funktionierte. Wenn man sich bewährt hatte, so wie Schlomm in dieser Nacht, dann gehörte man dazu, egal was kam. Rumbolt schmunzelte zufrieden. Nur die kleine Elfe sah ratlos aus, als würde sie nicht verstehen, was da vor ihren Augen ablief. Schließlich gab sie ein verächtliches Schnauben von sich und verzog sich hinter einen Ast.

Nachdem das Rätsel um Schlomm nun gelöst war, kehrte im Lager Ruhe ein. Die meisten waren so erschöpft, dass sie da, wo sie saßen und lagen, sofort einschliefen. Nur Finn fand keine rechte Ruhe, obwohl sein Körper geschunden und völlig erledigt war. Er dachte über die Elfe nach und fragte sich, wie einsam sie sich jetzt wohl fühlen musste in der Ecke, in die sie sich verkrochen hatte. Es tat ihm nicht Leid, dass er ihr die Meinung gesagt hatte, sie hatte es verdient, aber es tat ihm Leid, dass sie so allein war und sich niemandem öffnete. Er war sich sicher, dass es einen Grund für ihre Wut und ihren Trotz geben musste. Sie war wie ein kleines Tier, das furchtbare Angst hatte und deshalb um sich biss.

Leise, um niemanden zu wecken, stand er auf und schlich über die Schlafenden hinweg zu dem Ast, hinter dem sie lag. Er horchte leise in die Nacht und schaute dann über den Ast. Die Elfe lag zusammengekauert am Boden. Sie schlief, aber in ihrem wunderschönen Gesicht zuckte es wie unter höchster Anspannung, und Tränen liefen ihr leise die Wangen hinunter. Sie zitterte in der kalten Nacht, da ihre Decke heruntergerutscht war und nur noch ihre Füße bedeckte. Leise stieg Finn über den Ast. Er ging neben ihr in die Hocke und zog die Decke sanft bis zu ihren Schultern hoch. Dann stopfte er sie sorgsam ein bisschen unter der Elfe fest, damit sie nicht gleich wieder wegrutschen konnte. Danach hockte er eine Weile schweigend da und betrachtete sie. In Gedanken fragte er sie:

›Was erfüllt dich nur so mit Schmerz, dass du nichts anderes kannst, außer auch anderen Schmerzen zu bereiten? Was quält dich so, dass du selbst im Traum einsam weinst? Ich möchte dir helfen. Ich möchte dein Freund sein. Was kann ich nur tun, damit du lächelst?«

Als hätten seine intensiven Gedanken oder sein Blick sie so stark berührt, öffnete sie plötzlich die Augen und sah ihn an. Im ersten Moment erschrak sie und wich zurück. Er sah in ihren Augen soviel Verletzlichkeit, soviel Schutzlosigkeit, dass es ihm die Kehle zuschnürte. Er wollte etwas sagen, etwas Gutes und Nettes, das sie beruhigte, aber da hatte sie sich bereits von dem Schreck erholt und ihr Blick veränderte sich, als würde sie eine Maske darüber ziehen. Eine Maske aus Trotz und Ablehnung.

»Was machst du hier?«, zischte sie erbost. »Wieso schleichst du dich mitten in der Nacht an mich heran?«

Finn wusste nicht recht, was er darauf sagen sollte. Er war verunsichert von ihrer plötzlichen Veränderung. Sie war ihm lieber, wenn sie still da lag und schlief, wenigstens griff sie ihn dann nicht an. Außerdem wusste er nicht, wie er erklären sollte, dass er mitten in der Nacht an ihrem Lager saß und sie betrachtete. Er merkte, wie er rot wurde, und bevor die Verlegenheit ihn vollkommen lähmen konnte, sagte er rasch: »Ich dachte, ich wollte, ich wollte dir nur noch mal sagen, dass ich nichts gegen dich habe. Vorhin da hab ich dich angeschrien, das war nicht richtig, aber ich musste Schlomm verteidigen, er ist mein Freund und niemand darf ihm wehtun, verstehst du?«

Sie sah einen Moment überrascht aus. Vielleicht hatte sie etwas anderes erwartet. Einen winzigen Augenblick lang erhaschte Finn in ihrem Gesicht so etwas wie Freundlichkeit und Zutrauen zu ihm, doch dann schien sie fast selbst darüber zu erschrecken und zog sich wieder in sich zurück.

Sie murmelte: »Wenn du dieses Untier Freund nennst, dann bist du wirklich ein Dummkopf. Ihr alle seid Dummköpfe und jetzt verschwinde, sonst schreie ich, bis alle wach sind. Sie werden sich bestimmt fragen, was du nachts bei mir zu suchen hast.«

Ihre Worte machten Finn verlegen, aber auch wütend und so sagte er, ehe er sich beherrschen konnte: »So, Schlomm ist also ein Untier, ja? Jemand wie du kennt doch den Unterschied gar nicht zwischen einem Freund und einem Feind. So wie du dich benimmst, hattest du bestimmt in deinem Leben noch keinen einzigen Freund. Keine Sorge, du brauchst nicht zu schreien, ich gehe von selbst. Deine Gesellschaft ist nicht so amüsant, dass ich hier länger meine Zeit verschwenden muss.«

Mit diesen Worten kletterte er zurück über den Ast, aber er warf noch einen letzten Blick zu ihr zurück und sah, dass seine Worte sie sehr verletzt hatten. Sie hielt nur mühsam die Tränen zurück, bis er weg war, und als er sein Lager wieder erreichte, hörte er ganz entfernt ein leises Weinen. Finn schalt sich selbst einen Idioten. Er hatte sich wieder von ihr provozieren lassen, war auf ihr dummes Verhalten eingegangen und hatte sich selbst damit ins Unrecht gesetzt. Er wollte sie doch gar nicht verletzen. Er wollte sie davon überzeugen, dass sie ihm vertrauen konnte, dass sie ihm sagen konnte, was sie so quälte. Er hatte alles falsch gemacht. Er hatte es schlimmer gemacht anstatt besser. Er grübelte noch lange darüber nach, wie er es wieder einrenken konnte und lauschte dabei dem immer leiser werdenden Weinen, bis er von der Müdigkeit überwältigt einschlief.

## 10

Den ganzen nächsten Morgen tat die Elfe, als wäre Finn Luft. Als er versuchte, erneut mit ihr zu reden, drehte sie sich einfach um und ließ ihn stehen. Nach drei erfolglosen Gesprächsversuchen gab er auf. Er musste einsehen, dass die Elfe im Moment nichts mit ihm zu tun haben wollte, außerdem ging sein Zaubertraining mit Amos weiter. Hinter der steinigen Lichtung, die sie überquert hatten, lag ein Tannenwald. In diesem Gebiet war es wesentlich düsterer als in dem lichten, moosigen Laubwald der vorherigen Tage. Rumbolt schickte noch mehr Kundschafter aus, da man in diesem Waldstück das Gefühl hatte, hinter jeder hohen Tanne könnte eine Gruppe Kobolde lauern.

Lund fand es gruselig und war nicht begeistert. Neppi lachte ihn aus und schon waren die beiden wieder in eine wüste Balgerei verstrickt. Als Finn das sah, war er fast froh, dass er mit Amos üben musste, die ständigen Streitereien seiner beiden Freunde gingen ihm inzwischen ziemlich auf die Nerven. Er erhaschte einen kleinen Blick auf das Elfenmädchen, das neben Hinfried ging und über die beiden sich am Boden wälzenden Kleinlingjungen verächtlich die Stirn runzelte. Finn fing ihren Blick auf, doch als sie ihn sah, drehte sie sofort den Kopf und schaute düster in eine andere Richtung. Finn seufzte und wünschte, er hätte sich gestern Abend nicht so dumm benommen.

Da fuchtelte plötzlich eine Hand vor seinem Gesicht herum. »Aufwachen, Finn«, rief Amos, »es wäre schön, wenn du deine Augen jetzt mal von dieser kleinen Elfe wenden könntest und dich stattdessen auf deinen Zauber konzentrierst. Wir üben seit heute Morgen, und du hast gerade mal ein müdes blaues Leuchten zustande gebracht. Zumindest wenn man von der kleinen Tanne absieht, bei der du aus Frust völlig die Kontrolle verloren und sie bis auf den Stamm niedergebrannt hast. Wenn du dich nicht anstrengst, wirst du es nie schaffen deine Kräfte sinnvoll einzusetzen ohne Schaden anzurichten.« Er runzelte wütend die Stirn.

Finn nickte ergeben und konzentrierte sich wieder auf die Magie. Amos Stimme hallte in seinem Kopf: »Geist beruhigen, langsam atmen, das Ziel fixieren …«

Finn strengte sich an. Sein Gesicht wurde ganz rot, weil er sich so sehr konzentrierte und mit aller Kraft einen anständigen Blitz erzeugen wollte. Doch nichts geschah. Es gab eine kleine Verpuffung, gefolgt von einem kaum wahrnehmbaren blauen Schimmer über Finns Händen, der gleich verschwand. Amos Miene sagte alles und Finn fühlte sich schlecht. Er versuchte es erneut, doch das Ergebnis wurde nicht besser. Schließlich verlor Finn die Geduld.

»Ich kann das einfach nicht«, schrie er wütend. »Ich bin

kein Magischer und ich wollte auch nie einer sein. Ich habe keine Lust mehr, diesen Mist zu üben. Es kommt doch nichts dabei heraus. Ich bin zu schlecht, ich kann es nicht.«

Ohne noch groß zu überlegen, stürmte Finn davon. Er war es Leid, sich abzurackern und doch nie irgendeinen Erfolg zu sehen. Er lief bis ans Ende der Gruppe und schlich in einigem Abstand allein hinter den anderen her. Das Letzte, was er jetzt gebrauchen konnte, waren irgendwelche guten Ratschläge von Rumbolt und Amos oder noch schlimmer Witze von Neppi und Lund.

Er hatte den Kopf gesenkt und schaute missmutig auf den Waldboden, darum merkte er nicht, dass er Gesellschaft bekam. Er schreckte etwas verwirrt aus seinen trüben Gedanken auf, als eine Stimme neben ihm sagte.

»So, wie du versuchst Zaubern zu lernen, kann das gar nicht klappen.«

Finn starrte etwas entgeistert die kleine Elfe an, die leichtfüßig neben ihm spazierte. Schön wie eh und je und leider auch mit ihrem typischen arroganten Blick. Finn hatte keine Lust, sich jetzt von ihr sagen zu lassen, was für ein schlechter Magier er in ihren Augen war, also sagte er so höflich wie möglich: »Hör zu, ich weiß, dass ich es nicht kann. Du brauchst also nicht auch noch darauf herumzuhacken. Ich fühle mich sowieso schon mies. Das mit heute Nacht tut mir Leid, ich wollte mich eigentlich mit dir versöhnen und nicht noch mehr Streit provozieren.«

»Lassen wir das«, sagte die Elfe gönnerhaft. »Ich hatte nicht vor, dir zu erzählen, dass du ein schlechter Zauberer bist. Das stimmt nicht, du hast sogar ziemlich beeindruckende Kräfte, muss ich gestehen. Dein Problem ist nur, dass du nicht damit umgehen kannst.«

»Ach nee«, entgegnete Finn trübsinnig, »was meinst du, was ich mir den ganzen Tag über von Amos anhören muss? Ich weiß, was das Problem ist, ich kann nur nichts dagegen tun.«

Die Elfe kicherte: »Dieser Amos ist ein ziemlicher Dummkopf, muss ich leider sagen. So wie er dich unterrichtet, wirst du in hundert Jahren noch nicht besser sein.«

Finn sparte sich diesmal einen Kommentar, er wollte jeden Streit vermeiden. So gingen sie eine Weile schweigend nebeneinander her, bis die Elfe es nicht mehr aushielt und wieder anfing: »Also, meiner Meinung nach ist es nicht deine Schuld, dass deine Magie sich so seltsam benimmt. Es liegt an Amos' Unvermögen, dir das Richtige beizubringen.«

Finn wurde langsam aber sicher neugierig, was die Elfe ihm bloß sagen wollte, doch er hatte sie schon so oft von ihrer boshaften Seite erlebt, dass er ihr nicht mehr so recht traute. Eigentlich wartete er die ganze Zeit nur darauf, dass sie eine neue Gemeinheit von sich gab. Er sah sie fragend an und die Elfe rollte entnervt mit ihren schönen blauen Augen.

»Warum antwortest du mir eigentlich nicht? Da will ich dir helfen, und du schaust mich die ganze Zeit nur an, als spreche ich eine andere Sprache.«

Finn zuckte verwirrt die Schulter: »Ich hatte bis jetzt noch nicht begriffen, dass du mir helfen willst. Ich wüsste ehrlich gesagt auch nicht, wie du das anstellen könntest.«

Die Elfe lachte: »Also manchmal habe ich wirklich das Gefühl, ihr Kleinlinge habt euren Kopf nur, damit Haare darauf wachsen. Hast du noch nie von der sagenhaften Elfenmagie gehört? Wenn jemand magisch ist, dann ja wohl mein Volk.«

»Davon gehört hab ich schon, aber du bist immerhin die erste Elfe, die ich persönlich kennen lerne. Außerdem was nützt mir deine Magie? Ich suche doch nach meiner eigenen.«

Langsam aber sicher schien die Elfe ihre Geduld zu verlieren, was bei ihr immer gefährlich werden konnte. Sie stampfte mit dem Fuß auf und rief: »Was mache ich mir überhaupt die Mühe, mit dir zu reden? Ihr Barbaren seid so begriffsstutzig, dass es gar keinen Sinn hat, euch etwas zu erklären. Da bietet man seine Hilfe an und statt Dank erntet man nur Unverständnis.«

Das war jetzt doch zuviel, Finn sah sie böse an und knurrte: »Ich kann mich nicht erinnern, dich um Hilfe gebeten zu haben. Ich war schon schlechter Laune, da brauchst du nicht noch zu kommen und mich einen Barbaren schimpfen.«

»Phh«, machte die Elfe und stolzierte hoch erhobenen

Hauptes davon. Finn bereute es sofort, wieder mit ihr gestritten zu haben, immerhin war sie von sich aus auf ihn zugekommen, was noch nie vorher der Fall gewesen war. Er rang kurz mit seinem Stolz, dann lief er ihr nach.

»Elfe, warte mal. Es tut mir Leid. Ich hätte wirklich gerne deine Hilfe. Wenn du weißt, wie ich diese verdammte Magie unter Kontrolle kriege, wäre ich dir sehr dankbar.«

Die Elfe blieb stehen, kehrte ihm aber noch immer den Rücken zu, so als überlege sie, ob sie seine Entschuldigung annehmen könne. Schließlich sagte sie etwas unfreundlich: »Gut, von mir aus. Zuerst musst du aber damit aufhören, zu denken, dass du die Kontrolle über irgendetwas erlangen musst. Das ist dieser Unsinn, den Amos dir eingebläut hat und der dich blokkiert.« Sie drehte sich um und ihr Gesicht wirkte eine Spur freundlicher als zuvor.

»Ähm, wenn du mich jetzt im Zaubern unterrichtest«, meinte Finn vorsichtig, »denkst du nicht, es wäre sinnvoll, wenn du mir deinen Namen verrätst? Ich kann dich doch nicht immer nur Elfe nennen. oder? Das hört sich komisch an, finde ich. Außerdem weißt du schließlich auch, dass ich Finn heiße.«

Die Elfe legte den Kopf schief, als bedürfe dieser Schritt sorgsamer Überlegung, dann zuckte sie die Achseln und sagte: »Bitte schön, das dürfte kein Problem sein. Ich heiße Selina. Ein sehr alter und traditioneller Elfenname übrigens. Schon die Frau des ersten Elfenkönigs Gundelbart hieß so. Angeblich war sie das schönste Wesen, das je auf dieser Erde gewandelt ist. Leider litt sie unter einem schlimmen Fluch, den eine neidische Hexe auf sie gelegt hatte. Na ja, ich nehme an, du interessierst dich nicht allzu sehr für Elfengeschichte.«

Diesmal hatte sie wirklich Unrecht. Finn, der von je her an allem interessiert war, was außerhalb von Mommenheim so vor sich ging, war überaus neugierig auf die Vergangenheit der Elfen. Er bat sie, weiter zu erzählen, doch Selina winkte ab und meinte: »Ein anderes Mal vielleicht. Jetzt sollten wir uns um deine Magie kümmern. Also, was tust du, wenn du einen Zauber bewirken willst?«

Finn überlegte kurz: »Ich schließe die Augen und versuche,

ganz ruhig zu sein, dann konzentriere ich mich so stark ich kann auf das Ziel meines Zaubers und versuche, mit aller Kraft die Magie in mir zu finden und sie auszustoßen. So ungefähr mache ich das, glaub ich.«

Die Elfe schüttelte stirnrunzelnd den Kopf: »Du solltest dich reden hören, ›konzentrieren so stark du kannst‹, ›mit aller Kraft‹, ›die Magie ausstoßen‹. Das klingt, als ob du Steine schleppen solltest und nicht feine subtile Magie beschwören. Sieh her!«

Die Elfe trat ein paar Schritte zurück, hob in einer sanften Geste die Arme und begann, sich im Kreis zu drehen, dabei lächelte sie wie ein Kind. Die Blätter um sie herum fingen an zu tanzen und drehten sich, wie sie in einem immer schneller werdenden Reigen. Ihr weißes Kleid flog um ihre Beine und ihr silbernes Haar schwebte im Wind. Schließlich ließ sie sich mit einem kleinen Kichern auf einen weichen Haufen fallen, den die Blätter gebildet hatten und blickte einen verzückten Moment lang nach oben in die Wipfel der Tannen.

Dann rappelte sie sich wieder auf und lächelte Finn an, der so benommen war von ihrer Vorstellung, dass er nicht sprechen konnte.

»Hast du das gesehen? Es ist zwar nur ein winziger Zauber, Blätter tanzen zu lassen, aber sah es in irgendeiner Form nach Anstrengung oder gar Arbeit aus?«

Finn schüttelte überrascht den Kopf.

»Siehst du, das ist das Geheimnis. Es muss von allein kommen. Es muss reine Leichtigkeit sein. Wenn es für dich Arbeit ist, dann machst du es falsch. Es muss in dir fließen, verstehst du. Du musst lächeln können vor Freude, wenn es dich durchströmt, und du darfst niemals Angst davor haben. Denk daran, es ist deine Magie, sie wird niemanden verletzen, wenn du es nicht willst. Du kannst sie fließen lassen oder eben nicht, sie ist immer in dir.«

Finn war bei ihren Worten sehr nachdenklich geworden. Er kannte das Gefühl, das sie beschrieb, diese Leichtigkeit, dieses Fließen der Magie von ganz allein. Er spürte ganz dicht unter der Oberfläche seines Geistes Erinnerungen, die lange verschwunden waren, sich jetzt aber wieder regten. Noch waren sie nicht zu greifen, aber sie hinterließen bereits ein bekanntes Gefühl in ihm.

»Aber was ist, wenn ich wieder die Kontrolle verliere wie damals, als ich uns alle vor den Kobolden retten wollte? Ich konnte es nicht mehr stoppen. Und es hatte nichts mit Leichtigkeit zu tun, das kann ich dir sagen. Ich hatte das Gefühl, zu verbrennen.«

»Das ist passiert, weil du nicht darauf vorbereitet warst. Du wusstest nicht, was mit dir passiert und hast Angst bekommen. Dir war nicht klar, dass das nur aus dir selbst herauskommt und dass du es beenden kannst, wann immer du willst.«

»Aber ich weiß immer noch nicht, wie ich es anfangen soll. Ich habe nicht diese Leichtigkeit, mit der du deine Magie benutzt. Ich weiß nicht, wie ich ihr die Tür öffnen kann, so dass sie fließt und wie ich sie wieder schließen kann, wenn es genug ist. Wie soll ich das machen?«

»Das kann dir niemand sagen, Finn, weder ich noch Amos, noch sonst wer. Das weißt nur du selbst. Es ist ein Gefühl, verstehst du. Es ist etwas, was passieren muss, ohne dass du darüber nachdenkst. Es geschieht von allein, nur durch deinen Willen, und ohne dass du auch nur einen Gedanken daran verschwendest. Es muss für dich so leicht sein wie Atmen.«

Finn schüttelte missmutig den Kopf: »Dann bin ich kein Stück weiter. Wie soll ich ein Gefühl finden, das ich nicht kenne?«

»Oh, ich bin mir sicher, du kennst es, Finn. Du hast es vielleicht verlernt, vergessen, irgendwo in dir vergraben, aber es muss da sein. Du bist nicht plötzlich magisch geworden. Man wird es nicht, sondern man ist es oder ist es eben nicht. Du bist es und das heißt, du kannst Magie anwenden, seit du ein Baby warst. Ich bin mir sicher, da gibt es keinen Unterschied zwischen Elfen und Kleinlingen. Kinder sind die besten Zauberer, sie haben genug Leichtigkeit in sich und sind furchtlos. Magie ist ein Gefühl, das man zulassen muss. Kinder können das ohne Probleme, deshalb verwenden sie Magie noch bevor sie reden oder laufen. Alle Elfenkinder tun das und bei euch zumindest die, die magisch sind so wie du, Finn. Du hast es verlernt, aber du kannst es vielleicht wiederfinden, wenn du dich erinnerst.«

Mit diesen Worten ging sie davon, weiter nach vorne zu den anderen und überließ Finn seinen Gedanken. Er wusste nicht, was er von ihren Worten halten sollte. Sein Verstand sagte ihm, dass ihre Methode noch schwieriger und aussichtsloser für ihn sein würde als die von Amos. Doch ein tiefes Gefühl in seinem Bauch schien der Meinung zu sein, dass sie trotzdem Recht hatte. Finn zermarterte sich das Gehirn auf der Suche nach seinen ältesten Erinnerungen. Irgendwo in seinem Kopf musste es etwas geben, dass er vergessen hatte und das die Wahrheit enthielt. Immer wieder kam ihm dabei der blaue Tonvogel in den Sinn. Er sah ihn zerbrechen, tausend Scherben auf dem Boden, aber mehr nicht. Finn seufzte tief und gab fürs Erste auf. Er beeilte sich, zu Lund und Neppi aufzuschließen, weil er fand, dass er für diesen Tag lange genug allein vor sich hin gebrütet hatte.

Als er zu ihnen kam, waren sie gerade in ein Gespräch vertieft, das abrupt endete, sobald sie ihn sahen. Neppi blickte ihm mit hochgezogenen Augenbrauen entgegen.

»Was hast du so lange mit Fräulein von und zu eingebildeter Elfe zu reden gehabt?«, fragte er fast vorwurfsvoll.

»Sie ist gar nicht so schlimm, wie du immer denkst, Neppi«, entgegnete Finn. »Heute hat sie mir sogar versucht, zu helfen.«

»Wobei will die dir helfen?«, fragte Lund verständnislos. »Gibt sie dir Nachhilfe in garstig und unfreundlich sein?«

Finn seufzte: »Sie hat versucht, mir etwas über das Zaubern beizubringen, und sie hat mir dabei ein paar sehr interessante Hinweise gegeben, wenn ihr es genau wissen wollt. Außerdem hat sie es von sich aus angeboten. Das beweist doch wohl, dass sie zumindest versucht, sich mit uns anzufreunden, oder?«

»Eigentlich beweist das nur, dass sie versucht, sich mit dir anzufreunden«, antwortete Neppi spitz. »Ich frage mich bloß, was sie sich davon verspricht.«

Langsam wurde Finn zornig: »Was soll sie sich bitte davon versprechen, Neppi? Du redest, als sei sie eins von den fiesen Wesen, die unseren Rat entführt haben und keine kleine Elfe, die unseren Schutz braucht. Das ist wirklich lächerlich.«

»Was weißt du schon über sie, Finn? Eigentlich ist es komisch, dass sie so allein im Wald herumirrte und von Kobolden gefangen werden konnte. Die Elfen leben doch zusammen an irgendwelchen verzauberten Orten und geistern nicht allein, barfuß und ohne irgendwelches Reisegepäck durch die Gegend.«

»Seit wann weißt du, wie und wo Elfen leben und womit sie sich die Zeit vertreiben? Was willst du eigentlich damit andeuten, hä?«, knurrte Finn.

Neppis Gerede hatte ihn jetzt wirklich wütend gemacht. Zuerst schien sein Freund zu überlegen, was er darauf entgegnen könnte, doch angesichts der Zornesfalte auf Finns Stirn überlegte er es sich anders und meinte diplomatisch: »Schon gut, Finn, reg dich nicht auf. Ich hab nur gesagt, dass es merkwürdig ist, sonst nichts. Überleg mal, wir kennen bis jetzt noch nicht mal ihren Namen …«

»Sie heißt Selina«, unterbrach ihn Finn barsch.

Neppi wirkte irritiert, und schon wieder glaubte Finn Misstrauen in den Augen seiner beiden Freunde zu sehen, die vielsagende Blicke austauschten. Dann schien Neppi sich endgültig zu besinnen und sagte mit einer Spur seines sonst fast immer anwesenden Lächelns: »Ach, lass uns nicht mehr davon reden, Finn. Wenn du sagst, sie ist in Ordnung, dann wird sie es schon sein. Wer weiß, vielleicht redet sie demnächst auch mit uns, wenn sie dir sogar schon ihren Namen verraten hat.«

Auch Lund setzte eine beschwichtigende Miene auf, und Finn beschloss, es vorerst gut sein zu lassen. Eigentlich hasste er es, sich mit seinen Freunden zu streiten und war froh, dass sich das Gespräch jetzt unverfänglicheren Themen zuwandte. Nach einiger Zeit hatte er ihren kleinen Streit sogar schon fast vergessen und lachte und alberte mit ihnen, während sie und der Rest des Trupps durch den immer dunkler werdenden Tannenwald liefen.

Gegen Abend suchten sie Schutz in einem halb verrotteten Baum. Er war nur durch eine kleine Öffnung zu betreten und deshalb ein sehr sicherer Schlafplatz. Trotzdem ließ Rumbolt Wachen aufstellen. Der Wald war in der Dunkelheit noch hundertmal beängstigender als am Tage. Finn hörte Eulen rufen und seltsame andere Geräusche, die er nicht kannte, die ihn aber erschaudern ließen. Lund neben ihm zuckte eine Zeit lang bei jedem noch so leisen Knacken zusammen. Als das nicht mehr passierte, wusste Finn, dass er eingeschlafen war. Neppi auf der anderen Seite schlief schon lange völlig ohne Probleme. Scheinbar machte ihm der gruselige Wald nichts aus. Selina lag ziemlich weit entfernt von Finn und auch in angemessenem Abstand zu allen anderen Kleinlingen. Sie tat Finn Leid, er fürchtete sich schon inmitten seiner Freunde, wenn er sich aber vorstellte, allein dazuliegen, wurde ihm schon bei dem Gedanken ganz kalt. Noch schlimmer war es sicher für Schlomm, der passte nicht durch das kleine Loch, durch das die Kleinlinge in den Baum geschlüpft waren und musste deshalb draußen bleiben. Zwar ging er sowieso jede Nacht raus zum Jagen, aber Finn dachte sich, dass das in diesem Teil des Waldes kein Vergnügen sein konnte, zumal, wenn man so schreckhaft war wie Schlomm. Finn beruhigte sich, indem er sich vor Augen hielt, wie schnell Schlomm war, und wie gut er klettern und sich verstecken konnte. Schließlich schlief er ein.

## 11

Als sie am nächsten Morgen wieder aus dem Baum herauskrabbelten, erschien der Wald noch düsterer als am Tag zuvor. Die wenigen Löcher zwischen den dichten, dunklen Wipfeln der Tannen zeigten ihnen einen dunklen Himmel, über den schwarze Wolken jagten. Hinzu kam ein unangenehmer

Wind, der die Bäume hin und her schüttelte und spitze Tannennadeln auf ihre Köpfe regnen ließ. Rumbolt fluchte und drängte zur Eile. Wie alle anderen hoffte auch er, dass dieser unheimliche Teil des Waldes bald enden würde. Leider war das nicht der Fall.

Im Laufe des Vormittages wurde der Wald eher noch dichter und unfreundlicher. Sie mussten sich durch dorniges Gestrüpp kämpfen, das überall den Boden bedeckte. Den Himmel sah man jetzt gar nicht mehr, und es war so dunkel, wie in der Dämmerung kurz bevor die Nacht hereinbricht. Gegen Mittag war der Trupp so erledigt, dass Rumbolt eine Pause anordnete. Um sich zumindest ein bisschen sicherer zu fühlen, in diesem unüberschaubaren, feindlichen Gebiet, kletterten alle auf einen kleinen Tannenbaum, dessen Äste leicht zu erreichen waren. In seiner Spitze, knapp einen Meter über dem Boden, setzten sie sich zum Ausruhen in sein Geäst. Die dichten Tannennadeln verbargen sie vor ihren Feinden und nah am Stamm waren immerhin so wenige davon, dass man sich setzen konnte, ohne zerstochen zu werden.

Finn hatte sich schon beim Klettern unauffällig in die Nähe von Selina geschlichen. Er half ihr freundlich beim Besteigen der Tanne und ignorierte das Kichern und die verächtlichen Blicke seiner beiden Freunde, die noch immer nicht begreifen konnten, wieso sich Finn mit dem Elfenmädchen angefreundet hatte. Auch Amos rümpfte die Nase. Er war beleidigt, seit Finn ihm am Morgen von Selinas Vorschlägen zu seinem Magietraining erzählt hatte und weigerte sich seitdem, Finn zu unterrichten, mit der Begründung, dass er es nicht nötig habe, sich von so einem ungebildeten Elfenfratz sagen zu lassen, wie er seinen Unterricht zu gestalten habe. Allein weiter zu üben, hielt Finn für völlig aussichtslos, also wollte er Selina nochmal bitten, ihm zu helfen. Deshalb war es ihm auch so wichtig, diese Ruhephase in ihrer Nähe zu verbringen, egal was Neppi, Lund oder Amos davon hielten.

Zu Finns Glück schien Selina nichts gegen seine Gesellschaft zu haben und so saßen sie bald ganz oben in der Tannenspitze auf einem dünnen Ast und betrachteten durch die dunkelgrünen Nadeln den düsteren Wald rundherum. Ab und zu sahen sie Schlomm, dem es auf der kleinen Tanne zu langweilig war, auf den größeren Bäumen hin und her flitzen. Eine Weile schwiegen sie, keiner schien einen geeigneten Anfang für ein Gespräch zu finden. Finn fragte sich, wieso das mit dieser Elfe oder allgemein mit Mädchen immer so viel schwerer war als mit seinen Freunden. Zu seinem Glück war es diesmal Selina, die als erste das Schweigen brach: »Hör mal, Finn, du musst nicht mit mir hier sitzen. Ich sehe doch, dass es dich langweilt. Da unten sind deine beiden Freunde, und wie es von hier oben aussieht, haben sie eine Menge Spaß bei ihren kindischen Spielchen. Du kannst ruhig zu ihnen gehen, ich komme ganz gut allein zurecht.«

Sie setzte wieder ihr trotziges Gesicht auf, aber darunter meinte Finn eine Art Kummer zu erkennen. Er fand es furchtbar, dass sie dachte, er säße nur aus Mitleid bei ihr. In einem Anflug von Tollkühnheit legte er vorsichtig seine Hand auf ihren zarten, weißen Arm. Einen Moment lang ließ er sie unbeweglich dort liegen, in Erwartung einer Ohrfeige oder zumindest einer ihrer typischen Boshaftigkeiten, doch nichts geschah. Selina blieb ruhig sitzen und starrte auf ihre im Schoß liegenden Hände. Langsam wurde Finn etwas mutiger und streichelte sanft über die weiche etwas kühle Haut ihres Armes. Leise, als könnte jedes falsche Wort diesen zerbrechlichen Moment zerstören, sagte er: »Ich sitze hier bei dir, weil ich es möchte. Aus keinem anderen Grund. Ich hatte gehofft, du könntest mir noch ein paar Tricks verraten, wie ich meine Magie finden kann. Was du mir gestern gesagt hast, klang für mich sehr einleuchtend, und ich denke, es ist der richtige Weg für mich, nur kann ich es nicht allein. Eigentlich wollte ich dich um Hilfe bitten. Aber weißt du, selbst wenn du so wenig magisch wärst wie Lund, würde ich gern bei dir sitzen, weil ..., na ja, ich finde dich nett, auch wenn du manchmal sehr anstrengend sein kannst.«

Das erste Mal seit Finn sie kannte, glitt ein ehrlich erfreutes Lächeln über das Gesicht der Elfe. Es war so sonnig und strahlend wie eine Blumenwiese. Finn war sicher, dass er in seinem ganzen Leben nie etwas Schöneres gesehen hatte als Selinas Lächeln, und er meinte, dass für den kurzen Moment, den es dauerte, sein Herzschlag aussetzte. Dann wandte sich Selina ihm zu und das Lächeln verschwand, nur eine kleine Spur davon blieb in ihren Augen und ließ sie weiter strahlen. Finn nahm etwas verschämt seine Hand von ihrem Arm und verschränkte die Finger ineinander, wie um zu verhindern, dass sie noch einmal auf Wanderschaft gingen. Selina sah ihn einen Moment forschend an, als könnte sie direkt in seine Gedanken blicken, und Finn wurde es etwas unbehaglich.

»Ich hab dir doch gesagt, Finn, du wirst deine Magie nur finden, wenn du dich an sie erinnerst. Weißt du gar nichts mehr aus deiner Kindheit? Du musst doch zumindest ein paar Erinnerungen haben.«

Sie runzelte die Stirn, als Finn nach kurzem Nachdenken bekümmert den Kopf schüttelte.

»Da ist einfach nichts. Ich versuche seit gestern, irgendetwas zu finden, aber es ist alles dunkel. Ich kann mich nur an Sachen erinnern, die passiert sind, als ich schon größer war, und die hatten überhaupt nichts mit Magie zu tun.«

Selina seufzte: »So etwas hab ich noch nie gehört. Etwas so Elementares wie Magie vergisst man nicht einfach. Hm, vielleicht ...«

»Was?«, fragte Finn ungeduldig.

Die Elfe hatte den Kopf schief gelegt und schien angestrengt nachzudenken. »Weißt du Finn, es gibt vielleicht eine Möglichkeit. Allerdings würde ich sie nur sehr ungern benutzen.«

»Was denn? Sag schon.«

Finn war ganz aufgeregt, Selina schien sich jedoch noch immer nicht sicher.

»Wir Elfen haben gewisse Kräfte. Wir können untereinander Gedanken austauschen. Das ist ein recht anstrengender Zauber, aber ab und zu wird er angewandt. Zum Beispiel, um Streitigkeiten zu schlichten oder im Geist eines Lügners die Wahrheit zu finden. Es gibt auch manchmal Liebende, die diesen Zauber verwenden, um sich gegenseitig ihre tiefsten Gefühle zu zeigen.«

Bei diesen letzten Worten färbten sich ihre Wangen leicht rötlich, Finn war jedoch zu aufgewühlt, um darauf zu achten.

»Heißt das, du kannst in meine Erinnerungen schauen und sie hervorholen? Du kannst das Gefühl für die Magie irgendwo in den Tiefen meines Geistes finden? Das ist doch klasse. Von mir aus können wir sofort anfangen.«

Die Elfe wirkte zusehends nervöser: »So einfach, wie du dir das vorstellst, ist das nicht. Der Zauber ist zwar nicht schwer, nur anstrengend für den, der ihn bewirkt. Ich denke, dass er auch zwischen einem Kleinling und einer Elfe funktionieren wird, aber es gibt ein Problem. Der Zauber sorgt dafür, dass ich nicht nur deine Erinnerungen heraufbeschwöre und miterlebe, sondern du auch meine. Wir werden so stark verbunden sein, als wären wir ein Geist, und ich werde vieles von dem wissen, was du je erlebt hast und du wirst ebenso viel über mich wissen.«

»Und das willst du nicht?«, flüsterte Finn vorsichtig.

»Nein, das will ich eigentlich nicht.«

»Gut«, sagte Finn leichthin und versuchte, sich seine Enttäuschung nicht anmerken zu lassen, »wenn du das nicht möchtest, dann lassen wir es selbstverständlich. Ich kann dich gut verstehen. Es ist sicher nicht sehr angenehm, alle Gedanken und Gefühle, die man je hatte, einem anderen zugänglich zu machen.«

Sie nickte nur, schwieg und sah wieder auf ihre Hände. Finn hatte das Gefühl, sie sei tief in ihren Erinnerungen versunken und nach ihrem Gesichtausdruck zu urteilen, waren es keine sehr angenehmen. Um sie nicht zu stören, schwieg er ebenfalls und blickte ruhig in die düstere Umgebung. Er wollte auf keinen Fall, dass Selina merkte, wie enttäuscht er war. Er verstand ihr Problem. Es war eindeutig zuviel verlangt, dass sie ihm alle ihre Geheimnisse preisgab, vor allem weil sie sich ohnehin nur sehr schwer anderen öffnete. Trotzdem hatte er für einen winzigen Moment geglaubt, dass sie ihm helfen würde. Diese Idee, dass sie in seine Erinnerungen schauen konnte, hatte ihn merkwürdigerweise nicht geängstigt, er war sofort bereit gewesen, ihr bedingungslos zu vertrauen. Das mochte entweder daran liegen, dass sein Leben bisher recht ereignislos war, und er nichts zu verbergen hatte, oder auch vielleicht daran, dass seine magische Unfähigkeit ihn mittlerweile so sehr quälte, dass er bereit war, alles zu unternehmen, um endlich wieder seinen Frieden zu haben. Was Selina anging, so war sich Finn sicher, dass es eine Menge Dinge gab, die sie verbergen wollte. Er schwor sich, Neppi und Lund nichts von dieser Sache zu erzählen. Er befürchtete, dass es ihr Misstrauen gegenüber der Elfe nur noch verschlimmern würde.

Da kam von unten aus der Tanne ein leiser Pfiff, das Zeichen zum Aufbruch. Vorsichtig kletterten Finn und Selina hinter den anderen die Tanne hinunter, wobei er immer darauf bedacht war, sie zu stützen und ihr zu helfen. Trotzdem sprach sie kein Wort mehr und wirkte weiterhin etwas entrückt. Finn fragte sich, ob sie vielleicht sauer auf ihn war. Er konnte sich zwar nicht vorstellen warum, aber er hatte mittlerweile gelernt, dass Elfenmädchen wie Selina dazu manchmal keinen Grund brauchten. Jedenfalls keinen, der einem Kleinling eingeleuchtet hätte.

So bemühte er sich um sie, so gut er konnte, wagte aber nicht mehr, sie anzusprechen. Unten angelangt folgte sie zielstrebig den anderen und ließ ihn stehen. Während Finn ihr noch ratlos hinterherblickte und sich langsam in Bewegung setzte, hörte er hinter sich schon das Lachen von Neppi und wenige Augenblicke später traf ihn ein fester freundschaftlicher Schlag auf die Schulter.

»Na, Finni, hat sie dich mal wieder abserviert? Ich hab es dir doch gesagt. Die ist nichts für dich. Mit was würdest du sie vergleichen, Lund?«

Lund, der an Finns anderer Seite aufgetaucht war, kicherte und sagte ohne nachzudenken: »Mit einer Distel.«

Neppi fiel zunächst in sein Kichern ein, aber wurde augenblicklich still, als Finn entnervt seine Hand von der Schulter abschüttelte und eine grimmige Miene aufsetzte.

»Entschuldige, Finn, seit wann verstehst du keinen Spaß

mehr?«, versuchte er ihn zu beschwichtigen, doch Finn sah ihn nur böse an.

»Okay, wir hören auf, Witze über sie zu machen, wenn dich das so ärgert«, sagte Lund gänzlich ohne Grinsen.

»Aber du musst zugeben, sie fordert es geradezu heraus mit ihrer Art«, meinte Neppi trotzig.

Finn seufzte: »Ihr scheint das nicht zu verstehen. Sie ist hier ganz allein unter Fremden und die meisten davon lachen auch noch über sie, so wie ihr. Wie soll sie da jemandem vertrauen können. Natürlich schlägt sie um sich. Ihre ablehnende Art ist der einzige Schutz, der ihr hier bleibt. Stell dir mal vor, Lund, du würdest uns verloren gehen und von einer Gruppe Elfen gefunden werden. Lauter schöne, helle, zarte Lichtgestalten um dich herum, die über deine Kleider lachen und über deine tollpatschige Art. Wie würdest du dich da fühlen?«

Lund machte ein betretenes Gesicht. Die Vorstellung, er müsste allein unter Leuten leben, die alle so waren wie Selina, schien ihm nicht zu gefallen. Neppi wiederum schien diese Möglichkeit weniger zu verunsichern. Er reckte den Hals und sagte in belehrendem Tonfall: »Also, wenn ich unter diesen Elfenschwachköpfen leben müsste, dann würden die endlich mal ein bisschen Spaß haben. Jawohl, ich würde die so zum Lachen bringen, dass sie ihr ganzes steifes Getue und dieses lächerliche von Blüte zu Blüte fliegen und weiße Kleidchen tragen, und was Elfen sonst noch so Nutzloses tun, vergessen würden. Stattdessen würde ich ihnen beibringen, wie man anderen tolle Streiche spielt und wilde Prügeleien in Matschpfützen organisiert.«

Finn schüttelte ungläubig den Kopf: »Das sind keine Kleinlinge, Neppi, das heißt, sie verhalten sich auch nicht so. Keine Elfe wird sich jemals in Matschpfützen suhlen, und ich fürchte auch, dass sie deine Witze nicht sonderlich komisch fänden.«

»Ach, papperlapapp«, wollte Neppi gerade ausholen, da kam von vorn ein alarmierender Pfiff, der sie sofort schweigen ließ. Zügig und geduckt schlossen sie zu Rumbolt auf, das ging mittlerweile ganz automatisch. Sie hatten alle drei nicht bemerkt, wie sehr sie sich auf ihrer langen Reise verändert hatten.

Rumbolt und ein paar seiner Männer, die vorangegangen waren, hatten Stellung hinter einem Dornenbusch bezogen und schielten misstrauisch durch sein dichtes Geäst. Als Finn näher kam, legte Rumbolt den Finger an die Lippen und deutete geradeaus. Finn beugte sich vor und blinzelte neugierig durch die Zweige, doch zuerst fiel ihm nichts auf. Er schickte einen fragenden Blick zu Rumbolt, der mit den Augen rollte, Finn an einem seiner langen Ohren packte und leise hineinzischte: »Siehst du nicht die Spuren? Da ist ein richtiger Weg, kein Unterholz mehr. Eine Art Trampelpfad, der hier beginnt. Aus allen Richtungen laufen kleine Wege zusammen und vereinigen sich zu diesem großen, der direkt in die Richtung führt, in die wir gehen müssen. Es sind sogar Spuren von Rädern zu erkennen, sagt Savall.«

Finn spähte mit großen Augen erneut durch das Gestrüpp und tatsächlich, zwischen den Dornenranken wanden sich kleine versteckte Pfade durch das Dickicht, die sich zu einem breiten Weg vereinten, der so offensichtlich herausstach, dass Finn gar nicht begreifen konnte, warum er ihn zuerst übersehen hatte. Vermutlich war es einfach zu unwahrscheinlich, ausgerechnet in dieser finsteren Gegend auf einen Weg zu treffen, dass seine Augen sich glatt geweigert hatten, ihn zu sehen.

»Und jetzt?«, fragte er Rumbolt. »Warum verstecken wir uns hier? Es ist doch bloß ein Weg. Wir können froh sein, dass wir ihn gefunden haben, jetzt wird die Reise viel angenehmer, ohne das viele Gestrüpp, das sich dauernd um unsere Beine windet. Wir werden viel schneller vorankommen.«

Rumbolt runzelte missbilligend die Stirn und seufzte: »Du musst noch viel lernen, mein Junge, soviel ist sicher. Woher willst du wissen, wessen Weg das ist? Ist es nicht sogar sehr wahrscheinlich, dass er unseren Feinden gehört, wenn sie ihn benutzt haben? Stell dir vor, wir marschieren fröhlich und für jedermann weithin sichtbar über diesen Trampelpfad, und plötzlich kommt uns eine Horde von diesen rotäugigen

Monstern mit ihren krallenbestückten Grabhänden entgegen. Wäre ein ziemlich armseliges Ende für unsere Mission, oder?«

Finn wurde rot, weil er erkannte, dass Rumbolt natürlich Recht hatte. Er befürchtet, der alte Jäger würde ihn jetzt für ein naives Kind halten und das war etwas, das Finn nach allem, was er hier draußen erlebt hatte, wirklich nicht mehr sein wollte. Er überlegte gerade noch, was er Kluges sagen könnte, um Rumbolt zu beweisen, dass er durchaus verstand, in welch gefährlicher Lage sie sich befanden, da kam Savall um die Ecke des Dornenbusches geflitzt, völlig außer Atem und mit zerzausten Haaren, in denen überall Kletten und Gestrüpp hingen. Er hatte mal wieder die Gegend vor ihnen erkundet und war dabei vermutlich irgendwo am Rande dieses Weges durchs Unterholz gekrochen. Seine nackten Arme und sein Gesicht waren voller roter Striemen und tiefer Kratzer. Seine Augen leuchteten vor Eifer, als er Rumbolt Bericht erstattete, obwohl er vor lauter Keuchen kaum sprechen konnte.

»Neuigkeiten, Rumbolt«, schnaufte er.

Rumbolt zog die Augenbrauen hoch: »Noch mehr Neuigkeiten? Gute oder schlechte?«

Savall ließ sich geschafft auf den Boden sinken und sagte: »Da bin ich mir nicht sicher. Kommt ganz drauf an, ob sie uns wohl gesonnen sind.«

Rumbolt verdrehte genervt die Augen. »Wer denn, Savall? Hör auf, uns alles nur in kleinen Stücken zu erzählen. Rede endlich und zwar ein bisschen plötzlich.«

Er funkelte ihn an, und Savall beeilte sich weiterzusprechen. Wenn er ungeduldig wurde, war mit Rumbolt nicht zu spaßen.

»Ein kleines Stück von hier, den großen Weg entlang, kommt ein Wagen auf uns zu. Es sitzen Wesen darin, die ich noch nie zuvor gesehen habe. Ich glaube, sie sind keine Gefahr. Soweit ich gesehen habe, sind sie nur zu dritt und haben keine bewaffnete Eskorte bei sich. Zudem fahren sie recht langsam, der Wagen wird von vier riesigen Käfern gezogen, die es nicht gerade eilig haben.«

Rumbolt legte einen Finger an sein Kinn und fragte: »Sahen sie kriegerisch aus?«

Savall schüttelte den Kopf: »Eher wie etwas abgerissene Händler. Der Wagen, auf dem sie fahren, ist auch vollkommen leer. Wie sie genau aussehe,n kann ich nicht sagen, sie sind fast komplett in braune Umhänge gehüllt. Nur die Gesichter gucken vorne aus den Kapuzen heraus, aber die fallen kaum auf, weil sie genauso braun sind wie ihre Kutten.«

Savall griff rasch nach einer Feldflasche, die ihm von einem der Männer hingehalten wurde und leerte sie in einem Zug. Rumbolt fing mal wieder an auf und ab zu laufen, wie es seine Art war, wenn er nachdachte.

Aber diesmal brauchte er nicht lange zu laufen, schon nach wenigen Augenblicken erhellte sich sein Gesicht, und er verkündete ohne eine Spur von Unsicherheit: »Gut, ich denke, nach allem, was Savall uns gesagt hat, ist nicht damit zu rechnen, dass diese Wesen eine ernsthafte Gefahr für uns darstellen, und ich will ihre Bekanntschaft machen. Wenn sie aus der Richtung kommen, in die wir wollen, können sie uns vielleicht Interessantes berichten. Trotzdem müssen wir vorsichtig sein. Nur ich und drei andere Männer werden ihnen gegenübertreten, der Rest bleibt hier versteckt, um eingreifen zu können, falls wir uns geirrt haben und sie sich plötzlich in kleinlingfressende Bestien verwandeln.«

Sein Vorschlag wurde durch zustimmendes Gemurmel begrüßt. Rumbolt entschied, dass der starke Hinfried, der besonnene Rotbart und Savall ihn begleiten würden. Finn war enttäuscht. Obwohl er natürlich nicht damit gerechnet hatte, dass Rumbolt ihn auswählen würde, hätte er die Fremden doch zu gern aus der Nähe gesehen. So blieb ihm diesmal nichts anderes übrig, als sich zu fügen und mit Neppi und Lund beim Rest des Trupps im Gebüsch zu bleiben. Er suchte sich extra einen Platz aus, von dem er einen guten Blick auf den Weg hatte und beobachtete gespannt, wie die vier Kleinlingmänner die Sicherheit des Verstecks verließen. Sie postierten sich demonstrativ am Rande des Pfades, so dass die ihnen entgegenkommenden Fremden sie schon von weitem sehen mussten.

Dann begann eine nervenaufreibende Zeit des Wartens. Niemand sagte ein Wort. Die Aufregung und Anspannung war so stark, dass man sie fast wie ein Vibrieren in der Luft spüren konnte. Die vier Männer auf dem Weg liefen nervös auf und ab und traten von einem Bein aufs andere. Immer wieder reckten sie die Hälse und spähten in die Ferne, von den Fremden war jedoch noch nichts zu sehen. Gerade als Finn das Gefühl bekam, er würde jeden Moment platzen vor Aufregung, da versteifte sich Rumbolts Körper plötzlich wie der eines Raubtieres, das zum Sprung ansetzt. Er hielt eine Hand an sein Ohr und lauschte. Im nächsten Augenblick hörten sie es alle, ein Knarren und Quietschen, das auf sie zukam. Finn hielt, ohne es zu merken, die Luft an. Die Männer um ihn herum umklammerten ihre Waffen, zum Sturmangriff bereit. Ein Stück von ihnen entfernt, wo der Weg sich schlängelnd aus ihrem Blickfeld wand, kam jetzt etwas großes Schwarzes hinter den Bäumen hervor. Der erste der Riesenkäfer taperte gemächlich auf seinen vier kantigen, krummen Beinen heran. Seine Fühler wackelten träge auf und ab. Gleich hinter ihm erschien das nächste schwarze Ungetüm, das ebenso dick und hässlich war wie sein Vorgänger.

Finn beobachtete sie fasziniert und fragte sich, wie sie ihre schweren Körper auf so dünnen Beinchen herumtragen konnten. Ihre schwarzen Augen starrten umher und schienen nicht sonderlich interessiert an ihrer Umgebung. Käfer Nummer drei und vier, die jetzt hinter dem Baum hervorkrochen, waren in keiner Weise von Nummer eins und zwei zu unterscheiden. Alle trugen sie ein braunes Geschirr um den Bauch, das zu dem kleinen hölzernen Wagen führte, der jetzt ins Blickfeld der Kleinlinge rollte. Es war ein jämmerliches Gefährt, dessen unentwegt knarrende Räder leicht unsymmetrisch waren und den Karren bedenklich hüpfen und schaukeln ließen. Die kleine braune Gestalt, die auf dem Kutschbock saß und die Zügel der Riesenkäfer fest umklammert hielt, wurde ständig auf und ab geschleudert. Wenn der Wagen durch ein Schlagloch fuhr, hopste sie so wild herum, dass Finn schon vom Zusehen schlecht wurde. Den beiden anderen Braungewandeten, die auf der Ladefläche hockten, erging es nicht besser. Sie klammerten sich emsig an den zerlöcherten Seiten der Ladefläche fest und wurden trotzdem ständig hin und her geworfen. Finn dachte, welch ein Glück, dass sie diese lahmen Käfer als Zugtiere benutzten. Etwas Schnelleres hätte diese armen Wesen vermutlich auf ihrem Karren zu Tode geschüttelt.

Obwohl die Kleinlinge die Neuankömmlinge schon eine ganze Weile gespannt beobachteten, waren sie selbst von den fremden Wesen noch nicht entdeckt worden. Dabei standen Rumbolt, Hinfried, Rotbart und Savall mit verschränkten Armen mitten auf dem Weg. Doch die bedauernswerten Fremden schienen so sehr damit beschäftigt, nicht beim nächsten Schlagloch von ihrem Wagen geschleudert zu werden, dass sie von ihrer Umgebung kaum Notiz nahmen. Erst als sie die Kleinlinge fast erreicht hatten, fiel der Blick des Kutschers auf sie, und er riss panisch an den Zügeln, so dass die Käfer abrupt zurückgehalten wurden und stolpernd zum Stehen kamen. Missbilligend wackelten sie mit ihren Fühlern und starrten aus ihren winzigen Äuglein die Kleinlinge an, die jetzt langsam auf sie zukamen.

»Wolla weit, wolla weit«, schrie der Fremde auf dem Kutschbock mit schriller Stimme. Auch die beiden anderen auf der Ladefläche hatten mittlerweile bemerkt, dass etwas nicht stimmte und ihre Köpfe erschienen neben dem Kutscher. Von dort starrten sie jetzt den auf sie zukommenden Fremden entgegen.

»Wolla weit«, schrie der Kutscher nochmal und machte Anstalten mit der Peitsche, die er wohl sonst zum Antreiben seiner Käfer benutzte, auf Rumbolt loszugehen. Finn biss sich auf die Lippe und hoffte, dass der Fremde es lassen würde, ein Angriff auf Rumbolt würde einen Angriff des Trupps bewirken und so vielleicht jede Möglichkeit für ein friedliches Gespräch vernichten. Zu ihrem Glück waren die Mitreisenden des Kutschers weniger angriffslustig, sie packten ihn blitzschnell samt seiner Peitsche und zischten ihm etwas ins Ohr, bis er aufhörte zu zappeln und die Peitsche fallen ließ. Dann richtete sich eine der braunen Gestalten zu voller Größe auf und kletterte von der Ladefläche auf den Kutschbock. Dort blieb sie stehen und schaute den Kleinlingen entgegen.

Rumbolt blieb jetzt ebenfalls stehen und zeigte in einer Geste des Friedens seine leeren Hände, dann legte er auch alle Waffen ab, die er noch am Gürtel trug und seine Männer taten es ihm nach. Unbewaffnet näherten sie sich jetzt dem Wagen, bis die Gestalt auf dem Kutschbock mahnend eine Hand hob, um zu zeigen, dass sie nah genug waren. Dann hob sie in einer großen Geste die Kapuze, die ihr Gesicht bis jetzt im Dunkeln gelassen hatte, von ihrem Kopf.

Finn in seinem Versteck sog die Luft ein vor Überraschung. Unter der Kapuze kam das Gesicht einer Frau hervor, jedenfalls vermutete Finn, dass es eine Frau war. Ein so seltsames Wesen hatte er noch nie zuvor gesehen und das, obwohl er auf ihrer Reise wirklich vielen Merkwürdigkeiten begegnet war. Ihre Haut war ebenso hellbraun wie ihr Umhang und wirkte leicht feucht. Sie schimmerte im Licht wie manche von Schlomms Schuppen. Der Kopf der Frau war im Vergleich zu ihrem schmächtigen Körper sehr groß, und sie hatte keine Haare. Ihr ganzer Schädel war unheimlich rund und kahl. Sie hatte nicht mal Ohren, jedenfalls keine, die Finn sehen konnte, zudem fehlte in ihrem Gesicht die Nase. Dort wo sie normalerweise hätte sitzen müssen, war nur ein kleiner Schlitz, der sich öffnete und schloss bei jedem ihrer Atemzüge. Ihr Mund war breit, und sie hatte sehr volle Lippen, die ebenmäßige weiße Zähne entblößten, als sie der kleinen Delegation um Rumbolt jetzt ein schüchternes Lächeln schenkte. Das einzig Schöne an ihr waren ihre riesigen grünen Augen, zumindest das Paar, das vorne in ihrem Gesicht saß, wie es sich für normale Augen gehörte. Sie hatten große lederartige braune Augenlieder, die so knitterig waren, dass sie sogar noch Falten schlugen, wenn sie sich über das Auge geschlossen hatten.

Darüber hinaus hatte die Fremde aber leider noch vier weitere Augen, die als Paare an den Seiten ihres Kopfes saßen. Diese Augen fand Finn nicht mehr so schön. Wenn er ehrlich war, fand er sie sogar ausgesprochen grässlich, sie waren klein und zu Schlitzen verengt; und während die Frau mit ihren normalen Augen Rumbolt freundlich ansah, wanderten diese anderen vier Augen mit bösen misstrauischen Blicken über die ganze Umgebung. Einmal hatte Finn das Gefühl, eines dieser Dinger hätte ihn gesehen. Es blickte einen abscheulichen Moment lang genau in seine Richtung und schien ihn trotz der vielen Zweige, genau zu fixieren.

Finn lief ein Schauder über den Rücken, und er war froh, als das Auge sich weiterbewegte und andere Teile des Waldes absuchte. Rumbolt schien sich nicht an den fiesen kleinen Dingern zu stören. Er verbeugte sich vor der Dame und setzte sein gewinnenstes Lächeln auf.

»Wir haben friedliche Absichten«, sagte er geschwollen. »Wir wollen nur mit euch reden. Sprecht ihr unsere Sprache?«

Die Fremde zuckte die Schultern und murmelte mit einer Stimme, die so dunkel und dumpf war wie das Gurgeln eines Baches in tiefen schwarzen Höhlen: »Ich, ein wenige. Andere nicht.«

Dann stellte sie sich in Position, reckte den Hals und sagte stolz: »Ich, Königin Wodswane vom Dunkelsumpf. Euer Begehren?«

Rumbolt verneigte sich abermals und antwortete ebenso hochtrabend: »Eure Hoheit, verzeiht, dass wir Euch belästigen, wir wussten ja nicht, dass wir es mit einer Königin zu tun haben. Mein Name ist Rumbolt, ich komme aus Mommenheim, der Stadt der Kleinlinge und das sind meine drei Gefährten.«

Er deutete mit großer Geste auf Hinfried, Rotbart und Savall, die hinter ihm standen und versuchten, so freundlich wie möglich auszusehen. Königin Wodswane ließ ein leichtes Lächeln auf ihrem Gesicht erscheinen, doch Finn fand, die bösen Augen an den Seiten ihres Kopfes, die sich jetzt noch mehr zu Schlitzen verengt hatten, straften ihre freundliche Miene Lügen und diesmal hatte er Recht.

Die Königin blickte Rumbolt noch einen Moment unverwandt an, dann donnerte sie plötzlich, so dass ihre tiefe Stimme allen durch Mark und Bein ging: »So, Rumbolt von Mommenheim und will er nicht zeigen ihr andere Gefährten?

Lauern versteckt. Königin Wodswane sieht alles. Niemals belügen sie, niemals!«

Ihr Blick war jetzt nicht mehr freundlich, und obwohl sie in einer schäbigen braunen Kutte auf einem noch schäbigeren Karren stand und sich jeder der Kleinlinge fragte, was sie hier zu suchen hatte, zweifelte niemand mehr daran, dass sie tatsächlich eine echte Königin war. Die beiden anderen vermummten Gestalten beeilten sich, aus dem Blickfeld ihrer Herrin zu verschwinden und sich ganz klein zu machen, wohl um nicht versehentlich Opfer ihres Zornes zu werden.

Rumbolt, der schnell begriffen hatte, dass mit Königin Wodswane nicht zu spaßen war, winkte den Rest seines Trupps hinter dem Busch hervor und brüllte sogar, nach einem weiteren mahnenden Blick der Königin, dass sie ihre Waffen zurücklassen sollten. Das passte den meisten seiner Männer gar nicht und sie murrten, taten aber, was er sagte. So kam Finn doch noch in den Genuss, die Fremden aus der Nähe zu sehen, aber inzwischen war er sich gar nicht mehr so sicher, ob er das überhaupt wollte. Als er die trügerische Sicherheit des Verstecks verließ und mit den anderen zusammen auf Wodswane zuging, spürte er, wie die fiesen kleinen Augen sie alle beobachteten. Nichts entging ihrem scharfen Blick. Man hatte sogar das Gefühl, sie könnten direkt in den Kopf sehen und dort die geheimsten Gedanken erraten. Unweigerlich gingen die meisten der Kleinlinge eher geduckt und keiner wagte es, Wodswane anzusehen. Keiner bis auf Selina. Mit einem Seitenblick stellte Finn fest, dass die Elfe keinerlei Angst vor der seltsamen Königin hatte. Sie blickte ihr direkt in die kleinen Augen und lächelte dabei. Als er das sah, überwand sich auch Finn und blickte hinauf zu Wodswane, die über ihm noch immer auf dem Karren stand wie ein Herrscherdenkmal. Zu seiner Überraschung lächelte die Fremde Selina ebenfalls an. Dann wandte sie sich wieder an Rumbolt und die anderen: »Ich sehen sehr gemischte Gruppe. Eine Elfe, ein Mink und Kleinlinge. Kleinlinge ... Hm, bisher ich hatte noch nicht Vergnügen zu kennen, aber in dieser Gegend man immer trifft neue Leute.«

Sie lächelte jetzt wieder etwas freundlicher. Dann winkte sie ihren Begleitern zu, die daraufhin ebenfalls ihre Kapuzen abnahmen. Der Kutscher schien ein Mann zu sein. Er war ebenso kahl, ohren- und nasenlos wie seine Königin, nur war sein Gesicht kantiger und ihm fehlten die Augen an den Seiten des Kopfes. Das war durchaus ein Segen, wie Finn fand. Die dritte Gestalt war wieder eine Frau und sah der Königin zum Verwechseln ähnlich, aber auch ihr fehlten die zusätzlichen Augen. Diese Dinger schienen ein Privileg der Königin zu sein.

Rumbolt wandte sich jetzt wieder an Wodswane: »Verehrte Königin, ich entschuldige mich für den Versuch, Euch zu täuschen, aber man kann in dieser Gegend nicht vorsichtig genug sein. Ihr kommt gerade zufällig aus der Richtung, in die wir müssen, und ich wollte Euch fragen, ob dort Gefahren lauern, vor denen wir uns in Acht nehmen sollten. Wir sind zum ersten Mal in diesem Teil des Waldes.«

Er lächelte fast entschuldigend. Die Königin lächelte zurück, allerdings war ihr Lächeln eher bitter: »Nach Gefahren er sie fragt, in dieser Gegend, hahaha. Unwissende! Kehrt um, solange ihr noch könnt. Auf diesem Weg es gibt nichts anderes als Gefahren. Niemand ihn benutzt, der nicht muss.«

Rumbolt runzelte die Stirn: »Aber wir müssen ihn benutzen. Eine Gruppe hässlicher Wesen hat unseren großen Rat entführt und hierher verschleppt, wir folgen ihnen schon seit vielen Tagen. Wir müssen sie befreien.«

Jetzt machte die Königin ein trostloses Gesicht: »Dann ihr könnt ebenso gut umkehren. Dann ich weiß, wer hat euren Rat und ihr ihn werdet nie wieder sehen.«

Die Königin setzte sich auf den Kutschbock. In ihren richtigen Augen schwammen jetzt Tränen, nur die seitlichen beäugten weiter misstrauisch die Umgebung. »Vor vielen Zeit ich hatte eine Tochter, schön wie der Sumpf. Sie haben sie genommen, wie euren Rat und seitdem ich muss kommen jedes Jahr hierher und bringen Vorräte, die mein Volk sammelt, damit sie sie lassen leben, aber sicher ich werden sie nie sehen wieder.«

Die Königin war in ihrem Schmerz zusammengesackt und ihre Dienerin bemühte sich rührend um sie. Währenddessen hatte der Kutscher die Zügel der Käfer wieder gepackt und war im Begriff loszufahren. Rumbolt stürzte zum Karren und rief: »Noch ein letztes Wort, bitte, Königin. Wie weit ist es noch bis zum Bau dieser bösen Wesen, und habt Ihr unterwegs vielleicht welche gesehen, die Kleinlinge dabei hatten?«

Die Königin blickte unter Tränen auf ihn hinab und flüsterte mit ihrer dunklen Stimme: »Wir niemanden gesehen. Die Burg der Maluk liegt nur einen Tag entfernt von hier. Maluk, so wir nennen sie in unserem Volk, es bedeutet Tod. Eure Gefährten sicher längst sind in ihrer Festung, und es führt kein Weg wieder heraus.«

Wieder schüttelten sie Tränen und der Kutscher ließ seine Peitsche knallen. Die dicken Käfer setzten sich langsam in Bewegung, und der Wagen schwankte und schaukelte hinterher. Sie sahen Königin Wodswane noch lange nach, bis sie hinter den Bäumen verschwunden war.

Einen Moment herrschte Schweigen, bis Rumbolt sich räusperte und meinte: »Offenbar sind wir nicht die ersten Opfer dieser Bestien. Sie scheinen das Entführen von Leuten aus anderen Völkern, wie ein Geschäft zu betreiben. Ich fürchte, nachdem was Königin Wodswane gesagt hat, müssen wir tatsächlich damit rechnen, dass unsere Freunde schon im Bau der Wesen verschwunden sind. Das heißt, wir werden sie nicht einfach so befreien können, sondern brauchen einen wirklich guten Plan. Darüber werde ich nachdenken, solange wir auf ihre Festung zu marschieren. Immerhin sind wir fast am Ziel. Die Königin sagte einen Tag und dabei meinte sie sicher einen Tag mit ihrem langsamen Käferkarren. Wir dürften den Weg schneller schaffen. Ich schlage also vor, dass wir heute unser Lager in einem dieser Dornenbüsche aufschlagen. Wenn man keine Augen wie Königin Wodswane hat, sind sie ein recht gutes Versteck, und wir sind noch weit genug von den Feinden entfernt, um relativ sicher zu sein. Morgen werden wir hoffentlich ihren Bau finden und einen guten Plan, um hineinzukommen.«

Mit diesen Worten ging er hinüber zu den Dornenbüschen und der Trupp folgte ihm schweigend. Viele konnten wohl kaum fassen, dass sie jetzt endlich ihrem Ziel so nah waren und gleichzeitig klangen in ihren Köpfen die mahnenden Worte der Königin: »Es führt kein Weg hinaus.«

## 12

Als sie ihr Nachtlager zwischen den Ästen eines Dornenbusches aufschlugen, mussten sich Finn und Neppi lang und breit anhören, was Lund über ihr bevorstehendes Ende dachte. Natürlich war Lund sehr unruhig, weil sie inzwischen fast vor der Haustür der Monster standen. Er wollte auf keinen Fall die Bekanntschaft der Wesen machen, die das Sumpfvolk von Königin Wodswane Maluk nannte.

»Maluk bedeutet Tod, hat sie gesagt. Ich meine, findet ihr wirklich, wir sollten uns mit Wesen einlassen, deren Name Tod ist?«

Da er ihnen seine Bedenken über den Namen der Entführer schon mindestens achtmal erklärt hatte, seit sie im Dornenbusch lagerten, sagten weder Neppi noch Finn etwas dazu. Finn beschäftigte noch immer das seltsame Aussehen von Königin Wodswane: »Habt ihr diese fiesen kleinen Äuglein an ihrem Kopf gesehen? Ich kann euch sagen, ich hab richtig gespürt, wie sie mich in dem Dornengestrüpp damit entdeckt hat. Diese Dinger sind, glaube ich, nur knapp davon entfernt, einem direkt in den Kopf gucken zu können.«

»Echt gruselig, das muss ich zugeben«, meinte Neppi nachdenklich, »aber irgendwie auch sehr beeindruckend. Ich meine, wie sie uns da aufgespürt hat, das war so erhaben. Rumbolt wirkte gegen sie wie ein beim Naschen ertapptes Kind, dem seine Mutter auf die Finger klopft. Sie hatte so etwas, hmm, mir fehlt das richtige Wort.«

»Königliches«, vollendete Finn. »Sie ist ja schließlich auch eine Königin. Aber du hast Recht, man hat sofort gespürt, dass sie etwas Besonderes ist. Ich bin sicher, sie wurde nicht zur Königin ernannt oder gewählt, sondern hat diese Stellung von Geburt an.«

»Wahrscheinlich. Immerhin hatte auch nur sie diese zusätzlichen Augen. Die beiden anderen hatten sie jedenfalls nicht. Vielleicht ist sie deshalb die Königin, und niemand in ihrem Volk kann etwas vor ihr verbergen.«

Neppi legte den Kopf schief, als denke er noch weiter über diese Theorie nach. Lund, der gerade seine Decke zurechtlegte, blickte böse zu ihnen auf und meinte miesepetrig: »Ich will euch ja nicht in dieser wahnsinnig wichtigen Debatte stören, aber habt ihr euch eigentlich schon vor Augen geführt, dass wir morgen um diese Zeit vielleicht schon alle in den finsteren Kerkern dieser Monster schmoren oder sogar noch Schlimmeres?«

Er schluckte schwer und seufzte. Neppi legte ihm freundschaftlich eine Hand auf die Schulter und meinte: »Ach, Lund, sieh das nicht alles so schwarz. Bestimmt sind diese Wesen gar nicht so schlimm, wie alle denken. Vielleicht lassen sie mit sich handeln, und wir kriegen den Rat auf friedliche Weise frei. Das wäre doch was, oder?«

Er lächelte, als hätte er soeben die Welt gerettet. Lund sah ihn nur verständnislos an und sagte dann ganz langsam und deutlich, als wäre Neppi schwer von Begriff: »Neppi, ihr Name bedeutet Tod.« Dann drehte er sich um und kuschelte sich in seine Decke, als könnte sie ihn vor allem Bösen beschützen.

Neppi zuckte die Achsel. »War ja nur ein Versuch, dich zu beruhigen, Lund, aber du hast Recht, höchstwahrscheinlich machen sie Kleinlingomelett aus uns oder fressen uns gleich bei lebendigem Leibe.«

Er grinste boshaft Lunds Rücken unter dem Deckenberg an; und als dieser bei seinen Worten merklich zusammenzuckte, schlug er sich vor Spaß auf die Schenkel. Finn begnügte sich damit, Neppi einen missbilligenden Blick zuzuwerfen, er war der Meinung, dass Lund sich inzwischen gut selbst verteidigen konnte. Dann breitete er seine Decke aus, legte sich seinen Rucksack unter den Kopf und starrte hinauf ins Blätterdach, das mit der einsetzenden Dämmerung immer dunkler und unheimlicher wirkte. Der Wind bewegte die Tannen und ließ sie rauschen. Bei jedem Luftzug, schien ein Klagen durch den ganzen Wald zu gehen. Finn bekam eine Gänsehaut und zog die Decke fester um sich. Der Dornenbusch war kein sehr sicheres Versteck für eine Nacht in dieser unheimlichen Gegend.

»Dieser Wald ist genauso böse, wie die Wesen, die darin hausen«, sagte er leise zu Neppi, erhielt aber keine Antwort mehr. Sein Freund war bereits eingeschlafen.

Finn setzte sich auf und spähte umher, auch vom Rest des Trupps schien niemand mehr wach zu sein. Viel konnte er von den anderen sowieso nicht sehen, weil alle irgendwo zwischen den dornigen Ästen des Strauches versteckt lagen. Außerdem war es inzwischen ziemlich dunkel. Selbst die Nacht schien in dieser Gegend schneller hereinzubrechen und dunkler zu sein als anderswo. Schweren Herzens legte er sich wieder hin und versuchte zu schlafen, aber ihm ging es ähnlich wie Lund, er machte sich Gedanken über den nächsten Tag. Was würden sie vorfinden, wenn sie morgen endlich den Bau der Fremden erreichten? Würde es ihnen gelingen, den Rat zu befreien? Und was war wenn nicht? Würden sie sich am Ende in den Kerkern der Maluk wiederfinden? Er wusste, dass es nichts nützte, sich mit solchen Fragen zu quälen, aber sie tummelten sich in seinem Kopf und ließen sich nicht vertreiben. Zudem mischten sich jetzt auch noch Gedanken an seine Mutter dazwischen. Er fragte sich, wie es Luna wohl ging und ob sie ihn schon verloren glaubte oder noch auf seine Rückkehr hoffte. Die Möglichkeit, dass sie ihn bereits für tot halten könnte, schnürte Finn die Kehle zu, und er unterdrückte nur mühsam die aufsteigenden Tränen

Plötzlich hörte er hinter sich ein Wispern. Erschreckt fuhr Finn herum und wollte gerade aufschreien, als er Selina sah, die auf einem Ast saß und mit den Beinen baumelte. Die Elfe lächelte ihn schüchtern an und legte den Finger an die Lippen. Mühsam unterdrückte Finn den Schrei und flüsterte: »Was machst du hier? Kannst du nicht schlafen? Du hast mich fast zu Tode erschreckt.«

Immer noch lächelnd kletterte Selina von dem Ast herunter und kam zu Finn, wobei sie grazil und unmerklich wie ein sanfter Windhauch über seine schlafenden Freunde stieg. Ihr zerlöchertes weißes Kleid schwang um ihre zarten Beine. Neben Finn kniete sie sich nieder. Obwohl der Mond nur wenig Licht durch die dunklen Tannen schickte und es deshalb relativ finster war, konnte Finn die Elfe gut erkennen, sie schien wie immer, leicht von innen heraus zu leuchten. Ihr silbernes Haar glitzerte im spärlichen Mondlicht, als säßen hunderte kleiner Sterne darin, und das Blau ihrer Augen war heute Nacht so dunkel und tief wie das Blau von Gewitterwolken. Finn konnte kaum den Blick von ihr wenden, gab sich aber Mühe, damit sie es nicht bemerkte.

»Weißt du, du solltest nicht in der Nacht allein herumspazieren, Selina. Jedenfalls nicht in diesem Wald. Es ist zu gefährlich. In deinem weißen Kleid kann man dich weithin sehen, besonders wenn man eine Eule ist und Nachtaugen hat.«

Selina nickte zu seiner Überraschung schuldbewusst. Finn, der eher mit einer bissigen Erwiderung gerechnet hatte, war einen Moment lang verwirrt.

»Ich muss mit dir reden«, flüsterte Selina.

Finn zuckte noch verwirrter die Schultern. »Gut, was gibt es?«, fragte er.

Selina rollte ungeduldig ihre schönen Augen: »Nicht hier natürlich. Lass uns ein Stück spazieren gehen.«

»Bist du wahnsinnig«, entfuhr es Finn. »Das hier ist nicht gerade der richtige Ort und die richtige Zeit für einen Spaziergang. Rumbolt würde uns umbringen, wenn er uns erwischt, vorausgesetzt natürlich wir würden nicht vorher von irgendetwas anderem geschnappt und verspeist.«

Selina schnaubte verächtlich. »Sei nicht so ein Feigling, Finn. Ich gehe jetzt, ob du mich nun begleitest oder nicht.«

Mit diesen Worten kletterte sie über den nächsten Ast und begann aus dem Dornengebüsch herauszustolzieren. Finn verfluchte sie. Es war viel zu gefährlich, draußen herumzulaufen, aber er konnte Selina schlecht allein gehen lassen. Die anderen zu wecken, würde ihnen beiden eine Menge Ärger einbringen. Rumbolt wäre sicher der Meinung, dass Finn die Elfe hätte aufhalten müssen.

Fluchend stürzte Finn Selina hinterher. Immerhin war er so geistesgegenwärtig, seine Decke mitzunehmen. Als er sie erreichte, war sie schon ein ganzes Stück vom Busch entfernt. Finn blickte sich panisch nach allen Seiten um und warf ihr so schnell er konnte seine Decke um die Schultern, damit sie wenigstens etwas weniger auffällig war, dann zischte er: »Willst du, dass wir beide gefressen werden? Du bist verrückt, einfach so aus dem Versteck zu verschwinden. Wir sind weithin sichtbar für jeden.«

Die Elfe zeigte keinerlei Regung und Finn war sich nicht sicher, ob sie tatsächlich keine Angst hatte oder sie nur ziemlich gut verbarg.

»Dann suchen wir uns eben ein Versteck«, meinte sie trocken. Der Wind fegte durch die Tannen und das bedrohliche Rauschen brachte Finn ganz durcheinander. Überall knackte es, und er rechnete jeden Moment mit einem Angriff aus dem Hinterhalt. Er erinnerte sich noch gut an das Wiesel, dessen unschöne Bekanntschaft er gleich am Anfang ihrer Reise gemacht hatte. Wenn sie mutterseelenallein auf ein solches Wesen trafen, hatten er und Selina nicht den Hauch einer Chance. Er war nicht mal bewaffnet und Selinas Elfenmagie hatte ja auch gegen die Kobolde damals nichts genutzt. Fieberhaft suchten seine Augen nach einem Schlupfwinkel, während sie sich immer weiter vom Dornenbusch entfernten. Plötzlich blieb Selina stehen.

»Da hinein«, zischte sie und zog ihn mit sich in eine kleine Erdmulde, in der sich abgebrochenes Holz und Gestrüpp angesammelt hatten. Sie machten sich ganz klein und krabbelte zwischen den Stöcken hindurch, bis sie in der Mitte der Kuhle einen kleinen geschützten Hohlraum fanden, in dem beide bequem sitzen konnten. Finn lehnte sich gegen einen der Äste und seufzte erleichtert. Für einen Moment genoss er das Gefühl, überlebt zu haben, dann sah er Selina böse an und knurrte: »So, und was willst du mir jetzt sagen, was so wichtig ist, dass du uns beide fast umgebracht hättest.«

Die Elfe setzte zunächst ein unschuldiges Gesicht auf, aber als sie merkte, dass Finn sauer war, entschied sie sich für den Gegenangriff und fauchte zurück: »Du kannst wirklich froh sein, dass ich mich nur wegen dir so einem Risiko ausgesetzt habe. Du solltest mir dankbar sein, anstatt dich zu beschweren.«

Sie funkelte ihn hochmütig an. Finn war empört und entgegnete ziemlich laut: »Das ist ja wirklich unerhört. Als wenn ich dich gezwungen hätte, hier raus zu gehen. In Wirklichkeit hast du mich gezwungen mitzukommen, und ich möchte jetzt wissen warum.«

Die Elfe war beleidigt. Sie blickte an ihm vorbei und murmelte: »Wenn du noch weiter so schreist, sind wir wirklich bald ein Abendessen.« Dann drehte sie sich weg und sagte gar nichts mehr.

Das brachte Finn noch mehr auf, und er wünschte sich sehr, Selina wäre ein Junge, dann hätte er sich wenigstens mit ihr prügeln können. So aber konnte er sie nur anschreien und weiter keine Antwort auf seine Fragen bekommen. Er zwang sich, ruhig zu bleiben, weil er merkte, dass er anders nichts bei ihr erreichen würde.

»Selina«, begann er so freundlich, wie es ihm seine noch immer kochende Wut erlaubte, »ich verstehe nicht, was wir eigentlich hier draußen machen. Bitte, sag es mir endlich, damit wir wenigstens nicht umsonst fast Eulenfutter geworden wären.« Anscheinend waren seine Worte noch nicht bestechend genug, Selina weigerte sich, ihn anzusehen und zu sprechen. Finn riss sich zusammen, versuchte, all seinen Stolz für einen Moment abzulegen, und sagte so zerknirscht wie möglich: »Ich wollte dich nicht anschreien. Das war gemein von mir. Es tut mir Leid. Bitte, sei nicht mehr sauer und sag mir, weshalb wir hier sind.«

Diesmal hatte er mehr Glück. Die Elfe sah ihn genau an, wie um zu prüfen, ob er es auch ehrlich meinte, und nachdem er weiterhin so reumütig guckte, wie er nur konnte, sprach sie endlich wieder. »Eigentlich wollte ich mich nicht mit dir streiten«, sagte sie ruhig zu seiner Überraschung. »Aber ich hatte nicht erwartet, dass du dich so dagegen sträuben würdest, mit mir das Lager zu verlassen. Ich weiß, dass es gefährlich ist, aber es bleibt keine Zeit mehr, und ich brauche absolute Ruhe für den Zauber. Wir haben also nur noch heute Nacht.«

Sie sah jetzt etwas verlegen aus. Finn ahnte, auf was sie hinauswollte, fragte aber trotzdem vorsichtig nach: »Von welchem Zauber sprichst du?«

Ihre Schultern strafften sich. Er sah, dass die Entscheidung ihr nicht leicht gefallen war, aber dass sie jetzt, wo sie sie einmal getroffen hatte, keinen Zentimeter mehr davon abrücken würde. Sie entgegnete leise und sehr ernst, fast ängstlich: »Ich habe mich entschieden, dir zu helfen deine Magie wiederzufinden. Wenn ihr morgen tatsächlich in den Bau dieser fürchterlichen Wesen eindringt, wirst du vielleicht jede Kraft brauchen können, die du bekommen kannst. Nach dem, was Königin Wodswane gesagt hat, sind eure Chancen auf Erfolg wohl ziemlich schlecht.«

Finn hatte das Gefühl, dass ihr die Tränen kamen, und sie sich sehr zusammennehmen musste, um weitersprechen zu können.

»Ich will jedenfalls alles getan haben, um euch zu helfen, schließlich habt ihr mir auch geholfen bei den Kobolden, besonders du, Finn. Denk nicht, dass ich das vergessen habe, ich bin euch dankbar, auch wenn es mir oft schwer fällt, das zu sagen. Ich hoffe, mit dieser Geste kann ich es dir zeigen.«

Finn hätte sie am liebsten in den Arm genommen vor Rührung darüber, dass sie sich tatsächlich Sorgen um den Trupp und vor allem um ihn selbst machte, doch er traute sich nicht. Stattdessen sagte er aus vollem Herzen und ohne eine Spur von Bedauern: »Nein, Selina, das ist wirklich nicht nötig. Ich weiß, wie schwer es für dich wäre, mir diesen Einblick in deine Gedanken zu gewähren, und ich danke dir für dieses großzügige Geschenk, aber ich möchte nicht, dass du das tust. Ich schaffe es auch ohne Magie. Bis jetzt bin ich immer ohne sie zurechtgekommen, das ist kein Problem.«

Es war wirklich merkwürdig, und er verstand es selbst nicht. Die ganze Zeit hätte er alles getan, um seine Magie endlich zu finden, und jetzt, wo sie fast zum Greifen nah war, machte es ihm überhaupt nichts aus, das Angebot abzulehnen. Selina sollte nichts tun, was ihr Leid zufügen könnte. Sie war ihm wirklich wichtiger, als alles, was ihm zuvor je wichtig gewesen war. Dieses Gefühl war atemberaubend. Aber er hätte gleich ahnen müssen, dass Selina seine Ablehnung nicht akzeptieren würde. Wenn sie sich einmal für etwas entschieden hatte, gab es kein Zurück.

Blitzschnell ergriff sie seine Hände und murmelte etwas. Er sah in ihre blauen Augen. Sie kamen näher, wurden tiefer, waren plötzlich Seen, auf die er zuflog. Immer noch hörte er sie murmeln, er sah sie nicht mehr, spürte nur ihre kleinen kühlen Hände, deren Griff er sich nicht entziehen konnte. Er rief ihren Namen, alles um ihn herum war still und schwarz. Finn wurde es unheimlich. Da hörte er ihre beruhigende Stimme irgendwo aus der großen Dunkelheit mal nah mal fern: »Hab keine Angst, Finn, vertrau mir. Lass dich einfach treiben und halte meine Hand, damit wir uns nicht verlieren. Bei allem was du siehst, vergiss nicht, du bist nur Zuschauer.«

Abrupt endete der Flug durchs Dunkel. Finn hatte das Gefühl, als käme plötzlich alles zum Stillstand. Er öffnete die Augen und stand in seinem Zimmer in Mommenheim. Er war zu Hause, alles war nur ein Traum gewesen, da war sein Bett, da die hässliche Holzkommode, die ihm plötzlich wunderschön vorkam; er wollte aus der Tür rennen und seine Mutter suchen, er rief ihren Namen, aber da hörte er in seinem Kopf die Stimme der Elfe: »Halt, Finn, du bist nicht wirklich hier. Du bist nur Zuschauer. Bleib wo du bist und warte ab.«

Die Stimme war so eindringlich, dass Finn, obwohl er es kaum aushalten konnte vor Sehnsucht nach seiner Mutter, stehen blieb. Tatsächlich sprang im selben Moment seine Zimmertür auf und ein kleiner Junge von vielleicht acht Jahren stürmte herein, warf seine Schulbücher auf das Bett und brüllte fröhlich: »Mama, wir haben heute keine Schularbeiten auf, weil doch morgen Kinderfest im Zentrum ist. Ich freu mich schon so.«

Finn konnte es kaum fassen, dieser kleine Fratz musste er

selbst sein. Anscheinend konnte sein jüngeres Ich ihn nicht sehen, da der Kleine glücklich um ihn herumlief, ohne sich von dem Besucher stören zu lassen.

»Du bist nur Zuschauer, Finn«, wisperte es wieder in seinem Kopf. Finn nickte, ohne es zu merken, jedoch ließ ihn die Stimme, die jetzt aus dem Flur drang, alles vergessen.

»Wie schön, mein Schatz, dann komm Essen.«

Luna war da draußen. Er musste zu ihr. Ohne auf sein jüngeres Ich zu warten, das noch seine Schulhefte in den Schrank einsortierte, rannte er auf die Tür zu. Bevor er aber nur einen Blick auf den Flur werfen konnte, schoss er hoch und war plötzlich wieder in völliger Dunkelheit. Er schwebte und trudelte und rief nach Luna, dann spürte er, wie seine Hände fest gedrückt wurden von kleinen kühlen Fingern, und er besann sich wieder, wer und wo er war.

»Finn, ich sagte doch, du bist nur Zuschauer, du kannst nicht aktiv handeln, wie es dir passt. Das sind deine Erinnerungen. Du schaust dir selbst zu, bei dem, was du erlebt hast. Du kannst nicht in die Küche zu deiner Mutter stürmen, wenn du in deiner Erinnerung noch Bücher in den Schrank sortierst.«

Selinas Stimme in seinem Kopf klang vorwurfsvoll.

»Ja, ich habe es verstanden«, sagte Finn traurig. »Ab jetzt verhalte ich mich wie ein Zuschauer.«

Es tat ihm mehr weh, seine Mutter nicht gesehen zu haben, als er zugeben wollte, trotzdem schien Selina es zu merken. Ganz sanft streichelte sie seine Hände. Gerade als Finn spürte, wie er einen roten Kopf bekam, setzte wieder so ein Gefühl des Trudelns ein. Plötzlich fiel er und um ihn herum war wieder Licht, zumindest spärliches Laternenlicht, aber für seine an Höhlen gewöhnten Augen reichte es. Sie befanden sich in einem niedrigen, dunklen Gang und unzählige Kleinlinge strömten an ihnen vorbei, alle lachend und schwatzend und sehr ausgelassen. Finn sah sich neugierig um und entdeckte vor sich in der Menge seine Mutter. Sie lächelte freundlich den kleinen Jungen an, den sie an der Hand hielt. Finn war in dieser Erinnerung noch einige Jahre jünger als in der letzten und auch Luna sah ganz anders aus, viel jünger, strahlender und noch schöner, als sie ihm sowieso schon immer erschienen war.

»Da ist meine Mutter, schau, Selina, siehst du sie?«, rief Finn aufgeregt.

»Ja, ich sehe sie. Folge ihnen.«

Er tat, was Selina sagte und blieb seiner Mutter und dem kleinen Finn dicht auf den Fersen. Das war trotz des Gedränges nicht schwierig, da er nicht wirklich hier war, konnte ihm auch niemand im Weg sein. Finn fühlte sich wie ein Windhauch oder ein Schatten und eigentlich war es ein angenehmes Gefühl. Er erkannte jetzt, wohin der Weg sie führte. Alle wollten ins Zentrum; und Finn schloss daraus, dass es sich um das Schachtfest handeln musste, das war der einzige Tag im Jahr, an dem in Mommenheim so viel los war. Er spürte Selina dicht bei sich, sie war unruhig, ihre Hände in den seinen zitterten. Er schickte seine Gedanken zu ihr hinüber: »Was ist mit dir?«

»Zu dunkel, zu eng, unheimlich«, kam als Antwort etwas gequält zurück. Finn konnte sie verstehen, selbst ihm war Mommenheim sein Leben lang zu eng vorgekommen, wie musste es da erst für eine Elfe sein, die das Leben in der großen Oberwelt gewöhnt war? Diesmal war er es, der sanft ihre Hände streichelte. Vor ihm blieb Luna stehen, um ihrem kleinen Sohn etwas zu sagen. Blitzschnell huschte Finn genau neben sie und beugte sich hinunter, um mitzuhören. Er roch diesen typischen Lunageruch, jetzt wo er ihr so nah kam, und fühlte sich einen grässlichen Moment geradezu überwältigt vor Sehnsucht. Seine Mutter blickte dem kleinen Finn, der aus großen Augen zu ihr aufsah, streng ins Gesicht und flüsterte in sein Ohr: »Und denk immer daran, keine Blitze, kein Feuer, keiner von deinen Tricks, ist das klar? Wenn das in dieser Kleinlingmenge passiert, würden es alle sehen und das wäre sehr schlimm. Hast du verstanden?«

Der kleine Finn nickte brav, aber man sah an seinem altklugen Gesichtsausdruck, dass er diese Ermahnung durch seine Mutter nicht gebraucht hätte, weil er sie bereits in und auswendig kannte. Luna nickte befriedigt und beide setzten ihren Weg im Strom der anderen Kleinlinge fort. Finn war vor Überraschung wie angewurzelt stehen geblieben.

»Hast du das gehört?«, fragte er Selina halb ungläubig, halb entrüstet. »Sie hat mir tatsächlich das Zaubern verboten, deshalb kann ich es nicht. Sie hat es mir von klein auf immer verboten.«

»Finn, du musst ihnen folgen«, hörte er Selinas mahnende Stimme in seinem Kopf, aber es war bereits zu spät. Seine Mutter und er waren soeben um die nächste Ecke verschwunden. Finn spürte wieder, wie er abhob und alle Lichter gingen aus. Eben noch mitten im lauten geschäftigen Treiben Mommenheims flogen sie jetzt wieder in der stillen absoluten Dunkelheit.

Finn konnte noch immer nicht fassen, dass seine Mutter tatsächlich Schuld war, dass er von seinen Kräften all die Jahre nichts gewusst hatte. Gerade als er Selina erklären wollte, dass er anfing, sich noch an andere Vorfälle wie den eben beobachteten zu erinnern, hatte er plötzlich wieder das Fallgefühl und seine Augen wurden von gleißend hellem Licht geblendet. Er kniff sie erschrocken zusammen und hielt sich die Hand davor wie am ersten Tag, als er die Oberwelt betrat. Statt zu sehen, hörte er nur ein hohes dünnes Stimmchen, das ein trauriges Lied summte. Langsam und vorsichtig blinzelte er durch seine leicht gespreizten Finger.

Er stand in einem hohen weißen Raum mit runder Decke und vielen großen Fenstern, durch die gleißend helles Sonnenlicht auf den ebenfalls weißen Boden fiel. In der Ecke vor einem der Fenster hockte eine kleine Gestalt mit langem, silbernem Haar und einem weißen Kleid, aus dem unten nur die nackten Füße herausguckten. Auf dem Rücken hatte das Wesen einen einzigen hauchzarten Flügel.

»Bist du das, Selina? Als Kind?«, fragte Finn neugierig.

Als Antwort hörte er nur ein entnervtes Brummen in seinem Kopf. Das kleine Mädchen unterbrach seine traurige Melodie, seufzte tief und sah trostlos aus dem Fenster. Anders als in seinen eigenen Erinnerungen hatte Finn hier nicht das

Gefühl, wie ein Schatten dabei zu sein. Hier war Selina der Schatten; und er hatte mehr das Gefühl, als säße er in Selinas Kopf und sähe durch ihre Augen. Das Problem daran war, dass er sich nicht frei bewegen konnte, wie er wollte, also flüsterte er der Elfe zu: »Geh mal zum Fenster, ich will wissen, was die kleine Selina da sieht.« Doch Selina dachte nicht daran, stattdessen drehte sie sich um und ging auf die Tür zu.

»Nein, noch nicht«, rief Finn, aber es war schon zu spät. Selina war hindurchgetreten und damit hatten sie beide ihre Erinnerung verlassen und waren hinauskatapultiert worden ins Dunkel.

»Och Selina«, maulte Finn, »es war doch gerade so spannend. Ich war noch nie in einem Elfenhaus.«

»Wir sind hier, um deine Erinnerung zu finden und nicht meine«, zischte sie erbost zurück. »Ich kann mich leider sehr gut erinnern und lege keinen Wert auf Auffrischung meines Gedächtnisses.«

»Schon gut, entschuldige«, meinte Finn kleinlaut angesichts ihrer Wut. Doch zum Weiterstreiten blieb ihnen keine Zeit mehr, sie purzelten erneut in eine von Finns Erinnerungen. Diesmal war er schon etwas älter, als in den beiden vorhergehenden Szenen und tollte fröhlich mit Neppi und Lund durch Mommenheim. Selina musste trotz ihrer Wut herzlich lachen, als sie Lund sah, der damals noch unbeholfen und ziemlich dick war. Auch Finn staunte darüber, wie ihre Reise seinen Freund verändert hatte. Da in dieser Erinnerung aber nichts Magisches zu finden war, ließen sie sich erneut davontreiben und platzten in das nächste Geschehen. Dabei handelte es sich wieder um eine von Selinas Erinnerungen. Diesmal hatte die Elfe weniger Glück, was das Verheimlichen ihrer Erinnerungen anging. Sie landeten direkt auf einer großen Terrasse, die weit über dem Boden schwebte, wie Finn voller Staunen feststellte. Über ihnen ragte ein mächtiges weißes Schloss auf, das ein paar Meter über dem Boden langsam durch den Wald flog.

»Mann, ist das schön«, entfuhr es Finn. Von Selina kam keine Antwort. Sie richtete ihre und damit auch Finns Aufmerksamkeit auf die Gestalten, die sich vorn am Rand der Terrasse tummelten. Die Kleine in der Mitte war eindeutig Selina, hier schon etwas älter als in der letzten Erinnerung. Um sie herum standen oder flatterten weitere Elfenkinder, eins schöner als das andere. Mit wehenden Haaren schwangen sie sich in den Wind und schlugen elegant wie Schmetterlinge mit ihren zarten Flügeln. Dabei sangen sie mit ihren hohen Stimmchen ein Lied, dessen Inhalt Finn erst entsetzte und ihn dann in rasende Wut brachte.

»Selina, flieg doch mal, flieg doch mal mit deinem Krüppelflügel. Die bunten Blumen warten schon hinter dem nächsten Hügel. Du hast sie nie gesehen, kannst ja rüber gehen, auf deinen zwei Füßen und die Ameisen von uns grüßen«, dann kicherten sie boshaft und flatterten davon. Zurück blieb die kleine Selina, die mit gesenktem Kopf am Rande der Terrasse stand und den davonfliegenden Elfen schluchzend nachsah, dann stampfte sie plötzlich mit dem Fuß auf und rannte ins Schloss. Finn und Selina flogen zurück in die Dunkelheit. Die Elfe war seltsam still, ihre Hände in den seinen, die er wie in einer anderen Welt spürte, waren kalt und feucht wie tote Regenwürmer.

Finn wusste nicht, was er sagen sollte, er wollte sie so gerne trösten und hatte eine solche Wut auf die boshaften kleinen Elfen, die ihr so wehgetan hatten, aber er fand nicht die richtigen Worte. Da wurde es plötzlich wieder hell und sie waren in einer anderen Erinnerung von Selina. Diesmal lagen sie unter einem goldenen Bett, zusammen mit der Elfe, die jetzt schon genauso aussah, wie Finn sie kannte. Diese Erinnerung konnte also nicht allzu lange her sein. Finn sah Füße in zarten weißen Schühchen neben dem Bett auf und ab gehen und hörte eine hohe, sehr mürrische Frauenstimme: »Womit haben wir nur dieses Kind verdient, Aldor? Schlimm genug, dass sie nicht aussieht wie eine Elfenprinzessin mit diesem fehlenden Flügel. Nein, als wenn das noch nicht genug wäre, benimmt sie sich auch keineswegs, wie man es von einer Tochter des Elfenkönigs erwartet. Sie ist launisch, aufbrausend und fängt mit jedem Streit an. Erst heute hat sie ihren Bruder Aldor den

Zweiten in hohem Bogen aus ihrem Zimmer geworfen, nur weil er dort mit seinen kleinen Freunden eine Kissenschlacht veranstalten wollte. So etwas Herzloses, findest du nicht auch, Liebling?«

Jetzt kam vom Bett eine etwas tiefere Stimme: »Ach, Herzchen, sie meint es doch nicht böse. Sie ist in einer schwierigen Phase, das geht vorbei.«

»Schwierige Phase, schwierige Phase«, ereiferte sich die Frauenstimme, »ich habe bei diesem Kind das Gefühl, ihr ganzes Leben ist eine schwierige Phase. Ich kann das nicht mehr länger in meiner Nähe ertragen. Sie schadet zudem deinem Ansehen als König. Ich bin dafür, wir schicken sie zu deiner Schwester Aldar in die Blumenwiesen, dort kennt sie keiner und ihre Flugunfähigkeit fällt weniger auf, weil dort mehr zu Fuß gegangen wird.«

Die dunkle Stimme auf dem Bett gab ein Seufzen von sich, setzte aber nach kurzem Zögern hinzu: »Nun gut, vielleicht hast du Recht. Sie hatte hier nie viele Freunde. Es könnte sein, dass sie sich dort wohler fühlt. Einen Versuch ist es wert.«

Plötzlich sprang die nur geistig anwesende Selina mit Finn unter dem Bett hervor und sauste aus der Tür, ohne dass Finn einen Blick auf ihre Eltern erhaschen konnte. Erst in der Dunkelheit beruhigte Selina sich langsam wieder und atmete ruhiger.

»Jetzt weißt du, warum ihr mich allein im Wald gefunden habt. Als sie versucht haben, mich zu meiner Tante zu verfrachten, bin ich abgehauen; und ich werde nie mehr zu ihnen zurückgehen. Ich wette, meine Mutter ist überglücklich, dass ich weg bin. Endlich sind sie den Schandfleck der Familie los.« Selina lachte bitter.

Finn drückte sanft ihre Hände. »Wie ist das passiert mit deinem Flügel?«, fragte er vorsichtig.

»Damit ist nichts passiert. Es war schon immer so. Ich wurde mit nur einem Flügel geboren. Das hat meine Mutter fast in den Wahnsinn getrieben. Was soll bloß das Volk denken, wenn ich die zukünftige Königin der Elfen sein soll? Eine Missgeburt. Zum Glück hat sie nach mir noch viele weitere

Kinder bekommen, alles hübsche wohlgeratene Elfen, die den Thron besteigen können, wenn mein Vater nicht mehr ist.«

Ihre Stimme in seinem Kopf klang verdrießlich und so kalt, dass sich ihm das Herz zusammenkrampfte. Er konnte nichts sagen, weil ihm alles angesichts ihrer schrecklichen Erlebnisse banal vorgekommen wäre. Deshalb war er froh, als sie erneut fielen und plötzlich wieder in Mommenheim waren. Sie standen bei ihm zu Hause im Wohnzimmer. Luna putzte und der kleine Finn saß auf dem Sofa und spielte mit seinen Holzmännchen. Luna stellte gerade einen grünen Stein zurück ins Regal, da stieß sie mit dem Ellenbogen gegen den kleinen blauen Tonvogel, der ebenfalls in der Schrankwand stand. Bevor sie danach greifen konnte, kippte er über die Kante und zerschellte auf dem Boden.

Finn wurde ganz kribbelig, plötzlich hatte er alles wieder im Kopf. »Das hab ich in den letzten Tagen immer wieder gesehen, aber ich konnte mich nicht erinnern, dass es tatsächlich passiert ist. Jetzt weiß ich es wieder«, rief er Selina überglücklich zu. Luna brach in Tränen aus und der kleine Finn bekam ganz große erschreckte Augen und schien zu überlegen, was er tun sollte. Nach einem weiteren Blick auf seine schluchzende Mutter hatte er sich entschieden und hob die Arme mit einem Ausdruck höchster Konzentration. Finn, der sein jüngeres Selbst dabei beobachtete, wie es die Überreste des Vogels jetzt in strahlend weißes Licht hüllte und die einzelnen Teile wieder zusammensetzte, spürte jedes Gefühl in dem kleinen Jungen. Er war nicht mehr länger nur Zuschauer, er erinnerte sich und es war ihm, als bewirke er den Zauber.

Jetzt war es gar nicht mehr schwer. Er wusste, wie es ging, ohne dass er es hätte erklären können. Er erinnerte sich einfach wieder an das richtige Gefühl. Das Gefühl, das man hatte, wenn die Energie durch den Körper strömte und man sie nur mit dem eigenen Willen dorthin lenkte, wo sie gebraucht wurde. Er gab ein erleichtertes Seufzen von sich und spürte all die schlafenden Kräfte tief in sich, die es nun zu erwecken galt.

Plötzlich riss Selina ihre Hände aus den seinen, und er purzelte völlig ungelenkt aus der Erinnerung heraus. Erschreckt schrie er ihren Namen, doch sie war nicht mehr da. Die Verbindung zwischen ihnen war abgebrochen, als sie ihn losgelassen hatte. Schwindelerregend schnell rasten Gedanken und Bilder vor seinem geistigen Auge vorbei, aber gerade als er nicht mehr wusste, wer und wo er war, blieb alles stehen; und er sah vor sich die Erdmulde, in die Selina und er gekrochen waren, um den Erinnerungszauber auszuführen. Die Elfe saß neben ihm und blickte ihn besorgt aus ihren großen blauen Augen an. Finn schüttelte seinen Kopf, dass die Strubbelhaare nur so flogen, um die Benommenheit loszuwerden.

»Puh, gibt es keine sanfteren Methoden, diesen Zauber zu beenden, als einfach loszulassen? Ich fühle mich, als hätte ich mich eine Stunde lang um mich selbst gedreht.«

Die Elfe nickte entschuldigend: »Das glaub ich dir, normalerweise macht man das auch nicht. Es ist sogar sehr gefährlich, einfach loszulassen, weil man dabei theoretisch auch verloren gehen kann. Das heißt, du wärst dann für immer in deinen Erinnerungen gefangen.«

»Na toll, wieso hast du dann losgelassen?«, fragte Finn entrüstet.

»Es ging nicht anders, und es war nicht meine Schuld. Als du dich selbst beim Zaubern gesehen hast, waren die Erinnerungen so stark, dass du auch in der Wirklichkeit die magischen Energien freigesetzt hast. Deine Hände wurden auf einmal so heiß, dass ich sie einfach loslassen musste. Als ich wieder aufgewacht war und sie gesehen habe, waren beide in gleißend helles Licht getaucht. Ich hatte schon Angst, du schickst mir irgendwelche Zauber auf den Hals, ohne es zu merken.«

Finn betrachtete halb ungläubig, halb begeistert seine Hände.

»Echt, sie haben so richtig hell geleuchtet? Ich muss das noch mal probieren.«

Finn konzentrierte sich auf seine Hände und ließ ganz langsam der Magie freien Lauf. Er staunte, wie einfach es plötzlich ging, wo er doch vorher tagelang mit aller Kraft versucht hatte, seine Magie zu finden und nichts geklappt hatte.

Jetzt spürte er die Energie in sich fließen und konnte sie lenken, so wie schon als Kind. Vorsichtig ließ er etwas mehr los, und um seine Hände herum entstand tatsächlich ein blaues Leuchten, das stärker oder schwächer wurde, ganz nach seinem Willen. Er ließ es pulsieren und schickte schließlich einen dünnen Strahl in die Luft, der sich mit einem Zischen in den Ast bohrte, der über Finn lag und dort ein rauchendes Brandloch zurückließ. Finn war entzückt, doch Selina packte ihn am Arm und riss seine Hände nach unten, was seine Konzentration zerstörte und den Zauber beendete. Mit einem letzten Aufglimmen erlosch das Leuchten.

»Bist du wahnsinnig!«, zischte sie. »Vorhin hast du dich noch beschwert, dass wir uns den Raubtieren quasi auf dem Silbertablett servieren, und jetzt zauberst du hier blaue Flammen, damit sie uns noch besser finden können. Über uns liegen bloß ein paar Zweige und Blätter. Ich wette, dieses Leuchten konnte man weithin sehen, ganz zu schweigen von dem Zischen und dem Gestank des verbrannten Holzes. Lass uns schnell verschwinden, wir haben hier nichts mehr verloren.« Sie zog ihn an der Hand hinter sich her durch das Unterholz.

»Vorhin war es dir ganz egal, wie gefährlich es ist, und jetzt machst du so ein Theater«, maulte Finn. »Hast du überhaupt richtig gesehen, was ich geschafft hab? Wenn ich das Amos vorführe, wird er grün vor Neid.«

»Typisch Mann«, seufzte Selina. »Es freut mich, dass du jetzt vor Amos angeben kannst, aber im Moment haben wir andere Probleme. Ich fürchte, dass deine außerordentlich beeindruckende Fähigkeit, kleine blaue Leuchtstrahlen zu fabrizieren, keine ausgewachsene Eule abschrecken wird, geschweige denn Kobolde oder einen Mink.«

»Selina, Kobolde schlafen nachts, und hör auf, immer auf Minks rumzuhacken. Schlomm ist ein guter Kerl. Der tut uns nichts.«

»Da stimme ich dir inzwischen zu, Finn. Schlomm tut uns nichts, aber leider gibt es noch andere wie ihn, auch wenn er mit denen nicht viel zu tun hat. Es gibt sie und sie jagen in der Nacht.«

Sie standen am Rand der Mulde und spähten in die Dunkelheit. Nichts schien sich zu regen. Finn und Selina sahen sich an und liefen dann gleichzeitig los. Ohne sich noch mal umzusehen, rannten sie, als wären alle Raubtiere des Waldes hinter ihnen her, zum Lager zurück. In der Nähe schrie ein Käuzchen, was sie, so fern das möglich war, noch schneller laufen ließ.

Als der Busch endlich in Sicht kam, waren sie völlig außer Atem und blieben im Schutz der ersten Zweige stehen, um zu verschnaufen, damit sie mit ihrem Keuchen nicht den ganzen Trupp aufweckten. Sie hielten sich noch immer an den Händen, als hätten sie ganz vergessen, wieder loszulassen; Finn versuchte auch mit aller Kraft, so zu tun, als merke er es nicht, dabei war er sich ihrer kleinen zarten Hand in der seinen mehr als nur bewusst.

Selina starrte durch die Äste hinaus in die Nacht. »Glück gehabt«, flüsterte sie, »nichts ist uns gefolgt.« Dann sah sie ihn an.

Sie standen so nah beieinander, dass Finn jede einzelne ihrer dunklen Wimpern im Mondlicht sehen konnte und das Schimmern des Lichts in ihren blauen Augen. Der winzige Moment, in dem sie ihm direkt ins Gesicht sah, ließ Finn wohlig erzittern und zwang ihn, den Blick zu senken. Er konnte sie einfach nicht lange so ansehen, ohne rot zu werden. Finn verfluchte seine eigene Tollpatschigkeit. Er kam sich vor wie ein Regenwurm mit Schuhen – eben total fehl am Platz. Schließlich hob er leicht den Kopf und murmelte: »Ach, danke, dass du mir geholfen hast. Du weißt gar nicht, wie froh ich bin, dass diese verdammte Suche nach meiner Magie und meiner Vergangenheit endlich vorbei ist. Ohne dich hätte ich das nie geschafft.«

Bei den ersten Worten klang seine Stimme noch seltsam kratzig, dann jedoch bekam er einen halbwegs vernünftigen Satz raus, obwohl er merkte, dass sie ihn genau beobachtete und das seine Nervosität nicht gerade löste.

Zu seiner Überraschung klang sie auch etwas verlegen: »Das ist schon in Ordnung, immerhin hast du mir mit deiner

Magie das Leben gerettet, auch wenn du damals noch nicht damit umgehen konntest.«

Ein kleines Lächeln breitete sich auf ihrem Gesicht aus und dankbar lächelte Finn zurück. Lächeln war immer gut, und außerdem hatte sie gesagt, dass er ihr das Leben gerettet hatte. Das war doppelt gut.

Bevor wieder peinliches Schweigen eintreten konnte, sagte er schnell: »Ich glaube, wir sollten noch etwas schlafen. Die Vögel fangen schon an zu singen.«

Selina nickte, aber irgendwie schien sie enttäuscht zu sein. Bevor sie Finns Schlafplatz zwischen Neppi und Lund erreichten, blieb sie noch einmal kurz stehen und zog ihn zu sich herunter. Finn landete mit seiner Nase in ihrem silbernen Haar. Es roch wie die Sonne, die Blumenwiese und der große dunkle Wald zusammen. Es war ein Duft, der Finn schwindelig werden ließ, und er musste mit der freien Hand durch die silbernen Strähnen streichen. Die Elfe hatte sich ganz nah an seine Schulter geschmiegt und flüsterte ihm ins Ohr: »Finn, bitte erzähl niemandem, was du jetzt über mich weißt. Ich will hier nicht genauso mitleidig angesehen werden wie zu Hause. Am besten du sagst niemandem, was wir heute Nacht getan haben.«

Ihr sanftes Flüstern schickte einen zarten Windhauch in sein Ohr und bewirkte eine Gänsehaut. Nur mit Mühe konnte Finn sich zu einer Antwort zwingen, auch wenn er die ganze Zeit nur versuchte, das Gefühl zu begreifen, das sich wie eine warme Welle in ihm ausbreitete. Ein Kribbeln wie hundert Ameisen, die durch seinen Körper huschten.

»Ich werd es nicht verraten, wenn du es nicht willst, aber vielleicht wäre es gar nicht so schlecht, wenn sie es wüssten, vielleicht könnten sie dich dann besser verstehen. Obendrein hätten sicher alle unheimlich viel Respekt, wenn sie erfahren würden, dass du eine echte Elfenprinzessin bist.«

»Ich möchte es trotzdem nicht. Bitte schwöre, dass du es niemandem erzählst.«

»Ich schwöre es, aber was soll ich sagen, woher ich plötzlich meine magischen Kräfte habe?«

»Ach, sag doch einfach, du hattest einen Traum, und auf einmal hast du dich wieder erinnert, oder so etwas. Die glauben das schon. Kleinlinge haben keine Ahnung von Magie.«

Mit einem entschuldigenden Blick in Finns Gesicht fügte sie hinzu: »Na ja, die meisten jedenfalls.«

Dann flüsterte sie: »Gute Nacht, Finn«, und gab ihm schnell einen zarten Kuss mitten auf die Lippen. Vor Überraschung war er unfähig, ein Wort zu sagen oder sich auch nur zu bewegen, und die Elfe trat schnell ein paar Schritte zurück und lächelte verlegen. Finn, der plötzlich eine entsetzliche Leere dort verspürte, wo sie eben noch gestanden hatte, hätte sie am liebsten wieder an sich gezogen, aber er befürchtete, dass ihr das missfallen könnte, also flüsterte er ebenfalls verlegen lächelnd zurück: »Gute Nacht, Selina. Bis morgen.«

Dann sah er ihr nach, wie sie mit einem letzten Winken über die Äste in die Dunkelheit des Busches zu ihrem Lager kletterte. Als sie in ihrem leuchtend weißen Kleid nicht mehr zu sehen war, seufzte er schwer und legte sich neben Neppi und Lund, die zufrieden schnarchten und nichts von all dem mitbekommen hatten. Er starrte ins Dunkel, berührte nachdenklich seine Lippen und fragte sich, was mit ihm los war. Sobald die Elfe in seiner Nähe war, benahm er sich lächerlich und unbeholfen wie ein Dummkopf und war gleichzeitig so glücklich wie ein Regenwurm im Schlamm.

Sobald sie verschwand, hatte er das Gefühl, die Welt sei grau und trostlos, und er konnte nur noch an sie denken. Selbst seine neu entdeckten magischen Kräfte bedeuteten ihm herzlich wenig, verglichen mit dem Moment, als sie sich an ihn geschmiegt und ihn geküsst hatte. In Finn keimte ein Verdacht, um was es sich dabei handeln könnte. War er etwa verliebt in sie? Eigentlich konnte es nichts anderes bedeuten. Wenn er an sie dachte, hüpfte sein Herz, und wenn er ihr gegenüber stand, wurde er völlig nervös. Zudem hatte er ständig das Bedürfnis, sie zu berühren. Finn schlug sich die Hand auf die Stirn. Verdammt, er war verliebt, ausgerechnet in sie. Zwar hatte sie ihn eben geküsst, aber danach war sie weggelaufen. Wer wusste schon, was sie für ihn empfand. Ob er ihr seine Liebe gestehen sollte? Nein, das konnte er nicht. Vielleicht würde sie ihn auslachen. Ganz davon abgesehen, dass es auch sonst niemand erfahren durfte. Nicht auszudenken, was Neppi und Lund dazu sagen würden. Sie würden sich bis in alle Ewigkeit über ihn lustig machen. Zudem konnten sie die Elfe nicht leiden. Finn hatte das Gefühl, gleichzeitig in der schlimmsten und der schönsten Situation seines Lebens zu sein, und dabei dachte er keinen Augenblick an die Gefahren der nächsten Tage. Das erschien ihm nichtig im Vergleich zu den Problemen seiner Gefühle für Selina. Er versuchte, sich einzureden, dass er sie gar nicht so toll fand, trotzdem kehrten seine Gedanken immer wieder zu dem Gefühl ihrer kleinen Hand in der seinen und zum Duft ihres Haares zurück. Verzweifelt wälzte er sich von einer Seite auf die andere, bis der Morgen graute, und gerade als er eingeschlafen war, wurde er von Neppi schon wieder unsanft geweckt.

## 13

Finn fühlte sich, als wäre eine Horde Trödelwichte in der Nacht über ihn hinweggetrampelt. Er bekam die Augen kaum auf und erst eine Ladung kaltes Wasser, die Neppi über ihn schüttete, konnte ihn dazu bewegen, sich aufzurappeln. Mit seinen kleinen verquollenen Augen spähte er durch die Äste des Dornenbusches. Überall tummelten sich Rumbolts Männer, die das Lager abbrachen oder bereits fertig waren, ein schnelles Frühstück einnahmen oder den Busch verließen. Irgendwo zwischen ihnen sah er die Elfe herumflitzen. Sie wirkte zwar müde, aber half zum ersten Mal seit sie bei ihnen war, ihre Habseligkeiten zusammenzupacken. Dafür erntete sie von den Männern ungläubige, aber auch anerkennende Blicke. Auf einem erhöhten Ast stand Rumbolt und überwachte das geschäftige Treiben, gab Anweisungen und trieb zur Eile. Auch er schien etwas verblüfft über die plötzliche Hilfe der Elfe. Finn überlegte einen Moment, ob er sofort zu ihm gehen sollte, um ihm seine neu entdeckten magischen

Fähigkeiten vorzuführen; aber dann entschied er sich, dass er dazu einfach noch zu müde war und verschob es auf später. Stattdessen begann er mühsam, seinen Rucksack zu packen und hoffte, dass Neppi und Lund nicht versuchen würden, mit ihm zu reden, bevor er halbwegs wach war. Aber er hatte kein Glück. Neppi beobachtete seinen schlaftrunkenen Freund schon eine ganze Weile misstrauisch und konnte sich eine Bemerkung natürlich nicht verkneifen.

»Also, ich glaube, so müde wie heute habe ich dich noch nie gesehen, Finn. Dabei sind wir gestern im Vergleich zu sonst eigentlich früh schlafen gegangen. Also, ich bin total fit, und selbst Lund ist vor dir aufgestanden.«

Finn hatte keine Lust auf eine Diskussion, noch nicht mal auf eine kurze Antwort, also begnügte er sich mit einer sehr kurzen: »Konnte nicht schlafen.«

Er hätte wissen müssen, dass Neppi sich damit nicht zufrieden gab.

»Warum denn nicht? Auch Angst vor unserem großen Abenteuer heute, so wie Lund?«

Neppi setzte sein boshaftestes Grinsen auf und zwinkerte Lund zu, der daraufhin unwirsch seine letzten Habseligkeiten in den Rucksack pfefferte und mit tiefen Sorgenfalten auf der Stirn murmelte: »Du wirst schon noch sehen, was wir uns da eingehandelt haben. Wenn Finn Angst hätte, wäre das nur vernünftig. Aber ein gesunder Verstand ist ja leider etwas, über das du nicht verfügst, Neppi; deshalb hast du auch keine Angst, weil du zu verrückt bist, um die Gefahr zu erkennen.«

Neppi lachte laut und das Geräusch tat Finn in seinen noch schlafenden Ohren weh.

»Ja, ja, jetzt lachst du noch, ich bin gespannt, ob das auch noch so ist, wenn wir vor dem Bau der Maluk stehen.«

Mit diesen Worten hievte sich Lund seinen Rucksack auf die Schultern und folgte den Männern nach draußen. Er hatte genug von Neppis Geschwätz. Finn eigentlich auch, aber er blieb jetzt, wo Lund weg war, nicht verschont.

»Also dieser Angsthase. Es ist furchtbar mit ihm. Jetzt sag

schon, Finn. Hast du auch Angst vor den großen bösen Maluk, oder warum konntest du nicht schlafen? Also echt, du siehst aus, als hättest du die ganze Nacht wach gelegen. Deine Augen sind nicht größer als die eines Maulwurfes.«

Finn seufzte, nahm seinen Rucksack und wollte nach draußen verschwinden, aber Neppi folgte ihm hartnäckig. »He, nun sag schon. So langsam wird es interessant. Hast du ein Geheimnis, Finn? Ich habe irgendwie das Gefühl, du verheimlichst mir etwas, sonst könntest du doch einfach antworten.«

Finn überlegte sich gerade, dass Neppi in manchen Situationen schlimmer war als eine eifersüchtige Ehefrau und neugieriger als alle Mommenheimer Damen zusammen, da stieß er vor dem Dornenbusch mit Selina zusammen. Finn hatte sich so elegant wie möglich unter dem letzten Ästchen hindurch geschwungen und war im hellen Sonnenlicht gelandet, das seine müden Augen blendete. Dadurch sah er die Elfe nicht, die neben ihm aus dem Gebüsch trat und rannte sie um. Selina strauchelte und wäre hingefallen, wenn Finn sie nicht im letzten Augenblick um die Taille gefasst und hochgezogen hätte. So landete sie in seinen Armen und in Finns Bauch tanzten die Ameisen Tango. Er hatte das Gefühl, der ganze Trupp hätte es gesehen, wurde knallrot, ließ sie schnell los und murmelte eine wortreiche umständliche Entschuldigung. Der Elfe schien es nicht besser zu gehen, auch auf ihren sonst blassen Wangen zeigten sich hektische rote Flecken, während sie ebenso linkisch die Entschuldigung annahm und mehrfach versicherte, dass ihr nichts passiert sei. Dann lief sie eilig zu Rumbolt hinüber, der auf einem Stein stand und die Männer um sich versammelte. Wenn auch sicher nicht alle den kleinen Zusammenstoß zwischen Selina und Finn bemerkt hatten, so hatte doch einer sehr genau hingesehen. Auf Neppis Gesicht breitete sich eine Mischung aus Erkennen und Missbilligung aus.

»Was war das denn gerade, Finn? Du bist rot wie eine Tomate geworden, als du die Elfe aufgefangen hast.«

»So ein Quatsch, Neppi. Kümmere dich um deine Angelegenheiten. Es war mir bloß peinlich, dass ich sie umgerannt habe.«

Doch so leicht ließ sich Neppi nicht abwimmeln, wenn er erst einmal etwas gewittert hatte. »Aber Finn, wie kommt es, dass sie genauso übermüdet wirkt wie du? Und das bei einer Elfe, die normalerweise in jeder Lebenslage perfekt aussieht.«

»Was weiß ich, vielleicht konnte sie auch nicht schlafen. Keine Ahnung. Frag sie doch.« Finn hoffte insgeheim, dass Neppi sich das nicht trauen würde, aber bei ihm konnte man sich da nie sicher sein. Auf jeden Fall war er froh, dass Rumbolt jetzt, wo alle da waren, seine kurze Ansprache hielt und damit Neppis bohrende Fragen beendete. Sie gesellten sich zu Lund, der schon im Kreis der Männer stand und lauschten Rumbolts Worten.

»Meine Freunde, die Stunde ist gekommen, auf den wir seit Tagen hin arbeiten. Wir haben die Entführer und hoffentlich mit ihnen auch die Mitglieder unseres großen Rates gefunden. Nach dem zu urteilen, was uns Königin Wodswane gestern gesagt hat, wird es keine Kleinigkeit, unsere Freunde aus den Klauen der Maluk zu befreien. Doch ich denke, nachdem wir es soweit geschafft haben, an Kobolden, Eulen, Wieseln, Wind und Wetter vorbei zu kommen, dürfen wir jetzt nicht aufgeben.«

Er bekam großen Beifall und zustimmende Rufe. »Ich sehe Männer, dass ihr meiner Meinung seid und freue mich, mit so mutigen und entschlossenen Kleinlingen zu reisen.« Er verbeugte sich tief vor seinem Trupp, was erneute Beifallsstürme auslöste.

Sonst hatten Rumbolts Reden Finn immer sehr beeindruckt, nur heute war er nicht ganz bei der Sache, seine Augen wanderten immer wieder von ihrem Anführer hinüber zu einer kleinen Gestalt im weißen Kleid, die auf der anderen Seite des Kreises stand und scheinbar ebenso andächtig Rumbolts Worten lauschte. Aber auch Selinas Augen wanderten immer mal wieder hinüber zu Finn. Ab und zu trafen sich ihre Blicke, woraufhin beide sofort wieder verschämt zu Rumbolt sahen, in der Befürchtung, der jeweils andere könnte es bemerkt haben.

So ging es eine Weile, bis Finn seinen ganzen Mut zusammennahm und anstatt weg zu sehen, ein schüchternes Lächeln aufsetzte, als ihre Blicke sich erneut trafen. Zuerst sah die Elfe fast erschrocken zu Boden, doch dann blickte sie ihn wieder an und lächelte zurück. Es war das bezauberndste Lächeln, das Finn je gesehen hatte und ihm wurde innerlich ganz heiß. Er dachte, dass ein Lächeln von ihr wärmer war als die Sonnenstrahlen eines ganzen Sommertages und seufzte leise. Wenn er ihr das doch nur sagen könnte. Er wollte ihr so gern sagen, wie sehr er sie mochte, aber er hatte das Gefühl, das sei völlig unmöglich. Die Worte würden ihm einfach im Hals stecken bleiben vor Angst, dass sie ihn auslachen würde oder nicht dasselbe für ihn empfand. Wobei ihr Lächeln von eben durchaus bedeuten konnte, dass sie ihn mochte, aber bei Mädchen war das so eine Sache. Man konnte eigentlich nie wissen, was sie gerade dachten.

Rumbolt sprang von seinem Stein und rief: »So, Männer, auf in den Kampf.«

Damit unterbrach er Finns Überlegungen und in den nächsten Stunden blieb keine Zeit für irgendwelche Gedanken. Sie schlugen sich krabbelnd und kriechend durchs Unterholz neben dem großen Weg, auf dem Königin Wodswane und ihr Gefolge mit ihrem alten Karren gefahren waren. Rumbolt war es zu gefährlich, so nah an der Behausung ihrer Feinde noch Wege zu benutzen und so blieb ihnen nur das dornige Gestrüpp am Wegesrand. Schon nach wenigen Metern waren sie völlig zerkratzt und schwitzten.

Finn nahm am Rande wahr, dass Hinfried der Elfe den Weg bahnte, damit sie sich nicht an den Dornen verletzte und stellte überrascht fest, dass es ihm einen leichten Stich versetzte, wie ein plötzlicher Schmerz im Magen. Es passte ihm nicht, und er gestand sich ein, dass er selbst gern diese Aufgabe übernommen hätte, obwohl er es schon anstrengend genug fand, selber durch den Dornenwald zu laufen. Für Selina hätte er sich trotzdem gern geschunden. Aber es war nun einmal Hinfrieds Aufgabe, daran gab es nichts zu rütteln, also konzentrierte Finn sich aufs eigene Vorwärtskommen.

Immerhin hatte dieser Weg den Vorteil, dass er sich Neppis

Gerede nicht mehr anhören musste, weil Rumbolt absolutes Stillschweigen angeordnet hatte.

Immer wieder rollten auf dem Weg Wagen an ihnen vorbei, ähnlich dem von Königin Wodswane oder ganz anders gebaut. Sie waren vollbeladen mit Gütern aller Art, wenn sie in die gleiche Richtung fuhren, wie die Kleinlinge marschierten und leer, wenn sie wieder zurückkamen. Die merkwürdigsten Gestalten hockten auf den Kutschböcken, die von ebenso merkwürdigen Tieren gezogen wurden. Vor ein hölzernes Gefährt mit riesigen Rädern waren acht flatternde Libellen gespannt, deren Zügel ein grüner, verschrumpelter Gnom mit gelber Zipfelmütze und riesigen Füßen hielt. Er reiste allein, im Gegensatz zu einer Delegation von ameisenähnlichen schwarzen Wesen, die auf einer Plattform dahinschwebten, die von Ameisen getragen wurde. Sie zischten sich die ganze Zeit merkwürdige Laute zu, wohl Teil einer seltsamen Sprache. Finn fand sie von den Vorbeifahrenden bei weitem am unheimlichsten, und er hatte kein Bedürfnis, sie näher kennen zu lernen.

Sogar ein einzelner Abgesandter der Trödelwichte kam im Laufe des Vormittages an ihnen vorbei. Er hatte keinen Wagen, trug aber einen großen Sack auf dem Rücken und ging summend und brummend seinen Weg, ohne auf irgendetwas zu achten, ganz nach Art der Trödelwichte.

»Wie es scheint, sind wir bei weitem nicht die Einzigen, die von diesen Maluk erpresst werden«, flüsterte Rumbolt. »Was wollten sie noch mal? Die Hälfte unsere Wintervorräte? Hm, da haben sie sich die Falschen ausgesucht, ich werde nicht wie all diese Völker klein beigeben und jedes Jahr mein Hab und Gut hierher schleppen. Die werden wir lehren, anständige Leute zu überfallen.«

Er knurrte böse und beschleunigte seinen Marsch durch das Dickicht. Finn musste lächeln, wenn Rumbolt erst einmal wütend war, hielt ihn nichts mehr auf, das würden diese Maluk schon merken.

Gegen Mittag machten sie etwas tiefer im Dickicht hinter einem Baum Rast. Finn meinte, jetzt wäre die Zeit, Rumbolt seine magischen Fähigkeiten vorzuführen. Während alle kauten und sich unterhielten, ging er zu Rumbolt, der etwas abseits an einen Stein gelehnt genüsslich auf eine dicke weiße Made biss und gedankenverloren in die Ferne blickte. Finn setzte sich neben ihn und wusste nicht so recht, wie er beginnen sollte. Anstatt etwas zu sagen, hob er einfach die Hände und ließ die Magie strömen. Waberndes Licht breitete sich um seine Arme aus. Finn suchte sich ein Ziel. Er fixierte einen Baumstumpf ihm gegenüber und ließ einen der Lichtstrahlen hineinfahren. Wie ein Geschoss aus blauem Licht traf er das Holz und schlug ein tiefes Loch hinein. Rumbolt hatte aufgehört zu kauen und starrte Finn an, wie auch der Rest des Trupps. Alle Gespräche waren verstummt. Selina lächelte verschmitzt. Finn grinste. Amos rümpfte die Nase und wirkte etwas verwirrt.

»Wie hast du das gemacht, Finn?«, fragte Rumbolt ungläubig. »Wieso kannst du es auf einmal steuern? Ihr habt doch gar nicht mehr geübt. Ich muss gestehen, ich hatte bereits nicht mehr geglaubt, dass du es schaffst.«

Finn warf noch einen Blick auf Selina, die leise mahnend den Kopf schüttelte, dann meinte er: »Ich weiß auch nicht so genau, ich hab heute Nacht von früher geträumt, und als ich aufwachte, da wusste ich plötzlich wieder, wie es geht.«

»Hast du das gehört, Amos?«, rief Rumbolt begeistert. »Der Junge hat davon geträumt, so einfach ist das. Was sagst du dazu?«

Doch Amos wollte lieber nichts dazu sagen, er verzog sich grimmig murmelnd auf die andere Seite des Baumes. Rumbolt jedoch war in seinem Eifer kaum zu bremsen, er umarmte Finn und ließ sich immer wieder etwas vorzaubern. Obwohl Finn ihm erklärte, dass er bis jetzt nichts konnte außer Lichtstrahlen aussenden, weil er keine Zeit zum Üben hatte. Rumbolt war das egal, er fand schon blaues Leuchten faszinierend, und wenn man damit auch noch Holz durchlöchern konnte, um so mehr. Irgendwann zwischen zwei Zaubern flüsterte er Finn zu: »Wenn dein Vater dich jetzt sehen könnte, er wäre so stolz auf dich, Finn.«

Dabei hatte er Tränen in den Augen.

Zu Finns Überraschung hatten alle die Lüge mit dem Traum geglaubt, alle bis auf einen. Als sie sich wieder auf den Weg ins Unterholz machten, schaffte es Neppi kurz neben Finn zu gehen und flüsterte ihm ins Ohr: »Die anderen kannst du ja vielleicht für dumm verkaufen, aber mich nicht. Ich dachte, du hättest die ganze Nacht nicht geschlafen und so wie du heute Morgen aussahst, sieht auch niemand aus, der friedlich von der Vergangenheit geträumt hat. Also woher kommen deine Kräfte. Du kannst es mir ruhig sagen, ich verrate es keinem.«

Finn wusste, dass Neppi eine Lüge sofort erkennen würde, also sagte er widerstrebend: »Okay, du hast Recht, das mit dem Traum war Blödsinn, aber ich kann dir nicht sagen, wie es wirklich war. Ich habe es geschworen.«

Neppi löcherte ihn trotzdem weiter und kam mit dem ein oder anderen Verdacht erstaunlich nahe an die Wahrheit. Finn war nur froh, dass Neppi keine Ahnung von Elfen und ihren Zaubern hatte, sonst hätte er längst alles gewusst. Zu seinem Glück kamen sie wieder in die Nähe des Weges und Rumbolt bestand auf absolute Stille, so hatte Finn erst einmal seine Ruhe, auch wenn er wusste, dass Neppi nicht so leicht aufgab.

Am späten Nachmittag ertönte ein zischender Ruf aus den Baumkronen über ihnen. Alle sahen auf und erblickten Schlomm, der gewandt wie ein Eichhörnchen zu ihnen hinunterkletterte. Weil er zu groß war, um mit ihnen durchs Dickicht zu kriechen, folgte er ihnen schon den ganzen Tag in den Baumwipfeln. Plötzlich schien er etwas Beunruhigendes entdeckt zu haben, seine Augen waren groß wie Teller, und er wirkte sehr aufgeregt.

»Rumbolt, Chef, Rumbolt, Schlomm sehen, Schlomm sehen«, stammelte er zusammenhanglos. Finn streichelte seinen Kopf und versuchte, ihn zu beruhigen, aber der Mink rang weiter sichtlich um Fassung, schließlich brachte er gequält hervor: »Nicht gehen weiter! Gefahr!«

»Was für eine Gefahr, Schlomm?«, fragte Rumbolt ungeduldig. Er hatte es eilig und Verzögerungen dieser Art stellten seine Geduld immer auf eine harte Probe.

Der Mink schien das zu merken und riss sich merklich zusammen. »Schlomm sehen Hügel, großen Hügel. Burg. Festung von Bösen mit roten Augen. Sie geben Kleinling der Königin, damit sie ihn töten kann.« Schlomm erschauderte beim Gedanken an seine alte Herrin. Finn legte ihm tröstend die Hand auf den schuppigen Arm.

Rumbolt war jetzt sehr interessiert: »Ah, das heißt, wir sind da. Wie weit entfernt ist es ungefähr, Schlomm?«

Der Mink sah ihn nachdenklich an und meinte zweifelnd: »Nicht sehr weit.«

»Schlomm, genauer«, drängelte Rumbolt, doch Finn schüttelte energisch den Kopf: »Das kann er dir nicht sagen, Rumbolt. Er kann nicht zählen. Wie soll er eine Entfernung angeben?«

Rumbolt seufzte: »Egal, wir werden es schon früh genug sehen. Ab jetzt äußerste Vorsicht und keinen Laut mehr. Schlomm, du gehst wieder in die Baumkrone und warnst uns, falls sie uns entdecken oder wir in einen Hinterhalt laufen.«

Schlomm, sichtlich stolz über diese wichtige Aufgabe, kletterte voller Eifer zurück auf den Baum, während seine Freunde sich weiter durchs Gebüsch schlugen. Finn wurde jetzt etwas mulmig zumute, so nah wie jetzt hatte er sich ihren Feinden noch nie gefühlt. Er sah wieder Amos vor sich, wie er blutend und halb wahnsinnig vor Angst aus dem Loch im Boden der Versammlungshöhle gezogen wurde. Finn lief eine Gänsehaut über den Rücken; und er fragte sich, wie weit Amos noch halbwegs freiwillig einen Fuß vor den anderen setzen würde, und ab wann er endgültig in Panik ausbrach. Zu seiner Überraschung war es nicht Amos, den die Angst zuerst übermannte.

Von hinten kam plötzlich ein leiser Pfiff, der zum Anhalten aufforderte. Sie sahen sich um und konnten, soweit es durch das dichte Gestrüpp möglich war, ein Gerangel am Ende des Trupps wahrnehmen. Rumbolt bahnte sich sofort wie eine Walze den Weg nach hinten. Finn, der wie immer neugierig war, folgte ihm. Am Ende bot sich ihnen ein Bild des Jammers. Quer über den Sträuchern hing ein wimmernder Lund, der mit beiden Armen einen Ast fest umklammerte, während zwei

Männer an seinen Füßen zogen, um ihn zum Weitergehen zu bewegen. Doch Lund krallte sich fest, hatte die Augen zugekniffen und wimmerte leise vor sich hin. Einer der Männer berichtet Rumbolt, sie hätten schon alles versucht, aber der Junge ließe nicht mit sich reden. Sie hätten das Gefühl, er höre gar nicht, was sie ihm sagten. Rumbolt seufzte entnervt und stemmte die Hände in die Hüften.

»Als hätten wir nicht schon genug Probleme«, murmelte er und sah verstohlen über seine Schulter. Finn folgte seinem Blick und entdeckte Amos zwischen den Männern. Dessen Gesichtszüge wirkten verkniffen und angespannt und seine Augen wanderten ruhelos zwischen Lund und Rumbolt hin und her, als schätzte er ab, wer gewinnen würde.

»Passt auf Amos auf«, zischte Rumbolt zwischen zusammengebissenen Zähnen Rotbart zu, der neben ihm stand. »Sonst ist er der Nächste, der durchdreht.«

Wie auf ein unsichtbares Zeichen hin war Amos auf einmal umringt von grimmig blickenden Kleinlingmännern. Zwei hakten ihn sogar unter, und falls er je daran gedacht hatte, die Verwirrung um Lund zu nutzen, gab es dazu jetzt keine Möglichkeit mehr. Amos Gesicht verdüsterte sich, und er machte kurz Anstalten sich dem Griff der zwei Kleinlinge an seinen Seiten zu entwinden. Doch er wurde nur fester gepackt und hing jetzt wie in einem Schraubstock zwischen ihnen. Seine Augen funkelten böse.

Rumbolt beachtete ihn nicht weiter und wandte sich stattdessen an Lund. Der hatte trotz allem Ziehen und Zerren der Männer noch immer nicht aufgegeben, und krallte sich weiter an seinem Ast fest. Neppi, der inzwischen dazu gekommen war, schüttelte nur missbilligend den Kopf und flüsterte Finn ins Ohr: »Dieser Kerl blamiert uns, Finn. Er benimmt sich wie ein Baby. Die Männer bereuen wahrscheinlich schon, dass sie uns überhaupt mitgenommen haben. Wir könnten schon sonst wo sein, wenn dieser Feigling hier nicht hängen würde. Ich hoffe, er kriegt gleich eine anständige Tracht Prügel von Rumbolt, damit er wieder zu sich kommt.«

Was Neppi sich wünschte, war, was Finn befürchtete.

Rumbolt war bereits ziemlich wütend und sehr in Eile, und wenn Lund nicht gleich Vernunft annahm, würde er tatsächlich Prügel kassieren. Doch Finn sollte sich irren und Neppi enttäuscht werden. Rumbolt ging hinüber zu Lund, der zitterte wie altes Laub im Wind, aber anstatt an ihm zu zerren oder ihn gar von seinem Ast zu prügeln, flüsterte er ihm etwas ins Ohr. Zuerst passierte gar nichts, dann öffnete Lund vorsichtig ein Auge und sah Rumbolt fragend an. Dieser beugte sich wieder zu ihm und flüsterte noch etwas in sein Ohr.

Daraufhin lockerte Lund seinen Griff und ließ den Ast los, nachdem die Männer seine Füße wieder auf dem Boden abgestellt hatten. Da stand Lund, als wäre nichts gewesen, und Rumbolt winkte zum Weitermarschieren. Neppi wollte sich einen Moment lang auf Lund stürzen, um ihn zu verprügeln, aber Finn hielt ihn zurück und zerrte ihn weiter nach vorn, wieder in die Reihe. Nicht ohne der Elfe, an der sie dabei vorbeikamen, ein schüchternes Lächeln zu zuwerfen. Ausnahmsweise bekam Neppi in seiner Wut auf Lund nichts davon mit.

Ohne Zwischenfälle ging der Marsch weiter. Finn fragte sich die ganze Zeit, was Rumbolt Lund wohl zugeflüstert haben könnte, dass es ihn derart beruhigte und zum Weitergehen animierte, obwohl er eigentlich der Meinung war, dass sie alle in der Festung der Maluk sterben würden. Seine Gedanken wurden jäh unterbrochen, als der Trupp plötzlich stoppte und Rumbolt sie heranwinkte. Durch das Gestrüpp sahen sie auf den Weg, er machte vor ihnen eine letzte scharfe Kurve und mündete auf einem riesigen Platz, in dessen Mitte ein gewaltiger Haufen aus feuerroter Erde thronte – die Festung der Maluk.

Von ihrem Platz blickten sie direkt auf den Eingang, ein riesiges Loch, das ins Dunkel führte. An den Seiten standen Wachtposten in roten Umhängen und mit schwarzen Hauben, die ihre Gesichter verbargen. Finn fand, dass das ein Segen war, ihm reichte ein Blick auf die riesigen klauenartigen und mit scharfen schwarzen Krallen bestückten Hände der Maluk, um ihm einen Schauer über den Rücken zu jagen. Die Wachtposten patrouillierten vor dem Eingangstor und kontrollierten die ankommenden Wagen. Es hatte sich bereits eine Schlange von Wartenden gebildet, die alle gekommen waren, um den Maluk ihr Hab und Gut auszuhändigen, vermutlich im Tausch gegen das Leben irgendeines Freundes oder Verwandten.

Die Wächter trugen Waffen aus einem schwarzen leicht glänzenden Material, das Finn noch nie gesehen hatte. Sie waren geformt wie ein Dreizack, aber der mittlere Spieß war breiter als die äußeren und mit Widerhaken bestückt. Finn wollte sich nicht vorstellen, was man mit so einer Waffe anrichten konnte.

Die Schlange der Wagen wurde länger und immer neue Wagen tauchten hinter ihnen auf dem Weg auf, so dass die Wächter mit der Kontrolle kaum nachkamen. Die Kleinlinge beobachteten das geschäftige Treiben ihrer Feinde eine Weile, dann winkte Rumbolt sie zurück in den Schatten einer dicken Tanne, die am Rand der Lichtung stand.

Er war sehr aufgeregt und flüsterte hektisch: »So wie ich das sehe, haben wir keine Möglichkeit, auch nur in die Nähe dieser Festung zu kommen, ohne gesehen zu werden. Schlau wie diese Kerle sind, haben sie sie inmitten eines gut einzusehenden Geländes gebaut, und sie würden uns erwischen, sobald wir einen Schritt aus dem Dickicht machen. Ich habe es mir schwierig vorgestellt, aber nicht so schwierig. Also, hat jemand eine Idee?«

Betretenes Schweigen rundum. Rumbolt lief nervös auf und ab.

»Wenn wir vielleicht im Dunkeln gehen …«, begann Hinfried.

Doch Rumbolt schüttelte sofort den Kopf: »Wenn ich es richtig sehe, sind diese Wesen Nachtgeschöpfe. Das heißt, sie sehen im Dunkeln sogar besser als am Tag.«

Wieder Stille. Rumbolt sah von einem zum anderen und lief unruhig auf und ab. »Ich denke, wir müssen uns auf jeden Fall beeilen, am Tag beeinträchtigt sie das Licht, und durch diesen Ansturm von Leuten, die ihnen Waren liefern, sind sie abgelenkt. Aber das reicht nicht, um uns dort einzuschleichen. Wir brauchen einen besseren Plan, fürchte ich.« Er seufzte schwer.

»Vielleicht helfen euch die Wagen«, murmelte da eine leise Stimme.

Rumbolt fuhr herum und entdeckte die Elfe, die nachdenklich einen Finger ans Kinn gelegt hatte.

»Was hast du gesagt?«, zischte er aufgeregt.

»Die Wagen, sie kontrollieren sie nicht so genau. Vielleicht, weil sich dieser Stau vor ihrer Festung gebildet hat. Sie befragen kurz die Fahrer und winken sie dann durch, anschließend kommen die Wagen leer wieder heraus. Wenn ihr es schafft, euch vor der Kurve, wo man euch von der Festung aus noch nicht sehen kann, auf die Wagen zu schleichen und euch zwischen den Waren versteckt, kommt ihr vielleicht ungesehen hinein. Ihr müsst abspringen, bevor die Wagen ihr Ziel erreichen und abgeladen werden.«

Zustimmendes Gemurmel war in den Reihen der Männer zu hören, auch Rumbolt nickte anerkennend.

»Das ist der einzig brauchbare Plan, von dem ich bis jetzt gehört habe. Er ist zwar unglaublich gefährlich, aber zumindest gibt es eine Chance, dass wir es schaffen.«

»Was ist, wenn sie die Wagen genauer kontrollieren?«, fragte Neppi.

»Dann, mein Junge, haben wir wohl Pech gehabt, würde ich sagen, dann heißt es rennen und jeder für sich versucht, zu entkommen. Möglichst in alle Richtungen, um ihnen die Verfolgung zu erschweren. Aber Selina hat Recht, ich habe nicht gesehen, dass diese Wachleute auf die Wagen geklettert wären und sie genau durchsucht hätten. Vermutlich rechnen sie auch nicht damit, dass jemand versucht, sich bei ihnen einzuschleichen. So wie ihre Burg befestigt ist, sind sie auf Großangriffe vorbereitet, aber mit etwas Glück nicht auf wenige Leute, die ihre Verteidigung unterwandern.«

Rumbolt lief weiter nachdenklich auf und ab, dann hatte er alles durchdacht und fragte nur: »Wer ist für den Plan?«

Alle Hände gingen hoch, sogar die von Lund, wie Finn überrascht bemerkte. Er hatte nicht erwartet, dass Lund für ein derart gefährliches Manöver stimmen würde. Warum es Lund nichts ausmachte, sollte er sofort erfahren. Rumbolt, der es plötzlich wieder sehr eilig hatte, teilte blitzschnell seine Leute in drei Gruppen ein.

»Wir haben bessere Chancen, unsere Freunde in diesem riesigen Ding zu finden, wenn wir uns aufteilen«, erklärte er. »Ich leite Gruppe eins, Hinfried wird Gruppe zwei anführen und Savall übernimmt Gruppe drei.«

Dann verteilte er zügig seine Männer in die Gruppen. Finn, Neppi, Lund, Selina, Schlomm, Amos und einige der älteren Männer kamen in Savalls Gruppe.

Finn wunderte sich und meinte zu Neppi: »Findest du nicht, dass unsere Gruppe etwas schwach ist, im Gegensatz zu den anderen?«

Neppi nickte ebenfalls verwirrt, nur Lund meinte: »Ja, natürlich, da wir nicht mit rein gehen, brauchen wir auch keine so starke Gruppe zu sein.«

Finn und Neppi sahen ihn entgeistert an, doch Lund grinste. »Ja, Rumbolt hat mir vorhin schon gesagt, dass er nie vorhatte, uns mit in die Festung zu nehmen, nur deshalb bin ich überhaupt weiter mitgegangen.«

Finn verschlug es fast die Sprache und er stammelte: »Aber meine Magie. Wofür das ganze Training, wenn er nie vorhatte, mich mitzunehmen?«

»Ach, Finn, bis jetzt kannst du doch nur ein paar kleine Sachen. Das wird diese finsteren Gestalten nicht beeindrucken, und Rumbolt kann es nicht riskieren, dass uns was passiert, wir sind fast noch Kinder.« Als wäre dies ein besonderes Privileg grinste Lund selig.

Neppi schüttelte nur den Kopf und murmelte bitter: »Na super, da ziehen wir aus, um ein Abenteuer zu erleben und landen, wenn es richtig losgeht, in der Gruppe der Frauen, Alten und Kinder.« Beim letzten Wort sah er Lund vielsagend an.

»Ach, und nicht zu vergessen Schlomm, der wahrscheinlich nicht mit darf, weil er einfach zu groß ist, um durch den Eingang zu passen, und Amos, den man nicht mitnehmen kann, weil er sich sonst vor Angst in die Hose macht. Wirklich, eine tolle Truppe sind wir. Und was sollen wir solange machen, während die anderen da drin Kleinlinggeschichte schreiben? Ach, ich weiß, wir können verstecken spielen oder so.« Missmutig trat Neppi auf der Stelle.

Finn wollte es noch nicht einsehen. »Ich rede mit Rumbolt«, sagte er entschlossen. Gerade als er sich suchend nach ihm umsah, legte sich jedoch eine kleine zarte Hand auf seinen Arm. Er fuhr herum und blickte in das besorgte Gesicht von Selina.

»Finn, sei froh, dass ihr nicht mit müsst. Das wird kein Spaß da drin, es könnte euch etwas passieren. Mir ist wirklich wohler, wenn du nicht mitgehst. Das ist was für Leute wie Rumbolt, aber ...«

Finn unterbrach sie energisch: »Ich bin den gleichen Weg hierher marschiert, wie alle anderen auch. Versteh doch, wir haben uns bis hierher vorgekämpft, und dann so kurz vor dem Ziel wirft Rumbolt uns einfach aus dem Trupp. Ich habe auch Angst davor, was passiert, wenn wir uns mit diesen Maluk anlegen, aber wenn man so auf etwas hingearbeitet hat wie wir, dann kann man es nicht einfach aufgeben. Ich spreche jetzt mit Rumbolt.«

Aber dazu kam es nicht mehr, noch während sie sich unterhielten, waren die zwei ersten Gruppen bereits zur Straße vorgerückt. Savall trieb seine Gruppe an, ihnen zu folgen, sich dann aber im Gebüsch ruhig zu verhalten, während die beiden Gruppen auf die Wagen achteten. Finn konnte sich kaum zurückhalten. Er wollte soviel sagen, aber er wusste, dass Rumbolt ihn umbringen würde, wenn er das Unternehmen jetzt ruinierte, indem er die Wagenlenker auf sie aufmerksam machte. Also schwieg er und biss sich auf die Lippen.

Nach einiger Zeit hörten sie Wagenräder knirschen und ein hölzernes Gefährt gezogen von einem Eichhörnchen kam recht schnell den Weg herauf auf sie zu. Auf dem Kutschbock saß ein kleines Hutzelmännchen, das derartig braun und faltig war, dass man glaubte, es sei aus Baumrinde. Es war allein und auf seinem Wagen türmten sich Kisten und Schachteln, dass das wackelige Gefährt nur so schwankte. Ein ideales Versteck für ein paar Kleinlinge. Die erste Gruppe, Rumbolt, Rotbart und drei andere starke Männer machten sich bereit. Finn sah mit dem immer näher kommenden Wagen seine Hoffnungen schwinden, noch mit Rumbolt zu sprechen. Er rang mit sich. Natürlich war es sicherer, hierzubleiben, weniger gefährlich und zudem konnte er bei Selina sein, aber ganz tief drin fühlte er, dass das nicht richtig war. Er musste dieses Abenteuer bis zum Ende durchstehen, wenn er wirklich einmal ein Jäger wie Rumbolt werden wollte. Der Wagen rollte zügig an ihnen vorbei und Rumbolt gab das Zeichen. Die Männer huschten blitzschnell und geduckt über den Weg und kletterten auf die Ladefläche. In dem Moment entschied sich Finn, er beugte sich zu Neppi und flüsterte: »Pass gut auf Selina auf, wir sehen uns, Kumpel.«

Dann drückte er der Elfe, die neben ihm saß, schnell einen Kuss auf die Wange, sprang auf und rannte wie ein Hase über den Weg. Er hüpfte auf den Wagen, ehe irgendjemand ihn daran hindern konnte. Da kam auch schon ein zweiter Wagen hinter einem Baum hervor und rollte auf sie zu, so dass es unmöglich wurde, Finn wieder abzusetzen. Rumbolt und Rotbart schafften es gerade noch, Finn hinter eine Kiste zu ziehen, bevor der Kutscher des zweiten Wagens ihn sehen konnte. So wackelte der Karren mit Finn und den anderen davon. Die Übriggebliebenen hatten keine Zeit, sich Gedanken zu machen, ein weiterer Wagen, ein blaues Gefährt, von vier Mäusen gezogen, näherte sich. Zwei grüne krötenartige Wesen saßen auf dem Kutschbock. Hinfrieds Gruppe machte sich bereit. Die seltsamen Wesen stießen die ganze Zeit quakende Laute aus und ihre runden, gelben Augen suchten die Umgebung ab. Sie waren in jedem Fall vorsichtiger als das Baumwesen vor ihnen. Auf ihrer Ladefläche lagen Unmengen von Algen und grünem Schlick, Neppi war nicht sicher, ob es sich dabei um Nahrung oder vielleicht um Baumaterial handeln sollte. Jedenfalls seufzte er: »Immer ich, und Finn kriegt wieder den besseren Wagen.«

Lund kam gerade noch dazu »Was ...?«, zu fragen, da gab Hinfried sein Zeichen.

Neppi flüsterte: »Jetzt musst du auf die Elfe aufpassen, Anweisung von Finn.«

Dann rannte auch er los, Savall versuchte noch, ihn am Hemd zu packen und aufzuhalten, doch Neppi riss sich los und krabbelte hinter dem letzten Mann unter den Berg aus grünem Schlick. Savall schlug der Länge nach hin und fluchte leise: »Verdammt, Rumbolt wird mich umbringen, weil die mir entwischt sind.«

Still sahen die restlichen Männer zu, wie die Mäuse den Wagen um die Kurve zogen, bis er aus ihrem Blickfeld verschwunden war, dann zogen sie sich mit dem niedergeschlagenen Savall wieder in die sicheren Bereiche des Gestrüpps zurück.

So waren die drei Freunde zum ersten Mal auf dieser Reise voneinander getrennt und auf sich allein gestellt.

# Das Reich der Maluk

## 1

Als Finn losrannte, war ihm klar, dass Rumbolt es ihm sehr übel nehmen würde. Doch er konnte nicht anders. Das war sein Weg, und er würde ihn bis zum Ende gehen, das hatte er sich vorgenommen. Noch während er auf den Wagen zurannte, auf dessen Ladefläche gerade der Fuß des letzten Kleinlings aus Rumbolts Gruppe verschwand, hörte er in seinem Kopf die Stimme der Elfe: »Nein, Finn, tu das nicht. Es ist zu gefährlich. Ich will dich nicht verlieren ... Ich liebe dich.«

Es war, als wären sie wieder verbunden, wie bei ihrer Reise durch seine Erinnerungen.

»Ich muss, es tut mir Leid«, schickte er ihr zurück und: »Pass gut auf dich auf. Ich liebe dich auch und komme zurück.«

Am liebsten hätte er ihr noch viel mehr gesagt, aber da war er schon an der Ladefläche und zog sich so leise er konnte daran hinauf, die Elfe hörte er nicht mehr, der Kontakt war abgebrochen. Finn kam nicht dazu, einen Blick zurückzuwerfen, kaum war er auf der Ladefläche, packten ihn starke Arme und zerrten ihn hinter eine der Kisten. Dort wurde er unsanft in eine Ecke gezwängt und mit der Plane bedeckt, unter der sich Rumbolt und Rotbart verbargen. Ein Blick in Rumbolts wütendes Gesicht sagte Finn alles, vor allem, was er zu erwarten hatte, sobald der alte Jäger wieder gefahrlos sprechen und vor allem brüllen konnte. Da sie aber leise sein mussten, funkelte Rubolt ihn nur wütend an, und Finn versuchte, mucksmäuschenstill zu sein und sich möglichst nicht zu bewegen. Jedes Rascheln der Plane würde sie verraten. Vor Aufregung konnte Finn kaum ruhig atmen und hatte Angst zu zittern. Hinzukam, dass Selina ihm gerade gesagt hatte, dass sie ihn liebte. Finn hatte das Gefühl, sein Herz würde singen und seine Füße würden am liebsten tanzen. Keine guten Voraussetzungen, um still zu sitzen.

Zunächst rumpelte der Karren zügig auf die Malukfestung zu, dann stoppte er und es passierte eine ganze Weile gar nichts. Sie standen im Stau vor dem Eingang, und da er seit ihrer Beobachtung sicher noch länger geworden war, konnten sie sich auf eine nervenzerreißende Wartezeit einstellen. Unter der Plane wurde es mit jeder Minute, die sie ausharren mussten, stickiger. Aber keiner wagte es, sie anzuheben, um frische Luft einzulassen, weil direkt hinter ihnen das nächste Gefährt stand und dessen Kutscher blickte genau auf die Ladefläche seines Vordermannes. Natürlich waren die hier Wartenden allesamt sicher keine Freunde der Maluk, da sie vermutlich auch von ihnen erpresst wurden, trotzdem konnte man nie wissen, wie sie reagierten, wenn sie auf dem Wagen vor sich plötzlich Fremde entdeckten. Ein überraschter Aufschrei würde wohl schon genügen, um die Wächter zu alarmieren.

Ihr Gefährt bewegte sich schleppend mal wieder einen Meter vorwärts, und sie hörten ihren unfreiwilligen Kutscher in einer fremden Sprache Worte murmeln, die wie Flüche klangen. Finn versuchte, ruhig zu atmen und nicht zu keuchen, obwohl die Luft langsam knapp wurde. Der Schweiß rann ihm vom Gesicht und tropfte auf das dunkle Holz. In seine Ecke gezwängt fühlte er Panik in sich aufsteigen, das ungute Gefühl, das enge Gänge schon immer bei ihm verursacht hatten, nur tausendmal schlimmer. Er befürchtete, nie mehr lebend unter dieser Plane hervorzukommen, er würde irgendwann ohnmächtig werden und ersticken. Der Drang aufzuspringen und die Plane abzuwerfen war so stark, dass Finn seine Hände ineinander krallte, um sich unter Kontrolle zu behalten. Er wollte hier raus, er musste hier raus, wenn er überleben wollte, sagte ihm sein Gefühl, aber sein Verstand wusste, dass wenn er sich verriet, keiner von ihnen überleben würde. Noch behielt sein Verstand die Oberhand, und er konzentrierte sich darauf, nur flach zu atmen.

Der Wagen rollte langsam vorwärts und sie hörten jetzt abgehackte hässliche Wortfetzen, die sie nicht verstanden, aber die wegen ihres befehlsgewohnten Tones sicher von den Wächtern der Maluk stammten. Es schien, dass sie gerade den Wagen vor ihnen kontrollierten. Finn riss sich zusammen. Er würde nicht mehr lange in dieser Enge ausharren müssen. Wieder fuhr ihr Wagen ein Stück vor. Jetzt waren die barschen Stimmen ganz nah. Sie redeten auf den Kutscher ein, der erst in seiner eigenen Sprache antwortete und dann ein paar Worte in der abgehackten Sprache der Maluk sagte. Die Kleinlinge hielten den Atem an. Finn, dem langsam schwarz vor Augen wurde, sah verschwommen die gezogenen Messer Rumbolts und Rotbarts, mit denen sie sich verteidigen würden, falls die Wächter den Wagen genau kontrollierten. Finn war sich sicher, dass er nicht mal weglaufen könnte, schon jetzt übermannte ihn eine fast unglaubliche Müdigkeit. Obwohl er schreckliche Angst hatte, dass sie entdeckt würden, konnte er die Augen kaum offenhalten. Die Luft schien mittlerweile aus dicker Watte zu bestehen, und es war anstrengend, sie überhaupt noch in die Lungen zu ziehen. Ihr Kutscher murmelte jetzt wieder in seiner eigenen Sprache vor sich hin, die Wächter diskutierten etwas entfernt miteinander, dann riefen sie ihm etwas zu und das Baumrindenwesen ließ sein Eichhörnchen laufen. Urplötzlich wurde es dunkel um sie und das Geräusch der knirschenden Wagenräder hallte von den Wänden wieder.

Sie waren in der Burg der Maluk.

Rumbolt wartete noch etwas ab, aber als alles um sie herum still blieb, hob er vorsichtig die Plane an. Der Luftzug, der hereinströmte, war so frisch und kühl, dass Finn fast geseufzt hätte vor Genuss. Er sog die Luft gierig ein und spürte, wie er sofort wieder wach wurde. Seine Lebensgeister regten sich, und er sah sich neugierig um. Es war jedoch zu dunkel, um irgendetwas zu erkennen. Nach einigen Metern hing eine spärlich leuchtende Laterne an der Wand, so dass sie zumindest sehen konnten, dass sie durch einen riesigen Tunnel fuhren, gegen den die Gänge in Mommenheim Wurmlöcher waren. Er war so breit, dass zwei Wagen nebeneinander fahren konnten. Auf der rechten Seite fuhren die vollen Wagen rein, auf der linken die leeren wieder raus. Vor und hinter ihnen war im Moment kein Wagen, und deshalb winkte Rumbolt sie schnell zum Abspringen.

Leise krochen sie aus ihren Verstecken und ließen sich von der Ladefläche gleiten. Sie schlichen geduckt zur dunklen Seite der Wand, an der keine Laterne hing und sahen sich um. Langsam gewöhnten sich ihre Augen an das Dunkel, und sie konnten trotz der fehlenden Beleuchtung gut sehen. Alle Wände waren aus der gleichen roten Erde wie auch das Äußere der Festung. Der Boden war sandig und weich. Die rote Erde stob immer ein bisschen auf, wenn man sich bewegte und legte sich schnell auf Stiefel und Hosen. Ohne dass es großer Verständigung bedurfte, packten die Männer die rote Erde und schmierten sich Kleider, Gesichter und Haare damit ein. Finn machte es ihnen nach. Die Erde fühlte sich viel feiner an als Sand, fast schien es Staub zu sein. Als er in das rote Gesicht von Rumbolt blickte, musste er grinsen, und zu seiner Freude grinste dieser zurück, dann winkte er ihnen ihm zu folgen. Sie schlichen an der Wand entlang, geduckt und schnell wie rote Schatten. Finn war so angespannt, dass er das Gefühl hatte, nur noch aus Sinnen und Nerven zu bestehen. Er hörte jedes noch so leise Geräusch, wie es vielfach von den Wänden widerhallte. Seine Augen durchdrangen das Dunkel und nahmen jeden noch so unbedeutenden Schatten wahr, und seine Nase störte sich an dem unangenehm feuchten, fast moderigen Geruch, der in den Gängen hing. Vor ihnen hörten sie jetzt Stimmen, und Rumbolt verlangsamte das Tempo. Der Wagenweg, dem sie folgten, mündete vor ihnen in eine große Höhle. Langsam pirschten sie sich an den Eingang heran. Die Stimmen wurden jetzt deutlicher. Eine davon erkannte Finn als die des Baumwesens, ihres unfreiwilligen Kutschers. Er schien sich mit zumindest zweien der Maluk zu streiten, aber es konnten auch mehr sein, ihre Stimmen halten laut durch die Höhle. Die Männer blieben am Eingang stehen und spähten vorsichtig hinein.

Finn konnte nur noch staunen. Er hatte nicht erwartet, dass es möglich wäre, so riesige Höhlen zu bauen. Das Zentrum in Mommenheim war nicht einmal halb so groß. Überall in der Höhle stapelten sich Waren in Kisten, Flaschen, Truhen, Beuteln und Krügen. Finn war sich sicher, dass es hier alles gab, was man sich nur vorstellen konnte. Die Stapel reichten teilweise bis zur Decke. Er dachte, dass das Erpressergeschäft sehr einträglich sein musste.

In die Höhle mündeten viele Tunnel. Die meisten davon waren kleiner als der, durch den sie hereingekommen waren. Durch diese Tunnel liefen geschäftige Maluk mit Schubkarren und kleinen Wagen, luden die Waren auf und transportierten sie ab. Es war das erste Mal, dass Finn die Maluk ohne Maskierung sah, und er war froh, dass es so dunkel war. Was er schemenhaft erkennen konnte, reichte ihm. Ihre Augen leuchteten tatsächlich rot in der Dunkelheit und ihre kahlen flachen Schädel sahen so unnatürlich aus, dass Finn schauderte. Doch das Schlimmste waren wirklich diese riesigen Mäuler mit den spitzen Zähnen, die sie beim Sprechen zeigten. Finn hatte wieder das Bild von der klaffenden Wunde in Amos Schulter vor Augen. Er konnte sich gut vorstellen, wie es sich anfühlen würde, wenn diese Zähne ihm ein Stück Fleisch aus dem Körper rissen.

Umso mehr bewunderte er den Mut des kleinen Baumwesens. Es stand in der Mitte der Höhle neben seinem Karren, der gerade von mehreren Maluk abgeladen wurde, und diskutierte lautstark mit zwei Wächtern in roten Uniformen. Teilweise benutzte es seine eigene Sprache, teilweise die der Maluk. Die Kleinlinge verstanden nichts, aber nach seinen Gebärden zu schließen, wollte es mitteilen, dass dies die letzte Lieferung gewesen sei, und dass es jetzt Gegenleistungen von den Maluk erwartete. Der Streit wurde immer heftiger, aber Rumbolt wollte nicht das Ende abwarten. Er schlich sich vorsichtig an der Wand entlang in die Höhle, die anderen folgten ihm langsam. Er kroch zum ersten kleinen Tunnel auf der rechten Seite der Höhle, dort war bis jetzt kein Maluk mit Schubkarre herausgekommen. Das Baumwesen schrie jetzt immer lauter ein Wort, das wie ein Name klang: »Marla, Marla.«

Finn vermutete, dass die arme Marla ebenfalls ein Entführungsopfer der Maluk war. Den Wächtern wurde der kleine Schreihals jetzt zuviel, sie packten ihn mit ihren riesigen

Krallenhänden und wollten ihn zurück auf seinen Kutschbock setzen. Sein Wagen war abgeladen und nun wollte man ihn schnellstens loswerden. Zudem wurde sein Zugtier, das Eichhörnchen, langsam unruhig und sprang nervös hin und her, wobei es Krüge und Kisten umstieß. Das Baumwesen schien jedoch stärker zu sein, als die Maluk erwartet hatten, es zappelte, trat um sich und entwand sich schließlich ihrem Griff. Dann rannte es um seinen Karren herum und die Maluk hinterher. Dabei brüllte das Wesen laut den Namen Marla. Finn dankte dem mutigen kleinen Kerl. Der Tumult, den er auslöste, war genau das, was die Kleinlinge brauchten, um ungesehen in den kleinen Tunnel zu gelangen. Als sie den Gang erreichten, versuchten die Wächter gerade das Baumwesen mitsamt seinem Karren aus der Höhle zu schieben. Das Eichhörnchen, jetzt völlig verwirrt, machte wilde Sprünge und stieß sogar zwei Wächter um, worüber das Baumwesen jubelte.

Die Kleinlinge liefen schnell in den kleinen Tunnel, in dem es stockfinster war und tasteten sich vorsichtig an der Wand entlang. Der Gang führte steil bergab und der feuchte, moderige Geruch wurde mit jedem Schritt stärker. Zudem schienen die Geräusche immer dumpfer zu werden. Das Geschrei aus der Höhle hinter ihnen wurde zunehmend leiser und verschwand bald ganz. Stattdessen vernahmen sie überall in den Wänden Fußgetrappel. Manchmal war es so nah, dass sie dachten, es müsste aus ihrem Gang kommen und sich flach auf den Boden warfen, aber sie sahen niemanden. Anscheind war dieser Tunnel sehr alt; er war ziemlich klein, steil, etwas uneben und an vielen Stellen traten sie in Wasserpfützen. Finn konnte kaum fassen, was sie bis jetzt für Glück gehabt hatten und hoffte, dass es Hinfried und seinen Männern genauso gut erging.

Der Tunnel schien fast endlos weiter in die Tiefe zu führen. Rumbolt flüsterte, dass sie sich bereits viele Meter unter der Erde befinden mussten. Finn fand den Gedanken, so viel Erde über sich zu haben, nicht gerade beruhigend. Es gab keinen Platz in Mommenheim, der so tief lag, nicht einmal die

Schächte. Er wagte aber nicht sein Unbehagen zu äußern, eigentlich sollte er ja nicht hier sein, da konnte er jetzt schlecht anfangen zu jammern. Immer weiter ging es im Finstern. Finn sah mittlerweile gar nicht mehr auf. Umso überraschter war er, als Rotbart zischte: »Da vorn, ein schwaches Licht.«

Finn lugte neugierig nach vorne und sah ein schwaches Leuchten in einiger Entfernung.

»Da muss der Tunnel enden«, meinte Rumbolt, »bin gespannt, was wir vorfinden. Äußerste Vorsicht, Männer!«

Sie pirschten sich jetzt wieder schweigend an der Wand entlang langsam auf das Licht zu. Je näher sie kamen, desto deutlicher sahen sie, dass ihr Gang dort vorn in einen größeren und beleuchteten mündete. Sie hörten wieder Schritte und Stimmen und warfen sich flach auf den Boden. Vor dem jetzt gut sichtbaren Tunnelende lief eine Gruppe von etwa acht Malukwächtern im Gleichschritt vorbei. Finn hielt den Atem an, aber keiner der Vorbeimarschierenden warf einen Blick in ihren Tunnel. Die Kleinlinge warteten still und unbeweglich, bis die Schritte verklungen waren, dann robbten sie sich an das Tunnelende heran. Rumbolt lugte vorsichtig aus ihrem Gang heraus und sah sich nach beiden Seiten um, dann kam er zurück ins Dunkel und flüsterte: »Ein langer breiter Gang und etwas beleuchtet. Muss ein viel genutzter Hauptweg sein. Gar nicht gut für uns, aber zurück können wir auch nicht mehr. Schlage vor, wir benutzen ihn, solange wir müssen und verlassen ihn bei der ersten Möglichkeit.«

Die Männer nickten stumm und erhoben sich, Finn spürte sein vor Angst pochendes Herz bis in seine Kehle. Aber es half nichts, sie mussten weiter. Rumbolt spähte noch einmal nach links und rechts und horchte eine Weile, dann winkte er ihnen und trat auf den großen Gang hinaus. Die anderen folgten ihm zügig. Finn, der als Letzter ging, hatte das ungute Gefühl, von überall her beobachtet zu werden, sobald er vom Dunklen in das spärliche Licht trat. Er blickte den breiten Gang auf und ab, aber er sah niemanden. Schnell lief er hinter den Männern her, die zügigen Schrittes dem Tunnel weiter in die Tiefe folgten.

# 2

Neppi fluchte innerlich und hasste sich dafür, dass er unbedingt Finn hatte hinterher rennen müssen und jetzt mit den anderen Männern aus Hinfrieds Gruppe unter diesem stinkenden, grünen Algenzeug lag, das die Froschwesen auf ihrem Karren zur Burg der Maluk transportierten. Es war nass und ihm lief faulig riechendes Wasser über das Gesicht und in die Kleider. Das Schlimmste war, dass er sich nicht bewegen durfte, Seetang, der auf und ab hüpfte, würde sicher Aufmerksamkeit erregen. Als der Wagen stoppte, dachte er zuerst, dass sie am Tor angekommen waren und hoffte, sein nasses, schleimiges Gefängnis bald verlassen zu können. Dann aber fuhr der Wagen ein paar Meter vor und stoppte wieder, und Neppi fiel der Stau ein, den sie vor dem Tor des roten Erdhaufens gesehen hatten. Da wurde ihm schlecht und er überlegte, wie lange er es noch in diesem widerlichen Algenhaufen aushalten könne. Das moderige Wasser lief ihm über die Lippen, er presste sie fest zusammen, damit bloß kein Tropfen davon in seinen Mund kam. Er fürchtete, dann würde er sich einfach übergeben müssen und würgender Seetang konnte den Maluk nicht verborgen bleiben. Daher riss er sich zusammen, doch der faulig nasse Geruch machte ihn fast wahnsinnig, und er dachte: ›Wenn wir von diesem Karren runterkommen, werden wir so entsetzlich stinken, dass jeder Maluk uns aus drei Tunnellängen Entfernung riechen kann.‹

Unendlich langsam kroch ihr Wagen vorwärts, und es kam Neppi fast wie ein Wunder vor, als er plötzlich die Stimmen der Malukwächter hörte. Sie redeten kurz mit den froschähnlichen Kutschern, die einige Worte in der Sprache der Maluk antworten konnten. Neppi hoffte, dass sie sich beeilen würden, aber zu seiner Verwunderung sprangen ihre Kutscher plötzlich ab und entfernten sich quakend von dem Wagen.

›Was geht hier vor‹, dachte Neppi, da wackelte der Wagen plötzlich, als zwei schwere Gestalten auf den Kutschbock sprangen und eine dritte zu ihnen auf die Ladefläche. Auf malukisch wurde etwas gerufen und eine Peitsche knallte, dann schoss der Wagen plötzlich vorwärts und es wurde dunkel um sie. Die Stimmen der Maluk, die sich während der wilden Fahrt ständig unterhielten, hallten von den Höhlenwänden wider, und es erschien Neppi, als wären mindestens zehn der grässlichen Wesen mit ihnen unterwegs und nicht nur drei. Er wagte kaum noch zu atmen, immerhin stand oder saß eines dieser Ungeheuer direkt neben ihnen auf der Ladefläche. Er hoffte nur, dass ihre Feinde das widerliche Algenzeug ebenso scheußlich fanden wie er und ihm nicht zu nahe kamen. Er konnte die anderen Kleinlinge durch den grünen Schlick nicht sehen, aber er vermutete, dass die Männer mit gezückten Waffen nur darauf warteten, dass ihnen ein Maluk zu nahe kam. Er war angespannt und bereit, jeden Moment zu rennen, als wären hundert Kobolde hinter ihm her, sollten sie entdeckt werden. Die Fahrt ging jedoch scheinbar endlos weiter. Neppi hatte den Eindruck, sie müssten bald die Mitte der Erde erreicht haben, da sie immer nur bergab fuhren, und das in einem Tempo, das wahrhaft halsbrecherisch war. Den Maluk schien es Spaß zu machen, sie grölten und riefen sich in dieser abgehackten harten Sprechweise Sätze zu, die anscheinend lustig waren, ihre Fahrer und der Maluk auf der Ladefläche brachen in ein heiseres Lachen aus. Neppi sträubten sich die Haare bei diesem Geräusch.

Auf einmal verlangsamte der Wagen sein Tempo und rollte fast nur noch schneckenartig vorwärts. Die Maluk sprangen vom Wagen und liefen schwatzend nach vorn. Die Kleinlinge wagten noch immer nicht, sich zu bewegen. Jetzt hörten sie weitere Malukstimmen um sich herum. Neppi stöhnte. Vermutlich hatten sich einige alte Freunde um ihren Karren versammelt, es wurde gescherzt, dröhnend gelacht und durcheinander geredet. Die Neugier fraß Neppi fast auf. Er wollte zu gern wissen, wo sie sich befanden. Neben ihm wurde Hinfried unruhig, Neppi nahm leichte Bewegungen unter dem Seetang wahr. Vorsichtig bewegte er eine Hand vor seinem Gesicht und stieß über seinem Auge ein kleines Loch in den Algenhaufen. Leider sah er nur die Höhlendecke aus roter

Erde. Die Stimmen ihrer Feinde entfernten sich ein wenig, Neppi hörte etwas rascheln und dann eindeutige Kau- und Schmatzlaute.

›Diese Typen machen hier Mittagspause‹, dachte er verzweifelt. ›Dann kann es wohl noch dauern, bis ich aus diesem stinkenden Matsch herauskomme. Wieso immer ich? Finn, Rumbolt und der Rest der ersten Gruppe sind wahrscheinlich schon wieder auf dem Rückweg, während wir hier zuhören müssen, wie diese Maluk sich den Bauch vollschlagen.‹

Vorsichtig drehte er etwas den Kopf und spähte über den Rand ihres Karrens hinweg. Was er sah waren Berge von Kisten und Tonnen mit ähnlichem Schlick wie der, unter dem sie lagen. Jede Menge uralter hölzerner Teller und Schüsseln türmten sich an den Wänden, die meisten davon dreckig, wie Neppi angewidert feststellte.

›Wenn das hier die Küche ist‹, dachte er, ›haben diese Maluk wirklich einen widerlichen Geschmack. Das würde ja bedeuten, dass sie dieses Seetangzeug essen.‹

Neppi rümpfte die Nase, ohne zu ahnen, dass er sich irrte und die Wirklichkeit noch scheußlicher war.

## 3

Lund konnte noch immer nicht fassen, was gerade passiert war, als der Wagen der Froschwesen von den grauen Mäusen um die Kurve und außer Sicht gezogen wurde. Er sah ihm mit offenem Mund nach und war sprachlos. Unzählige Gedanken schossen ihm durch den Kopf. Wie konnten Finn und Neppi nur so verrückt sein? Lunds Ansicht nach hatten beide soeben vor seinen Augen Selbstmord begangen. Verzweifelt hörte er, wie das Quietschen der Räder hinter den Bäumen verklang. Sowohl Neppi als auch Finn waren verloren. Wie konnten sie ihm das antun? Nun war er ganz allein. Hätte die Elfe ihn nicht am Arm gepackt und hinter den anderen hergezogen, wäre er vermutlich am Wegesrand hocken geblieben, bis ihn jemand entdeckt hätte.

Der arme Savall sah genauso verstört aus wie Lund, immerhin waren ihm gerade zwei Mitglieder seiner Gruppe abhanden gekommen. Als sie weit genug vom Weg und der Malukfestung entfernt wieder im Unterholz saßen, beklagte er sich voll Selbstmitleid und unter schlimmstem Stottern über das verantwortungslose Handeln der zwei.

»RRRRumbolt wwwird mir den KKKopf abreißen, wwweil ich sie ververververloren hab«, jammerte er immer wieder.

Selina versuchte, ihn zu beruhigen: »Er wird es verstehen, er kennt doch Finn und Neppi. Und er wird schon auf sie aufpassen.«

Sie sagte es hoffnungsvoll, aber Lund hatte den Eindruck, dass sie sich das einreden musste, ihre Augen waren dunkel und voller Kummer. Lund wollte sie trösten, schließlich hatte er den Auftrag, sich um sie zu kümmern, aber er wusste nicht wie. Mädchen waren so schwierig. Also hielt er lieber den Mund.

»Und was jetzt«, fragte einer der älteren Männer ungeduldig. Er hatte einen kurzen weißen Bart und war noch älter als Rumbolt, seine Arme jedoch waren muskulös und sehnig, und sein Blick verriet Mut und Entschlossenheit. Lund konnte sich nicht erinnern, ihn schon einmal reden gehört zu haben.

Savall riss sich merklich zusammen und hörte augenblicklich auf zu jammern. Er straffte die Schultern und setzte eine nachdenkliche Miene auf. »Ich denke, wir sollten warten«, sagte er schließlich.

Der Alte sah ihn verständnislos an: »Was? Wir sollen einfach nur warten?«

Savall nickte, allerdings schon etwas unsicher. »Wir haben die Aufgabe, die schwächeren Mitglieder unserer Gruppe zu beschützen und abzuwarten, bis die anderen wieder aus der Festung kommen. Hoffentlich mit unserem großen Rat.«

Der Alte spuckte verächtlich neben sich auf den Boden: »Und wer bitte schön, sollen diese schwächeren Mitglieder unserer Gruppe sein, die du beschützen willst?«

Savall war dieses Gespräch sichtlich unangenehm, da alle

ihn jetzt ansahen, murmelte er: »Na, zum Beispiel Selina. Ein Mädchen willst du doch wohl kaum in irgendwelche Kämpfe verwickeln, und Lund ist noch ein Kind.«

Der Alte lachte meckernd: »Dieses Mädchen ist immerhin eine Elfe. Sie hat mehr Magie im kleinen Finger als unser Amos hier im ganzen Körper. Ich denke, sie kann sich im Notfall verteidigen und Lund hat auf dieser Reise mehr als einmal bewiesen, dass er mittlerweile ein Mann geworden ist, stimmt das nicht, Lund?«

Lund wurde rot wegen des unerwarteten Lobes. Er ahnte zwar, dass der Alte etwas vorhatte, was er eigentlich nicht wollte, aber er konnte nicht anders, als zu antworten: »Na ja, also auf mich braucht ihr nicht aufpassen.«

Er bereute seine Worte sofort, als er das hinterlistige Grinsen des Alten sah. Er hatte etwas vor, und Lund hatte ihm gerade dabei geholfen.

»Siehst du«, sagte der Alte triumphierend zu Savall.

Aber dieser wollte noch nicht aufgeben. »Ich habe einen Befehl von Rumbolt. Wir sollten auf die drei Jungen und die Elfe aufpassen, damit ihnen nichts passiert und uns ansonsten versteckt halten, bis die anderen zurückkommen«, sagte er schneidend und ohne zu stottern.

Der alte Jäger lächelte nachsichtig und murmelte: »Ja, wenn sie wieder rauskommen. Ich für meinen Teil denke, wir sollten alles, was wir von hier draußen tun können, um ihnen zu helfen, auch tun und nicht nur Rumsitzen und Däumchen drehen. Wie du siehst, haben sich zwei der Jungen, die du beschützen wolltest, dagegen entschieden, von uns bemuttert zu werden.«

Zu Savalls Unglück nickten die anderen Kleinlinge seiner Gruppe zustimmend und einer sagte: »Wollen wir an diesem großen Tag etwa in die Geschichte eingehen, als die Gruppe, die nichts tat und sich versteckte? Entschuldige, aber ich bin nicht so alt geworden und so lange Jäger gewesen, um am Ende als Feigling da zu stehen.«

Wieder zustimmendes Murmeln. Savall geriet zunehmend in Bedrängnis. Lund verfolgte die Diskussion mit wachsendem Unbehagen. Wie es schien, würde er doch noch zu einem Abenteuer kommen. Er schaute zu Selina, die geistesabwesend auf einem Stein hockte und traurig in den Wald starrte. Sie beteiligte sich nicht am Gespräch. In ihrer Nähe hing Schlomm an einem Baumstamm und versuchte, mit der Zunge eine Fliege zu fangen. Das arme Insekt taumelte im Flug, als Schlomms lange Zunge es an der Seite erwischte. Die Fliege drohte zu fallen, da zielte der Mink genauer und beförderte sie in sein Maul. Danach leckte er sich genüsslich über die Lippen. Lund verzog angewidert das Gesicht. In diesem Moment plumpste neben ihm jemand auf den Waldboden, Lund fuhr erschreckt herum und blickte in das grinsende Gesicht von Amos.

»Lund, mein Freund«, flüsterte der Magische, »ich glaube, wir sind die einzigen Kleinlinge hier, die noch Verstand besitzen. Wir sollten zusammenhalten.«

Lund sah ihn fragend an und überlegte, seit wann er Amos' Freund war, da plapperte der andere schon weiter: »Aus irgendeinem Grund wollen sie sich alle umbringen. Entweder sind sie dumm oder leichtsinnig oder beides. Ich für meinen Teil will damit nichts zu tun haben, und du doch sicher auch nicht?«

Lund sah ihn weiter überrascht an und wusste nicht, was er sagen sollte. Er mochte Amos nicht, wollte nicht sein Freund sein und schon gar nicht mit ihm gemeinsame Sache machen. Immerhin hatte dieser Kerl in einem Wutanfall versucht, Finn etwas anzutun.

Da Lund weiter schwieg, sah sich der Magische genötigt, stärkere Argumente vorzubringen. Er griff sich plötzlich an sein Hemd, öffnete die obersten Knöpfe und ließ es von seiner Schulter gleiten. Der Anblick ließ Lund entsetzt aufschreien. Quer über Amos Schulter, vom Hals bis zur Hälfte des Oberarmes lief eine lange wulstige Narbe. Man sah, dass einiges an Fleisch fehlte und die Wunde einmal riesig und klaffend gewesen sein musste. Der Kleinlingarzt schien die Haut mit großen Stichen genäht und über dem riesigen Loch in Amos Schulter zusammengezogen zu haben. Der rechte Oberarm war viel dünner als der linke. Amos sah das Entsetzen in Lunds Gesicht und zischte: »Das werden sie deinen Freuden auch antun, vielleicht noch Schlimmeres, aber wir können uns noch retten, du und ich. Wir müssen fliehen, bevor diese Irren Savall überreden, auch da rein zu gehen ...«

Weiter kam er nicht, eine kräftige Hand packte ihn am Kragen und zog ihn von Lund weg. Es war der Alte mit dem kurzen weißen Bart, und er schaute wütend auf den am Boden liegenden Amos. Dieser wimmerte vor Angst: »Lass mich los, Krumhold, du tust mir weh. Au, mein Arm. Du drückst genau auf die Narbe.«

Der Alte grinste: »Es soll dir auch weh tun, Amos. Damit du dir in Zukunft gut überlegst, wen du belästigst. Seit dieser Maluk dich gebissen hat, bist du ein elender Feigling geworden und verrückt noch dazu. Ich meine, es wäre ja schön, wenn man über dich sagen könnte, bevor das passiert ist, warst du ein netter Kerl. Doch leider warst du schon immer ein nichtsnutziger Angeber. Ich konnte dich schon nicht leiden, als du noch ein Kind warst, aber inzwischen bist du zu einer solchen Plage geworden, dass es schier unerträglich ist.«

Er packte den zappelnden Amos noch fester und hievte ihn auf die Beine. »Wenn du so unbedingt abhauen willst, Amos, dann tu es. Niemand wird dich daran hindern, du bist uns sowieso keine Hilfe. Rumbolt wollte deine magischen Fähigkeiten im Kampf gegen diese Maluk einsetzen, deshalb haben wir dich mitgenommen. Wir konnten ja nicht ahnen, dass du so ein elender Feigling bist. Rumbolt dachte, du würdest dich schon damit abfinden und uns helfen, aber du bist nichts als ein Klotz am Bein, deshalb hat er dich hier draußen gelassen.«

»Ihr habt diese Wesen nicht aus solcher Nähe gesehen wie ich, ihr wisst gar nicht, worüber ihr sprecht. Sieh dir meine Narbe gut an, das hat dieses Monster mit nur einem Biss angerichtet«, rief Amos weinerlich.

Krumhold lachte boshaft und zog mit der freien Hand sein Hemd hoch. Lund kriegte große Augen. Die Brust des Alten war übersät mit Narben, ebenso der Rücken.

»Das brauchst du niemandem erzählen, der seit Jahrzehnten Jäger ist, mein Junge«, knurrte Krumhold, »und jetzt verschwinde, du Nervensäge.«

Er gab Amos einen Stoß, so dass dieser einige Meter weit flog und stolpernd zu Boden fiel. Mit gequältem Gesichtsausdruck rappelte er sich auf und sah Krumhold überrascht an.

»Wo soll ich denn hingehen?«, jammerte er verständnislos. Krumhold verschränkte die Arme vor der Brust und machte ein fragendes Gesicht.

»Keine Ahnung, wohin auch immer du willst. Du hast doch die ganze Zeit versucht abzuhauen. Bitte, jetzt kannst du gehen, niemand hält dich auf. Ich weiß sowieso nicht, warum Rumbolt dich so lange mitgeschleppt hat. Er ist einfach zu gutmütig, dieser Kleinling. Ich wäre dich schon längst losgeworden an seiner Stelle.«

Amos schien völlig verstört. Die ganze Zeit hatte er alles getan, um seine Freiheit zu erlangen und jetzt, als man sie ihm anbot, konnte er nichts damit anfangen. Lund traute seinen Augen nicht, als der Magische plötzlich auf die Knie fiel und flehte: »Nein, bitte Krumhold, lasst mich nicht allein hier im Wald. Wo soll ich hin? Ich finde nie allein den Weg nach Hause. Und was ist, wenn ich Kobolde treffe. Nur mit Magie werde ich mich nicht retten können. Außerdem ist dieser Teil des Waldes besonders gefährlich. Bitte lasst mich bleiben.«

Krumhold blickte in den Wald und antwortete zunächst nicht. Amos, der noch immer auf den Knien herumkroch und erbärmlich aussah, tat Lund inzwischen fast Leid. Endlich sagte Krumhold: »Nun, wenn das dein Wunsch ist. Ich hatte bisher den Eindruck, du wolltest uns verlassen, aber wenn dem nicht so ist, dann kannst du von mir aus bleiben.«

Amos fiel ein Stein vom Herzen, er sprang auf und dankte Krumhold, doch dieser brummte nur mürrisch: »Aber vergiss nicht, du stehst ab jetzt auf unserer Seite, und ich erwarte von dir vollkommene Loyalität und dass du dich nützlich machst. Du warst lange genug Ballast für uns, jetzt wird es Zeit, dass du uns hilfst. Ich denke, deine magischen Fähigkeiten werden noch Verwendung finden, auch wenn sie sehr dürftig sind.«

Amos nickte eifrig, und Lund musste fast lachen. Immerhin hatte er noch vor wenigen Minuten versucht, Lund zur Flucht zu überreden. Krumhold war wirklich schlau. Er hatte es in kürzester Zeit geschafft, Amos zu einem Teil der Gruppe zu machen, und das obwohl er sich seit Beginn der Reise dagegen sträubte. Lund fragte sich, warum Krumhold bis jetzt immer so still gewesen war. Immerhin waren sie schon lange zusammen unterwegs. ›Vielleicht mischt er sich nicht ein, wenn Rumbolt uns anführt‹, dachte Lund. Vor Rumbolt hat er vielleicht Respekt, vor Savall aber eindeutig nicht.

Krumhold und die anderen Alten hatten jetzt so lange auf Savall eingeredet, dass dieser nachgab. Stotternd erklärte er:»Also gggut, wenn ihr es alle wwwünscht, dann lllasst uns nachdenken, was wir von hier dddraußen tun können, um den anderen zu hhhelfen.«

## 4.

Sie liefen schon lange den breiten Gang hinunter, ohne dass sich eine Möglichkeit ergeben hätte, ihn zu verlassen. Finn rechnete jeden Moment damit, auf ein Rudel Maluk zu treffen. Auch die anderen wirkten nervös. Rumbolt lief mit gezücktem Messer voraus und schien bereit, sich auf alles zu stürzen, was ihm in die Quere kam. Die anderen Männer nahmen Finn in die Mitte und Rotbart bildete den Schluss. Immer tiefer gerieten sie in das Reich der Maluk. Der Tunnel wand sich in vielen Kurven steil bergab.

Als Finn sich gerade fragte, wie tief sie wohl inzwischen waren, liefen sie um eine weitere Biegung und der Tunnel wurde plötzlich ebenerdig und mündete in einer großen, fast leeren Höhle. Nur in einer Ecke standen eine Schubkarre und viele gestapelte Holzschüsseln, daneben ein paar Stühle und ein Tisch aus Holz. Daran saßen zwei Malukwächter in rotschwarzen Uniformen. Der eine hatte den Kopf auf den Tisch gelegt und schnarchte, der andere saß mit dem Rücken zu ihnen und trank etwas aus einem großen Holzkrug. Auf der anderen Seite der Höhle war ein Holztor mit merkwürdig vielen Schlössern.

Die Kleinlinge kauerten sich an die Wand und spähten in die Höhle. Rumbolt gab lautlose Zeichen und löste einen Holzknüppel von seinem Gürtel. Finn ahnte, was er vorhatte und blieb diesmal brav, wo er war, als Rumbolt ihm einen strengen Blick zuwarf. Dann sah er, wie die Männer sich leise wie Mäuse in die Höhle schlichen. Der Maluk, der ihnen den Rücken zukehrte, merkte zunächst nichts. Erst als Rumbolt bis auf einen Schritt an ihn herangetreten war, drehte er sich plötzlich um. Überrascht fuhr er auf und öffnete den Mund zu einem Schrei. Doch bevor der Laut herauskam, sauste Rumbolts Holzkeule auf seinen Kopf nieder. Mit einem leisen Seufzer verdrehte der Maluk die Augen und rutschte von seinem Stuhl. Das Geräusch weckte den zweiten auf, aber bevor der seine kleinen Äuglein weit genug geöffnet hatte, um die Gefahr zu erkennen, schickte Rotbart ihn mit einem Schlag in den Nacken zurück ins Reich der Träume. Während die anderen Männer die bewusstlosen Maluk fesselten und knebelten, durchsuchte Rumbolt ihre Taschen und wurde fündig. Triumphierend hielt er ein Schlüsselbund in die Höhe.

Jetzt betrat auch Finn die Höhle und ging zusammen mit Rumbolt zu dem großen Tor. Von den beiden Maluk hielt er Abstand, diese Wesen waren ihm auch bewusstlos noch unheimlich. Rumbolt besah sich die Schlösser und fand bald die richtigen Schlüssel. Er ließ seine Männer Stellung neben der Tür beziehen, schob Finn in den Hintergrund und steckte dann den ersten Schlüssel ins Schloss. Alle waren gespannt, da sie nicht wussten, was sie hinter der Tür erwartete. Rumbolt öffnete erst das oberste Schloss, dann das unterste, und danach steckte er den letzten Schlüssel in das mittlere Schloss. Er drehte ihn dreimal herum und jedes Mal gab es ein metallisches Klicken. Finn hielt den Atem an. Bei der vierten Umdrehung sprang die Tür plötzlich auf. Die Kleinlingmänner standen zum Sprung bereit mit gezückten Waffen vor dem aufschwingenden Tor und starrten gebannt in die Düsternis dahinter. Ein langer breiter Gang, der nur sehr spärlich von

Fackeln beleuchtet wurde, lag vor ihnen. An den Seiten rechts und links befanden sich in engen Abständen kleine vergitterte Zellen. Als die Kleinlinge den Gang betraten, erschienen plötzlich dutzende Augenpaare hinter den Gitterstäben. Wesen, wie Finn sie noch nie gesehen hatte, drängten sich nach vorn, um die Neuankömmlinge misstrauisch anzustarren.

Rumbolt flüsterte glücklich: »Ich glaube, wir haben das Verlies gefunden. Rotbart, bring die beiden Maluk von draußen hier rein und schließ das Tor hinter uns. Es muss ja nicht gleich jeder sehen, dass wir hier sind.«

Rotbart nickte und verschwand. Rumbolt, Finn und die anderen gingen an den Zellen entlang und spähten hinein, auf der Suche nach dem großen Rat. Rumbolt lief zügig voran und ließ sich nicht durch die vielsprachigen Rufe ablenken, die jetzt aus den Gefängnissen drangen. Finn hingegen war entsetzt von dem, was er sah, und blieb immer wieder stehen. Viele der Wesen versteckten sich in ihren Zellen, wenn er an die Gitterstäbe trat, aber andere streckten auch die Hände nach ihm aus und flehten um Hilfe. Auch ohne ihre Sprachen zu kennen, verstand er sie.

»Rumbolt, gib mir den Schlüssel«, rief er. »Wir müssen diese Leute befreien.«

Rumbolt, der den Gang schon halb hinunter war, drehte sich um und meinte: »Erst müssen wir unseren Rat finden, deshalb sind wir hier. Wenn wir jetzt anfangen, alle diese Leute zu befreien, werden sie soviel Aufmerksamkeit erregen, dass wir gefangen werden, bevor wir den Rat überhaupt gesehen haben. Vielleicht sind unsere Freunde gar nicht hier. Es könnte mehrere Gefängnisse in diesem riesigen Höhlenlabyrinth geben.«

Finn sah ein, dass Rumbolt wie meistens Recht hatte, aber sein Herz sagte ihm, dass es falsch war, so zu handeln. Da sah er in der nächsten Zelle ein kleines Hutzelmännchen, das aussah wie das Baumwesen auf dessen Wagen sie mitgefahren waren. Nur trug dieses hier ein Kleid.

»Marla«, flüsterte Finn. Das Baumwesen, das bis jetzt zusammengesunken auf dem Boden gekauert hatte, hob den

Kopf und sah ihn überrascht an, dann sprang es an die Gitterstäbe und begann in seiner verwirrenden Sprache auf Finn einzureden.

Verzweifelt wandte Finn sich an Rumbolt: »Rumbolt, das hier ist Marla, die Frau, die unser Kutscher gesucht hat. Wir müssen sie befreien.«

Rumbolt war inzwischen mit seinen Männern fast am Ende des Ganges angelangt. Er drehte sich um und wollte Finn antworten, da ertönte ein Ruf aus einer der letzten Zellen: »Rumbolt, bist du es?«

Der alte Kleinling fuhr herum und rannte den Gang hinunter. Finn warf noch einen bedauernden Blick auf das schrumpelige Baumfräulein, dann lief er so schnell er konnte den anderen hinterher, auch er hatte die Stimme erkannt. Als er bei Rumbolt und den Männern ankam, machte sich der alte Jäger bereits mit dem Schlüssel an der Zellentür zu schaffen. Drinnen stand Luselda, verdreckt, blass, aber so schön wie Finn sie in Erinnerung hatte. Hinter ihr im Dunkeln konnte Finn einige liegende und viele stehende Gestalten erkennen. Die rothaarige Magierin winkte nach hinten und rief: »Ich hab es euch doch gesagt, wenn es einer schafft, dann Rumbolt. Kommt nach vorn, Freunde, wir sind gerettet.«

Aus dem Dunkeln traten mehrere Kleinlinge. Finn erkannte die beiden Magischen, die außer Luselda und Amos noch zum Rat gehörten.

Das Gesicht des Mädchens Androme konnte er nicht sehen, weil die obere Hälfte unter einer ledernen Haube steckte, die mit Eisenketten an ihrem Hals befestigt war. Sie tat Finn schrecklich Leid. Dem Magier Marab waren die Hände mit Ketten aufeinander gebunden, deshalb nickte er zur Begrüßung nur mit dem Kopf. Danach schleppte sich Amandos, eines der älteren Ratsmitglieder, auf Krücken aus Holzstöcken nach vorn. Alle sahen abgemagert aus und wirkten wie am Ende ihrer Kräfte, doch sie lächelten. Dahinter erschienen auf einmal weitere Kleinlinge. Männer mit langen Bärten, aber noch relativ jung. Finn hatte sie noch nie zuvor gesehen. Neben ihm fiel Rumbolt der Schlüssel aus der Hand. Er starrte auf die Gruppe von etwa zehn Männern, die jetzt aus dem Dunkel der Wandnische kamen.

»Seid ihr es wirklich?«, fragte Rumbolt entgeistert. Auch Rotbart stand der Mund offen, er konnte nichts sagen.

»Wir sind es, Rumbolt, du kannst es ruhig glauben«, antwortete lächelnd der Vorderste der fremden Kleinlinge. Rumbolt konnte es nicht fassen. Er schüttelte nur immer wieder den Kopf und murmelte: »Das kann nicht sein, das kann nicht sein. Oh, Alfons, das kann doch nicht sein.«

Zu Finns Verwunderung rannen dem alten Jäger jetzt Tränen über die faltigen Wangen. Er streckte seine Arme aus und zog den fremden Kleinling, den er Alfons genannt hatte, an sich. Auch die übrigen Fremden kamen jetzt an das Gitter und umarmten die draußen Stehenden. Es wurde gejubelt und vor Freude geweint. Nur Finn stand abseits und wusste nicht so recht, wie ihm geschah. Wer waren diese Fremden? Auf einmal gesellte sich Luselda zu ihm.

»Na, mein tapferer kleiner Finn. Ich kann kaum glauben, dass ihr es tatsächlich bis hierher geschafft habt. Ich danke euch. Und ich hoffe, es ist nicht zu spät«, in ihren Augen schwamm wieder jener kummervolle Ausdruck, den Finn schon aus seinen Träumen von ihr kannte.

»Wieso zu spät?«, fragte er alarmiert.

Luselda deutete hinter sich ins Dunkel und flüsterte traurig: »Der alte Heronimus. Er hat die anstrengende Reise nicht gut verkraftet. Er kann nicht aufstehen und schläft eigentlich seit wir hier sind. Ich mache mir große Sorgen um ihn.«

Erst jetzt fiel Finn auf, dass der alte Heronimus fehlte, und er schämte sich etwas. Die fremden Kleinlinge hatten ihn so durcheinander gebracht, dass er sich nicht gewundert hatte, dass nur einer der alten Ratsmitglieder am Gitter erschienen war. Schnell hob er den Schlüsselbund auf, der Rumbolt entfallen war und suchte nach dem richtigen Schlüssel für die Zellentür. Die Männer hatten sich inzwischen wieder beruhigt und die Eingesperrten drängten Finn zur Eile. Endlich fand er den passenden Schlüssel, drehte ihn herum und die Eisentür sprang auf. Überall in den Zellen, riefen jetzt andere um Hilfe.

Rumbolt nahm den Schlüssel wieder an sich und bedeutete ihnen, still zu sein, damit sie nicht die Maluk anlockten. Viele verstanden ihn jedoch nicht oder wollten so dringend hinaus, dass sie nicht still sein konnten. Die befreiten Kleinlinge drängten aus ihrer Zelle. Rumbolt entfernte mit den Schlüsseln die Ketten der beiden Magischen. Sie waren erleichtert, sie endlich los zu sein. Androme blinzelte mit den Augen, das plötzliche Licht blendete sie. Marab streckte und drehte die Handgelenke. Hinter ihnen kamen zwei Männer aus der Gefängniszelle, die eine Bahre trugen mit dem alten Heronimus. Finn erschrak, als sie ihn aus der Zelle ins Licht der Fackeln trugen. Sein Gesicht war eingefallen, sein Haar hing in fettigen weißen Strähnen herunter und seine Arme und Hände waren dünn wie Grashalme. Er öffnete nicht einmal die Augen. Als Rumbolt seinen Freund so sah, wurde sein Gesicht grimmig vor Wut.

»Was haben diese elenden Monster ihm angetan, Luselda?«, zischte er zornig.

Die Magische schüttelte traurig den Kopf: »Sie haben ihm nichts angetan, das war gar nicht nötig. Er ist sehr alt, und die Reise war schon für uns Junge sehr anstrengend. Ihn haben einfach die Kräfte verlassen.«

Rumbolt blickte immer noch grimmig, da legte Alfons ihm einen Arm um die Schulter und meinte sanft: »Wir müssen hier verschwinden, so schnell es geht. Bald kommen sie und bringen das Essen, wenn wir dann noch hier sind, war alles umsonst.«

Rumbolt nickte, dann warf er einen verstohlenen Blick auf Finn und flüsterte Alfons etwas ins Ohr. Dieser bekam daraufhin große Augen und musterte den Kleinlingjungen neugierig. Finn fragte sich, was die beiden über ihn zu flüstern hatten. Sie unterhielten sich so leise, dass Finn nichts verstehen konnte und trieben dann plötzlich hektisch zum Aufbruch. Vorbei an den bettelnden eingesperrten Wesen rannten sie auf das Tor zu. Finn brach es das Herz, sie hier zu lassen. Er sah in die verzweifelten Augen und wollte helfen. Er hielt es für seine Pflicht, zu helfen, aber Rumbolt hatte den Schlüssel, und er wusste, dass dieser ihrer aller Leben nicht aufs Spiel setzen würde, um die anderen Gefangenen zu retten. Es würde zu lange dauern, alle Zellen zu öffnen und eine so große Gruppe konnte nicht unbemerkt aus dieser Festung entkommen. Finn versuchte, nicht mehr zur Seite zu blicken und die bittenden Rufe zu überhören. Er war froh, als sie am Tor ankamen. Daneben lagen noch immer die Malukwächter, die inzwischen aufgewacht waren und wütend an ihren Fesseln zerrten.

Rumbolt ging als erster zum Tor und öffnete es einen Spalt, um hinauszuspähen. Da flog die Tür mit Gewalt auf und schleuderte den alten Jäger zu Boden. Durch das Tor drang ein ganzes Bataillon von Malukwächtern, bewaffnet mit schwarzen Schwertern und Spießen. Sie mussten bereits hinter der Tür gelauert haben und stürzten sich jetzt mit lautem Gebrüll auf die überraschten Kleinlinge. Diese waren völlig überrumpelt, gingen aber sofort zu einem Gegenangriff über und konnten so zumindest die Wucht des Ansturmes mildern.

Rumbolt rappelte sich schnell wieder auf, obwohl sein Gesicht blutüberströmt war. Die Wucht des Tores hatte ihm die Nase gebrochen. Davon ließ sich der alte Jäger jedoch nicht aufhalten. Mit einem Wutschrei und seinem Schwert in der rechten, den Holzknüppel in der linken Hand stürzte er sich auf die Feinde, die von Rotbart und zwei anderen Männern daran gehindert wurden, durch das Tor ins Verlies zu stürmen. Die Kleinlinge waren zwar in der Unterzahl, draußen zählte Finn noch etwa dreißig weitere Maluk, doch die konnten nicht alle gleichzeitig durch das Tor kommen, was den Kleinlingen einen Vorteil verschaffte. Immerhin würden sie so noch eine kurze Zeit ihre Stellung halten können. Finn hielt Ausschau nach den Magischen, doch die hatten sich ängstlich zusammen mit den alten Männern in den Zellentrakt zurückgezogen.

»Ihr müsst ihnen helfen«, schrie Finn, »wozu seid ihr Magier? Zaubert irgendwas.«

Luselda schrie zurück: »Wir haben keine freie Bahn. Unsere Krieger stehen davor.«

Finn schüttelte wütend den Kopf, das waren doch Ausreden. Siedendheiß viel ihm ein, dass er ja selbst magisch war. Das war noch so neu, dass er es vergessen hatte. Jetzt stellte er sich vor der Tür in Position und streckte die Arme aus. Er spürte, wie die Macht in ihm zirkulierte. Er bündelte sie und dachte nur noch an das Ziel, doch jedes Mal, wenn er feuern wollte, kam ihm einer der kämpfenden Kleinlinge in die Quere. Rumbolt und seine Männer wehrten sich tapfer, aber mittlerweile waren alle verletzt. Rotbart humpelte und blutete am Arm. Einer der anderen Männer war an der Hand verletzt und drosch nur noch todesmutig mit einem Arm in das Heer der Maluk, die ihre Stellung weiter nach vorn verlagerten und in wenigen Augenblicken das Tor durchbrechen würden. Auch die fremden Kleinlinge kämpften jetzt mit, obwohl sie keine Waffen hatten. Sie prügelten mit bloßen Fäusten auf die Maluk ein, doch einer nach dem anderen musste sich verletzt zurückziehen. Finn sah keinen Ausweg mehr, er schloss die Augen und schleuderte alle Magie, die er sammeln konnte, auf das Tor. Es gab ein lautes Zischen, als der blaue Blitz die Luft durchschnitt und dann einen Knall und lautes Geschrei.

Finn öffnete die Augen und sah, was er angerichtet hatte. Das Tor und die umgebende Wand waren komplett weggerissen. Einige der dahinterstehenden Maluk waren von den Trümmern begraben worden, die meisten wurden zurückgeschleudert, ebenso wie die kämpfenden Kleinlinge, die sich jetzt auf der anderen Seite des klaffenden Loches wieder aufrappelten. Leider war das Loch jetzt so groß, dass die verletzten Kleinlinge es gegen die wieder heranrückenden Maluk nicht mehr verteidigen konnten.

Mit dem Mut der Verzweiflung stürzte Rumbolt zurück in den Zellentrakt, gefolgt von seinen Männern, und packte einen der gefesselten Malukwächter. Er hielt ihn vor sich wie ein Schutzschild und legte ihm triumphierend sein Schwert an die Kehle. Aber als er sich umblickte, musste er erkennen, dass er nicht der Einzige mit dieser Idee war. In dem Durcheinander hatten einige der Kleinlinge aus Alfons Trupp den Anschluss verpasst und befanden sich nun mit einem Dreizack an der Kehle in den Händen der Maluk. Sie waren in eine Pattsituation geraten und zunächst ging keiner mehr einen Schritt vor oder zurück. Die Maluk begannen, in ihrer fürchterlichen Sprache miteinander zu diskutieren. Finn verstand kein Wort, aber Alfons flüsterte: »Es sieht gut aus. Sie überlegen, ob sie diese Sache hier erst ihrem König melden sollen, bevor sie weiter vorgehen. Vielleicht gewinnen wir zumindest Zeit.«

»Du sprichst ihre Sprache?«, fragte Finn verwirrt.

Alfons lächelte traurig: »Weißt du, wir sind schon so lange hier, da lernt man ihre Sprache.«

Finn wollte gerade fragen wie lange, da richtete der Anführer der Malukwache das Wort an Rumbolt. Was er sagte klang wie hingeschleuderte Verwünschungen, die Alfons schnell übersetzte.

»Er sagt, sie sind eventuell bereit, zu verhandeln. Sie schicken soeben einen Boten zu ihrem König, der dann alles weitere entscheiden muss. Wir sollen warten und nichts tun.«

Rumbolt nickte: »Sag ihm, wir warten.«

Einer der Maluk rannte auf Befehl des Anführers davon. Die anderen formierten sich zu einer schwarz-roten Wand vor dem Loch und starrten die Kleinlinge mit ausdruckslosen Mienen an. Finn fand ihre Hässlichkeit so aus der Nähe und bei Fackellicht betrachtet geradezu unglaublich. Selbst der widerlichste Kobold wäre ihm im Moment lieber gewesen. Die zwei Kleinlinge, die noch immer mit den Spitzen des Dreizacks an der Kehle zwischen den Maluk standen, schwitzten sichtlich. Ab und zu gaben sie einen wimmernden Laut von sich, wenn der Maluk, der sie mit seinem Dreizack in Schach hielt, ihnen die Spitzen tiefer in den Hals bohrte. Vorsichtig und ohne die Feinde aus den Augen zu lassen, schlich Finn zu Rumbolt, der noch immer das Schwert an die Kehle des Maluk drückte. Immerhin war seine Geisel erschöpft und zappelte nicht mehr.

Finn war zerknirscht wegen seines ziemlich voreiligen und missglückten Zaubers, der sie in diese Lage gebracht hatte. Leise flüsterte er: »Rumbolt, es tut mir Leid, dass ich einfach drauflos gezaubert habe. Es hat uns nichts genützt. Im Gegenteil, jetzt werden wir hier vielleicht nie mehr rauskommen. Ich dachte nur, ich müsste irgendetwas tun, sie waren einfach zuviele.«

Rumbolt lächelte: »Schon gut, mein Junge, dein Zauber hat uns zwar nichts genützt, aber immerhin hast du es versucht. Und wenn du es nicht getan hättest, wären wir trotzdem früher oder später von ihnen überrannt worden. Jetzt haben wir mit dieser Geiselnahme für den Moment zumindest ein Unentschieden erreicht. Jetzt können wir nur abwarten, wie viel dem König seine Männer wert sind.«

Finn war erleichtert, dass Rumbolt ihm nicht böse war und hatte noch eine Frage: »Rumbolt, wer ist Alfons? Ich habe ihn und seine Männer noch nie in Mommenheim gesehen. Woher kennt ihr euch?«

Rumbolt schien die Frage unangenehm zu sein, und er überlegte, wie er sie beantworten sollte. »Finn«, seufzte er, »du kannst diese Männer nicht kennen. Sie sind noch vor deiner Geburt verschwunden. Es sind Jäger, die von der Nahrungssuche eines Tages nicht mehr nach Hause kamen. Eigentlich hielten wir sie alle für tot, immerhin ist das jetzt sechzehn Jahre her.«

Finn fühlte sich, als würde der Boden unter ihm schwanken. Sechzehn Jahre. Vor sechzehn Jahren war nach seinem Wissen nur eine Kleinlinggruppe verschwunden. Eigentlich war in der ganzen Geschichte von Mommenheim, die er kannte, nur von einer einzigen Kleinlinggruppe die Rede, die spurlos verschwand und das war jene, die sein Vater begleitet hatte. Finn wirbelte herum und starrte der Reihe nach die fremden Kleinlinge an. Konnte einer von ihnen sein Vater sein? Unter den Bärten, waren die Gesichter schlecht zu erkennen. Finn forschte in den Augen nach irgendetwas, das ihm bekannt vorkam.

Rumbolt sah ihn an und meinte leise: »Er ist nicht hier, Finn. Keiner von denen ist dein Vater. Es sind nur die Jäger, die er begleitet hat.«

»Aber wo ist er?«, fuhr Finn auf.

Er vergaß völlig, seine Stimme zu senken. Er befürchtet das Schlimmste. Gerade hatte er gehofft, seinen Vater gefunden zu haben, nur um jetzt zu erfahren, dass er nicht dabei war.

Rumbolt sah ihn bedauernd und mitfühlend an. »Er kam mit den anderen her, aber sie wissen nicht, wo er jetzt ist, oder ob er überhaupt noch lebt.«

Plötzlich legte sich Finn eine sanfte Hand auf die Schulter. Er fuhr herum und sah in die ruhigen Augen von Alfons.

»Mir scheint, Rumbolt hat dir gerade erzählt, was es mit uns auf sich hat, Junge?«, fragte er freundlich.

Finn nickte gequält: »Wo ist mein Vater?«

Alfons sah in die flehenden Augen des Jungen und wurde traurig. »Ich kann es dir nicht sagen. Ich wünschte, ich wüsste es. Ist dir klar, dass du ihm sehr ähnlich siehst?«

Finn nickte, sein Aussehen war ihm im Moment völlig egal. Er konnte noch immer nicht fassen, dass er eine Spur seines Vaters entdeckt hatte und dass sie gleich wieder verschwunden war. »Aber wieso ist er nicht hier bei euch? Was ist passiert? Erzähl es mir bitte, Alfons.«

Der bärtige Jäger nickte: »Ich werd dir erzählen, was ich weiß, Finn. Aber es ist nicht viel, das sag ich dir gleich. Vor etwa sechzehn Jahren waren mein Trupp, dein Vater und ich an der Oberwelt. Wir jagten gerade ein Eichhörnchen, als das Unglück passierte. Wir pirschten uns an das Tier heran, das mit dem Rücken zu uns im Boden scharrte und Eicheln vergrub. Auf einmal spitzte es die Ohren, schnüffelte und rannte wie von hundert Feinden verfolgt einen Baum hinauf bis ganz in die Spitze.

Wir waren sehr verwundert, weil keiner von uns ein Geräusch gemacht hatte, und sahen uns um. Da brach die Hölle über uns los. Wir hörten wilde Schreie und aus allen Richtungen stoben seltsame hässliche Wesen auf uns zu. Du hast ja gesehen, dass die Maluk nicht gerade Schönheiten sind. Die Wesen umzingelten uns. Sie waren deutlich in der Überzahl. Wir kämpften so gut wir konnten, doch einer nach dem anderen wurde verletzt oder getötet. Für jeden Maluk, den wir zur Strecke brachten, kamen zwei neue hinzu. Dein Vater kämpfte wie ein Löwe, er schlug mit seinem Schwert um sich und schickte gleichzeitig Zauber in alle Richtungen. Ein höllischer Sturm brach über den Angreifern los, er stieß sie mit regelrechten Orkanböen zurück, warf Äste auf sie und sogar Steine. Doch diese Wesen sind zäh, und irgendwann ermattete die Kraft deines Vaters. Wir anderen konnten die Feinde schon lange nicht mehr abwehren und hatten uns hinter deinem Vater zurückgezogen. Er hielt sie in Schach so lange er konnte, doch schließlich versagten ihm die Kräfte, und er brach ohnmächtig zusammen. Darauf hatten diese Widerlinge nur gewartet, sie stürmten mit erhobenen Waffen auf uns zu, und wir mussten uns ergeben.

Übrig blieb nur der kleine Haufen, den du jetzt hier siehst. Die Maluk fesselten deinen Vater, verbanden ihm die Augen und knebelten ihn sogar, um vor seiner Magie sicher zu sein. Dann trugen sie die Toten fort und vergruben sie an einer mir unbekannten Stelle. Danach schleppten sie uns den ganzen weiten Weg bis hierher, und wir landeten in diesem Gefängnis. Sie haben uns nach Mommenheim ausgefragt, sie wollten natürlich auch für uns Lösegeld kassieren, nur hat keiner von uns je verraten, wo es liegt, deshalb habt ihr auch all die Jahre nichts mehr von uns gehört. Die Maluk haben es irgendwann aufgegeben, und uns als Arbeitskräfte genutzt, wenn wir ihnen schon keinen Profit brachten.«

Finn hatte wie gebannt zugehört, nun fragte er: »Und da war mein Vater noch bei euch?«

Alfons nickte. »Ja, in der ersten Zeit war er noch bei uns, doch sie holten ihn immer öfter aus der Zelle und brachten ihn erst Tage später wieder zurück. Er war jedes Mal, wenn er wiederkam, so erschöpft, dass die Wächter ihn tragen mussten. Ich hab ihn oft gefragt, was sie mit ihm gemacht haben, aber er wollte nicht darüber sprechen. Er sagte nur, sie seien sehr interessiert an seinen Fähigkeiten. Er wurde mit der Zeit immer stiller und verbissener. Jedes Mal, wenn er zurück in die Zelle gebracht wurde, war seine Miene düsterer. Eines Tages kam er nicht mehr zurück.«

Finn riss die Augen auf: »Wie lange ist das her?«

»Viele Jahre, Finn, mindestens zehn oder zwölf. So lange habe ich ihn nicht gesehen. Ich bezweifele ehrlich gesagt, dass er noch lebt.« Alfons sah Finn traurig an.

Der Junge schwieg einen Moment, dann fragte er gepresst: »Hast du nie irgendwen gefragt? Du kannst doch ihre Sprache. Hast du die ganzen Jahre nichts herausgefunden?«

Alfons schüttelte den Kopf: »Ich habe gefragt, mein Junge, natürlich habe ich das. Sie behaupteten immer, es ginge ihm gut, ich solle mir keine Sorgen machen. Er käme zurück. Aber das kam er nie und irgendwann habe ich aufgehört, sie zu fragen. Ich habe mich auch bei den anderen Gefangenen umgehört, beim Arbeitsdienst, wenn wir an den Tunneln gegraben haben, doch niemand hatte etwas von ihm gehört oder gesehen. Mit der Zeit habe ich aufgehört, zu glauben, dass er noch leben könnte.«

Alfons blickte Finn müde an, und der Junge sah den Kummer in den Augen des Jägers. Er fühlte sich merkwürdig. Er hatte nie einen Vater gehabt, er wusste nicht, wie das war, und er hatte auch nie um seinen Vater getrauert oder geweint. Er kannte ihn ja gar nicht. Er hatte Luna und das war immer in Ordnung gewesen, auch wenn er sich manchmal einen Vater gewünscht hätte. Jemand wie Rumbolt vielleicht, der seinen Wunsch, Jäger zu werden, besser verstand als seine Mutter. Trotzdem hatte er seinen Vater nie vermisst, und er wusste nicht recht, was er jetzt fühlen sollte. Irgendwie hatte er ihn gerade ein zweites Mal verloren. Erst sah es so aus, als wäre er wie durch ein Wunder zu ihm zurückgekehrt, im nächsten Augenblick war das Wunder wieder vorbei und sein Vater vermutlich tot. Jetzt war es genauso wie vorher, sein Vater war und blieb auf mysteriöse Weise verschwunden, nur störte es ihn jetzt irgendwie mehr. Finn hatte das Gefühl, so nahe dran zu sein und kurz vor dem Ziel, doch noch zu verlieren. Wütend zog er die Stirn in Falten und starrte auf seine Hände.

Alfons legte ihm vorsichtig einen Arm um die Schulter und flüsterte: »Jedenfalls weiß ich genau, egal ob dein Vater noch lebt oder tot ist, er wäre mächtig stolz auf seinen mutigen und begabten Sohn. Weißt du, in der Zeit, in der er noch bei uns war, hat er sehr viel von dir gesprochen und von deiner Mutter. Er liebte sie über alles, und die Sehnsucht nach ihr hat ihn fast wahnsinnig gemacht. Jeden Tag hat er mir gesagt, wie alt sein Sohn jetzt sein müsse, und hat sich gefragt, wie du wohl aussiehst, ob du schon laufen kannst, was wohl das erste Wort war, das du gesagt hast. Er hat immer an euch gedacht.«

Finn bezweifelte, dass er so oft an seinen Vater gedacht hatte wie dieser an ihn. Was Luna anging, so war er sich mittlerweile ziemlich sicher, dass sie den Schmerz über den Verlust ihres Mannes nie überwunden hatte, deshalb war sie oft so traurig und verbittert und hatte nie wieder geheiratet.

In dem Moment erschien der Bote und bahnte sich einen Weg durch die starren Reihen der Maluk nach vorne zum Anführer, dem er eilig etwas ins Ohr flüsterte. Der Anführer nickte knapp, wandte sich an Alfons und sagte etwas in seiner scheußlichen Sprache. Alfons runzelte daraufhin die Stirn und fragte nach. Der Maluk wurde ungeduldig und unfreundlich. Alfons zuckte die Schultern und übersetzte: »Er sagt, sein König hätte wenig Interesse an dieser Geiselnahme, und sie hätten Befehl, uns anzugreifen, wenn wir nicht in ihre Bedingungen einwilligen.«

»Was für Bedingungen«, knurrte Rumbolt mit wütendem Blick auf die Wand aus Maluk vor ihnen.

»Der König ist neugierig, er will die Gruppe kennen lernen, die es geschafft hat, unbemerkt in sein Reich einzudringen. Der Bote sagt, der König ist geneigt, euer Schicksal durch einen Zweikampf auf Leben und Tod entscheiden zu lassen. Gewinnt ihr, dürft ihr vielleicht gehen. Er sagt, das Volk der Maluk hätte mal wieder eine kleine Belustigung nötig.«

Rumbolt grollte vor sich hin. »Kann man dem Wort dieses Kerls trauen, Alfons?«, fragte er.

Alfons schüttelte leicht den Kopf: »Ich fürchte nein. Diesen Maluk ist nicht zu trauen. Es kann sein, dass ihr gewinnt, und er euch trotzdem hierbehält. Es ist sogar sehr wahrscheinlich. Aber mal ehrlich, welche andere Möglichkeit haben wir? Wenn wir nein sagen, überwältigen sie uns gleich hier an Ort und Stelle.«

Rumbolt fluchte wütend, dann bedeutete er Alfons mit einem Kopfnicken, auf den Handel einzugehen. Der bärtige Jäger sprach kurz mit dem Malukwächter, dann sagte er: »Der Rat und meine Männer müssen zurück in die Zelle. Nur ich soll mitkommen als Übersetzer. Du musst ihnen den Zellenschlüssel aushändigen«

Rumbolt fluchte erneut, nickte aber, wenn auch widerstrebend. Dann warf er den Maluk das Schlüsselbund zu. Einer der Malukwächter fing es auf und trieb zusammen mit drei anderen den Rat und Alfons Männer den Gang hinunter in ihre Zelle zurück. Finn fing ihre verzweifelten Blicke auf. So nah waren sie der Freiheit gewesen, nur um jetzt wieder eingesperrt zu werden. Er sah, wie die Wächter Androme und Marab wieder in Ketten legten und verfluchte die Feinde dafür.

Die anderen Maluk bildeten eine Gasse und bedeuteten Rumbolt, seinen Männern, Alfons und Finn, mit ihnen zu gehen. Mit einem Wutschrei ließ Rumbolt seine Geisel einfach auf den Boden fallen und stapfte durch das von Maluk gesäumte Loch in der Wand. Die anderen folgten ihm, und als sie sich alle zwischen den Wächtern befanden, schloss sich die Gasse vor und hinter ihnen, so dass keiner auf die Idee kommen konnte abzuhauen. So marschierten sie den Weg bergauf.

Finn fühlte sich erbärmlich, klein und ängstlich mitten unter ihren Feinden. Er wagte nicht, nach rechts oder links zu blicken, weil er fürchtete verrückt zu werden, wenn er aus nächster Nähe eines der spitzzähnigen Malukmäuler sah. Stattdessen starrte er auf seine Füße und sah zu, wie der rote Staub sie umwirbelte. Er dachte an seine Mutter, und es schnürte ihm fast die Kehle zu. Was würde sie nur tun, wenn er niemals zurückkam wie sein Vater? So wie die Lage war, sah es nicht so aus, als könnten sie noch entkommen. Finn spürte, wie er langsam verzweifelte und ihn die Angst übermannte.

## 5

Die Zeit schien still zu stehen. Neppis Kleider waren inzwischen bis auf die Haut durchnässt und sein Haar hing ihm in schleimigen Strähnen ins Gesicht. Er hatte es nicht verhindern können, dass ihm etwas von dem grünen Algenwasser in Mund und Nase geflossen war, und er musste bei dem widerlich fauligen Geschmack fast würgen. Er wünschte sich nichts sehnlicher, als dass diese Maluk endlich ihre Mittagspause beendeten und verschwanden, damit er seinem stinkenden Gefängnis entkommen konnte. Noch immer hörte er ihre Stimmen in der Nähe des Wagens und sie klangen so, als würde ihre Unterhaltung erst lustig werden. Neppi verfluchte sich für die dumme Idee, die Männer in die Festung zu begleiten. Das erste Mal in seinem Leben fragte er sich, ob es nicht doch klüger gewesen wäre, vorsichtig zu sein wie Lund und draußen zu warten. Aber nun war es zu spät zum Jammern.

Plötzlich brüllten die Maluk alle etwas, das wie ein Gruß klang, und er hörte Schritte, die sich dem Wagen näherten, sowie das Quietschen einer Schubkarre. Im nächsten Moment klatschte ein nasser Haufen braunen Schlicks auf ihn. Es wurde stockfinster und die Algen begannen schwerer auf ihm zu lasten. Schaufel für Schaufel klatschte neuer Schlick auf den Wagen, bis Neppi sich unter dem Gewicht fast gar nicht mehr rühren konnte und befürchtete zu ersticken. Der braune Schlick stank noch scheußlicher als der grüne. Falls einer von ihnen gedacht hatte, es könnte nicht schlimmer kommen, so war er jetzt eines Besseren belehrt.

Endlich war der Maluk fertig und der Wagen vermutlich bis zum Kutschbock voll mit schleimigen Algen. Neppi versuchte flach zu atmen, der Sauerstoff würde unter diesem Matschhaufen nicht lange reichen. Er spürte, wie der Wagen schwankte, als die zwei Maluk auf den Kutschbock sprangen. Unter lauten Rufen setzte sich der Wagen langsam in Bewegung, fuhr eine Kurve und verließ die Höhle. Neppi betete, dass sie keinen weiten Weg vor sich hatten. Immerhin spornten die Fahrer die Mäuse mächtig an und so raste der Wagen in halsbrecherischem Tempo durch die Tunnel. Irgendwann ging es nur noch geradeaus bergab. Neppi befürchtete, dass der Wagen die Mäuse einfach überrollen würde, wenn er noch schneller fuhr. Auf einmal bremsten ihre Fahrer etwas ab und riefen laute Grußworte, die vielstimmig erwidert wurden. Neppi hörte das Stampfen von vielen Stiefeln, die im Gleichschritt marschierten, dann waren sie auch schon vorbei und der Wagen fuhr wieder schneller. Neppi wurde langsam übel von dem Gestank, so dass er nur noch dachte: »Wann sind wir endlich da?«

Und dann stoppte der Wagen abrupt, und die Kutscher sprangen ab. Sie begrüßten einen weiteren Maluk, und Neppi hörte ein Klingeln, wie Metall, das auf Metall schlug. Anscheind war nur ein Maluk hier, weitere Stimmen hörte Neppi nicht. Das machte also drei. Da ihre Gruppe fünf Kleinlinge zählte, waren sie in der Überzahl. Neppi hörte ein Klappern und Quietschen, und dann spürte er, wie der Schlick über ihm leichter wurde. Die Maluk luden ihn ab. Neppi wurde starr vor Schreck. Wenn sie so weiter machten, würden bald seine Füße zu sehen sein. Er bereitete sich gerade darauf vor, einen schmerzhaften Stich mit einem Spaten zu bekommen, da hörten ihre Feinde auf, zu graben und entfernten sich unter lautem Quietschen, Stöhnen und Fluchen. Neppi musste sich zusammenreißen, um nicht erleichtert aufzuatmen. Als die Stimmen und das Quietschen leiser wurden, wagte er wieder, seine Hände zu bewegen und Löcher in den Schlick zu bohren. Wieder sah er eine rote Decke, aber diesmal war sie niedriger und der Raum heller. Neben sich spürte er Bewegungen in den Algen. Auch die anderen Kleinlinge regten sich.

Plötzlich hörte er Hinfried flüstern: »Auf drei springen wir alle von dem Wagen und stürzen uns auf jeden Maluk, den wir sehen. Eins!«

Neppi spürte sein Herz rasen.

»Zwei!«, er machte sich bereit zum Sprung, und lockerte seine eingeschlafenen Beine.

»Drei!«

Überall um Neppi herum flogen die Algen auseinander. Er bemühte sich, mit den anderen Schritt zu halten, doch Hinfried und seine Männer sprangen bereits von der Ladefläche, als Neppi es gerade geschafft hatte, sich aufzurichten ohne auszurutschen. Seine Beine waren steif und sein Rücken knackte. Er fragte sich, wie diese alten Männer nur so zäh sein konnten. Er gab zu, er war ein richtiger Weichling.

Ohne zu zögern, stürzte sich Hinfried mit gezücktem Schwert auf einen neben dem Wagen patrouillierenden Maluk. Der war so überrascht, als plötzlich vier grün-braune Algenmonster auf ihn zu sprangen, dass er kein Wort herausbekam und sehr schnell niedergeschlagen wurde. Danach hasteten die Männer um den Wagen herum, aber die zwei anderen Maluk waren nicht zu sehen. Neppi kletterte gerade mühsam von der Ladefläche und versuchte, sich das Grünzeug aus den Haaren zu wischen, als Hinfried zischte: »Die anderen müssen durch das Loch gegangen sein, eine andere Möglichkeit gibt es nicht. Lasst uns sehen, was sie da machen.«

»Komische Architektur«, murmelte Neppi, »diese Maluk haben Löcher in den Wänden anstatt Türen. Außerdem sind sie nicht gerade sehr ordentlich. Überall liegen Steine herum. Sieht so aus, als hätten sie dieses Loch gerade erst in die Wand gesprengt.«

»Ruhe«, zischte Hinfried und sah Neppi wütend an. Dieser versuchte entschuldigend zu gucken, was ihm nicht besonders gut gelang und schlich hinter den Männern auf den Rand des Loches zu. Dabei versuchte er, weiterhin die Algen loszuwerden. Die vier Männer vor ihm sahen noch immer aus wie Wassernixen, und Neppi rümpfte die Nase. Er befürchtete, den Gestank nie mehr loszuwerden. Hinfried spähte durch das Loch in den Gang dahinter und kam dann schnell zurück.

»Wir haben den Kerker gefunden«, flüsterte er aufgeregt. »Da drin sind überall Zellen und diese beiden Maluk watscheln mit ihrer Schubkarre von Gitter zu Gitter und verteilen Schalen mit Essen. Wir warten, bis ihre Schubkarre leer ist und sie hierher zurückkommen, dann überwältigen wir sie, verstanden? Wir postieren uns auf beiden Seiten des Lochs.«

Die Männer nickten und huschten auf ihre Plätze, nur Neppi runzelte die Stirn. »Was für Essen verteilen die? Ich sehe hier nichts.«

Hinfried rollte entnervt mit den Augen und deutete auf den Wagen. Neppi sah ihn ungläubig an und verzog dann angewidert das Gesicht. »Bäh, das sollen die Gefangenen essen? Dieses stinkende, schleimige Zeug? Diese Maluk sind ja solche Bastarde, ich wünsche denen …«

Weiter kam er nicht. Hinfried hielt ihm blitzschnell den Mund zu. Einer der Männer, der die Maluk durch das Loch beobachtet hatte, winkte, dass sie kamen. Endlose Sekunden verstrichen, während das Quietschen der Schubkarre immer lauter wurde. Die Männer auf beiden Seiten des Wandkraters standen still wie Steinfiguren, nur ihre Muskeln waren zum Zerreißen gespannt. Sie erinnerten Neppi an wilde Tiere in Angriffsposition. Wieder hatte er das deutliche Gefühl, nicht hierher zu gehören. Ihm war vor Angst jedes Gefühl aus seinem Körper gewichen, seit ihm klar war, was es bedeutete, wenn sie geschnappt wurden: nämlich lebenslänglich braunen und grünen Algenschleim essen.

Jetzt war das Quietschen ganz nah, und Neppi sah, wie die Schubkarre durch das Loch kam und über die vielen Felsbrocken auf dem Boden hopste. Ihr Führer und der zweite Maluk erschienen wenige Augenblicke später und noch ehe sie sich versahen, prasselten Holzknüppel von links und rechts auf sie nieder. Der mit der leeren, grün verschmierten Schubkarre brach sofort zusammen, der andere gab noch einen erstickten Laut von sich, bevor auch er zu Boden sackte.

Hinfried bückte sich, um die beiden zu fesseln und zu durchsuchen. Ohne es zu wissen, trug er genau dieselbe triumphierende Miene, wie Rumbolt kurz zuvor, als er das Schlüsselbund fand. Vorsichtig schlichen die fünf danach in den Zellengang, wo ihr gespenstisches Aussehen dafür sorgte, dass niemand an den Gitterstäben stand. Nur im Dunkeln dahinter konnte Neppi schattenhafte Gestalten und Augen wahrnehmen, die ihnen misstrauisch folgten, als sie den Gang entlanggingen. Der Schlick, der noch immer ihren Körper bedeckte, tropfte langsam zu Boden und hinterließ eine braungrüne Schleimspur.

›Sie müssen glauben, wir sind Monster aus dem Sumpf‹, dachte Neppi und versuchte, soviel wie möglich von dem grässlichen Zeug abzuwischen. Der Zellengang war endlos lang, wie sollten sie so ihre Freunde finden?

Neppi beschloss, das Ganze zu verkürzen und rief: »Meine großen Ratsherren und Damen, seid ihr hier?«

Hinfried stürzte sich mit einem Fluch auf ihn und nahm ihn in den Schwitzkasten, während er zischte: »Wieso versuchen wir eigentlich alle, so wenig Aufmerksamkeit wie möglich zu erregen, wenn du dann einfach in der Gegend herumbrüllst. Geh doch gleich zu den Maluk und frag sie, ob sie dir bei der Suche nach dem Rat behilflich sein könnten.«

Hinfrieds Augen sprühten fast Funken vor Zorn. Gerade als Neppi keine Luft mehr bekam, hörten sie vom Ende des Zellengangs eine weibliche Stimme, die ihre Sprache sprach.

»Wer ist da? Seid ihr Leute von Rumbolt?«

Hinfried ließ Neppi fallen, und ohne noch weiter auf ihn zu achten, rannte er gefolgt von seinen Männern, den Gang hinunter auf die Stimme zu. Neppi rappelte sich keuchend auf und massierte seinen Hals. Beleidigt schaute er Hinfried nach, der den Gang hinunterstürmte, und murmelte: »Ja, ja, wenn ich sie nicht gerufen hätte, würden wir immer noch von Zelle zu Zelle schleichen. Aber anstatt dankbar zu sein, misshandelt er mich.« Griesgrämig trabte er zu der Zelle, vor der die anderen standen. Drinnen waren sehr viele Kleinlinge, die jetzt alle wild durcheinander redeten, während Hinfried nach dem richtigen Schlüssel suchte. Neppi stellte erstaunt fest, dass es sich dabei nicht nur um den großen Rat handelte, sondern um weitere Kleinlinge, die er noch nie gesehen hatte.

Die rothaarige Magierin meldete sich zu Wort und unterbrach die anderen. »Ruhig, Freunde, eines nach dem anderen. Diesmal müssen wir bedachter vorgehen. Rumbolt und seine Leute waren schon vor euch hier. Sie hatten uns befreit, aber dann wurden wir umzingelt. Die Wachen haben sie mitgenommen zum König und wir wurden wieder eingesperrt.«

Hinfried hatte inzwischen den richtigen Schlüssel gefunden und öffnete die Zelle. Die Gefangenen traten erneut in die Freiheit. Neppi hatte das Gefühl, es wurden immer mehr. Wo kamen bloß all diese Männer her?

Hinfried wandte sich an Luselda, während er Androme und Marab von ihren Ketten befreite. »Was sollen sie beim König? Wieso hat er sie nicht gleich eingesperrt?«

Anstelle der Magierin antwortete ihm einer der fremden Männer. »Unser Anführer Alfons ist bei ihnen, um zu übersetzen, was der König ihnen mitzuteilen hat. Es geht um einen Kampf, wenn ich es richtig verstanden habe. Erinnerst du dich noch an uns, Hinfried? Ich bin es, Wennbert. Wir waren zusammen in der Jägerausbildung.«

Hinfried sah ihn überrascht an, dann schien ihm etwas zu dämmern. »Der Trupp, der vor sechzehn Jahren verschwand?«, fragte er ungläubig und umarmte spontan den anderen Mann. Seine Männer waren schon längst dabei, die Fremden freudig zu begrüßen.

Neppi verstand die Welt nicht mehr, aber er meinte sich zu erinnern, mal irgendetwas von einem verschwundenen Trupp gehört zu haben. Vielleicht in der Schule? Leider hatte er mal wieder nicht aufgepasst.

»Was macht ihr hier? Ach, darüber können wir uns später unterhalten. Was ist mit Rumbolt und diesem Kampf?«, fragte Hinfried eilig.

Wennbert antwortete besorgt: »Die sagten etwas von einem Zweikampf auf Leben und Tod. Wenn Rumbolt gewinnt, dürfen sie gehen und wir auch. Wenn nicht, müssen alle hier bleiben. Aber wenn du mich fragst, wird das in jedem Fall geschehen. Diese Kerle werden uns nie freilassen.«

Hinfried nickte bitter: »Wir müssen diesen Kampf verhindern. Weißt du, wo der König sich aufhält?«

Wennbert nickte: »In sechzehn Jahren lernt man diese Burg kennen wie seine Westentasche. Ich habe an fast allen Tunneln mitgearbeitet, die ihr hier seht. Auch im Thronsaal des Königs habe ich mal gearbeitet und in der Arena daneben. Ich schätze, wenn ein Kampf stattfindet, dann da.«

»Gut, verlieren wir keine Zeit«, sagte Hinfried hitzig und wollte schon losstürmen, als Luselda ihn am Arm festhielt.

»Die älteren Ratsmitglieder können unmöglich so schnell vorankommen, wie du es vorhast, und wir werden zu viele sein, um unbemerkt zu bleiben«, sagte sie sanft.

Hinfried sah sich um und murmelte: »Du hast Recht, wir müssen uns trennen. Ich, meine Männer, Wennbert und zwei seiner Männer gehen los, um Rumbolt und die anderen zu befreien. Der Rest bleibt erst einmal hier. Ihr wartet am besten und lasst uns einen Vorsprung. Ungefähr eine halbe Stunde, die Zeit, die wir brauchen, um die anderen zu befreien. Danach werden sie uns sicher jagen und beschäftigt sein. Dann öffnet ihr hier unten alle Zellen und rennt mit den Gefangenen nach oben. Sie werden den Ausgang kennen, ebenso die Leute von Wennbert, die bei euch bleiben. In einer so großen Menge ist es am wahrscheinlichsten, dass ihr entkommt, die Maluk werden nicht genug sein, um euch aufzuhalten.«

Luselda fragte vorsichtig: »Und wenn es euch nicht gelingt, die anderen zu befreien? Was wenn ihr geschnappt werdet?«

Hinfried zuckte die Achseln: »Dann kommt wenigstens ihr raus, hoffe ich. Das war immerhin das Ziel unserer Mission. Außerdem werden die Maluk nicht sehr glücklich sein, wenn alle ihre Gefangenen weg sind. Um ihre Gesichter zu sehen, lohnt es sich fast, hier zu bleiben.«

Plötzlich trat der große Magier aus dem Rat vor: »Ihr solltet wenigsten einen Magischen mitnehmen«, sagte er. »Ich kann euch verteidigen, wenn etwas passiert. Ich hätte schon vorhin etwas unternehmen sollen, wie dieser mutige Junge.«

Neppi spitzte die Ohren. Endlich war von Finn die Rede. Er hatte sich schon gefragt, was mit ihm passiert war, aber er wagte nicht, dazwischen zu reden, weil er Hinfrieds Wut fürchtete. Der Magische sah, dass Hinfried überlegte und fügte schnell hinzu: »Bitte, ich kann euch helfen. Zwar kann ich keine Löcher in die Wände sprengen wie dieser junge Magier, aber ich kann euch trotzdem von Nutzen sein. Ich will kein Feigling sein, für den so viele Männer ihr Leben riskiert haben und der sich im Keller versteckte, als es Ernst wurde.«

Hinfried verstand das, er nickte stumm und Marab stellte sich nervös, aber entschlossen in ihre Reihen. Damit war alles geklärt. Die Kleinlinge wünschten sich gegenseitig viel Glück, und dann marschierten Hinfried und seine Männer los. Nach ein paar Schritten drehte Hinfried sich jedoch um und sah unfreundlich auf Neppi, der hinter ihm ging. »Wer um alles in der Welt hat dir gesagt, dass du mitkommen sollst?«, fragte er grimmig.

Neppi war verwirrt: »Du sagtest doch, du und deine Männer, da dachte ich ...«

»Richtig, ich sagte meine Männer. Du gehörst aber nicht zu meinen Männern. Du bist ein ungehorsamer Bengel, der sich unerlaubt eingeschlichen hat, aber das wird dir nicht noch einmal gelingen. Du bleibst hier, damit das klar ist. Solltest du auf die Idee kommen, meinen Befehl zu missachten, dann verspreche ich dir, verprügele ich dich persönlich, wenn dich nicht vorher die Maluk umbringen. Verstanden?«

»Verstanden«, sagte Neppi kleinlaut. Eigentlich war ihm gar nicht soviel daran gelegen, sich wieder in die Gefahr zu stürzen, auch wenn er betreten feststellte, dass er schon wieder in der Gruppe der Frauen und Alten gelandet war. Anscheinend war das sein Schicksal, und so sah er seufzend zu, wie Hinfried und die anderen den Gang hinunterrannten und durch das Loch, das Finn gesprengt hatte, verschwanden. Neppi fragte sich, wo sein Freund jetzt war und ob es ihm gut ging. Er seufzte tief.

## 6

Finns Beine waren schwer wie Blei. Er hatte das Gefühl, dass sie seit etwa hundert Jahren den steilen Weg bergauf liefen und fragte sich, wie lange er noch durchhalten konnte, bevor er zusammenbrach. Sein Atem rasselte vor Anstrengung, auch die anderen Kleinlinge keuchten. Nur die Maluk verzogen keine Miene. Ihre Ausdauer war erschreckend. Finn dachte, dass es wahrhaft töricht war, sich einzubilden, sie könnten gegen diese Monster gewinnen. Die Fremden wurden nicht müde und verlangsamten ihre Schritte auch nicht, als die Kleinlinge immer mehr zurückfielen. Der letzte Maluk hielt seinen Dreizack auf sie gerichtet, so dass er sie damit stach, wenn sie zu langsam wurden.

Irgendwann sauste ein Wagen, gezogen von Mäusen, in einem irren Tempo auf sie zu. Finn wollte zur Seite springen, aber die Maluk um ihn herum, gingen einfach weiter, und so musste er bleiben, wo er war. Der Wagen bremste ab und rauschte knapp an ihnen vorbei. Die Kutscher riefen etwas und ihre Begleiter erwiderten den Gruß vielstimmig. Dann war der Wagen auch schon hinter ihnen, und Finn hörte, wie er den Gang hinunterholperte. Er nahm kurz einen fauligen Geruch war.

Danach begegnete ihnen niemand mehr. Der Weg schien noch steiler zu werden. Finn sah den kleinen schwarzen Tunnel, durch den sie gekommen waren, doch die Maluk marschierten mit ihnen daran vorbei weiter geradeaus auf dem großen Hauptweg.

Als Finn sicher war, jeden Moment vor Erschöpfung zusammenzubrechen und ihm der Schweiß bereits in die Augen lief, erreichten sie ein riesiges goldenes Tor. Es glänzte so sehr, dass man fast geblendet wurde. Überall waren Abbildungen von Waffen eingraviert und Ranken aus goldenem Efeu überzogen die Flügel. Die Griffe waren zwei riesige schwarze Malukköpfe aus Stein. An ihnen zogen jetzt jeweils zwei ihrer Wächter die mächtigen Torflügel auf. Ganz langsam glitten sie nach außen und gaben den Blick auf eine riesige Halle frei. Die goldene kuppelartige Decke wurde von pechschwarzen Säulen gestützt. Auf dem Boden lag ein Steinmuster aus schwarz und golden glänzenden Mosaiksteinchen. Der rote Staub, der sich sonst im ganzen Reich der Maluk ausbreitete, war hier nicht zu sehen. Das Auffälligste im Raum war der Thron aus blutrotem Holz. Er war riesig und reich mit geschnitzten Mustern verziert. Zudem stand er erhöht auf einem schwarzen Podest.

Der Maluk, der auf ihm saß, wirkte dagegen klein und

schmächtig. Er schien in dem riesigen Thron zu versinken. Dagegen konnte auch die riesige schwarze Krone nichts ausrichten, die er auf seinem kahlen Kopf trug. Unter anderen Umständen hätte Finn diesen kleinen König lustig gefunden, aber dann sah er in seine Augen, die pechschwarz waren wie die Säulen, hinterlistig und bösartig. Auch das Kichern, das dem König entfuhr, als die Malukkrieger ihre Gefangenen in den Saal schupsten und vor dem König in die Knie zwangen, ließ Finn schaudern. Er spürte die Malukpranke an seinem Nacken und die Krallen, die sich in seinen Hals bohrten, als der Maluk ihn zu Boden drückte und seinen Kopf vor dem König verneigte. Ihm gefror das Blut in den Adern. Der König bellte schnell unwirsche Befehle an seine Krieger, die die Kleinlinge losließen und zurücktraten.

Vorsichtig erhob sich Finn vom Boden und starrte den König misstrauisch an, der sie seinerseits abschätzend musterte. Auf Finn blieb sein Blick lange hängen und in seinen dunklen Augen spiegelte sich sowohl Erheiterung, als auch etwas, das Finn als Interesse bezeichnet hätte. Er fragte sich, was dieses Geschöpf bloß von ihm wollte. Doch dann schaute der König zu Alfons und teilte ihm in förmlichem Tonfall etwas mit. Alfons hörte zu, nickte verbissen und übersetzte: »Der König will wissen, was ihr hier wollt und wie ihr hereingekommen seit. Des Weiteren will er wissen, wer euch schickt?«

Rumbolt grollte: »Sag ihm, wieso wir hier sind, und dass uns niemand schickt.«

Alfons erklärte es, und der König machte ein überraschtes Gesicht, dann antwortete er, und diesmal war es Alfons, der große Augen machte.

»Er sagt, er sei verwundert, dass ihr gekommen seid, schließlich gäbe es einen Vertrag mit unserem König, der ihm Waren zugesichert hat, wenn er unseren Rat entführt. Er hat seinen Teil der Abmachung erfüllt und fragt jetzt, was mit unserem ist.«

Rumbolt schien zuerst verwirrt: »Was meint er? Wir haben keinen König. Und wer soll mit ihm einen Vertrag geschlossen haben?«

Auf einmal sah Finn wie Rumbolt die Erkenntnis traf. Er wurde feuerrot vor Wut. »Rachus, diese Made! Wer wäre sonst so vermessen, sich als unser König auszugeben. Und wer würde mit solchen Monstern Abkommen schließen? Da kommt doch nur er in Frage. Er hat die anderen absichtlich entführen lassen, um sich zum König zu krönen, und er hat den Maluk den geheimen Weg nach Mommenheim verraten, ansonsten hätten sie uns nie finden können. Oh, wenn ich zurückkomme, dann wirst du was erleben, Rachus!« Wütend schüttelte Rumbolt die Faust.

Der König der Maluk hatte sich Rumbolts Wutanfall unbeteiligt angesehen, aber jetzt meldete er sich zu Wort. Alfons übersetzte, auch seine Stimme war mittlerweile gepresst von unterdrücktem Zorn: »Er sagt, er habe sich sowieso gewundert, es war das erste Mal, dass man ihn für eine Entführung bezahlt hätte und nicht für die Rückgabe von Geiseln. Das Entführen und Erpressen sei sein Geschäft, es sei bisher jedoch noch nie vorgekommen, dass jemand ihm einen Boten schickt und ihn bittet, gewisse Personen zu entführen und für eine jährliche Lieferung von Nahrungsmitteln nie mehr freizulassen. Er wäre nur auf diesen seltsamen Wunsch eingegangen, weil die Bezahlung gut zu sein schien. Doch anstatt Nahrungslieferungen würden jetzt Störenfriede wie ihr sein Reich aufsuchen, und das gefällt ihm gar nicht. Er fragt, was mit unserem König geschehen ist, und ob die Lieferungen, die ihm versprochen wurden, noch zu erwarten seien.«

Rumbolt schien fast zu explodieren: »Nein, sag ihm, es wird keine Lieferung geben. Der Kerl, den er für unseren König hält, ist ein Scharlatan, der in den tiefsten Schacht geworfen wird, sobald ich wieder in Mommenheim bin.«

Alfons übersetzte eilig, diesmal war es der König, der kurzzeitig wütend wirkte, doch seine erheiterte Miene kam fast sofort zurück. Er antwortete etwas in einem sanften Ton, der wie ein gefährliches Schnurren klang.

Alfons übersetzte gequält: »Er sagt, dann hat er für uns eigentlich keine Verwendung mehr. Er hofft, dass zumindest unser Volk oder unsere Angehörigen für unsere Freilassung zahlen werden. Er will dich und deine Männer zurückschicken, damit ihr den Mommenheimern seine Forderungen mitteilen könnt. Die Magischen und der Rat, die er schon in seinen Zellen hat, bleiben hier.«

Rumbolt begann zu toben: »Unmöglich! Sag ihm, ich will alle meine Leute mitnehmen. Ich lasse niemanden hier, und er braucht sich nicht einzubilden, dass wir Kleinlinge irgendetwas an ihn zahlen. Er wird nichts von uns bekommen, dafür werde ich sorgen.«

Der König lächelte unangenehm, als Alfons ihm Rumbolts empörten Wortschwall vorsichtig übersetzte und ließ seinen bohrenden Blick über die Kleinlinge schweifen, während er leise antwortete. Finn fragte sich, was dieser elende König nur mit ihnen vorhatte. Jedes Mal, wenn sein Blick ihn streifte, fühlte er sich sehr unwohl. Alfons übersetzte jetzt die Antwort des Malukherrschers: »Er sagt, er gibt uns eine Chance. Er habe ja bereits von seinen Soldaten ausrichten lassen, dass er gewillt ist, einen Zweikampf diese Sache entscheiden zu lassen. Sein Volk liebt solche Belustigungen und ab und zu muss man ihnen als guter König eine Freude machen. Wenn einer von uns gegen seinen besten Kämpfer gewinnt, dann lässt er uns alle gehen. Ohnehin sind wir nicht sehr wertvoll für ihn, weil wir zu weit entfernt leben und es sehr unsicher ist, ob er Lösegeld zu erwarten hat. Wir nehmen ihm nur den Platz in den Zellen weg, den er für rentablere Gefangene nutzen könnte. Er sagt, er hat mittlerweile so viele Kleinlinge hier, dass unsere tatsächliche Heimat leer sein muss. Da erscheint es ihm praktischer, mit uns etwas Spaß zu haben.«

Rumbolt knurrte: »Frag ihn, was wir für eine Sicherheit haben, dass er sein Wort hält und uns wirklich gehen lässt, wenn wir gewinnen.«

Als Alfons die letzten Worte Rumbolts übersetzte, begann der König zu grinsen, wobei er wahrhaft schauerliche Zähne entblößte. Er antwortete mit nur einem Wort und Alfons seufzte: »Keine. Wir haben keine Sicherheit.«

Rumbolt nickte resigniert, aber der Malukherrscher hatte noch etwas zu sagen, Alfons wurde kreideweiß beim Übersetzen: »Er hat noch eine Bedingung. Sollten wir gewinnen, will er, dass der Sieger des Kampfes hier bleibt, damit er nicht völlig leer ausgeht. Alle anderen wird er freilassen. Er gibt uns sein Wort. Er will nur den besten Kämpfer behalten, und der soll fortan für ihn arbeiten.«

Rumbolt wurde blass um die Nase, fing sich jedoch schnell wieder. »War ja klar, dass die Sache einen Haken hat«, sagte er fest. »Aber gut, ich werde kämpfen, diesen Malukkrieger besiegen und dann hält er hoffentlich sein Wort und lässt euch andere gehen.«

Finn wollte protestieren, und Alfons schüttelte abwehrend den Kopf, doch Rumbolt blieb stur und befahl Alfons, dem König mitzuteilen, dass er auf sein Angebot eingehen würde. Widerstrebend übersetzte Alfons und mit jedem seiner Worte wurde das heimtückische Grinsen des Königs breiter. Finn hatte das Gefühl, dass sie gerade in eine Falle tappten, die so groß war, dass man sie eigentlich gar nicht übersehen konnte.

Der König verlor keine Zeit und ließ seine Wachen das Volk zusammenrufen. Dazu wurden riesige Hörner aus einer Kammer hinter dem Thron geholt und zwei Wächter bliesen vor dem Tor des Thronsaales hinein. Ein dumpfes Brummen schallte durch alle Gänge. Es war so laut und durchdringend, dass Finn sich die Ohren zuhalten musste. Die dunklen Töne würden sicher bis in den letzten Gang dieser Festung schallen. Der König sagte etwas zu Alfons und schon kamen zwei Wachen auf seinen Wink hin auf sie zu.

»Er sagt, er lässt uns zur Arena bringen, dort sollen wir ihn erwarten. Er muss zuvor noch etwas erledigen.«

Ehe sie sich versahen, führten die Wächter sie aus dem Thronsaal und einen Gang hinunter. Der König verschwand mit einem listigen Lächeln auf den Lippen durch die Tür hinter seinem Thron.

## 7

Lund schwitzte. Er schnitzte seit Stunden Wurfgeschosse aus Ästen und Baumstämmen. Er hatte zwar schon einen ziemlich großen Haufen halbwegs runder Holzstücke aufgeschichtet, aber das reichte Krumhold noch lange nicht. Der hatte das Kommando übernommen, und Savall war nichts anderes übrig geblieben, als sich damit abzufinden. Lund fragte sich mittlerweile, ob es seinen Freunden in der Burg nicht besser erging als ihm hier draußen. Krumhold stand ständig hinter ihm und trieb ihn zur Eile an. Lund hatte sich schon dreimal mit dem Messer geschnitten, aber er arbeitete weiter. Er wagte nicht zu jammern, angesichts der Narben, die Krumholds ganzen Körper bedeckten. Das Einzige was ihn aufmunterte, war, dass alle anderen genauso hart schuften mussten. Krumhold ließ Amos seit Stunden schwere Äste und Holzstücke zu einem Wall aufschichten. Er nutzte dafür zwar seine Magie, aber auch die schien sich mittlerweile zu erschöpfen. Er wurde knallrot im Gesicht vor Anstrengung, wenn er seine Kraft gegen einen Ast richtete und ihn auf den Haufen schob. Dabei musste er auch noch sehr leise sein, immerhin befanden sie sich direkt neben der Burg der Maluk und ein lautes Krachen im Wald hätte vielleicht ihre Aufmerksamkeit erregt.

Krumholds Plan nahm inzwischen konkrete Formen an. Er ging davon aus, dass ihre Freunde, wenn sie aus der Burg kamen, vermutlich von vielen Feinden verfolgt würden. Er hatte zwei Männer im Geäst postiert, die den Eingang der Burg beobachteten und Alarm schlagen sollten, wenn sich auch nur die Nasenspitze eines Kleinlings zeigte. Schlomm sollte, sobald dieser Alarmruf ertönte, aus dem Baum springen und fürchterlich brüllend zur Burg rennen. Krumhold hoffte, dass der Anblick eines ausgewachsenen Minks so manchen Angreifer in die Flucht schlagen würde. Das Schlomm eigentlich ein lieber Kerl war, wusste ja niemand. Deshalb übte der Mink, seit Krumhold ihm seine Aufgabe erklärt hatte, böse auszusehen, und Lund musste ihm bei jeder neuen Grimasse bestätigen, dass er wirklich zum Fürchten war. Krumhold und einige seiner Krieger sollten Schlomm dann folgen und sich den herannahenden Maluk, die der Mink noch nicht vertrieben hatte, entgegenstellen. So dass sich ihre flüchtenden Freunde hinter dem Wall, den Amos aufgeschichtet hatte, in Sicherheit bringen konnten. Von dort würden sie die herannahenden Verfolger dann mit Lunds Wurfgeschossen bombardieren. Die Elfe sollte einen weitläufigen Schutzzauber über den Wall legen, sobald alle Kleinlinge dahinter in Sicherheit waren. So sollten die Angreifer aufgehalten werden, damit die Kleinlinge besser flüchten könnten.

Aber dieser Teil des Plans war leichter gesagt als getan. Selina übte immer wieder den Schutzzauber, nur gelang er ihr nicht richtig. Bis jetzt hatte sie gerade einmal für wenige Minuten einen rosa leuchtenden Gürtel zwischen zwei Bäumen spannen können. Die Maluk hätten den Zauber umgangen, bevor die Kleinlinge auch nur außer Sichtweite wären. Selina hatte Krumhold mehrmals versucht, zu erklären, dass so ein Schutzzauber besonders schwer aufrechtzuerhalten war, und nur gut ausgebildete erwachsene Elfen ihn beherrschten. Doch Krumhold ließ nicht locker und befahl ihr, weiterzuüben.

Die Elfe war verzweifelt und strengte sich an, aber das rosa Leuchten wurde eher schwächer als stärker. Missmutig ließ sie sich neben Lund ins Gras plumpsen. »Wenn ich mich weiter so verausgabe, wird meine Magie völlig erschöpft sein, wenn die Maluk tatsächlich kommen«, seufzte sie. »Dieser Zauber übersteigt meine Fähigkeiten. Ich kenne überhaupt nur einen einzigen Elfen, der in der Lage wäre, ein derartig riesiges Schutzschild zu produzieren, wie Krumhold es erwartet, und das ist mein Vater.«

Lund war erstaunt, er hatte sie noch nie von ihrer Familie sprechen hören. Überhaupt war es das erste Mal, dass sie ein Gespräch mit ihm anfing. Er war ihrer Meinung und sagte: »Ich finde auch, dass Krumhold ziemlich übertreibt. Im Grunde wissen wir Kleinlinge kaum etwas über Elfenzauber. Es ist schon unglaublich, dass Krumhold von diesem Schutzzauber gehört hat. Er ist ein alter Jäger, da kriegt man wohl so manches mit, was in der Oberwelt vor sich geht, aber sicherlich weiß er nicht, wie schwer dieser Zauber ist.«

»Ich hab ihm schon zehnmal gesagt, dass ich ihn nicht kann, er hört mir einfach nicht zu. Er sagt nur, übe weiter, und geht weg.«

Lund nickte: »Er ist etwas schwierig, aber ich glaube, eigentlich ist er ein sehr guter Anführer. Er verlangt bloß zuviel, ohne daran zu denken, ob es überhaupt zu schaffen ist. Ich hoffe, dass wir das alles überhaupt nicht brauchen und die anderen unentdeckt wieder aus der Burg kommen.«

Die Elfe sah ihn zweifelnd an: »Ich glaube nicht, dass es so einfach wird. Es wäre besser, wenn Krumhold noch einen Alternativplan hätte, falls mein Zauber versagt.«

Mit diesen Worten stand sie auf und trottete hinüber zu ihrem Übungsplatz. Krumhold hatte ihre kurze Pause bereits bemerkt und gab Lund wütende Zeichen, dass er weiter arbeiten und nicht trödeln sollte. Missmutig fing Lund an, die vermutlich achtzigste Holzkugel zu schnitzen und verzog vor Schmerz das Gesicht, als er sich zum nun mehr vierten Mal in den Finger schnitt.

Er betrachtete kurz den Schaden und wischte das hervorquellende Blut achtlos an seiner Jacke ab. Als er erneut das Messer ansetzte, um die letzten Ecken seiner Kugel zu beseitigen, dachte er, dass die Elfe eigentlich ganz nett war. Vielleicht hatten Neppi und er sie die ganze Zeit falsch eingeschätzt. In ihrem kurzen Gespräch wirkte sie kein bisschen eingebildet oder zickig. Lund hatte sogar das Gefühl, sie wären irgendwie Verbündete, weil sie beide unter Krumhold zu leiden hatten. Verstohlen warf er einen Blick zu Selina, die sich gerade wieder in Pose stellte, um einen neuen Versuch des Schutzzaubers zu wagen. Lund hoffte, dass er ihr diesmal gelingen würde.

# 8

Als Finn die Arena betrat, war er überwältigt von ihrer Größe. Alle Höhlen, die er bis jetzt in der Malukfestung gesehen hatte, einschließlich des riesigen Thronsaales, waren winzig im Vergleich zu dieser. Eigentlich konnte man es kaum mehr als Höhle bezeichnen, es war eine riesige unterirdische Halle.

Rotes Licht beleuchtete eine runde Sandfläche in der Mitte der Arena. Sie war so groß, dass Finn vermutete, es fänden hier auch Wagenrennen statt. Rundum zogen sich an allen Wänden Bankreihen nach oben bis kurz unter die Decke. Finn und die anderen Kleinlinge wurden von den Malukwächtern auf eine Bankreihe direkt neben der Tür geführt. Sie war nur leicht erhöht und stand allein, so dass sie links und rechts von Wächtern flankiert werden konnte. Zudem hatte sie eine kleine Tür, die auf die Sandfläche führte. Finn schloss aus dieser praktischen Konstruktion, dass die Maluk darauf eingerichtet waren, hier Gefangene kämpfen zu lassen. Seine Vermutung bestätigte sich, als die Wächter ihm die Hände auf den Rücken drehten und sie an extra dafür vorgesehenen Ringen an der Rückseite der Bankreihe festbanden. Der Maluk zog den Strick so fest um sein Handgelenk, dass Finn fast aufgeschrien hätte. Rumbolt neben ihm wehrte sich heftig gegen die Fesseln und bekam von einem Maluk einen Schlag in den Magen, der ihn nach Luft ringen ließ. Danach gab er auf. Ohnehin sah er inzwischen ziemlich mitgenommen aus. Die gebrochene Nase wirkte, als sei sie völlig zermatscht und lief langsam blau an, und sein Gesicht war mit getrocknetem Blut bedeckt. Finn fragte sich, wie Rumbolt in diesem Zustand noch einen Malukkrieger besiegen wollte, noch dazu den besten.

Genau gegenüber, knapp unterhalb der Decke erblickte er die Königsloge. Es war ein abgeteilter Bereich, in dem sich keine Bankreihen befanden, sondern nur ein Thron mit einem roten Baldachin aus schwerem Samtstoff. Die Brüstung war vergoldet und etwas tiefer als bei den normalen Reihen, wohl damit der König besser sehen konnte. Rechts und links neben dem noch leeren Thron standen zwei Wächter mit schwarzen Schwertern.

Während Finn sich noch umsah, füllten sich die Reihen der Arena. Durch das große Tor strömten die Maluk herein und kletterten auf die Ränge. Viele starrten die gefesselten Kleinlinge neugierig an, manche riefen ihnen etwas zu und lachten. Rumbolt wollte von Alfons wissen, was sie gesagt hatten, dieser winkte jedoch nur müde ab: »Irgendwelche Unverschämtheiten, du würdest dich nur aufregen.«

Die Arena war in kürzester Zeit voll bis auf den letzten Platz und die Maluk schwatzten, grölten und lachten so laut, dass Finn kaum hören konnte, was Rumbolt neben ihm sagte. Der einzige Platz, der noch immer leer war, war der Thron des Königs.

Finn sah sich um und stellte fest, dass er keinen Maluk vom anderen unterscheiden konnte. Eigentlich sah er nur ein Meer von kahlen, flachen Schädeln und kleinen roten Augen. Egal wo er hinsah, erblickte er das gleiche Gesicht und bei jedem Lachen entblößten sich die gleichen spitzen Zähne. Er schüttelte sich vor Abscheu. Da verstummte der Lärm plötzlich, und es wurde mucksmäuschenstill. Verwirrt sah Finn sich um. Der König war soeben in seine Loge getreten und hatte die Arme erhoben, um zu seinem Volk zu sprechen. Alle Maluk verbeugten sich tief vor ihrem König, der guter Laune war und lächelte, als er zu reden begann. Amos übersetzte im Flüsterton: »Er begrüßt alle seine geliebten Untertanen zu diesem Spektakel und freut sich, dass er ihnen heute eine besondere Belustigung bieten kann. Ein wahrhaftig unglaublicher Kampf wird stattfinden, wie sie ihn noch nie gesehen haben.«

Durch das Publikum ging bei seinen Worten ein gespanntes Raunen. Der König grinste noch breiter. Dann deutete er mit einer ausladenden Geste zur Tribüne, auf der die Kleinlinge saßen und fuhr in dramatischem Ton fort. Alfons wollte gerade übersetzen, da stockte er und machte ein irritiertes Gesicht. Im nächsten Moment brach tosender Beifall auf den Rängen los, und alle Maluk blickten auf Finn. Rumbolt zischte ungeduldig: »Was hat er gesagt?«

Alfons war sichtlich benommen, als hätte er einen Schlag auf den Kopf bekommen, und übersetzte abwesend: »Er hat gesagt, es wird ein magisches Duell geben zwischen seinem Zauberer und diesem Jungen.«

Rumbolt schrie auf und wurde knallrot im Gesicht: »Was? Er will, dass Finn kämpft? Das kommt gar nicht in Frage. So war das nicht abgemacht. Sag ihm das sofort, Alfons.«

Finn hatte das Gefühl, der Boden unter seinen Füßen würde schwanken. In seinem Magen lag auf einmal ein dicker Stein und ihm wurde übel. Das konnten die doch nicht ernst meinen. Er konnte überhaupt nicht zaubern, geschweige denn gegen einen richtigen Zauberer ein Duell gewinnen. Er würde tot sein, bevor jemand im Raum bis drei gezählt hatte. Er kannte keinen einzigen vernünftigen Zauber. Er konnte gerade ein bisschen blaues Licht aus seinen Händen schießen lassen. Damit hatte er vorhin einige Maluk umgeworfen, aber niemanden verletzt. Ein richtiger Magischer würde darüber lachen, und wer wusste schon, was die Maluk für Magische besaßen.

Alfons redete jetzt auf den König ein, der bei seinen Worten nur noch breiter grinste. Dann erwiderte er etwas und Alfons übersetzte schäumend vor Wut: »Er sagt, es war nicht abgesprochen, wer von uns kämpfen wird und gegen wen. Er habe auch nie von einem Kampf mit Schwertern oder Fäusten geredet. Die magische Darbietung des Jungen unten bei den Gefängniszellen habe ihn neugierig gemacht. Kämpfer hat er genug, aber es gibt in seinem Volk keine Magischen, deshalb hat er besonderes Interesse daran, gute zu bekommen. Die drei, die er schon in seinen Kerkern hat, hält er für ziemlich wertlos, weil ihre Kräfte schwach sind, doch der Junge scheint mehr zu können. Er will ihn gegen seinen eigenen Magier kämpfen lassen. Den Besseren behält er dann.«

Rumbolt tobte jetzt auf der Bank und versuchte sich loszureißen: »Das kann er nicht machen. Finn ist noch ein Kind. Er wird gegen niemanden kämpfen, hörst du. Ich bringe dich eigenhändig um, wenn dem Jungen was geschieht.« Rumbolt brüllte so laut, dass seine Stimme heiser wurde. Von den Rängen drang das Lachen der Maluk zu ihnen hinunter. Finn war wie betäubt, er hatte das Gefühl, dass alles müsste ein Traum sein. Er spürte, wie die Fesseln um sein Handgelenk gelöst wurden. Zwei starke Arme schubsten ihn auf die Tür in der Brüstung zu. Wie in Trance stolperte Finn vorwärts und prallte gegen die Tür. Hinter sich hörte er Rumbolt toben und schreien, doch es erschien ihm alles wie hinter dichtem Nebel. Eine Hand mit schwarzen Krallen öffnete ihm die kleine Tür. Plötzlich traten Finns Füße ins Leere, und er stürzte vornüber in den weichen roten Sand. Wieder erklang lautes Lachen aus allen Richtungen. Finn hätte sich am liebsten in Luft aufgelöst.

Dann wurde es still. Der König sagte einige Worte. Alfons schrie die Übersetzung, damit auch Finn sie hören konnte, der sich jetzt langsam wie ein alter Mann aus dem Staub erhob.

»Er sagt, sein Magier wäre alt und müde, vielleicht sei es Zeit, ihn durch einen neuen zu ersetzen. Wenn du ihn besiegst, Finn, hast du die Ehre, sein neuer Magischer zu werden.«

Alfons spuckte angewidert aus und brüllte: »Oh, wie ich diesen hinterlistigen Teufel hasse.«

Dann rief er es noch einmal laut in der Sprache der Maluk, damit der König ihn auch verstand. Aber dieser lächelte wie immer nur kalt und gab seinen Wächtern, die an der Tür standen, ein Zeichen. Daraufhin wurde das Tor feierlich geöffnet und durch die Menge ging wieder ein Raunen. Aus der Dunkelheit des Ganges trat, flankiert von zwei Maluk, eine Gestalt in einer roten Kutte ins Licht der Arena. Die Kapuze war so tief ins Gesicht gezogen, dass Finn nicht erkennen konnte, wer oder was sich darunter verbarg. Aber es war sicher nichts Gutes. So schnell wie möglich lief Finn rückwärts ans andere Ende der Arena, um mehr Abstand zwischen sich und dem Fremden zu bringen. Dieser hatte die Wächter zurückgelassen und war auf den Sandplatz getreten, wo er regungslos stehen blieb. Die Menge hatte bis jetzt gejubelt, doch nun ließ die Spannung sie verstummen. Der König rief etwas und Alfons schrie Finn zu: »Er hat gesagt, der Kampf solle beginnen.«

Da flog schon eine feuerrote Kugel von der vermummten

Gestalt los, so schnell, dass Finn gar nicht sah, wie der Magische sie gebildet hatte. Er warf sich auf den Boden und hörte wie das Geschoss über ihn hinwegfegte und in die Holzbalustrade krachte. Die Maluk schrien und grölten entzückt. Finn rappelte sich entsetzt auf. Sein Gegner war viel zu schnell. Er hatte sich nur ducken können, weil der andere weit genug entfernt war, aber jetzt kam die vermummte Gestalt näher. Finn rannte panisch noch weiter zurück, bis er fast das Holz der Tribüne mit dem Rücken berührte. Der Magische breitete seine Arme aus, und auf einmal fegte ein Sturm durch die Arena, der den roten Sand aufwirbelte, so dass er Finn in Augen, Mund und Nase wehte. Blind lief Finn los und kämpfte gegen den Sturm an, ohne zu wissen, wo er oder sein Feind sich befanden. Er duckte sich irgendwo an der Balustrade und spähte zwischen seinen Händen hindurch in den roten Sandsturm. Plötzlich sah er eine Gestalt zwischen den wirbelnden Sandkörnern auf sich zukommen. Finn wusste, dass er keine Chance mehr hatte, wenn der Magische jetzt einen Zauber auf ihn hetzte und beschloss, ihm zuvorzukommen.

Mit dem Mut der Verzweiflung sammelte er alle Energie, die er finden konnte, und schoss sie, ohne nachzudenken, in den Wirbelsturm auf die herannahende Gestalt. Es bildete sich ein riesiger blauer Ball, der davonzischte und im nächsten Moment hörte Finn einen überraschten Schrei. Der Sturm verebbte, so schnell wie er gekommen war, und Finn sah einige Meter von sich entfernt die Gestalt in der roten Robe am Boden liegen.

Finn wartete einen Augenblick und starrte seinen Widersacher misstrauisch an, doch als dieser sich nicht regte, stand er auf und ging unsicher ein paar Schritte auf den Magischen zu. Da sah er das Unglaubliche. Die Kapuze war seinem Gegner vom Kopf gerutscht, als dieser von Finns Zauber getroffen zu Boden geschleudert wurde. Was darunter zum Vorschein kam, entsetzte Finn: Sein Widersacher war ein Kleinling. Verwirrt ging Finn auf ihn zu, aber da regte sich die Gestalt und öffnete die Augen. Sie waren braun, jedoch ohne jeden Glanz und so leer wie Fenster in einer unbewohnten

Wohnhöhle. Finn wollte etwas sagen, da sprang der andere schon wieder auf die Füße und stellte sich in Zauberposition. Das wuschelige schwarze Haar auf seinem Kopf war bedeckt mit rotem Sand, das konnte Finn noch erkennen, bevor eine Kugel aus Licht auf ihn zuraste, und er zur Seite springen musste. Diesmal verfehlte sie ihn ganz knapp, und er spürte einen stechend heißen Schmerz an seinem Arm.

»Nein«, kam da ein durchdringender Schrei von den Rängen hinter Finn. »Das ist dein Sohn, Finnholf. Du darfst ihm nichts tun. Erkennst du uns nicht? Ich bin es, Alfons.«

Bei der Erwähnung seines Namens meinte Finn, ein kurzes Blitzen in den leeren Augen gesehen zu haben, dann schoss der Magische ungerührt eine weitere Feuerkugel, die dicht neben Finn einschlug. Finn rappelte sich auf und rannte so schnell wie möglich, während ihm rote Blitze um die Ohren zischten. Er konnte es nicht glauben. Dieser Verrückte sollte sein Vater sein? Er konnte sich einen besseren Vater vorstellen als einen, der versuchte ihn mit Feuerzaubern zu grillen. Er drehte sich um und sah, dass sein Gegner schon wieder auf ihn zukam. Die Maluk in der Halle kreischten vor Freude an dem Drama, das sich vor ihren Augen abspielte.

»Und dabei wissen sie noch nicht einmal das Beste«, murmelte Finn wütend, »immerhin versuchen sich hier gerade Vater und Sohn umzubringen!«

Ohne weiter zu überlegen, schrie er verzweifelt die auf ihn zukommende Gestalt an: »Ja, komm nur und töte mich, Vater. Töte deinen eigenen Sohn, weil ein hässlicher Malukkönig es dir befohlen hat. Tu es doch endlich. Ich werde dich nicht mehr bekämpfen. Nicht jetzt, wo ich weiß, wer du bist. Ich habe zu lange auf dich gewartet, Vater, um dich jetzt wieder zu verlieren. Zu Hause in Mommenheim gibt es auch noch deine Frau, Luna, die dich nie vergessen hat. Erinnerst du dich an gar nichts, Vater?«

Finn hatte das Gefühl, jedes Mal ein Zucken im Gesicht seines Vaters zu sehen, wenn er ihn so nannte. Als er jedoch Lunas Namen aussprach, füllten sich die leeren Augen mit Tränen, und Finn bemerkte, dass sein Gegenüber ihn zum ersten Mal richtig ansah. Aber der Moment verschwand und statt einer Antwort flog Finn nur ein weiterer wütender Feuerball entgegen, vor dem er in Deckung gehen musste.

Rumbolt brüllte aufgebracht von der Tribüne: »Du musst dich verteidigen, Finn. Ob er nun dein Vater ist oder nicht. Er ist nicht Herr seiner Sinne. Verteidige dich, oder er wird dich töten, ohne mit der Wimper zu zucken.«

Doch Finn brüllte nur entschieden: »Nein!«

Rumbolt zerrte wie wild an seinen Fesseln, da hörte er auf einmal ein leises Flüstern hinter sich: »Nicht umdrehen, ich bin es, Hinfried. Ich binde euch jetzt los. Vor der Tür stehen die anderen, wir müssen hier raus, solange alle auf den Kampf schauen und uns nicht bemerken.«

»Kommt nicht in Frage«, knurrte Rumbolt, »ich lasse den Jungen nicht zurück.«

Hinfried nickte, als hätte er das schon erwartet, und flüsterte: »Gut, dann bring ihn dazu, in die Nähe der Tür zu kommen. Wenn er hier ist, müssen wir alle gleichzeitig losrennen. Mit etwas Glück sind die Maluk so verwirrt, dass wir einen ordentlichen Vorsprung haben, bis sie uns verfolgen.«

Rumbolt wandte sich leise an Alfons, während Hinfried die Stricke an ihren Handgelenken löste: »Spricht irgendeiner von den Maluk unsere Sprache, Alfons?«

»Nicht dass ich wüsste, jedenfalls haben sie nie Anstalten gemacht, sie zu lernen. Wenn wir etwas wollten, mussten wir uns ihrer Sprache anpassen.«

»Hm«, machte Rumbolt nachdenklich, »es könnte trotzdem sein, dass einer uns versteht, aber ich fürchte, das Risiko müssen wir eingehen. Ich versuche, Finn so zu rufen, dass sie vielleicht nicht gleich misstrauisch werden.«

Verschlagen spähte er zu den beiden Malukwächtern, die neben der Gefangenenbankreihe direkt an der Sandfläche standen und den Kampf verfolgten. Sie waren die Einzigen, die nah genug waren, um ihnen bei der Flucht Schwierigkeiten zu bereiten. Vor allem Finn musste an ihnen vorbei, da sie zwischen ihm und der Tür standen. Rumbolt nahm sich vor, die beiden sobald wie möglich auszuschalten und gab auch

Hinfried entsprechende Anweisungen, dann brüllte er so laut er konnte, als würde er Finn anfeuern: »Hier rüber, Finn, komm zu uns.«

Finn hörte ihn, war aber zu sehr damit beschäftigt, vor den Attacken seines Vaters zu fliehen, um Rumbolts Worte ernstzunehmen. Gerade murmelte Finnholf wieder irgendetwas, und über Finn braute sich ein Orkan zusammen. Er musste um sein Leben rennen, damit er nicht von der donnernden Windrose erfasst und durch die Luft geschleudert wurde. Erst als der alte Jäger ihn ein zweites Mal, nachdrücklich und wütend rief, sah Finn sich nach ihm um und erkannte, dass es ihm ernst war.

›Vielleicht hat Rumbolt einen Plan‹, hoffte Finn.

Es war höchste Zeit dafür, lange konnte er sich gegen seinen Vater nicht mehr behaupten. Er war völlig erschöpft, und Finnholf schien gerade erst warm zu werden.

Vorsichtig und mit großem Sicherheitsabstand umrundete Finn den Zauberer, wobei er ihn nicht aus den Augen ließ, und ging dann rückwärts auf die Tribüne zu, auf der Rumbolt und Alfons saßen. Sein Vater folgte ihm langsam wie ein lauerndes Tier. Finn stieß mit dem Rücken gegen die Holztribüne und hörte sofort Rumbolt in seinem Nacken zischen: »Hinfried ist hier, er hat uns losgebunden. Wir werden gleich die zwei Wächter überwältigen und dann fliehen wir. Auf mein Zeichen hin rennst du zur Tür so schnell du kannst.«

Finn seufzte erleichtert, dann hielt er inne: »Was ist mit meinem Vater? Wir können ihn nicht hierlassen.«

Rumbolt glaubte, seinen Ohren nicht zu trauen: »Finn, dein Vater ist nicht mehr bei Sinnen. All die Jahre bei diesen Maluk haben ihn verrückt gemacht. Er versucht, dich zu töten. Kannst du mir sagen, wie wir einen wildgewordenen Magischen hier herauskriegen sollen?«

Finn konnte es nicht sagen, aber er war auch nicht bereit, seinen Vater aufzugeben, jetzt wo er ihn endlich gefunden hatte. »Ich gehe nicht ohne ihn«, sagte er ruhig.

Sein Vater war inzwischen so nahe gekommen, dass es für Finn gefährlich wurde und Rumbolt sagte schnell: »Gut, du hast eine Chance. Wenn du ihn kampfunfähig machen kannst, trage ich ihn persönlich hier raus. Er war mein Freund, und ich würde nichts lieber tun, als ihn nach Hause bringen, aber wenn er sich wehrt, geht das nicht. Er ist ein zu mächtiger Zauberer, als das wir ihn zwingen könnten. Und jetzt liefere diesen Maluk eine gute Show, Junge, damit wir unbemerkt die beiden Wächter aus dem Weg räumen können.«

Finn fühlte, wie seine Beine zitterten, aber gleichzeitig spürte er die Stärke in seinem Herzen. Er würde seinen Vater retten, und ihn zu Luna zurückbringen, koste es, was es wolle. Seine Augen verengten sich zu Schlitzen, und er schätzte die Entfernung zwischen ihm und seinem Vater ab. Er hatte es schon einmal geschafft, seinen Gegner umzuwerfen, diesmal jedoch musste der Schlag so hart sein, dass er bewusstlos wurde und nicht wieder aufstand. Finn fürchtete, seine Kraft nicht richtig einzuschätzen. War es zu wenig, würde sein Vater bei Bewusstsein bleiben und sich wehren. Wenn Finn zuviel Energie in seinen Zauber legte, könnte er seinen Vater schwer verletzen oder sogar töten. Zudem hatte er nur einen Versuch, wenn Rumbolt und Hinfried die Malukwächter ausgeschaltet hatten, würde es nicht lange dauern, bis es jemand bemerkte. Sie hatten nur die eine Chance zur Flucht. Er entschied, dass der Tod besser war als ein Leben als Sklave der Maluk und war bereit, es zu versuchen. Plötzlich lief er ein paar Schritte zur Seite, um die Aufmerksamkeit der Zuschauer auf sich zu lenken, damit Rumbolt freie Bahn hatte. Sein Vater wirbelte herum und kam nun schneller auf ihn zu. Finn stellte sich in Zauberposition und nahm allen Mut und alle Kraft, die er in sich hatte, zusammen. Dann schrie er: »Ich bin dein Sohn, Finnholf. Egal was du tust, ich lasse dich nicht hier. Ich bringe dich zu Luna zurück oder töte dich. Verzeih mir, Vater.«

Dann brachen alle widersprüchlichen Gefühle, die in Finn kämpften, aus ihm heraus. Liebe, Angst, Wut, Verzweiflung und Hoffnung bahnten sich ihren Weg und entluden sich in einer wahren Explosion aus blauem Licht. Die Maluk kreischten und mussten sich die empfindlichen Augen zuhalten, um nicht zu erblinden. Finnholf war bei den Worten seines Sohnes stehen geblieben, und in seinem Gesicht zeigten sich erste Spuren der Erinnerung. Die fest zusammengepressten Lippen entspannten sich und die blicklosen Augen schienen Finn auf einmal anzusehen. Er machte keine Anstalten, sich zu verteidigen. Für den Bruchteil einer Sekunde blickten sich Vater und Sohn im gleißenden Licht des Zaubers in die Augen. Dann traf Finns blaue Kugel ihr Ziel, und sein Vater wurde meterweit durch die Luft geschleudert. Er schlug kurz vor der Gefangenentribüne auf dem weichen Boden auf und blieb reglos liegen. Finn machte zwei taumelige Schritte vorwärts. Er fühlte sich benommen. Der Zauber hatte ihn viel Kraft gekostet und in sich spürte er nur Leere. Aber über all dem Lärm der verwirrten Maluk hörte er Rumbolts drängende Stimme: »Jetzt, Finn! Komm her!«

Finn lief auf die Tür zu. Auf den Rängen sah er verwirrt blinzelnde Maluk, die sich die Augen rieben oder sie noch immer zuhielten. Einer der Wächter lag bereits auf dem Sand und Hinfried gab gerade dem zweiten einen Schlag auf den Kopf, woraufhin auch dieser zusammenbrach. Rumbolt schulterte den bewusstlosen Finnholf. Mit Schrecken sah Finn, dass sein Vater eine große blutende Wunde am Kopf hatte, und er hoffte inständig, dass das die einzige Verletzung war. Alfons packte Finn und zerrte ihn in Richtung Tür. Finn stolperte wie durch dichten Nebel. Seine Beine waren weich und schienen unter ihm wegknicken zu wollen. Hinfried stieß die große Tür auf und die Kleinlinge huschten hindurch.

Draußen warteten die anderen Männer aus Hinfrieds Gruppe und der Magier Marab voller Sorge. Als sie die Freunde wohlbehalten herauskommen sahen, grinsten sie breit und stützten sofort den erschöpften Finn. Erst als sie einige Schritte den Gang hinuntergelaufen waren, hörten sie wütende Schreie aus der Arena. Die Augen der Maluk hatten sich wieder erholt, und die Flucht der Gefangen war entdeckt worden.

Die Kleinlinge rannten um ihr Leben. Alfons lief an der Spitze und versuchte, sie auf dem kürzesten Weg zum Ausgang zu führen. Marab lief am Ende und sah sich immer wieder nach den Verfolgern um, damit er blendende Blitze auf sie werfen konnte. Da erklangen panische Hornsignale aus den Tiefen der Festung. Rumbolt fluchte: »Verdammt, wie konnten sie die Nachricht von unserer Flucht so schnell verbreiten? Jetzt ist die ganze Burg hinter uns her.«

Zu seiner Überraschung grinste Hinfried: »Ich glaube, dieses Signal galt nicht uns. Das war eher ein Hilferuf, weil die Wächter gerade von ihren hunderten Gefangenen überrannt werden. Wir waren im Zellentrakt und haben die anderen mit dem Schlüssel zurückgelassen. Sie sollten die Gefangenen befreien und mit ihnen an die Oberfläche fliehen. So haben sie gute Chancen, zu entkommen und wir auch. Die Maluk erleben gerade das absolute Chaos in ihrer Festung.«

Rumbolt strahlte und schlug Hinfried auf die Schulter. Hinter ihnen hörten sie Fußgetrappel, die Maluk hatten sich aus der vollen Arena herausgekämpft und nahmen die Verfolgung auf. Alfons lief schneller und Hinfried half Rumbolt beim Tragen des besinnungslosen Finnholfs.

In der Burg herrschte völliges Durcheinander. Überall hörten die Kleinlinge Hörner und Warnrufe. Vereinzelt liefen sogar panische Maluk an ihnen vorbei, ohne sie eines Blickes zu würdigen. Auf einmal kamen sie durch einen kleinen Durchgang und standen in der Warenannahmehöhle, in der ihr Weg durch die Festung der Maluk begonnen hatte. Sie wollten gerade auf den großen Tunnel zustürzen, der nach draußen führte, als aus den drei Gängen gegenüber auf einmal eine schreiende Horde fremder Wesen stolperte. Finn sah das kleine Baumfräulein, dessen Mann die Maluk in dieser Höhle zum Wahnsinn getrieben hatte. Er sah Elfen und Krötenwesen und sogar ein Fräulein, dass Königin Wodswane ziemlich ähnlich sah. Sie alle strömten an ihnen vorbei in den großen Gang nach draußen.

Auf einmal entdeckte Finn Neppi in der Menge und hinter ihm die anderen Kleinlinge aus dem Gefängnis. Über ihren Köpfen trugen sie den alten Heronimus auf einer Bahre. Rumbolt winkte und rief die Kleinlinge zu sich.

Gerade als sie gemeinsam auf den Ausgang zusteuerten, kamen aus dem Gang hinter ihnen die Malukkrieger. Zunächst waren sie überrascht, als sie die vielen Wesen sahen, die soeben aus ihrer Festung flohen, aber dann stürzten sie sich wütend auf die Gruppe Kleinlinge am Rande des Stromes der Flüchtlinge. Der erste Maluk hob sein Schwert und wollte es auf Rumbolt niedersausen lassen, der immer noch Finnholf auf seinen Schultern trug. Bevor die Klinge ihn jedoch traf, schrie Marab: »Augen zu«, und der Angreifer wurde von einem gleißend hellen Blitz getroffen. Er taumelte schreiend und mit einer Hand vor den empfindlichen Augen zurück. Das Schwert ritzte Rumbolt nur leicht am Arm die Haut auf. Der Blitz war so hell gewesen, dass auch die anderen Maluk für den Moment blind umherirrten. Selbst Finn, der die Augen nicht schnell genug geschlossen hatte, sah dunkle Flecken vor seinen Augen. Sofort rannten die Kleinlinge mit den Befreiten, deren Strom nicht aufzuhören schien, auf den Ausgang zu. Schon nach wenigen Augenblicken sah Finn, dass es heller wurde und sein Herz machte einen Sprung vor Freude. Auf einmal war das Tor direkt vor ihnen und dahinter helles Tageslicht.

Die Maluk, die das Tor bewachten, versuchten verzweifelt es zu schließen, doch sie kamen nicht gegen den mächtigen Strom der Wesen an, die hindurchdrängten. Als die Kleinlinge es erreichten, waren sie zuerst so geblendet, dass sie blind wie Maulwürfe in die Freiheit tappten. Finn und Neppi erinnerte das stark an das erste Mal, als sie an die Oberfläche gekommen waren. Langsam kehrte das Sehvermögen zurück, und Finn sah einen großen Schatten, der eilig auf ihn zugerannt kam und dabei fürchterliche Laute ausstieß. Die Wesen um ihn herum, begannen zu schreien und flüchteten jetzt in alle Richtungen. Die Malukkrieger versuchten, sich in den Schutz ihres Tunnels zurückzuziehen. Erst jetzt erkannte Finn, was da auf sie zukam.

»Schlomm«, rief er glücklich und die befreiten Kleinlinge, die bereits flüchten wollten, sahen sich irritiert um. Schlomm vergaß vor lauter Freude, böse zu gucken, als er Finn entdeckte und kam schlitternd vor dem Kleinlingjungen zum Stehen. Glücklich leckte er Finn mit seiner großen rauen Zunge ab, bis dieser kreischte vor Lachen, weil es so kitzelte.

»Dieser Mink ist ein Freund«, sagte Rumbolt knapp zu Alfons und sah sich dann nach den Verfolgern um. Der Strom der Gefangenen verebbte langsam und immer mehr Malukkrieger kamen ans Tageslicht. Sie kämpften zwar noch mit der verabscheuten Helligkeit und waren ungeordnet und ohne Anführer, doch das konnte sich jeden Moment ändern.

Rumbolt fluchte. »Verdammt, wir müssen hier weg. Diese Maluk quellen aus der Erde wie Ameisen. Sie sind weit in der Überzahl, und die anderen Gefangenen zerstreuen sich in alle Winde. Wir sind zu wenige, um gegen diese Übermacht zu kämpfen.«

Plötzlich brachen die alten Jäger der dritten Gruppe aus dem Unterholz und Krumhold brüllte: »Hier rüber, Rumbolt, hinter den Wall.«

Rumbolt zögerte nicht lange und führte die Kleinlinge auf das Dickicht zu. Krumhold und seine Männer standen bereit, um jeden Maluk aufzuhalten, der ihnen folgte, bis jetzt jedoch blieben die Feinde in der Nähe ihrer Burg und formierten sich fast gelassen zu einer riesigen Armee.

Hinter dem Wall, den Amos errichtet hatte, trafen sie auf die restlichen Kleinlinge der dritten Gruppe. Obwohl die Lage so ernst war, schütteten sich Neppi und Finn fast aus vor Lachen, als sie Lund sahen, der von Kopf bis Fuß mit Zweigen und Blättern getarnt hinter dem Wall hockte, neben sich einen Haufen Holzkugeln, die er nach den Angreifern werfen sollte. In seinen Augen lag ein freudiges Glitzern, als er seine Freunde erblickte, doch er setzte ein grimmiges Gesicht auf und nörgelte nur: »Ja, seid froh, dass ihr da drin wart. Ich kann euch versichern, hier draußen war es die Hölle.«

Neppi grinste breit: »Lund ist jedenfalls noch ganz der Alte.«

Da kamen auch die Jäger der dritten Gruppe über den Wall zurück und Krumhold berichtete: »Diese Maluk bereiten sich darauf vor, den ganzen Wald zu überrennen. Ich weiß nicht, wie viele Krieger die noch haben, aber die halbe Lichtung ist schon voll mit hässlichen Kahlschädeln.«

Rumbolt rannte nervös auf und ab: »Dieser Wall wird sie kaum lange aufhalten, auch ein paar Holzgeschosse nicht. Was sollen wir jetzt tun? Habt ihr noch einen anderen Plan?«

Krumhold blickte stumm zwischen die Bäume. Dort stand Selina in ihrem weißen Kleid und wirkte noch kleiner und zerbrechlicher, als Finn sie in Erinnerung gehabt hatte. Sein Herz machte einen Sprung, als er sie sah, und er widerstand nur knapp dem Verlangen, einfach zu ihr zu laufen und sie in die Arme zu nehmen. Als sie näher kam, sah Finn mit Schrecken die Erschöpfung in ihrem Gesicht. Sie hatte tiefe Ringe unter den Augen und war noch blasser als sonst.

Rumbolt blickte Krumhold fragend an: »Was hat die Elfe damit zu tun?«

Krumhold gab Selina ein Zeichen und diese stellte sich vor dem Wall auf. Sie hob die Arme und breitete sie entlang des Walles aus. Finn sah Anspannung und Angst in ihrem Gesicht, als sie begann etwas zu murmeln und rosa Licht ihren Händen entströmte. Lund, der mittlerweile von seinem Posten auf dem Wall heruntergeklettert war, seufzte neben Finn: »Sie wird es nicht schaffen. Krumhold verlangt zuviel von ihr.«

»Was wird sie nicht schaffen, Lund? Was versucht sie da überhaupt?«, fragte Finn besorgt.

»Sie soll einen Schutzzauber quer über die Lichtung ziehen, an dem die Maluk nicht vorbeikommen, damit wir fliehen können, aber es ist zu schwer für sie. Sie hat sich schon beim Üben völlig überanstrengt.«

Das rosa Leuchten hüllte mittlerweile den Wall ein, doch als es sich auf das Gebüsch daneben ausbreitete, begann das Licht zu flackern. Selinas Gesicht war gerötet vor Anstrengung. Auf einmal verdrehte sie die Augen und sackte in sich zusammen. Das rosa Leuchten erlosch kläglich.

Finn war sofort bei ihr. Er kniete vor ihr und nahm ihren Kopf in seine Hände, leise flüsterte er: »Selina, was ist mit dir? Bitte wach auf.«

Er schüttelte sie leicht und streichelte ihre Wangen, aber Selina erwachte nicht. Die anderen standen um sie herum und machten besorgte Gesichter.

Finn schrie Krumhold wütend an: »Was hast du mit ihr gemacht? Sie wacht nicht mehr auf!«

Dann wandte er sich an Lund: »Warum hast du nicht auf sie aufgepasst?«

»Genau, das war dein Job«, pflichtete Neppi ihm bei.

Da ertönten Hörner von der Burg der Maluk. Die Kleinlinge stürmten zum Wall, nur Finn blieb zurück und hob Selina vorsichtig auf. Er trug sie in ein dichtes Gebüsch, um sie zu verstecken, falls die Maluk sie überrannten und wieder in ihre Gefängnisse verschleppten. Er hatte keine Hoffnung mehr, dass sie ihnen entgehen würden. Er wollte nur Selina retten. Er versteckte sie unter einem Haufen Blätter, bis nur noch ihr Gesicht zu sehen war. Dann flüsterte er: »Auch wenn ich dich nie wiedersehe, ich hoffe, du wachst auf und kannst dich in Sicherheit bringen. Ich muss jetzt gehen und den anderen helfen.«

Doch bevor er ging, beugte er sich noch hinunter und küsste die Elfe auf ihre zarten Lippen. Ein Schauder durchlief ihn dabei, und die Erinnerung daran war noch in seinem Kopf, als er zurück zum Wall rannte. Die anderen Kleinlinge hatten ihn bereits erklommen und beobachteten mit sorgenvollen Mienen das Treiben auf der Lichtung.

»Sie rücken vor. Wir müssen was tun«, hörte Finn sie rufen. Er wollte gerade auch auf den Wall klettern, als er hinter sich eine krächzende Stimme vernahm: »Hilf mir hoch.«

Finn sah sich um und entdeckte seinen Vater. Er musste gerade erwacht sein, er blinzelte geblendet ins spärliche Sonnenlicht und versuchte, aufzustehen. Die Wunde an seinem Kopf blutete nicht mehr, aber Finnholf machte einen etwas verwirrten Eindruck. Finn ging vorsichtig zu ihm hinüber, er fürchtete, dass sein Vater noch immer vorhatte, ihn zu vernichten. Umso überraschter war er, als der Mann die Hand nach ihm ausstreckte und abermals, diesmal mit fester Stimme, forderte: »Hilf mir hoch, Junge.«

Finn konnte nicht anders, als die Hand zu ergreifen, immerhin war dieser Mann sein Vater, auch wenn er ihn nicht kannte. Er zog Finnholf auf die Beine und entdeckte, dass der leere Blick aus seinen Augen verschwunden war. Stattdessen sah Finn dort Verwirrung, aber auch zunehmendes Erkennen.

Hinter sich hörte Finn Rumbolt brüllen: »Sie kommen. Werft alles über diesen verdammten Wall, was wir haben.«

Pfeile zischten durch die Luft. Finn drehte sich um und sah Neppi und Lund auf dem Wall stehen und die Holzkugeln werfen. Marab schoss Blitze, Amos Druckwellen und aus den Augen der kleinen Magierin Androme quollen grüne Nebelschwaden. Rumbolt und seine Männer feuerten Steine aus Schleudern, schossen Pfeile ab und hatten ihre Schwerter gezückt, bereit zum Kampf Mann gegen Mann.

»Was ist da los?«, hörte Finn seinen Vater fragen.

Finn sagte schnell: »Wir haben dich, die anderen Kleinlinge und alle Gefangenen aus der Burg der Maluk befreit. Ich schätze, jetzt wollen sie sich dafür rächen. Ein ganzes Heer von ihnen rückt gerade auf diesen Wall vor, und sie werden uns bald überrannt haben, wenn kein Wunder geschieht. Ich muss auf den Wall und den anderen helfen.«

Finn ließ seinen Vater los und stieg auf den Wall, Finnholf folgte ihm. Oben bot sich beiden ein Bild des Schreckens. Hunderte von schwarz-rot gekleideten Maluk wälzten sich unaufhaltsam auf sie zu. Sie hatten schon die halbe Strecke zwischen Burg und Wall hinter sich gebracht und der Stein- und Pfeilhagel schien ihnen kaum etwas auszumachen. Für jeden Maluk, der getroffen zu Boden fiel, stellte sich ein neuer in die Reihe. Die Magischen richteten etwas mehr Schaden an. Von Marabs Blitzen geblendet, mussten einige Maluk zurückweichen. Amos warf gleich fünf Männer auf einmal um, aber sie standen meist bald wieder auf. Unter Andromes grünen Blicken fielen einige Maluk von Krämpfen geschüttelt oder mit Geschwüren übersät zu Boden, nur hielten diese Einzelnen die große Masse der Angreifer nicht auf. Zudem wurden die Magier langsam müde. Finn überlegte nicht lange und begann blaue Lichtkugeln in das Heer der Maluk zu werfen. Seine Panik wuchs und damit auch die Stärke seiner Kraft. Er vernichtete damit ganze Gruppen von Maluk, doch aus der Burg quollen immer mehr.

Auf einmal spürte Finn eine Hand auf seiner Schulter und hörte die starke und eindringliche Stimme seines Vaters: »Mein Junge, so wird das nichts. Du vergeudest deine Kräfte. Ihr alle werdet bald völlig erschöpft sein, und die Maluk sind dann immer noch genug, um euch niederzukämpfen.«

Finn nickte verzweifelte: »Ich weiß, aber was sollen wir stattdessen tun? Wenn wir sie nicht auf Abstand halten, solange wir können, überrennen sie uns gleich.«

»Ihr müsst ihre Aufmerksamkeit auf etwas anderes lenken. Etwas, das ihnen wichtig ist. Sieh hinüber zur Burg.«

Finn blickte über das Heer der Angreifer hinüber zur Festung. Direkt vor dem Tor saß in einer roten Sänfte der König und feuerte seine Truppen wütend an. Finn verstand, was sein Vater meinte und lächelte boshaft, jetzt würde er diesem miesen Herrscher mal zeigen, was er konnte. Er nahm alle Kraft zusammen und konzentrierte sich auf den König. Er breitete die Arme aus und ließ die Kraft los, damit sie sich ihren Weg bahnen konnte. Ein gleißend heller Lichtball löste sich von seinen Händen und schoss auf die Königssänfte zu. Ehe einer der Träger reagieren konnte, schleuderte das Geschoss die Sänfte samt König und Trägern gegen die Festung. Ein lautes Hornsignal ertönte, und es wurden Schreie in den Reihen der Maluk laut, als sie bemerkten, was geschehen war. Etliche verließen ihren Posten und rannten zur Burg zurück, um ihren König zu beschützen. Die Reihen der Angreifer lösten sich auf und der Angriff geriet ins Stocken, da ihre Gegner plötzlich führerlos waren. Finn grinste fröhlich und Rumbolt schlug ihm jauchzend auf die Schulter.

»Das war nicht meine Idee, sondern Finnholfs«, sagte Finn schnell, woraufhin Rumbolt und die anderen die Anwesenheit des Magiers bemerkten. Rumbolt blickte seinem alten Freund in die Augen, und als er dort das verschmitzte Lächeln sah, das er so lange vermisst hatte, umarmte er ihn glücklich. Tränen liefen ihm die Wangen hinunter. Leise, so dass nur Finnholf es hören konnte, flüsterte er: »Gut, dass du wieder der Alte bist. Ich für meinen Teil habe fast nicht mehr daran geglaubt, dass wir dich zurückbekommen, aber der Junge hat dich nicht im Stich lassen wollen. Du hast einen wundervollen Sohn, mein Freund. Du kannst stolz auf ihn sein.«

Finnholf murmelte ebenso leise: »Ich weiß, das hab ich gesehen.«

Die Freude der beiden wurde jäh unterbrochen, als jemand rief: »Der König lebt noch.«

Alle sahen zur Burg, und in der Tat zogen einige Maluk gerade einen blutenden, aber ansonsten sehr lebendigen und wild schimpfenden König unter seiner Sänfte hervor. Sofort begannen seine Krieger, sich wieder zu formieren, nur blieben diesmal einige zurück und stellten sich schützend vor ihren Herrscher.

»Was machen wir nun?«, seufzte Lund. »Die werden nicht noch einmal das Risiko eingehen, ihren Anführer zu verlieren, und sie scheinen entschlossener denn je, uns zu vernichten.«

In der Tat marschierten jetzt die Maluktruppen wütend auf die Kleinlinge zu, und es schien, als würde sie diesmal niemand aufhalten können.

Rumbolt murmelte: »Ich will, dass ihr Kinder, der Rat und die Zauberer hier verschwindet. Bringt euch in Sicherheit. Lauft so weit ihr könnt und versteckt euch irgendwo. Diese Maluk sind schnell und unermüdlich, sie werden euch wahrscheinlich einholen, aber ich und meine Männer versuchen, sie so lange wie möglich aufzuhalten. Ich sehe keine andere Möglichkeit mehr. Sie werden uns auf jeden Fall erwischen, vielleicht können sich so ein paar von euch retten. Trennt euch am besten gleich und verschwindet in verschiedene Richtungen.«

Viele von Rumbolts Männern nickten, doch Finn und Neppi begehrten sofort auf: »Nein, wir bleiben bei euch. Wir lassen euch nicht im Stich und verstecken uns wie Feiglinge.«

Auch Lund murmelte: »Ich finde, wir sollten zusammenbleiben.«

Marab sagte stirnrunzelnd: »Ich gehe auch nicht. Unsere Zauber haben die Maluk so lange aufgehalten. Ohne uns greifen sie in wenigen Minuten den Wall an. Die Ältesten und die Kinder sollten gehen, aber wir Magischen bleiben.«

Er blickte sich um und erntete zustimmendes Nicken bei Androme und Luselda, nur Amos schien nicht ganz so überzeugt, blieb aber nach einem Blick auf Krumhold lieber still.

Rumbolt schien einverstanden zu sein. »Also gut. Marab, Androme und Amos sollten wirklich bleiben. Ihre Zauber halten die Maluk länger auf, als unsere Waffen, aber Luselda, du gehst mit den Ältesten. Du kannst nicht in die Köpfe der Maluk eindringen, dass heißt, deine Gabe ist hier leider nicht von Nutzen. Es ist besser, wenn du nach Mommenheim zurückkehrst und dort die Kunde von Rachus' Verrat verbreitest. Außerdem kann der Ältestenrat nicht ganz allein gehen. Sie brauchen Hilfe. Zwei Leute müssen Heronimus tragen. Das machen Lund und Neppi. Finn, dir steht es frei, zu gehen oder zu bleiben. Deine Zauberkraft ist uns hier von Nutzen, aber ich würde dich lieber in Sicherheit wissen.«

Lund und Neppi wollten gerade protestieren, als Finn trübsinnig einwandte: »Ich glaube ehrlich gesagt nicht, dass uns das viel nützen wird. Überleg doch mal, Rachus hat den Maluk verraten, wo sich Mommenheim befindet, das heißt, wir sind nirgends mehr sicher, vor allem nicht zu Hause. Selbst wenn ein paar von uns entkommen, fürchte ich, dass die Maluk es nicht dabei belassen werden. Immerhin haben wir heute quasi ihre Lebensgrundlage zerstört, indem wir alle ihre Gefangenen befreit haben.«

Rumbolts Gesicht wurde aschfahl, anscheinend begriff er erst jetzt die Aussichtslosigkeit ihrer Lage. »Sie werden sich rächen wollen«, seufzte er unglücklich. »Und Mommenheim ist einem Ansturm dieser Wesen nicht gewachsen. Sie werden unser ganzes Volk vernichten.«

Niemand sagte mehr etwas. Für den Moment waren alle von der Tatsache, dass nicht nur sie in Gefahr waren, sondern alle Kleinlinge, völlig überrumpelt. Vor dem Wall formierten sich die Maluk zu langen Reihen und schienen jeden Moment bereit, ihn zu stürmen. Nur ein paar halbherzige Zauber, die Marab, Androme und Amos ihnen entgegenschickten, mahnten sie noch zur Vorsicht.

Auf einmal sagte Finnholf: »Gut, dann bleibt uns nichts anderes übrig, als die Maluk zu vernichten, bevor sie uns vernichten.«

Rumbolt sah ihn groß an: »Wenn wir die Maluk so einfach vernichten könnten, würden wir sicher nicht mehr hier stehen und uns belagern lassen. Falls du irgendeinen Plan hast, dann raus damit, uns bleibt keine Zeit mehr.«

Finnholf stellte sich oben auf den Wall und blickte zur Burg hinüber: »Ich habe seit fast sechzehn Jahren nichts anderes getan, als für diesen grässlichen König zu zaubern. Heute ist der Tag gekommen, an dem er bereuen wird, dass er mir so viel Übung verschafft hat.«

Finnholfs Gesicht wurde düster: »Ich habe soviel Böses getan, ich will es wieder gut machen.«

Aus seinen Händen quoll roter Nebel und über der Burg zogen sich wie aus dem Nichts dunkle Wolken zusammen. Sie flogen über den Himmel und ballten sich über den Maluk zu einer schwarzen, bedrohlichen Decke. Der Magier murmelte Worte, die außer ihm niemand verstand, und aus den Wolken zuckten rote Blitze. Auf einmal brach ein Sturm los, wie noch keiner der Kleinlinge einen erlebt hatte. Die vordere Reihe der Maluk wurde weggeschleudert wie Papierfiguren. Erst versuchten ihre Gegner, dagegen anzukämpfen, doch sie mussten sich Stück für Stück zu ihrer Burg zurückziehen. Einige der Blitze trafen die Zurückweichenden und mit einem lauten Zischen zerfielen sie zu Staub. Langsam breitete sich Panik unter den Maluk aus, und viele flüchteten in die Burg. Der Rest formierte sich so gut es ging vor der Festung.

Das Unwetter wütete über ihnen, aber Finn sah mit Schrecken, wie mit jeder neuen Orkanböe die Farbe aus dem Gesicht seines Vaters wich. Er war inzwischen aschfahl. Die Anstrengung eines so großen Zaubers würde ihn bald in die Knie zwingen. Schon begann der Wind schwächer zu werden, und die Maluk kamen wieder besser vorwärts. Auch die Blitze wurden seltener und die Wolken rissen an manchen Stellen auf oder begannen zu verblassen. Von den Maluk kamen erste Jubelrufe, als sie erkannten, dass der Zauber bald ein Ende haben würde, und sie stürmten wieder vorwärts. Finnholf versuchte sie mit einem verzweifelten Aufbäumen seiner Kraft zurückzuschmettern, es war jedoch mehr ein Windhauch als ein Sturm, der die lachenden Angreifer traf. Mit vor Anstrengung verzerrtem Gesicht blickte Finnholf Finn an. Er konnte nichts sagen, aber aus seinen Augen sprach eine dringende Bitte um Hilfe.

Finn überlegte nicht lange. Er konnte keine Unwetter zaubern wie sein Vater, aber er spürte die Kraft in sich, und vielleicht war es möglich, diese Kraft zu teilen. Die Elfe hatte es geschafft, ihn mit ihrer Magie auf eine Reise in die Vergangenheit mitzunehmen, dazu hatte sie ihn an den Händen gehalten und mit sich gezogen in den Strudel der Erinnerungen. Vielleicht war es möglich, dass er etwas Ähnliches konnte. Er beschloss, es zu versuchen und legte seine Hände auf die Schultern seines Vaters. Er schloss die Augen und versuchte, mit ihm eins zu werden. Sie mussten auf irgendeine Art verschmelzen, um ihre Magie zu teilen. Er konzentrierte sich auf seine Hände und da war plötzlich ein Pulsieren. Finn spürte die Hitze der roten Kraft, die sein Vater entfesselt hatte. Diese Macht war ganz anders als seine eigene kühle blaue Energie und doch war sie gleich. Die Kraft seines Vaters zitterte, sie kam und ging, bald würde sie ganz verlöschen, wenn Finn nichts tat. Ganz vorsichtig, um seinen Vater nicht zu verletzen, ließ er seine Kraft in ihn hineinströmen. Sie verband sich mit der roten Energie gerade in dem Moment, als diese zu versiegen drohte. Sein Vater schwankte kurz, doch Finns Macht hielt ihn aufrecht. Er stöhnte, als sie ihn durchfloss. Finn sah nicht, was geschah, sondern konzentrierte sich darauf, seine Magie auf seinen Vater zu übertragen.

Langsam öffnete er sich und ließ immer mehr Kraft fließen. Die umstehenden Kleinlinge trauten ihren Augen nicht. Finn und sein Vater waren eingehüllt in eine Blase aus blauer Energie. Finnholfs Körper leuchtete so hell wie eine silberne

Sonne, und man konnte ihn kaum ansehen, ohne geblendet zu werden. Er rang sichtlich mit der Kraft, die ihn durchströmte und hatte das Gesicht verzerrt. Irgendwie schaffte er es jedoch, die ungewohnt große Kraft seinem Willen zu unterwerfen, und ein riesiger Lichtball flog auf die Burg zu. Er traf in einer wahren Explosion den oberen Teil des Erdhügels und riss ihn weg. Die Maluk kreischten und warfen sich zu Boden. Finnholf, durch dessen Körper fast die gesamte Kraft von Finn strömte, schaffte es immer besser, die neuen Kräfte unter seine Kontrolle zu bringen und schoss einen weiteren Energieball ab, der um ein Vielfaches größer und heller war als der erste. Gleichzeitig kam ein erneuter Sturm auf, der die Maluk an ihre Burg drückte und keinen entkommen ließ. Der König wurde von drei tapferen Kriegern geschützt, die sich vor ihn geworfen hatten. Aber auch sie wurden von dem mächtigen Wind an ihre eigene Burg genagelt. Der Erdhügel wurde von dem zweiten Energieball getroffen und fast gänzlich gesprengt. Erde hagelte auf die Maluk und die meisten wurden verschüttet. Die oberirdische Festung war praktisch dem Erdboden gleichgemacht, und der Sand, aus dem sie bestand, wurde von einer neuen Orkanböe in alle Richtungen verweht. Darunter kamen die Maluk wieder zum Vorschein, doch nur wenige hatten die letzte Explosion und den Stein- und Erdhagel überlebt.

Finn, der noch immer in der völligen Stille des Energiefeldes stand, bekam von alldem nichts mit. Er bemühte sich weiterhin mit geschlossenen Augen seine Kräfte zu mobilisieren, und dabei trotzdem vorsichtig zu bleiben. Er erinnerte sich noch gut daran, wie er bei der Bekämpfung der Kobolde die Kontrolle über seine Kraft verloren hatte, und wusste, dass es, wenn es ihm wieder passierte, mit Sicherheit den Tod seines Vaters bedeuten würde. Er konzentrierte sich so stark, dass ihm der Schweiß von der Stirn rann.

Finnholf setzte jetzt zum letzten Schlag an. Er befürchtete, dass sein Körper diese Unmengen von Kraft nicht mehr lange aushalten würde. Sein Herz schlug so schnell, dass er glaubte, es spränge gleich aus seiner Brust, und er konnte sein Blut mit enormer Geschwindigkeit durch seine Adern rauschen hören. Außerdem hatte er das Gefühl, seine Körpertemperatur stieg an, und die Ohnmacht durch schiere Überhitzung war nicht mehr fern. Noch einmal nahm er allen Willen zusammen und stieß, unter Schmerzen, die enorme Energie seines Sohnes aus. Seine Hände fühlten sich an, als ständen sie in Flammen, als er einen riesigen blauen Energieblitz in den Boden lenkte, an die Stelle, die einst von der Malukfestung beherrscht wurde. Die Kleinlinge und die überlebenden Maluk schrien entsetzt auf, als sich der monströse Blitz formierte und wie ein Zornespfeil des Himmels in den Boden einschlug. Es gab einen enormen Knall und Massen von Erde schossen in die Höhe, wie Lava bei einem Vulkanausbruch. Der Blitz sprengte ein metertiefes Loch in die Erde und zerstörte alles, was die Maluk gebaut hatten sowie die Umgebung der ehemaligen Festung.

Die Kleinlinge mussten sich auf den Boden werfen und Mund und Nase zuhalten, weil Staub und Dreck durch die Luft wirbelten. Um sie herum flogen Steine, und man hörte ein Prasseln wie bei einem starken Regenguss. Niemand wagte, sich zu bewegen und viele schrien vor Angst. Nur langsam wurde das Prasseln weniger und hörte schließlich auf. Als sich der Erdregen gelegt hatte, sahen die Kleinlinge auf der Lichtung nichts als einen riesigen Krater und keinen einzigen Maluk mehr. Zuerst waren sie starr vor Schreck, dann begannen sie ihre Erleichterung hinauszuschreien.

Nur Finn bekam davon nichts mit, er war noch immer in der Vereinigung mit seinem Vater gefangen und konzentrierte sich auf die Übertragung seiner Energie. Ohne es zu wissen, war er bereits nahe dran, seinem Vater ernsten Schaden zuzufügen. Finnholfs Gesicht war krebsrot, als hätte er Fieber, und er zitterte unter dem unaufhörlichen Ansturm von Energie, die ihn durchlief. Er fing an zu schreien, und Finn spürte unter seinen Händen das Zucken seines Vaters und die Qual. Er war sich aber nicht sicher, ob es daran lag, dass er ihm zuviel Kraft gab oder zu wenig. Er war verwirrt und wusste nicht, was er tun sollte, da hörte er in seinem Kopf die Stimme von Luselda: »Es ist genug, Finn, hör auf. Du bringst ihn um.«

Finn erschrak und zog so schnell er konnte seine Macht zurück. Es war schwieriger, als er gedacht hatte. Doch die Sorge um seinen Vater ließ Finns Willen so übermächtig werden, dass er seine Magie in kürzester Zeit niederkämpfte. Die blaue Energieblase erlosch, und Finnholf sackte zu Boden, als hätte man ihm alles Leben entrissen. Finn stand wie benommen da, nur langsam drangen die Geräusche, die Gerüche und das Tageslicht wieder auf ihn ein. Er kämpfte kurz gegen eine Ohnmacht an, aber er konnte sich auf den Beinen halten und starrte ungläubig zur Lichtung, auf der eben noch die Festung und ein ganzes Malukheer gestanden hatten. Dort klaffte jetzt nur ein riesiges Loch. Er spürte eine unendliche Erleichterung und Müdigkeit.

Benommen sah er, wie Androme und Rumbolt zu seinem Vater liefen, der am Boden lag und sich nicht mehr rührte. Angst stieg in Finn auf, doch unter Andromes Berührung öffnete Finnholf kurz die Augen, um seinem Sohn zuzulächeln, dann versank er wieder in Bewusstlosigkeit. Zwei Kleinlinge aus Alfons Trupp nahmen ihn auf ihre Schultern und trugen ihn den Wall hinunter. Auch Finn spürte jetzt starke Arme an seinen Schultern und hörte noch Rumbolts sanfte Stimme, die durch das dumpfe Gefühl in seinem Kopf drang: »Das hast du gut gemacht, Finn.«

Dann schlugen Wellen aus Dunkelheit über ihm zusammen.

# Geheimnisse

## 1

Finn schlief nicht sehr lange. Als er die Augen öffnete, lag er auf einer Decke am Fuß des Walls und sah am dämmrigen Licht, dass die Sonne gerade erst unterging. Langsam setzte er sich auf und fühlte sich erstaunlich gut. Er war so ruhig und gelassen, wie schon lange nicht mehr. Neben ihm lag sein Vater und schlief friedlich, sein Gesicht war entspannt, was ihm ein wesentlich sympathischeres Aussehen verlieh. Das schwarze Wuschelhaar hatte Finn eindeutig von ihm geerbt, auch ihre Gesichter waren sich sehr ähnlich, wenn man von den Falten des Kummers absah, die Finnholfs Gesicht gezeichnet hatten. Diese verliehen ihm einen leicht trostlosen Ausdruck. Neben Finnholf lag die Elfe und schien ebenfalls zu schlafen oder noch immer ohnmächtig zu sein. Androme kümmerte sich gerade um den alten Heronimus, der auch auf einer Bahre am Boden lag, aber die Augen geöffnet hatte und schon wieder mit dem anderen Ältesten plauderte. Andromes Heilzauber schienen wirklich Wunder zu wirken. Finn rief nach ihr, und sie strahlte zufrieden, als sie sah, dass er erwacht war.

»Mein zweiter Patient ist über den Berg«, freute sie sich, als sie zu Finn hinüberkam. »Wie geht es dir? Hast du Kopfschmerzen oder ist dir übel?«

Finn schüttelte den Kopf: »Danke, mir geht es gut, aber was ist mit meinem Vater und Selina? Warum sind beide noch nicht wach?«

Androme wich seinem Blick aus: »Also, dein Vater ist gesund, denke ich. Die Anstrengungen, die er hinter sich hat, fordern einfach ihren Tribut. Ich habe einen Schlafzauber auf ihn gelegt, damit er sich ausruhen kann. Das wird noch einige Zeit dauern, denke ich.«

Als sie nicht weitersprach, sondern anfing Finns Puls zu fühlen, drängte er: »Aber was ist mit Selina?«

Androme sah ihn traurig an: »Ich muss gestehen, ich weiß es nicht. Wir haben Selina erst vor kurzem in dem Gebüsch gefunden, wo du sie versteckt hattest, aber ihr Zustand ist seitdem unverändert. Ich kann Kleinlinge behandeln und auch einige andere Völker, aber mit Elfenmagie kenne ich mich nicht aus. Ich weiß nicht, was ihr fehlt. Die Ohnmacht, in der sie sich noch immer befindet, ist durch magische Überanstrengung entstanden. Vielleicht braucht sie, wie die anderen nur Ruhe, ich kann wirklich nicht sagen, wann oder ob sie überhaupt je wieder aufwachen wird.«

Finn sackte in sich zusammen. Die ganze Freude und Erleichterung über ihre Rettung wich einem Gefühl der Leere und Angst. Selina durfte einfach nichts passiert sein. Er stand von seinem Lager auf und kniete sich neben die Elfe. Ihr Gesicht war so schön wie immer und ihr Haar glänzte. Vorsichtig streichelte er ihr über die zarten Wangen und flüsterte: »Selina, wach auf. Es ist alles überstanden. Wir sind gerettet. Jetzt musst du nur noch aufwachen und alles wird wieder gut.«

Die Elfe regte sich nicht. Finn widerstand dem Drang, sie zu schütteln und seufzte tief.

Da packten ihn mehrere Arme von hinten und rissen ihn hoch. Neppi und Lund umarmten ihn stürmisch und voller Freude. »Finni, du Held, hast du endlich ausgeschlafen?«, grölte Neppi. »Was ihr, du und dein Vater, mit diesen Maluk gemacht habt, war echt spitze. Hast du das riesige Loch überhaupt schon gesehen?«

Ohne seine Antwort abzuwarten, schleppten sie ihn auf den Wall, dabei redete Neppi unentwegt weiter: »Wie fühlt man sich, Finn, wenn man plötzlich einen Vater hat und dazu auch noch einen, der so ein irre guter Zauberer ist? Mensch, deine Mutter wird Augen machen.«

Finns Herz tat bei diesem Gedanken einen Sprung. Ja, schon allein, um seine Mutter glücklich zu machen, hatte sich diese Reise gelohnt. Oben auf dem Wall angekommen staunte Finn nicht schlecht, als er die Lichtung sah. Von den Maluk war nichts mehr zu sehen. Es gab nur einen riesigen Krater in der Mitte, der alles verschluckt hatte.

»Wie tief ist er wohl?«, fragte Finn ungläubig.

»Viele Meter«, schätzte Neppi. »Wir konnten den Boden nicht sehen.«

»Ihr wart da?«, rief Finn neugierig.

»Ja klar, mit Rumbolt und Krumhold, wir mussten doch sicher sein, dass alle Maluk weg sind. Einige der vielen Gefangenen hatten sich im Wald versteckt und das Spektakel mit angesehen. Sie haben sich tausendmal bedankt, glaube ich, auch wenn ich bei den meisten kein Wort verstanden habe. Die Tochter von Königin Wodswane war auch dabei, wir sollen dir ihren Dank und ein Versprechen der ewigen gegenseitigen Hilfe zwischen ihrem Volk und unserem überbringen. Praktisch nicht wahr? Diese gruseligen Sumpfkreaturen kann man vielleicht einmal brauchen.«

Finn nickte abwesend und starrte weiter auf die Lichtung. Er hatte viel erreicht, aber auch viel verloren, sollte Selina nicht mehr erwachen.

»Selina geht es sehr schlecht, glaube ich«, murmelte er.

Neppi machte ein betretenes Gesicht, aber Lund meinte zuversichtlich: »Ich glaube, sie wird schon wieder. Sie hat sich nur überanstrengt. Ein paar Tage Ruhe werden bestimmt helfen.«

Finn wünschte sich, dass er Recht hatte und seufzte unglücklich. Seine beiden Freunde wollten ihn auf andere Gedanken bringen und fragten ihn über seine Erlebnisse in der Malukfestung aus, über seinen Kampf mit seinem Vater, den Malukkönig und ihre spektakuläre Flucht aus der Arena. Neppi berichtet anschließend von seiner Fahrt auf dem ekelhaften Algenkarren und der Gefangenenbefreiung, und Lund erzählte von den entsetzlichen Qualen unter Krumholds Führung. Sie redeten bis tief in die Nacht hinein.

Rumbolt wollte noch bis zum nächsten Tag in der Gegend bleiben, damit sich die Verwundeten und Kranken etwas erholen konnten, doch in seinem Innersten drängte es ihn zum Aufbruch, damit er endlich dem verräterischen Rachus das Handwerk legen konnte. Er hatte bereits Späher ausgesandt, die ihren Rückweg erkundeten.

Nach einer kurzen durchfeierten Nacht brachen die Kleinlinge auf Rumbolts Drängen hin langsam ihr Lager ab. Die Späher meldeten keine Gefahren, und Heronimus fühlte sich wieder stark genug, diese Reise anzutreten. Finnholf und Selina schliefen zwar immer noch, aber man hatte schnell zwei Bahren gebaut, auf denen man sie tragen konnte. Finn hatte in der Nacht neben der Elfe geschlafen und jeden ihrer Atemzüge bewacht. Dementsprechend müde war er, als sie aufbrachen. Trotzdem sang sein Herz in der Aussicht, bald nach Hause zu kommen. Die Stimmung im Trupp war ausgelassen, und sie kamen schnell voran, weil sich alle nach Mommenheim sehnten. Zudem war ihr Trupp durch Alfons Männer jetzt doppelt so groß, wie auf dem Hinweg, und sie hatten eine sehr gute magische Unterstützung. Nun schien es nichts mehr zu geben, was die Kleinlinge aufhalten konnte, und so legten sie in den nächsten Tagen einen Großteil des Weges zurück.

Zwei Tage nach ihrem Aufbruch machten sie Rast am Rande der Geröllichtung. Da sie jetzt nicht mehr so sehr in Eile waren, wollte Rumbolt diesmal diesen gefährlichen und anstrengenden Teil ihrer Reise eigentlich umgehen und sich am nächsten Tag durch den Wald schlagen, anstatt über die Steine zu klettern.

Die Kleinlinge hatten ein Lagerfeuer in einem hohlen Baum entzündet und aßen vergnügt, als plötzlich ein Schatten aus der Dunkelheit des Baumes ans Feuer trat. Kurz waren alle erschrocken, und die Hände flogen zu den Schwertgriffen, dann erkannten sie die Gestalt, und es brach Jubel aus. Finnholf war erwacht. Leise setzte er sich zwischen Rumbolt und Finn ans Feuer und wartete bis alle still wurden, dann fragte er noch etwas benommen: »Wie lange habe ich geschlafen?«

»Etwa drei Tage«, sagte Androme und war schon zu Finnholf hinüber gelaufen. »Und ich weiß nicht, ob ich es dir schon erlauben kann, aufzustehen.«

Sie legte eine Hand auf seine Stirn und schien in ihn hineinzuhören. »Du warst wirklich sehr erschöpft. Vielleicht wäre es besser, wenn du dich noch ein paar Tage ausruhst.«

Sie fühlte seinen Puls und betrachtete fachmännisch seine Augen. Finnholf grinste: »Vielen Dank, dass du dich um mich gekümmert hast. Ich fühle mich wirklich gut, und ich denke, ich habe lange genug geschlafen.«

»Ha, unvernünftig wie Männer nun mal sind. Aber beklage dich nicht, wenn du plötzlich einen Rückfall erleidest.«

Mit diesen Worten setzte sich Androme missmutig zurück auf ihren Platz. Finnholf lächelte in den Kreis. Alle Kleinlinge sahen ihn an und schienen zu warten, dass er etwas sagen würde.

Als er nichts sagte, meinte Alfons: »Finnholf, ich heiße dich willkommen unter den Lebenden. Ich muss gestehen, in all den Jahren, die du verschwunden warst, hatte ich die Hoffnung, dich eines Tages wiederzusehen, schon aufgegeben. Aber hier bist du, und ich bin mehr als dankbar dafür.«

Die Männer aus Alfons Trupp jubelten zu den Worten ihres Anführers und verbeugten sich tief vor Finnholf. Finn platzte fast vor Stolz auf seinen Vater, doch dieser wehrte mit einer raschen Handbewegung ab.

»Es gibt keinen Grund, sich vor mir zu verneigen. Ich bin kein Held, wie ihr vielleicht glaubt. Ich habe sehr schlimme Dinge gesehen und getan in der Zeit ohne euch.« Seine Miene war düster geworden.

»Wo warst du bloß die ganzen Jahre, Finnholf?«, fragte Alfons. »Wir haben jeden in der Malukfestung nach dir gefragt, aber keiner hat dich je gesehen.«

Finnholf lachte bitter, seine Augen schauten düster in die Runde: »Mich konnte auch keiner sehen. Der König hatte mich eingesperrt, jahrelang, in einem kleinen Raum hinter seinem Thronsaal. Er war der Einzige, der zu mir gekommen ist. Es war fürchterlich dort. Ich habe seit über zehn Jahren mit keinem Kleinling mehr gesprochen. Die meiste Zeit war ich allein. Der König kam nur, wenn er einen neuen Auftrag für mich hatte. Es war sehr anstrengend, nicht verrückt zu werden. Deshalb habe ich euch gar nicht erkannt, als ich euch in der Arena gesehen habe. Ich war so sehr daran gewöhnt, zu tun, was der König von mir verlangte, dass ich mich gegen meine eigenen Freunde gewendet habe. Sogar gegen meinen eigenen Sohn. Das tut mir so Leid!«

Am Lagerfeuer herrschte betretenes Schweigen, bis Hinfried fragte: »Was für Aufträge hast du für den Malukkönig ausgeführt?«

Finnholf seufzte schwer, als würden Mühlsteine auf seiner Seele liegen. »Es waren natürlich magische Aufträge. Er hat sich meine Gabe zunutze gemacht, um andere Völker zu erpressen, wie es die Maluk schon immer taten. Nur hat mit mir ihre Reichweite eine neue Dimension bekommen. Von einigen Völkern konnten sie keine Geiseln nehmen, wie etwa von den Trödelwichten. Sie sind zu groß für ihre Gefängnisse, und es wäre sehr schwer, einen zu fangen. Durch mich konnten sie sie trotzdem zwingen, Tribut zu zahlen.«

Finnholf traten Tränen in die Augen. »Ich will diese Zeit vergessen, und ich werde nur dieses eine Mal darüber sprechen. Heute werde ich euch alles erzählen, was passiert ist, und dann will ich nach vorn sehen und diesen Teil meines Lebens vergessen. Ihr könnt mich heute alles fragen, aber bitte fragt mich danach nie wieder.«

Die Umsitzenden nickten verständnisvoll und Finnholf fuhr fort: »Der König befahl mir, Stürme auf sie zu hetzen. Dann schickte er ihnen Botschaften, in denen er ihnen Schlimmeres androhte, wenn sie ihm keinen Tribut zahlten. Die meisten Völker waren nicht so einfach bereit, ihm zu gehorchen, und so zwang er mich, ihnen eine zweite Demonstration meiner Macht zu geben. Meist waren es noch schlimmere Stürme oder Gewitter, die fast ihr ganzes Hab und Gut zerstörten. Wenn sie dann noch immer nicht zahlten, ließ er mich ...«

Finnholf geriet ins Stocken, Tränen flossen in seinen Bart. Finn tat die Qual seines Vaters im Herzen weh, und er fasste ohne zu zögern, seine Hand und drückte sie ganz fest. Finnholf klammerte sich an die Hand seines Sohnes und schenkte ihm einen dankbaren Blick, dann sah er mutig in die Runde und sprach mit fester Stimme weiter: »Er ließ mich einige aus den jeweiligen Völkern töten. Entweder wurden sie von meinen Blitzen getroffen oder von Ästen und Steinen erschlagen, die ich mit meinen Winden auf sie warf. Danach zahlten eigentlich alle.«

Alfons Gesicht war kreideweiß geworden: »Aber wieso hast du das getan, Finnholf? Du hättest dich ihm einfach widersetzen sollen.«

Finnholf lächelte bitter: »Ja, das hätte ich, aber er hat gedroht, euch umzubringen. Den ganzen Trupp. Ich wollte euch beschützen so lange es ging. Irgendwann hat diese Drohung nicht mehr gereicht. Ich war bereit, euren Tod in Kauf zu nehmen, nur um niemandem mehr Schaden zuzufügen. Da hat er mir erzählt, einer von euch hätte geredet und verraten, wo Mommenheim liegt. Er hat mir gedroht, dort einzumarschieren und alle zu töten. Ich musste an meine Frau und mein Kind denken. Was hätte ich tun sollen? Ich konnte sie nicht opfern.«

»Keiner von uns hätte Mommenheim je verraten«, flüsterte Alfons.

»Ich weiß, aber ich konnte nicht sicher sein. Ich hatte euch seit Jahren nicht gesehen und wusste nicht, was er mit euch angestellt hatte. Ich konnte das Risiko nicht eingehen. Es tut mir sehr Leid. Ich habe Dinge getan, die nicht wieder gutzumachen sind, und ich akzeptiere jede Strafe, die ich dafür bekommen sollte.«

Finnholf ließ den Kopf sinken und starrte auf den Boden. Fast alle Männer im Kreis hatten Tränen in den Augen.

Da meldete sich Luselda zu Wort: »Aber wie konntest du die Völker mit deinen Zaubern überhaupt erreichen? Ich denke, du warst die ganze Zeit in dieser Kammer eingesperrt.«

Finnholf nickte: »So war es auch, aber diese Maluk hatten einige Hilfsmittel, die ihr euch gar nicht vorstellen könnt. Das Erpressergeschäft lief gut, und sie bekamen auch Sachen von Völkern, die besser mit der Magie umzugehen wissen als wir. Der König hatte von vorbeiziehenden Elfen schon vor langer Zeit eine schwarze Kugel erpresst, die er mit meiner Hilfe zum Einsatz brachte. Diese Kugel funktioniert nur durch Magie. Nur wenn ein Magischer sie berührt, erwacht sie zum Leben und zeigt dir jeden Ort, den du sehen willst. Vorausgesetzt, du kennst ihn. Der König hat also die Behausungen und Lager der fremden Völker durch seine Krieger ausfindig machen lassen, und ich hab sie dann in der Kugel gesucht. Das hat manchmal lange gedauert. Wenn man von der Kugel verlangte, einen See zu zeigen, dann zeigte sie zunächst irgendeinen, man musste anhand unverwechselbarer Zeichen in der Umgebung, den richtigen Ort immer weiter eingrenzen. Durch die Kugel konnte ich meine Zauber dann direkt den armen Leuten auf den Hals jagen.«

Finnholf schwieg beschämt. Auch unter den anderen, schien niemand etwas sagen zu wollen. Sie waren bestürzt über Finnholfs schlimmes Schicksal, und bedauerten den Tod so vieler unbekannter Wesen.

Schließlich sagte Rumbolt mit fester Stimme: »Diese Geschichte wurde nur uns erzählt, und sie wird auch nie wieder vor jemand anderem erzählt werden, wenn wir alle Schweigen darüber bewahren. Ich weiß, mein Freund Finnholf hat Schuld auf sich geladen und zwar eine ganze Menge und müsste nach dem Kleinlingrecht dafür bestraft werden. Aber ich frage euch, ist er nicht bestraft genug? Könnt ihr euch eine schlimmere Strafe vorstellen als das, was er schon erlebt hat? Ich möchte hiermit den großen Rat und alle Anwesenden ersuchen, von einer weiteren Bestrafung abzusehen. Ich möchte, dass Finnholf nach sechzehn schlimmen Jahren wenigstens den Rest seines Lebens mit seiner Frau und seinem Sohn glücklich verbringen kann.«

Rumbolt sah den alten Heronimus an, der letztendlich entscheiden musste. Der Alte hatte die Stirn in Falten gelegt und überlegte. Schließlich straffte er die Schulter und sagte mit gebieterischer Stimme: »Ich denke, dein Vorschlag ist weise, Rumbolt. Immerhin hat Finnholf unter Einsatz seines eigenen Lebens uns alle und ganz Mommenheim vor den Maluk gerettet.

Trotzdem kann ich das nicht allein entscheiden, das würde bedeuten, dass ich die Gesetze einfach aus eigenem Willen außer Kraft setze. Dazu bin ich nicht befugt, das kann nur die Gemeinschaft der Kleinlinge entscheiden.«

Rumbolt seufzte: »Aber was ist, wenn wir ihnen die Sache nicht begreiflich machen können? Mord wird bei uns mit lebenslanger Haft bestraft. Das kann Finnholf nicht noch einmal aushalten.«

Finnholf mischte sich ein: »Ich danke dir, Rumbolt, für deine Hilfe, aber ich werde für meine Taten einstehen. Das ist in Ordnung, ich weiß, was mich erwartet. Immerhin werde ich zu Hause sein und in der Nähe meiner Familie.«

Finn rief entgeistert: »Nein, ich habe dich nicht wiedergefunden, nur damit du jetzt an einem anderen Ort eingesperrt wirst.«

Heronimus brachte die Kleinlinge, die jetzt alle durcheinander schrien mit einer Geste zum Schweigen. »Nun wartet doch mal ab. Ihr habt mich ja nicht ausreden lassen. Ich kann natürlich nicht entscheiden, ob Finnholf so einfach begnadigt wird, aber eine Anzahl der im großen Buch eingetragenen Kleinlinge kann das. Bei so einer Abstimmung wird zumeist nicht das ganze Volk befragt, sondern nur eine Stichprobe. Nun, und wenn ich mich hier so umsehe, dann seid ihr Anwesenden doch eine ganz passable Auswahl. Ich denke, ihr könnt stellvertretend für alle Kleinlinge diese Entscheidung treffen. Kraft meines Amtes werde ich eine Abstimmung vornehmen.«

Rumbolt grinste breit von einem Ohr zum anderen: »Heronimus, du bist das größte Schlitzohr, das ich kenne.«

Heronimus erwiderte sein Lächeln würdevoll und rief: »Wer von euch anwesenden Kleinlinge ist dafür, den hier ebenfalls anwesenden Finnholf von seinen zweifellos schlimmen Taten freizusprechen, und gelobt gleichzeitig feierlich, nie wieder, in wessen Gegenwart auch immer, ein Wort darüber zu verlieren, was hier in dieser heutigen Nacht besprochen wurde, der hebe jetzt die Hand.«

Alle Hände schossen gleichzeitig in die Höhe und zustimmende Rufe wurden laut. Heronimus nickte zufrieden: »Ich denke, die Frage nach Gegenstimmen erübrigt sich. Schön, dass wir uns einig sind. Finnholf, du bist hiermit offiziell von diesem Kleinlingkomitee begnadigt worden und somit ein freier Mann.«

Finn drückte glücklich die Hand seines Vaters, dem schon wieder Tränen in den Augen standen, diesmal jedoch Tränen der Rührung.

Langsam wurden die normalen Gespräche am Lagerfeuer wieder aufgenommen und jeder war bemüht, so zu tun, als wäre gerade nichts geschehen. Alle waren fest entschlossen, die Enthüllungen der heutigen Nacht niemals zu erzählen. Finnholf und Rumbolt sprachen lange über die alten Zeiten, und Finn hörte gebannt zu. Soviel wie an diesem Abend hatte er in seinem ganzen bisherigen Leben nicht über seinen Vater erfahren. Rumbolt erzählte lachend von den Streichen, die Finnholf als Junge in der Magierschule verbrochen hatte. Und Finnholf erzählte, wie er Luna kennen lernte, und dass sie zuerst eine ziemliche Kratzbürste war, bevor er ihr Herz erobern konnte. Das war etwas, das Finn sich gut vorstellen konnte.

Mit der Zeit legten sich immer mehr Kleinlinge schlafen, und es wurde leerer am Lagerfeuer. Als Rumbolt sich schließlich verabschiedete und zurückzog, waren Finn und sein Vater allein. Sobald Rumbolt aus dem Schein des Feuers verschwunden war, entstand eine betretene Stille zwischen ihnen. Keiner von beiden wollte den Anfang machen.

Schließlich überwand sich Finnholf. »Ist es eigentlich komisch für dich, plötzlich einen Vater zu haben?«, dann machte er ein trauriges Gesicht und korrigierte sich, noch bevor Finn antworten konnte: »Ich meine, vielleicht hattest du ja auch schon vorher einen Vater. Deine Mutter kann ja wieder geheiratet haben. Dann wäre ich dein zweiter Vater sozusagen ...«

Die Worte versiegten ihm, und er wurde rot. Finn spürte, wie weh ihm dieses Thema tat, und er sagte schnell: »Luna hat nie wieder geheiratet. Du bist definitiv der erste und einzige Vater, den ich je hatte. Nach allem, was Rumbolt sagt, glaube ich, dass Luna nie aufgehört hat, dich zu lieben. Deshalb gab es niemals einen anderen Mann.«

Finnholf seufzte erleichtert: »Ich wollte es ja nicht zugeben, Junge, aber jetzt ist mir wirklich ein riesiger Felsblock vom Herzen gefallen. Ich habe deine Mutter und dich nie vergessen. Ich habe mich immer gefragt, was ihr so macht, wie du wohl aussiehst, und ob ihr manchmal an mich denkt. Ich hab so oft an euch gedacht. Natürlich wäre es verständlich gewesen, wenn deine Mutter jemand anderes hätte. Ich habe sogar ziemlich fest damit gerechnet, aber dass es jetzt nicht so ist, macht mich überglücklich.«

Finn nickte, er verstand seinen Vater. Sie schwiegen wieder eine Weile, aber diesmal war es kein peinliches, eher ein gemeinsames Schweigen.

Irgendwann sagte Finn: »Ich bin so froh, dass wir dich gefunden haben. Luna wird Augen machen, wenn du mit uns zurückkommst. Ich freue mich schon auf ihr Gesicht.«

Finnholf lächelte: »Ich freue mich auch auf ihr Gesicht. Mehr als auf alles andere.«

Beide Kleinlinge lächelten versonnen in Gedanken an Luna und wussten nicht, wie ähnlich sie sich dabei sahen.

»Wie wir diese Maluk fertig gemacht haben, war echt klasse, was?«, lachte Finn. »Schade, dass ich nicht gesehen habe, wie ihre Burg zerschmettert wurde.«

»Ja, und das, obwohl du es letztendlich getan hast«, murmelte sein Vater nachdenklich.

»Nein, das war ich nicht. Ich habe dir nur ein bisschen meiner Kraft geliehen, damit du es ihnen zeigen konntest. Wir sind ein gutes Team.«

Finnholf nickte und sah seinem Sohn lange in die Augen, dann sagte er leise: »Trotzdem hast allein du diese Burg vernichtet. Es war deine Kraft. Ich hatte längst keine mehr. Ach, was sag ich, im Vergleich mit dir hab ich nie welche besessen. Deine Magie hat mich fast umgebracht, als sie durch mich geflossen ist. Du musst sehr stark sein, um solche Kräfte zu beherrschen.«

Finn schüttelte den Kopf: »Das ist es ja gerade, ich kann sie nicht richtig beherrschen. Diese Kräfte sind noch so neu für mich, und ich weiß wenig damit anzufangen.«

Finnholf fragte verwirrt: »Aber warst du nicht auf der Schule für Magische? Was soll das heißen, deine Kräfte sind neu für dich?«

Finn druckste herum, aber in den Augen seines Vaters stand ein strenger, neugieriger Blick.

»Also, ich war nie auf dieser Schule. Ich habe meine Kräfte erst auf dieser Reise entdeckt. Und kurz bevor wir in die Malukfestung eingedrungen sind, habe ich gelernt, wie man sie überhaupt benutzt.«

Finnholf schüttelte ungläubig den Kopf: »Aber hat niemand deine Begabung erkannt? Deiner Mutter muss es doch zumindest aufgefallen sein.«

Finn wand sich, er war sauer auf Luna gewesen, als er merkte, dass sie ihm das Zaubern verboten hatte, doch jetzt widerstrebte es ihm, sie zu verpetzen. Sie hatte ihn nur beschützen wollen. Vorsichtig antwortete er: »Na ja, Luna war nach deinem Verschwinden ziemlich durcheinander. Sie hatte wohl Angst, dass mir Ähnliches widerfährt, wenn ich den gleichen Weg einschlage wie du und auf die Schule für Magische komme. Deshalb hat sie mir von klein auf die Zauberei ausgetrieben. Sie hat es mir verboten, und ich habe irgendwann vergessen wie, es geht, und dass ich es überhaupt kann.«

Finnholf schien kurz wütend zu werden. Sein Gesicht wurde verkniffen und sein Mund verzog sich zu einer dünnen Linie, doch dann verschwand der Ausdruck so schnell, wie er gekommen war, und sein Vater seufzte nur: »Natürlich, sie hat ihr Kind beschützen wollen. Sie konnte ja nicht wissen, wie groß deine Kräfte sind und was du damit für Schaden anrichten kannst, wenn du nichts über sie weißt. Ich kann ihr keinen Vorwurf machen, schließlich war ich nicht da, um ihr bei deiner Erziehung zu helfen.« Er sah bekümmert zu Boden.

Finn entgegnete schnell: »Aber das war nicht deine Schuld. Ich wäre froh, wenn du mir auf dieser Reise das eine oder andere beibringen könntest. Du bist immerhin der beste Magier, den ich je gesehen habe. Vielleicht kann ich die Beherrschung meiner Magie von katastrophal auf nur noch ungenügend bringen.«

Finnholf hob freudestrahlend den Kopf: »Ich übe gern mit dir. Du weißt gar nicht, was es für einen Vater bedeutet, seinem Kind etwas beibringen zu können, vor allem wenn es das erste Mal ist. Lass uns gleich morgen anfangen. Deine Mutter wird staunen, wenn sie sieht, was aus dir während dieser Reise geworden ist. Am besten gehen wir jetzt schlafen, damit wir morgen früh anfangen können.«

Eifrig sprang Finnholf auf, aber Finn hatte noch etwas auf dem Herzen und hielt ihn zurück. »Weißt du, die Erste, die mir etwas über meine Magie beigebracht hat, war Selina. Sie ist die Elfe, die neben dir auf der zweiten Bahre lag.«

Finnholf nickte: »Ein sehr hübsches Mädchen. Ist sie deine Freundin?« Er lächelte verschmitzt.

Finn wurde leicht rot, dann antwortete er fest: »Ja, sie ist meine Freundin. Ich habe sie sehr gern, und deshalb habe ich auch solche Angst um sie. Sie wacht nicht mehr auf. Nicht einmal Androme kann ihr helfen. Keiner hier weiß etwas über Elfenmagie und ihre Krankheit. Sie hat sich überanstrengt bei dem Versuch, einen Schutzwall gegen die Maluk zu bilden. Seitdem ist sie nicht mehr aufgewacht.«

Finnholf machte ein besorgtes Gesicht und legte den Arm um die Schultern seines Sohnes: »Sie wird aufwachen, das verspreche ich dir. Ich weiß zwar auch nichts über Elfenmagie, aber wir werden einen Weg finden, sie zu wecken. Ich denke heute Nacht darüber nach, versprochen. Weißt du zufällig, zu welchem Elfenvolk sie gehört?«

Finn schüttelte den Kopf: »Sie wohnte in einem wunderschönen fliegenden Schloss. Ich habe es in ihren Erinnerungen gesehen. Sie ist die Tochter des Elfenkönigs und ist von zu Hause weggelaufen, weil alle sich über ihren fehlenden Flügel lustig gemacht haben.«

»Sie hat nur einen Flügel? Ist mir gar nicht aufgefallen. Aber was viel wichtiger ist, sie ist die Tochter des Elfenkönigs, und er weiß nicht, dass sie bei uns ist?«

Finn schüttelte den Kopf: »Sie ist ja weggelaufen, und wir haben sie vor einer Horde Kobolde gerettet. So ist sie zu uns gekommen. Ich habe erst vor kurzem erfahren, wer sie ist. Die anderen wissen es nicht, ich durfte es nicht verraten. Ich habe es ihr geschworen, aber jetzt mache ich mir solche Sorgen um sie, dass ich alles sagen würde, was vielleicht hilft, sie aufzuwecken.«

Finnholf nickte: »Rumbolt wird nicht entzückt sein, zu hören, dass er die Tochter des Elfenkönigs durch die Gegend geschleppt hat, aber wir müssen es ihm morgen sagen, hörst du? Nur so können wir gemeinsam darüber befinden, wie ihr zu helfen ist. Ich habe da schon eine Idee, aber ich will erst hören, was Rumbolt dazu sagt, in Ordnung?«

Finn wurde ganz aufgeregt: »Du hast eine Idee, wie wir ihr helfen können? Was ist es? Sag es mir.«

»Ich muss erst noch darüber nachdenken, und wir brauchen Rumbolts Einwilligung, weil es den ganzen Trupp in Gefahr bringen könnte. Ich will erst mit ihm sprechen.«

Finn verstand, aber trotzdem kribbelte es vor Neugier und Hoffnung in seinem Bauch. Nur widerstrebend legte er sich schlafen und war sicher, vor Aufregung kein Auge zuzumachen. Doch kaum hatte sein Kopf das Lager berührt schlief er ein, mit dem lieblichen Geruch Selinas in der Nase, die neben ihm lag.

## 2

Am nächsten Morgen war Finn schon früh wach und konnte es kaum erwarten, dass sein Vater endlich aufstand, um mit Rumbolt zu sprechen. Finnholf war zwar noch müde, aber als er sah, wie nervös Finn um ihn herumschlich und dabei von einem Bein aufs andere trat, raffte er sich auf und bat Rumbolt um ein Gespräch unter vier Augen. Die beiden entfernten sich etwas vom Lagerplatz. Finn wäre ihnen nur zu gern nachgelaufen, um alles mitzubekommen, aber das erwies sich als unnötig. Schon nach wenigen Augenblicken brüllte Rumbolt so laut, dass der ganze Trupp ihn hörte: »Sie ist was? Die Tochter ..., das darf nicht wahr sein! Finn, komm sofort hierher!«

Mit einem mulmigen Gefühl im Bauch schlich Finn zu den beiden Männern und sah an Rumbolts rotem Gesicht, dass es

Ärger geben würde. Kaum war Finn herangekommen, donnerte der Jäger auch schon los: »Du wusstest, dass dieses Mädchen die Tochter des Elfenkönigs ist und hast uns nichts davon gesagt?«

Finn erwiderte trotzig: »Ich musste ihr schwören, dass ich es nicht verrate.«

»Pappalapapp«, schrie Rumbolt, »es wäre deine Pflicht dem Trupp gegenüber gewesen, es uns sofort zu sagen. Weißt du überhaupt, in welche Gefahr uns das bringt?«

Finn schüttelte den Kopf, er verstand die ganze Aufregung nicht.

»So, das weißt du nicht? Na, da werde ich dir mal auf die Sprünge helfen, Junge. Der Elfenkönig ist einer der mächtigsten Herrscher und vor allem Zauberer in diesen Wäldern, und es empfiehlt sich nicht, seinen Zorn zu provozieren.«

Finn entgegnete verwirrt: »Aber das haben wir doch nicht getan. Im Gegenteil, wir haben seine Tochter vor den Kobolden gerettet.«

Rumbolt schüttelte den Kopf, sein Zorn verrauchte langsam, und etwas ruhiger erklärte er Finn: »Natürlich hatten wir nur die besten Absichten, aber das weiß der Elfenkönig nicht. Wenn seine Späher uns irgendwo entdecken, sehen sie nichts als einen ziemlich abgerissenen Haufen Kleinlinge, die die kranke Prinzessin durch die Gegend schleppen. Sie werden vermutlich denken, wir hätten sie entführt oder Schlimmeres. Wenn sie das ihrem Herrscher berichten, sind wir geliefert, keiner wird uns glauben und Selina schläft, so dass sie uns nicht helfen kann. Es ist ein Wunder, dass wir überhaupt so weit mit ihr gekommen sind, ohne Aufsehen zu erregen. Das Glück scheint mit den Ahnungslosen zu sein.« Rumbolt schlug sich die Hand auf die Stirn und verfiel ins Grübeln.

Finn verstand nun das Dilemma, in dem sie sich befanden und blickte beschämt zu Boden. »Und was jetzt?«, fragte er kleinlaut.

»Nun kommt mein Plan ins Spiel«, sagte Finnholf. »Ich weiß aus meinen Beobachtungen mit der Zauberkugel, wo sich die Elfen mit ihrem Schloss zu dieser Jahreszeit etwa aufhalten. Im Grunde fliegen sie jedes Jahr die gleiche Route. Im Moment sind sie wahrscheinlich gar nicht so weit von hier entfernt, zwei oder drei Tagesmärsche schätze ich. Ich habe Rumbolt vorgeschlagen, einen Boten zu ihnen zu senden, der ihnen berichtet, dass die Prinzessin bei uns ist und dass sie einen Elfenarzt braucht. Danach dürfte uns keiner mehr für Verbrecher halten. Welcher Verbrecher führt die Betroffenen freiwillig auf seine Spur?«

Rumbolt nickte: »Der Plan ist gut, aber wir können es uns nicht leisten, soviel Zeit zu verlieren. Wir müssten hier warten, bis der Bote die Nachricht überbracht hat und dann weiß man nicht, wie schnell die Elfen hier sein können.«

Finnholf legte nachdenklich den Finger ans Kinn: »Die Elfen sind nicht das Problem. Ihr Schloss kann ziemlich schnell fliegen, wenn sie es eilig haben. Wir müssten bloß einen Weg finden, sie schneller zu erreichen.«

Auf einmal strahlte Finn: »Der Bote läuft nicht zu Fuß, sondern reitet.«

»Auf was?«, fragte Finnholf überrascht.

»Auf Schlomm. Er kann so schnell rennen, wie fast kein anderes Tier im Wald. Auf seinem Rücken schafft der Bote den Weg sicher an einem Tag oder noch schneller.«

»Das ist genial, Finn«, rief Rumbolt. »So machen wir es. Ich schicke gleich einen Boten los. Aber der Trupp kann trotzdem nicht warten. Der Bote muss den Elfen sagen, in welche Richtung wir weiterziehen. Mit ihrem fliegenden Schloss werden sie uns sicher bald gefunden haben. Jetzt bleibt nur noch die Frage, wer sich freiwillig als Bote meldet und ob der Mink einverstanden ist. Finn, gehst du ihn bitte fragen!«

Finn rannte wie der Wind zum Lager und brüllte dabei Schlomms Namen in die Baumkronen. Flink wie ein Wiesel landete der Mink plötzlich vor ihm und blickte ihn aus seinen großen Augen fragend an. »Was los? Etwas passiert?«

Finn schüttelte lachend den Kopf: »Nein, nichts ist passiert, Schlomm. Wir möchten dich um einen Gefallen bitten.«

Schlomm nickte eifrig: »Schlomm tut jeden Gefallen.«

»Das ist schön«, lächelte Finn. »Wir möchten, dass du einen von uns so schnell wie möglich an einen bestimmten Ort bringst. Es wird eine längere Reise, und du musst dich sehr beeilen. Kannst du das tun?«

Schlomm nickte, glücklich seinen Freunden helfen zu können. »Schlomm kann so schnell rennen wie der Wind.«

»Ja, das kannst du wirklich. Ich danke dir«, sagte Finn, dann rief er zu Rumbolt: »Schlomm ist einverstanden, er wird uns helfen.«

»Gut, dann fehlt uns nur noch ein Bote«, murmelte Rumbolt.

»Ich werde gehen«, rief Finnholf, »es war meine Idee, und es geht um die Freundin meines Sohnes.«

Rumbolt jedoch schüttelte den Kopf: »Dich kann ich nicht schicken, du bist erst gestern aufgewacht. Androme bringt mich um, wenn du unterwegs zusammenbrichst und unserer Mission wäre damit auch nicht geholfen.

Nein, jemand anders wird gehen. Ich werde einen Freiwilligen suchen.«

Wie so oft war es Savall, der sich für den Auftrag meldete, und so saß er wenig später auf Schlomms Rücken und bekam letzte Anweisungen von Rumbolt: »Du musst ihnen auf jeden Fall klar machen, dass Selina freiwillig bei uns ist, und dass wir ihr nichts angetan haben. Und du musst sie so schnell wie möglich zu uns schicken, das Mädchen braucht die Hilfe seines Volkes.«

Finn dachte betreten daran, was er in Selinas Erinnerungen gesehen hatte und fragte sich einen Moment lang, ob der König überhaupt kommen würde. Schließlich hatten er und Selinas Mutter nie sehr viel für ihre Tochter übrig gehabt. Was, wenn sie ihnen einfach egal war? Daran wollte er lieber nicht denken, sonst würde Selina vielleicht nie wieder aufwachen. Plötzlich fiel ihm noch etwas ein, und er rief schnell zu Savall hinauf, der schon auf Schlomms Rücken saß und sich gerade verabschiedete: »Reite nicht auf Schlomm bis zu ihrem Schloss. Die Elfen haben Angst vor Minks. Du musst Schlomm im Wald verstecken, bevor du zu ihnen gehst. So wie Selina damals auf ihn reagiert hat, glaube ich nicht, dass die Elfen jemandem vertrauen, der auf einem Mink reitet.«

Savall nickte und winkte allen noch ein letztes Mal, dann flüsterte er Schlomm etwas ins Ohr und der Mink sauste wie ein Wirbelwind davon. Schon nach kürzester Zeit sahen sie nichts mehr von ihnen.

»Das wäre geschafft«, seufzte Rumbolt, »jetzt können wir nur hoffen, dass die Elfen uns freundlich gesonnen sind und dass sie Selina helfen können.« Finn seufzte ebenfalls. Genau das hoffte er auch.

»Und weiter geht's«, schrie Rumbolt. »Da wir jetzt ausgeruht sind, sollten wir das Geröllfeld doch bis heute Abend schaffen können, Männer. Also los!«

So marschierte sie wieder los, Finn freute sich auf die Anstrengungen, alles war besser, als nur rumzusitzen.

Als die Sonne rot hinter den Bäumen versank, waren die Kleinlinge wieder im Wald und suchten nach einem Rastplatz. Das Geröllfeld hatten sie am späten Nachmittag hinter sich gelassen und jetzt liefen sie auf dem direkten Weg nach Hause. Der kleine Umweg, durch den sie sich die anstrengende Felsenkletterei erspart hatten, war länger gewesen, als Rumbolt gehofft hatte, und so ließ er den Trupp weiterwandern, bis es fast dunkel war. Erst dann machten sie in einem Gebüsch Rast. Von Savall oder dem Elfenschloss war bisher nichts zu sehen, obwohl Rumbolt Späher rund um das Lager in den Bäumen postiert hatte. Selina schlief noch immer. Finn hatte weiches Moos aufgeschichtet und sie darauf gelegt, da der grobe Stoff der Bahre ihre zarte Haut aufgescheuert hatte. Als er sicher war, dass sie es weich hatte, ging er zurück zu Finnholf.

Auf dem Marsch hatten die beiden angefangen, kleine Zauber zu üben, und sein Vater wollte unbedingt die Lektionen fortsetzen, bevor sie schlafen gingen. Finn freute sich darüber, dass sein Vater mit soviel Eifer bei der Sache war, und es motivierte ihn, sich noch mehr anzustrengen. Zudem machte das Üben mit seinem Vater viel mehr Spaß als mit Amos.

Neppi und Lund fanden Finns Vater und die neuen Zauber, die Finn lernte, so spannend, dass sie den ganzen Weg still neben ihnen hergelaufen waren. Bei Neppi war das fast ein Wunder, er war wahrscheinlich noch nie in seinem Leben so lange ruhig gewesen, nicht einmal in der Schule. Aber Finnholf hatte darauf bestanden. Er erklärte feierlich: »Wenn man zaubern will, ist das ein Kraftakt für den Geist und man braucht absolute Konzentration.«

Natürlich übten sie nicht die ganze Zeit. Zwischendurch schwatzten sie und Finnholf unterhielt die drei Jungen mit lustigen Anekdoten aus seiner Jungend oder mit kleinen Zaubertricks. Neppi interessierten vor allem neue Streiche, die er in Mommenheim ausprobieren könnte.

Leise sagte er zu Finn: »Dein Vater ist so lustig. Meine Eltern würden mir nie erzählen, was sie in ihrer Jugend für Unfug angestellt haben. Sie würden befürchten, dass mich das nur zu neuen Untaten ermuntert.«

Finn lächelte stolz. Endlich hatte er einen Vater wie alle anderen auch und zudem noch einen, um den ihn jeder beneidete.

Als die Nacht hereinbrach, saßen die Kleinlinge um ein Lagerfeuer und aßen. Finnholf zeigte Finn, wie man das Lagerfeuer löschen und wieder anfachen konnte. Zuerst probierte Finn es vorsichtig, er hatte Angst, jemanden von den Umsitzenden zu verletzen, doch als er merkte, wie leicht sich die Flammen seinem Willen unterwarfen, ließ er das Feuer mal stärker, mal schwächer brennen, mal verlöschen und dann wieder so hoch lodern, dass alle schwitzten.

Bis Rumbolt befahl: »Jetzt ist es aber genug. Morgen ist auch noch ein Tag. Du hast stundenlang geübt, Finn, und du solltest dich ausruhen. Lass dich nicht von dem Eifer deines Vaters anstecken, er war schon immer ein ehrgeiziger Perfektionist.«

Rumbolt lächelte und Finnholf grinste breit zurück: »Da hast du mich wieder erwischt, alter Freund. Das ist das Problem mit Leuten, die dich zu lange kennen. Sie bemerken alle deine Schwächen.«

»Ich bin aber noch gar nicht müde«, quengelte Finn, »von mir aus können wir noch weiter üben.«

Doch Finnholf schüttelte den Kopf: »Rumbolt hat Recht, man sollte es am Anfang nicht übertreiben. Ich bin so stolz darauf, wie schnell du Fortschritte machst, dass ich vergessen habe, dass du noch ein Anfänger auf dem Gebiet der Magie bist. Wir üben morgen weiter, Finn.«

Diese Worte seines Vaters duldeten keinen Widerspruch, und so verschwand Finn früh vom Lagerfeuer. Er legte sich neben Selina auf sein Nachtlager und erzählte ihr leise, was er heute alles erlebt und gelernt hatte. Er schwärmte ihr von seinem Vater vor und ließ über seiner Hand ein kleines Licht schweben, um ihr zu demonstrieren, wie seine Kontrolle über die Magie wuchs. Die Elfe sagte nichts, und leider gab es kein Anzeichen dafür, dass sie ihn überhaupt hören konnte. Trotzdem hatte Finn das Gefühl, ihr Geist wäre ganz nah bei ihm. Mit einer ihrer Haarsträhnen zwischen den Fingern schlief er ein.

In den frühen Morgenstunden, als die Sonne gerade aufgegangen war und noch der Nebel über dem Boden schwebte, erklangen vielstimmige Rufe aus den Bäumen: »Sie kommen. Aufwachen. Sie sind da.«

Im ganzen Lager brach Hektik aus. Finn hüpfte von seinem Schlafplatz aus dem Gebüsch und starrte neugierig in den Nebel. Die Kleinlinge stellten sich schnell hinter Rumbolt auf, um einen guten Eindruck zu machen. In der Luft hing ein Klingeln wie von Tausenden winzigen Glöckchen und auf einmal schob sich das weiße Schloss durch den Nebel auf sie zu. Finn war überwältigt. Es war noch viel schöner, als er es aus Selinas Erinnerungen kannte. Die Kleinlinge sperrten den Mund auf und einige schrien überrascht auf. Das Schloss schwebte lautlos zwischen den Bäumen hindurch. Seine unzähligen Türmchen glitzerten im Licht der aufgehenden Sonne, als wären sie mit weißen Kristallen besetzt. Überall um das Schloss herum flatterten weiße Gestalten durch den Nebel. Ihre Stimmen waren ein Singen in Finns Kopf. Auf der großen weißen Terrasse standen zwei silberne Thronsessel, auf denen der König und die Königin saßen. Sie waren noch so hoch oben, dass Finn sie kaum erkennen konnte, aber jetzt setzte das Schloss langsam zur Landung an. Es ging tiefer und wurde dabei immer größer. Jedenfalls hatte Finn diesen Eindruck. Nur wenige Längen über dem Boden kam es zum Stehen.

Rumbolt zischte: »Verbeugen.«

Die Kleinlinge neigten geschlossen ihre Häupter und verharrten in dieser Position, bis eine leicht gelangweilte Stimme von der Terrasse rief: »Danke, Sie können sich wieder aufrichten.«

Es war die Stimme der Königin. Als Finn den Kopf wieder hob, sah er, dass sie aufgestanden und an den Rand der Terrasse getreten war. Sie trug ein silbernes Kleid und ihr ebenfalls silbernes Haar reichte fast bis zum Boden. Es wirkte wie ein Schleier. Auf ihrem Kopf saß ein zierliches Diadem aus weißen Perlen und in der Hand hielt sie ein silbernes Zepter. Ihr Gesicht war so fein geschnitten und makellos, dass einem der Atem stockte, und doch erschien sie Finn alles andere als schön. Ihre blauen Augen waren so kalt wie Eis, und ihr Gesichts zeigte nichts als Abscheu und vielleicht etwas Langeweile, als sie auf die Kleinlinge hinunterblickte.

»Sie haben also meine Tochter Selina gefunden? Nun, wo ist dieses Kind?«

Rumbolt deutete hinter sich in den Schatten des Baumes, wo Selina auf ihrem Moosbett schlief. Die Königin folgte seinem Blick ohne besonderes Interesse. »Ah ja«, sagte sie nur. Finn konnte sie vom ersten Augenblick an nicht leiden. Jetzt trat auch der König an die Brüstung der Terrasse, flankiert von zwei Elfenkriegern in silberner Rüstung. Er hatte einen langen weißen Bart und trug eine goldene Robe mit silberner Stickerei. Auf seinem Haupt saß eine mächtige silberne Krone und seine Flügel waren um ein Vielfaches länger und mächtiger als die seiner zierlichen Frau. Im Moment bewegten sie sich fast nervös hin und her. Was ihn außerdem von seiner Gattin unterschied, war der Ausdruck echter Sorge in seinem Gesicht, als er seine Tochter leblos am Boden liegen sah.

»Wie ist das passiert?«, fragte er mit donnernder Stimme.

Rumbolt antwortete mit erhobenem Haupt: »Wir haben Ihre Tochter, ohne zu wissen wer sie ist, vor einigen Tagen aus den Klauen einer Horde Kobolde gerettet. Danach ist sie bei uns geblieben, weil wir sie schlecht allein lassen konnte. So kam es, dass sie in unseren Kampf gegen die Maluk hineingezogen wurde.«

Weiter kam er nicht, der König brüllte plötzlich erbost: »Ihr habt meine Tochter so einer Gefahr ausgesetzt? Seid ihr von Sinnen?«

Rumbolt schüttelte den Kopf und hob beschwichtigend die Hände: »Wir wussten ja nicht, dass es Eure Tochter ist, und natürlich haben wir sie nicht mit in die Malukfestung genommen. Sie wurde so gut beschützt, wie es uns möglich war.«

»Wie konnte es dann dazu kommen, dass meine Tochter dort liegt und augenscheinlich nicht mehr aufstehen kann?«, zischte der König.

Er hatte inzwischen ein Zeichen gegeben und vom hinteren Teil der Terrasse flog ein alter Elf zu Selina. Finn war sofort neben ihr und beäugte misstrauisch alles, was der Alte tat. Der Elf schaute besorgt, als er Selina untersuchte.

Rumbolt erklärte: »Sie hat versucht, einen Schutzzauber zu bewirken, um uns zu retten. Dabei ist sie plötzlich zusammengebrochen. Es war wohl zu anstrengend für sie.«

Der alte Elfenarzt sog zischend die Luft ein und meckerte: »Zu anstrengend? Sie haben Nerven. So einen Zauber kann die Kleine gar nicht schaffen. Sie hat all ihre Kräfte aufgebraucht. Deshalb wacht sie nicht mehr auf. Eine Elfe ohne Magie kann nicht leben.«

Finn riss die Augen auf: »Heißt das, Sie können nichts tun? Wird sie nie wieder aufwachen?«

Der Doktor hob vorwurfsvoll eine Augenbraue und beäugte den Kleinling, der es gewagt hatte, ihn anzusprechen: »Ich bin der beste Arzt unter den Elfen, mein Junge. Wir kriegen das Mädchen schon wieder hin. Sie braucht Ruhe und einige Magieinfusionen. Elfenmagie regeneriert sich aus sich selbst. Wenn keine mehr da ist, kann sich auch keine mehr bilden, deshalb müssen wir ihr welche einflößen.«

Als er sah wie erleichtert Finn war, fügte er etwas weniger mürrisch hinzu: »Mach dir keine Sorgen. Der Prinzessin wird es in ein paar Tagen wieder gut gehen.«

Dann gab er ein Zeichen und zwei starke Elfenkrieger flatterten mit einer silbernen Sänfte herbei, auf die sie Selina behutsam betteten. Finn verstand, was sie vorhatten, und es passte ihm nicht. Nachdem er in Selinas Erinnerungen gesehen hatte, wie schlecht ihre Eltern und der ganze Hofstaat sie behandelt hatten, war ihm nicht wohl bei dem Gedanken, sie allein bei ihrer Familie zu lassen. Außerdem fürchtete er, sie nie wieder zu sehen; er glaubte nicht, dass ihre Eltern sie noch einmal entwischen lassen würden. Es erschien ihm wie ein Verrat an Selina, sie einfach, während sie schlief und sich nicht wehren konnte, zu ihren Eltern zurückzubringen, ohne sie zu fragen. Kurzentschlossen rannte Finn nach vorn zur Terrasse des Königs: »Eure Hoheit, Entschuldigung«, schrie er mitten in Rumbolts noch immer eisige Unterhaltung mit dem Elfenkönig.

Beide sahen ihn missbilligend an, doch der König ließ sich zu einem gelangweilten »Ja, bitte« herab.

Finn sprudelte los: »Euer Arzt sagt, er kann Selina wieder gesund machen, aber er muss sie dafür mitnehmen. Ich möchte sie nicht allein gehen lassen. Ich bin sicher, sie würde auch wollen, dass ich da bin, wenn sie aufwacht. Ich würde gern mit Euch kommen, wenn das möglich ist.«

Sein Redefluss wurde vom höhnischen Lachen der Königin unterbrochen. »Hör dir das an, Aldor«, rief sie noch immer kichernd, »dieser dreckige Kleinling bildet sich ein, dass er so einfach unser Schloss betreten darf.«

Sie schüttelte den Kopf, als sei es das Dümmste, was sie je gehört hatte. Finn wurde wütend, sagte aber nichts, sondern sah nur fragend den König an. Dieser lachte zwar nicht, aber er schien auch nicht begeistert von Finns Anliegen.

»Mein Junge, kein nicht-elfisches Wesen durfte je mit diesem Schloss reisen, und das wird auch so bleiben. Zudem weiß ich nicht, weshalb meine Tochter Wert auf deine Gesellschaft legen könnte. Es tut mir ja Leid, das sagen zu müssen, aber du bist nur ein Kleinling und meine Tochter ist die Prinzessin des Elfenreiches. Du glaubst doch nicht wirklich, dass sie an einem wie dir Interesse hat?«

Rumbolt, der neben Finn stand, schien fast zu platzen vor unterdrückter Wut. »Arrogantes Elfenpack«, knurrte er leise.

Finn flüsterte zurück: »Fang keinen Streit mit ihnen an, sonst fliegen sie davon, und wir verlieren Selina für immer. Lass mich das machen.«

Hoch aufgerichtet sah er dem Elfenkönig in die Augen und sagte mit ruhiger Stimme und ohne Zorn: »Euer Hoheit, Selina ist meine Freundin, und ich sehe es als meine Pflicht an, mich zu überzeugen, dass es ihr bei Euch gut geht.«

Rumbolt sog überrascht die Luft ein, und die sie umschwirrenden Elfen machten dumme Gesichter. Noch nie hatte es jemand gewagt, dem Elfenkönig Aldor eine solche Frechheit gelassen ins Gesicht zu sagen. Für einen Moment schwiegen alle, keiner war sich sicher, ob er nicht vielleicht das Gesagte falsch verstanden hatte, dann begann die Königin zu zetern: »So eine Unverschämtheit habe ich noch nie erlebt. Junge, das wirst du büßen. Wie kannst du es wagen, zu behaupten unsere Tochter hätte es bei uns nicht gut?«

Vor Wut war ihr bleiches Gesicht leicht gerötet, und ihre kalten Augen schienen Finn durchbohren zu wollen, aber er blieb gelassen und beachtete sie gar nicht. Die Königin war uninteressant, er brauchte die Zustimmung des Königs. Dieser musterte Finn und schien nachzudenken. Schließlich sagte er gefährlich ruhig: »Also, antworte auf die Frage meiner Frau. Ich hoffe, du hast eine gute Antwort, dein armseliges Leben könnte davon abhängen.«

Finn sah aus den Augenwinkeln, wie sein Vater sich neben ihm in Zauberposition stellte, bereit, jeden Fluch des Elfenkönigs von seinem Sohn abzuwenden. Soweit wollte Finn es nicht kommen lassen.

So ungerührt, als plaudere er über das Wetter, sagte er: »Nun, ich habe mich auf dieser Reise lange mit Ihrer Tochter unterhalten. Mir wurde ein sehr guter Blick in ihre Vergangenheit gewährt, und was ich dort gesehen habe, macht mich nachdenklich, ob Ihr Selina immer die ihr zustehende Liebe entgegengebracht habt.«

Sehr leise, so dass nur das Königspaar und wenige Umstehende es hören konnten, fügte er hinzu: »Ich denke, es könnte für Euch peinlich werden, wenn ich diese Dinge vor Eurem ganzen Hofstaat preisgebe, also schlage ich ein Gespräch unter vier Augen in Eurem Schloss vor.«

Die Königin zitterte vor Wut. Mit einem Wink hetzte sie zwei ihrer Wachen auf Finn. Die stürzten wie Falken vom Himmel und wollten ihn mit ihren silbernen Speeren durchbohren, doch bevor sie auch nur in seine Nähe kamen, traf sie ein roter Blitz und schleuderte sie durch die Luft.

Finnholfs Blick war grimmig. »Der Nächste, der meinem Sohn zu nahe kommt, wird gegrillt«, knurrte er böse.

Weitere Wachen standen flugbereit auf der Terrasse, aber der Elfenkönig hob gebieterisch die Hand und stoppte sie. Eine Weile sah er sich den Jungen an, der es gewagt hatte, ihn herauszufordern. Finn senkte den Blick nicht, auch wenn die Augen des Königs so bohrend waren, dass er das Gefühl hatte, er könnte direkt in sein Herz sehen. Dort gab es nichts, was er verbergen wollte, deshalb hielt er dem Blick des Elfen mühelos stand. Schließlich schien der König genug gesehen zu haben, und er winkte zweien seiner Männer.

»Bringt diesen Jungen mit meiner Tochter in Selinas Zimmer«, ordnete er an.

Seine Frau wollte protestieren, er brachte sie jedoch mit einem strengen Blick zum Schweigen. Zu Finnholf gewandt sagte er: »Halte deine Magie im Zaum. Deinem Jungen wird nichts geschehen, dafür garantiere ich mit meinem Wort. Er kommt gleich zu dir zurück.«

Finnholf nickte, beobachtete aber misstrauisch, wie die zwei Elfenkrieger Finn an den Armen packten und in die Luft hoben. Zusammen mit Selinas Sänfte schwebten sie auf die oberen Türme des Schlosses zu. Die Königin, sichtlich kochend vor Zorn, funkelte ihren Gatten entrüstet an und stapfte wenig damenhaft ins Schloss zurück. Rumbolt sah ihr seufzend nach und murmelte: »Wenn das mal gut geht.«

Finn war zuerst etwas mulmig zumute, als die großen silbernen Elfen ihn packten und mit ihm davonflogen. Ihre Flügel schlugen hell summend hin und her, und der Boden entfernte sich rasch. Keiner der beiden verzog eine Miene. Es schien, als wären ihre Gesichter aus weißem Porzellan. Finn wagte nicht, sie anzusprechen, aber als er merkte, wie sicher sie dahinschwebten, bekam er Spaß am Fliegen. Ganz weit unten konnte er seinen Vater, Rumbolt und die anderen Kleinlinge sehen. Sie waren winzig wie Ameisen. Vor ihm erhoben sich die weißen, schillernden Türmchen des Schlosses. Die Sänfte, in der Selina lag, steuerte ein großes Fenster in einem der höchsten Türme an. Finn warf noch schnell einen Blick zurück in den Wald, dann segelte die Sänfte vor ihnen in das Innere des Turmes und seine beiden Begleiter folgten mit Finn in ihrer Mitte. Zu dritt waren sie zu breit für das Fenster, deshalb flogen sie seitwärts hinein. Unter sich sah Finn, dass die weiße Terrasse nun leer war. Dann landete er auf dem kalten Boden in Selinas Zimmer.

Er kannte es aus ihren Erinnerungen. Hier hatte sie am Fenster gesessen und sehnsüchtig hinausgeblickt. Die Sänftenträger legten Selina auf ihr Himmelbett. Auf dem Baldachin zogen weiße Wolken über einen silbernen Himmel. Merkwürdigerweise bewegten sie sich tatsächlich.

›Das muss ein Elfenzauber sein‹, dachte Finn und beobachtete entzückt, wie an manchen Stellen Sterne auf dem Überwurf erglommen und wieder verloschen. Selina versank fast in den weichen weißen Kissen ihres Bettes. Die Elfenkrieger hatten ihren Auftrag erfüllt, nahmen die Sänfte und flogen alle vier durch das Fenster davon, ohne auch nur ein Wort an Finn zu richten.

Finn sah sich im Zimmer um. Neben dem Bett gab es einen weißen Schrank und einen großen Spiegel, der zerbrochen war. An einem Schreibtisch aus glattemm weißem Stein stand ein elegantes silbernes Stühlchen. Auf dem Tisch lagen einige Bücher und Papier. Finn sah sie sich aus der Nähe an, konnte aber die verschnörkelten Buchstaben auf den Buchdeckeln nicht lesen und wagte auch nicht, eines der Bücher zu berühren. Immerhin waren die Bücher alt und sicher sehr kostbar. Ansonsten war das Zimmer leer. Es gab nichts, nur kalte weiße Wände. Etwas enttäuscht setzte Finn sich neben Selina auf das Bett und strich ihr geistesabwesend durch das silberne, weiche Haar.

»Ich kann verstehen, dass du es hier nicht mehr ausgehalten hast«, murmelte er. »Das ist kein Elfenschloss, sondern ein Eispalast und deine Mutter ist die Schneekönigin.«

Da hörte er Stimmen, die näher kamen.

»Wie konntest du nur, Aldor? Was hat dieser Junge hier verloren? Reicht es nicht, dass meine Tochter nicht aussieht wie eine Elfenprinzessin, sich nicht so benimmt und uns nur Schande macht, indem sie wegläuft und schließlich bei diesen dreckigen Wilden gefunden wird? Muss sie jetzt auch noch ins Gerede kommen, weil sie mit einem von ihnen angebandelt hat?«

Das boshafte Zischen war eindeutig die Stimme der Königin.

Etwas gemessener antwortete ihr Gemahl: »Ich bin der König, Minerva, und ich wollte nicht, dass unsere Familienprobleme vor meinem Hofstaat ausgebreitet werden.«

»Dann hättest du diese Wichte einfach vernichten sollen, bevor sie reden können.«

»Du magst denken, was du willst, meine Liebe, und oft höre ich auf dich, aber ich wende mich nicht gegen unschuldige Leute, die zudem meine Tochter gerettet haben, wie es scheint. Mit welcher Begründung hätte ich ihnen etwas antun sollen?«

»Es findet sich immer ein Grund, wenn man nicht zu feige ist, einen zu suchen«, kreischte die weibliche Stimme jetzt fast hysterisch.

Der König wurde auch langsam wütend. Seine Stimme grollte: »Ich bin ein Elf von Ehre, Minerva, und wenn dir das nicht passt, kannst du gerne gehen. Ich werde mich jetzt mit diesem Jungen unterhalten. Mir scheint, er versteht unsere Tochter besser, als wir es je getan haben. Ich möchte von ihm erfahren, warum sie weggelaufen ist.«

Seine Frau ließ nur noch ein wütendes »Pfh« hören und trippelte davon. Der König seufzte hörbar. Fast tat er Finn ein bisschen Leid.

Da öffnete sich die verschnörkelte weiße Tür, und der König trat mit einem fast freundlichen Lächeln ein, das keine Spur von dem so eben ausgefochtenen Kampf mit seiner Gattin zeigte. Er war wirklich ein Meister darin, die Etikette zu wahren. Er schloss die Tür sorgfältig hinter sich und kam hinüber zum Bett. Dort blickte er seine Tochter liebevoll an und lächelte. Dieses Lächeln machte Finn Mut, es zeigte ihm, dass Selina ihrem Vater nicht so gleichgültig war wie ihrer Mutter.

»Der Arzt kommt bald und wird sich um sie kümmern«, sagte der König leise zu Finn, »bis dahin haben wir noch etwas Zeit, uns zu unterhalten. Ich kann dir nicht erlauben, uns zu begleiten, bis Selina wieder gesund ist. Das würden die Elfen in meinem Hofstaat nicht dulden.«

›Und vor allem die Königin nicht‹, dachte Finn.

»Aber ich möchte jetzt mit dir reden, um deine Bedenken zu zerstreuen, und um Selina zu helfen.«

Finn nickt stumm. Er wollte zuerst den König reden lassen.

»Siehst du, mein Junge, wir lieben unsere Tochter sehr. Du kannst dir nicht vorstellen, wie ich in Sorge war, als sie plötzlich verschwand. Ich kann mir bis heute nicht erklären, wieso sie das getan hat.«

Er schüttelte traurig den Kopf. Finn hatte das Gefühl, dass der König die Wahrheit sagte, aber die Blindheit gegenüber den Gefühlen seiner eigenen Tochter war für Finn erschreckend. Der König hatte sich jetzt auf die andere Seite des Bettes gesetzt und studierte abwesend die zarten Gesichtszüge seiner Tochter, als würde er sie zum ersten Mal richtig sehen. »Ist sie nicht eine Schönheit?«, fragte er mehr sich selbst als Finn.

Der Junge nickte und sah den König unverwandt an. Schließlich riss sich dieser vom Bild seiner Tochter los und blickte Finn in die warmen blauen Augen.

»Erzähl mir, wie ihr euch kennen gelernt habt«, bat er und Finn erzählte.

Er sprach von den Kobolden und dem Kampf mit ihnen. Er erwähnte Selinas Widerspenstigkeit, die den König zum Lachen brachte, auch er kannte diesen Charakterzug seiner Tochter. Dann sprach Finn über ihre Reise und den Grund dafür. Er berichtete auch von ihrem Kampf mit den Maluk, wie er seinen Vater gefunden hatte und wie sie schließlich die Festung der Feinde vernichteten. Der König, der auch schon einmal von den Maluk erpresst worden war, hörte mit wachsendem Staunen vom Kampf der Kleinlinge um ihre Freiheit, und er war sichtlich beeindruckt von ihrem Mut und ihrer Tapferkeit.

Im Verlauf des Gespräches faszinierte ihn dieser junge Kleinling immer mehr, auch wenn er es nicht zeigte. Er hielt es mittlerweile für gut möglich, dass seine Tochter Vertrauen und Zuneigung zu ihm gefasst hatte. Ihm gefiel die Art, wie er sprach, ohne zu beschönigen, mit klaren Worten, ausdrucksvollen Gesten und erhobenem Blick. Dieser Junge war mit sich selbst im Reinen und hatte nichts zu verbergen. Der König war gut darin, Lügner zu entlarven, aber dieser Junge war keiner. Finn erzählte schließlich auch von seiner Erinnerungsverschmelzung mit Selina, und da wurde der König sehr hellhörig.

»Was? Das hat Selina getan?«, er schien verwirrt.

Finn fragte ahnungslos: »Ja, das hat sie. Weshalb überrascht Euch das so?«

»Nun ja, dieser Verschmelzungszauber ist eine sehr innige Angelegenheit, wie du gemerkt haben wirst, und meine Tochter war von je her sehr verschlossen. Ich kann mich nicht erinnern, dass sie jemals jemandem solche Nähe zu sich gestattet hätte.«

Finn zuckte die Achseln: »Zuerst wollte sie auch nicht, aber dann hat sie es sich plötzlich anders überlegt. Es war ein ziemlich komisches Gefühl, in den eigenen Erinnerungen herumzulaufen und längst Vergessenes wieder freizulegen. Ohne Eure Tochter hätte ich meine Magie vielleicht nie gefunden.«

Der König nickte geistesabwesend, und Finn sah, dass ihm die nächste Frage schwerfiel. Schließlich murmelte er fast unhörbar: »Und bei dieser Gelegenheit hast du natürlich auch einige ihrer Erinnerungen gesehen?«

Finn nickte nur. Der König sollte von sich aus danach fragen, wie es seiner Tochter all die Jahre ergangen war. Das bereitete dem Herrscher sichtlich Mühe, aber schließlich rang er sich zu einer Frage durch: »Weißt du, weshalb sie so plötzlich weggelaufen ist?«

Finn hatte Mitleid mit dem König, der sein Reich sicher gut regierte, aber von den Vorkommnissen in seiner Familie nicht viel wusste. Finn antwortete ihm freundlich und zurückhaltend: »Ich glaube, sie hatte nicht das Gefühl, dass Ihr sie liebt. Sie hat unter dem Bett gelegen und gelauscht, als Ihr mit Eurer Gattin besprochen habt, sie fortzuschicken. Euch erschien es vielleicht gut für Selina, wenn sie zu Elfen kommt, die am Boden leben und kaum fliegen; und für Eure Frau war es sicher praktisch, den Schandfleck der einflügeligen Tochter nicht mehr jeden Tag vor Augen haben zu müssen. Ihr habt sich das fein ausgedacht, aber Selina hat alles gehört, und für sie war es ein Schlag ins Gesicht. Einer von vielen schätze ich, die sie im Laufe ihrer Kindheit hinnehmen musste, aber dieser Letzte reichte, er zeigte ihr, dass sie hier nichts mehr verloren hatte.«

Während Finn sprach, wechselte der Ausdruck des Königs von echter Bestürzung, zu tiefer Scham und schließlich standen ihm vor Kummer die Tränen in den Augen.

»Mein armes Kind«, sagte er nur wieder und wieder. »Wie konnte ich nur so dumm sein?«

»Sie hat unter diesem fehlenden Flügel mehr gelitten, als Ihr Euch vorstellen könnt. Sie konnte nicht mit den anderen Elfen draußen herumfliegen, und sie wurde schlimm gehänselt. Ich denke aber, das alles wäre zu ertragen gewesen, wenn sie wenigstens in ihrer Familie Halt gefunden hätte. Doch Eure Frau hat Selina immer nur als Schande gesehen und wäre sie am liebsten losgeworden. Ihr habt Eure Tochter vielleicht geliebt, aber Ihr habt es ihr viel zu selten gezeigt, fürchte ich. Außerdem habt Ihr den Eskapaden und Sticheleien Eurer Frau gegen Selina nicht Einhalt geboten.«

Der König seufzte traurig und Tränen rannen seine Wangen hinab.

»Es ist eine Schande«, flüsterte er bitter, »eine Schande, dass erst ein halbwüchsiger Kleinling kommen muss, damit ich die Nöte meines eigenen Kindes verstehe. Ich bin ein schlechter Vater. Der schlechteste, den man sich vorstellen kann.«

Er strich Selina über die Haare und murmelte: »Aber das wird jetzt alles anders. Ich werde alles besser machen, wenn sie wieder aufwacht.«

Jetzt war es Finn, der noch etwas auf dem Herzen hatte. »Eure Majestät, ich hätte noch eine Bitte.«

»Alles mein, Junge. Alles, was du nur willst. Du brauchst es nur sagen und wirst es bekommen.«

Finn schüttelte zweifelnd den Kopf: »Was ich möchte, könnt Ihr mir nicht geben. Es kommt darauf an, was Selina will. Sie ist zu einem Teil unserer Gruppe geworden. Sie hat bei uns Freunde gefunden, und sie kann jederzeit zurückkommen. Wir alle haben sie gern bei uns, besonders ich. Es wäre schön, wenn Ihr Selina das sagen könntet, wenn sie aufwacht.«

Der König machte ein betretenes Gesicht, das passte so gar nicht zu seinem Plan, ein ganz neues Leben mit seiner Tochter anzufangen. Doch dann rang er sich zu einem Lächeln durch und meinte: »Natürlich, es war dumm von mir zu glauben, ich könnte alles, was ich in Selinas Kindheit falsch gemacht habe, jetzt einfach wieder gut machen. Ich muss einsehen, dass sie jetzt fast erwachsen ist und ein eigenes Leben gefunden hat. Ich werde meiner Tochter selbstverständlich deine Worte ausrichten, und ich werde sie höchstpersönlich zu euch bringen, wenn das ihr Wunsch ist.«

Finn fiel ein Stein vom Herzen: »Danke, Euer Hoheit, Ihr wisst nicht, wie wichtig das für mich ist. Ich ..., also, ich und eure Tochter ...«

Der König lächelte: »Ich denke, meine Tochter hätte keinen Besseren wählen können als dich, mein Junge, und wenn sie dich wirklich liebt, dann wird sie zu dir zurückkommen. Elfenliebe ist ewig.«

Finn war beruhigt, aber er hatte noch ein Anliegen an den Elfenkönig. Während sie auf den Arzt warteten, gab es noch viel zu besprechen, und als Finn schließlich wieder flankiert von zwei Elfenkriegern das Schloss verließ, waren er und der König sich mehr als einig geworden.

## 3

Als Finn getragen von den Elfen zurück zur Erde schwebte, sah er schon von weitem die Erleichterung in den Gesichtern seiner Freunde. Besonders Rumbolt und Finnholf schien ein Stein vom Herzen zu fallen. Kaum war Finn gelandet und die Elfenkrieger wortlos davon geflattert, bestürmten sie ihn auch schon mit Fragen: »Junge, wo bist du so lange gewesen?«

»Rumbolt und ich haben schon Pläne geschmiedet, wie wir das Schloss stürmen können, um dich zu befreien.«

»Wie geht es Selina?«

»Ist sie schon aufgewacht?«

Finn konnte kaum so schnell antworten, wie sie fragten, aber über sein Gespräch mit dem Elfenkönig erzählte er nichts. Er erwähnte, dass man ihm versprochen hatte, dass Selina zu ihnen zurückkommen dürfte, wenn sie es wollte, und darüber waren alle aus Rumbolts Truppe richtig froh. Auch wenn es niemand zugeben wollte, war die Elfe ihnen ans Herz gewachsen, so zickig sie auch sein konnte. Außerdem war es bei den Kleinlingen grundsätzlich nicht üblich, Mitglieder des Trupps zu verlieren oder einfach kampflos aufzugeben, egal zu welchem Volk sie gehörten.

Das Elfenschloss schwebte mittlerweile langsam auf die oberen Baumwipfel zu. Die Kleinlinge sahen ihm nach, bis auch der letzte glitzernde Turm im Grün der Bäume verschwunden war, dann setzten sie ihren Marsch fort. Savall und Schlomm, die sich im Wald versteckt hatten, solange die Elfen da waren, stießen wieder zu ihnen. Finn lobte Schlomms Schnelligkeit und der Mink war sehr glücklich darüber. Rumbolt duldete nach den Verzögerungen dieses Tages keine weiteren Umwege mehr und sie liefen bis zur Dämmerung im Eiltempo voran.

Als es dunkel wurde, rasteten sie am Rand einer friedlichen Lichtung im dichten Unterholz. Die Stimmung war ausgelassen, jetzt, wo Mommenheim näher rückte, sprachen alle nur noch von ihren Familien. Finn, der sich keine Sorgen mehr um Selina machen musste und eigentlich nur noch hoffte, dass sie tatsächlich zurückkommen würde, hatte den Kopf wieder frei für andere Fragen, die ihm schon lange auf der Seele lagen. Bei seinen Gesprächen mit Rumbolt in Mommenheim hatte er viel über die Kleinlinggeschichte erfahren, da aber die wichtigsten Bücher nur dem Rat zugänglich waren, hatte er nicht allzuviel herausgefunden.

Aber jetzt war dafür eine gute Gelegenheit, weil fast alle Ratsmitglieder zu ihrer Gruppe gehörten. Sein Magietraining mit Finnholf war für heute beendet, da sein Vater zwischen Rumbolt und Alfons am Lagerfeuer saß und in ein Gespräch vertieft war. Heronimus lag allein in der Nähe des Feuers und rieb sich seine alten Hände in der Wärme. Der zweite Älteste stand einige Meter weiter und unterhielt sich mit Luselda und Rotbart. Finn beschloss, diese Chance zu nutzen und schlenderte zu Heronimus hinüber. Der alte Kleinling sah nicht vom Feuer auf, als Finn sich neben ihn setzte, nur ein leichtes Lächeln umspielte seine Mundwinkel. Finn saß eine Weile stumm neben ihm und suchte nach einem geeigneten Anfang, da kam ihm der Alte zuvor.

»Na, mein junger Finn. Was hast du auf dem Herzen?«, fragte er geradeheraus.

»Ach, eigentlich nichts Besonderes, ich wollte nur ...«

Heronimus unterbrach ihn: »Finn, ich bin zu alt für lange Höflichkeiten und Zurückhaltung. Du willst etwas wissen und ich antworte dir gern. Stelle deine Frage.«

Finn war so überrascht, dass es ihm zunächst die Sprache verschlug, aber dann grinste er: »Ich wollte schon immer wissen, wo wir eigentlich herkommen. Wir Kleinlinge meine ich. Rumbolt hat viele Bücher, und ich habe sie fast alle gelesen und doch stand nichts darüber darin, wer wir sind. Mir lässt das keine Ruhe, und Rumbolt hat mir gesagt, es gibt Bücher in der Ratsbibliothek, die auf alle meine Fragen eine Antwort haben.«

Jetzt war das Lächeln um Heronimus Mundwinkel zu einem breiten Grinsen geworden: »Eine gute Frage, mein junger Freund. Es ist immer wichtig, die richtigen Fragen zu stellen.« Dann schwieg er wieder.

Finn wurde ungeduldig: »Und kennen Sie die Antwort? Haben Sie sie in einem Buch gelesen?«

Heronimus nickte: »Ich habe alle Bücher gelesen, die es in ganz Mommenheim gibt, auch die, die in Vergessenheit geraten sollten; und ich denke, es ist an der Zeit, sie aus ihren verstaubten Kisten herauszuholen. Lange genug haben die Kleinlinge sich versteckt und ihre Vergangenheit von sich gewiesen, aber in dir Finn sehe ich, dass eine neue Zeit angebrochen ist. Sie wird damit beginnen, dass alle Mommenheimer wieder erfahren sollen, woher sie eigentlich kommen. Mit dir mache ich den Anfang, Finn. Hör gut zu, ich will dir eine Geschichte erzählen.«

Finns Augen leuchteten vor Spannung und der Alte spürte die Neugier des Jungen, ohne den Blick von den Flammen zu nehmen. Mit leiser aber eindringlicher Stimme begann er seine Erzählung:

»Vor vielen Tausend Jahren gab es auch schon Kleinlinge. Sie lebten nicht in Höhlen unter der Erde so wie wir heute, sondern hoch oben in den Bäumen. Es gab ganze Baumreiche mit Treppen und Terrassen, kleinen Häusern und riesigen Palästen. Sie waren manchmal sogar über mehrere Bäume miteinander verbunden und das Volk der Kleinlinge lebte zufrieden in diesen Baumstädten. Zwischen den Reichen der Kleinlinge gab es regen Handel, man war befreundet, besuchte sich oft und viele Ehen wurden zwischen verschiedenen Baumreichen geschlossen. Die Kleinlinge damals brauchten keine Angst vor wilden Tieren oder Kobolden zu haben, so wie wir heute. Nein, sie waren große und überaus mächtige Zauberer. In den Überlieferungen wird gesagt, sie waren begabter als die Elfen und in allen Wäldern bekannt für ihre

Freundlichkeit und Zauberkraft. Leider machte ihre Macht sie auch überheblich, und es kam immer öfter zu magischen Duellen zwischen Kleinlingen aus verschiedenen Baumreichen. Die meisten endeten glimpflich, doch eines Tages wurde bei einem solchen Duell der Sohn eines Königs so schwer verletzt, dass alle Heilzauber der Ärzte nichts nützten und er wenig später starb.

Dieser Verlust traf seinen Vater tief, so dass sein Herz kalt wurde, und er nur noch auf Rache sann. Er befahl seinen Kriegern, das Baumreich, in dem der Kleinling lebte, der seinen Sohn beim Duell getötet hatte, anzugreifen und zu vernichten. Seine Soldaten befolgten seinen Befehl, und es gab ein riesiges Blutbad unter den Bewohnern des angegriffenen Baumreiches, die von den Truppen des Königs überrascht wurden. Dieser Vorfall führte zu einer Spaltung der Kleinlinge. Die eine Seite verurteilte die grausame Rache des Königs und die andere hielt sie für sein Recht. Dieser Streit eskalierte schließlich und führte die Kleinlinge in einen grausamen Krieg zwischen den Baumreichen. Es starben auf allen Seiten sehr viele aus unserem Volk, aber da es ein magischer Krieg war, wurden auch andere Völker in Mitleidenschaft gezogen. Durch Feuersbrünste, Blitze und Steinhagel starben viele Unbeteiligte und es war kein Ende abzusehen, die Kleinlinge waren damals schon so stur wie heute.

Jedes Baumvolk wollte überleben, aber bald war klar, dass nach diesem Krieg nur die Stärksten in den Wäldern übrig bleiben würden. So kamen viele auf die Idee, einen Teil ihrer Leute zu schützen, damit einige ihres Klans überlebten und den Fortbestand sichern konnten. Daher legten sie in aller Heimlichkeit versteckte Höhlensysteme an und schickten die meisten ihrer Frauen und Kinder sowie die verletzten oder alten Männer dorthin. Der Krieg tobte in den Bäumen weiter, und es ist nicht genau bekannt wie lange, aber irgendwann waren alle Kleinlinge von der Oberwelt verschwunden. Die zerstörten Baumstädte standen leer und verfielen allmählich. Von ihren einstigen Bewohnern fehlte jede Spur. Tatsächlich hatten sich die wenigen Überlebenden des verheerenden Krieges in den unterirdischen Höhlensystemen verkrochen und kamen für lange Zeit nicht mehr daraus hervor. Jede Gruppe fürchtete, eine andere könnte in dem langen Krieg gesiegt haben und jetzt die Wälder beherrschen. Vorräte hatte man eingelagert und die Höhlensysteme wurden ständig erweitert. So wie auch unser schönes Mommenheim.

Schließlich gingen nur noch einige Männer unter großen Sicherheitsvorkehrungen nach draußen auf die Jagd. Die meisten Kleinlinge jedoch kamen nie in ihrem Leben ans Tageslicht. Da man gesehen hatte, in welch verheerende Katastrophe ein König sein Volk stürzen konnte, wählten die Kleinlinge ab jetzt einen großen Rat, der aus mehreren alten und weisen Mitgliedern bestand. Damals waren noch alle Kleinlinge große Magier, daher gab es keine Plätze für die Magischen im Rat, wie wir es heute haben. Das wurde erst eingeführt, als die magische Begabung immer seltener wurde.

Die Erinnerung an diesen schrecklichen Krieg und die Verbrechen, die die Kleinlinge an sich und an Unschuldigen begangen hatten, sollten in Vergessenheit geraten und nur noch wenigen zugänglich sein. Deshalb wurde die Ratsbibliothek eingeführt, die kein normaler Kleinling betreten durfte. Zudem wurde es bei Strafe verboten, über den Krieg zu sprechen. So kam es, dass Generationen von Kleinlingen in Mommenheim lebten, ohne zu wissen warum. Unsere magischen Fähigkeiten schwanden zusehends mit den Jahren, da sie nicht mehr gebraucht wurden und so ist es bis heute geblieben.«

Heronimus schwieg. Finn, der wie gebannt zugehört hatte, sah sich um und merkte, dass er nicht der einzige Zuhörer gewesen war. Alle Kleinlinge des Trupps saßen mit aufgerissenen Augen am Feuer und starrten den alten Heronimus an.

Finn fragte leise: »Also gibt es noch viele andere Kleinlingbehausungen unter der Erde, wir wissen bloß nicht wo?«

Heronimus wiegte den Kopf: »Doch, einige kennen wir. Ihre Jäger trafen draußen mit unseren zusammen, aber es muss noch mehr geben im weiteren Umkreis.«

Finn grübelte: »Also sind wir keine Höhlenwesen. Eigentlich lebten wir in den Bäumen.«

Heronimus nickte. Finn verfiel für eine ganze Weile in angestrengtes Nachdenken, während um ihn herum die Gespräche wieder lauter wurden. Alle beschäftigten sich mit der Vergangenheit ihres Volkes.

»Wir müssen das allen erzählen!«, rief jemand. »Unglaublich, dass wir solange nichts darüber gewusst haben.«

»Man hat uns absichtlich dumm gehalten!«, giftete ein anderer.

Heronimus schmunzelte. »Ja«, sagte er, »und deshalb plane ich, die Ratsbibliothek ab jetzt für alle Kleinlinge zugänglich zu machen. Jeder soll das Recht haben, die Bücher, die es dort gibt, zu lesen.«

Sein Vorschlag wurde mit Beifall begrüßt, auch Finn klatschte. In seinem Kopf formte sich eine Idee, die er aber noch nicht verriet.

Nach diesem ereignisreichen Tag gingen alle früh schlafen, doch auch auf dem Nachtlager wurde noch über den Krieg der Kleinlinge und die unvorstellbaren Baumbehausungen geredet. Neppi und Lund überlegten sich, mit welchen Zaubern die Kämpfenden sich wohl bekriegt hatten, als sie jedoch Finns Meinung dazu wissen wollten, war dieser eingeschlafen.

## 4

In den nächsten Tagen liefen die Kleinlinge pausenlos vom Morgen bis zum Abend. Schließlich überquerten sie die Blumenwiese, in der Neppi sein erstes Abenteuer mit den frechen Blumenfräulein hatte. Jetzt waren sie bald in Mommenheim. Die Blumen der Wiese waren inzwischen verblüht. Ohne dass die Kleinlinge es gemerkt hatten, war es Herbst geworden.

Wenige Stunden nachdem sie die Wiese verlassen hatten, veränderte sich die Waldlandschaft. Verwirrt lief der Trupp durch Felder, die links und rechts eines ausgetretenen und mit Kies befestigten Weges lagen. Die Farne waren entfernt worden. Stattdessen gab es dort jetzt Äcker, auf denen kleine grüne Pflänzchen sprossen. Als sie neugierig weitergingen, sahen sie plötzlich überall Kleinlinge, die harkten und Unkraut jäteten oder säten. Die Gruppe blieb erstaunt stehen.

»Was geht denn hier vor?«, fragte Rumbolt laut und ungläubig.

Die emsig arbeitenden Kleinlinge sahen erschrocken auf und erblickten Schlomm, der in der Mitte des Trupps stand und sich neugierig umsah. Viele ergriffen schreiend die Flucht. Rumbolt brüllte hinter ihnen her: »Bleibt stehen, das ist ein Mink, unser Freund. Der tut euch nichts. Sagt mir lieber, was ihr hier draußen zu suchen habt?«

Schlomm, der die Aufregung um seine Person mittlerweile gewöhnt war, legte sich ganz flach auf den Boden, um weniger groß und gefährlich auszusehen. Die meisten Kleinlinge waren auf Rumbolts Befehl hin stehen geblieben, wenn auch in sicherem Abstand zu dem unbekannten Wesen. Sie machten immer noch einen völlig verwirrten Eindruck. Rumbolt wurde langsam ungeduldig.

»Seit wann sind wir Kleinlinge Bauern?«, donnerte er. Die Kleinlinge auf den Feldern standen wie gelähmt vor Schreck und starrten den von der langen Reise schmutzigen und abgerissenen Trupp an, als wären es Geister. Niemand sagte ein Wort.

Plötzlich ertönte ein freudiger Schrei: »Finn!«

Luna sprang auf und rannte mit von Erde verdreckten Händen ungeachtet der kleinen zarten Pflanzen, die sie dabei zertrampelte, quer über das Feld auf ihren Sohn zu. Finn lief jetzt ebenfalls los und so fielen sie sich auf der Mitte eines Feldes in die Arme. Luna weinte vor Freude und drückte ihren Sohn an sich.

»Oh, Finn! Du lebst, ich bin ja so froh«, rief sie mit tränenerstickter Stimme. Jetzt lösten sich auch die anderen Kleinlinge aus ihrer Erstarrung und begrüßten den Trupp voll Freude. Überall auf den Feldern lagen sich Familien und Freunde in den Armen. Lunds Eltern, die ihren Sohn zuerst kaum wiedererkannt hatten, ließen ihn fast zwei Minuten lang nicht mehr los und drückten ihn so fest, dass er kaum Luft bekam. Lunds Mutter murmelte immer wieder fassungslos: »Wie dünn du geworden bist, mein Schatz. Völlig abgemagert, zu Hause kocht dir Mami gleich was Schönes.«

Neppis Vater wirbelte seinen Sohn lachend vor Freude durch die Luft und rief laut nach dessen Mutter, die von einem weiter entfernten Feld angerannt kam. Die Männer des Trupps hatten ihre Frauen und ihre Kinder zu begrüßen. In dem Durcheinander merkte keiner, dass zwei Soldaten eilig von den Feldern verschwanden, um ihrem Herrscher Rachus in Mommenheim von der Ankunft des Trupps und der anderen Ratsmitglieder zu berichten.

Luna hielt ihren Sohn auf Armeslänge von sich weg und betrachtete ihn, als müsste sie sich überzeugen, dass auch noch alles an ihm dran war.

»Du bist so groß geworden«, seufzte sie und schon kullerten ihr wieder die Tränen. »Aber wag es nie wieder, einfach davonzulaufen, das sag ich dir. Eigentlich solltest du eine ordentliche Tracht Prügel bekommen. Du hast Glück, dass ich mich dafür viel zu sehr freue, euch alle gesund wieder zu sehen.«

Sie drückte ihren Sohn erneut an sich. »Dem Himmel sei Dank, dass ihr den Rat tatsächlich gefunden habt. Jetzt wird hier hoffentlich bald wieder Ordnung einkehren«, flüsterte sie mit Blick auf die beiden Ältesten und die vier Magier. Diese standen auf dem Weg und beobachteten lächelnd die Wiedersehensfreude der Kleinlinge. Ab und zu kam jemand, um sich vor Heronimus und den anderen zu verbeugen und ihnen seine Freude, über ihre gesunde Rückkehr mitzuteilen.

»Ich bin so stolz auf dich, mein Sohn«, lächelte Luna. Finn lächelte zurück: »Du wirst noch stolzer auf mich sein, glaube ich, wenn du erfährst, was ich dir mitgebracht habe.«

Seine Mutter machte große Augen: »Du hast mir etwas mitgebracht? Ich dachte, das war eine gefährliche Mission und kein Urlaub.«

Sie konnte schon wieder spotten. Finn grinste nur noch breiter: »Na ja, mir ist eher durch Zufall etwas über den Weg gelaufen, könnte man sagen. Da hab ich es gleich mitgenommen.«

Luna blickte auf Finns Hände, so als müsste dort jeden Moment etwas zum Vorschein kommen, aber Finn drehte ihren Kopf in die Richtung, aus der sie gekommen waren. Zuerst machte Luna ein verwirrtes Gesicht: »Wo denn, Finn? Ist es so groß, dass du es nicht bei dir hast?«

Sie blickte angestrengt über das Feld. Finn kicherte: »Nein, Mama, sieh da drüben hin, neben Rumbolt.«

Luna verengte die Augen zu Schlitzen, um besser sehen zu können und sog dann die Luft ein, als bliebe ihr soeben das Herz stehen.

»Nein«, stammelte sie, »das kann doch nicht, das ist doch nicht.«

Ihre Lippen bebten und ihr Kinn zitterte. Aus ihren Augen quoll ein Sturzbach von Tränen, so dass sie nichts mehr sehen konnte. Auch ihre Beine schienen sie nicht mehr tragen zu wollen, sie sackte auf die Erde nieder und blieb dort hocken.

Finnholf hatte das Wiedersehen gerührt beobachtet und trocknete sich gerade die feuchten Augen am Jackenärmel ab. Jetzt lief er so schnell er konnte über das Feld auf Luna zu. Er strahlte vor Freude, dass man fast glaubte, er müsste jeden Moment platzen vor Glück. Die Wiederkehr der lang vermissten Jäger war mitlerweile überall bemerkt worden. Fast ehrfürchtig wurden die Männer begrüßt. Frauen erzählten den lang verschollenen Vätern unter Tränen von ihren inzwischen fast erwachsenen Kindern.

Auch Finn kämpfte mit den Tränen, als er sah, wie sein Vater sich neben seine Mutter auf die Erde kniete, sie zärtlich, fast behutsam in den Arm nahm und ihr tränennasses Gesicht an seine Schulter bettete. Luna stammelte noch immer zusammenhanglose Sätze, doch Finnholf redete beruhigend auf sie ein: »Ich bin es wirklich, Liebste«, flüsterte er. »Es ist kein Traum. Ich bleibe für immer bei dir, und wir trennen uns nie mehr. Sei ganz ruhig.«

Mehr hörte Finn nicht, er zog es vor, seine Eltern eine Weile in Ruhe zu lassen. Er bekam einen Kloß im Hals, als er die vielen vor Freude weinenden Kleinlinge sah. Seine Eltern waren nicht die Einzigen, die sich nach langer Zeit wiedergefunden hatten. Als Finn zu Rumbolt kam, schmunzelte dieser mit glänzenden Augen und brummte: »Schön für deine Eltern, dass sie sich endlich wiederhaben. Ich denke, wir lassen ihnen Zeit. Sie haben sich so viel zu erzählen. Immerhin fehlen ihnen sechzehn gemeinsame Jahre.«

Finn nickte, er war noch immer erstaunt über die Reaktion seiner Mutter. Wenn er ehrlich war, hatte er sie noch nie so gesehen. Eigentlich war seine Mutter eine starke Frau, die nur selten weinte, und wenn dann nicht solche Sturzbäche. Es war ihm irgendwie peinlich, hinüberzusehen, wo seine Eltern sich noch immer in den Armen lagen und anscheinend nicht vorhatten, sich je wieder loszulassen. Er vermutete, dass er sich daran gewöhnen musste. Um das Thema zu wechseln, fragte er schnell: »Und wie machen wir jetzt weiter?«

Rumbolt wurde ernst und mit einem Anflug von Groll knurrte er: »Was uns angeht, so sollten wir schnellstens nach Mommenheim weitermarschieren. Schließlich wartet dort noch eine widerliche Made namens Rachus, die es zu zerquetschen gilt. Ich habe während dieser Wiedersehensfeier mit ein paar alten Bekannten gesprochen und weiß jetzt auch, was diese Felder zu bedeuten haben.«

Rumbolt schien mit jedem Wort wütender zu werden. »Stell dir vor, er hat den Maluk dafür, dass sie den Rat entführen und nie wieder rausrücken, soviele Nahrungsmittel versprochen, dass es nie gereicht hätte, was die paar Jäger sammeln. Er hat dann dem Volk weisgemacht, dass die unverschämten Forderungen der Maluk nur zu erfüllen sind, wenn Felder angelegt werden. Ansonsten würde der Rat getötet. Deshalb schuften unsere Mitbürger seit Wochen hier draußen unter mehr als schlechten Bedingungen, und es sind bereits viele umgekommen – von Kobolden, Wieseln oder Eulen gefressen. Rachus hat sie sogar nachts rausgeschickt zum Felder pflügen. Dieser Mistkerl.« Dies zu erzählen, schürte Rumbolts Zorn so sehr, dass er fast platzte.

Der alte Heronimus legte ihm beschwichtigend die Hand auf den Arm: »Reg dich nicht auf, alter Freund. Diese Sache mit Rachus werden wir erledigen, ich und der Rat, verlass dich drauf. Ich denke, es ist gar nicht nötig, dass wir zu ihm rennen. Er wird uns aufsuchen, früher oder später. Er kann ja nirgendwo hin. Im Moment freue ich mich einfach hier draußen zu sein, umringt von fröhlichen Kleinlingen. Du siehst, man kann unserem Volk viel antun, aber wir überstehen es immer und am Ende gibt es ein Fest.«

Rumbolt schien nicht so ganz seiner Meinung und sein Wunsch nach Rache blieb, zunächst jedoch beugte er sich Heronimus Entscheidung. Ohnehin war der ganze Trupp noch über die Felder verstreut und begrüßte überall Freunde und Verwandte. Die Geschichte ihrer Reise kursierte bereits in aller Munde und begann sogar schon, sich zu verändern. Zudem wurde rundum immer lauter auf Rachus geschimpft, je mehr von seinem Verrat bekannt wurde. Viele ereiferten sich ebenso wie Rumbolt und schienen durchaus gewillt, nach Mommenheim zu stürmen und den selbst ernannten König zu lynchen. Aber Heronimus mahnte alle zur Ruhe. Und er sollte Recht behalten, nach einiger Zeit hörten sie plötzlich wütende Rufe. Rumbolt sah in die Ferne und entdeckte auf dem Kiesweg eine blaue mit Tüchern verhangene Sänfte. Sie wurde von vier keuchenden Soldaten im Eiltempo in ihre Richtung getragen.

Sofort zog Rumbolt sein Schwert, Heronimus ließ ihn jedoch zurücktreten. Er wandte sich mit gebieterischer Stimme an die Kleinlinge auf den Feldern: »Verehrte Freunde, ich weiß, ihr hegt alle einen tiefen Groll gegen diesen Kleinling, und er wird seine gerechte Strafe bekommen. Aber bei uns ist es üblich und nach unseren Gesetzen festgelegt, dass er sich zuerst zu den Vorwürfen äußern darf. Seid also bitte so gut und schweigt. Ich will mit Rachus reden, bevor wir zu einem Urteil kommen.«

Die Kleinlinge gehorchten, wenn auch widerstrebend, und stellten sich geschlossen hinter Heronimus und den Rat, die auf dem Kiesweg die Ankunft der schnell näher kommenden Sänfte erwarteten.

Schlomm lag artig zwischen ihnen und versuchte, sich so wenig wie möglich zu bewegen, um keinen Aufruhr zu verursachen. Die Kleinlinge, die ihn eben erst kennen gelernt hatten, wagten sich zwar bereits in seine Nähe, aber so mancher beobachtete ihn noch misstrauisch.

Die Soldaten schienen fast zusammenzubrechen vor Anstrengung, und als sie die blaue Trage einige Meter vor dem Rat absetzten, hörte man ihren rasselnden Atem weit über die Felder. Drei ließen sich einfach auf den Boden fallen. Der vierte hatte gerade noch die Kraft, die blauen Tücher, die das Innere der Sänfte verbargen, zur Seite zu ziehen. Dann brach er ebenfalls zusammen. Es war totenstill, bis auf das Keuchen der Soldaten. Alle schauten wie gebannt auf die Sänfte, aus der jetzt der Alte in einer roten Robe stieg. Er wirkte unheimlich abgehetzt, obwohl er nicht laufen musste. Sein graues Haar war wirr und man sah noch Abdrücke von etwas, das er lange auf dem Kopf getragen haben musste. Rumbolt ließ ein kaum hörbares Knurren vernehmen, als Rachus der Sänfte entstieg und mit einem vor Glück triefenden Lächeln auf Heronimus zuschritt, der mitten auf dem Weg stand und ihn aus kalten Augen beobachtete.

»Ich freue mich ja so, euch zu sehen, verehrte Kollegen. Als ich von eurer Ankunft hörte, bin ich gleich herbeigeeilt, um euch zu begrüßen«, trällerte er fröhlich und umarmte Heronimus, der dabei stocksteif stehen blieb. Rachus schien das nicht zu merken, er umarmte auch die anderen Ratsmitglieder. Dabei ignorierte er einfach, dass keiner von ihnen seine Umarmung erwiderte.

»Seht euch an, was wir alles auf uns genommen haben, um euch freizukaufen«, log er dreist und zeigte auf die Felder. Rumbolt musste sich an seinem Schwert festklammern, um nicht auf Rachus loszugehen. Dieser lief nervös vor Heronimus auf und ab und erklärte dabei fast schrill: »Ihr glaubt ja gar nicht, was es für eine Mühe war, in eurer Abwesenheit die Geschäfte des Rates ganz allein zu bewältigen, aber ich habe es gern auf mich genommen.«

»Schöner Mantel«, sagte Heronimus nur kalt. »Seit wann trägt der Rat rote Roben aus Samt?«

Rachus sah an sich hinunter und kicherte albern: »Nun, ich dachte in dieser schweren Zeit sei es nötig, mit etwas Farbe ein

Zeichen zum Durchhalten zu setzen. Ja, genau. Diese schwarzen Roben, die wir vorher hatten, waren so deprimierend und da die Stimmung sowieso schon schlecht war ...«

»Dachtest du, man sollte sie mit etwas Farbe verbessern?«, vollendete Heronimus mit hochgezogenen Augenbrauen den Satz. Rachus nickte eifrig, er fühlte sich verstanden.

»Und seit wann lassen sich Mitglieder des Rates in einer Sänfte herumtragen?«, fragte Heronimus lauernd weiter.

Rachus begann wieder nervös auf und ab zu laufen: »Ach, ihr wisst ja, das Alter«, beklagte er sich. »Ich bin nicht mehr so gut zu Fuß wie früher. Die vielen Wochen, in denen ich allein regieren musste, waren meiner Gesundheit sehr abträglich.«

»Verstehe«, murmelte Heronimus nachdenklich.

Rachus grinste. Finn hatte den Eindruck, der Alte sei völlig verrückt geworden. Von Schlomm hatte Rachus noch nicht einmal Notiz genommen, ebenso wenig wie von den lange vermissten Jägern. Es schien, als befände er sich in einer anderen Welt.

»Nun erzählt doch mal. Wie ist es euch ergangen? Und vor allem, wie seid ihr entkommen?«, fragte Rachus im Plauderton. Heronimus ging nicht darauf ein und berichtete ruhig: »Ach, wir hatten eigentlich eine ganz gute Zeit. Übrigens sollen wir dir von deinem Freund, dem Malukkönig, Grüße ausrichten. Er war sehr enttäuscht, dass er keine Waren von unserem Volk erhalten wird, und ich habe ihm geraten, sich mit seinen Ansprüchen einfach an dich zu wenden. Weißt du, es sind noch einige Rechnungen offen für unsere Entführung und Gefangenhaltung, Kost und Logis, du verstehst? Aber das Essen war wirklich schlecht, lass dir da nicht zuviel berechnen.«

Rachus wurde abwechselnd rot und weiß im Gesicht und schien nicht recht zu begreifen, was Heronimus gesagt hatte.

»Nein, so war das nicht abgesprochen«, stammelte er. »Die Maluk bekommen die Sachen, die wir hier anbauen. Sie wachsen nur schlechter, als ich gedacht hatte. Keine Erfahrung mit der Landwirtschaft, wisst ihr?«

Heronimus schüttelte mitleidig den Kopf: »Rachus, dein Plan ist aufgeflogen. Der Malukherrscher hat uns gesagt, dass du ihn extra angeheuert hast, damit er uns entführt und du hier König spielen kannst. Du hast das hier nicht anbauen lassen, um uns freizukaufen, sondern um die Maluk dafür zu bezahlen, dass sie uns nie mehr rauslassen. So waren wir am Leben, es konnten keine neuen Ratsmitglieder aufgestellt werden, und du warst hier der Alleinherrscher. Eigentlich ein guter Plan, wenn Rumbolt und seine Männer uns nicht befreit hätten.«

Rachus Blick wurde noch wahnsinniger, plötzlich keifte er erbost: »Ihr habt ja keine Ahnung, wie schwierig das war euch loszuwerden.« Er kicherte irre. »Ich habe in einem Buch von den Maluk gelesen und von einigen Völkern gehört, dass es sie wirklich gibt. Es ist mir auf die Nerven gegangen, über jedes Thema mit euch in diesem nutzlosen Rat diskutieren zu müssen. Können wir dies tun, wollen wir über jenes abstimmen? Erlauben unsere Gesetze dies oder das? Grässlich, so etwas. Und dann immer noch dein ehrwürdiges Anführer-Getue, Heronimus. Bäh!«

Er spuckte auf den Boden. Dann schrie er laut: »Ich hatte vor, etwas Großes aus unserer Gemeinschaft zu machen. Sich ewig in der Erde zu verkriechen, hatte doch keinen Sinn. Wir hätten wieder ein mächtiges Volk an der Oberwelt sein können. Das umzusetzen wäre mit euch lästigen Zögerern und Zweiflern unmöglich gewesen. Also musste ich euch leider zum Wohle unseres Volkes loswerden.«

Heronimus fragte interessiert: »Und wie hast du das gemacht, Rachus? Wie hast du überhaupt mit den Maluk Kontakt aufgenommen? Sie lebten so weit weg.«

Rachus schien geradezu entzückt, dass ihn jemand nach seinem genialen Plan fragte und schmetterte triumphierend: »Ich hab herausgefunden, dass die Trödelwichte Tribut an die Maluk zahlen. Also habe ich einen Boten zu ihnen geschickt, als sie hier in der Gegend waren und ihnen einen Brief für den Malukkönig mitgegeben.« Er kicherte fröhlich über seine Listigkeit.

»Dem Boten habe ich aufgetragen, den Trödelwichten zu sagen, sie sollten sich von dem Brief fernhalten, er wäre mit einem Zauber versehen, der denjenigen tötet, der ihn öffnet. Sozusagen eine Falle für den Malukkönig. Da keiner die Maluk leiden kann, haben die Trödelwichte mir nur allzu gern geholfen und meine Nachricht überbracht. In dem Brief habe ich dem König eine jährliche Warenlieferung versprochen, wenn er euch entführt und ihm gesagt, wo er uns findet.«

Ein wütendes Raunen ging durch die Menge. Doch Rachus ließ sich davon nicht mehr beirren: »Was meint ihr, wie schwierig es war, einen Brief in ihrer Sprache zu verfassen, nur mit einem alten Wörterbuch aus der Bibliothek von vor Tausend Jahren.«

Da niemand ihn zu bedauern schien, schrie er weiter: »Ich habe das alles nur zum Wohle meines Volkes getan und seht wie weit wir gekommen sind.« Wieder zeigte er auf die Felder ringsum. »Noch vor einigen Wochen hätte sich keiner von euch vorstellen können, dass er mal die Oberfläche sieht und jetzt, seht euch an. Ihr arbeitet hier draußen.«

Jetzt wurden überall entrüstete Stimmen laut: »Und was ist mit denen, die umgekommen sind?«

»Meine Frau wurde von einem Kobold gefressen!«

»Ich habe dich nie hier draußen arbeiten sehen, Rachus. Vor allem nicht bei Nacht, wenn es besonders gefährlich ist!«

Heronimus brachte sie mit einer Handbewegung zum Schweigen.

Rachus ereiferte sich weiter: »Für den Fortschritt müssen immer Opfer gebracht werden. Das ist nun einmal so. Ich habe mit diesen widerlichen Maluk verhandelt, als sie hier waren. Ich habe ihnen gezeigt, wo sie graben mussten und das mitten in der Nacht. Ganz allein habe ich mich in der Dunkelheit versteckt und auf sie gewartet. Ich kann euch sagen, diese Wesen sind wirklich abscheulich und gruselig. Mir ist fast das Herz stehen geblieben, als sie plötzlich hinter mir standen, aber ich habe mich zusammengerissen. Es hätte mir leicht etwas zustoßen können, aber ich war bereit, dieses Opfer für mein Volk zu bringen.«

Jetzt schüttelte Heronimus den Kopf: »Rachus, Rachus, in was hast du dich da verrannt? Fortschritt ist ja schön und gut. Ich bin auch dafür, dass sich in unserem Leben einiges ändert, aber doch nicht um jeden Preis und unter solchen Umständen.«

»Ach«, schrie Rachus, »wer nichts wagt, gewinnt auch nichts. Ich hatte mit vielen Schwierigkeiten zu kämpfen, aber es hat sich gelohnt, wie man sieht. Ich habe viel erreicht, und es hätte alles noch besser werden können, wenn ihr nicht wieder aufgetaucht wärt.«

Finn konnte sich bei soviel Irrsinn nicht beherrschen und grinste breit. Der Alte sah es und zeigte plötzlich wütend auf ihn.

»Was fällt dir eigentlich ein zu grinsen? Du, Junge, bist mir doch schon einmal in die Quere gekommen. Musst du dich eigentlich überall einmischen? Du hättest den Plan fast scheitern lassen, als du zu uns in die Ratshöhle gekommen bist und dich beschwert hast, dass die Tür zur Versammlungshöhle verschlossen war. Ich hatte sie verschlossen, damit die Maluk ungestört das Ende des Tunnels ausheben und die Bühne von unten ansägen konnten. Fast wäre mein ganzer Plan schon im Vorfeld zunichte gemacht worden. Nicht auszudenken, wenn jemand seltsame Geräusche gehört und das gemeldet hätte.«

Finn schluckte. Er hatte die Geräusche in der Versammlungshöhle gehört. Er war diesen Monstern so nahe gewesen, ohne es zu ahnen. Ein kalter Schauder lief ihm den Rücken hinunter.

Rachus schimpfte weiter: »Und als ob das noch nicht genug wäre, schleichst du dich auch noch mit diesen Jägern aus der Burg und suchst nach dem Rat. Für einen jungen Kleinling ist das eindeutig zu viel Einmischung. Lehrt man euch heute in der Kleinlingschule kein anständiges Benehmen mehr?«

Rachus wollte noch weiterreden, aber Heronimus schnitt ihm das Wort ab: »Wir haben genug gehört, denke ich. Rachus, du hast deine schändlichen Taten allesamt zugegeben. Damit ist es mehr als rechtmäßig, dich zu verurteilen. Bringt ihn weg, von mir aus in seiner albernen Sänfte, und werft ihn in das ungemütlichste Verlies, das wir haben. Dort kann ihn dann jeder Kleinling besuchen und ihm seine Meinung sagen und zwar für den Rest seines erbärmlichen Lebens.«

Die Wachen, die vorher auf Rachus gehört hatten, waren froh ihn los zu sein, sie gehorchten ohne Umschweife Heronimus' Befehl. Rachus wurde gepackt und davongezerrt. Als er merkte, was mit ihm passieren sollte, begann er zu kreischen und sich wie eine Schlange zu winden. Doch die Wachen waren stärker und fesselten Rachus mit Stricken hinten an seine Sänfte. Keiner von ihnen hatte Lust, ihn auch auf dem Rückweg zu tragen.

Rachus zerrte an seinen Stricken und fluchte: »Dafür wirst du bezahlen, Heronimus, jemanden wie mich wirft man nicht einfach ins Gefängnis. Ihr solltet mir dankbar sein, anstatt euch zu beklagen, elende Würmer. Keiner von euch ist bisher auf die Idee gekommen, das Gebiet um Mommenheim landwirtschaftlich zu nutzen. Mit mir als König kann unser Volk es noch weit bringen. Stürzt diesen Stümper Heronimus.«

Weiter kam er nicht mehr, die Ordner liefen jetzt mit der Sänfte in Richtung Mommenheim und Rachus blieb nichts anderes übrig, als mitzulaufen. Er stolperte zeternd hinter der Sänfte her, bis ihm die Luft weg blieb vom schnellen Laufen. Die Kleinlinge jubelten und riefen ihm Verwünschungen nach.

»Im nächsten Sommer wird Rachus sicher eine gute Arbeitskraft auf unseren neuen Feldern abgeben«, feixte Rumbolt.

In einem Triumphmarsch folgten die Kleinlinge der Sänfte, hinter der Rachus keuchte und ab und zu erstickte Wutschreie von sich gab, zurück nach Mommenheim.

# Finns Traum

Wenige Tage nach Rachus' Sturz, seiner Gefangennahme und dem triumphierenden Einzug des alten Rates in Mommenheim war wieder Ruhe eingekehrt. Es ging alles wieder seinen gewohnten Gang, bis auf einige Ausnahmen. Der Eingangstunnel Mommenheims und einige weitere Gänge mussten verbreitert werden, damit auch Schlomm bei seinen Freunden leben konnte. Er bekam eine extra feuchte matschige Höhle nur für sich allein und konnte durch den breiteren Eingangstunnel jederzeit zum Jagen nach draußen. Der Mink war über diese Lösung sehr glücklich, hatte er doch schon befürchtet, jetzt wieder allein in der Oberwelt leben zu müssen. So konnten sich auch die Kleinlinge von Mommenheim an ihn gewöhnen. Eine weitere wichtige Veränderung war, dass die Bibliothek jetzt für jedermann zugänglich war und eifrig genutzt wurde. Alle, die lesen konnten, drängten sich dort zwischen den verstaubten Regalen und staunten über die Fülle von Wissen in den Büchern.

Auch Finn hatte sich einige Bücher genauer angesehen, aber er hatte keine rechte Ruhe, er wartete auf Selina. Sie musste wieder gesund sein, und er hoffte, dass es ihr Wunsch sein würde, ihn wiederzusehen. Mit seinen Eltern konnte er momentan nicht sprechen, sie waren zu sehr mit sich selbst beschäftigt. Eigentlich taten sie Tag und Nacht nichts anderes, als sich im Arm zu halten, sich zu küssen, sich zu unterhalten oder sich stundenlang in die Augen zu sehen. Finn erkannte seine Mutter kaum wieder. Ihre Wangen waren gerötet wie die eines jungen Mädchens, und sie hatte sich bisher noch über nichts beschwert. Es schien, als könnte sie nichts aus der Ruhe bringen. Am zweiten Abend in Mommenheim zeigte Finn ihr ein paar leichtere Zauberkunststücke, die Finnholf ihm beigebracht hatte und war gespannt auf ihre Reaktion. Fast hatte er geglaubt, sie würde sich darüber aufregen, doch sie klatschte nur Beifall und erklärte seinem Vater mit verliebtem Blick, dass hätte der Junge alles von ihm geerbt. Finn und Finnholf verzichteten darauf, ihr zu sagen, dass sie Finn das Zaubern jahrelang verboten hatte. Das schien nun nicht mehr wichtig.

Am Abend des dritten Tages, als sie beim Essen saßen, und Luna und Finnholf sich gerade wie Teenager stritten, wer den anderen mehr liebe, hörte Finn ein leises Glöckchenklingeln. Zuerst glaubte er, es sich nur eingebildet zu haben, doch da ertönte es ein zweites Mal. Finn sprang plötzlich auf und rief: »Sie kommen. Die Elfen kommen.«

Ohne auch nur einen Moment zu zögern, rannte er aus der Wohnhöhle. Luna und Finnholf folgten ihm etwas verwirrt. Finn raste die Gänge entlang in Richtung Ausgang. In seinem Herz sangen tausend glückliche Stimmen, als er zur Oberfläche hinaufrannte. Er hatte das Gefühl, das Strahlen auf seinem Gesicht würde nie mehr vergehen. Als er endlich die kleine Holztür aufstieß, war er für einen Moment geblendet vom weißen Licht des Elfenschlosses, das langsam vor ihm zu Boden schwebte.

Hinter ihm kamen Finnholf und Luna durch die Tür. Seine Mutter schrie vor Überraschung auf, als sie zum ersten Mal das weiße Schloss sah. »Das ist das Schönste, was ich je gesehen habe«, flüsterte sie beeindruckt.

Finn hatte kaum Augen für das Schloss, er sah nur die Terrasse, auf der der Elfenkönig mit seiner Frau stand. Der König lächelte, seine Gattin Minerva machte ein verkniffenes Gesicht. Vor ihnen stand ihre Tochter Selina in einem neuen weißen Kleid mit silberner Stickerei. Sie lächelte nervös und trat unruhig von einem Bein auf das andere. Als sie Finn sah, winkte sie stürmisch und lief nach vorn an die Brüstung der Terrasse. Ihr Flügel vibrierte aufgeregt. Das Schloss setzte zur Landung an und Finn flüsterte seiner Mutter zu: »Mama, das ist Selina, meine Freundin.«

Luna lächelte: »Mein Sohn hat einen guten Geschmack, wie ich sehe. Nun geh schon zu ihr, sie wartet auf dich.«

Sie gab Finn einen kleinen Stoß, und er setzte sich etwas linkisch in Bewegung. Auch der König war an die Brüstung der Terrasse getreten und lächelte Finn freundlich an.

»Hier sind wir, Junge, wie versprochen. Meine Tochter war so ungeduldig, dich wiederzusehen, dass ich das Schloss im Eiltempo fliegen lassen musste.«

Selina wurde rot, warf ihm einen wütenden Blick zu und knuffte ihn in die Seite. Der König lachte: »Oh, das sollte ich wohl nicht verraten.«

Finn sagte schnell: »Ich bin froh, dass ihr endlich da seid. Ich konnte es auch kaum erwarten.«

»Er ist seit Tagen völlig nervös durch die Gegend gelaufen«, bestätigte Luna grinsend. »Ich wusste ja nicht, auf was er wartet, aber jetzt, wo ich Eure Tochter sehe, verstehe ich die ganze Aufregung. Ich bin übrigens Luna, Finns Mutter. Es freut mich, Sie kennen zu lernen.«

»Oh, wie unhöflich von uns. Ich habe mich noch gar nicht vorgestellt. Ich bin Aldor, der Elfenkönig, und das dort hinten ist meine reizende Gattin Minerva. Kommst du bitte mal nach vorn, Schatz, um Finns Eltern zu begrüßen.«

Mit einem versteinerten Lächeln trat die Königin an die Brüstung und ließ sich immerhin dazu herab, Luna zuzunicken. Aber sie sagte kein Wort. Finn vermutete, dass der König ihr vor diesem Treffen jegliche Gemeinheiten verboten hatte. So hüllte sie sich in eisiges Schweigen. Auch Selina hatte bisher kein Wort gesagt, und Finn begann sich Sorgen zu machen. »Ist mit dir wieder alles in Ordnung?«, fragte er vorsichtig. »Als ich dich das letzte Mal gesehen habe, ging es dir nicht besonders.«

Selina lächelte: »Mir geht's gut. Ich darf mich noch nicht wieder anstrengen und auch nicht zaubern. Meine Magie muss sich erst wieder aufladen, aber ansonsten ist alles in Ordnung. Mein Vater hat mir erzählt, wie ihr die Maluk vernichtet habt. Im ganzen Wald sind alle schwer beeindruckt von euch.«

Der Elfenkönig nickte: »Oh, ja, in den letzten Tagen haben wir so einige Völker getroffen, die uns erzählt haben, wie dankbar sie euch sind. Man bedauert sehr, dass niemand weiß, wo ihr genau wohnt, weil viele sich gern bedanken wollen. Keine Angst, ich habe niemandem euer Versteck verraten, obwohl es ja sowieso bald egal ist, wenn ich deinen Plan richtig verstehe, Finn.«

Finn nickte stolz und wurde etwas rot, als seine Eltern ihn fragend ansahen. Schnell wandte er sich wieder an den König: »Habt Ihr alles so machen können, wie wir es besprochen haben, Euer Majestät.«

Der König nickte freundlich: »Alles ist bereit.«

Auf seinen Wink kam einer der Elfenkrieger nach vorn. Er hielt ein silbernes Kissen, das mit einem blauen Seidentuch bedeckt war, in den Händen. Der König zog das Tuch mit einer großen Geste zur Seite und darunter kam eine blaue Glaskugel zum Vorschein. Sie wirkte harmlos, als jedoch der König ihre Oberfläche berührte, umgab ihn ein waberndes hellblaues Licht. Es schien aus der Kugel zu kommen, als wäre sie lebendig. Finn nickte zufrieden und wandte sich an Selina: »Und du, bist du auch mit meinem Plan einverstanden, und vor allem, könntest du dir unter diesen Vorrausetzungen vorstellen, bei uns zu leben?«

Einen schrecklichen Moment lang fürchtete Finn, dass sie nein sagen würde, aber sie lächelte und sagte: »Sehr gern. Du weißt ja, wie unangenehm mir Höhlen sind; und es freut mich zu sehen, was du alles auf dich nimmst, um einen Ort für uns beide zu schaffen. Ich denke, ein Platz zwischen beiden Welten ist genau das Richtige für uns. Ich freue mich schon so.« Sie klatschte begeistert in die Hände.

Luna und Finnholf, immer noch mit verwirrten Gesichtern, versuchten aus dem Gespräch irgendwie schlau zu werden, nur es gelang ihnen nicht ganz. Schließlich murmelte Luna: »Finn, kannst du deine alten Eltern vielleicht auch in deinen Plan einweihen?«

Finn, der sie für einen Moment völlig vergessen hatte, antwortete schüchtern: »Ach so, ja, natürlich. Eigentlich wollte ich das schon lange mit euch besprechen, aber ihr wart immer so beschäftigt. Ich möchte die alte Tradition der Kleinlinge, in Baumstädten zu leben, wieder einführen. Ehrlich gesagt hatte ich den Plan, ab jetzt an der Oberfläche zu leben, schon, bevor Heronimus uns über die Vergangenheit der Kleinlinge aufgeklärt hat. Ich möchte unbedingt mit Selina zusammensein, aber eine Elfe kann unter der Erde nicht leben. Sie braucht die Luft und das Licht hier draußen, und ich habe der Enge und Dunkelheit Mommenheims nie viel abgewinnen können. Heronimus Geschichte hat meinen Plan noch beschleunigt und mir bestätigt, dass ich das Richtige tue.«

»Und was hast du jetzt genau vor?«, fragte Luna entgeistert.

»Ich habe vor, in Zukunft mit Selina auf diesem Baum zu wohnen. Er zeigte auf eine uralte Eiche, die sich riesenhaft über ihnen erhob.«

»Aber Finn«, begann sein Vater, »die früheren Kleinlinge konnten auf Bäumen leben, weil sie so große Zauberer waren, dadurch hatten sie nichts zu befürchten. Aber du und Selina, ihr wäret ständig in Gefahr. Außerdem seid ihr noch zu jung, um allein zu leben.«

Finn schüttelte den Kopf: »Nein, wir werden dort sicher sein, sicherer als in Mommenheim. Dafür sorgt diese Kugel, um die ich den Elfenkönig gebeten habe, als ich bei ihm in seinem Schloss war. Es ist ein tragbarer Elfenschutzzauber, den man überall hier draußen befestigen kann auch auf einem Baum. Der Zauber umgibt alles, was er berührt mit einem magischen Schutzschild. So kommt niemand auf den Baum, der uns gefährlich werden könnte. Ein Magier kann sie an und abstellen und sie neu aufladen, wenn ihre Kraft schwindet.«

Finnholf nickte anerkennend: »Ich sehe, du hast an alles gedacht. Und wo wollt ihr wohnen?«

Finn sah hinauf zur Baumkrone und meinte versonnen: »Als ich den König damals um diese Kugel bat, hatte ich noch keine Vorstellung, wie unser künftiges Heim aussehen soll. Doch Heronimus Geschichte von den alten Kleinlingstädten auf den Bäumen hat mich sehr beeindruckt. Ich denke, wir werden uns irgendwo da ganz oben im Geäst ein Haus bauen mit vielen Treppen und Strickleitern von Ast zu Ast. Jeder Kleinling aus Mommenheim oder anderen Höhlensystemen kann zu uns kommen, und dort oben leben.«

Selina nickte eifrig: »Auch Elfen sind gern eingeladen. Es wird eine wundervolle Stadt werden, wartet es nur ab. Wenn ich mir den Baum so betrachte, sehe ich schon fast unser Haus zwischen seinen Ästen hängen und Dutzende andere daneben.«

Finn lächelte sie glücklich an: »Ich glaube ehrlich gesagt auch, dass wir nicht lange allein sein werden. Rumbolt zieht sicher gleich zu uns, wenn er davon erfährt. Er hat die Dunkelheit in Mommenheim schon lange satt, und ich schätze, er ist nicht der einzige. Neppi und Lund werden uns sicher auch folgen. Immerhin waren sie ebenso lange an der Oberfläche wie ich und danach kommt einem Mommenheim einfach zu eng vor.«

Finnholf, der genau wie sein Sohn, in das Geäst der alten Eiche starrte, lächelte versonnen, als könnte er wie Finn und Selina bereits das Gewirr aus Leitern, Treppchen und kleinen Häuschen zwischen den Ästen sehen: »Na, mein Schatz«, sagte er zu seiner Frau, »wäre das nicht auch etwas für uns? So ein Haus ganz oben an der Spitze dieses Baumes. Immerhin sind wir Finns Eltern. Wir können den Jungen in diesem Alter doch nicht allein wohnen lassen?«

Luna schien von der Höhe noch nicht ganz so angetan, daher sagte sie: »Na ja, vielleicht nicht gerade ganz oben, aber so in der Mitte könnte ich es mir vorstellen. Die Idee ist jedenfalls gut. Wenn du es unbedingt willst, Finn, bin ich einverstanden. Wir ziehen alle in den Baum.«

Sie legte lächelnd den Kopf auf die Schulter ihres Mannes und beide sahen stolz ihren Sohn an. Selina wurde jetzt von ihrem Vater an den Hüften gepackt, und er flatterte mit ihr von der Terrasse auf den Boden: »Meine Tochter hat sich entschieden, bei euch zu leben, wenn ihr gestattet. Sie sagte mir, sie hätte bei euch das erste Mal begriffen, was es heißt, füreinander da zu sein und eine Gemeinschaft zu bilden. Zudem hat sie eine gewisse Schwäche für dich, mein junger Finn. Ich bin also einverstanden und lasse meine Tochter in deiner Obhut, obwohl es mir nicht leicht fällt. Ich bin aber überzeugt davon, dass du sie gut behandelst und dass euer Baum bald eine blühende Stadt sein wird. Wir bleiben noch hier, bis die Kugel angebracht und euer Haus fertiggestellt ist. Dann müssen wir weiter, aber ich denke, wir werden recht oft zu Besuch kommen.«

Luna meinte fröhlich: »Sie sind immer willkommen. Und Eure Tochter ist bei uns in den besten Händen.«

Der Elfenkönig lächelte seine Tochter an, diese lächelte zurück und stellte sich dann neben Finn, der stolz den Arm um sie legte. Gemeinsam sahen sie hinauf in den Baum, wo schon bald die erste Oberweltstadt der Kleinlinge seit vielen Tausend Jahren entstehen sollte.

»Bist du traurig, deine Familie zu verlassen?«, fragte Finn. Selina sah ihm tief in die Augen und flüsterte: »Nicht so traurig, wie ich glücklich bin, bei dir zu sein.«

Finn freute sich mehr über ihre Worte, als er sagen konnte und gab ihr einen zarten Kuss auf die Lippen. Dann sah er wieder zum Baum hinauf und fragte: »Wie wollen wir unser neues Zuhause nennen, Selina?«

Die Elfe zog die Stirn in Falten, dann flüsterte sie: »Wie wäre es mit Himmelsheim?«

Finn sagte den Namen ein paar Mal vor sich hin, um zu hören, wie er klang, und meinte dann: »Ja, das ist gut. So nennen wir unseren Baum.

›Himmelsheim‹, weil wir so nah am Himmel sind.«

*ca. 250 Seiten, Hardcover*
*ISBN 3-934555-22-5, erscheint Sept. 2006*

Lukas Geige geht bei einem Unfall entzwei,
schnell muss eine Ersatzgeige her für die
Schulaufführung.
Aber was ist das für eine Geige?
Mit ihr reisen Luka und seine Freundin
Tessa in fremde Welten.

C. V. Traumland-Verlag